閭巷人과 妓女의 時調

黃 忠 基

國學資料院

序　文

　　이제 나도 '어느덧'이란 낱말이 실감나게 느껴지는 나이가 되었
다. 이순(耳順)의 문턱을 넘어선 지금 공자님 말씀대로 천지 만물의
이치에 통달하고 듣는 대로 모두 이해할 나이라고 하지만 우둔한 탓
에 아직도 어리석은 짓거리만 하고 있다.

　　대학을 졸업하고 군대에 갔다가 제대후 처음 교사로 시작하여
지금에 이르기까지 오직 외곬수로 학교에만 다니다 보니 세상 물정
에는 아는 것이 별로 없다. 그래도 무엇보다 나를 이런 세상에 태어
나 삶의 기쁨을 누리게 해주신 부모님이 고맙다. 대학과 대학원에서
국문학을 전공하고 논문이라고 몇 편을 끄적이고 부끄럽지만 몇 권
의 책을 세상에 내놓을 수 있도록 가르쳐주신 선생님들이 고맙다.
또 주변에서 항상 도와주고 조언을 아끼지 않고 격려의 말씀을 해주
신 많은 분들에 대해서도 고마울 뿐이다.

　　국문학을 전공으로 정하고 그간에 지나온 자취를 뒤돌아보면 갈
대의 계곡(蘆溪)를 지나 소나무 그림자가 드리운 강(松江)을 저어서
넓은 시조(時調)의 바다에 흘러 들어왔다고 표현하고 싶다. 대학에
들어가 『송강가사』의 판본(板本) 문제를 가지고 교수님들과 의견을

나눈 것이 계기가 되어 송강가사에 대해 몇 가지 의문점을 정리하여 석사학위 논문을 "송강가사 문제점 신고"(松江歌辭 問題點 新攷)로 했고, 논문으로는 학계에 처음『국어국문학』에 발표한 것이 "사제곡 소고"(沙堤曲 小考)로 노계 연구를 정리하여『노계박인로 연구』를 세 번째 책으로 내었다. 이후 시조와 가사에 대해 관심을 가져오다 가 이제는 시조에 뿌리를 내렸다. 우선은 대학에 다닐 때부터 관심 을 가져오던『해동가요』에 관련된 몇 편의 논문을 쓰다가 새로 발굴 된 박씨본을 보고는『해동가요』의 주석본을 내었고, 내친걸음에 고 시조 전체에 대한 주석을 하여『고시조주석사전』을 내었다. 다음으 로 가집에 관한 연구로『해동가요에 관한 연구』와『가곡원류에 관한 연구』를 내었고, 조선조 후기부터 문학의 주체가 된 여항인들의 연 구로『한국여항시조 연구』를 내었다. 그 사이에 공부하는 과정에서 얻은 부산물로『역대한국인편저서목록』과『한국아호대사전』을 편저 로 내놓았다.

논문을 쓰든 책을 내든 전공이 현대와는 거리가 먼 고전문학이 다 보니 자연 글 가운데 한자(漢字)가 많이 나오고 읽기가 어려우니 내 주변에서는 나의 학문에 대해 관심을 가져주는 경우가 매우 드물 어 항상 그들에게 무슨 커다란 빚이라도 진 것같은 마음을 금할 수 없었다. 그러나 글재주가 없어 그들에게 읽을 거리를 제공해 줄 능 력이 안되니 더욱 민망할 따름이었다.

이제 갑년(甲年)을 맞고 보니 그래도 아무개가 지은 책을 한 번 읽어나 볼 수 있도록 하는 것이 도리인 것처럼 생각되어 되도록이면 한자(漢字)도 줄이고 가능하면 독음(讀音)도 달아 지난 번에 낸『한 국여항시조연구』에 부록으로 실었던 여항인들의 시조에 새로 기녀 (妓女)들의 시조를 더해 조선조 일반 여항인들과 기녀들의 시조를 읽고 감상할 수 있도록 주석서를 내어 보기로 했다. 조선조 전기까

지는 문학의 주체가 양반 사대부들이었으나 조선조 후기에 들어와서
는 그 주체가 일반 여항인들로 바뀌었기 때문에 이들의 문학 작품을
읽는다는 것은 그만큼 더 가까이 그들에게 접근하여 우리 조상들의
사상감정을 이해하는 길이라 생각되어 이론이 아닌 작품 주석과 작
가해설로 그들과 좀 더 가까이 만나보도록 하였다. 여기에 기녀들의
시조 작품을 더하여 여성 특유의 풍부한 감정과 신분을 초월하여 사
대부들과 어울려 주고받은 재치있고 작품성이 뛰어난 작품들을 추가
하여 폭을 여항인에서 기녀까지로 넓혔다. 나를 아는 주변의 모든
분들에게 내가 전공한 고전 문학 가운데 옛 선인들 가운데 보통사람
에 해당하는 여항인들과 기녀들의 시조작품을 쉽게 읽을 수 있는 기
회를 제공하여 그동안 마음속으로 지고 있던 빚의 다만 얼마라도 갚
는 계기가 되었으면 한다.

　　우선 시조가 무엇인지를 이해하기 위해서 시조 일반론을 통하여
시조의 정의(定義)를 비롯해서 형식과 분류, 연원(淵源), 명칭(名稱),
내용, 문체(文體), 작자, 역사(歷史), 수록문헌과 국문학의 다른 장르
인 민요와 가사 소설 등과의 관계에 대해서 간략하게 설명을 했고,
여항시조론은 앞에서 말한 『한국여항시조연구』에 수록했던 것을 거
의 그대로 다시 수록하였고, 기녀시조론은 새로 썼다.

　　혹 읽는데 부담스럽게 느껴지면 곧바로 작품의 주석만을 읽어도
좋을 것이다. 고전을 읽기 쉽게 하기 위해 현대 철자로 바꾼다면 고
전다운 맛이 반감이 되는 것이 아닌가 하는 생각 때문에 원문은 출
전(出典)을 밝히고 수록된 문헌에 있는 그대로 하였다. 현대 철자법
과 크게 차이가 나는 것은 쌍자음(ㄲ, ㄸ, ㅃ, ㅆ, ㅉ→ㅺ, ㅺ, ㅽ, ㅾ)
과 아래아(ㆍ)가 있으나 ' ㆍ '는 ' ㅏ'로 읽으면 된다.

　　책의 서문을 쓰면서 항상 미안하게 생각하는 것은 가장으로서
책임을 다하지 못하고 언제나 논문을 쓴다 책을 만든다는 핑계로 아

내를 비롯한 자식들에게 부담을 준 것이다. 이제는 더 이상 부담을
주지 않고 가장으로서의 역할에 충실하겠다고 마음먹지만 믿어줄 것
같지 않다. 그래도 이런 글을 쓰도록 애써 참아온 가족에게 먼저 감
사한다. 어려운 사정임에도 불구하고 이처럼 계속해서 책을 만들어
주신 정찬용 사장님과 편집에 수고하신 한봉숙 실장님에게 다시 한
번 고마움을 표한다.

1999.

저자   삼가 씀

目　　次

서문(序文)

제1부 시조(時調) 입문편(入門編)

제2부 작품 주석편(作品 注釋編)

부록(附錄)

제1부 시조(時調) 입문편(入門編)

제1장 시조(時調) 일반논(一般論)

제1절 시조(時調)의 정의(定義)

어떤 사항을 한마디로 정의(定義)한다는 것은 매우 어려운 것처럼 시조가 무엇이라고 한마디로 정의하기는 쉬운 일이 아니다. 이해를 돕기 위해 시조에 대한 정의를 내린 몇몇 선학(先學)의 견해를 보면 다음과 같다.

가람 이병기(李秉岐)는 그의 『국문학개론』(國文學槪論)에서

> 시조(時調)의 본명(本名)은 시절가(時節歌 ─ 시철가)로서 시절가조(時節歌調)의 줄어진 말이 즉 시조(時調)다. 혹은 시조(時調)를 시조(詩調)라고도 하나, 시조(時調)는 음상동(音相同)한 말이고 한시(漢詩)의 관념(觀念)으로서 쓰임에 불과하다. 혹은 가곡(歌曲)의 악시조(樂時調)의 약칭(略稱)이라기도 하나, 악시조(樂時調)는 지금도 전하고 있는 곡명(曲名)으로서 시조(時調)와는 판연 다른 것이다. 1)

이라 하였고, 이태극(李泰極)은 그의 『시조개론』(時調槪論)에서

---

1) 李秉岐:『國文學槪說』P. 114

普通 時調라면 短時調(平時調)를 呼稱하게 되는 것인데, 그 短時調
는 新羅의 鄕歌나 高麗의 別曲等의 影響을 힘입어 高麗末頃에 그
形態가 確立된, 우리나라의 固有한 詩歌의 하나다. 그 形式은 三章
(三行) 六句요, 한句의 構成字數는 七字內外(한字 또는 두字를 넘나
들고 있음)가 되고 四律拍씩의 等時律을 갖춘 定型詩요, 總字數 44
字 中心(普通 42字에서 46字로 된 것이 大部分임)으로 된, 李朝詩歌
의 代表가 되는 短形詩로서 오늘에도 그 型式의 時調가 創作되고
있다. 그리고 文學上에서는 短時調 中時調 長時調의 3種으로, 音樂
上에서는 平時調, 중어리時調, 지름時調, 엇時調, 엇엮음時調, 辭說
時調等으로 各各 나누어진다.[2]

라고 하였다.

  여기서 시조(時調)는 고려 말엽에 그 형태가 완성된 3장(章) 6구
(句) 45자(字) 내외로 된 조선시대의 대표적인 단형시(短形詩)로서 현
재도 창작되고 있는 시가(詩歌)라고 하겠다.

제2절 시조(時調)의 형식(形式)과 분류(分類)

  시조라고 하면 일반적으로 평시조(平時調)를 지칭한다. 시조의 형
식에 대해 3장(章) 6구(句) 45자(字) 내외(內外)라는데 대해 대체적으
로 견해를 같이하나 학자에 따라 견해를 달리 하는 경우가 없는 것
은 아니다. 가령 가람 이병기(李秉岐)는 종장(終章) 초구(初句)의 3자
를 의식해 종장은 초, 중장과는 달리 2구로 나누지 않고 4구로 나누
어 3장 8구라고 주장하기도 한다.

---

2) 李泰極: 『時調槪論』 P. 55

시조의 형식은 3장 6구 45자 내외로, 음수율(音數律)은 3·4조 또는 4·4조가 기본이나 1·2 음절의 가감(加減)은 무방하다. 다만 종장 첫 구절은 3자로 고정되고 종장 둘째 구절도 반드시 5자 이상이어야 한다. 일반적으로 시조의 기본 형식을 도남(陶南)조윤제(趙潤濟)가 발표한 "시조의 자수고(字數考)"에서 얻은 1수의 시조의 총자수가 41자에서 50자 사이로 초장 3·4·4(3)·4, 중장 3·4·4(3)·4, 종장 3·5·4·3을 기본형으로 삼고 있다. 한시처럼 자수가 고정되어 있는 것이 아니라 다소의 융통성이 있는 것으로 보아 노산(鷺山)이은상(李殷相)의 말처럼 정형시(定型詩)이면서 비정형시(非定型詩)란 말이 적절한 표현이라 하겠다. 평시조의 특징의 하나라면 대채로 중장 전구와 종장의 제 2구에 4자로 된 한자성어(漢字成語)가 많이 온다는 사실이다. 중장 전구에 4자의 한자성어에 조사가 붙어도 중장이 15자가 넘는 경우가 적고, 종장 제 2구에 한자성어를 가져오게 되면 자부족으로 인한 전체적인 불균형을 막을 수 있다.

시조의 분류에 대해서 가람은 창(唱)과 작(作)의 형태로 분류하고

> 그 창(唱)의 형태(形態)로는 平時調<平擧時調>, 中어리時調<中擧時調·얼시조(半刻시조)—界樂, 唱詞 등을 이걸로 唱함>, 지름時調(三數時調), 辭說時調<弄時調 또는 詞說時調, 좀는時調, 말時調, 주심, 부침, 각시조, 首雜歌라고도 함> 네 가지가 있고, 그 작(作)의 형태(形態)로는 세 가지가 있으니 ㉠ 平時調, ㉡ 旕(엇)時調, ㉢ 辭說時調(말시조·주심)다.

라고 하였는데,3) 여기서는 작(作)의 형태 즉 문학에서의 분류에 대해서 가람의 주장을 그대로 인용 하고자 한다.

---

3) 李秉岐: 前揭書 P. 116

㉠ 平時調(평시조)는 초장(初章) 초귀(初句), 종귀(終句), 중장(中章) 종귀(終句)가 6자(字) 내지 9자(字)요, 중장(中章) 초귀(初句) 종장(終章) 2귀(句)가 5자(字) 내지 8자요, 종장(終章) 초귀(初句)는 3자(字), 3귀(句)는 4자(자) 또는 5자, 종귀(終句)는 3자(字) 혹은 2자나 4자다. 그리고 8자(字) 혹 9자, 혹 9자(字)가 혹 10자 되는 것도 있으나, 이는 예외(例外)고 다만 초장(初章) 초귀(初句)가 4자(字)엔 2 2 2 조(調)나 2 4 조(調)요, 2 3 조(調)는 없다.

　　大棗 볼 붉은 골에 밤은 어이 듯드르며
　　버 빈 그루에 게는 어이 나리는고
　　술 익자 체장사 돌아가니 아니 먹고 어이리.

　　朔風은 나모 끝에 불고 明月은 눈 속에 찬듸
　　萬里邊城에 一長釖 짚고 서서
　　긴 파람 큰 한소래에 거칠 것이 없에라.

㉡ 엇시조(旕時調)는 대개 평시조(平時調)와 같되, 다만 초장(初章) 중장(中章)의 초·종귀(初終句)와 종장(終章)의 2귀(句), 이 다섯 구절(句節) 가운데 어느 한 구절(句節)만 평시조(平時調) 그것보다 숫자(數字) 이상으로 되어 있다.

　　「南無阿彌陀佛 南無阿彌陀佛」한들 중마다 成佛하며
　　孔子 l曰 孟子 l曰한들 사람마다 得道하랴
　　아마도 得道成佛은 都兩難인가 하노라.

　　白雲이 일어나니 나모 끝이 움즉인다
　　밀물에 東湖 가고 혈물에 西湖 가자
　　아희야 「넌 그물 걷어 서려담아 닷츨 들고」 돋글 높이 달어라.

㉢ 사설시조(辭說時調)는 초장(初章)·중장(中章)·종장(終章)에 두 구절(句節) 이상(以上) 또는 종장(終章) 초귀(初句)라도 평시조(平時調) 그것보다 몇 자(字) 이상(以上)으로 되었다. 그러나 초장(初章)·

종장(終章)이 너무 길어서는 아니 된다.

　大川바다 한가온데 中針 細針 풍덩 빠져
　여남은 沙工놈이「길넘은 사앗대로 귀께여 내단말이 있어이다」
「님아 님아」「열놈이 百 말을 할지라도」 짐작하여 들으시소.

　一身이 사자 하니 물것겨워 못견닐싀
　피ㅅ겨 같은 가랑니 보리알 같은 수통니 주린니 갓깐니 잔벼룩
굵은벼룩 강벼룩 왜벼룩 긔는 놈 뛰는 놈 琵琶 같은 빈대삿기
使令 같은 등에아비 갈따귀 사믜야기 셴바퀴 누른바퀴 바그미
거저리 부리 뾰족한 모긔 다리 기다한 모긔 야읜 모긔 살진 모
긔 그리마 뾰로기 晝夜로 빈 때 없이 물거니 쏘거니 빨거니 뜯
거니 심한 당비리에서 어려왜라
　그 중에 참아 못견닐손 五六月 伏더위에 쉬파린가 하노라.4)

　창(唱)의 형태인 음악적인 분류는 시조가 창작의 기능이 먼저이
든 아니든 조선시대에 와서 가곡의 창과 시조의 창의 대본이 되었기
때문에 음악과는 관련이 깊을 수밖에 없다. 창의 발달로 인하여 시
조창의 종류가 다양하게 발달했으나 대체로 다음의 네 가지로 구분
한다.

　　㉠ 平時調(평시조)는 平擧時調(평거시조)라고도 하여서 시조 전체를
平平(평평)하게 들어 부르는 것이다.
　　㉡ 중어리時調는 中擧時調(중거시조)라고도 하여서 中間(중간)을
높게 들어 부르는 것이다.
　　㉢ 지름時調는 頭擧時調(두거시조) 또는 三數時調(삼수시조)라고도
하여서 첫머리를 높게 질러 부르른 것이다.
　　㉣ 辭說時調(사설시조)는 弄時調(농시조)라고도 하여서 중장 등 길
어진 부분을 되풀이하여 변화있게 부르는 것을 말한다.「말시조」

---

4) 李秉岐: 前揭書 P. 116~118

라고도 한다.

이밖에 부르는 지역에 따라 서울을 중심으로한 경제(京制)를 비롯하여 영남지방의 영제(嶺制), 호남의 전주(全州)를 중심으로한 완제(完制), 충청도 서해안 지방의 내포제(內浦制)가 있다.

제3절 시조(時調)의 연원(淵源)

어떤 문학의 형식이든 정확하게 언제 무엇의 영향을 받아 발생했다고 말하기는 어려운 것이다. 시조도 언제부터 다른 형식의 문학으로부터 파생되었거나, 또는 자생(自生)해서 성립되었는지 자세히 알 수는 없다. 개화기(開化期)에 외래 문학의 영향을 받아 전통적인 우리 시가의 하나인 시조가 그 맥을 이어가기 어렵게 되자 1920년대에 일어난 시조 부흥운동의 하나로 시조의 뿌리를 찾는 차원에서 활발하게 논란된 시조에 대한 연원이 자생이 아닌 외래(外來)의 영향으로 이룩된 것이란 주장과 전래(傳來)의 시가에서 영향을 받아 발생했다는 주장이 그 대표적인 것이라 하겠다.

먼저 외래 연원설(淵源說)을 보면 자산(自山) 안확(安廓)은

……假使 朝鮮固有의 詩法이 있을지라도 그것을 마르재어 漢詩의 聲調와 合하게 한 것은 不問可知의 것이다. 그런데 漢詩의 어떤 律調와 같다 하기는 未可必이나 漢歌詞의 短歌體와 時調와는 서로 비슷한 聲調로 된 것이라 함이 可하다. 또한 時調 二字의 語源으로 말하여도 亦是 漢詩의 唐의 律詩를 時調라 한 바 孟郊의 勸善吟에도 願余昧時調 舉止多疎慵이라 한 것이 있다. 故로 時調는 漢詩의 短律 卽 絶句의 調子를 本받아 成型된 것으로 想像된다.……5)

라 하였고, 정래동(丁來東)은

> 1. 우리 時調라는 名稱이 中國에서 온 것이 아닌가 疑心한다.
> 2. 調子가 中國 佛曲에서 나온 것이 事實인 것 같다.
> 3. 時調가 漢詩를 번역하면서 發見된 것이 아닌가 한다.

고 하였으나6), 그들의 주장이 구체성에 결여된 것이 아닌가 한다.

달리, 시조의 연원을 전통적인 우리의 시가에서 찾고자 하는 주장들을 보면 현전하는 시조 가운데 고구려의 을파소(乙巴素)를 비롯하여 백제의 성충(成忠)이나, 신라의 설총(薛聰)의 작품이 마치 삼국을 대표하는 것처럼 가집에 작품이 수록되어 있는 것을 의식한 것은 아니라 하더라도 시조가 고구려시대부터 있어온 것으로 보는 최남구(崔南九)의 견해를 비롯하여,7) 춘원(春園)은 육당(六堂)의 시조집 『백팔번뇌』(百八煩惱)의 서문에서

> 時調는 멀리 三國적, 아마 더 멀리서 發源한 國風이다. 漢詩人들이 이體를 빌어 漢詩的 表現을 썼기 때문에 漢詩에서 온 것이 아닌가 하는 하는 이도 있다. 詩調라고 쓰는 것은 이 때문이다. 그러나 新羅鄕歌나 무당의 노래가락이 모두 時調體인 것을 보아 時調는 가장 오랜 우리 民族 特有의 詩歌體라고 보는 것이 마땅할 줄 믿는다.

고 했다. 또 일석(一石) 이희승(李熙昇)은

---

5) 安廓: "時調의 淵源—朝鮮詩歌의 條理(續)"『東亞日報』1930. 9. 14日字
6) 丁來東: "「中國民間文學槪論」讀後感"『東亞日報』1931. 12. 27日字
7) 崔南九(최남구)는 1940년 11월호 『朝光』에서 "시조의 기원은 고구려시대부터며 이 시조곡은 당시 거문고(琴)의 명수(名手)인 왕산악선생의 창안이다"라는 고담을 소개하면서 삼국시대부터 시조가 있었다고 주장하였다.

朝鮮의 原始宗敎였던 薩滿敎(Shamanism) 지금의 巫堂敎의 神歌의
「노랫가락」이라는 것이 있다. 이 神歌로부터 脫化한 것, 즉 이 노
랫가락의 형식을 빌어서 부른 민요가 있다.……俗謠의 노랫가락은
신가의 노랫가락에 淵源한 것이요, 이것이 再轉하여 시조를 산출하
게 된 것이라 생각한다. 시조의 起源云云은 내용보다도 곡조보다도
그 형식에 있어 그렇다 함이다.……속요의 노랫가락은 그 형식 내
용 곡조등 모든 사정을 종합하여 보아 農牧時代 발달한 것이 분명
하고 시조의 발생은 그 段階를 넘어서 封建時代에 발달된 것이다.

고 하여,[8] 시조 형식의 발달을 오히려 삼국시대 이전으로 보고 다만
명칭은 후대에 생겼다고 하였다.

그러면 구체적으로 언제 어떤 형식의 문학에서 시조가 발생했는
지를 언급한 것을 보면 천태산인(天台山人)은

高麗末葉부터 純漢文으로 된 宮中의 樂章과 對立하는 別曲이 생기
었는데 이것이 近世朝鮮 中葉에 이르러 從來의 別曲의 定型이 깨뜰
어져서 長歌와 短歌의 두 가지가 되어 長歌는 歌詞로 短歌는 時調
로 分化한 것이다.……新羅의 鄕歌의 句法이 時調의 型式과 얼마큼
비슷한 點이 있으므로 보아 鄕歌가 時調의 前身이 아닐가……

하여 시조의 기원을 신라의 향가에 두었고,[9] 가람은

시조형은 초·중·종의 삼장으로 된 것인 바 이 형이 직접 민요에
서 온 것인가? 또는 향가에서 온 것인가? 민요는 모든 시가의 원천
(源泉)으로서 모든 시가가 여기서 발원(發源)되지 않은 것이 없었다.
우리 민요는 두 가지 기조형(基調形)이 있으니, 하나는 사절이구형

---

8)李熙昇: "時調 基源에 對한 一考察"『學燈』1933 2月號
9) 天台山人: "別曲의 硏究" 1932. 1. 15 『東亞日報』

이요 또 하나는 육구삼절형이다. (中略) 시조형도 육구삼절형에서
파생하여 향가와 병행하여 여조초(麗朝初)에 이르러 향가가 망한
뒤 그 장처(長處)를 섭취(攝取)하여 완성 하였다.10)

고 하여 연원은 삼국시대에서 형식은 민요에서 비롯되었다고 하였
다. 도남(陶南) 조윤제(趙潤濟)는 시조는 고려 중엽에 그 형식이 완
성되었으며, 시조가 6구체가인 것만 따진다면 그 원형을 백제시대의
가요로 알려진 '정읍사'(井邑詞)에서 찾을 수 있다고 하면서

> 即 時調가 아닌 六句體歌는 民謠에서, 또 古歌에서 普通으로 있을
> 만한 形式이고, 果然 古歌에서도 우리는 現實的으로 그 實例를 가
> 지고 있다. 그러면 問題는 이들 六句體歌와 時調와는 어떤 關係를
> 가지고 있나 하는 것인데 나는 생각건대 時調라는 形式은 그것이
> 定型詩인만큼 突發的으로 形成되지 아니하고 어떤 非典型的인 形式
> 에서 漸進的으로 發達하여 定型詩가 되었으리라 하니까, 時調 以外
> 의 六句體歌는 반드시 時調와 어떤 血統的 關聯을 가지고 있다 할
> 뿐 아니라, 한 걸음 더 나아가서 時調의 原型을 여기서 찾을 것이
> 아닌가 하고 싶다. 그렇게 되면 時調는 처음에 單純한 六句體歌로
> 서 아직 時調라는 認識도 없이 오랜 옛날에 다른 모든 詩形과 雜居
> 하였을 것이다. 그러나 그 때에는 그 型式에 對하여 아무런 文學的
> 價値도 發見하지 못하고 다만 普通의 한 詩形이라고만 생각하여 왔
> 던 것인데 그 後 널리 쓰이는 동안에 漸漸 그에 어떤 形式的美를
> 表現하게 되고, 또 그에 따라 六句體歌는 單純한 六句體歌로서가
> 아니라 다시 그 型式을 停頓하여 定型詩의 胚胎를 이루고, 그것이
> 오늘날 時調에 이르기까지 發達한 것이리라 한다. 그리하여 그 時
> 代는 지금 急작히 그 推斷을 許하지 않지마는 나는 大約 鄕歌가 衰
> 退한 後 即 高麗時代에 들어 와서라고 믿고 싶다.11)

---

10) 李秉岐:『時調의 槪說과 創作』P. 10~11
11) 趙潤濟:『韓國詩歌의 研究』P. 181~182)

고 하였다. 이처럼 시조의 연원이 삼국시대부터 고려 중엽에 이르기까지 향가나 민요에서 비롯되었다는 주장과는 달리 조선시대에 들어와서야 시조가 발생했으리라는 주장도 있다.[12]

제4절 시조(時調)의 명칭(名稱)

어떤 문학의 형태도 그 형식의 발생과 동시에 그를 부르는 명칭이 생긴다는 것은 생각하기 어려운 것이 아닌가 한다. 시조도 흔히 고려 중엽에 그 형태가 시작되어 말엽에 와서 형식이 완성되었다고 하지만 명칭은 상당히 후대에 와서 붙여진 것이다. 시조란 명칭이 생기기 이전에 흔히 작품의 분량에 따른 분류로 장가와 단가로 구분하여 시조를 단가(短歌)·단사(短詞)·단구(短謳)·단십(短什)·단요(短謠)·단창(短唱)이나 소곡(小曲)으로, 한시(漢詩)에 대하여는 그 가치를 폄하(貶下)하는 의도에서 속구(俗謳)나 시여(詩餘)로, 옛것에 대하여 새로운 노래라는 뜻에서 신번(新翻·新飜)·신곡(新曲)·신성(新聲)과 『서경』(書經)에서 "시언지 가영언"(詩言志 歌永言)라고 언급한 것에서 시를 '언지'(言志)라고 하고 노래를 '영언'(永言)이라 부르는 것처럼 단순히 노래라는 뜻으로 영언(永言)이 쓰였다.

시조라는 명칭이 어디에서부터 유래되었느냐에 대해서의 논의는 아무래도 가람이 처음이 아닌가 한다. 가람은 『진단학보』(震檀學報)에 실린 "시조의 발생과 가곡과의 구분"이란 논문에서 영조시대 학자인 석북(石北) 신광수(申光洙;1712~1775)의 문집인 『석북집』(石北集) 가운데 수록되어 있는 '관서악부'(關西樂府) 기십오(其十五) 가운

---

12) 김수업: "시조의 발생 시기에 대하여" 『時調論』1978 一潮閣

데

　　　初唱聞皆說太眞(초창문개설태진)
　　　至今餘恨馬嵬塵(지금여한마외진)
　　　一般時調排長短(일반시조배장단)
　　　來自長安李世春(내자장안이세춘)

을 들어 서울에서 평안도에 내려온 이세춘(李世春)이란 가객으로부
터 시조란 명칭이 처음으로 쓰이기 시작되었다고 한 것이 지금까지
의 정설(定說)로 굳어져 왔다. 이보다 조금 늦은 정조시인(正祖時人)
이학규(李學逵)의 『낙하생고』(洛下生稿) 가운데서 노래한 시구(詩句)
가운데 "誰憐花月夜 時調正悽懷"(수련화월야 시조정처회) 가 있고,
'시조정처회'란 구절에 대하여 "시조역명시절가 개여항이어 만성가
지"(時調亦名時節歌 皆閭巷俚語 曼聲歌之)라고하여 시조의 다른 이
름이 '시절가'이며 '시조정처회'와 '만성가지'로 미루어 창의 속도가
느린 계면조가 아닌가 한다. 또 철종시인(哲宗時人) 유만공(柳晩恭)
의 시구 가운데 "시조단가음조탕 풍냉월백창삼장"(時調短歌音調蕩
風冷月白唱三章) 이 있어 이는 시조란 명칭이나 단가란 명칭이 같이
쓰이는 것으로 삼장의 형태의 노래임을 말하는 것이다.
　『석북집』의 어느 사본(寫本)에서

　　太眞 盖關西妓流 當筵輒先唱此曲 曲曰 一笑百媚生 太眞麗質 明皇所
以幸蜀 可憐馬嵬坡下馬前死 千古女娘悲 李世春京城人 (태진 개관서
기류 당연첩선창차곡 곡왈 일소백미생 태진여질 명황소이행촉 가련
마외파하마전사 천고여랑비 이세춘경성인)
　태진은 대개 관서의 기생류이다. 잔치를 맞아 문득 이 가락을 먼
저 부르는데 노래는 한 번 웃으매 여러 가지 교태가 생긴다 태진의
여질로 당명황도 서측으로 행행하였다. 마외역의 말앞에서 가련히

죽으니 천고의 여랑의 슬픔이다. 이세춘은 서울사람이다.

란 주(註)가 있는데, 이는 가람本『청구영언』(靑丘永言)에 솔이(松伊)
의 작품으로 되어 있는

> 一笑 百媚生이 太眞의 麗質이라
> 明皇도 이러므로 萬里幸蜀 ᄒ시도다
> 馬嵬驛에 馬前死ᄒ니 그를 슬허 ᄒ노라.

를 가리키는 것으로, 솔이란 기생의 작품을 태진(太眞)이란 기생이
불렀든 아니면 솔이와 태진이 같은 인물의 기생이든 관서지방에서는
꽤나 알려진 노래임에는 틀림이 없다. 그런데 서울의 가객 이세춘이
평양에 내려와 이 노래에 아마도 당시에 유행하던 시조곡을 얹어 부
른 것이 아닌가 한다.

　가람은 이학규의 주장대로 시조의 다른 이름이 '시절가'(時節歌)
이며 이를 부르는 가락 즉 곡조인 '시절가조'(時節歌調)가 줄어서
'시조'(時調)가 되었다고 했다.

　그러나 문학이든 음악이든 이전에 쓰이거나 불리든 것에 대하여
새롭게 달라진 것에 대해서는 항상 새롭다는 의미의 '신'(新)이나 당
대(當代)를 의미하는 '시'(時) 자(字)가 쓰였으니, 시조도 긴노래인 장
가(長歌)에 상대되는 짧은 노래라는 의미의 단가(短歌)를 대신하여
'신번'(新飜)이니 '신곡'(新曲), '신성'(新聲)이 쓰였고, 그 당시에 유행
하는 곡조란 의미에서 '시조'(時調)라는 명칭으로 쓰였다.

　가집『악학습령』(樂學拾零)의 서두(書頭)에 있는 '음절도'(音節圖)
에 보면

　　本朝 梁德壽作琴譜 稱梁琴新譜 謂之古調

本朝 金成器作琴譜 稱漁隱遺譜 謂之時調 (본조 양덕수작금보 칭양
금신보 위지고조 본조 김성기작금보 칭어은유보 위지시조)
 (우리나라 양덕수가 지은 금보를 양금신보라 부르니 이름하여 고
조라 하고 우리나라 김성기가 지은 금보를 어은유보라 부르니 이름
하여 시조라 한다.)

라고 하였고, 주(註)에서 "여조정과정서보 여어은유보동"(麗朝鄭瓜亭
叙譜 與漁隱遺譜同)이라 하여, 선조(宣祖)에서 광해군(光海君) 시대에
살았던 사람인 양덕수(梁德壽)의 금보(琴譜)를 '고조'(古調)라 부르고,
숙종 시대에 살았던 어은(漁隱) 김성기(金聖器; 金成器와 동일인)의
금보를 '시조'(時調)라 부른다고 했는데, 여기서 시조라는 개념은 그
당시에 새롭게 불려지는 곡조란 뜻으로 해석된다. 그러면서도 주석
(註釋)에서 양금신보(梁琴新譜)보다도 훨씬 앞서는 고려시대의 정과
정곡(鄭瓜亭曲)과 같다고 한 것은 새롭게 유행하기 시작하는 시조와
무슨 관련이 있는 것이니, 『양금신보』(梁琴新譜) 가운데 '현금향부'
(玄琴鄕部)의 끝에

　　高麗毅宗朝 郎中鄭叙 謫東萊 召命久不至 叙乃撫琴 作歌詞 極悽惋
後人名其曲曰鄭瓜亭 時用大葉 皆出瓜亭三機曲中 (고려의종조 낭중
정서 적동래 소명구부지 서내무금 작가사 극처완 후인명기곡왈정과
정 시용대엽 개출과정삼기곡중)
 고려 의종조에 낭중 정서가 동래에 귀양가 있으나 왕이 다시 부르
는 명령이 오래도록 이르지 아니하여 거문고를 어루만지면 이 가사
를 지으니 노래가 매우 처량하고 슬었다. 뒷세상의 사람들이 그 노
래를 정과정이라 부르고 지금 쓰이는 대엽의 곡들은 다 과정이 삼
기곡 가운데서 나왔다.

이라 했다. 여기서 '삼기곡'(三機曲)이라 함은 곡조의 만대엽(慢大
葉)·중대엽(中大葉)·삭대엽(數大葉)을 가리키는 것으로, 노래부르는

속도가 느린 것(慢大葉), 빠른 것(數大葉)과, 중간의 것(中大葉)이 있
어 이 세 가지 곡조가 처음에는 다 쓰였는지 모르겠으나 숙종대(肅
宗代) 이후에는 만대엽은 이미 오래 전에 없어지고 중대엽도 좋아하
는 사람들이 적고, 삭대엽만이 새롭게 각광을 받기 시작하였다. 그러
면서도 시조란 명칭은 널리 쓰이지 않았으니 흑와(黑窩) 정래교(鄭來
僑)는 김천택(金天澤)의 '청구영언발'(靑丘永言跋)에서

> 金君履叔 以善唱名國中 一洗下里之陋 而能自爲新聲 瀏亮可聽 又製
> 新曲數十関 以傳於世 少年習而唱之 余觀其詞 皆艶麗有理致 音調節
> 腔 淸濁高低自叶於律 可與松江公新翻 先後方駕矣 履叔非特能於歌
> 亦見其能於文也 (김군이숙 이선창명국중 일세하리지루 이능자위신
> 성 유량가청 우제신곡수십결 이전어세 소년습이창지 여관기사 개염
> 려유이치 음조절강 청탁고저자협어률 가여송강공신번 선후방가의
> 이숙비특능어가 역견기능어문야)
> 김군 이숙은 노래를 잘하는 것으로 나라에 이름이 나서 한 번에
> 세상의 더러움을 씻어낼만 하니 새로운 소리가 유량하여 가히 들어
> 볼만한 정도로 능하였다. 또 신곡 수십곡을 지어 세상에 전파하여
> 소년들로 하여금 익히고 배우게 하였다. 내가 그 가사를 보니 대개
> 아름답고 이치가 있으며 음조와 절강, 청탁과 고저가 다 음률에 들
> 어 맞아 송강의 신번보다 오히려 앞설만 하였다. 이숙은 노래에만
> 재능이 있는 것이 아니라 글에도 재능이 있음이 들어나 보였다.

라고 한 것을 보면, 시조를 지칭하는 말로 '신곡'(新曲)과 '신번'(新
翻)이 쓰였고, 새로운 곡조를 의미하는 '신성'(新聲)이 쓰였다. 그렇
다면 시조란 명칭이 대중적으로 쓰인 것은 훨씬 뒤의 일이라 하겠
다.

　달리 시조라는 명칭이 '시절가조'가 줄어서 된 것이 아니라 '당
대(當代)의 새로운 유행조(流行調)라는 의미에서 시조의 원명(原名)이
'시체조'(時體調)이며, 시체조란 말이 새로운 단가를 부르는 이름으

로 평민들 사이에 유전(流轉)하면서 '時體調'→'時體ㅅ調'→'時ㅅ調'
→'時調'로 바뀌어 간 것이 아닌가 하는 주장도 있다.13)

끝으로 시조는 국문시가(國文詩歌)를 가리키는 명칭만이 아니라
한시를 가리키는 명칭으로도 쓰였음을 밝혀두고자 한다. 14)

제5절 시조(時調)의 내용(內容)

시조의 형태가 고려 중엽에 발생하여 그 형식의 완성을 고려 말
엽에 이루었다고 하지만 형식의 특성으로 보아 문헌에 기록되기보다
는 즉흥적으로 불리워지고 이것의 전승도 기록보다는 구전(口傳)에
의해 계승되어 왔음을 알겠다. 조선조에 들어와 이황(李滉)의 「도산
곡」(陶山曲)처럼 판목에 새겨서 유포(流布)된 것이 없는 것은 아니
지만 조선조 후대에 와서 가집이 편찬되어 수록되기 이전에는 작가
도 작품도 오직 구전에만 의존했기 때문에 작가에 대한 신빙성(信憑
性)이나 유사가(類似歌)로 인한 원작(原作)의 여부(與否) 등이 문제가
될 수밖에 없다.

시조가 처음 창작되는 과정에서 이를 도와준 정신적 배경을 우
리는 성리학(性理學)의 도입(導入)에 두고 있으며 초기에 시조를 지
은 사람들도 성리학자들을 비롯한 사대부 계층으로 알고 있으며, 조
선조 초기에도 작자가 양반 사대부 계층으로 되어 있다. 따라서 시
조의 내용도 성리학과 관련이 밀접하여, 인륜 도덕이나 충효사상을
강조하고 어쩌다 벼슬길에서 물러나 강호에 묻혀서도 자연을 완상하
면서 그 기저(基底)에는 항상 군은(君恩)을 들먹임을 볼 수가 있다.

---

13) 琴基昌: "時調의 槪念에 對하여"『韓國詩歌의 研究』P. 311
14) 拙 稿: "時調 名稱의 始源"『語文研究』第 21號

그러나 조선조 후기에 와서는 작자의 계층도 양반 사대부보다는 여항인에게 넘어 오면서 내용도 양반 계층의 도덕적이고 관념적인 것보다는 현실적이고 진솔한 생활감정을 나타내는 것을 지나 노골적인 성의 묘사 등을 볼 수 있다.

『청구영언』에서 김천택은 가집 편찬의 틀을 곡조별로 대별하고 다시 이삭대엽(二數大葉)에서는 작가별로 하였다. 또 이삭대엽에 수록되어 있는 무명씨의 작품 104수를 두 항목이 누락되었으나 52항목으로 나누었고, 영조대(英祖代)에 이루어진 것으로 알려진 송계연월옹(松桂烟月翁)이 엮은 『고금가곡』(古今歌曲)은 주제별(主題別)로 된 가집으로 그 항목을 보면 인륜(人倫)을 비롯하여, 권계(勸戒)·송축(頌祝)·정조(貞操)·연군(戀君)·개세(慨世)·우흥(寓興)·회고(懷古)·탄노(歎老)·절서(節序)·심방(尋訪)·한적(閑適)·연음(讌飮)·취흥(醉興)·감물(感物)·염정(艶情)·규원(閨怨)·이별(離別)·별한(別恨)과 만횡청류(蔓橫淸流)의 20항목으로 나누었는데 이 가운데 만횡청류는 내용이 아닌 형식적 분류이다.

1920년대 시조 부흥운동이 일어났을 때 그 주역의 한 사람인 육당(六堂)은 전래의 고시조 주제를 그의 『시조유취』(時調類聚)에서

시절류(時節類) 45首	화목류(花木類) 40首
금충류(禽蟲類) 45首	노소류(老少類) 54首
남녀류(男女類) 155首	이별류(離別類) 48首
상사류(相思類) 122首	유람류(遊覽類) 28首
회고류(懷古類) 19首	호기류(豪氣類) 28首
군신류(君臣類) 38首	송축류(頌祝類) 42首
효도류(孝道類) 12首	수양류(修養類) 58首
애상류(哀傷類) 58首	기탁류(寄托類) 72首
한정류(閑情類) 281首	취락류(醉樂類) 132首
사관류(寺觀類) 9首	인물류(人物類) 72首

잡 류(雜 類) 92首

의 21항목으로 분류했다. 서원섭(徐元燮)은 심재완(沈載完)의 『교본
역대시조전서』(校本歷代時調全書)에 수록되어 있는 시조 3,335수를
평시조 2,759수, 엇시조 326수, 사설시조 250수로 구분하고 그 주제
를

1. 이별애상(離別哀傷)	2. 공규원모(空閨怨慕)
3. 강호한정(江湖閑情)	4. 전가한거(田家閑居)
5. 치사귀전(致仕歸田)	6. 안빈낙도(安貧樂道)
7. 수분지지(守分知止)	8. 연주충군(戀主忠君)
9. 감격군은(感激君恩)	10 단심충절(丹心忠節)
11. 우국개세(憂國慨世)	12. 학문수덕(學問修德)
13. 추모찬송(追慕讚頌)	14. 강상오륜(綱常五倫)
15. 사친효도(事親孝道)	16. 교회경계(敎誨警戒)
17. 소요유람(逍遙遊覽)	18. 음주취락(飮酒醉樂)
19. 인생행락(人生行樂)	20. 인생무상(人生無常)
21. 백발차탄(白髮嗟嘆)	22. 감물서경(感物敍景)
23. 장부호기(丈夫豪氣)	24. 성세일민(聖世逸民)
25. 심방초대(尋訪招待)	26. 연모상사(戀慕相思)
27. 호색탐화(好色貪花)	28. 기탁풍류(寄托風流)
29. 복수송축(福數頌祝)	30. 사계절후(四季節侯)
31. 고사회고(古事懷古)	32. 사향귀심(思鄕歸心)
32. 회포술의(懷抱述義)	

등으로 나누었다.15) 이태극은 육당(六堂)의 분류 결과를 토대로

그中 많은 種類로 보면 閑情歌의 281首를 들 수 있으나, 男女歌
155首에다가 相思歌 122首와 離別歌 48首를 合하면 325首나 되어,

15) 徐元燮: 『時調文學硏究』 P. 53

男女愛情을 主題로 한 것이 首位라고 볼 수 있고, 그 다음이 醉樂歌 132首이다. 이러고 보니 男女가 울고 웃고 사모하고, 놀고 먹고 마시고 하는 凡凡한 人間生活이 그 「테마」가 되어 있다. 그러고는 所謂 三綱五倫이라 할 수 있는 君臣·頌祝·孝道·修養·人物 等을 合한 221首다. 이러한 點에서 時調는 道德君子나 性理學者들의 所有物이었다는 指稱까지 받았다고 보겠으나, 그것보다는 앞에 말한 바와 같은 人間心情을 表露한 喜怒哀樂의 노래가 大部分이라고 볼 수 있다.

고 하였으나,16) 이는 전체 시조에 대한 결론이라 하겠으나 좀더 구체적으로 말한다면 아무래도 조선조 전기(前期) 즉 임진왜란 이전까지의 시조는 사대부의 시조가 많으며 주제도 유교적인 것이 우세하며, 조선조 후기(後期)에 와서는 여항인들의 시조에는 남녀간의 애정(愛情)이나 상사(相思)의 시조가 많다고 하겠다.

제6절 시조(時調)의 문체(文體)

시조도 엄연히 하나의 문학 형태를 이루고 창작활동이 계속되고 있으니 자연 그 나름대로의 특색이 나타나고 다른 형태의 문학과는 차별성을 나타내는 것의 하나가 문체(文體)가 아닌가 한다. 평시조의 경우 3장 6구의 짧은 형식에 작자 나름대로의 문체적인 특색을 들어내 보이는 것은 쉬운 일이 아니므로 이미 앞에서 어느 누군가에 의해 지어졌던 것에 몇몇의 낱말만을 바꾼다든지 3장 가운데 어느 한 장만을 바꾸나, 아니면 대체로 초·중장만 다르고 종장이 같은 경우의 유사가(類似歌)가 유난히 많다.

16) 李泰極: 前揭書 P. 144

　문체의 종류를 나누는 기준이 여러 가지가 있겠으나, 여기서는
사용된 어휘에 따라 분류해 보고자 한다.
　서원섭(徐元燮)은 심재완(沈載完)의 『교본역대시조전서』에 수록되
어 있는 작품 3,335수를 각각 평시조와 엇시조 사설시조로 나누고
그 문체를

　　平時調 (2,7595) 首
　　1. 순국어체(純國語體) 240首
　　2. 국어체(國語體) 205首
　　3. 국한문혼용체(國漢文混用體) 2,222首
　　4. 한문현토체(漢文懸吐體) 59首
　　5. 한문번역체(漢文飜譯體) 33首

　　旕時調 (326) 首
　　1. 순국어체(純國語體) 17首
　　2. 국어체(國語體) 19首
　　3. 국한문혼용체(國漢文混用體) 244首
　　4. 한문현토체(漢文懸吐體) 46首

　　辭說時調 (250) 首
　　1. 순국어체(純國語體) 11首
　　2. 국어체(國語體) 11首
　　3. 국한문혼용체(國漢文混用體) 214首
　　4. 한문현토체(漢文懸吐體) 14首 [17]

로 나누고 각 문체의 기준을

　　純國語體

---

17) 徐元燮: 前揭書 P. 299, 316, 323

時調에 使用된 語彙가 純粹한 우리말인데다가 表記 文字 또한 우리 글로 表現 描寫된 時調

國語體
3章 중에서 2章은 純粹한 우리말 語彙와 文字로 表現 描寫되었고, 나머지 1章은 우리 先民들이 익히 使用하던 普遍化된 漢字語가 1回 使用된 時調.

國漢文混用體
純粹한 우리말 語彙와 漢字語 語彙를 混合해서 表現 描寫한 時調

漢文懸吐體
漢詩文에 吐를 달아서 된 時調

漢文飜譯體
漢詩文을 直譯·飜譯·意譯·飜案해서 된 時調

로 정하고 여기에 다소 넘나드는 것은 대체로 그 범주에 포함시켰다.

이제 구체적인 보기를 1수씩 들어보면 다음과 같다.

純國語體
이고 진 져 늘그니 짐 푸러 날을 주오
나는 져멋거니 돌히라 무거울가
늙기도 셜웨라 커든 짐을 조차 지실가. (珍靑 54)

國語體
가마귀 검다ᄒ고 白鷺ㅣ야 웃지마라
것치 거믄들 속조차 거믈쏘냐
아마도 것희고 속검을손 너쑨인가 하노라. (珍靑 418)

國漢文混用體

假使 주글지라도 明堂이 뷘듸업닉

三神山 不死藥을 다 키야 머글만졍

海中에 새뫼 나거든 게가 둘려 ᄒ노라. (珍靑 385)

漢文懸吐體

千金駿馬로 換小妾ᄒ야 笑坐雕案 歌樂梅라

車傍側掛一壺ᄒ고 鳳笙龍管行相催라

舒州酌力士鐺아 李白이 與爾同死生을 ᄒ리라. (甁歌 1086)

漢文飜譯體

솔알인 아히들아 네 얼운 어디가뇨

藥키러 가시니 하마 도라 오렷마는

山中에 구름이 깁후니 간 곳 몰라 ᄒ노라. (蘆溪集 44)

　이상에서 보면 문제가 되는 것은 한문현토체와 한문번역체의 작품이라 하겠다. 우리가 우리말로 글을 짓고 쓰는 것은 당연한 것이요, 우리말에 없는 것을 비록 한자어를 빌어서 쓰는 것은 어쩔 수가 없는 일이라고 하겠다. 그러나, 한문현토체의 경우 대부분 한시(漢詩)에 토(吐)를 달거나 한문(漢文)의 일부를 가져다 시조로 만들면서 토를 다는 형식을 취하여 시조의 형식적인 묘미인 자수율(字數律)이나 음보율(音步律)을 맞추기 힘들고, 각장(各章)을 자여가(字餘歌)로 만들어 평시조인지 아니면 엇시조나 사설시조인지를 구별하기 어렵게 만들었다. 한문번역체의 경우 대부분 한시를 번역하여 시조로 만들고 있는데, 자수율이나 음보율에 있어서나 앞뒤 싯구의 연결관계 등에 별다른 무리(無理)는 없다고 하겠으나 근본적으로 자기의 글이 아닌 남의 글을 가져다 시조화(時調化) 한 것은 번역이 아니라면 소재의 빈곤이나 정서의 고갈에서 온 것이란 비판을 면하기 어려울 것이다.

시조가 고려시대를 거쳐 조선조에 들어오는 동안 이 문학의 향유계층이 사대부나 양반들이기 때문에 창작에 한가어휘나 한문을 많이 사용한 것은 당연한 것이며, 비록 세종(世宗)께서 훈민정음(訓民正音)을 창제하시고 세조(世祖)를 비롯한 선조(宣祖)에 이르기까지 불경(佛經)이나 사서(四書)를 비롯한 유교의 경서(經書)를 번역하여 백성들로 하여금 읽도록 하여 훈민정음으로 문자 생활을 할 수 있도록 하였다 하더라도, 조정의 공식문자는 한자였고, 한문으로 모든 문서가 작성되었기 때문에 시조에 한자어가 많은 것을 당연한 것으로 여기고 있다.

그러나 이러한 견해는 잘못된 것이라 하겠으니, 가사의 대가로 불리우는 송강(松江) 정철(鄭澈)이나 단가의 최고봉(最高峰)으로 불리우는 고산(孤山) 윤선도(尹善道)의 경우 그들이 사대부 출신임에도 불구하고 그들의 작품을 보면 순국문체나 국어체의 작품이 상당히 많음을 볼 수 있으나, 오히려 조선조 후기에 등장한 여항인들의 작품은 순국어체나 국어체의 작품보다도 국한문혼용체의 작품이 더 많으며 필요 이상(以上)의 고사(故事) 등을 원용(援用)하여 시적 감흥을 반감시키는 일이 허다함을 볼 수 있다. 이런 것은 작자가 여항인이라 여겨지는 사설시조나, 12가사 등을 보면 쉽게 짐작할 수 있다.

끝으로 위에서 언급한 문체 이외에 외형상으로 보아 국한문혼용체나 한문현토체로 보기 쉬운

天宮衙門에 仰呈所志 알외나니 參商敎是後에 依所願題給ᄒ乎소서
西施之玉貌와 玉眞之花容과 貴妃之月態를 並以矣身處에 許給事乙
立旨成給爲白只爲 天宮題辭內 汝矣所欲之女ᄂ 皆以淫物이라
女中君子 珮貞淑眞으로 如是許給ᄒ니 左右妻妾ᄒ야 壽富貴多男子
ᄒ고 百年偕老가 宜當向事. (靑六 733)

이러한 작품은 이두(吏讀)를 섞어 쓴 것으로 많은 작품이 있는 것은 아니나, 특수한 문체의 하나로 다루어야 할 것이다.

제7절 시조(時調)의 작자(作者)

진본(珍本)『청구영언』에서 유명씨 작품 끝에

> 我東 自麗季 至 國朝名公碩士及閭巷閨秀之作 爲永言以傳於世者 皆錄而其間 雖不以絶作 鳴若聞人 則皆記之 雖其人不足取也 其永言可觀 則亦取有記之云爾(아동 자려계 지 국조명공석사급여항규수지작 위영언이전어세자 개록이기간 수불이절작 명약문인 칙개기지 수기인부족취야 기영언가관 칙역취유기자운이)
> 우리나라는 고려부터 국조에 이르기까지 명공석사와 여항의 규수가 지은 노래로 세상에 전하는 것은 모두 적어서 그 사이에 비록 절작은 아니나 명성을 날리고 사람들에게 알려질만한 것이면 다 기록했다. 비록 지은 사람이 부족하여 취할 바가 없어도 노래가 괜찮은 것은 취하여 기록했을 뿐이다.

라고 하여 가집에 수록한 작품의 작자를 명공석사(名公碩士)라고 해서 사대부 계층과 여항규수(閭巷閨秀)라하여 여항인과 기녀들의 작품을 수록한다고 했으나, 실제는 '열성어제'(列聖御製)라하여 태종(太宗)을 비롯하여 효종(孝宗)과 숙종(肅宗)의 작품을 수록하고 있으며, 유명씨 끝에는 무명씨의 작품도 수록하고 있다.

김수장(金壽長)의 『해동가요』(海東歌謠)는 이본(異本) 가운데제일 처음에 이루어진 박씨본(朴氏本)에서는 작품의 수록 범위를 가집 서문에서 "자려계 지 국조이래 명공석사 급여정규수 무명씨작"(自麗季

至 國朝以來 名公碩士 及閭井閨秀 無名氏作)이라고 하여 진본『청구
영언』에 있는 것에 무명씨만을 더 추가 했다가, 좀더 뒤에 나온 주
씨본(周氏本)에서는 "열성어제 급명공석사 가자어자 이서여항호유
명기 여무명씨지작 급자제장단가"(列聖御製 及名公碩士 歌者漁者 吏
胥閭巷豪遊 名妓 與無名氏之作 及自製長短歌)라하여 크게 달라진 것
은 '열성어제'를 앞에 가져 왔고, '가자어자 이서여항호유'라고 하여
사대부 계층이 아닌 여항인 내지는 일반 평민들의 작품을 수록했다
고 했다. 또 '규수'를 '명기'라고 해서 막연히 규수(閨秀)라하여 신분
상 일반 여염(閭閻)의 여자들과 구분하여 기녀(妓女)로 못박고 여기
에 자신의 작품을 추가 시켰다.

　이처럼 시조의 작가는 위로는 국왕(國王)으로부터 아래로는 가자
어자(歌者漁者) 기녀(妓女)에 이르기까지 신분에 관계없이 누구나 짓
고 노래할 수 있는 형식의 문학으로 고려 가요나 경기체가(景幾體
歌)와 악장(樂章)처럼 특수한 신분의 사람들만이 관여했던 문학의 형
태와는 구별되는 일종의 국민 문학이라 하겠다.

　그러나, 시조는 그 형식이 짧다는 것만이 문제가 아니라 전승과
정에서 기록보다는 구전(口傳)이 앞서는 특성 때문에 작가에 대한
인식의 부족했다. 하나의 작품이 여러 사람의 작가의 것으로 기록되
어 있는가 하면, 수록문헌에 따라 작게는 낱말에서 크게는 장(章)에
이르기까지 상당히 달라져 있음을 흔히 볼 수 있다.

　하나의 작품에 대해 여러 사람의 작품으로 기록된 것을 보면

　　蘆花 깁흔 곳에 落霞를 빗기씌고
　　三三五五히 섯거 노는 져 白鷗ㅣ야
　　므서세 줌착하엿관듸 날을 줄을 모르느니.

는 진본『청구영언』에서 편자인 김천택이 자신의 작품으로 수록하여

후에 엮어진 『해동가요』나 『악학습령』(樂學拾零)에서는 마찬가지로 김천택의 작품으로 되어 있으나, 박씨본 『시가』(詩歌)나 가람본 『청구영언』(靑丘永言)에서 이의현(李宜顯;1669~1715)의 작으로, 『가곡원류』(歌曲源流)계 가집에서는 김인후(金麟厚;1510~1560)로 되었고, 『대동풍아』(大東風雅)에서는 정철(鄭澈;1536~1593)로 되어 있다. 심재완(沈載完)의 『시조의 문헌적연구』에 보면 한 작품에 대해 이처럼 4명의 작가로 표기된 것이 모두 4수가 있으나, 안민영(安玟英)의 작으로 되어 있는 "豪放헐슨 져 늙으니……"는 작가의 표기가 4명이나 실제는 안민영과 대원군의 장자(長子)인 이재면(李載冕)의 다른 이름들로 이는 2명의 것이 된다.

심재완은 『시조의 문헌적연구』에서 『교본역대시조전서』에 수록되어 있는 작품 3,335수의 지명 작가가 모두 367명이며 이 가운데 왕실 작가는 18명, 기녀는 28명, 나머지 319명을 일반 작가로 다루었다.

작가에 대한 인식의 부족했던 관계로 아니면 편자의 의도를 잘못 해석한 관계로 엉뚱한 작가가 있는 것처럼 된 것이 있다.

>   楚山秦山 多白雲ᄒ니 白雲處處 長隨君을
>   長隨君君 入楚山ᄒ니 雲亦隨君 渡湘水 ㅣ라
>   湘水上 女蘿衣로 白雲堪臥 君早歸라.

는 『악학습영』과 육당본 『청구영언』등 몇몇 가집에서는 무명씨의 작으로 되어 있고, 『가곡원류』계 가집에서도 무명씨 작으로 되어 있으나 국악원본과 규장각본, 가람본, 일석본(一石本)에서만 '이백사'(李白詞)라고 되어 있어 이를 인명(人名)으로 잘못 알고 있다. 그러나 이는 당(唐)의 이백(李白)의 시 "백운가송유십육귀산"(白雲歌送劉十六歸山)으로 '이백사'라고 한 것은 이백이 지은 가사(歌詞)라고 편자는 적은 것을 '이백사'란 작가로 잘못 판단한 것이다.

제8절 시조(時調)의 역사(歷史)

시조가 고려 중엽에 발생하여 갑오경장을 겪고 다시 현대시조란 이름으로 그 명맥을 지금에 이어오기까지 8세기 가까운 세월이 흘렀다. 그러나 고려시대에 우리 국자(國字)가 없었기 때문에 한자로 기록되지 못했다면 자연 구전에 의해 전승될 수밖에 없기에 오늘에 남아 있는 고려 시대 사람들의 시조를 과연 그들의 것으로 볼 수 있으냐 하는 의문이 가는 것은 어쩌면 당연한 결과라고 하겠다.

김천택은 진본『청구영언』에서 초중대엽(初中大葉)에서 초삭대엽(初數大葉)까지 6수를 들고 다음 이수대엽(二數大葉)이란 곡목을 빠뜨리고 '여말'(麗末)이라하여 목은(牧隱) 이색(李穡)과 포은(圃隱) 정몽주(鄭夢周)의 작품 1수씩과 동포(東浦) 맹사성(孟思誠)의 작품 4수만을 수록하고, 이방원(李芳遠)의 '하여가'(何如歌)는 '열성어제'(列聖御製)라는 항목에 수록하고 있으니, 결과적으로 고려시대 작가의 작품은 7수가 전하는 셈이다.『청구영언』의 틀을 그대로 가져다『해동가요』를 엮은 김수장도 '열성어제'에 성종(成宗)을 하나 더 추가했고, '여말'은『청구영언』과 같다.

김천택의『청구영언』이 이루어지기 이전에 몇몇의 가집에 있었는지 현전하는 것이 없기 때문에 알 수는 없지만 오늘날 다른 가집에 고려시대 이전의 작가로 멀리는 고구려의 을파소(乙巴素)와 백제의 성충(成忠), 신라의 설총(薛聰)을 비롯하여 고려의 강감찬(姜邯贊)을 비롯한 십수인(十數人)을 들고 있다. 김천택은 자기 나름대로 작자에 대한 확실한 근거가 있는 것만을 수록했다고 하더라도 다른 가집의 편찬자도 구전에 의하여 작가 표시를 한 경우도 있겠으나, 그들 나름대로 어떤 근거에 의해 작가를 표시하기도 하였을 것이니 일방적으로 고려시대의 작가를 전부 부정하기는 어려울 것이다.

그러나, 시조가 고려 중엽 이후에 발생한 것이라면 삼국시대의 작가는 물론이요 고려시대 작가라도 적어도 생몰년대가 14세기 이전인 강감찬을 비롯한 최충(崔冲;984~1068), 곽여(郭輿;1058~1130), 정지상(鄭知常;?~1135), 이규보(李奎報;1168~1241)는 신빙성을 의심할 수밖에 없다. 그렇지만 조선 건국 이전의 우탁(禹倬;1263~1342)을 비롯하여 이조년(李兆年;1269~1343), 최영(崔瑩;1316~1388)과 조선조에 들어와서도 계속하여 벼슬길에 올랐거나 생존했던 성여완(成汝完;1309~1397)을 비롯하여 김종서(金宗瑞;1390~1453)까지의 작가들에 대해서는 비록 그들의 작품이 구전되어 전한다 하더라도 작가에 대한 신빙성은 인정하는 것이 무리가 없다고 하겠다.

세종께서 훈민정음을 창제하시고 조선의 건국이 힘에 의해서 이루어진 것이 아니라 천명(天命)임을 강조하는 등의 건국의 당위성(當爲性)을 백성들에게 널리 알리기 위해 훈민정음으로 『용비어천가』(龍飛御天歌)를 지으셨으나, 사대부라 하더라도 훈민정음으로 글을 지어 문집 등에 기록한다는 것은 생각할 수도 없는 것이다. 혹, 우리말로 노래나 글을 지었다 하더라도 이는 어디까지나 '여기'(餘技)에 지나지 않기 때문에 비록 아무개가 지은 것이라고 알고 있을망정 기록에 남긴다는 것은 별개의 것으로 여겼을 것이다. 가령 단종(端宗)의 복위를 꾀하다 발각이 되어 사형을 당한 사육신(死六臣)의 시조도 국문(鞫問)의 과정에서 아니면 사형(死刑)의 직전에 시조를 지을 수 있는 다만 얼마의 여유가 있었는지 모르겠지만, 현재 각각 1수 이상의 시조를 가지고 있다. 이것을 그들의 작품으로 보아야 할지, 아니면 후대에 누군가에 의해서 지어진 것에 그들의 이름을 붙인 것인지도 생각해 보아야할 문제라 하겠다.

시조의 역사를 통시적(通時的)으로 살펴본다면 아무래도 정치적인 사실과 사회적인 사실을 참고할 수밖에 없다고 하겠다. 지금까지 시조사(時調史)를 언급한 것을 보면 먼저 조선 건국 이전과 이후로 나누고, 조선조는 임진왜란 이전과 이후로 나누어 언급하는 추세이다. 조선의 건국에서 임진왜란까지는 다시 성종(成宗)까지와 그 후로 나누고, 임진왜란 이후도 영조 이전까지로 나누는데, 이는 대체로 약 1세기를 단위로 하는 것이다. 조선 건국에서 성종 25년(1494)까지가 102년, 임진왜란(1592)까지 98년, 임진왜란부터 비록 1세기가 넘지만 영조(英祖) 즉위(1734)까지의 130여년, 이후 갑오경장(1894)까지의 150년 넘게 시대구분의 경계로 삼고 있다.

이런 구분이 나름대로의 타당한 근거가 있고 또 수긍이 가는 점도 있으나, 우선은 조선조 건국 이전과 이후로 나누고 조선조는 임진왜란과 병자호란을 경계로 하여 전기와 후기로 나누어 전기에는 주로 사대부들이 활동한 시대로, 조선조 후기는 사대부들이 전혀 시조 문학 활동을 안한 것은 아니지만 아무래도 여항인들보다는 활발하지 못했고, 가곡의 창이 발달함과 때를 같이하여 여기에 맞는 엇시조나 사설시조의 발달 등으로 미루어 가객(歌客)의 등장과 함께 여항인들의 시대로 나누는 것이 타당한 것이 아닌가 한다.

제9절 시조(時調)의 수록문헌(收錄文獻)

심재완은 『교본역대시조전서』에 고시조 3,335수를 수록하고 있는데, 이는 진본 『청구영언』을 비롯한 가집 43종과, 고종 9년(1872)에 이루어진 것으로 보이는 박원(璞園) 정현석(鄭顯奭)의 『교방가요』(教

坊歌謠)를 비롯한 개화기 이후에 이루어진 7종의 가집에, 문집이나 판본, 사본에 시조가 1수라도 수록된 것 55종에서 가져왔음을 밝히고 있다.

현전하는 가집 가운데 가장 오래된 것으로 여겨지는 김천택의 『청구영언』과 김수장의 『해동가요』 및 박효관과 안민영이 엮은 것으로 알려진 『가곡원류』를 흔히 삼대가집(三大歌集)이라 일컫고 있는데, 이는 국문학을 본격적으로 연구하던 일제시대에 그 당시 발굴되어 중요한 것으로 여겨지던 것을 지칭하다가 얻어진 이름이 아닌가 한다. 그러나, 이후 많은 가집들이 발굴되었고 가집의 중요성이나 수록된 작품의 분량으로 미루어 보아도 꼭 대표되는 것이 이들 셋만을 꼽을 필요가 없고, 그렇다고 해서 단순히 수록된 작품이 많은 것만이 중요한 가집이 되는 것은 아닐 것이다.

『청구영언』은 진본 『청구영언』이 1948년에 세상에 알려지기 이전에는 육당본 『청구영언』을 원본으로 인식하고 수록작품수가 998수이며, 곡조별로 엮었다는 주장이 지금까지도 계속되고 있는 실정이다. 그러나, 진본 『청구영언』이 발굴됨에 따라 김천택이 엮었을 가능성이 큰 것은 육당본이 아님이 분명하다.

『해동가요』도 일석본(一石本)과 주씨본(周氏本)의 이본이 있어 어느 것이 원본에 가까운 것인지에 대해서 논란에 계속되고 있었는데, 보다 원본에 가까운 박씨본(朴氏本)이 1979년에 발굴되어 지금까지 알고 있는 영조 39년보다 8년이 빠른 동 31년에 1차로 편집되었음을 알게 되었다.

『가곡원류』도 이제까지는 박효관과 안민영에 의해 고종 13년(1876)에 엮어진 것으로 되어 있으나, 필자는 편자와 편찬년대에 대한 이의(異議)를 제기한 바가 있다. 『가곡원류』의 원본으로 추정하고 있는 국악원본에 박효관의 발문(跋文)으로 여겨지는 글 가운데 제자

안민영과 더불어 가집을 엮었다고 한 것을 근거로 내세우고 있으나 가집을 보면 이를 부정할 근거가 많고, 편찬년대도 안민영 개인 가집에 대한 것이기 때문이 『가곡원류』와는 무관한 것이다.

『악학습령』(樂學拾零)은 『병와가곡집』(瓶窩歌曲集)이란 이름으로 더 많이 알려진 것으로 1,109수가 수록되어 있어 작품의 수록으로는 최대의 분량이다. 그러나, 이 가집도 과연 병와(瓶窩) 이형상(李衡祥)이 엮은 것이냐에 대해서는 아직도 논란이 되고 있으나, 수록되어 있는 작가 가운데는 병와보다 후대의 작가가 수록되어 있어 그가 편집한 가집으로 보기는 어렵다. 그렇지만, 이 가집은 『해동가요』와 『가곡원류』의 중간 시기에 이루어진 가집임에는 틀림이 없기 때문에 적어도 정조대(正祖代)에서 순조대(純祖代)에 이르는 시기의 시조를 이해하는 중요한 자료가 된다고 하겠다. 가집은 모두가 사본이나 유일하게 『남훈태평가』(南薰太平歌)만이 판본으로 철종 14년(1863)에 이루어진 것이 아닌가 하고 도남(陶南)은 추정한 바가 있다.

문집과 판본, 사본 등에 적게는 1수에서 많게는 수십 수씩 수록되어 있으니, 조선시대 삼대가인(三大歌人)이라고 하는 송강(松江) 정철(鄭澈)·노계(蘆溪) 박인노(朴仁老)·고산(孤山) 윤선도(尹善道)의 작품은, 송강은 『송강가사』(松江歌辭)라고 하여 그의 가사 작품과 함께 단행본으로 후손들에 의해 여러 차례 판각되었으며, 노계와 고산의 작품은 문집에 수록되어 있다. 『송강가사』는 아마도 조선시대에 간행된 개인의 국문 가집으로는 유일무이(唯一無二)한 것이 아닌가 한다.

1800년대 이후에 들어서는 개인의 가집이 있어 다량의 작품을 지은 작가가 등장했으니, 순조시인(純祖時人) 조황(趙榥) 그의 개인 가집인 『삼죽사류』(三竹詞流)에 111수의 작품을 수록하고 있으며, 철종(哲宗)부터 갑오경장 무렵까지의 사람인 이세보(李世輔;1832~

1895)는 그의 가집 『풍아』(風雅) 등에 458수를, 고종시인(高宗時人) 안민영은 개인 가집 『금옥총부』(金玉叢部)에 180수의 시조를 수록하고 있다.

이처럼 시조는 가집과 문집이나 사본 등에 수록되어 있으나, 이를 후대에 전하거나 가집에 수록하는 경우에 표기의 정확을 의식하지 않았기 때문에 가집에 따라 시조가 달라지고 있음을 흔히 볼 수 있는데 가령 송강의 작품의 경우

① 아바님 날 나흐시고 어마님 날 기르시니
② 아바님 날 나흐시고 어마님 날 기르시니
③ 아바님 날 나흐시고 어마님 날 기르시니
④ 아바님 날 나흐시고 어마님 날 기르시니

① 두분곳 아니면 이몸이 사라시랴
② 두분곳 아니시면 이몸이 사라실가
③ 두분곳 아니면 이몸이 사라시랴
④ 두分곳 아니면 이몸이 사라시랴

① 하눌ㄱ툰 은덕을 어더다혀 갑스오리
② 하눌ㄱ툰 가업순 은덕을 어더다혀 갑스오리
③ 하눌ㄱ툰 은덕을 어더다혀 갑스오리
④ 하눌ㅈ튼 恩德을 어듸다혀 갑스올고
　(① 의성본 ② 성주본 ③ 관서본 ④ 진본 청구영언)

처럼 『송강가사』판본들과 가집에 수록된 송강의 훈민가(訓民歌) 가운데 맨 처음의 작품을 비교해 본 것이다. 의성본(義城本)과 관서본(關西本)은 관서본이 의성본을 대본으로 삼았기 때문에 차이가 없으나 성주본(星州本)과는 차이가 나며, 진본 『청구영언』도 의성본을 참고로 하였음이 분명함에도 차이가 있다. 이처럼 어느 작품에 대해

원문(原文)을 정확하게 전수하려는 의식이 부족했기 때문에 작품만이 아니라 작자에 대해서도 혼란을 가져온 것은 당연한 소치라 하겠다.

제10절 시조(時調)와
민요(民謠)·가사(歌詞)·고대소설(古代小說)

　시조는 문학적인 것만이 아니라 음악과도 필연적인 관련이 있기 때문에 가곡(歌曲)이나 잡가(雜歌) 등과 관련이 있음은 물론이다. 그러나, 여기서는 문학적인 입장에서 시조의 가사와 관련이 있는 것만을 언급하고자 한다.

　민요가 시조와 관련이 있는 것은 2구(句)를 기본으로 하는 민요의 구조가 3장을 기본으로 하는 시조에 종장보다는 초·중장의 2장이 민요의 구조와 닮았으며, 고려 충렬왕(忠烈王) 때에 불려지던 '사룡'(蛇龍)을 토대로 단형시조(短形時調)로 만든

　　죠고만 실비암이 龍의 헐이 굴으믈고
　　泰山峻嶺으로 가단 말이 잇셔이다
　　열놈이 백말을 흐여도 님이 斟酌 흐쇼셔. (一海 450)

가 있는데, 종장을 보면 송강(松江)의 작품으로 알려진

　　深意山 세네 바회 휘도라 감도라 들어
　　五六月 낫계즉만 살어름 지핀 우희 즌서리 섯거치고 자최눈 쑤렷
　　거눌 보앗는가 님아님아
　　온 놈이 온 말을 흐여도 님이 짐쟉 흐쇼셔. (珍青 484)

와 같은 종장을 가진 것이 3수나 있다. 이처럼 초장의 일부나, 종장의 일부, 또는 전부가 같은 것이 상당히 많은 것으로 미루어 민요의 형태가 시조에 남아 있음을 볼 수 있다.

가사의 경우 많지는 않으나 '규원가'(閨怨歌)의

> 곳 피고 날 져믄제 定處업시 나가이서
> 白馬金鞭으로 어대어대 머므난고
> 遠近을 모라거니 消息이야 더욱 알냐
> 因緣을 긋쳐신들 생각이야 업슬쏘냐
> 얼굴을 못보거든 그립기나 마르려믄
> 열두 때 기도길샤 셜혼 날 支離ᄒ다.

를 가져다 초 · 중장을 만들고, 종장은 새롭게 하여 다음과 같이 하였다.

> 月黃昏 계워 간 날에 定處 업시 가난 님이
> 白馬金鞭으로 어듸가 돈니다가 酒色야 좀기여 더라오기를 이졋난고
> 獨守空房ᄒ여 長相思淚如雨에 輾轉不寐 ᄒ노라. (甁歌 884)

또 누군가에 의해 노계(蘆溪) 박인노(朴仁老)의 가사 '사제곡'(沙堤曲)의 일부를 가져다

> 三公不換 此江山은 어이 니를 말이런고
> 나는 말업시 슈이도 밧고완쟈 恒産도 보쟈 ᄒ니 히욤 업시 이노미라 어즈로운 鷗鷺와 數만흔 麋鹿을 내 혼자 거늘여 六畜을 삼어는디 갑업슨 淸風明月른 節로 己物이 되어시니 남과 다른 富貴는 이 혼몸에 가잣세라
> 엇덧타 니 富貴를 가지고 져 富貴를 불을손야. (靑歌 632)

처럼 사설시조를 만들었다.

가람본 『청구영언』(青丘詠言)에 은와당(隱臥堂)이란 호를 가진 사
람의 작품이라 하여 19수의 작품이 있는데 그 가운데

青灯 걸닌 겻히 鈿箜篌 노하 두고
꿈에나 님을 보려 紗窓에 지혀시니
어디셔 오견된 돍의 소리 줌 못들게 ᄒᆞᄂᆞ니. (青詠 152)

는 송강의 가사 '사미인곡'(思美人曲)과 '속미인곡'(續美人曲) 가운데

青燈 거른 겻틱 鈿箜篌 노하두고
꿈의나 님을 보려 턱밧고 비겨시니
앙금도 차도츨샤 이밤은 언제 샐고 (思美人曲)

ᄆᆞ암의 머근 말슴 슬ᄏᆞ장 숣쟈ᄒᆞ니
눈믈이 바라나니 말인들 어이ᄒᆞ며
情을 못다ᄒᆞ여 목이조차 메여ᄒᆞ니
오뎐된 鷄聲의 줌은 엇디 씨돗던고 (續美人曲)

에서 초장과 중장은 '사미인곡'에서 종장은 '속미인곡'에서 가져다
만든 것이다.

고대소설(古代小說)의 경우는 연대 미상의 기녀(妓女) 부동(夫同)
이

春香이 네롯더냐 李道令 긔 뉘러니
兩人一心이 萬劫인들 불을쏘냐
아마도 이ᄆᆞ옴 비최기ᄂᆞ 明天이신가 ᄒᆞ노라. (青詠 278)

처럼 『춘향전』(春香傳)에서 소재를 가져와 단형시조로 만들었으나 소설의 내용을 가져다 시조로 만드는 경우 내용의 일부분을 가져오거나 전체의 내용을 요약하거나 하는 경우가 있다. 이런 경우에 단형시조보다는 장형의 시조로 만들었으며, 가장 많은 것이 중국의 『삼국지연의』(三國志演義)이며, 『서유기』(西遊記)에서 소재를 가져온 것도 있다. 우리나라 소설의 경우 『숙향전』(淑香傳)과 정태제(鄭泰齊) 『천군연의』(天君衍義)가 있으며, 서포(西浦) 김만중(金萬重)의 『구운몽』(九雲夢)을

> 天下名山 五嶽之中에 衡山이 ㄱ쟝 됴턴지
> 六觀大師 說法濟衆헐졔 相佐中 靈通者로 龍宮에 奉命ㅌ가 石橋上
> 에 八仙女 만나 戱弄ᄒ 罪로 幻生人間ᄒ야 龍門에 놉히 올ᄂ 出
> 將入相ᄐ가 太史堂 도라드러 蘭陽公主 李簫和 英陽公主 鄭瓊貝
> 며 賈春雲 陳彩鳳과 桂蟾月 翟驚鴻 沈裊烟 白凌坡로 슬ㅋ쟝 노
> 니다ㄱ 山鍾一聲에 쟈던 꿈을 ㄷ ᄭ여고나.
> 世上에 富貴功名이 이러ᄒᄀ ᄒ노라. (花樂 660)

이 있다.

이처럼 시조에는 다른 형태의 문학 작품이 유입(流入)되어 있는데, 여기서 한시의 경우는 언급하지 않았다.

제2장 여항시조편(閭巷時調編)

제1절 여항(閭巷)과 여항인(閭巷人)

국문학에서 '여항'(閭巷)이란 용어가 쓰인 것은 오래된 것이 아닌가 한다. 조선시대 반상(班常)의 계층이 굳어진 이후 상민(常民) 또는 상인(常人)을 지칭하는 용어로 '평민'(平民)이란 용어를 일반적으로 사용했다. 그러나, 근래에는 '여항'이나 '위항'(委巷)이란 말을 자주 사용하고 있는 실정이다. '여항'은 주제(周制)에서 유래된 말로 25가구(家口)를 '리'(里)라 부르고, 이(里)에는 문(門)을 세우는데 이를 '여'(閭)하고 불렀다. '항'(巷)은 '거리'란 뜻으로『증운』(增韻)이란 책에 "직왈가 곡왈항"(直曰街 曲曰巷)이라 하여 거리 가운데 곧은 길은 '가'(街), 굽은 길은 '항'(巷)이라 했는데 가항을 합하여 '마을'이란 뜻으로 쓰인다. 여항과 같은 뜻으로 쓰이는 말로 '위항'이 있는데 이는 "꼬불꼬불하고 지저분한 거리"란 뜻이다. 여항과 동의어(同義語)로는 여리(閭里)·여염(閭閻)·여오(閭伍)·여정(閭井)이 있다. '여항인'(閭巷人)은 일반 민간인이나 벼슬을 하지 않은 사람을 뜻하나 조선조 후기에 들어와 쓰인 뜻은 출생 신분이 중인(中人)이나 서얼(庶孽)과 서리(書吏)인 경우에 여항인 또는 위항인으로 불리웠다.
조선 시대의 사회 계급은

　　제일 종친(宗親)
　　제이 국구(國舅)
　　제삼 부마(駙馬)
　　제사 양반 · 향반(兩班 · 鄕班)
　　제오 중인(中人)
　　제육 서얼(庶孽)
　　제칠 서리(胥吏)
　　제팔 상민(常民)
　　제구 천민(賤民)

으로 구분되는데 이 가운데 중인 · 서얼 · 서리가 여항인에 해당된다.
상민이나 천민보다는 사회적 지위가 우월하기는 하나 더 이상(以上)
의 신분 상승(上昇)이 어렵고, 양반들의 수족(手足)처럼 행동해야 하
고 직업이라야 하급관리에 만족하고 과거에도 응시할 수 없는 평생
을 금고상태(禁錮狀態)에 놓여 있었기 때문에 하층 신분인 상민이나
천민을 합하여 평민(平民)이라 불러도 좋다고 하겠다.
　여항인의 한 축을 이루고 있는 중인(中人)은 그들의 거주지가 서
울의 중심인 장교(長橋)나 수표교(水標橋) 부근에 살았기 때문에 중
인이란 이름이 붙여졌다고 하는 주장과, 양반 계층과 평민 계층의
중간적 계층이기 때문에 생긴 이름이란 주장이 있다. 이와는 달리,
중간 정도의 품격(品格)이나 재산 정도를 가진 사람이란 뜻으로도
쓰였는데, 신분이 중간이란 뜻은 품격이나 재산이 중간 정도라는 뜻
으로 조선 후기에 들어와서 대체로 쓰였다고 하겠다. 이들은 전의감
(典醫監) · 사역원(司譯院) · 관상감(觀象監) · 도화서(圖畵署) · 교서관(
校書館)의 기술관(技術官)으로 의관(醫官) · 역관(譯官) · 음양관(陰陽

官)·화원(畵員)·사자관(寫字官)등을 지냈으며, 비록 서리 계층보다
는 사회적 신분이 높으나 그들과 크게 다를 것이 없었으며 서얼들과
는 사회적 지위나 문화적 성향(性向)이 비슷했기 때문에 숙종조부터
는 중인(中人)과 서류(庶流)를 합하여 중서(中庶)란 말이 쓰였다. 직
업이 대부분 전문 기술직이기 때문에 세습적(世襲的)으로 이어져 내
려왔고 혼인도 그들끼리만 하였으며, 중인계급을 형성하여 살았으나,
숙종조에 와서는 그나마도 사회적 지위가 하락하여 서리들과 다를
바가 없어졌다.

　　조선조에서 신분상으로 제일 억울한 계층은 아마도 서얼(庶孽)
계층이었을 것이다. 부계(父系)는 분명 양반이면서 모계(母系) 쪽의
반이 중인이하 천민이기 때문에 서얼이란 칭호를 평생 달고 다니는
불운한 사람들이었다. 양첩(良妾)의 소산(所産)을 '서'(庶), 천첩(賤妾)
의 소산을 '얼'(孽)로 부르면서 이들에게 서얼의 굴레를 씌웠다. 고
려시대에는 비교적 제약(制約)이 적었던 다처주의(多妻主義)에서 발
생한 적자(嫡子)와 서자(庶子)와의 문제는 적자보다 서자가 많게 되
고 조선 건국 후에 유교를 신봉하는 사회에서 일부일처(一夫一妻)
주의와도 마찰을 빚게 되었다. 태종(太宗) 때에 서선(徐選)이 서얼의
자손에게는 현관(顯官)의 직책을 주지 말 것을 건의한 것이 받아들
여지고 이것이 그대로 시행되자 서류(庶流)들은 과거에 응시할 기회
를 잃었다. 성종조(成宗朝)에 편찬된 『경국대전』(經國大典)에서 "서얼
물허 부문과생원진사시"(庶孽勿許 赴文科生員進士試) 라고 성문화(成
文化)해 버렸고, 명종조(明宗朝)에 와서는 여기에 들어 있는 문구(文
句)를 해석할 때 서얼의 자손을 대대손손(代代孫孫)이라 확대 해석하
는 바람에 그만 이것은 서얼영세금고법(庶孽永世禁錮法)이 되어 버
렸다. 이런 고통은 서얼인 당사자는 물론이지만 양반 계층인 부모에
게도 커다란 슬픔을 주었지만 유교적 사상에 젖어 대의 명분만을 주

장하는 그들 자신도 해결할 수 없는 문제로 남아 조선조 후기까지 계속되었다.

장자 상속제는 아들이 없으면 양자(養子)를 세워 가문(家門)을 잇게 하는 법이다. 왕실에서는 선조(宣祖)와 영조(英祖)가 비록 서출(庶出)이나 왕위에 오를 수 있었지만 일반 반가(班家)에서 적출(嫡出)이 없는 경우 양자를 들일지라도 서출로 가문을 잇지는 않았다. 영조조(英祖朝)에 이르러서는 서얼들의 수효가 국중 (國中) 인구의 반수(半數)가 되고 그들이 하나의 사회 계층을 이루자 자연 사회 문제로 번져 허청(許淸)·허통(許通)·허요(許要)의 문제가 대두(擡頭)되어 때에 따라서는 엄격했던 신분 제도가 다소간에 완화가 되어 서류(庶流)에게도 과거에 응시할 기회가 주어져 문과(文科)에 합격하는 경우가 없는 것은 아니나 대체로 갑오경장까지 별로 만족할 정도의 대책이 없었다고 하겠다.

여항인의 주축(主軸)을 이루는 계층의 하나인 서리(胥吏)는 서리(書吏)와 통용되나 어떤 구분이 있던 것 같다. 서리(胥吏)는 달리 아전(衙前)이라고도 불리우며 경아전(京衙前)과 외아전(外衙前)이 있어, 외아전을 향리(鄕吏)라 불렀고 서리(書吏)는 경아전에 속하는 하급 관리로 서책(書冊)의 보관이나 도필(刀筆)의 임무를 맡아보는 일을 하였다. 서리(胥吏)는 관아의 문서, 기물(器物), 문사(文辭) 등을 관장하는 서인(庶人)으로 관(官)에 예속되어 있다. 고려 시대에는 이들에 대한 신분상의 별다른 제약(制約)이 없었지만 조선시대에 들어와서 양반 계층의 배타적 특권이 강화되면서 서리(胥吏)는 문무관료와 엄격히 구분되었고, 철저히 열등적(劣等的)인 신분 차별을 더하여 그들이 관료로 진출하는 것을 억제하였다. 따라서 이들이 할 수 있는 일은 하급의 행정 실무와 말단의 경찰(警察), 군사의 업무에 종사하는 것이 고작이었다.

조선조 중기 이후에 양반 계층들은 계속되는 당쟁과 조령모개(朝令暮改)의 인사 정책 때문에 행정 실무에 전념할 수도, 업무의 실태도 제대로 파악할 처지도 안되기 때문에 자연 그들의 업무는 세습직(世襲職)이 되어 버린 서리들의 힘을 빌리지 않고는 불가능하게 되었다. 서리들에게는 원칙적으로 어떤 보수(報酬)가 없었기 때문에 자연적으로 그들에게 부정과 부패의 소지(素地)를 만들어 준 셈이다. 경아전(京衙前)에게는 하급 행정업무와 대민업무가, 향리(鄕吏)들에게는 지역사정과 소관업무가 관장(官長)인 양반 사대부들보다 정통했기 때문에 그들의 힘은 막강하여 이들의 협조가 없으면 행정은 마비를 가져왔다. 이들은 나름대로의 조직을 형성하여서 향리의 경우에는 수세부(收稅簿)의 사기(詐欺), 방납(防納), 방결(防結) 등으로, 경아전의 경우 행정실무의 장악으로, 일반 백성들을 수탈하고 통제하는 등의 관리로서의 특권과 실리를 확보하게 되었다. 이들의 병폐는 당연히 양반 계층들보다는 일반 백성들에게 커다란 영향을 끼치게 되어 각종의 부정과 수탈은 민원(民怨)의 소지가 되었다. 서리 계층이 누구보다도 욕을 많이 먹게 된 것은 양반 계층들에게는 교활하기 짝이 없는 인간으로, 일반 상민이나 천민들에게는 고혈(膏血)을 착취하는 비정한 인간으로 비춰졌기 때문일 것이다.

그들은 관아(官衙) 근처에 살면서 시세(時勢)에 매우 밝고 처신(處身)이 약삭빨라 남보다 나은 경제적인 부(富)를 누리며, 전통에 대한 집착이 적어 서구 문물이 들어오는 개화기(改化期)에는 다른 어느 계층보다 먼저 이를 수용하여 신교육을 받아 신분 상승의 계기로 삼았다.

여항인 시조 작가 가운데 대부분이 서리 출신이며, 역관(譯官)은 숙종조의 장현(張炫)이 있고, 김천택은 포교(捕校) 출신이며 김수장을 비롯한 많은 사람들은 다 서리 출신이다.

제2절 여항문학(閭巷文學)과 여항시조(閭巷時調)

여항문학이란 용어는 조선조 후기(17~19세기)의 문학사에서 형성된 개념으로 양반 사대부의 문학 또는 귀족문학에 상대되는 개념으로 종전(從前)에는 평민문학(平民文學) 또는 서민문학(庶民文學)의 일부로 다루고 있었다고 하겠다.

지금까지 평민문학이란 개념도 넓게는 고려 시대 일반 민중들에 의해서 이루어진 고려가요까지를 포함시키는 경우도 있었지만 그보다는 조선조 후기에 와서 흔히 말하는 임진왜란과 병자호란 이후에 새롭게 활동이 두드러지기 시작한 평민들이 지은 문학으로 국문으로 된 소설, 시조, 민요 등을 가리키며, 여항문학이라면 한문으로 지은 시나 문을 가리키는 경향이 있다고 하겠다. 여기서 여항문학이라 함은 표기가 국문으로 되었든 한문으로 되었든 양반 사대부가 지은 문학이 아닌 문학 작품을 가리킨다.

조선조 후기에 와서 여항문학이 발달하게 된 원인을 문학 외적(外的)인 것과 문학 내적(內的)인 것으로 구분하여 볼 수 있으니, 먼저 문학 외적인 것은

첫째, 평민들의 자각(自覺)을 들 수 있다. 조선조 전기까지만 해도 양반의 권위는 절대적인 것이었으나 임진왜란과 병자호란을 통하여 그들이 일반 서민에게 보여준 것은 국가가 위기에 처했음에도 불구하고 국가의 안위보다는 자신의 생명에 더 애착을 갖는 비겁하고도 무기력한 존재임을 확인했고, 전후(戰後)에는 가난한 서민들을 상대로 학정(虐政)을 베풀자 서민들은 이런 과정에서 자신의 존재가 무엇인지를 자각하게 되고 이런 자각은 바로 우리의 근대화 과정으로 이어진다.

둘째로, 경제적 여유라 하겠다. 대동법(大同法)이 시행된 이후 상품 화폐경제가 발달하고 상공업이 발달하게 되자 서민들만은 아니겠으나 행동과 의식이 적극성을 띠게 되었고 여기에 청(淸)나라와의 무역으로 경제적인 부(富)를 축적한 여항인들은 생활의 여유가 생기고 나름대로의 생활의 질이 향상되고 더 나아가 차츰 사회 전체에 영향력을 행사하게 되었다.

셋째로, 정책적인 것에서 찾을 수 있으니, 영조(英祖)와 정조(正祖)는 학문을 크게 진작(振作)시켜 조선 후기의 문예부흥시대를 열었다. 전반적으로 숙종조(肅宗朝) 이후부터 적극성을 가진 의식과 행동은 정신 문화의 발달로 이어졌고, 서구 문물의 전래(傳來)에 따른 결과로 물질 문명도 발달하여 인쇄술 등의 발달은 빠른 문화 보급을 가져와 사대부 문화에서 여항인 문화로 전환하는 계기를 가져 왔다.

끝으로, 교육열(敎育熱)을 들 수 있다. 여항인들이 경제적인 여유가 생기게 되자 자식들을 가르치고자 하는 열의가 대단해서 양반 자제들의 관학(官學)에는 미치지 못하겠으나, 부유한 사람들이 나름대로 서당(書堂)을 열어 선생을 모셔오고 학동들을 모아 교육을 했다는 기록이 있음을 본다.

문학 내적(內的) 요인으로는 우선 그들의 내부에서 찾을 수 있으니

첫째로, 이제까지 신분상의 제약(制約)으로 과거시험에 응시할 수도 없었고, 서얼금고법에 얽매이고, 한품서용(限品敍用)에 사회 진출의 활로가 차단되었던 그들이 경제적인 여유와 의식개혁에 힘입어 축적된 그들의 재능을 어디엔가로 돌파구를 찾아 발산(發散)해야 했으니, 이것이 바로 예능방면으로 나아가게 된 동기가 아닌가 한다.

문학의 경우 세종대왕께서 창제하신 국자(國字)가 엄연히 있음에도 불구하고 사대부들은 한문으로만 시문을 짓고 어쩌다 국문을 사

용하여 시문을 짓는 것을 일종의 '여기'(餘技)로만 여겼던 사회에서 여항인들도 우선은 사대부들을 따라 한문으로 시문을 지었다. 그러나 형식이야 어쩔 수 없이 사대부들의 시문과 같았지만 내용은 그들과는 판이한 진솔한 감정들을 나타냈다. 오늘날 우리가 아쉽게 생각하는 것은 이들 여항인들이 한시문이 아닌 국자(國字)로 시문을 지었다면 현재 전하는 작품보다 더 많은 작품들을 좀더 가까이 할 수 있었을 것이다. 영정조대(英正祖代)의 이가환(李家煥;1742～1801)이 '풍요속선서'(風謠續選序)에서 "此所以古今稱詩 多出於窮而在下者也"(차소이고금칭시 다출어궁이재하자야)라고하여 고금에 시(詩)라고 부를 수 있는 것은 생활이 곤궁한 처지를 경험한 사람과 다른 사람으로부터 하대(下待)를 받아 본 사람들에게서 진솔한 시가 나온다고 한 것은 공감이 가는 말이라 하겠다.

둘째로, 직업적(職業的)인 것에서 찾을 수 있다고 하겠으니, 그들이 할 수 있는 직업은 역관(譯官), 의관(醫官), 음양관(陰陽官), 교서원(校書員), 화원(畵員) 이나 하급 관리였기 때문에 그들이 맡은 직무를 수행하기 위해서는 한문의 실력을 기본적인 것이었다. 역관의 경우 단순히 역관의 임무 이외에도 상대국 관리들이나 사람들과 시문을 주고 받는다든지, 사신들이 임무 수행차 오고 가는 길에 시작(詩作)을 주고 받는 등의 일은 다반사이기 때문에 시문을 대하거나 짓는 일은 비일비재(非一非再)하였으니 문학적 소양(素養)을 쌓는데 부족함이 없었을 것이다.

셋째로, 사대부들의 추만(推輓)과 유액(誘掖)을 들 수 있다. 여항인들 가운데 서얼 계층은 어머니가 단지 사대부가(士大夫家)의 적출(嫡出)이 아니라든지 사대부 가문의 규수가 아니라는 이유 때문에 평생을 금고(禁錮)의 상태어서 생활해야 하는 불운한 사람들이다. 이들은 소위 '반쪽 양반'들이기 때문에 여항인들 가운데 중인(中人)이나 서리(胥吏) 계층보다 쉽게 사대부들과 가까이할 수 있어 그들과 접촉이 빈번했고, 근본이 양반이기 때문에 그들의 사고방식이나 생활 습관에서 오는 차이는 크지 않았다. 그러므로 그들과 어울려 시문을 짓고 대화를 나누며 학문을 의논하는데 조금의 손색(遜色)이 없으면서도, 다만 신분적 차이 때문에 같이 어울리기에 어려움이 많았을 것이다. 사대부 계층은 여항인들이 사대부들과 어울려 지은 시문을 문집으로 남기고자 하나 신분적인 차이에서 오는 좌절감이나 경제적인 어려움을 극복하는데 용기를 북돋아 주고 경제적인 도움을 주었다. 여항인들의 시집인『소대풍요』(昭代風謠)나『풍요속선』(風謠續選),『풍요삼선』(風謠三選)에 서문이나 발문을 사대부들이 쓴 것은 이를 대변해 주는 것이라 하겠다.

이처럼 여항문학이 발달하게 된 원인을 결론적으로 말한다면 임진왜란과 병자호란을 겪은 다음 평민들의 자각에서 비롯된 의식 개혁이 상공업의 발달로 축적된 경제력을 뒷받침으로 문학적 소양을 쌓을 수 있는 여건의 조성으로 이어진 결과라 하겠다.

여항문학이란 개념이 아직도 여항인이 지은 한자로 표기된 작품만을 인식하고 있는 상태에서 여항시조(閭巷時調)란 개념은 생소하고 어색할 수밖에 없다고 하겠다. 왜냐하면 아직 아무도 이런 문학적 용어를 사용한 일이 없기 때문이다. 평민문학(平民文學)이라 하여 작가가 분명한 평민들이 지은 작품들은 물론이지만 오늘날 국문학에서 양반 계층이 지은 것이 분명한『홍길동전』(洪吉童傳)이나,『구운몽』(九雲夢) 등 일부의 고대소설을 제외한 고대소설이나 고시조, 민요, 잡가 등을 통틀어 모두를 포괄하는 개념으로 쓰이고 있다. 평민문학을 달리 여항문학이라 부른다면 우리 고전문학에서 여항문학의 범주는 상당히 광범위하게 되어 어쩌면 조선조 후기의 문학을 여항문학이라 부르는 오류(誤謬)를 범(犯)할 수도 있다고 하겠다.

이런 의미에서 여항시조란 용어보다는 평민시조라는 용어가 더 타당할지 모르겠으나, 대체적으로 평민이라 하면 상민(常民)이나 천민(賤民)을 합한 서리 이하의 계층 사람들을 가리키는 뜻으로 받아드릴 오해의 소지가 있다고 생각되어 중인과 서얼, 서리(胥吏)를 총괄한 수 있는 여항인이 지은 시조라는 뜻에서 여항인이 지은 시조를 가리켜 '여항시조'(閭巷時調)라는 용어를 쓰고자 한다. 김천택도『청구영언』에서 자신을 비롯한 몇몇 사람의 작품을 '여항육인'(閭巷六人)이라고 한 것도 자신들의 신분이 여항인임을 밝히고 있다.

시조에 있어 여항인들이 본격적으로 활동하기 시작한 시기를 숙종조(肅宗朝)로 보고 이후 갑오경장(甲午更張)에 이르기까지의 약 220여년간에 걸쳐 출신 성분이 분명히 여항인으로 밝혀진 작가와 여항인란 기록은 없지만 여항인으로 간주(看做)되는 작가 40여명의 장단시조(長短時調) 650여수를 대상으로 하여 이를 여항시조로 다루고자 한다. 시조가 숙종조 이후에 그 주도권(主導權)이 여항인에게로 넘어갔다고 하는 것은 단순히 시조 작가가 사대부 계층보다 많다든지 하는 이유만은 아닐 것이다. 형식상으로 볼 때 장형시조(長形時調)의 창작이 활발해졌다든지, 작품의 문학적 가치도 사대부 계층의 작품보다 문학적으로 월등하게 앞선다는 점도 거론할 수 있지만 시조를 창작하고 정리(整理)하여 가집을 편찬하는 것이며 더 나아가 부르는 것(歌唱)까지도 모두가 여항인들이 주관(主管)하게 되었다는 의미일 것이다.

그러면 여항시조가 문예사조적(文藝思潮的)으로 보아 어떤 특성을 가졌나에 대해서 언급한 것을 보면

　　그러면 나아가 그들 吏胥作家들의 時調는 文藝思潮的으로 보아 士夫作家의 것에 比하여 어떠한 特異性을 갖고 있는가. 大體論이기는

하나 一般的으로 後者가 漢詩流의 思想感情을 많이 詠出하고 있음
에 反하여, 前者의 時調에 있어서, 吾人은 보다 朝鮮民族 固有한 思
想感情이 배어 있음을 느낄 수 있는 것이다.

즉 吏胥作家는 그 儒學的 敎養에 있어서, 士夫作家보다는 떠러지
는 까닭으로 思想의 枯渴과 思想의 缺乏과는, 自然 그 內容의 貧困,
陳腐함을 免치 못하고 典雅와 洗練을 缺하는 嫌이 없지 않으나 士
夫作家의 作品 內容이 功業, 慨世, 君臣, 頌祝, 懷古, 遊覽 等의 高
踏的, 道德的인 思想을 詠出하고 있음에 反하여, 近代 吏胥作家의
作品에서는 卽興的으로 그들의 眞情을 描出한 것이 많아 따라서 生
活과 藝術과의 相關性 顯著히 그 緊密度를 더하여, 그것이 일면에
있어서, 諧謔, 滑稽, 好色, 艶情, 別恨 等의 享樂主義的, 遊戱的 文學
이거나 或은 野趣에 찬 卽興詩, 俚謠와 같은 것이 많아지고 描寫가
露骨化되고 平民化 되었다. 18)

고 하면서 사대부의 시조는 한시류(漢詩流)의 시상(詩想)을 노래한
것으로 공업(功業), 개세(慨世), 군신(君臣), 송추(頌祝), 회고(懷古),
유람(遊覽) 등을 내용으로 하고, 여항인의 시조는 우리나라 사람들의
고유한 사상감정을 노래한 것으로 해학(諧謔), 골계(滑稽), 호색(好
色), 염정(艶情), 별한(別恨) 등을 노래했다고 했는데, 이런 결론이 그
대로 적용된다고 하기는 어려우니 가령 여항시조의 내용으로 해학이
나 골계, 호색 등을 내용으로 하는 것이 없는 것은 아니나 이런 것
들이 여항시조의 내용을 대변할 정도로 그렇게 많은 것은 아니다.

여항인들의 시조를 이해하고 감상하기 위해서는 언제부터 시작
하여 어떻게 발전했나를 왕조(王朝)와 편찬된 가집을 중심으로 그
특성을 아래와 같이 시대를 구분하고 해당 가집에 수록된 작가를 통
하여 고찰해 보고자 한다.

---

18) 具滋均: 『韓國平民文學史』P P. 37~38

제3절 여항시조(閭巷時調)의 시대구분(時代區分)

　시조에서 여항인(閭巷人) 작가들이 활발하게 작품 활동을 한 시기를 숙종대(肅宗代)로 보고 이후 갑오경장(甲午更張)에 이르기까지 220여년간을 왕조(王朝)와 그 시기에 전후(前後)해서 이루어진 가집(歌集)을 중심으로 하여 고찰해 보는 것이 여항시조를 이해하는 관건(關鍵)이 아닌가 한다.

　우리는 흔히 『청구영언』과 『해동가요』 및 『가곡원류』를 삼대가집(三大歌集)이라 일컫는다. 『청구영언』은 영조(英祖) 4년(1728)에, 『해동가요』는 동(同) 39년(1763)에, 『가곡원류』는 고종(高宗) 13년(1876)에 이루어졌다고 한다. 『해동가요』가 이루어진 다음에 『가곡원류』가 이루어지기까지는 100여년이 걸렸다. 『청구영언』에서 『해동가요』가 이루어지기까지의 30여년의 차이에 비해 『가곡원류』를 삼대가집에 포함시키는 것은 시기적으로 너무 뒤지는 것이 아닌가 한다. 현재처럼 많은 가집이 발굴되었는데도 불구하고 『청구영언』, 『해동가요』, 『가곡원류』만을 고집하여 대표적인 가집이라 주장할 이유가 없는 것이라 생각된다. 국문학 연구의 초창기(草創期)에는 가집의 편자가 확실하고 가집의 보존 상태가 비교적 양호한 가집만이 마치 전체의 가집을 대표하는 것처럼 인식되었다. 많은 가집이 발굴되기 이전의 것을 기준을 삼았던 과거의 주장을 조금도 재검토해 보려는 노력도 없이 관행(慣行)으로 되풀이하고 있다고 하겠다.

　『청구영언』은 1948년 조선진서간행회(朝鮮珍書刊行會)에서 오장환(吳章煥) 씨의 소장본을 간행하기 이전에는 최남선(崔南善)씨 장본(藏本)인 육당본(六堂本)을 원본(原本)으로 생각하고 있었으나, 진본 『청구영언』을 방종현(方鍾鉉)이 원본(原本)으로 추정(推定)했음에도 불구하고 지금도 여전히 곡조별로 엮어진 998수가 수록된 가집이란 주장이 계속되고 있는 실정이다. 육당본은 서명(書名)만이 같은『청구영언』일뿐 별개의 가집이다. 육당본에 수록되어 있는 작품의 지명 작가(知名作家)로 익종(翼宗)이 있는데 순조(純祖)가 재위 34년(1834) 11월 13일에 승하하시고 동월 18일에 헌종(憲宗)이 즉위하면서 곧바로 자기의 아버지를 익종으로 추존(追尊)했으니 육당본의 편집은 당연히 이 이후가 된다. 따라서 진본『청구영언』과 육당본『청구영언』을 막연하게 같은『청구영언』으로 다루는 오류는 마땅히 시정되어야 할 것이다.

『해동가요』도 기왕에 알려진 일석본(一石本)이나 주씨본(周氏本) 이외에 새로 박씨본(朴氏本)이 발굴되어 이제까지『해동가요』가 영조 39년에 이루어졌다는 견해도 초찬본(初撰本)이 영조 31년(1755)에 만들어졌다는 사실을 추가해야 되리라 믿는다. 김수장은 초찬본을 만든 뒤에 2차로 이정보(李鼎輔)와 자신의 장시조 작품을 포함시켜 동 39년에 주씨본을 만들었고 계속하여 여항인들의 작품집인『청구가요』(靑邱歌謠)를 만들어『해동가요』의 속편(續編)처럼 하였다.

『가곡원류』는 고종 13년에 박효관(朴孝寬)과 안민영(安玟英)이 편찬했다는 것이 이제까지 학계(學界)의 정설(定說)로 되어 있으나, 필자(筆者)는 여기에 의문을 제기하고 편자가 이제까지의 주장과는 다를 것이라는 가능성을 언급했다.『가곡원류』의 원본을 국악원본(國樂院本)으로 추정하고 있으나,『가곡원류』의 이본(異本)들을 교합(校合)하여 하합본(河合本)이 원본에 가까운 것이 아닌가하는 주장을 하였다.

여하간 새로운 가집의 발굴로 기왕의 학설 등을 새롭게 수정하고 추가할 연구 결과들이 이룩되었음에도 불구하고 아직도 새로운 주장이나 학설을 받아들이는 데는 매우 인색하여 수정하기를 꺼리는 경향이 있다고 하겠다.

이제 여항시조를 왕조와 가집이 이루어진 것과 연관시켜 몇 단
계로 시대구분(時代區分)을 하여 보면

第 1期 肅宗·景宗年間(1675~1724) 50年間
第 2期 英祖年間(1725~1776) 52年間
第 3期 正祖·純祖年間(1777~1834) 58年間
第 4期 憲宗~甲午更張까지(1835~1894) 59年間

으로 구분하여 가집과 관련시켜 보면 제 1기에 진본『청구영언』이,
제 2기에『해동가요』와『청구가요』가, 제 3기에는『악학습령』(樂學
拾零)과 육당본『청구영언』이, 제 4기에는『가곡원류』가 관련되어
있다고 하겠다.

제 1기인 숙종조에는 여항인 시조작가가 등장하여 활발한 작품
활동을 하였으니 진본『청구영언』에 수록되어 있는 '여항육인'(閭巷
六人)과 그들과 관련이 있는 작가들이 해당되고, 제 2기인 영조조에
는 김수장을 비롯한 가객이 중심이 되어 노가재(老歌齋)를 경영하면
서 주씨본『해동가요』의 뒤에 붙어 있는 '고금창가제씨'(古今唱歌諸
氏)에 나오는 작가들과,『청구가요』에 수록된 작가들과 교유(交遊)하
며 활발한 활동을 하였다. 제 3기는 앞의 김천택이나 김수장처럼 가
단(歌壇)을 이끌어갈 지도자가 없었기 때문에 뚜렷이 내세울 작가도
없고 작품활동도 부진했으나, 제 4기에는 박효관과 안민영과 같은
특출한 지도자도 있었고 운애산방(雲崖山房)을 중심으로 활발한 작
품활동이 있었고『가곡원류』처럼 조선 시대의 시조를 총결산하는 가
집도 있었다.

이제 왕조와 가집을 중심으로 하여 4기로 나눈 각 기(期)의 개관
(槪觀)과 그 시대에 활동한 작가를 보면 다음과 같다.

가. 제 1기의 시대개관(時代槪觀)과 작가(作家)

임진왜란과 병자호란이 끝나고 나서 사회적으로 나타난 두드러진 현상은 누가 뭐래도 평민(平民)의 자각(自覺)이라 하겠다. 이는 이제까지의 지배 계급이었던 양반 계층의 권위가 무너지는 것이 문제가 아니라 앞으로 오는 세상의 실질적인 주역(主役)들이 서서히 바뀌게 됨을 예고하는 것이다. 그러나 사회의 변천이란 것이 그렇게 쉽게 이루어지는 것이 아니기 때문에 평민들이 각 분야에 걸쳐 활발한 활동을 하기까지에는 상당한 기간이 필요했던 것이다.

14살의 어린 나이로 왕위에 오른 숙종(肅宗;1661~1720)은 영조(英祖)의 52년 다음으로 46년 동안이나 재위했던 임금으로 재위기간 동안 당쟁으로 인하여 남인(南人)이 청남(淸南)과 탁남(濁南)으로 분당(分黨)되고 서인(西人)도 노론(老論)과 소론(少論)으로 분당되는 과정을 겪으면서 송시열(宋時烈)을 사사(賜死)시키는 지경에까지 이르렀다. 그러나 호패법(號牌法)과 대동법(大同法)을 시행하고 상평통보(常平通寶)라는 철전(鐵錢)을 주조하는 등 경제정책이나 국방을 튼튼히 하고 단종(端宗)을 복위(復位)하는 등의 훌륭한 업적을 남겼으나 숙종 23년에서 25년에 이르는 3년동안 대기근(大饑饉)과 여역(癘疫)으로 수십만의 백성이 죽는 어려움도 있었고, 개인적으로는 4명의 왕비를 맞이하는 불행도 겪어야만 했다. 이 가운데 민비(閔妃)인 인현왕후(仁顯王后)를 폐비시키고 장희빈(張禧嬪)을 왕비로 책봉했다가 민비를 복위시키고 장희빈을 사사(賜死) 시키는 소동도 겪는다. 또 숙종 41년(1715)에는 청나라에 갔던 허원(許遠)이 역서(曆書)와 측량기계(測量器械), 자명종(自鳴鐘)을 얻어 가지고 돌아옴으로 서양의 문명이 수입(輸入)되는 계기(契機)가 되기도 한다.

경종(景宗;1688~1724)도 왕위에 오르면서 왕비를 사별(死別)하는 아픔을 겪어야했고, 병약(病弱)하여 정사(政事)도 제대로 수행할 수도 없었으며, 당쟁으로 인하여 왕세제(王世弟)와 관계 때문에 왕세제를 지지하는 노론(老論)과 자신을 지지하는 소론(少論)과의 갈등에서 일어난 신임사화(辛壬士禍) 등으로 인하여 재위 4년동안 당쟁의 절정기를 맞는다.

이렇게 볼 때 숙종·경종의 연간은 외침(外侵)이 없어 평화롭게 보이지만 끊임없는 당쟁과 민비의 폐비와 복위에 따른 장희빈과의 문제 등으로 미루어 내우(內憂)에 시달렸던 시기라 하겠다.

이 시기에는 창(唱)에서 중대엽(中大葉)으로 여겨지는 고조(古調)가 겨우 명맥을 이어가고 삭대엽(數大葉)으로 여겨지는 시조(時調)가 활기를 띠는 시기로 창작에 있어서는 장시조가 아직 활발하게 창작되지는 않았다. 이 시기에 활동한 여항인 작가는 진본『청구영언』에 수록되어 있는 '여항육인'을 비롯하여 정래교(鄭來僑;1691~1757)와 김유기와 관련 있는 한유신(韓維信)을 이 시기의 작가로 다루고자 한다.

나. 제 2기 시대개관(時代槪觀)과 작가(作家)

장희빈(張禧嬪)의 질투로 인해 출생부터 기구한 운명으로 태어난 영조(英祖;1694~1776)는 병약했던 경종의 왕세제(王世弟)로 책봉되어 대리청정(代理聽政)을 하게되나 이를 둘러싸고 갈등을 빚어 마침내는 김일경(金一鏡) 일파의 사주(使嗾)를 받은 박상검(朴尙儉), 문유도(文有道)의 음모로 생명의 위협을 당하는 지경에 이르게 된다. 경

종 4년(1724) 8월에 조선 제 21대 임금으로 즉위한 영조는 누구보다
도 당쟁의 피해를 많이 받았고 그 심각성을 통감한 그는 즉위한 다
음에 제일 먼저 붕당의 피해를 통언(痛言)하는 하교(下敎)를 내렸다.
영조는 이후 탕평책(蕩平策)을 씀으로 해서 왕권(王權)의 신장(伸張)
을 꾀했고, 정치적인 안정도 가져올 수 있었다. 대동법(大同法)과 균
역법(均役法)을 시행하여 농민의 경제적 부담을 덜어 주고 상업 자
본의 형성과, 수공업의 발달을 가져왔다. 또 농민은 농업기술의 향상
으로 인한 생산고(生産高)의 증대(增大), 농업경영 방식의 발전, 상업
적 농업생산의 발달에 따른 부(富)의 축적으로 말미암아 부농(富農)
이 되어 평민지주(平民地主)가 되었다. 이처럼 부를 축적한 농민과
상인, 공인(工人) 등 평민들은 자기네들을 괴롭혀 온 신분제도에서
벗어나자 일종의 관직수여증(官職授與證)인 공명첩(空名帖)을 사서
양반 신분으로의 신분상승(身分上昇)을 꾀하기도 하였다. 청나라에
사신으로 가는 관리들의 수행원으로 따라 갔던 역관(譯官)들은 청나
라 상인들과의 교역을 통하여 장사를 하였고 이것이 규모가 커져 일
종의 국제무역으로 발전하여 자본을 축적한 역관들이 많았다. 한편
양반들 가운데 정권에서 소외된 실세양반(失勢兩班)들은 소작농으로
전락하거나, 생계조차도 유지하기 어려운 처지로 전락하게 되어 비
록 갑오경장에 이르러 반상(班常)의 제도가 허물어지기는 했지만 현
실적으로는 재부(財富)를 토대로 신분관계가 크게 변질되어 가고 있
었다.

   이처럼 실세(失勢)한 양반들과 평민 지주(地主)의 등장으로 이농
(離農)하게 된 영세농들과 영세상인들은 물가의 앙등으로 인하여 자
연 불평이 생기고 청나라를 통하여 들어오기 시작한 천주교(天主敎)
는 양반들 가운데 권력을 잡지 못한 남인(南人)들을 중심으로 해서
지방(海西地方)을 비롯해서 크게 번져 갔고, 이것이 계기가 되어 실

학(實學)이 성행(盛行)하게 되었다.

52년간이란 기간을 재위에 있던 영조는 조선조 역대 임금들 가운데 가장 오래 왕권을 행사하면서 가혹한 형벌을 금하게 하여 인권을 존중했고, 백의(白衣)를 금하고 청색(靑色)을 쓰게 하였고 금주령(禁酒令)을 내리고 사족(士族) 부녀들의 가체(加髢)를 금하고 족두리(簇頭里)를 쓰게 하여 사치와 낭비의 폐습을 없앴다. 특히 1757년에는 혼기(婚期)가 지나 혼인을 하지 못한 사람들에게 급전(給錢)을 주어 성혼(成婚)을 시켜 주었다. 북관군병(北關軍兵)에게 조총(鳥銃)을 연습시키고 조취총(鳥嘴銃)을 시방(試放)하고 화차(火車)를 제작하여 국방을 튼튼히 하고, 인쇄술을 개량하여 많은 서책(書冊)을 간행하는 등의 업적을 남겼다.

그러나, 재임 기간중인 1742년부터 1750년에 이르는 10년 가까운 동안에는 여역(癘疫)이 대치(大熾)하여 수십만의 백성들이 죽고, 아들인 사도세자(思悼世子)가 부왕(父王) 몰래 미행(微行)으로 관서지방(關西地方)을 다녀온 것을 빌미로 하여 일어난 부자간의 갈등은 마침내 자식을 뒤주에 넣어 증살(蒸殺)하는 비극으로 발전하는 등의 당쟁을 뿌리 뽑지 못하고 1776년 3월에 승하하게 되니 다음의 임금인 정조가 왕위에 오르게 된다.

이 시기에는 창의 곡조 가운데 중대엽은 쇠퇴하고 삭대엽이 크게 성행해서 삭대엽도 초삭대엽(初數大葉), 이삭대엽(二數大葉)과 삼삭대엽(三數大葉)으로 나뉘고 소용(騷聳)과 편소용(編騷聳) 등 곡목(曲目)이 다양해진다. 시조창작에 있어서도 장시조의 창작이 활발해서 김수장은 현전 장시조의 최다 작가가 되고, 박문욱(朴文郁)은 17수의 작품 가운데 12수가 장시조 작품이니 작품 비율로 보아 최고의 장시조 작가라 하겠다. 이 시기의 작가는 노가재(老歌齋)를 경영하여 가단활동을 한 김수장을 비롯하여 『청구가요』와 '고금창가제씨'에

들어 있는 김우규(金友奎), 김태석(金兌錫), 박희석(朴熙錫), 김진태
(金振泰), 문수빈(文守彬), 이덕함(李德涵), 김묵수(金默壽), 김중열(金
重說), 박문욱(朴文郁), 박후웅(朴厚雄), 김태서(金兌瑞), 오경화(吳擎
華), 이복령(李福羚)을 들고자 한다.

다. 제 3기의 시대개관(時代槪觀)과 작가(作家)

당쟁은 백성들에게 커다란 피해를 준 것은 사실이지만 그에 비
례해서 왕실에도 커다란 영향을 미쳤으니, 영조의 왕위 계승과 관련
된 경종과의 갈등은 영조조에도 계속되어 사도세자와의 부자간의 갈
등은 마침내 자식의 생명까지도 앗아갔다. 사도세자(思悼世子;1735~
1762)의 죽음이 가져온 후유증은 마침내 정조의 왕위 계승과 관련하
여 사도세자의 죽음을 정당화(正當化)하여 정조(正祖;1752~1800)의
즉위마저 위협했던 벽파(僻派)와 정조의 즉위를 옹호했던 시파(時派)
와의 분쟁으로 이어져 즉위 이듬해에는 그를 시해(弑害)하고 은전군
(恩全君)을 추대하려다 발각된 홍상범(洪相範) 일당을 주살(誅殺)하는
사건이 발생하였다.

정조는 영조 52년(1776) 3월에 즉위하여 우선 그의 등극에 반대
했던 벽파의 일당을 몰아내고 정권의 안정을 위해 홍국영(洪國榮)을
기용했으나 왕의 총애(寵愛)를 빙자하여 횡포를 자행하고 세력 유지
를 위해 왕통(王統)을 바꾸려 하자 훈련대장에 기용했던 그를 1790
년에 전리(田里)에 방축(放逐)하고 영조의 뜻을 이은 탕평책으로 일
관 하였다. 즉위하던 해에 규장각(奎章閣)을 설치하여 역대(歷代)의
서적을 보관하고 세손(世孫) 때부터 관심을 가져온 활자를 다시 만
들어 인쇄술의 발달을 꾀했고, 서적편찬에도 힘써『증보동국문헌비

고』(增補東國文獻備考), 『국조보감』(國朝寶鑑), 『대전통편』(大典通編), 『병학통』(兵學通) 등을 간행했고, 자신의 문집인 『홍재전서』(弘齋全書)도 완성했다. 효성이 지극한 그는 즉위하면서 양부(養父)인 효장세자(孝章世子)를 진종(眞宗)으로 추존하고 생부(生父)인 사도세자도 장헌세자(莊獻世子)라 개시(改諡)하고 후에 장조(莊祖)라 추존했으며 나중에는 묘(墓)도 수원(水原)으로 옮기고 수원성을 새로 쌓고 천도(遷都)할 마음까지 먹는다.

천주교의 전래로 인한 갈등이 계속 이어져 1783년에 이승훈(李承薰)이 동지사(冬至使)의 서장관(書狀官)인 아버지를 따라 북경에 가서 천주교의 세례를 받고 귀국하면서 천주교에 관한 책 수종(數種)을 가져와 교회를 설립 주일(主日)미사와 영세(領洗)를 행하며 전도하자 1785년에 서학(西學)의 옥(獄)이 일어났고, 마침내는 1791년 진산(珍山)의 윤지충(尹持忠)이 어머니가 죽어도 천주교 의식에 따라 혼백과 위패를 폐하고 제사를 지내지 않는 등 이른바 진산사건(珍山事件)이 일어나 그를 처형하고 이후 서양서(西洋書)의 가장(家藏)을 금하는 영(令)을 내려 천주교의 박해가 계속되었다. 정조는 남인을 기용하여 전래의 주자학에서 벗어나 실학의 학풍을 발전시켜 이용후생(利用厚生)에 힘써 영조에 이은 조선조 후기 문화의 황금시대를 이룩했다.

정조의 제일남(第一男)인 문효세자(文孝世子)가 죽은 후에 태어난 순조(純祖;1790~1834)는 11세의 어린 나이로 즉위하여 영조 계비인 정순대비(貞純大妃)의 수렴청정(垂簾聽政)으로 시작된 재임 기간(1800~1834)에 우선 천주교도의 박해인 신유박해(辛酉迫害;1801), 을해박해(乙亥迫害;1815) 등으로 천주교도들이 많았던 남인들의 수난이 이어졌고, 1803년 평양과 함흥의 대화(大火)를 비롯해서 1811년 예문관(藝文館) 소실로 실록(實錄)이 불에 타고 1824년에는 창덕궁 경복전(慶福殿)의 화재와 1830년의 환경전(歡慶殿)의 화재에 이르기까지 많은 화재가 발생했으며, 1804년 관서비기시건(關西秘記事件)을 비롯해 많은 비기와 참설(讖說)이 유행해 민심이 흉흉(洶洶)하고 마침내는 1826년에 청주(淸州)에 정부를 비방하는 괘서사건(掛書事件)이 일어나자 청주목(淸州牧)을 서원현(西原縣)으로 강등시켰다. 또 1812년에는 조선조 최대의 민란인 홍경래란(洪景來亂)을 비롯해 1813년에는 제주(濟州) 토호(土豪) 양제해(梁濟海)의 모반 사건이, 1817년에는 유재칠(柳在七), 홍찬모(洪燦模) 등의 흉서사건(凶書事件)이 일어나는 등 민란이 계속되었다. 여기에 1817년의 삼남지방(三南地方)의 수재(水災)는 이후 1829년의 함경도 수재에 이르기까지 10년 가까이를 홍수에 시달렸고, 1822년 윤질(輪疾)의 치만(熾蔓)으로 시작된 질병은 1834년에까지 계속되어 순조의 재위기간은 그야말로 천재(天災)와 지변(地變)과 질병의 연속이었다.

거기다가 순조의 장인인 김조순(金祖淳)으로 시작된 안동 김씨의 세도정치는 삼정(三政)의 문란으로 이어졌고, 가혹한 세금과 계속되는 흉년으로 말미암아 농민들은 굶어 죽거나 유민(流民)이 되어 유랑민이나 도적이 되어서 화적(火賊)이 되고 수적(水賊)이 되었다.

정치적으로나 사회 경제 등 모든 면에서 시대구분을 함에 있어 영조조와 정조조를 나누는 것보다 영정조(英正朝)를 같이 다루고 순조조 이후를 따로 다루는 것이 대체적인 경향이나 시조에 있어서는 영조조에 노가재(老歌齋)를 중심으로 한 『해동가요』시대 이후 정조·순조의 약 60여년간은 노가재 이후 고종조의 『가곡원류』가 이루어지기까지의 교량적 역할을 한 시기로 전대(前代)에 이어 가집의 편찬이 계속되어 시조의 정리 작업은 꾸준히 이어 갔지만 새로운 작품을 창작하거나 하는 기풍은 없었다. 시조계(時調界)를 이끌어 갈 뚜렷한 지도자가 없었기 때문에 창작은 부진했고, 가창(歌唱)만이 더욱 발전하여 창곡(唱曲)이 크게 성행한 시기라 하겠다.

이 시기에는 이름이 알려진 작가들은 적지만 이 시기에 엮은 가집으로 생각되는 육당본 『청구영언』에 장시조가 다른 가집보다 많이 수록된 것으로 보아 장시조가 크게 성행했음을 짐작할 수 있다. 이 시기의 작가로는 『악학습령』에 보이는 유세신(庾世信)을 비롯하여 김상득(金尙得), 박준한(朴俊漢), 박도순(朴道淳), 조응현(趙應賢)과 육당본 『청구영언』의 이정진(李廷鎭), 정수경(鄭壽慶), 신희문(申喜文), 김영(金鍈), 김치우(金致羽)와 『동가선』(東歌選)에 수록된 백경현(白景炫)과 김정우(金鼎禹)를 이 시기의 작가로 다루고자 한다.

라. 제 4기의 시대개관(時代槪觀)과 작가(作家)

순조에 뒤를 이어 8세에 왕위에 오른 헌종(憲宗;1827~1849)은 즉위하면서 조모(祖母)인 순원왕후(純元王后)의 수렴청정으로 시작하여 자신이 만기(萬機)를 친재(親裁)한 1841년에 이르기까지의 국정은 왕대비(王大妃)의 친정인 안동 김씨들의 손안에 있었다. 헌종 3년(1837)에는 김조근(金祖根)의 딸을 왕비로 맞아들여 순조조부터 시작되는 안동 김씨의 세도 정치에 든든한 발판을 만든다. 순조는 안동 김씨의 세력을 견제하고자 조만영(趙萬永)의 딸을 며느리로 맞이하고 아들 익종(翼宗;1809~1930)으로 하여금 대리청정(代理聽政)케 하였으나 익종이 왕위에 오르지 못하고 일찍 죽자 왕위는 어린 손자인 헌종에게로 넘어갔다.

순조조에서부터 계속되어 온 여역(癘疫)과 9년여에 걸친 수재(水災)로 기민(饑民)이 늘어나고 삼정(三政)의 문란으로 국정의 혼란을 가져와 민생고를 가중시켰다. 기해사옥(己亥邪獄)의 옥사를 일으켜 천주교를 탄압하면서 오가작통법(五家作統法)을 만들어 천주교의 전파를 막았으나 한국인 최초의 신부(神父)인 김대건(金大建)이 중국에서 귀국하자 이듬해인 1846년에는 그를 처형하였다. 1836년 남응중(南膺中)의 모반사건을 비롯해서 1844년 이원덕(李遠德), 민진용(閔晉鏞)의 모반사건에 이르기까지 계속되는 정치적 불안은 1848년부터 해안지역(海岸地域)에 나타나기 시작하는 이양선(異樣船)의 출몰과 행패로 말미암아 민심은 극도로 흉흉했다.

  헌종이 후사(後嗣)없이 승하하자 왕위 계승은 정조의 후손인 철종(哲宗;1831~1863)에게로 이어졌으니 그는 1844년에 형(兄) 회평군(懷平君) 명(明)의 옥사(獄事)에 연루되어 강화도(江華島)에서 농사를 짓다가 안동 김씨들의 세도 정치의 산물(産物)로 하루 아침에 농사꾼에서 왕이 되어 1848년 6월에 19세로 즉위한다. 순원왕후의 수렴청정 아래 1851년에는 김문근(金汶根)의 딸을 왕비로 맞이하니 순조에 이어 현종을 거쳐 자신에 이르기까지 안동 김씨의 딸들이 왕비가 되었다.

  철종은 순조나 헌종 그리고 다음의 고종이 8세에서 12세에 이르는 어린 나이에 왕위에 오른 것과는 달리 19세의 청년으로 왕위에 올랐으나 왕실과는 너무나 먼 환경에서 자랐기 때문에 왕위에는 관심이 적었고, 이런 낌새를 모를 까닭이 없는 안동 김씨네들은 왕으로 하여금 여색(女色)을 가까이 하도록 유도했다. 전대(前代)에 이은 전염병과 수재는 경외(京外)에 많은 기민(饑民)과 유면(流丏)의 사망자가 발생하였고, 군도(群盜)가 횡행(橫行)하여 치안이 불안했다. 불안한 민심을 틈타 동학(東學)이 창시(創始)되어 무서운 속도로 번져갔고, 앞서 전래한 천주교도 갖은 박해속에서도 꾸준히 세력을 확장하여 기반을 구축해 갔다. 삼정(三政)의 문란은 계속되었고 민란(民亂)은 그치지 않았으며 왕은 안동 김씨들의 세도에 밀려 아무 것도 못하다가 병사했다.

헌종처럼 후사가 없이 승하한 철종의 뒤를 이번에는 안동 김씨의 세도에 밀려 왕족이면서도 수모를 당하던 흥선대원군(興宣大院君) 이하응(李昰應;1820~1898)과 익종의 비(妃)인 신정왕후(神貞王后)인 조대비(趙大妃)에 의해서 12살에 왕위에 오른 고종(高宗;1852~1919)은 조대비의 수렴청정과 대원군의 섭정(攝政)으로 동학교주(東學敎主) 최제우(崔濟愚)를 죽이고 천주교의 박해도 계속된다. 천주교의 박해가 원인이 된 병인양요(丙寅洋擾)와 신미양요(辛未洋擾)로 쇄국정책을 강화하고 서원(書院)을 철폐하여 당쟁의 소지(素地)를 없애나, 왕실의 위엄을 상징적으로 보여 주기의 하나로 경복궁의 중수(重修)를 꾀하다 무리한 세금과 강제 노역에 시달린 백성들의 원성(怨聲)에 부딪친다.

안동 김씨들의 세도에 온갖 수모를 당한 대원군은 외척의 정사(政事) 개입을 꺼려 권력과는 거리가 먼 민치록(閔致祿)의 딸을 며느리로 맞아 들였으나 고종이 친정(親政)을 한 1873년 이후에는 민씨(閔氏)네와 권력 다툼을 하게 된다. 서구 열강의 침범과 이들 세력들을 일찍부터 받아들여 개화한 일본의 압력에 굴복해 일본과는 1876년에 병자조약(丙子條約)을 맺게되고 이들 서구 세력을 받아들이려는 개화파(開化派)의 세력과 이에 반대하는 수구파(守舊派)의 갈등으로 1882년에는 임오군란(壬午軍亂)이 일어나니 이는 바로 시아버지와 며느리간의 세력 다툼의 산물이며 결과는 시아버지의 참패로 대원군은 청나라에 납치되어 가고, 다시 2년 뒤에는 삼일천하(三日天下)라 불리는 갑신정변(甲申政變)이 일어난다. 이후 10년 동안에 빠른 외세의 개입과 혼란한 민심으로 1894년 봄에는 동학란(東學亂)이 일어나고 같은 해에 갑오경장(甲午更張)을 단행하고 청나라와 일본은 우리나라에서 청일전쟁(淸日戰爭)을 시작한다.

고종이 왕위에 오른 것이 조대비(趙大妃)의 영향력 때문인지라 재위 초기에는 왕위에 오르면서 조대비의 수렴청정과 아버지 대원군의 섭정에 의해 자신의 의지와는 관계 없이 정책이 시행되었고, 친정(親政) 이후에는 비(妃)인 명성황후(明成皇后)의 친족에 의해 형성된 민씨들의 세력에 밀려 제대로 정치다운 정치를 못하고 말았다.

순조가 왕위에 오르면서부터 시작된 왕위의 계승이 정통성의 유무가 문제가 아니라 어린 나이에 왕위에 오르거나 또는 왕실의 법도에 익숙하지 못한 왕족이 왕위에 오르면서 안동 김씨로부터 시작된 외척에 의한 세도 정치는 풍양 조씨(豊壤趙氏)와 여흥 민씨(驪興閔氏)에게로 이어지고, 계속되는 전염병과 수재는 많은 이재민(罹災民)과 기아(飢餓)로 인한 사망자가 속출하였다. 삼정의 문란은 양민(良民)을 도적으로 만들었고, 천주교의 전래와 박해로 이어지는 과정에서 생긴 갈등은 외세의 개입을 가져왔다. 이에 반대하는 동학의 창시와 전파는 마침내 동학란과 갑오경장으로까지 이어진다. 계속되는 외세에 대원군의 쇄국정책도 문호를 개방할 수밖에 없었다.

이 시기의 시조는 왕족인 이세보(李世輔;1832~1895)와 조황(趙榥), 안민영(安玟英) 등에 의해 각각 『풍아』(風雅), 『삼죽사류』(三竹詞流), 『금옥총부』(金玉叢部)라는 개인 가집에 이루어졌다는 점이 특기할만한 일이다. 이 시기의 여항인 작가들은 박효관의 운애산방(雲崖山房)을 중심으로 활발하게 이루어졌으며, 여기에 안민영이 가세함으로 금상첨화가 되었다고 하겠다. 이 시기에 이루어진 가집은 박효관과 안민영이 엮었다고 알려진 『가곡원류』가 있고, 가집 가운데 유일한 판본인 『남훈태평가』(南薰太平歌)도 이 시기에 이루어진 가집이다.

이 시기의 작가로는 안민영을 비롯하여 그보다 다소간의 차이가 있지만 선배로 여겨지는 이정신(李廷藎), 김학연(金學淵), 임의직(任

義直), 송종원(宋宗元), 박영수(朴英秀)와 박효관(朴孝寬)이 있고 후배로 생각되는 호석균(扈錫均)이 있으며, 비록 갑오경장으로 반상의 차별이 없어져 구한말에 벼슬길에 오른 일이 있는 하순일(河順一)과 하규일(河圭一), 일제시대에 아악사장(雅樂師長)을 지낸 함화진(咸和鎭)까지를 포함시키고자 한다.

제3장 기녀시조론(妓女時調論)

제1절 서언(緖言)

조선시대 신분 가운데 제일 하천(下賤)의 하나인 기생(妓生)은 그 신분만큼이나 묘한 존재라고 하겠다. 비록 소설(小說)이기는 하지만 춘향(春香)은 퇴기(退妓)의 딸로 갖은 수난은 겪은 끝에 정경부인(貞敬夫人)으로 신분의 상승이 되는 경우도 있고, 그보다 못하다 하더라도 간혹은 양반 사대부의 측실(側室)이 되어 일반 사대부 집안의 부녀자들과 다름 없는 생애를 누리거나, 그들과 더불어 낭만적인 염문(艷聞)을 남기고 후대인의 기억속에 오래 기억되는 기녀들을 볼 수 있다. 그런가 하면 하층 논다니로 일반 천민들과 더불어 살다간 기생들도 허다하다.

우리나라 사람의 절반이 여성임에도 불구하고 남성 위주의 사회 제도 때문에 여성이 문학을 한다는 것은 긍정적인 측면보다는 오히려 부정적인 시각이 지배적이어서 그들에게 글을 가르치지 않는 것이 좋고, 어쩌다 글을 깨우친다 하더라도 제가(諸家)의 성씨(姓氏)나 역대 국호(歷代國號)나 성현들의 명자(名字) 정도나 익히면 충분하다는 사고 방식들이다. 이런 사회에서 어쩌다 사대부집 아녀자들은 타고난 재주를 어깨 너어로 익힌 한문의 실력을 가지고 한시문을 지어 후세에 문집을 남기는 경우가 종종 있다. 경우에 따라서는 그들의 시중을 들던 하녀들도 주인 마님이나 따님의 상대가 되어 시문을 짓는 경우가 있었다.

그러나 시조의 경우는 다르다. 일반 사대부 집안의 부녀자들은 한시문을 지었어도 시조를 지은 것을 볼 수 없다. 우선 시조는 일반 사대부들이 창작을 하는 경우에는 예외겠으나, 대부분의 경우 창(唱)을 전제로 하는 것이기 때문에 자기가 부르든 아니면 다른 사람이 부르든 대부분이 공개된 자리에서 목청을 돋우어 부르는 것이기 때문에 여성의 경우 직업적으로 창과 관련이 없는 사람은 시조의 창작의 기회가 적었을 것이다. 우리는 조선시대 훌륭한 여류 문학자인 허난설헌(許蘭雪軒)과 황진이에게서 이런 차이점을 볼 수 있으니, 난설헌은 뛰어난 문학적 재질을 가지고 한시문을 지었고, 작자에 대해 이설(異說)은 있으나 가사 '규원가'(閨怨歌)를 지었다고 했으니 시조를 지을 수 있는 충분한 여건을 갖추었다고 하겠으나 그에게는 시조가 없다. 그러나 거의 동시대 사람인 황진이는 숱한 화제(話題)를 남기고 신빙성의 여부를 떠나서라도 6수의 시조를 남겼으며 몇 편의 한시도 지었다. 계랑(桂娘)도 『매창집』(梅窓集)이란 문집을 남길 정도로 한시문을 지었으면서도 시조 1수가 전한다.

김천택은 그의 『청구영언』발문(跋文)에서 작품의 수록 범위를 "자려계 지국조이래 명공석사 급여정규수지작"(自麗季 至國朝以來 名公碩士 及閭井閨秀之作)이라 하여 고려부터 조선조의 명공석사들의 작품과 여정규수의 작품을 수집해서 잘못을 고치고 잘 베껴서 한 권의 책을 만들어 이를 "청구영언"이라고 하였다. 실제로 진본 『청구영언』을 보면 초중대엽에서 초삭대엽에 이르는 6수를 제외하고 이삭대엽은 유명씨(가번 7번부터 293번까지) 작품과 무명씨(가번 294번부터 397번까지)작품으로 구분하여 유명씨 작품은 여말부터 시작하여 비록 '명공석사'라는 항목을 두지 않았으나 제일 먼저 수록하고, 다음에 '열성어제'(列聖御製)라는 항목아래 태종(太宗)의 작품 1수와 효종(孝宗)의 작품 3수에 숙종(肅宗) 작품 1수 등 5수를 수록하고 있다. 다음에 '여항육인'(閭巷六人)이라 하여 장현(張炫)을 비롯하여 주의식(朱義植), 김삼현(金三賢), 어은(漁隱), 김유기(金裕器)와 남파(南坡)라 하여 자신의 작품을 수록하고, '규수삼인'(閨秀三人)이라 하여 황진(黃眞), 소백주(小栢舟), 매화(梅花)의 3인 작품 5수 다음에 유명씨의 끝에는 '연대결고'(年代欠考)라 하여 임진(林晋)과 이중집(李仲集) 서호주인(西湖主人)을 들고 있다. 여기서 규수삼인은 그들의 신분이 기생임에도 불구하고 그들의 칭호를 여정(閭井)의 규수(閨秀)로 부른 점이다. 김수장은 『해동가요』를 엮으면서 열성어제를 명공석사보다 앞에 가져왔고 기생들의 작품은 '규수'란 칭호를 버리고 '명기팔인'(名妓八人)이라하여 『청구영언』의 3인 이외에 홍장(紅粧), 소춘풍(笑春風), 한우(寒雨), 구지(求之), 송이(松伊)의 작품을 수록했고, 주씨본에서는 '명기구인'(名妓九人)이라 하여 다복(多福)을 추가시켰다. 기녀 가운데 한시문의 작품만이 있고 시조가 없는 기녀도 있으니, 진주의 기생 계향(桂香)이나 성천(成川)의 기생 부용(芙蓉)을 비롯한 많은 기생들은 한시 작품을 남겼다.

여기서는 먼저 기생이란 것이 언제 생겨 어떻게 조선시대까지 이어져 왔으며, 기생들은 어떤 부류(部類)가 있고, 시조의 작자인 가기(歌妓)와의 관계, 작가의 신빙성과 기녀 시조의 특색 등을 고찰해 보고자 한다.

제2절 기생(妓生)의 역사(歷史)와 부류(部類)

기생이 언제부터 있었을까? 흔히들 신라시대 화랑제도 이전에 있었던 원화(源花)에서 비롯되었다고 말하고 있다. 『삼국사기』(三國史記) '신라본기'(新羅本紀)에 보면 진흥왕(眞興王) 37년(576)에 왕과 신하들이 인재를 찾기 위한 방편의 하나로 사람들의 모아 무리지어 놀게 하고 그들의 행실을 관찰하여 그 가운데서 훌륭한 사람을 뽑아 쓸 계획이었다. 원화(源花)라 하여 여자들 가운데 미모나 덕성을 갖춘 사람들 가운데 뽑아 인재를 선발하는 제도가 있어 여기에 뽑힌 남모(南毛)와 준정(俊貞)이 있었는데 이들은 나중에 서로의 아름다움에 질투를 느낀 나머지 준정이 남모를 유인하여 술을 먹이고 강물에 던져 죽여 버린 일이 발견되어 준정은 사형을 당하고 이 제도도 없어졌다. 그후 이번에는 여자가 아닌 잘생긴 남자들을 뽑아 단장을 시키고 이들을 화랑(花郞)이라 부르니, 사방에서 많이 몰려들어 서로 도의(道義)를 연마하고 가악(歌樂)을 즐기며 산수(山水)에 유람하니 이르지 않은 곳이 없다고 했다. 이 가운데 훌륭한 인재를 가려 조정에 천거하였다. 여기에서 원화가 기생과 같은 것으로 보고 이를 기생의 기원으로 보는 견해이다.

달리, 이익(李瀷)의 『성호사설』(星湖僿說)이나 정약용(丁若鏞)의 『아언각비』(雅言覺非)의 주장을 들어 우리나라의 기생은 양수척(楊水尺)에서 나온 것이니 양수척이란 유기장(柳器匠)을 가리키는 말이다. 이들은 고려 태조가 후백제를 공격할 때 견제하기 어려운 부류로 이들에게는 관적(貫籍)과 부역(賦役)이 없고, 수초(水草)를 따라 다니기 때문에 아무 때나 이사를 자주하고 사냥과 유기(柳器)를 만들어 이를 생계의 수단으로 삼았다. 나중에 이들을 읍적(邑籍)에 예속시켜 남자는 노(奴)로, 여자는 비(婢)로 만들어 여자들을 예쁘게 꾸며 화장을 시키고 노래와 춤을 가르쳐 기생으로 만든 것이 기생의 시초라는 주장이다.

이처럼 기생의 기원이 신라의 원화에서 시작되었든 아니면 고려 초에 시작되었든 분명한 사실은 김유신(金庾信)의 일화(逸話)에서 찾을 수 있다. 유신이 젊어서 어머니의 가르침을 제대로 따르지 않고 방탕한 생활을 하자 그의 잘못을 울면서 타이르자 다시는 어머니의 가르침에 어긋나는 행동을 하지 않겠다고 약속을 하고는 어느날 술에 취하여 집으로 온다는 것이 타고 있는 말이 예전처럼 가까이하던 여인인 천관(天官)의 집으로 가자 유신을 기다리던 천관은 기쁜 마음과 원망스런 마음으로 나가 맞이하자, 유신이 일이 잘못된 것을 깨닫고 말의 목을 베어 버리고 안장도 버리고 돌아왔다. 천관은 원한이 맺힌 글〔원사(怨詞)〕를 짓고 중이 되었고 그 자리에는 천관사(天官寺)라는 절을 지었다는 이야기에서 천관의 신분이 일반 여염집의 아녀자가 아님이 분명하다면 이미 신라 시대부터 기생의 일종인 창녀(娼女)가 있었다고 하겠다.

고려 시대에는 현종(顯宗) 때 이미 교방(敎坊)이 있었고, 문종(文宗) 때에는 교방에 여제자(女弟子)를 두었으니 이는 여악(女樂)에 기녀를 썼다는 증거가 된다고 하겠다. 또 『동국통감』(東國通鑑)에 보면 고려 예종(睿宗) 11년(1116)에는 대나(大儺)를 행할 때 창우(倡優), 잡기(雜伎)에 외관유기(外官遊妓)까지 원근을 가리지 않고 모두 징발되었으며, 예종(睿宗) 때 김부식(金富軾)의 시제(詩題)로 교방 가기(歌妓)들에게 '포곡가'(布穀歌)를 부르게 하였다고 한다. 이로 미루어 본다면 외관 유기는 모두 수척비(水尺婢)가 각읍에 있으면서 기녀가 된 것이고, 교방 가기란 곧 여제자들에게 가무를 익히게 한 것이다.

조선조에 들어와서는 기생을 여러 목적으로 사용했으니, 우선 고려의 제도를 이어받아 여악을 위해 기생을 두어 내연(內宴)에 썼으며, 내연은 나라에 경사가 있으면 행하였다. 또 지방의 여러 군(郡)에 명하여 기녀를 뽑아 올려 악원(樂院)에 예속시켜 노래와 춤을 익히도록 하였다. 태종조에는 의녀(醫女) 제도를 만들어 부인의 질병을 치료하게 하였고, 지방의 관비(官婢) 가운데 나이가 어리고 영리한 자를 뽑아올려 침구술(鍼灸術)을 익혀 내의원(內醫院)에 소속되어 있으면서 기업(妓業)을 겸행시켰기 때문에 이들을 약방기생(藥房妓生)이라 불렀고, 침비(針婢)는 상의사(尙衣司) 소속으로 의녀와 마찬가지로 기업을 겸행하였다. 이를 세상에서 상방기생(尙房妓生)이라 불렀는데, 기녀들 가운데 약방기생과 상방기생은 일류(一流)에 속한다. 달리 변방(邊方)에 기생을 두어 장사(將士)들을 위로하게 하였으며, 사신(使臣)을 접대하는 일을 기생이 하기도 했다.

조선시대에 기생의 신분은 그 이름이 기적(妓籍)에 오르게 되면 팔천(八賤)이라 하여 사천(私賤), 승려, 백정, 무당, 광대, 상여꾼, 공장(工匠)과 더불어 최하위의 신분이 되지만 그들의 신분은 기생이라 하여 다 같은 것은 아니었으니, 가령 기적에 입적되어 관기(官妓)가 되어 관에 예속되지만 황진이의 경우는 관에 예속되어 있지 않은 듯하다. 기생을 부르는 명칭은 관에 예속되어 있는 경우는 관기(官妓), 거주지가 경향(京鄕)이냐에 따라 경기(京妓)와 지방기(地方妓), 재능에 따라 시기(詩妓), 가기(歌妓), 창기(唱妓)로, 행적에 따라 절기(節妓), 의기(義妓), 효기(孝妓), 지기(智妓) 등으로 나눌 수 있고, 한말(韓末)에 와서 유녀(遊女)를 통괄해서 부르는 이름으로 갈보(蝎甫)란 말이 쓰였는데, 이는 고종 갑오경장 이후에 성행하였다. 갈보의 종류는 기녀(妓女), 은근자(殷勤者), 탑앙모리(塔仰謀利), 화랑유녀(花郎遊女), 여사당패(女社堂牌), 색주가(色酒家) 들이 있는데 각각의 차이는 있지만 몸을 판다는 공통점을 갖고 있는 점이라 하겠다.

기생과 양반의 사이에 태어난 경우에 천자수모법(賤子隨母法)에 따라 아들은 노비로 딸은 어머니처럼 기생이 될 수밖에 없었다. 같은 기생이라 하더라도 이들 양반들의 서녀(庶女)들은 교양의 정도가 높아 기생이 되더라도 양반의 소실(小室)이 되는 경우가 많아 그들의 힘으로 기생의 신분에서 벗어나 양민(良民)이 되는 경우가 있다. 또 이들은 양반들과 어울려 시를 짓거나 재능을 겨룰 경우 그들과 조금의 손색도 없고, 경우에 따라서는 뛰어난 미모와 정절(貞節)로 그들의 환심을 사는 것은 물론 연모(戀慕)의 대상으로 남자의 마음을 사로잡는 경우도 비일비재했다.

  비록 신분이 기생이지만 양반 사대부가(士大夫家)의 부녀자들처럼 비단옷에 노리개까지 차고 다닐 수 있고, 양반 사대부들과 자유연애를 할 수 있으며, 양반 사대부들의 소실(小室)로 들어앉아 친정(親庭)을 살릴 수가 있기 때문에 천민이란 신분적 억압에서 벗어날 수가 있었고 마음의 위안을 삼았을 것이다.

  시조와 관련이 있는 기생들은 양반 사대부들과 어울려 시를 짓거나 시조를 지을 수 있은 시기(詩妓)나 가기(歌妓)들로 현재 시조를 남기고 있는 기녀들이 전부 양반들의 서녀라는 기록은 없어도 시를 짓거니 시조를 지을 수 있는 기녀들이라면 평소에 양반들을 상대할 수 있는 그들 나름대로의 소양(素養)을 갖춘다는 것은 쉬운 일이 아닐 것이니 아마도 이들을 양반 사대부 집안의 서녀 출신의 기녀로 볼 수 있는 것이 아닌가 한다.

제3절 가기(歌妓)와 시조(時調)

  기생들이 시나 시조를 짓는 경우의 대부분은 어떤 상대자가 있어서 그의 명령이나 그가 지은 노래의 화답으로 지은 것이다. 시기

(詩妓)나 가기(歌妓)의 상대자 신분이 위로는 국왕에서 양반 사대부나 이름 없는 사람에 이르기까지 다양한 편이고, 이런 경우에 대부분이 자의(自意)에 의해 짓기보다는 타의(他意)에 의해 짓는 경우이며 이런 경우에 돋보이는 것이 상대자의 요구에 의해 즉석에서 별로 어려움이 없이 응구첩대(應口輒對)하는 식(式)의 재치가 돋보이는 점이라 하겠다. 소춘풍(笑春風)의 경우 성종(成宗)의 앞에서 국왕을 대신하여 행주(行酒)를 함에 영상(領相)에게 잔을 돌린 다음에 옆에 앉았던 무인(武人) 병판(兵判)은 다음의 순서가 의례 자기라고 생각하고 있다가 문형(文衡)을 잡고 있는 대종백(大宗伯)에게 권하면서

　　唐虞룰 어제 본듯 漢唐宋을 오늘 본듯
　　通古今 達事理ᄒᄂᆫ 明哲士를 엇덧타고
　　져 설픠 歷歷히 모로ᄂᆫ 武夫를 어이 조차리. (海朴 262)

라고 하자 병판(兵判)이 바야흐로 노기(怒氣)를 머금자 병판 앞으로 나가 술잔을 권하면서

　　前言은 戱之耳라 내 말슴 험을 마오
　　文武一體ᆫ줄 나도 暫間 아옵써니
　　두어라 趦趦武夫룰 아니 좃고 어이리. (海朴 263)

하고 어색하게 될 뻔한 분위기를 바로 잡으며, 더 나가서는

　　齊도 大國이요 楚도 亦 大國이라
　　죠고만 藤國이 間於齊楚 ᄒᆞ여시니
　　두어라 이 다 죠흐니 事齊事楚 ᄒᆞ리라. (海朴 264)

라고 하여 문무(文武) 양편이 다 만족할 수 있도록 화해시키는 재치는 일품이라 하겠으니 당연히 국왕도 소춘풍의 뛰어난 재치와 노래

에 흡족해하며 푸짐한 상품을 하사하였다고 한다. 임제(林悌)와 한우
(寒雨)가 주고받았다는

> 北天이 몱다커늘 雨裝 업시 길을 나니
> 山에는 눈이 오고 들에난 춘비로다
> 오놀은 춘비 마자시니 어러 잘가 호노라. (海朴 96)

> 어이 어러 자리 므스 일 얼어 자리
> 鴛鴦枕 翡翠衾을 어듸 두고 얼어 자리
> 오놀은 춘비 마자시니 더욱 덥게 자리라. (海朴 266)

에서 임제가 부른 시조에 대해 곧바로 지었는지는 모르겠으나, 한우
가 임제의 시조에 곧바로 화답한 노래라고 충분히 짐작이 간다.
　그러나 상대자의 요구나 여러 사람들 앞이 아닌 일방적으로 구
애(求愛)하는 경우에는 상대방을 그리워하는 감정이 노래 전체에 간
절하게 나타남을 볼 수 있으니, 계랑(桂娘)의 경우 그가 사랑했던 사
람이 오랜동안 소식이 없자

> 梨花雨 훗쑬릴제 울며줍고 離別흔 님
> 秋風落葉에 저도 날 生覺는가
> 千里에 외로온 꿈은 오락가락 흔다. (樂學 556)

라고 노래했는데, 이 노래는 사랑하던 사람인 촌은(村隱) 유희경(劉
希慶)이 상경후 소식이 없자 이 노래를 짓고 수절했다는 사연이 전
하고 있다. 홍원(洪原)의 관기였던 홍랑(洪娘)은 북해평사(北海評事)
로 경성(鏡城)에 와 있던 고죽(孤竹) 최경창(崔慶昌)과 사귀었으나 고
죽이 임기가 만료되어 서울로 돌아가자 영홍(永興)까지 배웅하고 함
관령(咸關嶺)에 이르러 날이 저물고 비까지 내리자 이 시조를 지어
보냈다고 하는

   뭣버들 갈히 것거 보내노라 님의 손디
   자시는 창밧긔 심거두고 보쇼셔
   밤비에 새닙곳 나거든 날인가도 너기쇼셔. (傳寫本)

는 노래의 상대자가 노래하는 사람의 심정을 인지(認知)하느냐와 관
계없이 자신의 감정을 노래한 것으로 자연 비감(悲感)을 자아내는
애정가(哀情歌)일 수밖에 없다.
   달리 황진이(黃眞伊)의

   靑山裏 碧溪水 ㅣ야 수이 감을 쟈랑마라
   一到滄海ᄒ면 도라오기 어려오니
   明月이 滿空山ᄒ니 수여간들 엇더리. (珍靑 286)

는 종실(宗室)에 벽계수(碧溪守)란 사람이 있어 자기는 황진이 정도
의 기생에겐 관심도 없다고 큰소리로 떠들어 댄 사람을 여지없이 농
락한 것으로 유명한 작품이다. 그만큼 자신에 대해 자부심이 강한
황진이의 일면을 볼 수 있는 작품이라 하겠다. 이런 자부(自負)는 솔
이(松伊)의

   솔이 솔이라 ᄒ니 무슴 솔만 너겨더니
   千尋絶壁에 落落長松 늬 긔로다
   길아릭 樵童의 졉낫시야 걸어볼줄 이시랴. (樂學 547)

와 같은 자부도 가상하다고 하겠다.
   이처럼 황진이에게는 벽계수(碧溪守)가, 소백주(小栢舟)에게는 박
엽(朴燁)이, 금춘(今春)에게는 박계숙(朴繼叔)이 있고, 구지(求之)에게
는 유일지(柳一枝)가 있다고 하나 유일지가 어떤 사람인지는 알려진

바가 없다.

제4절 작가(作家)의 신빙성(信憑性)

진본 『청구영언』에서는 앞에서 말한 것처럼 '규수삼인'이라 하여 황진(黃眞)이란 이름으로 황진이(黃眞伊)와 소백주(小栢舟), 매화(梅花)의 3인 5수의 작품을 수록하고 있는데, 이는 이 가집의 편자인 김천택을 비롯한 여항인들의 뒤에, '연대결고'(年代欠考)로 다룬 임진(林晉), 이중집(李仲集)과 서호주인(西湖主人) 앞에 수록하고 있다. 그런데 박씨본 『해동가요』에서는 '명기팔인'(名妓八人)이라 하여 진본 『청구영언』에서 여항인으로 다룬 여항육인의 하나인 김천택과 편자인 자신만을 유명씨 끝으로 가져 와 자신을 기녀들보다 뒤에 다루어 스스로를 기녀들보다 못하다는 인상을 준 것은 자신의 작품을 기녀보다 앞에 다룬 김천택과 다르다고 하겠다. 그러면서 진이(眞伊)의 4수를 비롯해 홍장(紅粧) 1수, 소춘풍(笑春風) 3수, 그리고 소백주, 한우(寒雨), 구지(求之), 솔이(松伊), 매화(梅花)의 각 1수씩 13수의 작품을 수록하고 있고, 주씨본 『해동가요』에서는 '명기구인'(名妓九人)이라하여 다복(多福)의 1수를 추가하고 있다. 김천택의 『청구영언』에서 3인만을 수록한 것은 작가의 신빙성을 고려하여 시대순으로 수록한 것이라 생각되나, 『해동가요』의 경우는 황진이의 작품을 제일 먼저 수록하고 다음에 홍장, 소춘풍 순으로 되어 있는데, 만약에 시대순으로 한다면 마땅히 홍장, 소춘풍, 황진이의 순서이어야 했을 것이다. 김천택이 가집을 만들 때에는 홍장이나 소춘풍의 작품이 세상에 알려지지 않았기 때문이라 생각할 수도 있겠지만, 다른 기록으로 미루어 소춘풍의 작품은 있었음을 김천택이 몰랐을 가능성은 충분히 있지만 홍장의 경우는 홍장의 작품이 세상에 이미 알려져 있어도 작가에 대한 신빙성이 문제가 있어 수록하지 않은 것이라 믿어진다. 김수장은 가집을 편찬하면서 김천택의 『청구영언』을 충분히 활용하면서도 자신의 의도(意圖)도 충분히 살렸다고 하겠으니, 『청구영언』의 3인 가운데 진이를 맨 앞에 가져온 것은 그대로 따랐으면서도 다음의 소백주와 매화 사이에는 다른 기녀들을 삽입했다. 그러면서도 시대적으로 대단한 것은 아니나 임제(林悌;1549~1587)와 관련 있는 한우(寒雨)와 박엽(朴燁;1570~1627)과 관련이 있는 소백주(小栢舟)와의 순서는 바뀌어야 하는 것이 아닌가 한다. 『악학습령』(樂學拾零)에는 수록 순서가 진본 『청구영언』과 비슷하게 유명씨 끝에 수록되어 있으면서 황진이와 소백주, 매화는 진본 『청구영언』을 그대로 따랐으면서도 『해동가요』에 없는 옥이(玉伊), 철이(鐵伊), 강강월(康江月), 송대춘(松臺春), 계랑(桂娘)과 계섬(桂蟾)을 새로운 작가로 수록하였으면서도 가집 첫머리에 있는 작가목록의 순서는 황진, 소춘풍, 소백주, 송대춘, 강강월, 옥이, 철이, 송이, 한우, 홍장, 다복, 구지, 매화, 계랑, 계섬으로 되어 있어 순서의 일관성이 없다고 하겠다. 특히 옥이(玉伊)의 작품으로 알려진 것이나, 철이(鐵伊) 또는 진옥(眞玉)의 작품으로 알려진

　　玉을 玉이라커든 荊山白玉만 여겼더니
　　다시 보니 紫玉일시 的實ᄒ다
　　맛춤이 활비비 잇더니 쭈러볼가 ᄒ노라. (樂學 545)

　　鐵을 鐵이라커든 무쇠錫鐵만 여겼더니
　　다시 보니 鄭澈일시 的實ᄒ다
　　맛춤이 골풀무 잇더니 녹여볼가 ᄒ노라. (樂學 546)

는 각각 옥이(玉伊)와 철이(鐵伊)의 작품으로 되어 있다. 가집에 따

라 가사(歌詞)가 약간의 차이가 있으나, 작자가 앞의 것은 정철(鄭澈)로, 뒤의 것은 진옥(眞玉)으로 되어 있다. 이 노래들은 정철이 진옥(혹은 옥이)란 기생을 상대로 희화적(戱話的)으로 상대방의 이름을 넣어 작품화한 것을 진옥이 똑같은 수법과 의도로 정철을 희롱하기 위해서 지은 것으로 알려진 것이다. 우리는 임제와 한우의 사이에 응답한 것은 어느 정도의 신빙성을 가졌다고 하겠으나 정철과 진옥의 화답가(和答歌)는 어딘지 누군가에 의해 의도적으로 만들어진 것이 아닌가 하는 의혹이 짙다고 하겠다.

홍장(紅粧)의 경우 『해동가요』에

寒松亭 둘볼근 밤과 鏡浦臺에 물셜잔제
有信흔 白鷗는 오락가락 흐것만는
엇더타 우리 王孫은 가고 안이 오느니. (海朴 261)

를 홍장의 작품이라 한 것을 시작으로 여러 가집에 마찬가자로 홍장의 작으로 되어 있다. 이 작품은 서거정(徐居正)의 『동인시화』(東人詩話)에 고려말에서 조선 초기까지 살았던 박신(朴信;1362~1444)과 기생 홍장과의 이야기를 배경으로 하고 있다. 그러나, 이 시조의 초장과 중장은 『고려사』권 71 '속악'(俗樂)조(條)에

寒松亭 世傳 此歌書於瑟底 流至江南 江南人未解其詞 光宗朝國人
張晉公使江南 江南人問之 晉公作詩解之曰 月白寒松夜 波安鏡浦秋
哀鳴來又去 有信一沙鷗(한송정 세전 차가서어슬저 유지강남 강남남
인미해기사 광종조국인장진공사강남 강남인문지 진공작시해지왈 월
백한송야 파안경포추 애명내우거 유신일사구)
한송정 세상에 전해지기는 이 노래는 슬의 밑바닥에 씌여져 강남
까지 흘러갔지만 강남사람들은 그 노래의 뜻을 해득하지 못했다.
광종조에 국인 장진공이 공사로 강남에 갔는데 강남사람들이 그에

게 그 뜻을 물었다. 진공이 시를 지어 풀이하기를 "달밝은 한송의 밤 파도가 잔잔한 경포의 가을. 슬프게 울며 왔다가 또 가는, 소식 전하는 갈매기 하나."라고 하였다.

라고 한 것을 보면 우리나라 악기의 하나인 슬(瑟)이 중국의 양자강 이남(以南)까지 흘러가 슬의 밑에 쓰여진 글의 뜻을 그곳 사람들이 해득하지 못했는데 장진공(張晉公)이 사신으로 가서 그 뜻을 풀어 한시로 지었다는 기록으로 보아도 홍장이 지은 것은 아니고, 종장도 중국 당나라의 시인 왕유(王維)의 절구(絶句) '송별'(送別) "산중상송 파 일모엄시비 춘초연년록 왕손귀불귀"(山中相送罷 日暮掩柴扉 春草 年年綠 王孫歸不歸)의 결구(結句)를 가져다 시조화 한 것으로,

> 碧海 渴流後에 모릭 모혀 셤이 되어
> 無情芳草은 희마다 푸르러는디
> 엇덧타 우리의 王孫은 歸不歸하느니. (樂學 8)

> 池塘에 비 쑤리고 楊柳에 니 끠인제
> 싹 일혼 갈며기는 오명가명 흐는고야
> 엇더타 우리 王孫은 歸不歸 흐난고. (永類 124)

처럼 종장이 홍장의 시조와 같은 것이 있으니, 앞의 것은 구용(具容) 의 작으로 알려진 것이고 뒤의 것은 무명씨의 작이다. 이처럼 몇 수 의 작품에 이런 구절이 쓰인 것으로 보아 홍장의 작품은 후인의 위 작(僞作)일 가능성이 크다고 하겠다. 계랑(桂娘)이나 홍랑(洪娘)의 작 품은 자신들이 상대방을 그리워하여 지은 것이다. 홍장이라 하여 그 렇지 말라는 법은 없겠으나,『동인시화』에 전하는 박신과 홍장의 고 사(故事)에서는 박신이 홍장을 그리워했지 홍장쪽에서 박신을 못잊 어 마음 조리는 내용은 없다. 만약에 홍장이 박신을 못잊어 해서 노

래를 지었다면 『동인시화』에는 홍장이 박신을 못잊어 노래를 지었다
는 내용까지 들어 있었을 것으로 짐작된다.

　　가람본 『청구영언』(靑丘永言)에는 황진이의 작품 3수를 비롯하여
소백주와 매화, 홍장의 작품을 각각 1수와 새로 계단(桂丹)이란 기생
의 작품을 3수 수록하고 있는데 1수는 다른 가집에 소춘풍의 작으로
되어 있는 "齊도 大國이요……"이다. 그리고 송이(松伊)의 작품이라
하여 14수를 수록하고 있다. 이 가운데 다른 가집에 타인의 작품으
로 되어 있는 것이 여럿이 있으니, 좀 더 구체적으로 살펴보면 『해
동가요』에 박영(朴英)의 작으로 되어 있고, 『악학습령』과 『동가선』에
는 박은(朴誾)으로, 『대동풍아』(大東風雅)에는 송인(宋寅)의 작으로
되어 있는

　　　　瞻彼淇澳혼듸 綠竹이 猗猗로다
　　　　有斐 君子여 낙대를 빌리렴은
　　　　우리도 至善明德을 낙가볼여 ᄒ노라. (一海 33)

는 송이의 작품으로 보기 어렵다. 같은 가집에

　　　　곳보고 춤츄는 나뷔와 나뷔 보고 방긋 웃는 곳치
　　　　져 두리 思郎은 節節이 오건마는
　　　　엇덧타 우리의 王孫은 歸不歸를 ᄒ는고. (靑가 304)

　　　　곳보고 춤츄는 나부와 나뷔보고 방긋 웃는 곳치
　　　　져 思郎하기는 造化翁의 일이로다
　　　　우리의 思郎ᄒ기도 져 나뷔 져 곳 갓도다. (靑가 285)

처럼 초장만 같고 중장과 종장을 달리하여 작자가 솔이와 김수장으
로 되어 있다. 이것은 별개의 작품으로 다룬다 하더라도

내 思郎 남 쥬지 말고 남의 思郎 貪치마소
우리의 思郎에 雜思郎 셧길셰라
아마도 우리 思郎은 類ㅣ 업슨가 ᄒ노라. (靑가 309)

를 일석본(一石本) 『해동가요』에

내 思郎 눔주지 말고 남의 思郎을 貪치마소
울이의 두 思郎에 雜思郎 幸혀 섯씰쎄라
平生에 이 思郎 가지고 百年同樂 ᄒ리라. (一海 517)

처럼 종장이 다르고 무명씨 작으로,

남은 ᄃ ᄌᄂ 밤에 내 혼자 니러안자
輾轉反側ᄒ야 님둔 님 그리ᄂ고
출ᄒ리 매 몬져 츼여서 뎨 그리게 ᄒ리라. (靑가 303)

남은 다 자는 밤의 니 어이 홀노 안자
輾轉不寐ᄒ고 님둔 님을 生覺ᄂ고
그님도 님둔 님이니 날 生覺홀줄이 이시랴. (樂學 425)

는 앞의 것은 송이의 것이요, 뒤의 것은 종장을 달리하여 이정보(李
鼎輔)의 작으로 되어 있다. 몇몇 가집에 백제의 성충(成忠)의 작으로
되어 있는

뭇노라 汨羅水야 屈原이 어이 죽그니
讒愬에 더러인 몸 죽어 뭇힐 짜히 업셔
白骨을 滄波에 씨서 魚腹裏에 葬ᄒ니라. (靑가 314)

와 가람본 『청구영언』(靑丘詠言)에는 이정보(李鼎輔)의 작으로, 『악

학습령』에는 이명한(李明漢) 작으로 수록된 가집들이 송이의 작품이
수록되어 있는 것보다는 후대에 만들어진 가집으로 짐작되나 그렇다
고 섯불리 이들을 모두 송이의 작품으로 단정하기는 어렵다고 하겠
다.

제5절 기녀(妓女) 작품의 특색(特色)

기녀의 작품이라 해서 일반 작가의 작품과 크게 차이가 나는 것
은 아니지만 그래도 나름대로의 특색을 찾는다면 그 대표적인 것을
우리는 황진이의 시조에서 찾을 수 있는 것이 아닌가 한다. 현재 6
수의 시조를 남기고 있는 황진이는 『청구영언』과 『해동가요』에 각각
3수와 4수가 수록되어 있어 가집 편자들이 '여정규수'(閭井閨秀)의
작품으로 제일 먼저 거론할 정도로 가집을 편찬할 당시에도 세상에
널리 알려졌음을 알겠다. 물론 황진이는 자신을 송도삼절(松都三絶)
에 포함시킬 정도로 기녀로서의 명성이 자자했음은 물론이겠지만 노
래 자체가 다른 기녀의 작품에 비해 한층 뛰어났음을 의미하는 것이
라 하겠다.

이처럼 기녀들의 작품은 우선 다른 일반 작가의 작품에 비해 조
사(措辭)나 어휘(語彙)가 작품을 읊고 노래하기에는 조금도 손색이
없을 정도로 음악적 효과를 살려냈다는 점을 들 수 있을 것이다. 황
진이의

> 어져 내 일이야 그리줄을 모로ᄃ냐
> 이시랴 ᄒ더면 가랴마는 제 구트야
> 보내고 그리는 情은 나도 몰라하노라. (珍靑 2)

은 송강(松江)이나 고산(孤山)에 버금하는 순수한 우리말로 작품을 만든 뛰어난 솜씨에 감탄할 따름이다.

다음으로 자신들의 인상을 상대자에게 뚜렷이 하고 이름을 잊지 않게 하기 위해 자신들의 이름을 노래 속에 포함시켜 자연스럽게 읊고 있다는 사실이다. 『해동가요』를 편찬한 김수장은 자신이 기성서리(騎省書吏)를 지냈다고 했으나 그의 작품 가운데

折衝將軍 龍驤衛 副護軍 날을 아는다 모로는다
닉 비록 늙엇시나 노릭 춤을 추고 南北漢 놀이 갈쎄 쩌러진적 업고 長安 花柳 風流處에 안이 간 곳이 업는 날을
閣氏네 그다지 숙보아도 호롯밤 격거보면 수다한 愛夫들에 將帥 ㅣ될 줄 알이라. (周海 559)

를 보면 아마도 언제인가 비록 명예직이지만 용양위 부호군의 절충장군의 칭호를 받은 일이 있으나 각씨(閣氏)들에게도 합당한 대접을 받지 못하고 있음을 노래한 것으로 생각된다. 그런 것보다는

非龍非彲 非熊非羆 非虎非貔는 渭水之陽 姜呂尙이요
非人非鬼 亦仙은 水簾洞中 孫悟空이라
이 中에 非眞似眞 似狂非狂은 花谷 老歌齋ㄴ가 호노라. (周海 566)

처럼 비록 이름이 아닌 호(號)를 써서라도 자신을 노래 속에 넣어 이 노래를 듣거나 읽는 사람에게 화곡(花谷)에 사는 노가재(老歌齋)가 누구임을 확실하게 알리는 효과를 거두었다고 하겠다.

이처럼 자신의 이름이나 아호(雅號)로 알려진 것을 노래에 삽입시켜 지은 것이 황진이의

> 靑山裏 碧溪水ㅣ야 수이 감을 쟈랑마라
> 一到滄海ᄒ면 도라오기 어려오니
> 明月이 滿空山ᄒ니 수여간들 엇더리. (珍靑 286)

을 비롯하여, 한우(寒雨), 매화(梅花), 옥이(玉伊), 철이(鐵伊)와 송이
(松伊)와 구지(求之)를 들 수 있는데 송이와 구지의 작품은 다음과
같다.

> 솔이 솔이라 ᄒ니 므슨 솔만 넉이난다
> 千尋絕壁에 落落長松이 내 긔로다
> 길알애 樵童의 접낫이야 걸어 볼쓸 이시랴. (朴海 268)

> 長松으로 빈를 무어 大同江에 씌여 두고
> 柳一枝 휘여다가 구지구지 민얏ᄂ디
> 어디셔 妄伶엣 거슨 소혜 들나 ᄒᄂ니. (朴海 267)

 끝으로, 이들의 시조에는 엇시조나 사설시조와 같은 장시조가 없다
는 점이다.

> 世上 富貴人들아 貧寒士를 웃지마라
> 石富萬財로 匹夫에 긋치고 顏貧一瓢로도 聖賢에 니르시니
> 내몸이 貧寒ᄒ야마는 내길을 닥그면 눔의 富貴 부르랴, (珍靑
> 474)

를 매화(梅花)의 작품으로 다룬 경우가 있으나, 이는 잘못이 아닌가
한다.

제6절 결어(結語)

지금까지 기녀 시조에 대해서 언급했다. 먼저 기생이 언제부터 있었느냐에 대해서는 그 유래가 아무래도 멀리 신라시대까지 올라갈 수 있으며 고려와 조선시대에 나려 오면서 신분상 최하위인 팔천(八賤)의 하나이기는 하나 경우에 따라서는 신분 상승을 이루어 양반집의 부녀로까지 가능했음을 볼 수 있으며, 대체로 기생은 관부(官府)의 기적(妓籍)에 올라 있어 관기(官妓)들이지만 황진이처럼 신분의 제약을 덜 받는 경우도 있다. 거주하는 곳에 따라 경기(京妓)나 지방기(地方妓)로, 재능에 따라 시기(詩妓)나 가기(歌妓), 도는 창기(唱妓) 등의 구별이 있고, 조선조 말기에 와서 일관적으로 기생은 천대(賤待)해서 부르는 갈보(蝎甫)란 칭호가 생겨 여기에도 여러 부류가 있었다.

시조는 기생들 가운데 가기(歌妓)라고 불리우는 기생들에 의해 지어진 것으로 시기(詩妓)보다는 한단계 아래에 속한다고 볼 수 있고 대부분 주석(酒席)과 같은 연회석(宴會席)에서 상대자의 요구에 응하거나, 아니면 사랑하던 상대방을 그리워한 나머지 자신의 심정을 노래한 것이다.

황진이와 같은 기생은 많은 일화가 각종의 문헌에 남아 있어 몇몇 작품의 신빙성에 대해서는 수긍이 가지만 여타의 기녀들은 가집에 따라 작가의 혼동이 많고 후대에 와서 누군가에 의해 잘못 알려졌을 가능성도 있어 신빙성이 문제가 될 수밖에 없다고 하겠다.

기녀 시조의 특색이라면 운률이나 음악성이 훌륭하며, 시조에 자신의 인상을 상대방에게 뚜렷하게 인식시키기 위한 방법으로 자신의 이름을 삽입한 점과, 형식상 평시조만 있다고 하는 점이라 하겠다.

96

제4장 작자 해설(作者 解說)

● 장현(張炫)

진본 『청구영언』에서는 '장현'(張鉉)이라 되어 있으나 이는 다른 기록으로 미루어 잘못된 것이다. '고금창자제씨'에 '장현 지사'(張炫 知事)로 되어 있어 혹 지사의 벼슬에 올랐을 가능성은 있으나 혹 높여 부른 것이 아닌가 한다.

그는 역관(譯官) 출신으로 숙종조의 장희빈(張禧嬪)과 인척이 되고 병자호란 때 소현세자(昭顯世子)와 봉림대군(鳳林大君)이 심양(瀋陽)에 볼모 잡혀갈 때 모시고 갔으며, 후에 중국으로부터 투전(鬪牋)의 놀이를 들여와 유행시켰다.

여항 시조인 가운데 유일한 역관 출신으로 진본 『청구영언』과 가람본 『청구영언』(靑丘永言)에 각 1수씩 2수의 시조가 전한다.

● 주의식(朱義植)

주의식에 대한 자료는 진본 『청구영언』과 『소대풍요』(昭代風謠)에 의해 짐작할 수 있다. 『소대풍요』의 '작가목록'에 보면 "주의식자도원 호남곡 나주인 무과칠원현감 선화묵매 상기절"(朱義植 字道源 號南谷 羅州人 武科漆原縣監 善畵墨梅 尙氣節)이란 기록으로 미루어 여항인으로 무과에 합격하여 칠원현감을 지냈고, 묵매을 잘 그렸으며 무인다운 기질이 있음을 알겠다. 龜谷 최기남(崔奇南;1586~?)의 문집인『龜谷集』권 3에 "사박행원혜묵매주의식소화"(謝朴行源惠墨梅朱義植所畵) 란 시가 있어 주의식이 그린 묵매가 남아 있었다고 하겠다.

남파는 진본『청구영언』에 자신이 쓴 발문에서 속된 사람은 아니고 노래는 물론 몸가짐이 겸손하고 검소해서 군자의 풍모를 지녔다고 했다.

그의 작품은 진본『청구영언』에 10수, 박씨본『해동가요』에 3수 일석본『해동가요』에 1수 등 모두 14수가 전한다.

진본『청구영언』에 수록된 남파의 발문은 다음과 같다.

　내가 일찍 주공 도원이 지은 신번 두세곡을 얻어 보았으나 오직 그 전부를 얻지 못한 것이 한이었다. 하루는 변군 화숙이 나를 위해 전편을 얻어 이를 보여주기에 내가 세 번 되풀이하여 두루 점검해 보았더니 그 말이 정대하고 그 뜻이 부드러워서 다 감정을 나타내여 실로 풍아의 남겨진 운치가 있었다. 옛날의 백성의 풍속을 채집하고자 하는 사람들의 관점에서 본다면 그 또한 시를 모아서 조사하는 대열에 통합을 얻을 것이다. 대개 그 사곡(詞曲)을 보면 그 사람을 상상할 수 있는 것처럼 그는 반드시 속된 사람은 아니었다. 아! 공은 한갓 신번에만 능한 것이 아니라 몸가짐이 공손하고 검소하며 마음씀이 편안하고 조용해서 삼가는 태도가 군자의 풍도가 있었다. 무신년 오월 상한에 남파 늙은이가 씀
　(余嘗得見朱公道源所製 新翻二三関 惟恨未得其全篇也 一日 卞君和叔 爲我得全篇以示之 余三復遍閱 其辭正大 其旨微婉皆發乎情而實有風雅之遺韻 使古之觀民風者采之 其亦得徹於陳詩之列矣 盖玩其詞而想其人 必非烟火中人也 噫 公非徒能於此也 持身恭儉 處心恬靜 逡逡

有君子之風焉 歲戊申夏五月上澣 南坡老圃書)

● 김삼현(金三賢)

김삼현에 대해 참고할 기록이 없고 『가곡원류』계(系)가집에 "숙종조 절충 주의식서"(肅宗朝 折衝 朱義植婿)라고 한 것과 『대동풍아』(大東風雅)에 "숙종조 명가"(肅宗朝 名歌)라고 적혀 있어 숙종조에 절충장군을 역임하고 주의식의 사위이며 노래를 잘했다는 사실을 알 수 있다.

그러나 만약에 그가 절충장군의 관직에 올랐다면 정이품(正二品)의 벼슬에 오른 사람을 남파가 여항인으로 다룰 수 는 없었을 것이니, 이는 혹 명예직이나 자기들끼리의 호칭이 아닌가 한다. 『악학습령』에는 모두 김창흡(金昌翕;1653~1722)의 작품으로 되어 있어 작자에 혼동을 가져오는데 이는 김창흡의 아호가 '삼연'(三淵)이기 때문에 후대 사람들이 가집을 편찬할 때 '삼현'과 '삼연'을 혼동한 것이다.

그의 작품은 6수가 진본 『청구영언』을 비롯한 가집에 수록되어 있다.

● 김성기(金聖器;1648~?)

일명(一名) 김성기(金聖基). 자는 자호(子湖) 호는 어은(漁隱) 또는 조은(釣隱), 강호객(江湖客), 낭옹(浪翁), 어옹(漁翁)이라 했다.

어은에 대해서는 남유용(南有容;1698~1773)의 『뇌연집』(雷淵集)의 '김성기전'(金聖基傳)과 장지연(張志淵)의 『일사유사』(逸士遺事)에 의해 그의 생애를 보면, 본래 상방궁인(尙房弓人)이었으나 활을 버리고 거문고를 배워 대성했으며, 통소(洞簫)와 비파에도 뛰어나고 스스로 신성(新聲)을 지어 교방(敎坊)자제에게 기르쳤다. 집안이 가난했으나 집안을 돌보지 아니하고 유유자적하며 서호(西湖)에서 낚시를 즐겼기 때문에 조은(釣隱)이라 불렀다.

성격이 매우 강직했으니 당시의 신임사화(辛壬士禍)의 하수인인 목호룡(睦虎龍;1684~1724)이 취흥(醉興)을 돋우려 그를 불렀으나 응하지 않고 오히려 무안을 당하게 만들었다.

정래교(鄭來僑)의 『청구영언』서문(序文)에 나오는 '전악사'(全樂師)를 김성기로 본다면 김천택과는 '아양지계'(峨洋之契)를 맺을 정도로 가까운 사이가 된다고 하겠으나 실제로는 상당한 연령적 차이가 있어 이를 믿기가 어렵다. 어은의 출생년도를 노가재(老稼齋) 김창협(金昌協;1658~1721)의 문집인 『노가재집』(老稼齋集) 권 5에 김창업이 경기도 양천(陽川)에서 어은을 만난 사실을 기록한 글에서 그 때 어은의 나이가 68세라고 하였은데 김창업은 이미 40년전인 숙종 3년(1677)에 어은을 종로에서 만난 일이 있어 이를 역산(逆算)하면 출생년도가 인조 27년(1648)이 된다고 하겠다. 김천택의 출생년도가 1685년이라 한다면 연령의 차이가 36년이 되어 정래교의 언급은 재고해야 된다고 믿어진다.

그의 작품은 진본 『청구영언』에 7수와 박씨본 『해동가요』에 1수 등 8수가 전하나 가집에 따라 작품이 다르게 되어 있는 경우가 있다.

김천택이 쓴 발문은 다음과 같다.

> 내가 일찍이 노래를 좋아하는 버릇이 있어 국조 이후의 명인들과 이항의 작품을 모았는데 오직 어은 김성기의 악보는 이따금 전송되는 것이 있으나 그 전보를 아는 사람들이 드문 까닭에 널리 구했으나 얻지 못하여 항상 마음에 한이 되었다. 근래에 서호 김군 중려를 만나니(?) 그는 어은의 지기였다. 내가 그에게 말하기를 "그대는

일찌부터 어은을 따랐으니 소위 영언이라 하는 것을 많이 기억하고
가지고 있을 것이니 나를 위해 보여주게." 하니 그가 "나와 더불어
어은은 십수년을 강호에 같이 놀았는데 그가 평일에 감회를 쓰고
감흥을 노래에 붙인 것을 다 기록한 것이 있어 그 가운데에는 유연
히 사람들을 감동시키는 것이 있으나 무식한 사람들이 알지 못하기
때문에 상자에 거두어 두고 노래에 관심이 있는 사람을 기다린지
오래 되었다. 그대의 말이 이와 같으니 이 노래가 앞으로 세상에
유행하게 되었다." 고 말하였다. 마침 돌아와 전편을 서너 차례 노
래부르고 읊조려 보니 산수의 질탕한 의취를 얻을 수 있는 것과 가
사의 겉에 저절로 나타나는 것이 표표연해서 세상 물정에 벗어나려
는 것과 같은 고상함이 있었다. 대개 어은은 천지간을 소요하는 한
가한 사람의 하나라고 하겠다. 무릇 음률을 충분히 깨치지 아니한
것이 없고 성품이 강산을 좋아해서 서강의 꼭대기에 집을 짓고 호
를 어은이라 하고 맑게 개인 아침이나 달 밝은 밤에 혹은 거문고를
잡고 버드나무가 있는 낚시터에 앉거나 혹은 퉁소를 불어 연파를
희롱하여 갈매기를 가까이 하다 돌아갈 때를 잊기도 하고 고기가
노는 것을 보며 즐거움을 알아서 스스로 신상 밖의 세상에 노닐었
으니 이는 이른바 마음 내키는 대로 즐김으로써 세상을 즐기고 가
곡에 유명해진 사람이 아니겠는가? 무신년 삼월 십육일 남파 늙은
이 씀

(余嘗癖於歌 裒集 國朝以來名人里巷之作 獨漁隱金聖器之譜 往往傳
誦 而知其全譜者鮮故 廣求而莫之得 心常恨焉 乃者遇西湖金君重呂於
文郁哉許 君卽漁隱知己也 余謂之曰 子嘗從漁隱 其所爲永言 想多記
藏者 爲我示諸 曰吾與漁隱 十數年 同遊江湖 其平日叙懷寓興者 盡記
而有之 其中有多油然感人者 聾俗不知故 藏諸巾笥 以待好事者久矣
子言如是 玆曲將行于世也 遂歸其全篇 三復諷詠 其得於跌宕山水之趣
者 自見於辭語之表 瓢瓢然有退擧物外之意也 盖漁隱 逍遙天地間一閑
人也 凡於音律 莫不妙悟 性好江山 構屋于西江之上 號漁隱 晴朝月夕
或拊琴坐柳磯 或吹簫弄烟波 狎鷗而忘機 觀魚而知樂 以自放於形骸之
外 此其所以自適其適 而善鳴於歌曲者歟 歲戊申暮春旣望 南坡老圃
書)

● 김유기(金裕器;?~1718?)

김유기에 관한 자료는 『청구영언』에 수록되어 있는 김천택의 발문과 『소대풍요』의 별집(別集) 보유(補遺)에 "김유기 자대재 남원인" (金裕器 字大哉 南原人)이라고 한 것이 있어 여항인임이 틀림이 없다고 하겠다. 근래에 발굴된 박씨본 『해동가요』에 수록된 한유신(韓維信)의 글에 의해 그에 대한 사항을 다소나마 알게 되었다.

그는 본래 서울의 가객이었으나 한 때 대구에 나려가 한유신을 비롯한 사람들에게 노래를 가르쳤으며, 그가 가르친 것은 고조(古調)와 금조(今調) 가운데 고조였으며, 그가 죽자 고조는 그 맥이 끊어졌다고 안타까와 했다. 그에게는 부전(不傳)의 가집 『영언선』(永言選)이 있었으나 이것이 한유신이 지었다는 영언과 혼동되는 경우가 있다.

그의 출생은 언제인지 모르겠으나 몰년(沒年)은 대체로 짐작이 가능하다고 하겠으니, 한유신의 글 가운데 을미년에 서울에서 대구에 내려왔다고 했는데 이는 숙종 41년(1715)이요, 김천택이 김유기의 집을 찾아간 것은 그 이듬해인 숙종 42년이고, 후에 영조 4년에 쓴 글에서 그를 방문하고 돌아온 일이년간에 죽었다고 했다. 그렇다면 숙종 44년(1718)에 죽었다고 하겠다.

그의 작품은 15수가 전하는 것으로 되어 있으나, 작가의 신빙성을 고려한다면 진본 『청구영언』에 수록되어 있는 10수가 있다고 하겠다.

김천택의 발문을 보면 다음과 같다.

김군 대재는 노래를 잘하는 것으로 세상에 이름을 드날렸다. 일찍이 병신년간에 내가 그의 집에서 만나 상자를 당겨 책 한권을 얻어

열람해 보니 곧 자기가 지은 신번이라 이르는 것이었다. 거듭 나에게 노래의 정정을 요구해서 내가 말하기를 "그 노래를 보니 감흥과 경치를 잘 나타냈고 모두 음률에 합치되니 악보의 절조라 믿어 의심치 않겠다. 나의 부재로 어찌 참견을 하겠는가?" 고 말하고 서로 문답하고 돌아온지 한두 해가 되었더니 모두가 지난날의 자취가 되어 버렸으니 조자건의 존몰의 감정이 더할 나위 없이 지극하도다. 내가 이에 그가 남긴 노래들을 주워 모아 세상에 알려 영원히 전하고자 한다. 무신년 삼월 십육일 남파 늙은이 씀

(金君大哉 以善歌鳴於世 曾於丙申間 余嘗造其門 叩其篋得一編 開卷而閱之 乃自家所爲新翻也 仍要余訂正 余曰 觀其詞 說盡情景 諧合音律 信樂譜之絶調也 以余不才 奚容贅焉 遂相與問答而歸 一二年間 已成陳迹 曹子建存沒之感 至是極矣 余於是掇拾其遺曲 以布于世 傳之不朽也 歲戊申暮春旣望 南坡老圃書)

● 김천택(金天澤;1685?~?)

자(字)는 백함(伯涵) 도는 이숙(履叔), 호는 남파(南坡)라고 했다. 진본 『청구영언』에서 자신을 포함한 6명을 '여항육인'이라 하여 신분이 여항인임을 밝혔다. 주씨본 『해동가요』의 '작가제씨'에서 "자백함 호남파 숙종조포교"(字伯涵 號南坡 肅宗朝捕校)라고 하여 그가 한 때는 포교를 하였음을 알겠다. 그의 생몰년대(生沒年代)에 대해 자세히는 알 수 없으나 영조 21년에 쓴 화사자(花史子)의 발문에 의해 출생년도가 숙종 11년(1685)로 짐작되며, 김수장이 『해동가요』초찬본(初撰本)을 만든 동 30년(1754) 이전에는 이미 작고한 것으로 짐작되어 70세 정도를 살았던 것이 아닌가 한다.

혹자(或者)는 『광산김씨족보』(光山金氏族譜)에 김천택이 있어 이를 남파로 잘못 알고 있으나 광산 김씨의 김천택은 자(字)가 화중(和仲)이요 호(號)가 몽현재(夢賢齋)로 숙종 13년에서 영조 34년(1687~1758)까지 생존했던 사람으로 벼슬이 통정대부(通政大夫) 돈령부도정

(敦寧府都正)을 지내고 유고(遺稿)가 있다고 했으니 전연 다른 사람이다.

남파의 작품은 자신이 만든 진본 『청구영언』에 30수가, 주씨본 『해동가요』에 57수가 수록되어 있는데 이 가운데 중복을 빼면 43수가되고, 이보다 먼저 이루어진 박씨본 『해동가요』에 새로 6수가 있어 모두 79수의 작품이 전한다.

남파의 작품에 대한 발문은 진본 『청구영언』에 정내교(鄭來僑)가 쓴 것과 주씨본 『해동가요』에 노가재의 것이 있으니 다음과 같다.

　김군 이숙은 노래를 잘하는 것으로 이름이 나라에 알려졌는데 하리의 미천한 것을 한 번에 씻어 버릴만 하였고 능히 신성을 스스로 지으니 유량하여 가히 들을 만하였다. 또 신곡 수십 수(首)를 지어 세상에 전하니 소년들이 배워서 노래 불렀다. 내가 그 노래를 보니 다 아름답고 이치에 맞으며 음조와 절강, 청탁과 고하가 다 음률에 맞으니 가히 송강공의 신번에 필적할만하다고 하겠다. 이숙은 노래에만 뛰어난 것이 아니라 그 재능이 문장에도 보이었다. 아! 이 세상에 풍속을 잘하는 사람이 있어 반드시 이 노래를 채취하여 악관의 반열에 참가시킨다면 우리나라 사람과 우리나라에서 사용하는 것이 다만 이항의 가요에만 그치겠는가. 어찌 한갖 이숙으로 하여금 연이나 조나라 사람들의 비분 강개의 소리만을 가지고 그 불평으로 명성을 날리겠는가. 또 그의 노래는 강호나 산림에서 방랑하거나 은둔하는 어사(語辭)와 반복하고 차탄하는 것뿐이니 그 또한 쇠세의 소리이다. 무신년 삼월 흑와 씀
　(金君履叔 以善唱 名國中 一洗下里之陋 而能自爲新聲 瀏喨可聽 又製新曲數十闋 以傳於世 少年習而唱之 余觀其詞 皆艷麗有理致 音調節腔 淸濁高下 自叶於律 可與松江公新翻後先方駕矣 履叔 非特能於歌 亦見其能於文也 嗚呼 使今之世 有善觀風者 必采是詞而列於樂官用之鄕人 用之邦國 不但爲里巷歌謠而止爾 奈何徒使履叔 爲燕趙悲慨之音 以鳴其不平也 且是歌也 多引江湖山林放浪隱遯之語 反覆嗟歎而不已 其亦衰世之意 歲戊申暮春 黑窩書)

백함이 지은 가곡은 그 수가 가장 많아 혹은 귀하게 된 것이 있고
혹은 천하게 된 것이 있다. 내가 고쳐 악보를 만들어 후대에 전하
고자 한다면 찌꺼기 제거를 극진히 하여 반드시 식자로 하여금 개
안하여 이치에 바른데에 이르도록 한 연후에 가히 그 이름을 세울
수 있는 것이다. 말이 진실되고 순후하며 청렴하고 효성스럽고 충
성된 것은 채록하고, 가볍고 소홀하며 무게가 없으며 맥락의 사이
가 끊어지는 것은 버렸다. 후대에 전편을 궁구하는 사람은 수말의
대략을 찾아 다행이 괴이하고 의심쩍음이 없기를 바란다. 경신년
늙은 소나무에 두견이 요염을 자랑하고 살구꽃이 피는 계절에 육십
구 세의 늙은이 노가재 김수장 씀

(伯涵所製歌曲 其數最多 而或有所貴者 或有所賤者 吾旣修正作譜
以傳於後 則祛滓極眞 必事識者開眼 終至道直然後 乃可立其名 語之
眞實淳厚 淸廉孝忠者採之 輕忽不重 脈絡絶間者去之 後之全篇考之者
獵略首尾 幸勿訝惑焉 庚辰蒼龍杜鵑矜艶杏花之節六九翁老歌齋金壽長
書)

● 정래교(鄭來僑;1691~1757)

자(字)는 윤경(潤卿)이요 호(號)는 완암(浣巖) 또는 현와(玄窩)라고
했고, 달리 흑와(黑窩)라고도 했다. 그는 집안이 한미(寒微)하고 처지
가 고단했으나 사대부들과 교압(交押)하고 사대부들도 그를 시사(詩
社)나 주연(酒筵)에 불러 수음(酬吟)하기를 좋아했다. 장지연(張志淵)
의 『일사유사』(逸士遺事)에 그에 대한 기록이 있다.

김천택과는 친밀한 관계가 있는 듯하니 그를 위해 '청구영언서'
(靑丘永言序)와 김천택 개인의 작품에 대한 발문을 썼는데 그의 문
집 『완암집』(浣巖集)에는 '청구영언서'가 없고 개인 작품에 대한 서
문만 수록되어 있어 혹 '청구영언서'는 정래교의 글이 아닌가 하는
의문을 가지게 한다. 여하간 『완암집』에 수록되어 있는 '김성기전'

(金聖基傳)이나 남파 시조에 대한 서문은 국문학 연구에 중요한 자료가 된다.

그의 작품은 2수가 고대본(高大本)『악부』(樂府)에 수록되어 있으나 작자에 대한 신빙성에 문제가 있으나 시조를 지을 수 있는 여건은 충분하다고 하겠다.

● 한유신(韓維信)

근래에 발굴된 박씨본『해동가요』에 의해 알려진 사람으로 호(號)를 낭옹(浪翁)이라 했다. 박씨본『해동가요』에 합본(合本)된 이른바 '영언선'(永言選)에 자신이 쓴 '영언선서'(永言選序)에 보면 그는 대구(大邱) 출신의 가객(歌客)으로 김유기(金裕器)가 숙종 41년(1715)에 대구에 내려 왔을 때 그에게서 당시에 유행하기 시작하는 시조(時調)를 버리고 김유기의 고조(古調)를 배워 그 맥을 이어간 가객이다. 그가 중앙의 창곡계(唱曲界)와 관련을 맺었는지의 여부는 알 수 없으나, 자신도 11수의 시조를 지었는데 모두가 단형시조이다.

그의 '영언선서'(永言選序)를 보면 다음과 같다.

영언선서
내가 젊어서부터 노래를 좋아하여 침식을 잊을 정도였다. 혹은 천석간을 따라 자연의 소리를 듣기도 하며 혹은 비파와 거문고 있는 사람에게 나아가 대소현을 고르기도하여 스스로 일컫기를 얻은 바가 있다고 하였다. 그러나 대방군자에게 한 번 질문하여 미급한 것을 진척시키고자 했으나 세상에 이것에 대해 말할 만한 사람이 없으므로 매양 곡조를 대하면 한갓 수원산고한 생각만 했었다. 을미년 봄에 김공 유기가 마침 서울에서 왔으니 공은 당대의 독보적인 사람이다. 내가 가서 인사를 하고 시험삼이 시보로써 물으니 공이 웃을뿐 응하지 않더니, 밤이 깊어서야 두어 수를 읊조리니 소리가 금석에서 나오는 듯 영향을 받지 않는 듯 했다. 나는 멍청해져 넋을 잃고 혼자서 정성이 바로 여기에 있구나 하고 중얼거렸다. 이튿날 아침에 공을 별관으로 맞아드리고 이삼 동지들과 함께 전일에 배운 것을 다 버리고 가르침을 청했다. 공이 말하기를 "잘한 일이 아닌가? 노래에는 고금의 두 곡조가 있으니 슬프고도 촉급한 것은 쇠세의 음으로 지금 사람들이 취하는 것이고, 온화하고도 느린 것은 태평의 소리로 내가 취하는 소리다. 우리 나라 노래는 방언이 섞였으니 비록 고악부와 더불어 차이가 있지만 이 또한 풍화의 일단이므로 살피지 않을 수 없다." 고 말하고는 바랑에서 소장하고 있던 영언선과 공이 지은 신성 십여수를 꺼내 보이면서 "이는 백설가의 노맥이다."라고 하였다. 그러고는 평조 등 여러 곡을 가르쳤다. 우리들은 전심으로 학습하여 여러 해가 지난 뒤에야 흉내를 낼 수가 있었다. 공이 말하기를 "아직 미진한 것은 심방곡과 중중대엽의 두 곡조이니 이는 성문의 종조리라 일컫는 것이니 이를 마치면 졸업했다 할 수 있을 것이다." 하고 이날 저녁에 심방곡 한 수를 부르니 처음에는 천녀산화와 동정무파와 같더니 노래를 마침에 황홀해져 마치 천천히 노를 저어 달빛을 거슬러 봉해에 소요하면서 수선자와 말을 하며 장군의 동철조판이 그 웅을 잃음을 깨닫지 못하는 듯 하였다. 대체로 공의 가르침은 명일에 배울 것을 먼저 불러서 감발하고 흥기하는 뜻을 가지게 하였고 계급이 매우 엄하여 감히 섭등해서 배우지 못하게 하였다. 하루는 밀성에 사는 사인 심생이란 사람이 말을 가지고 와서 모셔가니 심생은 호해간의 기사이고 영남루는 오랜동안 공의 혼몽 가운데 있었기에 드디어 말을 가지런히 하고 표연히 떠나니 우리들은 만류할 수도 없었고 다만 빨리 돌아오기를 비는 뜻에서 길가에서 축을 올렸고 축을 마치고는 자성에 올라 바라볼 뿐이었다. 얼마 후에 공이 염병에 걸려 객관에서 죽으니 아! 광릉산조가 여기서 끊어졌구나. 우리들은 구사에 나가 서로 조문하고 창연하여 갈 곳이 없는 듯 했다. 그 후 오십년동안 인적속에 과객을 지어서 비록 사죽의 소리가 집안에 가득하고 모두가 기뻐하더라도 취한 뒤에 옛날을 이야기함에 이르러서는 문득 목이 막히고 했다. 아! 나도 늙어 칠십이 넘어서 숨이 차고 소리가 짧아 다시는 소리를 내지 못하지만 그 토탄과 같은 성벽이 있어 오히려 다 없애지 못하였다. 매양 남이 가보를 가지고 있는 것을 보면 구하는 것을 게을리 하지 않았는데, 어떤 사람이 해동가곡의 일부를 주었는데 이는 김천택이 엮은 것으로 여러 군자들이 지은 것이었다. 끝에 우리 나라 명창과 그가 지은 것을 붙였고, 공이 지은 신번 칠팔수도 그 가운데 들어 있었다. 두세번 풍영하니 심목이 다 밝아지고 처연해서 그 분을 그리는 마음이 나서 그 분이 완연히 살아 있는 듯하여 눈물이 흘러 내림을 금할 수가 없었다. 이에 일 본을 베껴서 영언선과 같이 상자에 갈마두고 나도 야인의 말로 단 사 십여수를 지어 권말에 붙이니, 내가 감히 고인의 반열에 들려는 것이 아니라 다만 파리가 기마의 꼬리에 붙어 천리를 달려가는 뜻 에서 나온 것이고 또 우리 김공의 전수하신 근념을 져버리지 아니 하고자 함이다. 숭정 삼임오에 후학 상당 한유신이 삼가 씀

(永言選序)

(余少而好歌 殆忘寢食 或從泉石間 聽其自然 或就琴二家 和大小絃 自謂若有得 思欲一質於大方君子 以進其所不及 而顧世無能言者 每按 曲徘徊 徒有水遠山高之思 乙未春 金公裕器 適自京師來 公卽今代之 獨步也 余往省之 試以時譜叩之 公輒笑而不應 夜久 始吟數関 聲出金 石 若下不影響焉 余自闇然自喪 私語深曰 正聲在是矣 厥明 延公置別 館 遂與二三同志 盡棄舊學而請敎焉 公曰 不亦善乎 歌有古今二調 哀 而促者 衰世之音 而時人之所取也 和而緩者 太平之聲 而吾之所取也 我國歌謠雜以方言 雖與古樂府有異 而亦風化之一端 歌不可不審 仍出 橐中所藏永言選 及公之所自製新翻數十餘関 以示曰次白雪歌路脈也 遂以平調等諸曲 日課而授之 不妄等 專心學習 閱累年而始能效顰 公 曰 調成矣 所美境者 獨有尋方曲 中中大葉兩調 此聖門所謂終條理也 了此 可卒業矣 是夕 因唱尋方曲一関 始與天女散花洞庭無波 其終也 怡悅若緩棹泝月 而逍遙乎蓬海 與水仙子語 而將軍銅鐵罩板 不覺喪其 雄也 盖公之敎人也 必先唱明日所授者 俾有感發興起之意 而階級甚嚴 不敢爲躐等計也 一日 密城士人 沈生者 以騎來邀 沈是湖海間奇士 而 密之嶺南樓 久在公魂夢中矣 遂並轡飄然而逝 不妄等 旣留之不可 惟 以式過其歸 爲祖道之祝 祝訖 登子城以望之 居無何工遭毒癘卒客官 嗚呼 廣陵散 終此絶矣 不妄等 相弔于舊舍 伥伥然無所與歸 而邇來五 十年 便作隣笛中過客 雖絲竹盈堂 四座盡歡 而及其酒後話舊 則喉吻

輒咯咯焉 噫 余老矣 年逾七十 氣促聲短 不復作依永之晉 獨其土炭一
癖 猶不能盡消 每見人有歌譜 必求之不倦 客有遺以海東歌曲一部 乃
金君天澤所裒集 諸君子所製者也 末附國朝名唱 及其所自製 而公之新
翻七八関 亦在其中矣 三復諷詠 心目俱明 凄然有秋水蒹葭 其人宛在
之懷 而益不禁涕潸之下也 遂謄一本 與永言選 並藏之篋笥 又以野人
語 作短詞十餘関 錄之卷末 不妄 非敢自列於古人之次也 盖出於附驥
之意 而亦不負我公 傳授之勤云爾 崇禎三壬午孟春 後學 上黨 韓維信
謹書)

● 김수장(金壽長;1690~?)

자(字)는 자평(子平) 호(號)는 노가재(老歌齋)이며 초호(初號)는 십
주(十洲)였다. 『해동가요』나 『청구가요』에 수록되어 있는 자신의 가
집에 대한 서문이나 발문 또는 다른 작가들을 위한 발문과 장복소
(張福紹)의 '해동가요발'(海東歌謠跋)이나 김두규(金斗奎)의 '노가재
기'(老歌齋記) 등에 노가재에 관한 기록이 있으나 그의 생애를 밝혀
줄 충분한 자료는 못된다. 주씨본 『해동가요』에서 자신을 "자자평
호노가재 숙종조기성서리"(字子平 號老歌齋 肅宗朝騎省書吏)라고 하
였고, 『악학습령』에는 "영종조노직통정"(英宗朝老職通政)이라 하였으
나 숙종조에 기성서리(騎省書吏)를 했다고 하는 것으로 미루어 가집
을 만들 당시에는 아무런 직책도 없었고, 노직통정이란 일종의 명예
직이 아닌가 한다. 혹 그의 작품에 나오는 "折衝將軍 龍驤衛 副護軍
날을 아는다 모르난다……"처럼 절충장군과 용양위 부호군을 지냈는
지 모르겠다.

영조 31년에 1차로 『해동가요』를 편찬한 다음 여러 차례에 걸쳐
증보 개편을 했고, 별도로 『청구가요』를 엮어 『해동가요』이후의 가
요를 수집 정리했다. 그의 글은 80세에 쓴 김중열(金重說)과 박문욱
(朴文郁)의 발문이 남아 있는 글 가운데 가장 나중의 것으로 그의

초년에서 중년의 활동을 알 수가 없고 다만 65세인 영조 30년『해동가요』1차본을 편찬한 이후 15년간이 활발한 활동을 하였던 기간이라고 하겠다. 이 기간동안에 노가재(老歌齋)를 구축하여 가단활동의 무대로 삼았고, 가집을 편찬하였다.

도남(陶南)은 주씨본『해동가요』에 수록되어 있는 장복소의 글을 토대로 남파와 더불어 '경정산가단'(敬亭山歌壇)을 형성하고 양인(兩人)이 그 중심 인물로 활략했다고 하였으나 실제로는 그들의 사이가 원만한 관계는 아니었으며, 노가재는 남파의 부전(不傳)으로 여겨지는 제 2차 가집인『해동가요록』(海東歌謠錄)을 토대로 하여『해동가요』를 엮은 것이라 믿어진다.

노가재는 자신의 작품에 장단가 합하여 모두 149장 된다고『해동가요』서문에서 밝히고 있으나 현전하는 작품은 주씨본『해동가요』에 118수, 박씨본『해동가요』에 4수,『청구가요』에 3수, 서울대본『악부』(樂府)에 2수 그리고 홍씨본(洪氏本)『청구영언』(靑丘永言)과 가람본『청구영언』(靑丘永言)에 각 1수 등 모두 129수가 전한다.

● 김우규(金友奎;1691~?)

자(字)는 성백(聖伯) 호(號)는 백도(伯道)로 숙종조에 서리(書吏)를 했다고『악학습령』의 '작가목록'에서 밝히고 있다. 서울대본『악부』에는 "자성백 호자도 숙종조서원"(字聖白 號自道 肅宗朝書員)이라하여 약간의 차이가 있으나 전사(轉寫)의 차이라 여겨진다.

노가재의 발문에 의해 그가 노래를 박상건(朴尙健)에게서 배웠고, 가객으로 명성(名聲)을 날려 다들 그를 '명양'(名揚)이라 일컬었으며 노가재와 가장 친밀하다고 했다.

그의 작품은『청구가요』에 11수를 비롯하여 서울대본『악부』와

홍씨본 『청구영언』, 가람본 『청구영언』(靑丘永言), 『악학습령』 등에 중복을 제외한 7수 등 모두 18수의 작품이 전하고 있다.

노가재의 발문은 다음과 같다.

> 김군 성백은 나와 더불어 사귐의 도리가 매우 친밀하였다. 성백은 어려서부터 운기가 호방하였다. 박군 상건에게서 노래를 배웠는데 불과 1년이 못되어 능히 스승을 모방하여 다른 가객을 제압하였고, 또 아름답게 꾸미는 모습이 있어 세상이 모두 '명양'이라 일컬었다. 나도 또한 가벽이 있어 탁군 대재와 이군 순경의 노래를 매양 흠모하고 부러워 하였다. 세월이 지나는 사이에 이 들이 다 죽고 다만 성백과 나만 남아 있을 뿐이다. 성백은 신미생이고 나는 경오생이다. 날로 상유를 재촉하여 남은 날이 많지 않으니 진실로 한심하기 그지없다. 하루는 성백이 자기가 지은 11장의 노래를 나에게 보여 주기에 자세히 읽어 보니 말의 뜻이 절실하여 책에 실어 후세에 없어지지 않도록 하고자 한다. 갑신년 12월 노가재 김수장 씀
>
> (金君聖伯 與我交道甚密 聖伯自少韻氣豪放 學歌於朴君尙建 未過一歲 能摸抑客 又有繡飾之態 世皆謂明揚矣 我亦有歌癖而卓君大哉 李君舜卿之歌 每於欽羨矣 過客光陰之間 此輩已沒只有聖伯與我矣 聖伯年令辛未 我庚午 日迫桑楡餘暉無多 良可寒心 一日聖伯自家所製十一章示余 歷觀之 辭志竊實 附載黃卷 傳後不滅 甲申臘梅之節 老歌齋金壽長書)

● 김태석(金兌錫)

자(字)는 덕이(德而). 『청구가요』에 그의 작품 4수를 수록하고 "김군덕이 성본소아 호풍경 락붕우 숙지경 능필법"(金君德而 性本騷雅 好風景 樂朋友 熟知景 能筆法)이라 하고는 누구의 글인지 기명(記名)이 없지만 노가재의 글임을 쉽게 알 수 있다. 서울대본『악부』에 "자덕이 숙종조인"(字德而 肅宗朝人)이라 하였고, 『악학습령』에는 "자덕이 숙종조오상"(字德而 肅宗朝五相)이라 되어 있으나, '오상'은

잘못 표기된 것이라 믿어지며 숙종조란 것도 마찬가지가 아닌가 한
다.

노가재의 말대로 성격이 소아(騷雅)하고 풍경을 좋아하고 붕우와
즐기며 명승지를 잘 알고 필법에 능하다고 했으나 그의 신분에 대해
서는 언급이 없다.

그의 작품은 4수가 전하나 1수는 장시조이다.

> 김군 덕이는 성격이 본래 소아하고 자연의 경치를 좋아하고 벅들
> 과 즐기며 경치가 좋은 곳을 잘 알며 필법에 능숙하였다.
> (金君德而 性本騷雅 好風景 樂朋友 熟知景能筆法)

● 박희석(朴熙錫)

자(字)는 경보(敬甫). 서울대본 『악부』에는 '박희서'(朴熙瑞)로 『악
학습령』에는 '박희서'(朴熙瑞)로 되어 있어 차이가 있으나, '석'(錫)과
'서'(瑞)의 유사음(類似音)에서 오는 착오라 믿어진다. 가집에 수록된
작자 소개를 보면 서울대본 『악부』에는 "숙종조 동지"(肅宗朝 同知),
『악학습령』에는 "선금선필유명 영종조 동지"(善琴善筆有名 英宗朝
同知)라고 했으나 종이품(從二品)에 해당하는 동지를 역임했을 가능
성이 없는 것으로 미루어 이는 자기들끼리 상대방을 높여 부르는 칭
호가 아니었나 한다.

그의 작품은 『청구가요』의 3수를 비롯하여 『악학습령』에 3수, 서
울대본 『악부』와 가람본 『청구영언』(靑丘永言) 각 1수가 수록되어
있으나 중복을 제외하면 6수가 전하는 셈이다.

● 김진태(金振泰)

자(字)는 군유(君猷) 호(號) 항은(巷隱) 본관(本貫)은 경주(慶州)임.

『청구가요』에 수록되어 있는 작가 가운데 작품도 가장 많이 수록되어 있고, 그에 대한 참고 자료도 다른 작가에 비하여 비교적 많이 남아 있다. 『풍요속선』(風謠續選) 권 6에 있는 작가 목록에 "자군유 호항은 경주인"(字君猷 號巷隱 慶州人)이라 되어 있고 선시(選詩) 9수가 수록되어 있고, 권5에 있는 김광익(金光翼) 항목에 "광익 자천서 호반포암 김해인 여허단 한욱 김진태 안상덕 장도문 도순 김선여 결금란사 위주인"(光翼 字天瑞 號伴圃庵 金海人 與許端 韓旭 金振泰 安尙德 張道文 道純 金善餘 結金蘭社 爲主人)이라 한 것으로 미루어 그는 단순히 시조만을 짓는 사람이 아니라 한시에도 능통한 사람이며, 『악학습령』에는 "자군유 영종조 서리"(字君猷 英宗朝 書吏)라고 한 것으로 미루어 그도 서리였음을 알겠다. 또 『대동시선』(大東詩選)에도 '패수'(浿水)란 칠절(七絶)이 1수 수록되어 있다. 가집에 따라 자가 '군헌'(君獻) 호가 '암은'(菴隱)으로 기록된 것이 있으나, 『풍요속선』의 것이 가장 신빙성이 높다고 판단되기 때문에 이를 따르기로 한다.

그의 작품은 『청구가요』에 26수가 수록되어 있고, 『악학습령』에 7수 서울대본 『악부』에 6수가 수록되어 있으나 중복되어 26수 외에는 없다. 다른 가집에 수록된 것이 적은 것으로 미루어 널리 알려지지 않았으며, 장시조 작품은 없다.

노가재의 발문은 다음과 같다.

내가 젊어서부터 마음에 여유가 있고 본래 가벽이 있은지 오래되었다. 고금의 군현들과 기생과 무명씨와 더불어 내가 지은 장단가 백여장의 노래를 모아 하나의 가집으로 만들 즈음에 김군헌의 작품을 얻어 보니 의지가 뛰어나고 아름다운 노래 소리가 아주 맑아 속태에 물들지 아니한 것이 무협의 조용하고 쓸쓸한 모양과 같았고 기이하고 아름다운 어휘들은 봉래와 영주에 사는 신선들의 말과 같

아 일찍부터 서로 면식이 없는 것이 한스러웠다. 병진년 유월 77옹 노가재 김수장 씀

(余年少心閒 素有歌癖者久矣 裒集古今作歌 群賢及名妓與無名氏 自製長短歌百餘章 釐爲歌謠之際 得見金君獻之作 意旨超越 馨韻淸絶 不染俗態 巫峽之蕭森 琦語瓊辭 蓬瀛之仙語 恨不增相識也 丙辰夏六月 七七翁老歌齋金壽長書)

● 문수빈(文守彬)

자(字)는 사장(士章). 가람본 『청구영언』(靑丘永言)에 '문수빈'(文壽彬)으로 기재되어 있으나, 잘못 전사된 것이라 믿어진다. 『악학습령』의 작가 목록에 "자사장 숙종조 서리"(字士章 肅宗朝 書吏)라고 하였으며 주씨본 『해동가요』에 부록되어 있는 '고금창가제씨'에도 들어 있는 것으로 미루어 창곡에도 능통한 사람임을 알겠다.

그의 작품은 1수가 전한다.

● 이덕함(李德涵)

이덕함에 대한 기록은 다음의 5가지가 전한다.

1) 『악학습령』의 작가 목록에 "이덕함 자 숙종조 이"(李德涵 字 肅宗朝 吏)

2) 『풍요속선』의 발문에 "성상이십일년 정사중동상완 자헌대부 전행중추부사 강양이덕함발"(聖上二十一年 丁巳仲冬上浣 資憲大夫 前行中樞府事 江陽李德涵跋)이라고 되어 있는데 이는 정조 21년(1797)에 해당한다.

3) 『풍요삼선』(風謠三選) 권 1에 "이덕함 자경호 호진우당 강양인"(李德涵 字景浩 號眞愚堂 江陽人)으로 되어 있고, '우음'(偶吟)이란 오언절구가 1수 수록되어 있다.

4) 엄계흥(嚴啓興)의 문집인 『국산집』(菊山集)에 "봉기반천이경호 덕

함"(봉기반천이경호 덕함) 이란 제목의 칠절 3수가 있다.
5) 장혼(張混)의 문집인 『이이엄집』(而已广集) 권 7에 "진우당이지사
덕함만"(眞愚堂李知事德涵輓)이 있다.

『악학습령』에서 '이'(吏)라고 되어 있는 것을 심재완(沈載完)은
'이판'(吏判)으로 보았으나 분명 잘못이라 생각되며, 이는 '서리'(書
吏)의 '서'(書)자가 누락된 것이라 여겨진다. 『풍요속선』에 발문을 쓴
이덕함은 분명 사대부 출신이며 노가재와는 적어도 한 세대 정도의
차이가 나는 것으로 미루어 별개의 인물이며,
『풍요삼선』의 이덕함은 『풍요삼선』의 이덕함과 본관이 같으나
『풍요삼선』에서 앞이 『풍요속선』에 수록했어야 할 인물을 추가시킨
것이 아닌 것으로 미루어 위의 이덕함은 다 다른 인물로 보아야 할
것이다. 『청구가요』에 작품이 수록된 이덕함은 숙종조에 서리였던
사람으로 보아야 할 것이다. 위에서 1)의 이덕함과 2)의 이덕함, 그
리고 3), 4), 5)의 이덕함은 각각 다른 인물이라 하겠다.
그의 작품은 『청구가요』와 『악학습령』에 3수가 중복되어 수록되
어 있다.

● 김묵수(金默壽)

자(字)는 시경(始慶). 자(字)를 가집에 따라 차이가 있으니 '고금
창가제씨'에서는 '시경'(始庚), 육당본 『청구영언』에서는 '시경'(時慶)
으로 되어 있다. 그는 가창인(歌唱人) 김성후(金聖垕)의 아들로 부자
(父子)가 가창인이다. 『악학습령』에서 "자시경 영종조 서리"(字始慶
英宗朝 書吏)라고 한 것으로 미루어 서리를 지냈음을 알겠다.
그의 작품은 7수가 전하는데 이 가운데 3수는 장시조다. 또 육당
본 『청구영언』에는 작자의 이름을 '김시경'(金時慶)이라 한 것으로

미루어 본명보다 호가 더 많이 알려진 것이 아닌가 한다.

노가재의 발문은 다음과 같다.

시경은 곧 옛날의 친구 이숙의 아들이다. 어려서부터 배운 바가 높고 지기가 호매하여 노래를 잘했고 글씨에도 능했다. 이 장단가 6장은 음조와 절강이 극히 호상하기에 내가 이런 것으로써 사랑하고 존경한다. 계미년 유월에 노가재 씀
(右時慶者 即故人爾淑之子也 年少學高 志氣豪邁 善歌 能筆法 長短歌六章 音調節腔 極其豪爽 吾以此愛敬焉 歲癸未流頭之節 老歌齋書)

● **김중열(金重説)**

자(字) 사순(士淳) 호(號) 산수자(山水子). 김묵수와 마찬가지로 부자(父子)가 다 가창인으로 아버지는 김정희(金鼎熙)로 '고금창가제씨'에 들어 있다. 어은(漁隱) 김성기(金聖器)에게 금(琴)과 통소(洞簫)를 배웠고 음악적 재능이 뛰어 났으나, 『악학습령』이나 서울대본 『악부』에 있는 것처럼 "용기봉지인"(龍旗捧持人)이기 때문에 그는 노가재가 찬사를 보낸 것만큼의 훌륭한 음악적 재능을 가졌으면서도 충분히 발휘하지 못했던 것이 아닌가 한다.

그의 작품은 3수가 전하며, 노가재의 발문은 다음과 같다.

사순은 곧 옛날 친구 김군 자빈의 아들이다. 어려서부터 총명이 과인하고 지기가 호웅하며, 거문고를 어은에게서 배웠고 통소도 어은에게서 배웠으니 예전의 여러 훌륭한 명금들의 뒤를 이었다고 하겠다. 산수의 노래를 평우조로 시작하여 여러 곡을 연주하니 마치 잡초 가운데 그윽한 향기를 놓는 난초와 같고, 까막 까치 가운데 봉황이라 하겠다. 내 비록 음률의 청탁고하를 알지 못하나 조금은 풀이할 줄 아는 까닭에, 반드시 과장된 말은 아닐 것이다. 내가 가보를 고쳐 만들 때에 사순이 지은 노래 3수를 얻어 보니 속태는 다

숨고 선적에 눈이 밝아지니 어찌 기이하지 않겠는가? 사순은 일찍부터 노래하는 연습을 익히지 아니 하였으나 능히 창을 하니 비상한 가인이다. 사람은 젊어야 하고 노래는 나이가 들어서야 이루어지는 것이니, 그는 실로 속세간의 호걸 군자이다. 슬프다 세속의 사람들은 욕심에 현혹되고 물욕에 물들어 스스로 귀머거리나 장님이 되니 이같은 사람이 있는 것을 아지 못하는 것이 참으로 개탄스럽다. 기축년 삼월 80옹 노가재 씀

　(右士淳　卽故人金君子彬之子也　幼聰明過人　志氣豪雄　琴聽於漁隱 洞簫於漁隱　古昔群賢　名琴之後　山水之曲　初出平羽調　諸曲之　彈則叢 草之幽蘭　鳥鵲中鳳凰　余雖不知音律　淸濁高下　小有解夢之致　故不必 爲放過矣　余歌譜改修正時　得見士淳之短歌三章　則俗態沒隱　仙跡明眼 豈不奇哉　士淳曾無學歌唱習　而能唱非常之調人　則少年歌則老成　實爲 塵埃間豪傑君子也　噫　世俗之人　惑於慾　染於物自成聾瞽　不知有此人 誠極慨然也　歲己丑杏花之節　八十翁老歌齋書)

● 박문욱(朴文郁)

자(字)는 여대(汝大). 박문욱의 작품은 『청구가요』에 수록된 작가 가운데 제일 마지막으로 수록되었는데 앞에는 김두성(金斗性)으로 되어 있고 작품 끝에는 박문욱(朴文郁)의 작품에 대한 발문이다. 그러니까 『청구가요』의 가번(歌番) 58번부터 76번까지에서 58번과 60번이 김두성의 작품이고 나머지는 박문욱의 것이다.

『악학습령』에 수록된 작자 소개를 보면 "자여대 영종조 서리"(字 汝大 英宗朝 書吏)라 되어 있고, 『대동풍아』에는 "영조시 명가"(英祖 時 名歌)라고 한 것으로 미루어 영조시대 다른 작가들과 마찬 가지로 서리 출신이며 이름난 가창인이었음을 알겠다.

그의 작품은 17수가 전하는데 이 가운데 12수가 장시조다 이로 미루어 본다면 그는 작품 비율로 보아 최고의 장시조 작가라 하겠다. 몇몇 가집에 다른 작가의 이름으로 된 것이 있으나 신빙성으로

보아 박문욱의 작품으로 보는 것이 타당하리라 생각된다.

노가재의 발문은 다음과 같다.

박군 여대는 곧 나의 고인이다. 내가 평생에 가벽이 있던 까닭에 가보를 중수할 즈음에 여대의 가보를 얻어 보니 뜻이 호활하고 말이 순실하며 혹 노래가 강개하며 혹 청수하고 혹 허랑하나 노래인 즉 사람을 감발시키는 것이니 이 사람의 국량은 남명의 끝이 없는 것 같았다. 슬프다. 박군의 처세는 가난하여 자생에 능하지 못하나 가난 때문에 뜻을 굽히지 않았다. 타고난 마음은 항상 호화에 있으며 주량이 고래와 같으며 시를 지으면 반드시 사람들을 경계하는 시구가 있으니 그는 참으로 이 세상의 호걸군자이다. 지은 노래 가운데 승니교각의 노래는 천고의 일담으로 내가 그를 경정산으로 상대한다. 기축년 삼월 80옹 노가재 김수장 씀

(右朴君汝大 卽余故人也 余平生有歌癖 故歌譜重修之際 得見汝大之譜 則意之浩闊 言之純實 或歌慷慨 或歌淸秀 或歌虛浪 歌則使人感發 此人之局量 南溟之無涯 噫 朴君之處世 貧不能資生 而志不屈於貧 賦心長在於豪華平生 酒有巨鯨飮 咏嘆必有警人句 此誠塵世間豪傑君子也 所述諸曲中 僧尼交脚之歌 千古一談 吾以此相對敬亭山 歲己丑杏花之節 八十翁老歌齋金壽長書)

● 박후웅(朴厚雄)

자(字)는 군필(君弼). 가집에 따라 '박후웅'(朴後雄)으로 된 곳도 있다. 그는 '고금창가제씨'에도 들어 있어 수록 순서로 보아서는 남파나 노가재보다 먼저이니 혹 그들보다 연상(年上)인지 모르겠다. 그는 명창 박상건의 아들로 별장(別將)의 벼슬에 나간 것 같다. 『가곡원류』계 가집에 "자군필 숙종조 동지 조선명가 계소용이 출어차인"(字君弼 肅宗朝 同知 朝鮮名歌 界搔聳伊 出於此人)이라 되어 있어 동지(同知)를 지난 것으로 되어 있으나 이는 자기네들끼리 흔히 주

고 받는 칭호가 아닌가 한다.

가람본 『청구영언』(靑丘永言)에

> 아함 긔 뉘옵신고 건너 佛堂 東嶺僧 내오러니
> 홀居士 혼자 자는 방안희 무슴 일흐랴 와 계시는고
> 홀居士 님 노감토 버서건 말겨겻테 내 곳갈 버서 걸너 왓슴늬.
> (靑가 653)

다음에

> 此一篇 昔在樂戲之曲 而近者朴別將後雄 卽古之名唱尙健之子 以淸音
> 之淸聲 屬黃鐘汰呂少商也 一曲別作 悅人耳目心志之樂 世上豪傑 欽
> 慕以膾炙矣 此所謂騷聳(차일편 석재악희지곡 이근자박별장후웅 즉
> 고지명창상건지자 이청음지청성 속황종태려소상야 일곡별작 열인이
> 목심지지락 세상호걸흠모이회자의 차소위소용)
>   이 한 편의 노래는 지난 날 악희의 노래로 근자에 박별장 후웅은
> 곧 옛날 명창 상건의 아들이다. 황종태려의 소상에 속한 청음의 청
> 성으로 한 곡을 특별히 지어서 관현에 올려 사람들의 이목과 심지
> 의 즐거움으로 기쁘게 하였다. 세상의 호걸들이 흠모해서 회자하니
> 이것이 이른바 소용이다.

라고 하여 이전부터 전해오는 '악희지곡'(樂戲之曲)에 새로운 노래를
지었다고 했는데 이는 아마도 노래의 가사(歌詞)가 아니라 곡조(曲
調)를 가리키는 것으로, 진본 『청구영언』에 이런 곡목이 없다가 『해
동가요』에는 '소용'(騷聳)과 이것을 엮음의 형태로 만든 '편소용'(編
騷聳)이 있는 것으로 보아 박후웅이 이런 곡조를 만든 이후에 매우
빠른 속도로 유행된 것이라 믿어진다.

  그의 작품은 2수가 전하는데 1수는 『해동가요』를 비롯한 몇몇
가집에서는 무명씨작으로 되어 있다가 『가곡원류』계 가집에 와서야

기명(記名)되고, 1수는 『대동풍아』에만 수록되어 있어 작자에 대한 신빙성이 문제가 된다.

● 권덕중(權德重)

자(字)는 흠재(欽哉). '고금창가제씨'에 들어 있는 것으로 미루어 창곡가(唱曲家)임을 알겠으며, '고금창가제씨'에 올라 있는 순서로 보아 영조조에 활동한 가창인이라 믿어진다. 그의 작품이 『악학습령』에 1수 수록되어 있는데 '작가 목록'에 누락되어 있고, 만횡(蔓橫)에 습유(拾遺)하는 형식으로 되어 있는 것으로 미루어 이 가집을 만들 때 겨우 들어간 것이 아닌가 한다. 형식은 장형시이다.

● 김태서(金兌瑞)

자(字)는 대진(大振). 김태석(金兌錫)과 혹시 같은 인물이 아닌가 하는 의문도 있으나 그들의 자(字)가 다른 것으로 미루어 다른 사람으로 보는 것이 타당하리라 믿는다. '고금창가제씨'에 들어 있는 것으로 미루어 창곡가임을 알겠으나, 다른 참고 자료는 없고 그의 작품도 가람본 『청구영언』(靑丘永言)에 1수가 전한다.

● 오경화(吳擎華)

자(字) 자형(子馨) 호(號) 는 경수(瓊叟) 낙안인(樂安人). 이름이 가집에 따라 '오경화'(吳景化)로 자(字)도 '자형'(子亨)이나 '자형'(子衡)으로 차이가 있으나 『풍요삼선』에 있는대로 따랐다. 『풍요삼선』에는 '대주유감'(對酒有感)이란 칠절(七絕)이 1수 수록되어 있는 것으로 미루어 한시에도 능한 것이 아니가 한다. '고금창가제씨'에 들어

있는 것으로 보아 영조조부터 창곡가로 활동한 것으로 믿어진다. 그
의 아들도 자(字)가 군보(君保)요 이름이 명철(命喆)로 같은 책인 『풍
요삼선』에 칠언율시 1수가 수록되어 있어 부자(父子)가 한시에 능했
음을 알겠다.

그의 작품은 3수가 육당본 『청구영언』에 수록되어 있는데 곡조
때문인지 한 곳에 수록되어 있는 것이 아니고 따로 떨어져 있다. 이
가운데 2수는 엇시조 형식이며 수록된 가집에 따라 종장이 달라진
것이 있다.

● 이복령(李福猞)

자(字) 흥숙(興淑). 가람본 『청구영언』(青丘永言)에 이흥숙(李興淑)
으로 기명된 작품이 1수 수록되어 있는데, 혹 이것은 '고금창가제씨'
에 들어 있는 이복령의 자(字)가 흥숙이기 때문에 육당본 『청구영
언』에서 김묵수(金默壽)의 작품에 본명 대신 자(字)를 써서 김시경
(金時慶)이라 한 것처럼 이것도 그런 경우일 가능성 때문에 그의 작
품으로 추정(推定)하는 것이다.

● 유세신(庾世信)

자(字)는 관부(寬夫) 호(號)는 묵애당(默騃堂). 『악학습령』과 서울
대본 『악부』에 작품 7수가 수록되어 있으며, 『악학습령』에 작가 목
록에서 "자관부 호묵애당 영종조인"(字寬夫 號默騃堂 英宗朝人)이라
고 한 것이 그에 대한 사항 모두다. 정병욱(鄭炳昱)은 『시조문학사
전』(時調文學事典)에서 영조 때의 가인(歌人)이라 했는데, 어떤 근거
에서 그를 가객으로 보았는지 분명치 못하다. 그가 여항인일 가능성
은 『해동유주』(海東遺珠)를 비롯한 여항인에 대한 사항을 많이 수록

하고 있는 것들을 보면 유찬홍(庾纘洪)을 비롯한 상당한 유씨(庾氏) 들이 있음을 볼 수 있기 때문이다.

그는 당시의 일반 여항인들처럼 서리(書吏)나 기타의 어떤 직책 을 가졌는지는 모르겠으나 작품으로 보아 강호에서 한적하게 분수를 지키며 지낸 사람이 아니었나 한다.

● 김상득(金尙得)

『악학습령』의 작가 목록에는 여항인인 김우규(金友奎)와 주의식 (朱義植) 사이에 들어 있고, 작품은 1수가 이 가집에서 추록(追錄)하 는 작가들 사이에 들어 있는 것으로 미루어 여항인이라 짐작되며, 1 수는 고려대본『악부』에 수록되어 전한다.

● 박준한(朴俊漢)

『악학습령』에 작품 1수가 전하는데 작가 목록에는 정도전(鄭道 傳)과 성여완(成汝完) 사이에 있어 혹 사대부일 가능성도 있으나, 작 품 수록이 여항인들 사이에 있는 것으로 여겨져 여항인으로 다룬다.

● 박도순(朴道淳)

『악학습령』에 박준한과 더불어 작가 목록에 아무런 소개 없이 황희(黃喜)와 성운(成運)의 사이에 있어 사대부일 가능성이 있으나, 작품은 2수가 박준한 바로 앞에 수록된 것으로 미루어 여항인이 아 닌가 한다.

● 조응현(趙應賢)

『악학습령』의 작가 목록에 다른 가집에서 연대를 알 수 없는 작가로 다루고 있는 임진(林晉)과 허강(許橿) 사이에 들어 있고 작품은 이중집(李仲集)과 임진의 사이에 수록된 것으로 미루어 이 가집의 편자는 혹 조응현을 연대를 알 수 없는 작가로 다루고 있는 것이 아닌가 생각되기도 한다. 여항인이란 근거는 없어도 혹 여항인이 아닌가하여 우선 여항인으로 다루고자 한다.

●이정진(李廷鎭)

육당본 『청구영언』과 뒤에 이루어진 『가곡원류』계 가집에 나오는 이정신(李廷藎)이 있어 이를 혼동하는 경향이 있다. 그렇게 된 이유는 가집에 따라 한 작품이 이들 두 사람의 이름으로 혼동되어 있기 때문이다. 심재완(沈載完)은 『교본역대시조전서』에서 이정진은 무시하고 이정신의 작품으로 15수가 전하는 것으로 다루었고, 정병욱도 『시조문학사전』에서 13수를 모두 이정신의 작으로 다루었다.

육당본 『청구영언』에서 이정진의 작으로 다루고 있는 것이 『가곡원류』계 가집에 와서 이정신의 작으로 된 것이 있다고 해서 이정진의 작품을 모두 이정신의 작품으로 다루는 것은 잘못된 것이라 생각된다.

그의 작품은 5수가 육당본 『청구영언』에 수록되어 있는데 1수는 장시조다.

● 정수경(鄭壽慶)

자(字)는 치응(穉應). 육당본 『청구영언』에 작품 2수가 수록되어 있는데, 여항인인 김시경(金時慶), 이정진(李廷鎭) 다음 신희문(申喜文) 앞에 수록되어 있는 것으로 미루어 여항인이라 믿어진다.

● 신희문(申喜文)

자(字) 명유(明裕). 육당본 『청구영언』에 자(字)가 명유라 되어 있고 작품이 여항인들의 끝이고 기녀들의 바로 앞에 있는 것을 미루어 이 가집 편찬 당시에 신진(新進) 여항인이 아니었나 생각된다.

그의 작품은 14수가 육당본 『청구영언』에 수록되어 있고 1수는 함화진의 『증보 가곡원류』에 수록되어 있다. 전부가 평시조 이면서도 육당본 『청구영언』에는 여기저기 나누어 수록된 것은 이 가집에 곡조별로 만든 가집이기 때문에 신희문의 작품은 가집 편집이 다 끝난 다음에 추가로 삽입한 것이 아닌가 한다. 이럴 가능성은 작품 1수가 『증보 가곡원류』에 수록된 것으로 미루어 아마도 육당본 『청구영언』을 편찬할 당시에는 신진이었기 때문일 것이다.

● 김영(金鍈)

육당본 『청구영언』에는 김영(金煐)과 김영(金鍈)이 있어 이를 같은 사람으로 다루고 있는 실정이나, 이를 별개의 인물로 다루고자 한다 왜냐하면 김영(金煐)의 경우에는 반드시 영조조에 함경도병마절도사(咸鏡道兵馬節度使)를 지낸 김상옥(金相玉;1683~1739)의 아들임을 밝히고 있으나, 김영(金鍈)의 경우에는 이름 뒤에 추가로 표기된 아무런 것도 없다. 이것은 편자가 위의 두 사람은 서로 다른 사람으로 어떤 오해가 없기를 바라는 의미에서 구분하였을 것이다. 또 『가곡원류』계 가집 가운데 육당본에서는 김영(金煐)을 "정종조무과광대장"(正宗朝武科官大將)이라 했고, 불란서본에서는 "자 정종조무

과관지대장 전병사상옥지자"(字 正宗朝武科官至大將 前兵使相玉之子)라고 구분하고 있는 것으로 미루어 보아도 다른 사람임에 틀림이 없다.

그의 작품은 3수가 육당본 『청구영언』에 수록되어 있는데 1수는 장시조다.

● 김치우(金致羽)

육당본 『청구영언』에 1수의 작품이 수록되어 있고, 작자의 이름 아래 '시경제'(時慶弟)라고 하여 김시경(金時慶) 즉 김묵수(金默壽)의 아우임을 알겠다. 육당본 『청구영언』에서 김묵수의 경우에 이름 대신에 자(字)를 썼기 때문에 치우가 본명(本名)인지 자(字)인지가 분명하지 않다.

● 백경현(白景炫;1792~?)

자(字)는 시회(時晦) 호(號)는 오재(悟齋) 선산인(善山人). 『풍요삼선』권 1에 "자시회 호오재 선산인 부수륜 견속편"(字時晦 號悟齋 善山人 父壽倫 見續編)이라고 하였고 7언율시 2수가 수록되어 있다. 아버지도 『풍요속선』권 4에 오언절구 2수와 오언율시 1수가 수록된 것으로 미루어 부자(父子)가 다 한시에 능함을 알겠다. 그에게는 『오재집』(悟齋集)이란 문집에 있고, 『동가선』(東歌選)이란 가집을 편찬하면서 자신의 작품 8수를 수록하고 있다. 같은 『풍요속선』에 안호(安祜)의 "사회증오재백시회"(寫懷贈悟齋白時晦)란 칠언율시가 있다.

● 김정우(金鼎禹)

자(字)는 상지(象之). 『동가선』에 작품 1수가 수록되어 있는데 순서가 편자인 백경현의 바로 뒤에 있는 점으로 미루어 편자와는 잘 아는 사이가 아닌가 한다.

● 이정신(李廷藎)

자(字) 집중(集仲) 호(號)는 백회옹(百悔翁). 가집에 따라 자가 '집중(執仲)으로 호가 '백회옹'(百晦翁)으로도 되어 있으며 『가곡원류』하합본(河合本)에는 '인천인(仁川人)이라 더 추가되었다. 육당본 『청구영언』에 수록되어 있는 이정진(李廷鎭)과 같은 인물로 취급된 것은 잘못이라는 것을 앞에서도 언급했다. 다른 가집에 이정진의 것과 중복되지 않는 것이 모두 9수이나, 진본 『청구영언』에서 무명씨 작으로 되어 있는 것을 『가곡원류』계 가집에서 이정신의 작으로 다룬 것이나 『가곡원류』계 가집의 이본인 『협률대성』에서 이정신 작으로 되어 있으나 이본의 하나인 『해동악장』(海東樂章)에서 안민영의 작으로 다룬 것 1수를 제외하면 7수가 전하는 셈이다.

● 김학연(金學淵)

자(字) 병교(塀敎). 『가곡원류』계 가집 가운데 하합본과 국악원본(國樂院本)에 1수가 『화원악보』(花源樂譜)에 2수 등 모두 3수가 전한다. 하합본에 작품이 수록된 것으로 미루어 혹 박효관이나 안민영보다 다소간에 앞서는 사람인가 한다. 1수는 엇시조라고 하겠다.

● 임의직(任義直)

자(字)는 백형(伯亨). 국악원본에는 "자백형 선금명어세"(字伯亨

善琴名於世)라고 되어 있고, 육당본(六堂本)에는 "자백형 일국명금" 이니, 일석본(一石本)에는 "임의직 자백형 명가"(林宜直 字伯炯 名歌) 로 되어 있어 차이가 있지만 이는 어느 대본을 보고 적은 것이 아니라 남이 하는 말을 듣고 전사한 것이 아닌가 한다. 그는 가객(歌客) 만이 아니라 금객(琴客)으로도 일가(一家)를 이룬 사람으로 짐작된다.

그의 작품은 6수가 전하는데 1수는 장시조이다.

● 송종원(宋宗元)

자(字)는 군성(君星). 자(字)가 가집에 따라 '군성'(君成)으로 된 곳도 있다. 별다른 참고 자료가 없어 어떤 사람인지를 알 수 없으나 작품 내용으로 보아 벼슬을 한 것 같지는 않고 강호에서 한가하게 지낸 사람이 아닌가 한다.

그의 작품은 다른 사람과 중복 된 것을 제외하면 7수가 전한다.

● 박영수(朴英秀)

자(字)는 사준(士俊) 호(號)는 행천(杏泉). 하합본에서는 "자사준 호행천 자헌 선가지음률"(字士俊 號杏泉 資憲 善歌知音律)이라 했고, 일석본에서는 "박영수 자사준 지중추"(朴英洙 字士俊 知中樞)라 하였고 다른 이본들은 단순히 '자사준'(字士俊)이라고만 했다. 위의 기록을 그대로 믿는다면 그는 양반 사대부 출신이라 하겠는데, 그럴 가능성이 없다고 하겠다.

그의 작품은 5수가 전한다.

● 박효관(朴孝寬;1800~?)

자(字)는 경화(景華) 호(號)는 운애(雲崖). 그의 출신이나 가계(家系)에 대해서 알려진 것이 없다. 안민영의 글에 의해서 짐작할 수 있는 것은 흥선대원군(興宣大院君)의 후원 아래 서울의 필운대(弼雲臺) 근처에 운애산방(雲崖山房)을 경영하면서 수제자라 할 수 있는 안민영을 비롯한 많은 가객과 금객, 악공(樂工), 기녀(妓女)들과 어울려 풍류를 즐겼고, 우대(友臺)의 노인들과 이름이 알려진 호걸지사(豪傑之士)와는 노인계(老人稧)를, 호화부귀인(豪華富貴人)과 유일풍소인(遺逸風騷人)과는 승평계(昇平稧)를 만들어 이를 주관하는 등의 사회활동을 하였다.

제자인 안민영과 더불어 새로 가집은 만들었다는 글이 국악원본과 몇몇의 이본에 수록되어 있어, 이를 근거로 『가곡원류』라는 가집을 편찬했다고 하는 것이 학계(學界)의 정설(定說)로 되어 있다. 그러나, 필자는 같은 『가곡원류』계 가집 가운데 하합본이 원본에 가깝다고 여겨지는 국악원보다 앞서는 것이며, 국악원본의 체재(體裁)나 박효관 작품에 대한 찬사(讚辭)가 사실과 부합되지 않는 점 등을 들어 이를 부정(否定)하고 있다.

안민영이 그의 가집 『금옥총부』서문 가운데서 밝힌 박효관에 해당하는 것을 보면

　　운애 박선생은 평생 노래를 잘 하는 것으로 이름이 세상에 알려졌다. 매양 물 흐르고 꽃피는 밤과, 달 밝고 바람이 맑은 아침이면 술동이를 갖추어 두고 악기를 어루만지며 목구멍을 울려 소리를 내면 그 소리가 맑고 밝으며 높아 들보 위의 먼지가 날리고 흘러가던 구름이 멈추는 듯함을 깨닫지 못하여 비록 옛날의 이구년의 뛰어난 재주라 하더라도 이에서 더하지는 못할 것이다. 이러므로 교방과 구란의 풍류재사와 야유사녀들이 선생을 추앙하지 않는 이가 없어,

이름과 자를 부르지 아니하고 박선생이라 하였다. 그 때에 우대에 있는 모모한 노인들도 다 이름이 알려진 호걸지사인데 계를 만들어 노인계라 하였다. 또 호화부귀와 유일풍소의 사람들이 계를 만들어 승평계라하여 환오와 연악을 일삼았는데 실제는 선생이 맹주였다.

(雲崖朴先生 平生善歌 名聞當世 每於水流花開之夜 月朗風淸之辰 供金樽按檀板 喉轉聲發 不覺飛樑塵而遏游雲 雖古之龜年之才 無以加 焉 以敎坊句欄 風流才子 冶遊士女 莫不推重之 不名與字 而稱朴先生 時則有友臺某某老人 亦皆當時聞人豪傑之士也 結禊曰老人禊 又有豪 華富貴 及遺逸風騷人 結禊曰昇平禊 惟歡娛讌樂之事 而先生實孟主 焉)

라고 하였다.

그의 작품은 모두 15수가 전하는 것으로 되어 있으나, 1수는 안민영의 개인 가집인 『금옥총부』(金玉叢部)에 자신의 작품으로 다루고 있는 점으로 미루어 이는 안민영의 작품으로 보는 것이 타당하니, 그의 작품은 14수가 전하고 있다.

● 안민영(安玟英;1816~?)

자(字)는 성무(聖武) 또는 형보(荊甫), 호(號)는 주옹(周翁) 또는 구포동인(口圃東人). 자(字)가 가집에 따라 '형보'(炯甫)로 된 것도 있으며, 구포동인이란 아호는 대원군이 사호(賜號)한 것이다.

그는 16년이 연상인 박효관에게서 가악을 배웠고, 고종 4년애 대원군을 배종(陪從)한 이래 대원군과 그의 장자(長子) 이재면(李載冕)의 지우(知遇)와 벽강(碧江) 김윤석(金允錫)을 비롯한 많은 친우(親友), 전국 각처의 기녀(妓女)들과 어울려 풍류를 즐기며 생활했다. 그의 『금옥총부』에 수록되어 있는 작품들의 해설을 보면 적어도 70까지는 살았으나 정확한 몰년(沒年)은 모르는 실정이다.

그의 개인 가집인 『금옥총부』에 있는 박효관의 서문을 보면

구포동인 안민영은 자가 성무 또는 형보라 했고, 호는 주옹이다. 구포동인은 국태공께서 내려주신 호이다. 성품이 본래 고결하고 다못 운취가 있으며 산수를 좋아하고 공명을 구하지 아니하며 한가롭게 노닐며 호방한 것으로 일삼았다. 또 노래를 짓는데 뛰어나고 음률에 정통했다. 이 때 오직 석파대로와 우석상공이 또한 음률에 뛰어나시고 장군을 두드리는데 뛰어나시니 주옹이 지기하는 사람으로 삼아 항상 모시었으며 또 새로운 노래 수백결을 지어서 나에게 고저청탁과 음률에 맞아 재자현령들에게 가르치고 관현에 올려 노래 불러 승유의 즐거운 일로 삼아도 좋은지를 물어왔다. 그러므로 내가 비록 아는 것이 적고 재주가 둔하나 교정하여 후학들에게 유전되기를 바란다.

(口圃東人安玫英 字聖武 又荊寶 號周翁 口圃東人國太公所賜號也 性本高潔 頗有韻趣 樂山樂水 不求功名 以雲遊豪放爲仕 又善於作歌 精通音律 時維石坡大老及又石相公 亦曉通音律 聖於擊缶 周翁爲知己人 長常陪過 而爲之作數百闋新歌 要余校正 高低淸濁 協律合節 使訓才子賢伶 被以管絃 唱爲勝遊樂事 故不避識蔑才鈍 校正爲一編 願流轉後學焉)

이라 했다.

그의 작품 가운데 자신의 사상을 대변(代辯)한다고 할 수 있는 작품을 싣고 있으니, 그 작품의 종장에서

"문노라 번님네야 안주옹(安周翁)의 悅心樂志(열심락지) 이만하면 넉넉ᄒ야 이 後(후)한 離別(이별)을 아조 離別ᄒ고 桃源(도원)의 길이 숨어 任(임)과 함긔 즐기다가 元命(원명)이 다ᄒ거든 同年同月同日時에 白日昇天(백일승천) ᄒ오리라."

라고 한 것처럼 현실에 대한 불만이 없고 주어진 여건에서 만족하며

사는 사람이라 하겠다.

　박효관과 더불어 『가곡원류』를 엮은 것으로 되어 있으나 안민영의 글 가운데 이를 인정하는 것이 없어 현전하는 『가곡원류』가 그들의 공편(共編) 가집일 가능성이 적고, 오히려 이본의 하나인 『해동악장』(海東樂章)에 안민영의 작품이 이본 가운데 가장 많이 수록되어 있는 점으로 미루어 이 가집이 오히려 안민영의 주관 아래 만들어진 가집이 아닐까 하는 가능성이 크다고 하겠다.

　그의 작품은 『금옥총부』에 수록되어 있는 180수를 비롯하여 박씨본과 일석본에 각 1수와 4수, 『해동악장』의 2수를 합한 모두 186수가 된다.

● 김윤석(金允錫;?~1883)

　자(字)는 군중(君仲) 호(號)는 벽강(碧江). 안민영과는 아주 절친한 사이로 안만영이 그를 대상으로 하여 지은 작품의 해설에서 "김동추윤석 자군중 호벽강"(金同樞允錫 字君仲 號碧江)이라 하였고, 다른 해설에서는 "벽강김윤석군중 시일대투묘명금야"(碧江金允錫君仲 是一代透妙名琴也)라고 하여 그가 당대(當代)애 뛰어난 금객임을 알겠다.

　그의 작품은 1수가 『해동악장』에 수록되어 있는데 작자를 김윤석이 아닌 김태석(金兌錫)으로 되어 혹 영조대 작가인 김태석으로 알고 있으나, 이 작품이 수록된 가집의 수록 순서가 안민영 바로 다음이며 노래의 내용이 김윤석의 경우와 일치하는 것으로 미루어 이는 분명 김윤석의 잘못이라 생각되어 이를 김태석이 아닌 김윤석의 작품으로 다룬다. 이렇게 잘못된 것은 '태'(兌)와 '윤'(允)이 서로 비슷하기 때문이라 생각된다.

● 호석균(扈錫均)

호(號) 수죽재(壽竹齋). 박효관이나 안민영과 더불어 운애산방에 출입한 가객임을 알 수 있으니, 작자를 소개한 끝에 "자 호수죽재 삼월시래유운옹장제"(字 號壽竹齋 三月時來遊雲翁庄製) 또는 "자호 수 모춘회음어운대산방작"(字 號壽 暮春會飮於雲臺山房作)이라 하였고, 일석본에서는 "전가덕첨사"(前加德僉使)라하여 가덕진(加德鎭)의 첨사를 지낸 것으로 되었으나, 첨사는 종삼품(從三品)에 해당하는 벼슬이라 그가 실제로 그런 벼슬에 나갔는지에 대해서는 신빙성이 문제가 된다고 하겠다.

> 닉 나희 半百이라 風流호화 다 더지고
> 盛世에 발인 몸이 入山修道 ᄒ온 뜻즌
> 日後란 蓮花臺上에 놀아볼가 ᄒ노라. (源一 702)

로 미루어 말년에는 입산수도 하여 불자(佛子)가 된 것이 아닌가 한다.

그의 작품은 16수가 전하는데 그 가운데 3수만이 국악원본에 수록되어 있고 나머지는 일석본에 수록된 것으로 미루어 박효관이나 안민영보다는 상당히 후대의 가객이라 하겠다.

● 하순일(河順一)

일명(一名) 청일(淸一). 조선 말기의 가객으로 개화기 이후 고성(高城 혹은 固城) 군수를 지냈고, 박효관으로부터 가곡을 배웠고 가사(歌詞)와 시조(時調)의 창에도 능했다. 1908년 이후 조선정악전습소(朝鮮正樂傳習所)에서 남녀창(男女唱) 가곡을 가르쳤다. 하규일(河

圭一)과는 사촌간이다.

그의 작품 3수가 일석본 『가곡원류』에 전한다.

● 하규일(河圭一;1867~1937)

자(字)는 성소(聖紹) 호(號)는 금하(琴下). 최수보(崔壽甫)와 박효관에게서 가곡을 배워 일가(一家)를 이뤘다. 1901년에는 한성부소윤(漢城府少尹)과 한성재판소 (漢城裁判所) 판사(判事)를 지냈고, 1910년에는 진안군수(鎭安郡守)를 역임했다. 한일합방 후 1911년에는 조선정악전습소 학감(學監)을 거쳐 1926년부터 1937년까지 이왕직아악부(李王職雅樂部) 촉탁으로 근무하면서 가곡, 가사, 시조를 전수(傳授)하였다. 저서로는 『가인필휴』(歌人必携)가 있다.

그의 작품은 2수가 『증보 가곡원류』에 수록되어 있다.

● 함화진(咸和鎭;1884~1948)

본명(本名)은 화진(華鎭) 자(字)는 순중(舜重) 호(號) 오당(梧堂) 본관(本貫)은 양근(楊根). 세습적인 악사(樂師)집안으로 이병문(李炳文)에게서 거문고를, 명완벽(明完璧)에게서 가얏고를 배웠다. 1900년 가전악(假典樂)을 시작으로 1932년 제 5대 아악사장(雅樂師長)을 역임하고 1939년이 은퇴하였다. 저서로 『조선아악개요』(朝鮮雅樂概要), 『증보 가곡원류』, 『조선음악통론』(朝鮮音樂通論) 등이 있다.

그의 작품은 10수를 『증보 가곡원류』속에 삽입하였다가 해방후에 나온 재판에서는 삭제했다.

● 홍장(紅粧)

고려말에서 조선초까지 살았던 강릉(江陵) 기생. 조선 개국공신이었던 박신(朴信;1362~1444)과 친하게 지냈던 기생으로 박신의 친구 조운흘(趙雲仡;1332~1404)이 강릉부사(江陵府使)로 가 있을 때 강원도 안렴사(按廉使)가 되어 강릉에 가서 홍장과 사귀었다. 박신이 홍장을 좋아하는 것을 아는 조운흘이 거짓으로 홍장이 죽었다고 하고서는 박신을 놀린 이야기는 유명하여, 서거정(徐居正)의 『동인시화』(東人詩話)에도 기록되어 있다. 후에 송강(松江)도 '관동별곡'(關東別曲)에서 "동용흔다 이 긔상 활원흔다 뎌 경계 이도곤 ㄱ즌더 또 어듸 잇단말고 홍장고스룰 헌스타 ㅎ리로다"라고 읊었으며, 조선 후기의 신후담(愼後聃;1702~1761)은 이들의 정사(情事)를 내용으로 한 '홍장전'(紅粧傳)을 지었다.

그의 시조 1수가 『해동가요』를 비롯한 가집에 수록되어 있으나 후대의 사람들에 의한 위작(僞作)일 가능성이 크다고 하겠다.

● 소춘풍(笑春風)

조선 성종 때의 함경도 영흥(永興)의 기생. 기록에 의하면 성종이 어느 잔치에서 소춘풍에게 예전의 노래가 아닌 새로운 것으로 노래를 짓게하여 먼저 문사(文士)를 칭찬하는 노래를 짓자 무관(武官)들이 다 노여워하였다. 이에 국왕이 노래로 노여움을 풀도록 명하여 다시 노래를 지으니 이번에는 문사들이 불쾌하게 여기자 국왕이 다시 노래로 양편의 노여움을 풀도록 하자 즉시 세 번째 노래를 지어 부르니 문무(文武)가 다 즐거워하였다. 이런 사실들은 차천로(車天輅;1566~1615)의 『오산설림초고』(五山說林草藁)에도 자세히 기록되어 있다.

그의 작품 3수가 『해동가요』에 수록되어 있고, 박을수(朴乙洙)는 『청구집설』(靑丘集說)에 수록되어 있는 작품이라 하여 1수를 그의 『한국시조대사전』(韓國時調大事典)에 수록하고 있다.

● 황진이(黃眞伊)

본명(本名)은 진(眞) 일명(一名) 진랑(眞娘). 조선 중종에서 명종 때의 개성(開城)의 기생이다. 출생에서부터 이웃 총각의 짝사랑하다 죽어 상여가 그의 집앞에서 앞으로 나가지 못하고 멈추자 옷을 벗어 주자 그제야 상여가 떠났다는 이유 때문에 기생이 되었다는 설화가 있다. 뛰어난 미모와 가창(歌唱)으로 뭇 사람들의 관심의 대상이 되었고, 종실(宗室)의 벽계수(碧溪守)나 선전관 이사종(李士宗), 양곡(陽谷) 소세양(蘇世讓) 등과 관계되는 설화가 각종의 기록으로 남아 있다. 자존심도 강해서 당시 개성의 유명한 유학자 화담(花潭) 서경덕(徐敬德)과, 30년간을 면벽수도(面壁修道)하여 생불(生佛)이란 칭호를 얻은 지족선사(知足禪師)와 자신을 '송도삼절'(松都三絶)이라 했다가 지족선사를 파계(破戒)시키고 대신 박연폭포(朴淵瀑布)를 추가한 이야기는 너무나 유명하다. 화담(花潭) 서경덕(徐敬德)은 비록 황진이의 꾀임에 빠지지는 않았으나 황진이를 그리워하여 지었다는

> ᄆᆞ음이 어린 後ㅣ니 ᄒᆞ는 일이 다 어리다
> 萬重雲山에 어늬 님 오리마는
> 자는 닙 부는 ᄇᆞ람에 힝혀 귄가 ᄒᆞ노라. (珍青 23)

의 화답(和答)으로 황진이는

> 내 언제 無信ᄒᆞ여 님을 언제 소겻관디

月沈三更에 온 뜻이 전혀 업늬
秋風에 지는 닙소릐야 낸들 어이 ᄒᆞ리오. (珍靑 288)

을 지었다고 한다. 황진이가 죽고 임제(林悌)가 개성을 지나다 황진
이의 무덤 앞에서 그의 죽음을 슬퍼해서 지었다는

靑草 우거진 골에 자는다 누엇는다
紅顔을 어듸 두고 白骨만 무첫는이
盞자바 권ᄒᆞ리 업스니 그를 슬허 ᄒᆞ노라. (珍靑 107)

를 보면 그의 명성(名聲)이 어느 정도인지를 짐작할 수 있다고 하겠
다.
    그는 시조만이 아니라 한시(漢詩)에도 뛰어난 시기(詩妓)였으니,
'반월'(半月)이란 다음의 시는 유명하다.

誰斷崑山玉(수단곤산옥)
裁成織女梳(재성직녀소)
牽牛一去後(견우일거후)
愁擲碧空虛(수척벽공허)

    그의 작품은 6수가 전하는데 진본『청구영언』에 3수는 그의 이
름으로 되어 있고, 1수는 가집 앞의 초중대엽(初中大葉)에서 초삭대
엽(初數大葉)에 이르기까지 6수의 대본으로 인용되었기 때문에 작자
명을 밝히지 않았다. 1수는『해동가요』에 나머지 1수는『근화악부』
(槿花樂府)에는 무명씨 작으로 되어 있고,『대동풍아』에 황진이의 작
으로 되어 있어 작가에 대한 신빙성이 문제가 된다고 하겠다.

● 계 랑(桂娘;1513~1550)

성(姓)은 이(李) 본명(本名)은 향금(香今) 자(字) 천향(天香) 호(號)는 매창(梅窓) 혹은 계생(桂生) 부안(扶安)의 기생. 한시에도 능해서 『매창집』(梅窓集)이란 문집이 전하고 있다. 가창과 거문고도 뛰어나고 그에 대한 기록은 허균(許筠)의 『성소복부고』(惺所覆瓿藁)를 비롯하여 이수광(李晬光)의 『지봉유설』(芝峯類說)과 홍만종(洪萬宗)의 『소화시평』(小華詩評) 등에 실려 있다. 이 작품은 그가 촌은(村隱) 유희경(劉希慶)의 사랑을 받다가 유희경이 서울에 올라가 소식이 없자 이 노래를 지어 수절(守節)했다는 노래이다. 『대동시선』(大東詩選)에 "계생 성이 자천향 호매창 부안기"(桂生 姓李 字天香 號梅窓 扶安妓)라고 소개하고 한시를 수록하고 있는데 '증취객'(贈醉客)이란 오언절구를 보면 다음과 같다.

歡者挽羅衫(환자만라삼)
羅衫隨手裂(나삼수수열)
不惜羅衫裂(불석나삼렬)
但恐恩情絶(단공은정절)

● 한우(寒雨)

조선 중기의 기생. 임제(林悌;1549~1587)와 관련이 있는 기생이나 다른 것은 알려진 것이 없다. 한우는 짐작컨대 이름에서 느낄 수 있는 것처럼 지나칠 정도로 이지적(理智的)인 기생이었을 것이며, 임제는 비록 짧은 생애를 마쳤으나 이름난 호걸로 시문과 거문고와 노래와 많은 기녀들과의 염문(艶聞)으로 세상에 명성이 자자(藉藉)했을 것이다. 이러한 임제이니 한우라는 기생 하나쯤은 능히 품에 품을 수 있었을 것이다. 재미있는 것은 그가 시조를 지어 상대방의 마음

을 사로잡을 수 있었다는 것이다. 한우의 시조는 임제의

北天이 묽다커늘 雨裝 업씨 길을 난이
山에는 눈이 오고 들에는 춘비로다
오늘은 춘비 맛잣시니 얼어 잘까 ᄒ노라. (海一 94)

에 대한 화답가(和答歌)로 일석본『해동가요』에서 임제를

字子順 號白湖 錦城人 宣祖朝登第 官至禮曹正郎 詩文琴歌俱奇 常
以豪士 見名妓寒雨作此歌 與同枕(자자순 호백호 금성인 선조조등제
관지예조정랑 시문금가구기 상이호사 견명기한우작차가 여동침)
　자는 자순이며 호는 백호 금성사람이다. 선조조에 등제하여 벼슬
이 예조정랑에 이르렀다. 시문과 거문고와 노래에 두루 뛰어난 호
방한 선비였다. 명기 한우를 보고 이 노래를 지어 한우와 동침했다.

고 했고,『가곡원류』계 가집에도 같은 내용의 기록이 있다.

● 홍랑(洪娘)

　조선 중기의 홍원(洪原) 기생. 조선시대 삼당시인(三唐詩人)의 하
나로 일컬어지는 고죽(孤竹) 최경창(崔慶昌;1539~1583)이 북해평사
(北海評事)로 경성(鏡城)에 갔을 때 친했는데 최경창이 이듬해 서울
로 돌아오게 되자 영흥(永興)까지 배웅을 하고 함관령(咸關嶺)에 이
르러서는 날이 저물고 비가 내리는 가운데 이 시조를 지어 주었고,
후에 최경창은 이를

折楊柳寄與千里人(절양류기여천리인)
爲我試向庭前種(위아시향정전종)
一夜新生葉(일야신생엽)

憔悴愁眉是妾身(초췌수미시첩신)

으로 번역하여 가전(家傳)케 했다고 한다. 이능화(李能和)의 『조선해
어화사』(朝鮮解語花史)에 있는 홍랑의 이야기를 번역한 것을 인용하
면 다음과 같다.

> 홍랑은 홍원의 관기(官妓)이다. 젊어서 시인인 고죽 최경창의 사랑
> 을 받았다. 최경창이 서울에 돌아가 병이 깊어지자, 홍랑이 듣고 밤
> 낮 7일을 걸어 서울에 도착하여 병을 간호하고 최경창이 죽은 뒤에
> 는 얼굴을 꾸미지 아니하고 파주에 있는 고죽의 묘를 지켰다. 임진
> 란에는 고죽의 시고(詩稿)를 짊어지고 다녀 겨우 병화(兵火)를 면했
> 다. 홍랑이 죽어서 고죽의 무덤 아래 장사지내고 한 아들이 있어
> 후계를 삼았다.

● 문향(文香)

선조 때 성천(成川)의 기생. 선조 37년 5월에 송포(松浦) 정곡(鄭
穀)이 중국에 사신으로 갔다가 오는 길에 친하게 되어 그에게 시를
지어 주었다 한다.

● 금춘(今春)

조선 중기의 기생. 박계숙(朴繼叔;1569~1640)이 임진왜란 뒤에
울산병사(蔚山兵使) 김응서(金應瑞)와 판관 조성립(趙誠立)이 함경도
회령(會寧) 변방에 부임할 때 선전관으로 수행하고 쓴 일기에 후에
그의 아들 취문(就文;1617~1690)이 쓴 일기를 합책(合冊)한 『부북일
기』(赴北日記)에서 박계숙과 금춘과의 주고 받은 작품으로 어사(語
辭)나 대체적인 수법이 소춘풍의 아류작(亞流作)이라 할만큼 유사하
나 박계숙의 노래에 화답한 것이 다르다고 하겠다. 박계숙의 노래 2

수는 다음과 같다.

> 비록 丈夫乙지라도 肝腸鐵石이랴
> 堂前紅粉룰 古戒룰 사맛더니
> 治城의 皓齒丹脣을 몯니즐가 ᄒ노라. (赴北日記)

> 나도 이러ᄒ나 洛陽城東 胡蝶이로다
> 狂風에 지불려 여긔져긔 ᄃ니더니
> 塞外에 名花一枝에 안자보려 ᄒ노라. (赴北日記)

● 소백주(小栢舟)

광해군 때 평양의 기생. 박엽(朴燁;1570~1627)이 평양감사로 있었을 때 친구와 더불어 장기를 두다가 소백주에게 명하여 짓게한 시조라 한다. 박엽이 평양감사로 있던 기간이 6년이니 인조반정(仁祖反正)이 나던해 죽었으므로 이 시조의 제작년대를 1621년 이후 1627년 사이임을 알겠다. 주씨본 『해동가요』에 제작동기를 "박엽위서백야 여객박혁명작차가 상궁사졸 병마차포"(朴燁爲西伯也 與客博奕命作此歌 象宮士卒 兵馬車包)고 했고, 『악학습령』에서는 "박엽서백시 사지인박혁차가"(朴燁西伯時 使之因博奕此歌)라고 하여 같은 내용을 기록하고 있다. 그의 시조

> 相公을 뵈온 後에 事事를 밋ᄌ노매
> 拙直ᄒ ᄆᆞ음에 病들가 念慮ㅣ러니
> 이라마 져리챠 ᄒ시니 百年同抱 ᄒ리이다. (珍靑 289)

에서 '相公'은 '상'(象)과 '궁'(宮)을, '事'는 '사'(士)를 '拙'은 '졸'(卒)을 '病'은 '병'(兵)을 '마'와 '챠'는 '마'(馬)와 '차'(車)를 그리고 '抱'(포)는 '포'(包)를 가리키는 것으로 박엽의 명에 즉석에서 이런 작품

을 지을 수 있는 재치가 뛰어나다고 하겠다. 이능화의 『조선해어화
사』에 있는

> 朴燁이 爲箕伯ㅎ니 有醜妓ㅎ야 自願侍側이라 朴이 怒問키를 汝何有
> 才오 妓曰 頗解作詩ㅎ야 可敵美貌로다. 朴이 乃呼韻ㅎ니 妓應口云
> 妾曾天上月中娘 謫下人間第一娼 若使姑蘇臺上立 不敎西子醉吳王
> (박엽이 평양감사가 되었더니 못 생긴 기생이 있어 자진하여 모시
> 기를 원했다. 박엽이 하를 내며 묻기를 "네가 무슨 재주가 있느
> 냐?" 기생이 "시를 제법 지을 줄 알아 가히 미모와 대적할 수 있습
> 니다."고 하자 박엽이 곧 운자(韻字)를 부르니 기생이 응그첩대하여
> 읊기를 "첩은 본래 천상의 월랑이었는데, 인간에 귀양와 제일 창녀
> 되었네. 만약 고소대위에 서게 했다면, 서자에게 오왕에 취케 가르
> 치지 않았으리.)

위의 글에 비록 소백주라는 말은 없으나 즉석에서 시를 지었다는
것으로 보아 위의 못생긴 기생을 소백주로 보아도 좋으리라 생각된
다.

● 매화(梅花)

평양 기생. 『악학습령』과 서울대본 『악부』의 작자 소개에서 이
시조의 창작동기를 "유춘색 재위서백시 친압춘설 고작차가"(柳春色
再莅西伯時 親押春雪 故作此歌)라고 했고, 『가곡원류』계 가집에서는
"춘설역기"(春雪亦妓)라고 했다. 가집의 기록대로라면 유춘색(柳春色)
이란 사람이 평양감사로 다시 부임하여 예전에 사랑하던 자기를 버
리고 춘설(春雪)이란 기생을 가까이하자 매화는 자기의 장래가 예전
과 같지 않음을 예상하고 불안해하며 이미 유춘색의 사랑이 춘설에
게 돌아섰음에도 불구하고 그래도 기대(期待)와 회의(懷疑)의 감정을

반반(半半) 가지면서 어떤 변화를 바라는 매화의 심정을 짐작케 한다.

『대동풍아』에 매화의 작이라 하여 3수가 수록되어 있는데 1수는 평양기 매화의 작으로 널리 알려진 것이고, 1수는 육당본 『청구영언』에 명옥(明玉)의 작으로 되어 있는 것이며, 나머지 1수는 이 시조가 제일 먼저 수록된 가집인 일석본 『해동가요』를 비롯하여 작품이 수록된 모든 가집에 다 무명씨로 되어 있는 것을 『대동풍아』에서만 매화의 작품으로 다루고 있어, 작가에 대한 신빙성이 문제가 된다고 하겠다. 『조선해어화사』에서는 『대동풍아』와 마찬가지로 매화의 작으로 다루고 있어 혹 『대동풍아』를 참고로 한 것이 아닌가 한다.

● 구지(求之)

출신을 알 수 없으나 시조의 내용으로 보아 평양의 기생인 듯하다. 주씨본 『해동가요』나 『악학습령』에 "유일지애부야"(柳一枝愛夫也)라고 하였다. '유일지'는 '구지구지'와 마찬가지로 중의적(重義的)인 표현으로 상대방을 유일지로, 자신이 상대방에게 가지는 감정을 자신의 이름을 써서 시조를 지은 재주가 놀랍다고 하겠다.

● 송이(松伊)

이름을 '솔이'라 하고 시조에서도 다른 솔과 차이가 있음을 부각시킨 점으로 미루어 절개가 굳은 기생으로 짐작된다. 『해동가요』에 작품이 1수가 수록되어 있으나, 가람본 『청구영언』에 이것을 포함하여 모두 14수(가번 302~315)를 솔이의 작품으로 다루었다. 이 가운데는 자구(字句)나 장(章)의 차이를 포함하여 다른 가집에서 다른 사람의 기명(記名)으로 된 것도 포함시켰다. 이 가운데 장을 달리 하는

것으로 김수장과 이정보(李鼎輔)의 작품이 각 1수가 있고, 다른 가집
에서 타인의 작으로 가명된 것이 백제(百濟)의 성충(成忠)의 작으로
된 것을 비롯해 『해동가요』에서 박영(朴英)의 작으로 되어 있는 것
과, 『악학습령』에서 이명한(李明漢)의 작으로, 가람본 『청구영언』(靑
丘詠言)에서 이정보의 작으로 되어 있는 것 등 4수가 있다. 여기에
서 작자에 대한 신빙성이 높은 박영의 것만을 제외하고, 비록 성충
의 작으로 되어 있는 것은 여러 가집에 그의 작품으로 되어 있다 하
더라도 오히려 송이의 작품으로 보는 것이 타당할 것으로 짐작되기
에 일단 송이의 작으로 다루고자 한다. 다만 이제까지 다른 가집에
서 무명씨의 작품으로 다루던 것을 가람본 『청구영언』(靑丘永言)에
서 많은 작품을 솔이의 작품으로 다룬 의도가 무엇인지를 확인하기
어렵다고 하겠다.

● 다복(多福)

박씨본 『해동가요』에는 '명기팔인'(名妓八人)이라 하여 황진이,
홍장, 소춘풍, 소백주, 한우, 구지, 송이, 매화를 들었다가 일석본과
주씨본에서는 '명기구인'(名妓九人)이라하여 다복(多福)을 추가했다.
이로 미루어 본다면 다복은 김수장이 재차(再次)로 가집을 편찬할
당시에 이름이 알려지기 시작한 기생이라 믿는다면 다복이 어느 시
대의 기생인지를 알 수 있는 근거가 된다고 하겠다. 『악학습령』의
작가 목록과 서울대본 『악부』에서는 작자 다음에 "십주 노가재"(十
洲 老歌齋)라 되어 있다. 이는 '십주'나 '노가재'가 다 김수장의 호
(號)로 가집을 편찬한 사람이 무엇인가 착각을 한 것이라 생각된다.
이유는 김수장의 작품 가운데

北斗星 기울어지고 更五點 즈자갈쩌
귀 닉은 曳履聲이 이 分明흔 님이로다
出門看 含笑相喜는 금 못칠짜 흐노라. (海周 518)

처럼 초장이 같고, 중장에 "十洲佳期는 虛浪타 흐리로다"에서 김수
장이 초호(初號)를 '십주'(十洲)라고 했기 때문에 이런 착오를 가져온
것이 아닌가 한다.

● 계단(桂丹)

가람본 『청구영언』(靑丘永言)에만 등장하는 기녀로 황진이를 비
롯해 소백주와 매화의 다음에 계단(桂丹)의 작품이라 하여 소춘풍의
작으로 알려진 "齊도 大國이오 ……"와 몇몇 가집에서 작자 미상으
로 알려진 "청조야 오도고야 ……"와 가람본 『청구영언』(靑丘永言)
에만 수록되어 있는 3수를 계단의 작품으로 다루고 있다. 계단이 어
떤 기녀인지를 가집에서 밝히지 않아 알 수가 없으나, 이 가집에서
만 계단의 작이라고 한 작품의 초장에서 "綠楊紅蓼邊에 桂舟를 느껴
매고"라고 했는데 기녀들 시조를 보면 자신의 이름을 작품 속에 넣
어 짓는 경우가 있는 것으로 미루어 이름이 '계단'(桂丹)이 아닌 '계
주'(桂舟)의 잘못일 가능성도 있다고 하겠다.

● 입리월(立里月)

가람본 『청구영언』(靑丘詠言)에만 입리월의 작품이라 하여 2수를
수록하고 작자를 다만 "명기입리월"(名妓立里月)이라고 하였다. 다만
두 번째 작품 중장에 "水城謫所에 다만 흔 꿈분이로다"를 미루어
사랑하는 사람이 수성(水城)에 귀양가 있어 서로간에 소식을 알 수

없는 안타까운 심정임을 짐작할 수 있을 뿐이다.

● 부동(夫同)

입리월과 함께 가람본 『청구영언』(靑丘詠言)에만 4수가 수록되어 있고, 작자를 다만 '기'(妓)라고하여 입리월의 '명기'(名妓)와 어떤 차별성을 부각시키기 위한 것인지 아니면 '명'(名)자의 누락인지는 분명치 않다. 4수 가운데 세 번째 작품은 춘향(春香)과 이도령(李道令)이 등장하여 소재를 고대소설 『춘향전』에서 가져 왔음을 쉽게 알 수 있으나 나머지 작품들에서 느낄 수 있는 것은 『춘향전』과 전연 무관하지는 않은 것 같은 느낌을 준다고 하겠다. 첫 번째 작품에서 효기(孝己)나 미생(尾生)을 인용한 것으로 미루어 상당한 소양을 갖춘 기녀가 아니었나 한다.

● 옥이 · 철이(玉伊 · 鐵伊)

『악학습령』에서 옥이(玉伊)와 철이(鐵伊)의 작품이라 한 것을 『근화악부』(槿花樂府)에서는 『악학습령』에 수록되어 있는 것과는 약간 다른

> 玉이 玉이라커늘 燔玉만 너겨쩌니
> 이제야 보아ᄒ니 眞玉일시 적실ᄒ다
> 내게 술송곳 잇던니 쑤러볼가 ᄒ로라. (槿樂 391)

이라 하고 작자를 정철(鄭澈)로, 제작동기를 "정송강여기진옥상수답"(鄭松江與妓眞玉相酬答)이라 했고, 철이(鐵伊)의 작품이란 것도

鐵이 鐵이라커늘 섭鐵만 너겨쩌니
이제야 보아ᄒᆞ니 正鐵일시 분명ᄒ다
내게 골풀무 잇던니 뇌겨볼가 ᄒ노라. (槿樂 392)

이라 하여 진옥(眞玉)의 작품으로 되어 있다. 『악학습령』의 작가목록
에는 옥이와 철이에 대해 아무런 설명도 없고, 『근화악부』에서는 정
송강(鄭松江)이 기녀 진옥에게 먼저 희롱조(戱弄調)로 옥이 진짜인지
가짜인지를 자기가 직접 실험해 보겠다고 하니까 이에 질세라 진옥
이 똑같은 수법으로 정송강에게 화답한 것으로 이는 실제 있었던 일
이기보다는 혹 야담(野談)으로나 전해 오던 것을 어느 호사가(好事
家)가 꾸민 것이 아닌가 한다. 이한진본(李漢鎭本) 『청구영언』에 작
자를 '송강첩'(松江妾)이라고 한 것이 1수 있으나 작가에 대한 신빙
성이 적고, 『조선해어화사』에 송강이 일찍이 외방(外方)의 관기를 집
에 거느렸다가 우계(牛溪) 성혼(成渾)의 꾸지람을 듣고 관기를 내보
냈다는 『지촌집』(芝村集)의 기사를 인용한 것으로 보아 그 관기가
진옥이라 단정하기는 어려우나 정철과 어느 기녀와의 이런 관계가
있었을 개연성(蓋然性)은 충분하다 하겠다.

● 강강월(康江月)

자(字)는 천심(天心) 맹산(孟山)의 기생. 『악학습령』과 서울대본
『악부』에만 3수의 작품이 수록되어 있어 두 가집간의 관계를 말해주
고 있다. 『악학습령』의 작가 목록에 "자천심 맹산기"(字天心 孟山妓)
라고 기록한 것밖에 참고할 것이 없다. 수록문헌으로 미루어 조선
후기의 기녀라 믿어진다.

● 송대춘(松臺春)

맹산(孟山)의 기생. 강강월(康江月)과 함께 『악학습령』과 서울대본 『악부』에 2수의 작품이 수록되어 있다. 『악학습령』에는 강강월과 마찬가지로 "자천심 맹산기"라 했다가 자(字)에 표시를 하여 잘못된 것임을 표시하였는데 서울대본 『악부』에서는 천심(天心)을 빼고 맹산기(孟山妓)라고만 했다. 시조의 내용으로 보아 상대자가 서울에서 자기를 찾아 주었을 때 기뻐했고 한 번 간 뒤에 소식이 없자 홀로 눈물 짓는 안타까움을 노래하고 있다.

● 계섬(桂蟾)

송화(松禾)의 기생. 『악학습령』의 작가목록의 제일 마지막에 수록되어 있는 것으로 미루어 조선 후기의 기녀인 듯하다. 이한진본 『청구영언』에 "송화 계섬"(松禾桂蟾)이라 한 것으로 미루어 송화의 기생이라 하겠다. 그의 작품은 1수가 전한다.

● 명옥(明玉)

화성(華城)의 기생. 육당본 『청구영언』에는 명옥의 작으로, 『대동풍아』에는 매화(梅花)의 작으로 되어 있으나, 먼저 이루어진 가집을 따르기로 한다. 육당본 『청구영언』에 "창화성"(娼華城)이란 기록밖에 참고할 것이 없다. 다만 육당본 『청구영언』에서 기녀들 가운데 제일 마지막에 수록된 것으로 미루어 순조조(純祖朝) 이후의 기생이라 생각된다. 작품 1수가 전한다

● 천금(千錦)

육당본 『청구영언』이후의 가집에만 수록되어 있어 그가 어느 시대의 기녀인줄을 짐작하게 한다. 더구나 그의 작품은 기녀들의 작품을 모아 수록한 곳이 아닌 계면조 이삭대엽의 무명씨 작품들 가운데 들어 있어 습유(拾遺)의 형태로 삽입되어 있어, 앞의 명옥보다도 혹 얼마 후에 이름이 알려진 기녀가 아닌가 한다. 작품 1수가 전한다.

● 평안 기(平安妓)

노계(蘆溪) 박인노(朴仁老)의 시조 가운데 입암(立巖)을 노래한 '입암곡' (立巖曲)가운데 누락된 7수를 합하여 모두 35수의 시조를 수록하고 있는 『손씨수견록』(孫氏隨見錄)에 평안(平安)의 기생 작품이라 하여 1수를 수록하고 있는데 제작 동기를

    平安道極邊妙香山 有大師 平生喜怒 不見於色 方伯 招一妓曰 汝能
    笑此大師 則吾賜汝賞乎호리라 妓 卽刻作歌 唱之 大師聞 微笑之하더
    라 大師名曰 呂尙 西伯 謂方伯也(평안도극변묘향산 유대사 평생희
    노 불견어색 방백 초치일기왈 여능소차대사 칙오사여상 기 즉각작
    가 창지 대사문 미소지 대새명왈 여상 서백 위방백야)
    (평안도 변방에 대사가 잇었는데 평생 희노의 빛을 나타내지 않았
    다. 방백이 한 기녀를 불러 네가 능히 이 대사를 웃긴다면 내가 너
    에게 상을 내리리라. 기생이 즉각 노래를 지어부르니 대사가 듣고
    빙그레 웃더라. 대사의 이름은 여상이요 서백은 평안감사였다.)

라고 하였는데 시조의 내용으로 보나 제작 동기로 보아 희화적(戱畵的)인 것으로 어떤 호사가에 의해 의도적으로 만든 것이 아니가 하는 의문을 갖게 한다.

● 매화(梅花)

진주(晉州)의 기생. 일석본 『가곡원류』권 4에 4수의 작품을 수록하고 '진주기 매화'(晉州妓 梅花)라고 강조하고 있는 것은 기존의 평양의 기생 매화와 구분하기 위한 조치라 생각된다. 일석본 『가곡원류』권 4는 가사와 한시, 시조 107수와 언간(諺簡) 등을 수록한 것으로 본래 『가곡원류』와는 직접적인 관련이 없이 『가곡원류』가집 편찬 이후에 작품들을 습유(拾遺)한 것이라 하겠다.

● 금홍(錦紅)

평양의 기생. 일석본 『가곡원류』권 4에 1수가 수록되어 있으며, "평양 금홍"(平壤 錦紅)이라 하였다. 진주 기녀 매화처럼 다른 가집에 없는 것으로 미루어 가집 편찬 당시에 새롭게 수집된 것이다. 『조선해어화사』에 출신지명(出身地名)을 모르는 금홍(錦紅)을 시가(詩歌)와 서화(書畵)에 능한 기생으로 다루고 '기기옥화옥엽시'(寄妓玉花玉葉詩)를 싣고 있으나 같은 인물이라 보기가 어려운 것이 아닌가 한다.

● 옥선(玉仙)

진양(晉陽)의 기생. 『삼가악부』(三家樂府) 가운데 춘정(春汀) 원세순(元世洵)이 엮은 '속악부인'(續樂府引)에 진양기(晉陽妓) 옥선의 작품 1수가 수록되어 있고, '송정원'(送情怨)이란 제목으로 다음과 같이 한역(漢譯)되어 있다.

　　　　誰謂人間有情好(수위인간유정호)
　　　　萬種情消一別時(만종정소일별시)
　　　　縱緣初見難重見(종연초견난중견)

情去病來自不知(정거병래자부지)

● 평양인무명씨여인(平壤人无名氏女人)

일석본『가곡원류』권 4에 수록되어 있는데, 그가 기녀라는 근거
는 없으나 시조 작품을 가집에 전하는 것으로 미루어 혹 기녀가 아
닌가 한다. 참고할 자료가 없어 자세한 것은 알 수 없으나 수록된
가집으로 보아서『가곡원류』편집 이후에 알려진 작품이라 믿어진다.

제2부 작품 주석편(作品 注釋編)

여항인 작품(閭巷人 作品)

● 장현(張炫(鉉))

1
鴨綠江 히진 後(후)에 에엿분 우리 님이
燕雲萬里롤 어듸라고 가시는고
봄풀이 푸르고 푸르거든 卽時(즉시) 도라 오쇼셔. (珍靑 221)

鴨綠江(압록강)→우리나라의 평안북도와 중국의 경계에 있는 강
에엿분=가엾은. 봄쌍한 燕雲萬里=머나먼 연경(燕京). 연경은
중국의 북경(北京)

2
나니 져 우히를 멀이 싸하 길너써니
歲月(세월)이 덧업셔 어이 글이 잘아건고
그 우히 玉燈에 불 혀 들고 님을 좃차 단니거다. (靑가 239)

나니=감탄사   멀이=머리(髮)   글이=그렇게   玉燈(옥등)=옥

으로 맏든 등잔(燈盞). 좋은 등잔

● 주의식(朱義植)

3
하놀이 놉다하고 발져겨 셔지말며
싸희 두텁다고 무이 붉지 마를 거시
하놀과 싸 놉고 두터워도 내 조심을 흐리라. (珍靑 222)

발져겨＝발꿈치를 돋우고   무이＝매우. 단단히   붉지＝밟지   마를 거시＝말 것이

4
窓(창)밧긔 아히 와셔 오놀이 새히오커놀
東窓(동창)을 열쳐보니 녜 돗든 히 도닷다
아히야 萬古 흔 히니 後天에와 닐러라. (珍靑 223)

새히오커놀＝'새해요'하거늘   열쳐보니＝열고 쳐다보니   萬古(만고)＝예전부터 지금까지   後天(후천)＝뒷 세상. 후세(後世)

5
말하면 雜類라 흐고 말 아니면 어리다 흐니
貧寒을 남이 웃고 富貴(부귀)를 새오는듸
아마도 이 하놀 아레 사롤 일이 어려왜라. (珍靑 224)

雜類(잡류)=점잖지 못한 사람들. 잡된 무리   어리다=어리석다
貧寒(빈한)=가난하고 머천함   새오는딕=시기하는 데   아례=아
래   사흘 일=살아갈 일

6
늙고 (병)든 몸이 가다가 아므듸나
절로 소슨 뫼헤 손조 밧가로리다
結實이 언매리마는 連命이나 흐리라. (珍靑 225)

소슨=솟은   뫼헤=산(山)에   손조=손수. 직접   結實(겨실)=
열매를 맺음. 수학을 뜻함   連命(연명)=延命(연명)의 잘못. 목
슘을 이어 감

7
荊山에 璞玉을 어더 世上(세상) 사람 뵈라가니
것치 돌이여니 속 알니 뉘 이시리
두어라 알닌들 업시랴 돌인드시 잇거라. (珍靑 226)

荊山璞玉(형산박옥)=초(楚)나라의   변화(卞和)가   형산(荊山)에
서 얻었다는 구슬   뵈라가니=보이려 가니. 구경시키려 가니   것
치=겉이   돌이여니=돌과 같으니   알닌들=아는 사람인들   돌인
드시=돌인 것처럼

8
人生(인생)을 헤여흐니 흔바탕 꿈이로다
죠흔 일 구즌 일 꿈속에 꿈이여니

두어라 쏨 긋튼 人生이 아니 놀고 어이리. (珍靑 227)

헤여ᄒ니＝헤아리니　흔바탕 쏨＝한 때의 화려한 꿈. 일장춘몽
(一場春夢)　구즌＝궂은. 좋지 않은

9
주려 주그려ᄒ고 首陽山에 드럿거니
현마 고사리롤 머그려 키야시랴
物性이 구븐줄 믜워 펴보려고 키미라. (珍靑 228)

주려＝굶주려　首陽山(수양산)＝중국 산서성에 있는 산. 백이
숙제(伯夷叔齊)가 들어가 굶어 죽었다는 산　드럿거니＝들어 갔
겠느냐　현마＝설마　머그려＝먹을려고　物性(물성)＝사물(事物)
의 성질　구븐줄＝굽은 것을　믜워＝미워서　키머라＝캔 것이다

10
屈原 忠魂 비에 너흔 고기 采石江에 긴 고래되야
李謫仙 등에 언쏘 ᄒ놀 우희 올느시니
이제는 새고기 낫거니 낙가 숨다 엇더리. (珍靑 229)

屈原忠魂(굴원충혼)＝굴원의 충성스런 넋. 굴원은 전국시대 초
(楚)나라 사람으로 회왕(懷王)을 섬겼으나 모함을 받아 멱라수
(汨羅水)에 빠져 죽음　采石江(채석강)＝당(唐)나라 이백(李白)
이 술에 취해 강에 비친 달을 잡으려다 빠져 죽었다는 강　李謫
仙(이적선)＝당나라 시인 이백(李白)을 가리킴

11
忠臣(충신)의 속마음을 그 님금이 모로므로
九原千載에 다 스러려 흐려니와
比干은 ᄆᆞ음을 뵈야시니 므슴 恨(한)이 이시리. (珍靑 230)

九原千載(구원천재)=구원은 중국을 가리킴. 중국의 오랜 역사
을 말함. 스러려='슬허'로 표기된 곳도 있음. 슬퍼함. 比干(비
간)=중국 은(殷)나라 주왕(紂王)의 신하. 왕의 무도(無道)함을
간(諫)하다가 죽임을 당함. 뵈야시니=보이었으니   므슴=무슨

12
唐虞도 죠커니와 夏商周ㅣ 더욱 죠희
이제를 헤여ᄒᆞ니 어늬적만 흐거이고
堯天에 舜日이 볼가시니 아모젠줄 몰래라. (珍靑 231)

唐虞(당우)=도당(陶唐)와 유우(有虞). 즉 요(堯)와 순(舜)을
가리킴. 夏商周(하상주)=중국의 옛 왕조(王朝)인 하·은·주(夏
殷周)의 삼대(三代)를 가리킴. 헤여ᄒᆞ니=헤아리니. 堯天舜日(요
천순일)=요순시대(堯舜時代)처럼 천하가 태평한 시세(時世)를
일컬음. 아모젠줄=어느 때인지를

13
天心에 도든 돌과 水面에 부는 ᄇᆞ람
上下聲色이 一中에셔 갈렷ᄂᆞ이
사롬이 中을 타나시니 어질기는 흐가지라. (朴海 229)

天心(천심)=하늘 한가운데   水面(수면)=물 위   上下聲色(상하

성색)=하늘에 떠 있는 달빛과 물 위을 스치는 바람소리 一中
(일중)=하나의 가운데 길 中(중)=지나치거나 모자람(過不及;
과불급)이 없는 덕(德). 중용(中庸)을 가리킴

14
仁心은 터희 되고 孝悌忠信 기棟이 되야
禮義廉恥로 구즉이 녜여시니
千萬年 風雨롤 만난들 기울줄이 이시리. (朴海 230)

仁心(인심)=어진 마음 孝悌忠信(효제충신)=효도와 우애와 충
성과 신의 기棟(동)=기둥 禮義廉恥(예의염치)=예절과 의리가
청렴(淸廉)하여 부끄러움을 아는 마음 구즉이=가득하게 녜여
시니=이었으니. 덮었으니 千萬年 風雨(천만년풍우)=아주 오랜
세월 기울줄이=기우러질 까닭이

15
無道하기로써 陰陵에 길을 일코
드디여 갈 따 업서 할놀보기 붓그러워
烏江을 건너지 아녀 어이 슬허 흐리오. (朴海 234)

無道(무도)=① 도리에서 벗어난 무지함 ② 길이 없음 陰陵(음
릉)=항우(項羽)가 유방(劉邦)에게 패하여 해하(垓下)에서 길을
잃어버렸던 곳 갈 따=갈 수 있는 땅 할놀보기='하늘보기'의
잘못 烏江(오강)=항우가 스스로 자결(自決)해 죽은 강. 중국
안휘성 화현 동북에 있음
 아녀=아니하고

16
오늘을 每樣(매양) 두어 점으도 새도 말아
만고 홀린이 一日新을 어이 ㅎ이
百刻에 호 番(번)씩 싯서 몸을 족케 홀이라. (一海 264)

졈으도 새도＝(낯)이 저물지도 새지도 만고＝아주 오랜 옛적
(萬古) 홀런이＝하루이니 一日新(일일신)＝'일일신'(日日新)의
잘못. 날마다 새로운 百刻(백각)＝짧은 시간 족케＝깨끗하게
싯서＝씻어

● 김삼현(金三賢)

17
늙기 설은줄을 모로고나 늘것는가
春光이 덧이 업서 白髮(백발)이 절로 낫다
그러나 少年(소년)쩍 무음은 감호 일이 업세라. (珍靑 232)

春光(춘광)＝봄볏. 봄빛. 또는 젊은 사람의 나이를 이르는 말
덧＝동안. 사이 감흔＝덜은(減)

18
綠楊 春三月(춘삼월)을 자바미야 둘거시면
센머리 쏘바내여 츤츤동혀 두련마는
올히도 그리 못ㅎ고 그저 노화 보내거다. (珍靑 233)
히마다 내 제게 되뽁아 그저 노하 보내거다 (朴海)

綠楊(녹양)＝푸른 버들 셴머니＝흰머니 졔게＝저에게 그저＝
그냥 노화＝놓아 뒤쑉아＝다시 속아

19
松壇에 선줌쌔야 醉眼을 드러보니
夕陽浦口에 나드느니 白鷗(백구) ㅣ로다
어즈버 이 江山風景이야 어늬 그지 이시리. (珍靑 234)
아마도 이 江山 님자는 내 혼쟨가 ᄒᆞ노라 (朴海)

松壇(송단)＝소나무 숲속에 맏들어 놓은 낮은 단 선줌쌔야＝겨
우 든 잠을 깨어 醉眼(취안)＝취기(醉氣)가 남아 있는 눈 夕陽
浦口(석양포구)＝해가 직무렵의 강 어구(於口)   나드느니＝낮아
드는 것이 江山風景(강산풍경)＝자연의 아름다운 경치 그지＝
끝이

20
功名을 즐겨마라 榮辱이 半이로다
富貴(부귀)를 貪치 마라 危機를 넓느니라
우리는 一身이 閑暇(한가)커니 두려온 일 업세라. (珍靑 235)

功名(공명)＝공훈(功勳)과 명예(名譽). 공을 세운 명예 榮辱
(영욕)＝영예와 치욕(恥辱). 명예와 수치(羞恥) 貪(탐)치＝목심
내지 危機(위기)＝지극히 위험한 순간 一身(일신)＝내 한 몸

21
크나큰 바회 우희 네사롬이 閑暇(한가)롭다
紫芝歌 훈 曲調(곡조)룰 오늘이야 드를런가
이 後(후)는 나 호나 더호니 五皓ㅣ 될가 호노라. (珍靑 236)

바회 우희 네사롬=상산(商山)의 사호(四皓)를 가리킨. 상산 사
호는 진(秦)나라 때에 난(亂)을 피하여 상산에 숨었던 동원공(東
園公), 기리계(綺里季), 하황공(夏黃公), 녹리선생(甪里先生)을
가리키며 이들은 눈썹과 머리가 모두 희였기에 생긴 이름인 紫
芝歌(자지가)=상산의 사호가 진나라의 난을 피하여 남전산(藍田
山)에 들어가 지어 불렀다는 노래 드를런가=들을 수가 있을런
가 五皓(오호)=상산의 사호에 자신을 보탬

22
내 精靈 술에 섯겨 님의 속에 흘러드러
九回肝腸을 다 ᄎ자 단닐만졍
九曲肝腸을 寸寸이 ᄎᄌ가셔 (朴海)
날 닛고 놈 向(향)훈 ᄆ음을 다스로려 호노라. (珍靑 237)

精靈(정령)=정신과 영혼(靈魂). 죽은 사람의 혼 九回肝腸(구
회간장)=긴 창자. 몹시 괴로워함. 강이나 언덕길 등이 꼬불꼬불
한 것을 형용하는 말 寸寸이=매(每) 치마다. 조금씩 닛고=잊
어버리고 다스로려=안정시키려

● 김성기(金聖器)

23

江湖애 버린 몸이 白鷗(백구)와 벗이 되야
漁艇을 흘리 노코 玉簫를 노피 부니
아마도 世上興味는 잇분인가 흐노라. (珍靑 238)

江湖(강호)=강과 호수. 자연　버린=버려진. 버런 받은　漁艇 (어정)=고기잡이 배　흘러=흘러 가게　玉簫(옥소)=옥으로 만 든 통소　世上興味(세상흥미)=세상에 흥취 있고 재머난 일　잇 분인가=이것 뿐인가

24

겨월이 다 지나고 봄節(절)이 도라오니
萬壑千峰에 푸른 빗치 새로왜라
아희야 江湖(강호)에 비씌오고 낙대 推尋 흐여라. (珍靑 239)

겨월=겨울　萬壑千峰(만학천봉)=첩첩한 곳짜기와 많은 산봉우 리　새로왜라=새롭구나　推尋(추심)=미루어 찾음

25

이몸이 홀일 업서 西湖롤 추자가니
白沙淸江에 느니느니 白鷗(백구)ㅣ로다
어듸셔 漁歌一曲이 이 내 興(흥)을 돕느니. (珍靑 240)

西湖(서호)=서울 한강(漢江)의 한 곳을 가리키는 말로 현재 마

포의 당인네 근처인 白沙清江(백사청강)＝흰 모래와 맑은 강
노니노니＝낳아 다니는 것은 漁歌一曲(어가일곡)＝어부들의 노
래 한 가락 돕느니＝돕느냐. 돋구느냐

26

蓼花에 좀든 白鷗(백구) 선줌쎄야 느지마라
나도 일 업서 江湖客이 되엿노라
이 後(후)난 츠즈리 업스니 너를 조차 놀리라. (珍靑 241)

蓼花(요화)＝여뀌꽃 느지마라＝낳으지를 마라 江湖客(강호객)
＝강호를 돌아 다니는 사람. 또는 시골에 사는 사람 츠즈니＝찾
을 사람이 조차＝따라

27

塵埃에 무친 쥬니 이 내말 드러보소
富貴功名(부귀공명)이 됴타도 흐려니와
갑업슨 江山風景이 긔 죠흔가 흐노라. (珍靑 242)
말업슨 風月江山이야 긔 죠흔가 흐노라 (朴海)

塵埃(진애)＝먼지. 티끌. 또는 속세(俗世) 分(분)니＝사람들
됴타도＝좋다고도 江山風景(강산풍경)＝자연의 아름다운 광경
風月江山(풍월강산)＝흥취로 노래를 부르고 싶은 자연

28

紅塵을 다 썰치고 竹杖芒鞋 집고 신고
玄琴을 두러메고 洞天을 드러가니

검은고 두러메고 西湖(서호)로 드러가니(朴海)
어듸서 싹을혼 鶴唳聲이 구룸밧긔 들린다. (珍靑 243)
蘆花에 뼈만혼 골멱이는 녯 벗인가 호노라(朴海)

紅塵(홍진)=햇빛에 비쳐 붉은 색을 띈 먼지. 속세(俗世)의 더
러운 竹杖芒鞋(죽장망혜)=대나무 지팡이와 짚신 玄琴(현금)=
거문고 洞天(동천)=산에 싸이고 물에 둘린 경치 좋은 곳 鶴唳
聲(학려성)=학의 울음소리 蘆花(노타)=갈대꽃

29
玉盆에 심근 梅花(매화) 혼柯枝(가지) 것거내니
곳도 됴커니와 暗香이 더욱 죠타
두어라 것근 곳이니 브릴줄이 이시랴. (珍靑 244)

玉盆(옥분)=옥으로 장식한 화분. 좋은 화분 暗香(암향)=그으
히 스며드는 향기 죠타=깨끗하다 것근 곳=꺾은 꽃 브릴줄이
=내버럴 까닭이

30
굴에 버슨 千里馬룰 뉘라셔 잡아다가
粗粥 솔믄콩을 살지게 먹여둔들
本性이 와야호거니 이실쓸이 이시랴. (朴海 248)

굴에=굴레 굴에 버슨 千里馬(천리마)=벼슬을 그만두고 자유
로이 됨을 비유한 말 粗粥(조죽)='조죽(粗粥)'의 잘못. 좁쌀로
만든 죽. 거친 음식 本性(본성)=본래부터 타고난 성질 와야호
거니=억세고 사나우니

● 김유기(金裕器)

31

내 몸에 病(병)이 만하 世上(세상)에 부리이여
是非榮辱을 오로다 니저마는
다만지 淸閑一癖이 매부르기 죠해라. (珍靑 246)

맏하=많아 부리이여=버림을 받아 是非榮辱(시비영욕)=옳고
그흠과 영달(榮達)과 치욕(恥辱) 오로다=모두 다 다맏지=다
만 淸閑一癖(청한일벽)=청아(淸雅)하고 한가함을 즐기는 한 가
지 버릇 매부르기=매사냥

32

丈夫(장부)로 삼겨나서 立身揚名 못홀지면
출하리 썰치고 일 업시 늘그리라
이밧긔 碌碌한 營爲에 걸릴길줄 이시랴. (珍靑 247)

立身揚名(입신양명)=출세하여 이흠을 떨친 碌碌(녹옥)한=용
력(庸劣)한. 용력은 보잘 것 없음 營爲(영위)=일을 경영함. 하
는 일 걸릴길줄=거리낄 줄

33

百歲(백세)를 다 못사라 七八十(칠팔십)만 살지라도
벗고 굼지 말고 病(병)업시 누리다가
有子(유자)코 有孫(유손)ᄒ오면 긔 願인가 ᄒ노라. (珍靑 248)

누러다가＝누러다가. 살다가   긔＝그것이   願(원)인가＝소원인
가

34
春風(춘풍) 桃李花들아 고온 양주 쟈랑 말고
長松綠竹을 歲寒에 보려므나
亭亭코 落落한 節을 고칠줄이 이시랴. (珍靑 249)

桃李花(도리화)＝복숭아와 오얏의 꽃   양주＝모양(樣姿)   長松
綠竹(장송녹죽)＝항상 푸른 소나무와 대나무   歲寒(세한)＝날씨
가 차가운 때   亭亭(정정)코 落落(낙낙)한 節(절)＝높고 높은 절
개(節概)   고칠줄이＝바꿀 까닭이

35
唐虞는 언제 時節(시절) 孔孟은 뉘시런고
淳風禮樂에 戰國이 되야시니
이몸이 서근 션븨로 擊節悲歌 ㅎ노라. (珍靑 250)

唐虞(당우)＝요(堯)인군과 순(舜)인군의 태평시절   孔孟(공맹)
＝공자(孔子)와 맹자(孟子)   淳風禮樂(순풍예악)＝순박한 풍속과
예법과 음악   戰國(전국)＝주(周)나라 말기를 말함. 위열왕(威烈
王) 23년부터 진시황이 천하를 통치할 때까지의 시기와 그 때 있
었던 나라   서근＝썩은   擊節悲歌(격절비가)＝박자를 맞추며 슬
피 노래함

36
泰山에 올라안자 四海를 구버보니
天地四方(천지사방)이 훤츨도 흐져이고
丈夫의 浩然之氣를 오놀이야 알괘라. (珍靑 251)

泰山(태산)＝중국 산동성에 있는 산. 일반적으로 높은 산을 가리킴 四海(사해)＝사방의 바다. 온 세상을 가리킴 구버보니＝내려다 보니 훤츨도＝넓고 탁트이기도 丈夫(장부)＝사나히 浩然之氣(호연지기)＝마음이 넓고 뜻이 아주 큰 모양

37
不忠不孝(불충불효)흐고 罪(죄) 만흔 이내 몸이
荀荀히 사라이셔 히온 일 업거니와
그러나 太平聖代(태평성대)에 늙기 설워 흐노라. (珍靑 252)

荀荀(순순)히＝구차하게 사라이셔＝살아서 히온 일＝한 일. 이루어 놓은 일

38
오날은 川獵흐고 來日은 山行가시
곳다림 모릐흐고 降神으란 글픠흐리
그글픠 邊射會홀제 各持壺果 흐시소. (珍靑 253)

川獵(천렵)＝냇물에서 고기 잡고 노는 일 山行(산행)＝사냥 곳다림＝꽃달임. 화전(花煎) 降神(강신)＝제사에서 향을 피우고 제주(祭酒)를 올리는 것. 강신(講信)으로 표기된 곳도 있음 邊射會(변사회)＝'편사회(便射會)'의 잘못. 편을 갈라 하는 활쏘기

대러 各持壺果(각지호과)＝각자(各自)가 술과 과일을 가지고 온

39
欄干(난간)에 지혀 안자 玉笛을 빗기 부니
五月江城(오월강성)에 훗듯느니 梅花(매화) l 로다
호 曲調(곡조) 舜琴에 섯거 百工相和 흐리라. (珍靑 254)

지혀＝의지하여. 기대여 玉笛(옥적)＝옥으로 맏든 피리 빗기
＝비스듬히 훗듯느니＝흩어 떨어지는 것이 舜琴(순금)＝순(舜)
인금이 남풍가(南風歌)를 타던 오현금(五絃琴) 섯거＝섞어 百
工相和(백공상화)＝여러 신하가 순(舜)인금의 남풍시(南風詩)에
화답(和答)함

40
景星出慶雲興호니 日月이 光華 l 로다
三王 禮樂이오 五帝 l 文物이로다
四海로 太平酒 비저 萬姓同醉 흐리라. (珍靑 255)

景星出慶雲興(경성출경운흥)＝도의(道義)가 있는 나라에 태평세
월에 나타난다는 별과 구름 日月(일월)이 光華(광화)＝해와 달
이 밝게 빛남 三王禮樂(삼왕예악)＝'삼왕'은 '삼황(三皇)의 잘
못. 삼황시대의 예와 음악 五帝文物(오제문물)＝오제때의 문물.
오제는 태호(太昊), 신농(神農), 황제(黃帝), 소호(少昊), 전항
(顓項) 太平酒(태평주)＝봉래산(蓬萊山) 속에 있다는 술. 또는
태평한 시대에 마시는 술. 마시면 장생한다 함 萬姓同醉(만성동
취)＝온 백성과 함께 취하며 즐김

● 김천택(金天澤)

41

榮辱이 竝行ᄒ니 富貴(부귀)도 不關ᄐ라
第一江山에 내 혼자 님자되야
夕陽(석양)에 낙싯대 두러메고 오명가명 ᄒ리라. (珍靑 256)

榮辱(영욕)＝영화(榮華)와 치욕(恥辱) 竝行(병행)＝나ᄅ히 함께 감 不關(불관)ᄐ라＝관계하지 않더라 第一江山(제일강산)＝경치가 뛰어난 자연 오명가명＝오며 가며

42

白鷗(백구) ㅣ 야 말무러보쟈 놀라지 마라스라
名區勝地롤 어듸어듸 ᄇ렷ᄂ니
날다려 仔細(자세)히 닐러든 네와 게가 놀리라. (珍靑 257)

名區勝地(명구승지)＝경치가 좋기로 이름 난 곳 ᄇ렷ᄂ니＝펴쳐져 있더냐 날다려＝나에게 닐러든＝알려주면. 말해 주면 게가＝거기에 가서

43

蘆花 깁흔 곳에 落霞를 빗기믜고
三三五五(삼삼오오)히 섯거 노는 져 白鷗(백구) ㅣ 야
므서세 즘착ᄒ엿관듸 날을 줄을 모로ᄂ니. (珍靑 258)

蘆花(노화)＝갈대꽃　落霞(낙하)＝나직이 낀 노을　빗기쬐고＝
비스듬히 띠고　므서세＝무엇에　줌착ᄒ엿관듸＝정신이 빠졌기에

44

南山(남산) 누린 골에 五穀을 ᄀ초 심거
먹고 못 나마도 굿지나 아니ᄒ면
그밧긔 녀나믄 富貴야 부랄줄이 이시랴. (珍靑 259)
 아마도 뇌 집의 밥이야 긔 맛신가 ᄒ노라 (周海)

누린 곰＝비탈진 곰짜기　五穀(오곡)＝다섯 가지의 곡식. 쌀,
보리, 조, 콩, 기장을 가러키나 곡식의 총칭(總稱)으로 쓰임　ᄀ
초＝갖추어　굿지나＝부족하지나　부랄줄이＝부러워할 까닭이

45

울밋 陽地(양지)ㅅ편에 외씨를 ᄲ혀두고
미거니 붓도도와 빗김에 달화내니
어즈버 東陵瓜地는 예야 긘가 ᄒ노라. (珍靑 260)

외씨＝오이씨　ᄲ혀두고＝심어 두고　미거니＝긴을 매거니　붓
도도와＝북돋우어 북돋는 것은 식물(植物)이 잘 자라도록 주위의
흙을 모아 주는 것　빗김＝비가 온 때에　달화내니＝손질을 하니
어즈버＝감탄사 '아'의 뜻이 있음　東陵瓜地(동릉과지)＝동릉의
오이를 심었던 땅. 진(秦)의 소평(邵平)이 동릉후(東陵侯)가 되
었으나 진나라가 망하자 청문(靑門) 밖에서 오이를 심어 팔았다
는 고사에서 온 말　예야＝여기가　긘가＝그 곳인가

46
田園(전원)에 남은 興(흥)을 전나귀에 모도싯고
溪山 니근길로 훙치며 도라와셔
아히야 琴書를 다스려라 나믄 희를 보내리라. (珍靑 261)

전나귀＝다리 저는 나귀 모도싯고＝모두 싣고 溪山(계산)＝
계곡을 낀 산 니근길＝익숙한 길 훙치며＝흥이 넘쳐나게 琴書
(금서)＝거문고와 서책(書冊) 다스려라＝손질하여라. 준비하여
라 나믄 희＝여생(餘生)

47
雲宵에 오로젼들 누래 업시 어이ㅎ며
蓬島로 가쟈ㅎ니 舟楫을 어이ㅎ리
츨하리 山林에 主人(주인)이 되야 世界(세계)를 니즈리라.
  (珍靑 262)

雲宵(운소)＝푸른빛 나는 구름이 있는 하늘. 높은 하늘 오로젼
들＝오르고자 한들 누래＝날개가 蓬島(봉도)＝삼신산(三神山)
가운데 봉래산에 있다는 전설상의 섬 舟楫(주즙)＝배와 노 山
林(산림)＝자연(自然). 시골

48
知足이면 不辱이오 知止면 不殆라 ㅎ니
功成名遂ㅎ면 마는 거시 긔 올흐니
어즈버 宦海 諸君子는 모다 조심ㅎ시소. (珍靑 263)

知足不辱 知止不殆(지족불욕 지지불태)＝분수(分數)를 지켜 만
족할 줄 알면 욕됨이 없고 벼슬길이나 물욕에 대해 그칠 줄 알면

위태읍지 않음 功成名遂(공성명수)＝훌륭한 공업(功業)을 이루고 명성(名聲)을 크게 떨친 마는 거시＝그만 두는 것이 宦海諸君子(한해제군자)＝벼슬길에 든 모든 분

49
綠駬霜蹄 櫪上에셔 늙고 龍泉雪鍔 匣裏에 운다
丈夫(장부)의 혜온 뜻을 속절업시 못이로고
귀밋테 흰털이 놀니니 글을 셜워 ᄒ노라. (珍靑 264)

綠駬霜蹄(녹이상제)＝준마(駿馬)의 이름. 녹이는 목왕(穆王)의 팔준(八駿)의 하나. 상제는 준마의 말굽을 이름 櫪上(역상)＝마양간의 마판 위 龍泉雪鍔(용천설악)＝용천은 보검(寶劍)의 이름. 설악은 칼날 匣裏(갑리)＝칼집 속 혜온 뜻＝생각해온 뜻 속절업시＝어쩔 수 없이 못이로고＝이루지 못하고 흰털이＝백발이 글을＝그것을

50
長劍을 빠혀 들고 다시 안자 혜아리니
胸中에 머근 뜻이 邯鄲步ㅣ 되야괴야
두어라 이 쏘한 命이여니 닐러 므슴 ᄒ리오. (珍靑 265)

長劍(장검)＝긴 칼 빠혀 들고＝빼어 들고 혜아리니＝생각하여 보니 胸中(흉중)＝가슴 속 邯鄲步(한단보)＝한단 사람의 걸음 걸이. 자기의 본분을 잊고 다른 사람의 행위를 모방하다가 본분도 남의 행위도 모두 잃는 다는 말 命(명)이여니＝운명이거니 닐러＝말하여

51
生前(생전)에 富貴(부귀)키는 一杯酒만 혼 것 업고
死後風流는 陌上花뿐이여니
므스일 일이 죠혼 聖世에 아니 醉(취)코 어이리. (珍靑 266)
人生(인생)이 一場春夢이라 아니 놀고 어이리(朴海)

一杯酒(일배주)＝한 잔의 술 死後風流(사후풍류)＝죽은 다음의
운치 있고 멋스럽게 노는 일 陌上花(맥상화)＝길가의 피는 꽃이
나는 뜻으로 아름답던 것이 곧 버림을 받음을 비유하여 이른 말
聖世(성세)＝지금의 임금이 통치하는 세상 어이리＝어찌 하리
一場春夢(일장춘몽)＝한 바탕의 아름다운 봄꿈처럼 헛된 영화(榮
華)

52
내 부어 勸(권)후는 盞(잔)을 덜 머그려 辭讓(사양)마소
花開鶯啼후니 이 아니 됴혼 샌가
엇더타 明年 看花伴이 눌과 될줄 알리오. (珍靑 267)

花開鶯啼(화개앵제)＝꽃이 피고 꾀꼬리가 옮 明年 看花伴(명년
간화반)＝내년에 함께 꽃을 구경할 짝 눌려＝누구와

53
훈달 설혼 날에 醉(취)홀 날이 몃날이리
盞(잔)자븐 날이야 眞實(진실)로 내 날이라
그날곳 지나간 後(후) l 면 뉘집 날이 될줄 알리. (珍靑 268)

내 낮=나의 낮 그낯곳=그낯이 뉘집=누구의 집. 누구의

54

사름이 호번 늘근 後(후)에 다시 져머 보는 것가
更少年ㅎ닷 말이 千萬古에 업슨 말이
우리난 그런줄 알므로 미양 醉(취)코 노노라. (珍靑 269)

져머=젊어 보는 것가=볼 수가 있겠는가 更少年(갱소년)=다
시 소년처럼 젊어진 千萬古(천만고)=예전부터 이제까지 미양
=항상

55

人生(인생)을 헤아리니 아마도 늣거웨라
逆旅光陰에 시름이 半(반)이여니
므스일 몃 百年(백년) 살리라 아니 놀고 어이리. (珍靑 270)
므스일 니 조흔 성세에 안이 놀고 어이리.(周海 414)

헤아리니=생각하니 늣거웨라=느껍도다. 감격스럽다 逆旅光
陰(역려광음)=지나가는 손님처럼 아낭곳 없이 빨리 가는 세월
시름=근심. 걱정 므스일=무슨 일

56

世上(세상) 사름들아 이내 말 드러보소
靑春(청춘)이 미양이며 白髮(백발)이 검는것가
엇덧타 有限(유한)호 人生(인생)이 아니 놀고 어이리.
 (珍靑 271)
쑴갓튼 인세를 가지고 가 업시 살랴 하는이.(周海 413)

이내=나의   미양=늘 항상   인세=사람의 목숨   가 업시=끝
없이   살랴하는이=살려고 하느냐

57
梅窓에 月上호고 竹逕에 風淸흔제
素琴을 빗기 안고 두세 曲調(곡조) 훗트다가
醉(취)호고 花塢에 져이서 夢義皇을 흐놋다. (珍靑 271)

梅窓(매창)=매화가 피어 있는 곳에 있는 창문   月上(월상)호고
=달이 떠 오르고   竹逕(죽경)=대나무가 우거진 좁은 길   風淸
(풍청)흔제=바람소리가 맑은 때에   素琴(소금)=거문고   훗트다
가=여러 곡조(曲調)를 연주하다가   花塢(화오)=꽃이 피어 있는
산 언덕   져이서=지혀있어. 기대어 있어   夢義皇(몽희황)=희황
상인(義皇上人)의 꿈을 꿈. 상인(上人)은 희황시절의 백성

58
午睡를 느지 씨야 醉眼을 여러보니
밤비에 굿핀 곳이 暗香을 보내느다.
아마도 山家에 몰근 맛시 이 죠흔가 흐노라. (珍靑 273)

午睡(오수)=낮잠   느지=늦게   醉眼(취안)=술이 덜 깨인 눈
여러보니=떠보니   暗香(암향)=그윽히 풍겨오는 향기   山家(산
가)=산속에 있는 집. 또는 거기서 사는 생활

59
泰山에 올라 안자 天下(천하)를 두로보니
世路 ㅣ 多岐ᄒ여 어이 져리 머흔게고
阮籍이 이러홈으로 窮途哭울 ᄒ닷다. (珍靑 274)

泰山(태산)=중국 산동성에 있는 산. 일반적으로 높은 산으로 쓰임. 두로보니=두루 살펴보니 世路多岐(세로다기)=세상이 길래가 많음. 인생을 비유한 말 머흔게고=험한 것인가 阮籍(완적)=삼국 위나라 사람. 죽림칠현(竹林七賢)의 하나. 음악과 술을 즐겼음 窮途哭(궁도곡)=완적이 종일토록 산수를 구경하다가 가는 곳마다 길이 막혀 통곡을 하며 돌아 왔다는 고사.

60
堯日月 舜乾坤은 녜대로 잇것마는
世上人事는 어이 져리 달란는고
이몸이 느저난 줄을 못내 슬허 ᄒ노라. (珍靑 275)

堯日月 舜乾坤(요일월 순건곤)=요순 시대의 태평한 세월 녜대로=예전과 마찬가지로 世上人事(세상인사)=세상 사람의 일 느저난 줄을=늦게 태어난 것을 못내=끝내

61
人間(인간) 번우한 일을 다 주어 후리치고
康衢烟月에 일 업시 노닐며서
어즈버 聖化千載에 이러구러 지내리라. (珍靑 276)

번우한=번거롭고 시름겨운 후리치고=내던지고 康衢烟月(강구연월)=강구는 번화한 거리. 연월은 태평한 세월 聖化千載(성

화천재)=성군(聖君)의 덕화(德化)가 천 년이나 빛남   이러구려
=이렇게하여

62

尼山에 降彩ᄒ샤 大聖人을 내오시니
繼往聖開來學에 德業도 노프실샤
아마도 群聖中 集大成은 夫子ㅣ신가 ᄒ노라. (珍靑 277)

尼山(니산)=이구산(尼丘山). 중국 산동성(山東省)에 있는 산으
로 공자(孔子)의 아버지 숙량흘(叔梁訖)이 부인 안징재(安徵在)
와 함께 빌어 공자를 낳았다 함   降彩(강채)=오색(五色)의 서운
(瑞雲)이 내린   大聖人(대성인)= 아주 훌륭한 사람. 공자를 가
리킴   繼往聖開來學(계왕성개래학)=성인의 도통(道通)을 이어
후인(後人)에게 이를 열어 전하게 함   德業(덕업)=인덕(仁德)과
공업(功業)   群聖中(군성중)=여러 성인 가운데   集大成(집대성)
=여럿을 모아 하나로 크게 완성함.   夫子(부자)=공자(孔子)의
존칭

63

遏人慾 存天理ᄂᆫ 秋天에 氣象이오
知言養氣ᄂᆫ 古今(고금)에 긔 뉘런고
아마도 擴前聖所未發은 孟軻ㅣ신가 ᄒ노라. (珍靑 278)

遏人慾 存天理(알인욕존천리)=사람의 욕심을 그치게 하고 하늘
의 이치에 의존하게 함   秋天(추천)=가을 하늘   知言養氣(지언
양기)=도리에 맞는 말과 호연지기(浩然之氣)를 기르는 것   擴前
聖所未發(확전성소미발)=앞서 난 성인이 밝혀 열지 못한 바를

넓힌   孟軻(맹가)=맹자(孟子)의 이름

64

杜拾遺의 忠君愛國이 日月로 爭光홀로다
間關劒閣에 뜻둘디 전혀 업서
어즈버 無限丹衷을 一部詩에 부치도다. (珍靑 279)

杜拾遺(두습유)=당(唐)나라 시인(詩人) 두보(杜甫)를 가리킴. 습유는 벼슬이름임 忠君愛國(충군애국)이 日月(일월)로 爭光(쟁광)=해와 달에 비길만큼 임금에 충성하고 나라를 사랑하는 정성이 빛남 間關劒閣(간관검각)=험악한 행로(行路). 사람이 때때로 겪는 간난(艱難) 신고(辛苦)하는 일. '간관'은 길이 험한 것. '검각'은 촉(蜀)의 험한 요해(要害) 無限丹衷(무한단충)=끝 없이 우러나는 정성 一部詩(일부시)=한 편의 시(詩). 벽은 전체의 뜻 부치도다=보내었구나

65

岳鵬擧의 一生肝膽이 석지아닌 忠孝(충효) ㅣ로다
背上四字는 무어시라 후엿든고
南枝上 一片宋日이 耿耿丹衷에 비최엿다. (珍靑 280)

岳鵬擧(악붕거)=송(宋)나라 충신 악비(岳飛)의 자(字). 一生肝膽(일생간담)=한평생의 간담. 간담은 충성심을 가리킴 석지아닌=썩지아니한 背上四字(배상사자)=송나라 충신 악비의 전공(戰功)을 칭찬하여 고종이 '정충악비(精忠岳飛)'라는 넉자를 수놓은 기(旗)를 하사하였음 南枝上 一片宋日(남지상 일편송일)=남쪽 가지 위에 한 조각 송나라의 해. 악비가 한 때 북호(北

胡)에 갇혔었기에 남쪽 고국을 가리키는 말   耿耿丹衷(경경단충)
＝빛나는 충성심

66
北扉下 저믄 날에 에엿불슨 文天祥이여
八年燕霜에 검던 머리 다 희거다
至今(지금)히 從容就死를 못내 슬허 하노라. (珍靑 281)

　北扉下(북비하)＝북쪽 사립문 아래. 남송(南宋)의 충신 문천상
이 북호(北胡)에 잡혀 있었기 때문이 이름한 듯 에엿불슨＝가련
한 것은   文天祥(문천상)＝남송의 충신. 8년동안 원병(元兵)과
싸우다 잡혀 연경(燕京)의 원옥(元獄)에서 죽음 八年燕霜(팔년
연상)＝문천상이 원나라 감옥에 갇혀 있던 8년간의 세월 從容就
死(종용취사)＝조용히 죽음에 나아감 못내＝끝내. 마침내

67
沃野千里 긴담 안헤 阿房宮을 노피 짓고
當年에 어린 뜻은 萬年計를 허려트니
어늬덧 陳迹이 되도다 긔 뉘 타슬 사므리. (珍靑 282)

　沃野千里(옥야천리)＝끝 없이 넓은 기름진 땅 阿房宮(아방궁)
＝진시황(秦始皇)이 세운 궁전의 이름 當年(당년)＝그 해 어린
뜻＝어리석은 뜻 萬年計(만년계)＝한평생을 지낼 계력 陳迹(진
적)＝지나간 묵은 자취 긔＝그것이 뉘＝누구의 타슬＝허물을

68
莊生에 한난 일이 아마도 多事하다

斥鷃大鵬을 비겨 무슴 흐렷튼고
두어라 物之不齊를 견흘줄이 이시랴. (珍靑 283)

莊生(장생)＝장자(莊子)를 가리킴. 多事(다사)흐다＝일이 많다
斥鷃大鵬(척안대봉)＝못에 사는 작은 새와 대봉. 자기의 분수를
모르고 사람을 비웃는다는 말로 척안소(斥鷃笑)라 함 物之不齊
(물지부제)＝만물은 제각기 모양이나 성질이 다름 견흘줄이＝견
줄 까닭이

69
賀季眞의 鏡湖水는 榮寵으로 어덧거니
비록 말고젼들 므슴 핑계 흐러니오
엇덧타 내의 이 江山(강산)은 걸닌 곳 업세라. (珍靑 284)

賀季眞(하계진)＝계진은 당나라 현종(玄宗) 때 사람 하지장(賀
知章)의 자(字). 벼슬은 예부시랑에 이르렀고 만년에 도사가 되
었음. 경호(鏡湖) 일경(一頃)을 하사받고 그곳에서 종신하였음.
鏡湖水(경호수)＝경호의 호수 榮寵(영총)＝임금으로부터 총애를
받아서 영화를 누리는 것 말고젼들＝그만두고 싶어한들

70
叩馬諫 不聽커놀 首陽山에 드러가셔
周粟을 아니 먹고 므춤내 餓死키는
千秋에 賊子의 마음을 것거보려 홈이라. (珍靑 285)

叩馬諫(고마간)＝말이 못가게 붙들고 간(諫)함. 주 무왕(周武
王)이 주(紂)를 칠 때 백이(伯夷)와 숙제(叔齊)가 말렸던 일 不

聽(불청)＝듣지 아니함 首陽山(수양산)＝중국 산서성에 있는 산
으로 백이와 숙제가 굶어 죽었다는 산 周粟(주속)＝주나라에서
나는 곡식 餓死(아사)＝굶어 죽음 千秋(천추)＝아주 오랜 세
월. 먼 미래(未來) 賊子(적자)＝불충(不忠) 불효(不孝)한 사람
것거보려＝꺾어 보고자

71
世事를 다 썰치고 江湖(강호)로 드러가니
水光山色이 녯눗출 다시 본 듯
어즈바 平生夢想이 오라ㅎ야 그럿탓다. (朴海 276)

世事(세사)＝번거로운 세상 일 水光山色(수광산색)＝물빛과 산
의 색깔 녯눗츨＝옛 모습을 平生夢想(평생몽상)＝평생 꿈꾸던
생각 오라ㅎ야＝오랜동안이나 하여 그럿탓다＝그렇게 되었구나

72
霞鶩은 섯거놀고 水天이 훈빗친제
小艇을 글러투고 여흘목에 놀여가니
隔岸에 삿갓 쓴 늘근이 홈긔 가쟈 ㅎ더라. (朴海 278)

霞鶩(하목)＝노을이 진 곳에 날아드는 따오기 水天(수천)＝수
면(水面)과 하늘 小艇(소정)＝작은 배 여흘목＝여울 어귀 隔
岸(격안)＝건너편 언덕 삿갓 쓴 늘근이＝어옹(漁翁)

73
索居閑處 깁흔 곳에 츠자오리 뉘 이시리

花逕도 쓸리 업고 蓬門을 다닷는듸
다만지 날과 有信키는 明月淸風 쑨이로다. (朴海 279)

索居閑處(색거한처)＝한가한 곳에서 벗과 떠어져 쓸쓸히 지낸
초자오니＝찾아올 사람　花逕(화경)＝꽃이 편 작은 길　쓸니＝
쓸 사람　蓬門(봉문)＝쑥대로 맏든 문. 은사(隱士)의 집을 뜻함
다만지＝다만　有信(유신) 키는＝신의가 있기는　明月淸風(명월청
풍)＝밝은 달과 맑은 바람

74
花檻에 月上ㅎ고 竹窓의 밤든 적의
冷冷 七弦琴을 靜聽에 빗기 투니
庭畔에 섯는 鶴(학)이 우즑우즑 ㅎ더라. (朴海 280)

花檻(화함)＝꽃이 피어 있는 난간　月上(월상)ㅎ고＝달이 뜨고
冷冷(냉냉)＝맑고 시원함. 악기소리가 맑게 남을 형용한 말　七
弦琴(칠현금)＝현(弦)은 현(絃)의 잘못. 악기의 한가지　靜聽(정
청)＝'청'은 '청'(廳)의 잘못인 듯. 조용한 대청　庭畔(정반)＝
뜰 가　우즑우즑＝즐거워하는 모양

75
淸風 北窓下에 葛巾을 젓게 쓰고
羲皇 벼개 우히 픗즘을 쎄야보니
夕陽(석양)에 牛背笛聲이 兩兩歸來 ㅎ다. (朴海 282)

淸風 北窓下(청풍북창하)＝맑은 바람이 부는 북쪽 창아래　葛巾
(갈건)＝칡으로 맏든 두건(頭巾). 은자(隱者)들이 쓰는 모자를

말함   졋게=젖혀   義皇(희황)벼개=희황은 옛날 황제의 이흠.
벼갯모에 '희황상인(義皇上人)'이란 수놓은 벼개   우배적셩(牛背
笛聲)=쇠 등에 탄 목동의 퍼리소리   兩兩歸來(양양귀래)=쌍쌍
이 도라옴

76

紅塵에 醉호 分네 暫間(잠간) 끼야 내말 들어
一時榮耀는 죠흔 法(법) 잇것만은
히졈은 宦海風浪을 어이흐려 흐느니. (朴海 284)

紅塵(흥진)에 醉(취)한 分(분)네=속세에서 욕신에 가득찬 사람
들   一時榮耀(일시영요)=한 때의 영광(榮光)   히졈은=해가 저
문. 때가 늦은   宦海風浪(환해풍랑)=벼슬길에서 겪는 여러 가지
의 어려움   어이흐려=어떻게 하려고

77

春秋에 日暗흐고 戰國에 雲擾흐니
萬古長夜는 어늬 째에 붉아질고
어즈바 唐虞ㅣ 世遠흐니 갈곳 업셔 흐노라. (朴海 285)

春秋日暗 戰國雲擾(춘추일암 전국운요)=춘추시대는 해가 없는
것처럼 어둡고, 전국시대는 구름이 일어나듯 시끄러운   萬古長夜
(만고장야)=만고의 기나긴 밤   唐虞ㅣ世遠(당우세원)=요나 순
처럼 태평한 세상이 아득함

78

榮辱은 關數흐고 富貴는 在天흐니

求(구)ㅎ다 곁에 오며 더져두다 어듸가랴
眞實(진실)로 내길을 닷그면 自然 有時 ㅎ느니. (朴海 287)

榮辱關數(영욕관수)＝영예와 치욕은 운수(運數)와 관련이 있음
富貴在天(부귀재천)＝부귀의 운수는 하늘에 달려 있음 더져두다
＝포기하고 내버리다 自然有時(자연유시)＝자연히 때가 있음

79
孔孟과 楊墨 사이 方寸인듯 ㅎ것마는
나동 어든 거슨 楚越이 되엿거니
眞實(진실)로 이즈음 싱각ㅎ여 브듸 操心(조심) ㅎ시소.
 (朴海 288)

孔孟(공맹)＝공자와 맹자. 또는 유교(儒敎)를 가리킴 양묵(楊
墨)＝양자(楊子)와 묵자(墨子). 두 사람은 주(周)나라 학자로 본
명은 양주(楊朱)와 묵적(墨翟)으로, 양주는 이기설(利己說)을 묵
적은 겸애설(兼愛說)을 주장했음 方寸(방촌)＝아주 까가운 사
이. 마음 속 나동＝나중 楚越(초월)＝춘추전국시대의 초나라와
월나라. 서로 떨어져 있어 아무런 상관이 없는 사이를 말함

80
濂溪에 비롤 씌여 伊川을 건너가셔
明道재 길흘 무러 가는대로 가쟈스라
가다가 졈믈거든 晦菴의 가 자리라. (朴海 289)

濂溪(염계)＝중국 호남성 도현에서 시작하여 소수(瀟水)에 드는
강. 송나라 학자 주돈이(周敦頤)의 호(號) 伊川(이천)＝중국 하

남성 승현과 이양현의 땅. 송나라 학자 정이(程頤)의 호   明道
(명도)=송나라 학자 정호(程顥)의 호   가쟈스라=가자구나   晦
菴(회암)=성리학을 대성한 송나라 학자 주희(朱熹)의 호

81
青藜杖 힘을 삼고 南畝로 누려가니
稻花난 훗놀니고 小川魚 슐젼난듸
遠近에 즑이난 農歌는 곳곳이셔 들닌다. (朴海 290)

青藜杖(청려장)=명아주 줄기로 맏든 지팡이   南畝(남무)=남쪽
에 있는 밭   稻花(도화)=벼꽃   훗놀리고=바람에 흩어져 날리고
小川魚(소천어)= 작은 시내에서 잡는 물고기   遠近(원근)=멀고
가까운 곳   즑이난=즐기는   農歌(농가)=농부들이 농사를 지으
면서 부르는 노래

82
箕山에 늙근 사롬 귀는 어이 씃도던고
박소리 핑계하고 操壯이 놉거니와
지금히 潁水淸波는 더러온재 잇누니. (朴海 291)

箕山(기산)에 늙근 사롬=중국 하남성 행당현(行唐縣)의 서북쪽
에 있는 산. 소부(巢父)와 허유(許由)가 여기에 머물러 삶. 박
소리 핑계하고=허유가 기산에 숨어 살 때에 손으로 물을 마셨는
데, 어떤이가 표주박을 주자 그것으로 물을 마시고는 나무에 걸
어 놓았으나 바람에 흔들려 소리가 시끄럽자 깨뜨려 버렸다는 고
사(故事)   操壯(조장)=지조(志操)   潁水淸波(영수청파)=영수의
맑은 물. 영수는 허유가 구주(九州)의 장(長)이 되어 달라는 요

(堯)임금의 말을 듣고, 더러운 말을 들었다고 귀를 씻은 물 더러운지=더러운 채로

83
易水寒波 졈은 날에 荊卿의 擧動(거동)보소
一劍行裝이 긔 안이 齟齬흔가
어즈바 未講劍術을 애돌올샤 ᄒ노라. (朴海 292)

易水寒波(역수한파)=역수의 차가운 물결. 역수는 하북성 역현에 근원을 둔 강. 荊卿(형경)=전국시대 제(齊)나라 사람. 연(燕)나라에 와서 형경이라 불림. 연태자(燕太子) 단(丹)의 시킴으로 진왕 정(政)을 죽이려다 실패하고 피살됨 一劍行裝(일검행장)=형가(荊軻)가 칼을 가지고 진왕을 죽이려 갈 때의 행장 齟齬(저어)=이가 맞지 않음. 사물이 서로 어긋남 未講劍術(미강건술)=미처 건술을 익히지 못함 애돌올샤=애닯구나

84
春窓에 느디 닐어 緩步ᄒ여 나가보니
洞門流水에 落花(낙화)ㅣ ᄀ득 써이셰라
져 곳아 仙源을 놈 알니라 써나가지 마라라. (朴海 293)

春窓(춘창)=봄창. 봄볕이 비추이는 창 느디 닐어=늦게 일어나 緩步(완보)=천천히 걸음 洞門流水(동문유수)=동네 입구에 세운 문과 흘러가는 냇물 써이셰라=떠 있구나 곳아=꽃아 仙源(선원)=신선이 사는 곳. 무릉도원(武陵桃源) 마라라=말아라

85
眞實(진실)로 검고져 ㅎ면 머리ᄂᆞᆫ 희난게고
眞實로 희고져 ㅎ면 ᄆᆞ음은 검ᄂᆞᆫ게고
이 두일 셔ᄅᆞ 밧고면 無老無慾 ᄒᆞ리라. (朴海 294)

머ᄂᆞᆫ='머ᄂᆞ'는 '머ᄂᆞ'의 잘못임 희난게고=허영게 되는 것
이고 셔ᄅᆞ 밧고면=서로 바꾸면 無老無慾(무노무욕)=늙지 않
고 욕신을 내지 않음

86
어화 우리 님금 疾病(질병)이 업스신가
濟濟群生이 즑김이 남앗도다
저마다 戴己ᄅᆞᆯ 願(원)ᄒᆞ니 太平(태평)인가 ᄒᆞ노라. (朴海 295)

어하=감탄사 濟濟群生(제제군생)=여러 백성 戴己(대기)=왕
위(王位)에 오름

87
風塵에 얽ᄆᆡ이여 썰치고 몰 갈지라도
江湖一夢을 ᄭᅮ원지 오릭던이
聖恩을 다 갑픈 後(후)은 浩然長歸 ᄒᆞ리라. (周海 400)

風塵(풍진)=바람과 먼지. 속세를 말함 몰='못'의 잘못 江湖
一夢(강호일몽)=속세를 떠나 대자연으로 돌아가고자 하는 꿈
聖恩(성은)=임금의 은혜 浩然長歸(호연장귀)=마음 놓고 기분
좋게 길이 자연으로 돌아감

88
江山(강산) 죠흔 景을 힘센이 타툴 양이면
늬 힘과 늬 分(분)으로 어이 ᄒ여 엇들쏜이
眞實(진실)로 금ᄒ리 업쓸씌 나도 두고 논이노라. (周海 403)

景(경)을=경치를   힘센이=힘이 센 것으로   금ᄒ리=금지(禁
止)할 사람이   업쓸씌=없으므로   논이노라=노닐고 있다

89
松林에 客散ᄒ고 茶鼎에 烟歇커늘
遊仙 一枕에 午夢을 느지 끤이
어즙어 羲皇上世를 다시 본 듯 ᄒ여라. (周海 405)

松林客散(송린객산)ᄒ고=소나무 숲 속에 손님들이 흩어지고. 시
곡에 왔던 손님들이 다 가고   茶鼎烟歇(다정연헐)커늘=차를 다
리는 솥에 연기가 끊어지거늘   遊仙一枕(유선일침)=꿈에 신선들
과 더불어 같이 놀음   午夢(오몽)=낮잠에 꾸는 꿈   羲皇上世(희
황상세)=태고(太古)의 세상. 태평한 세월

90
漁歌 牧笛 소리 谷風에 석거 불쌔
午睡를 갓씨야 醉眼을 열어본이
지넘어 현암은 벗이 와 携壺款扉 ᄒ노미. (周海 406)

漁歌牧笛(어가목적)=어부의 노래소리와 목동의 피리소리   谷風
(곡풍)=골짜기에서 부는 바람. 또는 동풍(東風)   석거=섞이어

午睡(오수)＝낮잠 갓씨야＝막 깨어 醉眼(취안)＝취기(醉氣)가
가시지 않은 눈 현앉은＝몇몇. 여나믄 携壺款扉(휴호관비)＝술
병을 들고 와 사립문을 두드린 흐노민＝하는구나

91
世上(세상)이 煩憂ㅎ니 江湖(강호)로 나가ㅈ슬아
無心(무심)한 白鷗(백구)야 오라ㅎ며 가라ㅎ랴
암아도 닷토리 업스문 다만인가 ㅎ노라. (周海 407)

煩憂(번우)＝번거롭고 괴로운 나가ㅈ슬아＝나가자꾸나 닷토리
＝다툴 사람이 업스문＝없는 것은 다만인가＝다만 이것인가

92
春服이 旣成커든 冠童 六七(육칠) 건으리고
風乎 舞雩ㅎ야 興을 타 돌아온이
어즙어 泗水尋訪을 불을 쓸이 이시랴. (周海 408)

春服(춘복)이 旣成(기성)커든＝봄옷이 이미 마련되거든. 冠童
(관동)＝어른과 아이 건으리고＝거느리고 風乎 舞雩(풍호무우)
＝무우에서 바람을 쐬인. 논어(論語) 선진편(先進編)에 "子曰 何
傷乎 亦各言 曰暮春者 春服旣成 冠者五六人 童子六七 浴乎沂 風
乎舞雩詠而歸 夫子喟然歎曰 吾與點也"(자왈 하상호 역각언 왈모
춘자 춘복기성 관자오육인 동자육칠 목호기 풍호무우영이귀 부자
위연탄왈 오여점야; 공자님이 말씀하기시기를 무엇이 걱정인가
각자가 말하기를 봄옷이 다 만들어지면 어른 대여섯과 어린아이
여닛곱이 기수에 목욕하고 무에 바람을 쐬며 읊조리며 도라오고
싶다고 하자 공자가 탄식하여 말씀하기시를 나와 증점뿐이로구

나)을 인용한 것임 泗水尋訪(사수심방)＝사수는 강(江)이름. 송
나라 주자(朱子)가 사수를 찾아가 그 경치를 감탄한 고사(故事)
봄을 쑬＝부러워할 까닭

93

옷 버서 아희 주어 술찝의 볼모하고
靑天을 울어러 달드려 물은말이
어즙어 千古 李白이 날과 엇더 하든요. (周海 409)

볼모하고＝전당(典當)을 잡히고 靑天(청천)＝푸른 하늘 달드
려＝'달두려'의 잘못. 달에게 물은말이＝물으니 千古(천고)＝
예전의 李白(이백)＝성당(盛唐)의 시인. 이태백(李太白)으로 더
알려진

94

이 盞(잔) 잡우시고 이늬 말 곳쳐 들어
一樽酒 굿쳐갈쩌 니을 일만 分別(분별)하시
이밧긔 是非憂樂을 나는 몰라 하노라. (周海 410)

이늬＝나의 곳쳐＝다시 一樽酒(일준주)＝한 술통의 술 굿쳐
갈쩌＝다 되어 갈 때에 니을＝이을. 계속할 이밧긔＝이것 이외
(以外)에 是非憂樂(시비우락)＝옳고 그른과 근심과 즐거움

95

한 番(번) 죽은 後(후) ㅣ면 언의 날에 다시 오며
深山(심산) 길 아릭 제 뉘라 추주와셔

술 부워 저 잡고 날 勸(권)ᄒᆞ며 노시ᄒᆞ리 잇시리. (周海 411)

언의 낮에=어느 낮에 深山(심산)=깊은 산 제 뉘라=그 누가
노시ᄒᆞ리=놀자고 ᄒᆞᆯ 사람이 잇시리=있겠느냐

96
三萬 六千日을 每樣(매양)만 넉이지 마소
夢裏 靑春이 어슨 듯 지나느니
두어라 四時風景에 醉(취)코 놀미 엇더리. (周海 415)

三萬 六千日(삼만 육천일)=백년. 평생동안 넉이지=여기지.
생각하지 夢裏 靑春(몽리청춘)=꿈같은 젊은 어슨 듯=어느덧.
살시간 四時風景(사시풍경)=일년 내내의 아름다운 경치 놀미
=노는 것이 엇더리=어떻겠느냐

97
浮生이 쑴이여늘 功名(공명)이 아랑곳가
賢愚 貴賤도 죽은 後(후) ㅣ면 다 ᄒᆞᆫ가지
암아도 살아 ᄒᆞᆫ 盞(잔) 술이 즐거온가 ᄒᆞ노라. (周海 416)

浮生(부생)=인생이 덧 없음을 이름 아랑곳가=알려고 하거나
관심을 가질 것인가 賢愚 貴賤(현우귀천)=어질고 어리석음과
귀하고 천함. 세상의 여러 가지 형편으로 사는 사람들

98
功名(공명)이 긔 무엇고 辱(욕)된 일 만흔이라

三盃酒 一曲琴으로 事業(사업)을 삼아두고
이 죠흔 太平烟月에 이리절이 늙으리라. (周海 417)

무섯고＝무엇인가 말흔이라＝많도다 三盃酒(삼배주)＝석 잔의
술 一曲琴(일곡금)＝거문고 한 곡조 삼아두고＝삼고. 여기고
太平烟月(태평연월)＝아무런 걱정이 없는 살기 좋은 세월 이러
절이＝이러저러. 되는 대로

99
朱문에 벗님네야 高車駟馬 죳타 마소
톡기 죽은 後(후)ㅣ면 기마주 삼기는이
우리는 榮辱(영욕)을 모른이 둘여온 일 업세라. (周海 418)

朱(주)문＝주문(朱門). 고관대작이나 부호의 집 톡기 죽은~기
마주 삼기는이＝교활한 토기를 잡은 뒤에는 영리한 개도 소용이
없으므로 삶아먹는다는 말. 적(敵)을 멸망시킨 뒤에는 양신(良
臣)도 죽이게 된다는 말의 비유〔兎死狗烹(토사구팽)〕 모른이
＝모르니 둘여온＝두려운

100
書劍을 못 일우고 쓸의 업쓴 몸이 되야
五十 春光을 희움 업씨 지늬연져
두어라 언의곳 靑山(청산)이야 날 쉴쑬이 잇시랴. (周海 421)

書劍(서검)＝책과 칼을 말하며 서생(書生)의 생애을 형용하는데
쓰임. 문무(文武) 五十春光(오십춘광)＝오십 년. 넌 살 희움
업씨＝아무런 생각 없이 지늬연져＝지냈구나 언의곳＝어느. 또

는 어느 곳 씰쑬이＝싫어할 줄이. 꺼리길 줄이

101
初生에 잇즌 달도 보름에는 둘엿거든
盈虛 否泰는 天道ㅣ 自然(자연) 글어컨이
두어라 無往不復인이 기들ㅅ 흐노라. (周海 422)

初生(초생)＝초승. 초순(初旬)　잇즌 달＝이즈러진 달　둘엿거든＝둥글거든　盈虛否泰(영허부태)＝차면 이즈러지고 막히면 터지는 서로 상대성을 띠고 있는 운수　天道(천도)＝하늘의 도리　無往不復(무왕불복)＝가면 다시 돌아오지 아니함이 없음. 가면 다시 옴　기들ㅅ＝기다릴까

102
人間(인간) 언의 일이 命 밧긔 삼겻시리
吉凶 禍福은 하늘에 붓쳐 두고
그밧긔 녀남은 일으란 되는듸로 흐리라. (周海 423)

언의 일이＝어느 일이　命(명) 밧긔＝운명을 벗어나서. 운명과 무관하게　삼겻시랴＝생겼겠느냐　吉凶禍福(길흉화복)＝좋은 것과 흉한 것 그리고 재앙(災殃)과 복록(福祿). 사람의 운명　붓쳐 두고＝맡기어 두고　녀남은＝나머지. 다른

103
古今에 어질기야 孔夫子만 홀ㅅ만혼
轍環 天下흐여 木鐸이 되엿신이

날갓튼 석은 선븨야 닐러 무슴 홀이오. (周海 425)

古今(고금)＝예전부터 지금까지 孔夫子(공부자)＝공자(孔子)를 높히어 부른 말 轍環天下(철환천하)＝수레를 타고 세상을 돌아다님 木鐸(목탁)＝'탁'은 방울. 금탁(金鐸)과 목탁이 있는데 그 전체를 금속으로 만들고 추까지 금속으로 만든 것을 금탁이라 하고, 추를 나무로 만든 것을 목탁이라 함. 고대 중국에서 교령(敎令)을 발(發)할 때 목탁을 쳤음. 세인(世人)을 교도(敎導)하는 학자의 뜻으로 쓰임 석은＝썩은 널러＝말하여 무슴 홀이오＝무엇 하겠는가?

104
安貧을 슬히 넉여 손 헤다 물러감며
富貴(부귀)를 불어흐여 손 치다 나아오랴
암아도 貧而無怨이 긔 올흔가 흐노라. (周海 426)

安貧(안빈)＝가난함. 가운데서도 안락한 마음을 가진 슬히넉여＝슬프게 생각하여. 싫다고 여겨 손헤다＝손을 가로 젓다 불어흐여＝부러워하여 손 치다＝손벽을 치면서 반기는 것 貧而無怨(빈이무원)＝가난하면서도 이를 원망하지 아니함

105
잘 가노라 닷지 말며 못 가노라 쉬지 말라
브듸 긋지 말고 寸陰을 앗겨슬아
가다가 中止곳흐면 안이 감만 못 흐이라. (周海 427)

닷지 말며＝뛰지 말 것이며 브듸＝부디 긋지 말고＝그치지 말

고 寸陰(촌음)=얼마 안되는 짧은 시간 中止(중지)곳ᄒᆞ면=중
간에 그쳐 버린다면 안이 ᄀᆞᆷᄆᆞᆫ=가지 아니하는 것ᄆᆞᆫ

106
엇그재 덜 괸 술을 질동희예 가득 붓고
설데친 무우남을 淸麯醬에 씻쳐닌이
世上(세상)에 肉食者들이 잇 맛을 어이 알니오. (周海 430)

덜 괸=고이지 아니한. 덜 숙성(熟成)된 질동희예=진흙으로
구워서 ᄆᆞᆫ든 동이에 설데친=대강 데친 무우남을=무우 나물을
淸麯醬(청국장)='국'(麯)은 '국'(麴)의 잘못. 된장과 비슷한 발
효 식품 씻쳐닌이=끼없어 내놓으니 肉食者(육식자)=고기를
즐겨 먹는 사람 잇 맛을='이'의 잘못. 이 맛을 어이=어찌

107
어와 王昭君이여 생각썬디 가련ᄒᆞᆯ싸
漢宮粧 胡地妾에 薄命흠도 긔지 업다
至今히 死留靑塚을 못늬 슬허 ᄒᆞ노라. (周海 437)

王昭君(왕소군)=한(漢)의 궁녀. 이름은 장(嬙). 미인이었는데
흉노(匈奴)와의 친화책 때문에 호지(胡地)에 바치는 몸이 되어
그 원통함을 이기지 못하여 말 위에서 비파를 뜯으며 원한을 노
래했다 함 가련ᄒᆞᆯ싸=불쌍하구나 漢宮粧 胡地妾(한궁장호지첩)
=한나라 궁녀가 호지의 오랑캐의 첩이 된 薄命(박명)=명이 짧
음. 복이 적음 死留靑塚(사류청총)=죽어서 청총ᄆᆞᆫ 남김. 청총
은 왕소군의 무덤으로 유원성(綏遠省) 귀수현(歸綏縣)에 남아 있
는데 풀이 우거져 푸르기 때문에 후세에 '청총'이라 부름 못늬

＝잊지 못하고 늘. 항상

108

玉河關 졈은 날에 에엿불손 三學士여
忠魂 義魄이 어듸로 간거이고
암아도 萬古綱常을 네 부든가 ㅎ노라. (周海 438)

玉河關(옥하관)＝'옥하관'(玉河館)의 잘못인 듯 중국 북경시(北京市) 서북쪽에 있는 옥천(玉泉)에 있던 관(館)의 이름 에엿불손＝가련한 것은 三學士(삼학사)＝병자호란 때 청나라에 항복을 반대하다가 청나라에 잡혀가 죽임을 당한 홍익한(洪翼漢), 윤집(尹集), 오달제(吳達濟)의 세 사람 忠魂義魄(충혼의백)＝충의를 위해 죽은 이의 넋 萬古綱常(만고강상)＝만고에 지켜야 할 윤리 부든가＝'부'는 '붓'의 잘못. 붙들었는가

109

天地飜覆ᄒ니 日月이 無光이로다
皇極殿 놉흔 집에 老單于ㅣ 안짠말가
어즙어 一部 春秋를 닑을 곳이 업세라. (周海 439)

天地飜覆(천지번복)＝하늘과 땅이 뒤 쳐짐. 천지개벽과 같음 日月(일월)이 無光(무광)＝해와 달이 빛이 없음. 비추지 아니함 皇極殿(황극전)＝황제가 있는 궁전 老單于(노선우)＝'단'(單)은 '선'으로 읽음. 한나라 때에 흉노(匈奴)가 군장(君長)을 일컬어 선우라 했음. 노선우는 '노상선우'(老上單于)를 가리키며 한의 문제(文帝) 때에 흉노의 군장(君長)이었음 一部春秋(일부춘추)＝춘추의 한 부분. 춘추는 오경(五經)의 하나로 공자가 노(魯)나

나의 기록을 펵삭(筆削)한 책 넑을=읽을

110

昏飮 不醒키는 養性함이 안이연이
衆人이 醉(취)ᄒ여도 뇌 어이 호ᄌ 쎄리
암아다 與世推移함이 긔 올혼가 ᄒ노라. (周海 440)

昏飮不醒(혼음불성)=숟을 너무 마시고 깨지 아니함 養性(양
성)=본성(本性)을 중히 여기고 속틴 지혜로 어지럽히지 않는 긱
衆人(중인)=여러 사람 앟아다='아마도'의 잘못 與世推移(여
세추이)=세상의 변함에 따라 함께 변하는 일. 세속을 따름 올
혼가=옳은 일인가

111

紅塵이 멀어진이 世上(세상) 일을 어이 알리
江湖 勝地에 一漁翁이 되어 잇셔
平生(평생)을 滄浪에 뜬 白鷗(백구)와 벗을 삼아 놀리라.
(周海 441)

紅塵(홍진)이 멀어진이=속세(俗世)와 멀어지니 江湖 勝地(강
호승지)=자연의 경치 좋은 곳 一漁翁(일어옹)=고기잡이 늙은
이의 하나 되어 잇셔=되어서 滄浪(창랑)=푸르고 너은 물결

112

쎄면 다시 먹고 醉(취)ᄒ여 누엇신이
世上榮辱(세상영욕)이 엇텻튼동 나 몰릭라

平生(평생)을 醉裏乾坤에 쵤 날 업시 먹으리라. (周海 442)

엇텃튼둥＝어떠하든지　醉裏乾坤(취리건곤)＝술 취한 속에서의 세상. 계속하여 술에 취한 상태

113
農人이 告余春及호이 西疇에 일이 만타
漠漠 水田을 뉘라서 독미야 줄이
암아도 躬耕稼穡이 뉘 分(분)인가 호노라. (周海 443)

　農人(농인)이　告余春及(고여춘급)호이＝농부가 나에게 봄이 온 것을 알려주니. 도연명(陶淵明)의 시구(詩句)　西疇(서주)＝서쪽에 있는 전지(田地)　漠漠 水田(막막수전)＝너르고 너른 무논 독미야＝독을 골라 내어　躬耕稼穡(궁경가색)＝직접 농사를 지음. 가색은 곡식 농사

114
섭 시른 千里馬를 알아 볼이 뉘 잇시리
十年 櫪上에 속절 업시 다 늙거다
어듸셔 살진 쇠양馬는 외용지용 호는이. (周海 444)

　섭＝섶. 섶나무　千里馬(천리마)＝하루에 천리를 달릴 수 있다는 좋은 말　알아 볼이＝(천리마)인줄을 가려 낼 수 있는 사람이 잇시니＝있겠느냐　十年 櫪上(십년역상)＝말이 십년 동안을 마판 위에만 있어 헛되이 세월만 감을 말함　살진＝살진. 기름진 쇠양馬(마)＝둔한 말　외용지용＝말이 우는 것을 형용한 말

115 人心은 惟危ᄒ고 道心은 惟微ᄒ야
漢唐宋 千百年來(천백년래)에 鷄犬 ᄀᆞ치 더져두고
至今(지금)희 ᄎᆞ즐이 업쓴이 그를 슬허 ᄒ노라. (周海 445)

인심(人心)은 유위(惟危)ᄒ고 도심(道心)은 유미(惟微)ᄒ야＝
'유위'(惟危)는 '유위'(惟爲)의 잘못. 사람의 목정(欲情)으로부
터 나온 마음을 인심이라 하고, 의리로부터 나온 마음을 도심이
라함. 위(爲)ᄂ 사목(私慾)에 흐음을 이르며, 미(微)ᄂ 암매(暗
昧)ᄅ 이름 漢唐宋(한당송)＝중국에서 경학(經學)이 융성하던
한나라에서 당나라를 거쳐 송나라에 이르는 시대 鷄犬(계견)＝
닭과 개 ᄀᆞ치＝같이 더져두고＝던져 두고. 내버려 두고 ᄎᆞ즐
이＝찾을 사람이

116
흰 구름 푸른 뇌는 골골이 잠겼는듸
秋風(추풍)에 물든 丹楓(단풍) 봄곳도곤 더 죠홰라
天公이 날을 爲(위)ᄒ야 뫼빗츨 쑴여 뇌도다. (周海 447)

푸른 뇌＝멀리 보이는 산의 푸르스름한 기운. 화창한 낮에 아른
거리는 아지랑이. 청남(晴嵐) 봄곳도곤＝봄에 피는 꽃보다 天
公(천공)＝하느님 날을＝나를 뫼빗츨＝산의 빛깔을 쑴여＝꾸
미여 뇌도다＝내는구나

117
가을밤 치 긴젹의 님 生覺(생각) 더욱 깁다
먹귀 선귄 비에 남은 肝腸(간장) 다 석놈이

암아도 薄命호 人生(인생)은 뉘 호진가 호노라. (周海 448)

치=매우　긴젹의=긴 때에　먹커=‘머커’의 잘못. 오동(梧桐)
선건 비=성기게 오는 비. 소우(疎雨)　석눈이=썩는구나　薄命
(박명)=운과 복이 적은　혼진가=온자인가

118
權然後에 知輕重호고 度然後에 知長短이니
萬物(만물)은 오히려 다 글어 호건이와
암아도 甚홀쓴 마음이니 브듸 삼가 호리라. (周海 449)

權然後(권연후)에 知輕重(지경중)호고 度然後(탁연후)에 知長短
(지장단)이니=‘권’은 저울추, ‘탁’은 자(尺). 달고 재본 후에
가볍고 무거운과, 깅고 짧음을 알 수 있음　글어 호건이와=그러
하거나와　甚(신)홀쓴=신한 것은. 헤아럭 수가 없는 것은　브듸
=부디

119
父兮 生我호시고 母兮 鞠我호신이
父母(부모)의 恩德(은덕)은 昊天罔極 이옵셧이건
眞實(진실)로 白骨이 糜粉인들 此生 어이 갑소오리. (周海 450)

父兮 生我 母兮 鞠我(부혜생아 모혜국아)=아버지는 나를 나으
시고, 어머니는 나를 키워주신 은혜. 시경(詩經) 요아장(蓼莪章)
에 나오는 말　昊天罔極(호천망극)=끝 없는 하늘과 같이 부모님
의 은공이 대단히 큼을 나타낸 말　白骨(백골)이 糜粉(머분)인들
=죽어서 뼈가 가루가 된 들　此生(차생)=삶이 있는 세상. 이승

● 정래교(鄭來僑)

120
梧桐에 月上ᄒ고 楊柳에 風來ᄒ제
瑤琴을 빗기안고 玉階로 지나오니
이곳에 一般淸意味을 알리 져거 ᄒ노라. (樂高 231)

梧桐月上 楊柳風來(오동월상 양류풍래)=오동에 달이 돋고 버들
에 바람이 일음 瑤琴(요금)=가야금 빗기안고=비스듬이 안고
玉階(옥계)=섬돌의 머칭. 대궐 안의 섬돌 一般淸意味(일반청의
미)=소강절(邵康節)의 '청야음'(淸夜吟)이란 시의 전구(轉句).
일반 맑음의 의미

121
朱欄에 지혀 안자 玉簫를 놉피 부니
明月淸風이 갑 업시 절로 온다
아희야 盞(잔) ᄀ득 부어라 長夜飮을 ᄒ리라. (樂高 232)

朱欄(주란)=붉은 칠을 한 난간 지혀 안자=기대어 앉아 玉簫
(옥소)=옥으로 맏든 피리 놉피 부니=높은 소리가 나도록 부니
明月淸風(명월청풍)=밝은 달과 맑은 바람 長夜飮(장야음)=밤
을 새워 술을 마신

● 한유신(韓維信)

122
我東方 億萬 蒼生 우리 님근 은덕이여
父生母育라 어듸 다혀 갑흘스니
이 몸의 一日榮養도 坯호 君恩 이샷다. (朴海 313)

我東方(아동방)=우리나라   億萬蒼生(억만창생)=많은 백성(百
姓)   님근='인군'의 잘못   父生母育(부생모육)=아버지가 나아
주시고 어머니가 키워주신 은혜   一日榮養(일일영양)=하루라도
부모님을 봉양할 수 있는 영광   어듸 다혀=무엇에 견주어   君恩
(군은)=인군의 은혜

123
平生(평생)의 痼癖濃情 山水間(산수간)의 淸遊ㅣ러니
世事 蹉跎ᄒ니 白髮(백발)이 쟝찻 누르럿다
두어라 有志者 事成이라 늙다 져롤 어이리. (朴海 314)

痼癖濃情(고벽농정)=고질병이 점점 깊어감   淸遊(청유)=속세
를 떠나 마음을 깨끗이 하고 지내는 것   世事 蹉跎(세사차타)=
세상 일이 뜻대로 되지 않음   누르럿다=누렇게 되었다   有志者
事成(유지자사성)=뜻이 있는 사람은 마침내 일을 성사시킴

124
動鶴山 ᄂᆞ린 岩巒 有情도 홀세이고
大德山 鳥足峰이 龍虎롤 눈화 잇다
이 듕에 風景(풍경) 님자는 나 쑨인가 ᄒ노라.(朴海 315)

動鶴山(동학산)=경북 달성군 가창면과 경산군 남천면의 경계에 있는 산 누런=(산)이 벋어 내린 岩巒(암만)=바위가 많거나 바위로 된 골짜기 大德山 鳥足峰(대덕산 조족봉)=지명(地名) 소재 미상 龍虎(용호)=좌청용(左靑龍)과 右白虎(우백호). 산의 주봉(主峰)에서 좌우로 갈라진 논하=나누어 듕에=이 가운데

125

山間 幽閑호 景(경)을 내 혼자 님재어니
四時 佳興을 드토리 뉘 이시리
世上(세상)이 숨싸지 너기나 논화볼 줄 이시랴. (朴海 316)

山間 幽閑(산간유한)=산 속의 그윽하고 한가한 생활 四時佳興(사시가흥)=일 년내의 아름다운 경치 드토리=다툴 사람이 숨싸지 너기나=싫숭궂게 여기나 논화볼 줄=나누어 볼 까닭이

126

山中(산중)이 每樣(매양)이라 江湖(강호)로 가쟈스랴
蓮臺에 모든 麋鹿 못 가게 섯도놋다
煙浦의 多少白鷗는 곳곳마다 기드리느니. (朴海 317)

山中(산중)이 每樣(매양)이라=산 속에서 보내는 일만 늘 있겠느냐 가쟈스라=가자꾸나 蓮臺(연대)=연화대(蓮花臺). 극락세계에 있다고 하는 대 麋鹿(미록)=고라니와 사슴 섯도놋다=섞이어 주위를 맴도는 것 같다 煙浦(연포)=안개낀 포구(浦口) 多少白鷗(다소백구)=여러 마리의 갈매기

127
春風(춘풍)의 곳이 일고 秋霜에 닙피 딘다
人生도 물이어니 너와 굿치 좃니고져
슬프다 至極한 公道ㅣ라 낸돌 져롤 어이리. (朴海 318)

곳이 일고＝꽃이 피고   秋霜(추상)＝가을철에 내리는 서리   닙
피 딘다＝잎이 떨어진다   물이어니＝자연의 일부이니. 자연의 지
배를 받으니   좃니고져＝따르고 싶구나   至極公道(지극공도)＝지
극히 공평하고 바른 도리   낸돌＝나인들   져롤＝자연의 순리를

128
風塵(풍진)의 모든 分(분)늬 暫間(잠간) 내 말 드러 보오
百千 萬行이 다 쓰러 正心이니
다시금 [무움] 工夫(공부) 긔 願(원)인가 ᄒᆞ노라. (朴海 319)

百千 萬行(백천만행)＝모든 행동거지(行動擧止)   다 쓰러＝다
쓸어 잡아   正心(정신)＝마음을 가다듬어 바르게 함. 바른 마음

129
城南 少年드라 存心ᄒᆞ여 드러스라
忠孝 操行을 恭儉 섯거 ᄒᆞ려니와
그러나 危亡이 갓가올 순 酒色인가 ᄒᆞ노라. (朴海 320)

城南 少年(성남소년)＝성남의 소년. 성남은 어떤 특정 지역이
아닌   存心(존심)＝본심(本心)을 잃지 않고 이를 키움. 방심(放
心)하지 않음   忠孝操行(충효조행)＝충성과 효도와 몸가짐   恭儉

(공견)＝공손핞과 건약함   危亡(위망)＝위태로움과 패망   갓가옵
손＝가까운 것은   酒色(주색)＝술과 여자

130

功名(공명)도 念 밧기오 富貴(부귀) 쏘호 在天이라
竹杖 芒鞋로 無限江山 노니더니
仙牨이 月色을 즈으니 힝혀 옛가 ㅎ로라. (朴海 321)

念(염)＝생각. 관심   在天(재천)＝하늘의 뜻에 달렸음   竹杖芒
鞋(죽장망혜)＝ 대나무 지팡이와 짚신   無限江山(무한강산)＝끝
없이 마음에 드는 자연   노니더니＝노닐더니   仙牨(선방)＝삽삽
개   月色(월색)을 즈으니＝달빛을 보고 짖으니   옛가＝'옌가'의
잘못. 여기인가

131

七十이 古來稀ㄴ되 八十(팔십)들히 거의로다
人世를 다 썰치니 鶴唳靑田 벗이로다
松關에 山果든 蒼猿이 못내 즐겨 좃느다. (朴海 322)

七十(칠십)이 古來稀(고래희)＝나이가 70이 되는 것은 옛날부터
드문 일임   人世(인세)＝사람들이 사는 속세   鶴唳靑田(학루청
전)＝학의 울음소리가 들리는 푸른 논   松關(송관)＝소나무 가지
로 엮은 문   山果(산과)＝산에서 나는 과일   蒼猿(창원)＝늙은
원숭이   못내 즐겨＝끝내 즐거워 하여

132
東嶺에 月上ᄒᆞ니 萬壑이 一色이라
琴書(금서)ᄅᆞᆯ 겻틔 두고 層巖(층암)의 올나가니
北天의 紫微星 光明ᄒᆞ니 聖代太平(성대태평) 이로다.
(朴海 323)

東嶺月上(동경월상)＝동쪽 언덕에 달이 떠오름　萬壑 一色(만학
일색)＝많은 골짜기가 한 빛임　北天(북천)＝북쪽 하늘　紫微星
(자미성)＝북두칠성의 동북쪽에 15개로 벌어져 있는 별자리　光
明(광명)＝빛이 밝음

● 김수장(金壽長)

133
父ᄒᆞ 날 나흐시니 恩惠(은혜)밧긔 恩惠로다
母ᄒᆞ 날 기르시니 德(덕)밧긔 德이로다
아마도 하놀ᄀᆞᆮᄐᆞᆫ 이 恩德(은덕)을 어듸 다혀 갑ᄉᆞ오고. (朴海　296)

父ᄒᆞ(부혜)＝아버지가　母ᄒᆞ(모혜)＝어머니가　어듸 다혀＝어디
에 견주어

134
니 몸 삼긴 후에 聖代ᄅᆞᆯ 만나오니
堯天舜日이 大東에 붉가셰라
雨露에 萬花ㅣ 方暢ᄒᆞ니 太平(태평)인가 ᄒᆞ노라. (朴海 297)

니 몬=이 몬 聖代(성대)=덕 있는 임금이 다스리는 시대 堯
天舜日(요천순일)=요와 순이 통치하던 시대와 같은 태평한 시대
를 일컬음 大東(대동)=우리나라 雨露(우로)=비와 이슬 萬花
ㅣ 方暢(만화방창)=수 많은 꽃들이 바야흐로 흐드러지게 핀

135

이제야 다 늙거다 므스거슬 내 아더냐
花階에 곳이 픠고 酒樓에 술이이세
이 中(중)에 靑丘永言이야 틈업슨가 ᄒ노라. (朴海 298)
  籬下의 黃菊이요 案上의 玄琴이로다
  이 中에 一卷歌譜는 틈업슨가 ᄒ노라. (周海 510)

花階(화계)=화단. 꽃이 피어 있는 계단 酒樓(주루)=설비를 잘
갖춘 술집 술이이세=술이 있구나 靑丘永言(청구영언)=가집
(歌集)의 이름. 영조(英祖) 4년에 김천택(金天澤)이 엮었음 틈
업슨가=여가가 없는가 籬下(이하)=울타리 아래. 울밑 黃菊
(황국)=노란 국화 案上(안상)=책상 위 玄琴(현금)=거문고
일권가보(一卷歌譜)=한 권의 악보(樂譜)

136

絶頂에 오르다 ᄒ여 ᄂ즌듸룰 웃지말아
雷霆 된 ᄇ람에 失足이 怪이ᄒ랴
우리는 平地(평지)에 안자시니 分別(별별) 업서 ᄒ노라.
  (朴海 299)

絶頂(절정)=제일 높은 곳 雷霆(뇌정)=격렬한 천둥과 번개.

뇌셩벽력(雷聲霹靂)   失足(실족)=발을 헛디딘. 행동을 잘못함
怪(괴)이 흐랴=이상하겠느냐. 괴이(怪異)

137
物外에 벗님네야 風景(풍경)은 죠타흐나
내몸이 國民(국민)이라 님금을 니즐샛가
어늬곳 莫非王土ㅣ니 그롤 혜여 보시소. (朴海 300)

物外(물외)=세사(世事)를 떠난 곳   죠타흐나=좋다고 하나   어
늬곳=어디가   님금을 니즐샛가=임금의 은혜를 잊을 것인가   莫
非王土(막비왕토)=왕의 땅이 아닌 곳이 없음. 모두가 왕의 영토
인   혜여=헤아려

138
孔夫子 가신 後(후)에 道德(도덕)이 어두웨라
滄海(창해)에 비를 트니 날죠츠리 뉘이시리
白鷗(백구)야 閑暇(한가)키 날갓트니 네나 갈가 흐노라.
 (朴海 301)

孔夫子(공부자)=공자(孔子)   어두웨라=혼탁하다   滄海(창해)
에 비를 트니=푸르고 나른 바다에 배를 내어 놓으나 안전이 걱
정이 되니   날죠츠리=나를 따를 사람이   뉘이시리=누가 있겠느
냐   날갓트니=나와 같으니

139
傑紂ㅣ 죽이라 흐고 比干아 설워마라

傑紂 안이면 比干인줄 뉘 아느냐
傑紂와 比干을 내여 後世人을 勸(권)홈이라. (朴海 302)

傑紂(걸주)='걸'(傑)은 하(夏), '주'(紂)는 은(殷)의 인군으로
다 폭군(暴君)이었음 죽이랴=죽여라 比干(비간)=은나라 주왕
의 신하. 왕의 무도(無道)함을 간(諫)하다가 죽임을 당함 내여
=태어나게 하여 後世人(후세인)=후대(後代)의 사람

140
百花ㅣ 爛漫開ᄒ여 色色이 쟝랑홀쎄
端正(단정)ᄒ 石竹花는 可憐도 ᄒ져이고
風霜(풍상)이 섯거친 날에 鶴翎禁醉 君子(군자)ㅣ러라. (朴海 303)

百花 爛漫開(백화난만개)=모든 꽃이 흐드러지게 핀 色色(색
색)이=갖가지 빛깔로 쟝랑홀쎄='쟝랑'은 '쟈랑'의 잘못. 자랑
할 때 石竹花(석죽화)=패랭이꽃 可憐(가련)=봄쌍함 鶴翎禁
醉(학령금취)=학령은 학의 날개. '금취'는 '금취'(金翠)의 잘
못. 공작의 꼬리털. 훌륭함

141
天地 開闢 後(후)이 하놀이 말이 업셔
人神이 雜揉ᄒ여 不可方物이러니
어스바 尼丘山 一人에 義理明正 ᄒ거다. (朴海 304)

天地 開闢(천지개벽)=하늘과 땅이 처음 열린 人神(인신)이 雜
揉(잡유)=사람과 귀신이 뒤섞인 不可方物(불가방물)='방물'은
'박물'(博物)의 잘못. 온갖 사물을 분별하지 못함 어스바='어

즈바'의 잘못. 어즈버 尼丘山 一人(이구산일인)=공자(孔子)를 가리킨 義理明正(의리명정)=의리가 밝고 바름

142
父母(부모) 뫼신 分(분)네 이내 말 굿게 드러
大舜曾參을 부디 스승 삼으시소
비온 後(후) 子孫(자손)에 傳(전)ᄒ여 긋지 말게 ᄒ시소.
(朴海 305)

굿게 드러=단단히 들어. 명신해 들어 大舜曾參(대순증삼)=순(舜) 인금과 증자(曾子). 증자는 공자의 제자로 효자로 이름이 남 부디=부디 긋지 말게=그치지 아니하게

143
功名(공명)도 貪(탐)치 마소 富貴(부귀)도 브러 마소
人生窮達이 ᄒ늘에 믹엿ᄂᆞ이
天地間(천지간) 千百萬事를 되난대로 ᄒ리라. (朴海 306)

브러 마소=부러워 하지 마시오 人生窮達(인생궁달)=사람의 빈궁(貧窮)과 영달(榮達) 믹엿ᄂᆞ이=매여 있는 것이니 千百萬事(천백만사)=모든 일

144
먹으나 못 머그나 酒樽으란 뷔우지 말고
ᄒ거나 못 ᄒ거나 絶代佳人 곁틔두워
어즈바 逆旅光音을 慰勞(위로)코져 ᄒ노라. (朴海 307)

酒樽(주준)＝술통   ㅎ거나 못 ㅎ거나＝관계를 가지거나 못 가지
거나 絶代佳人(절대가인)＝아주 빼어나게 예뻐서 이 세상에 견
줄만한 것이 없는 아름다운 여인 逆旅光音(역려광음)＝'광음'
(光音)은 '광음'(光陰)의 잘못. 빨리가는 세월

145
歷代 憂樂事를 文墨으로 記錄ㅎ나
이몸이 느저 나매 내눈으로 못 보완쟈
아마도 斯世風流야 이 죠흔가 ㅎ노라. (朴海 308)

 歷代 憂樂事(역대우락사)＝지금까지의 근심스러운 일과 즐거운
일. 역사(歷史)를 말함 文墨(문묵)＝글과 문자(文字) 느저 나
매＝늦게 태어 났으므로. 후세에 태어 났으므로 보완쟈＝보았구
나 斯世風流(사세풍류)＝이 세상의 풍류

146
天君이 泰然ㅎ니 百體從令이라
ᄆ옴을 定(정)한 後(후)니 分別이 업거고야
쑴ᄀ툰 世界를 가지고 져다지 奔走홀줄이. (朴海 309)

 天君(천군)＝마음. 천신(天神) 泰然(태연)＝기색이 아무렇지도
않고 그냥 그대로 있는 모양 百體從令(백체종령)＝몸의 오관(五
官)이 모두 말을 잘 들음 分別(분별)＝사리의 옳고 그름을 가려
줄 앎 쑴ᄀ툰 世界(세계)＝한 때의 화려한 꿈처럼 빨리 지내가
는 인생 져다지＝저렇게도 奔走(분주)＝일이 많아서 몹시 바쁜

147

貧賤을 厭치 마소 일업스면 긔 죠후니
벗 업다 한치 마소 말업스면 이 죠후니
아마도 守分安拙이 내거신가 후노라. (朴海 310)

貧賤(빈천)=가난하고 천박함   厭(염)치 마소=싫증 내지 마시
오   한치=한탄하지   守分安拙(수분안졸)=본수를 지켜 편안함
내거신가=나의 것인가

148

검은고 다스림후니 노래 몬져 깃츰이로다
中大葉 긴 腔이 굽의굽의 龍(용)이로다
臺바침 첫ᄌᆞ즌한닙혼 如意珠ㄴ 후노라. (朴海 311)

다스럼후니=다스럼하다. 악기의 줄을 고르니   몬져=먼져   깃
츰이로다=끼침이로구나. 넘기는 것이로구나   中大葉(중대엽)=
노래 곡조의 하나. 맛대엽(慢大葉)보다는 빠르고, 삭대엽(數大
葉)보다 부르는 속도가 늦고 4종의 곡조가 있음   腔(강)=곡
(曲). 또는 곡의 마디를 말함   臺(대)바침=가곡의 창(唱)이나
시조의 창에서 본노래 다음에 덧붙여 부르는 것으로 장진주사(將
進酒辭)나 후정화(後庭花) 다음에 있고, 달리 태평가(太平歌)를
가러키기도 함   첫ᄌᆞ즌한닙=곡조의 하나. 초삭대엽(初數大葉)을
가러킴   如意珠(여의주)=무엇이든지 자기의 소원대로 이루어진
다는 구슬

149

無極翁은 긔 뉘런고 하늘ᄯ 님지런가

언제 언의 씌예 어드러셔 낫거이고
처음도 나죵도 모른이 無極일씨 올토다. (周海 452)

無極翁(무극옹)＝우주를 맡은 신(神) 긔 뉘런고＝그가 누구인
가 닌지런가＝인자이런가 언의 씌예＝어느 때에 어드러셔＝어
떻게하여 낫거이고＝태어났는고 나죵도＝나중도. 마지막도 無
極(무극)일씨＝끝이 없는 것이

150
나니 나든 적에 天地(천지)를 처음 보왜
하늘은 놉흐시고 싸히 두루 크시들아
生前(생전)에 놉고 큰 德(덕)을 니즐쓸이 잇시랴. (周海 453)

나니＝감탄사 나든 적이＝태어나던 때에 보왜＝보겠구나 싸
히＝땅이 니즐쓸이＝잊을 일이

151
父母(부모)ㅣ 사라신제 시름을 뵈지 말며
樂其心 養其體ᄒ야 萬歲(만세)를 지닌 後(후)에
맛츰늬 香火不絶이 긔 올혼가 ᄒ노라. (周海 455)

시름＝근심. 걱정 樂其心 養其體(낙기신양기체)＝마음을 즐겁
게 해 드리며 몸을 봉양함 香火不絶(향화부절)＝제사를 그치지
아니함. 대(代)가 끊기지 않음

152
淸晨에 일닐어셔 말이 빗고 洗手(세수)ㅎ고
衣冠을 整히 ㅎ고 養親堂에 뵈온 後(후)에
도라와 卷讀終日이 알음다온 일이라. (周海 456)

淸晨(청신)＝맑게 개인 이른 아칩   일닐어셔＝일찍 일어나서
말이＝머리   衣冠(의관)＝옷과 갓   졍(整)히＝단정히   養親堂(양
친당)＝'양친'(養親)은 '양친'(兩親)의 잘못. 어버이가 계신 곳
卷讀終日(권독종일)＝은 종일 책을 읽음   알음다온＝아름다운

153
詩書를 뭇고 들어 義理(의리)를 일치 말며
生産 作業ㅎ야 蒸嘗을 긋치마라
이밧긔 泛濫호 뜻으란 부듸 먹지 말와라. (周海 458)

詩書(시서)＝시경(詩經)과 서경(書經). 시와 글씨   뭇고 들어＝
모르는 사실을 묻고 설명을 들어   일치 말며＝잃어버리지 말며
生産作業(생산작업)＝생업(生業)에 힘씀   蒸嘗(증상)＝'증'(蒸)
은 '증'(烝)의 잘못. 증은 겨울에 지내는 제사. 상은 가을에 지
내는 제사   긋치마라＝그치지마라   泛濫(범남)호 뜻＝제 본수에
넌치는 생각   부듸＝부디   말와라＝말아라

154
堯舜(요순)은 엇더ㅎ여 德澤이 놉흐시며
傑紂는 엇더ㅎ여 暴虐이 甚툿던고
이러코 저러호 줄을 듯고 알게 ㅎ노라. (周海 459)

德澤(덕택)＝덕이 남에게 머치는 은혜   傑紂(걸주)＝하(夏)의

폭군 걸왕과 은(殷)의 폭군 주왕 暴虐(포학)=횡포하고 잔악함
甚(심)톳던고=심하였던고 이러코 저러한 줄을=윤순은 덕택이
높고 걸주는 포학이 심했음을

155
趙高ㅣ 欲專秦權ㅎ려 사슴을 말이라 ㅎ니
滿庭 縉紳이 다 가론 말이라 ㅎ뇌
其君이 精一執中則 鹿其鹿 馬其馬ㅣ신 ㅎ노라. (周海 461)

趙高 欲奪秦權(조고욕탈진권)=조고가 진나라 정권을 제 마음대
로 휘두르고자 함. 조고는 진나라 신하로 전권(專權)을 꾀하여
이세황제(二世皇帝)에게 사슴을 바치고는 말이라 하였다. 왕이
물으니 조고에게 아첨하는 사람은 사슴이라 했고, 정직한 사람은
사슴이라 했다가 나중에 사슴이라 한 사람은 조고에게 벌을 받은
고사(故事). 지록위마(指鹿爲馬)의 고사성어(故事成語)가 생긴
滿庭 縉紳(만정진신)=조정(朝廷)에 가득한 벼슬아치들 가론=
말하기를. 이른바 其君(기군)=그 임금 精一執中則 鹿其鹿 馬
其馬(정일집중즉녹기녹마기마)='정일'은 아주 상세하고 순수함.
'집중'은 치우침이 없이 마땅하고 떳떳한 도리를 잡음. 정신을
바로 차린다면 사슴은 사슴이고 말은 말이라 해야 함

156
孔夫子 뇌오심은 하늘이 입을 빌어
어득한 人事(인사)를 義理(의리)로 붉키신이
엇덧타 天地人 三字는 至重至大 ㅎ도다. (周海 464)

孔夫子(공부자)=공자(孔子) 뇌오심은=이 세상에 태어나게 하

신 것은   어득흔=어두운. 현명하지 못함   天地人 三字(천지인
삼자)='삼자'(三字)는 '삼재'(三才)의 잘못인 듯. 하늘과 땅과
사람을 이루는 3가지 요소   至重至大(지중지대)=지극히 중하고
큰

157
大學山 남글 베어 明德船을 무어뉘여
臣民江 거네 저어 至善所히 미야 두고
어즙어 三綱領 八條目을 낙가볼싀 흐노라. (周海 465)

大學山(대학산)=사서(四書)의 하나인 대학을 산에다 비유한 말
明德船(명덕선)=대학의 삼강령(三綱領) 가운데 하나인 명덕을
배에다 비유함. 명덕은 공명한 덕행   무어뉘여=만들어 내어   臣
民江(신민강)='신민'(臣民)은 '신민'(親民)의 잘못임. 대학의 8
조목 가운데 하나인 '신민'을 강에다 비유함   거네저어=건너 저
어   至善所='소'(所)는 '소'(沼)의 잘못. 지선은 대학의 삼강령
가운데 하나로 지극히 착한 경지에 이름을 뜻함 여기서는 지선을
웅덩이에 비유함   三綱領 八條目(삼강령팔조목)=대학의 삼강령
인 명명덕(明明德), 신민(親民), 지어지선(止於至善)과 격물(格
物), 치지(致知), 정심(正心), 수신(修身), 제가(齊家), 치국(治
國), 평천하(平天下)의 8조목을 가리킴

158
孝悌로 븨를 무워 忠信으로 돗글 달아
顔淵 子路로 櫓(노) 주어 세워두고
우리도 孔夫子(공부자) 뫼읍고 學海中에 놀이라. (周海 466)

孝悌忠信(효제충신)＝효도와 우애와 충성과 신의 무위＝만들어 돗극＝돗을 顔淵(안연)＝공자의 제자 안회(顔回)를 가리킴 子路(자로)＝공자의 제자 유(由)를 가리킴. 자(字)가 자로임 學海中(학해중)＝학문의 길이 바다와 같이 한 없이 넓음을 비유한 말. 공부하는 가운데

159

孝悌(효제)로 갓을 걸고 忠信(충신)으로 옷을 지어
禮義 廉恥(예의염치)로 신 삼아 신어신이
암으리 千百歲 지난들 히여질쏠 잇시랴. (周海 467)

갓을 겨고＝갓을 짜고. 만들고 신 삼아＝신을 만들어 암으리 ＝아무리 千百歲(천백세)＝오랜 세월 히여질쏠＝해어질 까닭이. 낡아서 떨어질 줄이

160

天地(천지)는 父母(부모)ㅣ여다 萬物(만물)은 妻子(처자)로다
江山(강산)은 兄弟(형제)여늘 風月은 朋友(붕우)ㅣ로다
이중에 君臣大義야 니즌적이 잇시랴. (周海 469)

風月(풍월)＝청풍과 명월. 또는 음풍(吟諷)과 농월(弄月) 君臣大義(군신대의)＝임금과 신하 사이에 있어야할 마땅한 의리 니즌적이＝잊은 때가

161

뒷집은 土塯三等 이우지는 構木爲巢

衣草衣 食木實에 스룸이 다 엇이던이
엇덧타 肉食大廈에 용치 말려 ᄒ는이. (周海 470)

土堦三等(토계삼등)=흙으로 맏든 계단이 겨우 삼단(三段)인.
질소(質素)함을 이르는 말 이우지는=이웃은 搆木爲巢(구목위
소)='구'(搆)는 '구'(構)의 잘못인 듯. 나무를 얽어서 집을 맏
든 衣草衣 食木實(의초의식목실)=풀로 맏든 옷을 입고 나무 열
매를 먹음 엇이더니=얻었더니 肉食大廈(육식대하)=고기를 먹
고 큰 집에서 삶. 호화로운 생활 용치=용하지. 순하지

162
花開洞 北麓下에 草菴을 얽어신이
바람비 눈설이는 글렁절엉 지ᄂᆡ여도
언어제 다스훈 히빗치야 쬐야 볼쭐 잇시랴. (周海 471)

花開洞(화개동)=지금 서울 종로구 화동(花洞)인 듯 北麓下(북
록하)=북쪽 기슭 아래 草菴(초암)=초가집. 풀로 지붕을 이은
암자 얽어신이=얽었으니. 지었으니 눈설이=눈과 서리 글렁
졀엉=그럭저럭 언어제=언제. 어느 때 다스훈=따뜻한 히빗
치야=햇볕이야

163
草菴(초암)이 寂寥훈듸 벗 업시 훈ᄌᆞ 안ᄌᆞ
平調 한 닙히 白雲이 절로 존다
언의 뉘 이 죠혼 뜻을 알리 잇다 ᄒ리오. (周海 472)

寂寥(적요) 훈듸=적적하고 고요한데 平調(평조)한 닙=평조는

평조대엽(平調大葉)을 말함. 우리나라 속악(俗樂)의 음계. 평조
의 한 곡조 白雲(백운)이 절로 존다＝흰구름조차도 노래를 듣고
저절로 조는 듯한 느낌이다 연의 뉘＝어느 누가 알러 잇다＝알
이치가 잇다고

164

慶會樓 萬株松이 눈 알픠 벌러 잇고
寅王 鞍峴은 翠屛이 되엿는듸
夕陽에 翩翩 白鷺는 오락가락 후노믹. (周海 473)

　慶會樓(경회루)＝경복궁 안에 잇는 누각 萬株松(만주송)＝많은
나무가 들어선 소나무 숲 벌러 잇고＝펼쳐져 잇고 寅王 鞍峴
(인왕안현)＝인왕산과 길마재. 서울 서북쪽에 잇음 翠屛(취병)
＝꽃나무 가지를 이리저리 휘어 문 모양이나 병풍처럼 만든 것.
푸른색 병풍 翩翩白鷺(편편백로)＝펄펄 나는 백로 후노믹＝하
는구나

165

蝸室은 不足후나 十景이 버러 잇고
四壁 圖書은 主人翁의 心事로다
이밧긔 군마음 업스니는 낫분인가 후노라. (周海 474)

　蝸室(와실)＝달팽이 집처럼 작은 집. 자기집의 겸칭 十景(십
경)＝열 가지의 뛰어난 경치. 老歌齋十景(노가재십경)은 동령호
월(東嶺皓月) 서잠낙조(西岑落照) 남루종명(南樓鐘鳴) 북악청풍
(北岳淸風) 경회송림(慶會松林) 왕래백로(往來白鷺) 인봉조하(寅
峰朝霞) 원촌모연(遠村暮煙) 만곡화향(滿谷花香) 자가우균(自歌

友琴)인 四壁圖書(사벽도서)=사방 벽에 가득 찬 책들 主人翁
(주인옹)=주인 늙은이. 옹은 자신의 견칭 心事(심사)=마음에
생기는 일. 마음을 쓰는 일 이밧긔=이것 이뫄 군마음=쓸데
없는 마음 업스니는=없는 사람은 낫분인가=나뿐인가. 나밖에

166
봄비 긴 앗츰에 잠쎄여 닐어 보니
半開花封이 닷토와 픠는고야
春鳥도 春興을 못 익의여 놀릐 춤을 흐는야. (周海 475)

닐어 보니=일어나 보니 半開花封(반개화봉)=반만 편 꽃봉오
리 닷토와=다투어 春鳥(춘조)=봄철에 볼 수 있는 새 春興
(춘흥)=봄의 흥취(興趣) 못 익의여=억제하지 못하여 놀릐 춤
=느래와 춤

167
寒食 비 긴 後(후)에 菊花(국화)움이 반가왜라
곳도 보련이와 日日新이 더 죠왜라
風霜이 섯거칠쎄 君子節을 픠온다. (周海 476)

寒食(한식)=동지(冬至) 후 105일에 금화(禁火)하고 냉식(冷食)
하는 명절. 개자추(介子推)의 고사에서 유래함 日日新(일일신)
=날마다 새로운 風霜(풍상)=바람과 서리. 시련(試鍊)을 뜻함
섯거칠쎄=섞이어 칠 때 君子節(군자절)=군자의 절의(節義)

168
風朗氣淸 ᄒ온적의 惠風和暢 죠흘씨고
桃李는 紅白이요 柳鶯은 黃綠이로다
이 죠흔 太平聖世에 안이 놀고 어이리. (周海 477)

風朗氣淸(풍낭기쳥)＝바람과 기온이 맑고 깨끗함 惠風和暢(혜풍화창)＝봄바람이 화창함 桃李(도리)＝복숭아와 오얏 紅白(홍백)＝붉은 빛과 흰 빛. 울긋붉긋 柳鶯(유앵)＝버드나무에 노니는 꾀꼬리 黃綠(황록)＝꾀꼬리의 노랑색과 버드나무의 녹색이 어우른 것을 말함 太平聖世(태평성세)＝지금의 왕이 다스리는 평화로운 세상

169
어화 벗님네야 花柳감여 川獵가시
귀밋틔 흰털럭을 이제 임의 못 禁(금)커든
압길이 긴동 젤은동 글을 몰라 ᄒ노라. (周海 478)

花柳(화류)감여＝봄철의 놀이 가며 川獵(천렵)＝냇물에서 고기 잡으며 하는 놀이 귀멋틔 흰털럭＝백발(白髮) 인의＝이미. 뜻대로(任意) 압길＝장래(將來) 긴동 젤은동＝긴지 짧은지. 예측하기 어려운 글을＝그것을

170
一二三月 桃李花 죠코 四五六月 綠陰芳草
七八九月은 黃菊丹楓 더 죠홰라
十一二月에 雪中梅香이 最多情이 죠홰라. (周海 479)

桃李花(도리화)＝복숭아와 오얏꽃 綠陰芳草(녹음방초)＝나무잎

이 우거진 그늘과 향기로운 풀 黃菊丹楓(황국단풍)＝가을철의 노랑 빛의 국화꽃과 붉은 빛의 나뭇잎 雪中梅香(설중매향)＝눈 속에 핀 매화의 향기 最多情(최다정)＝가장 많은 정이 감

171
初旬(초순) 念晦間에 못 논은 날 언의 날고
바람비 눈올쎄면 군소리 消日이라
달 붉고 風淸(풍청)호 날이면 걸을 쏠이 잇시랴. (周海 480)

念晦間(염회간)＝스무날경부터 그믐까지의 사이. 염은 그 달의 20일을 가리킨 못 논은 날＝못 놓은 날 군소리 消日(소일)이라＝쓸데 없는 소리로 하루를 보냈노라 걸을 쏠이＝거를 줄이. 차례를 건너 뛸 줄이

172
長安 甲第 벗님네야 이 말슴 들으시소
몸치례 훌연이와 마음치례 후여보소
솔 直領 쟝도리 風流에란 브듸 즑여 말으시. (周海 481)

長安 甲第(장안갑제)＝서울의 크고 너르게 잘 지은 집 몸치례＝몸을 꾸며 치장하는 일 마음치례＝마음 속으로 각오를 새롭게 하는 것 솔 直領(직령)＝새로 지은 직령. 직령은 조선시대 무관(武官)이 입던 웃옷의 하나 쟝도리 風流(풍류)＝미상(未詳). 시장(市場)으로 돌아 다니며 즐기는 풍류인 듯 브듸＝부디 즑여＝즐거워 말으시＝마시오

173
伏더위 薰蒸흔 날에 淸溪를 ᄎᄌ가셔
옷 버서 남게 걸고 風入松 로릐ᄒᆞ며
玉水에 一身塵垕를 蕩滌홈이 엇더리. (周海 482)

伏(복)더위＝삼복(三伏) 무렵의 몹시 심ᄒᆞᆫ 더위 薰蒸(훈증)흔
＝'훈'(薰)은 '훈'(燻)의 잘못. 찌는 듯이 무더운 淸溪(청계)＝
맑은 시내 남게＝나무에 風入松(풍입송)＝고려시대부터 전해오
는 잡가(雜歌)의 하나 로릐ᄒᆞ며＝노래하며 玉水(옥수)＝썩 맑
은 물 一身塵垕(일신진후)＝한 몸에 받은 먼지와 때. 세속에 더
럽혀진 몸이란 뜻 蕩滌(탕척)＝깨끗이 씻음

174
人間(인간)이 쑴인 줄을 나는 발셔 아랏노라
一樽酒 잇고 업고 每樣(매양) 모다 노ᄉ이다
塵世(진세)에 難逢開口咲라 굿지 말고 노옵시. (周海 483)

발셔＝벌써 一樽酒(일준주)＝한 술통의 술 모다＝모두 塵世
(진세)＝속세. 이 세상 難逢開口咲(난봉개구소)＝입을 크게 벌
리고 웃는 것을 보기가 어려움. 기분 좋게 웃는 웃음 굿지＝그
치지. 중지하지

175
곳지ᄌ 봄이 졈을고 술이 盡(진)ᄎ 興(흥)이 난다
逆旅光陰은 白髮(백발)을 비아는듸
어듸셔 妄伶의 것드른 노지 말나 ᄒᆞ는이. (周海 484)

곳지자=꽃이 떨어지자   전을고=다 가고   盡(진)츠=다 없어지자   逆旅光陰(역려광음)=빨리 지나가는 세월   비야는듸=재촉하는데   妄伶(망령)='경'(伶)은 '경'(靈)의 잘못. 늙거나 정신이 흐려서 언행이 정상을 벗어난 상태. 또는 그런 사람   노지 말나=놓지 말거라

176
앗츰 안기 다 것어진이 遠近江山 글림이요
柳幀에 늬 훗튼이 明月淸風(명월청풍) 절로 온다
어즙에 輞川別業이 엇덧튼고 ᄒ노라. (周海 485)

遠近江山(원근강산)=멀고 가까운 산과 강. 자연의 경치   글련이요=그런과 같구나   柳幀(유막)='막'(幀)은 '막'(幕)의 잘못. 버드나무의 숲   늬 훗튼이=안개 흩어지니   輞川別業(망천별업)=당나라 때의 시인 왕유(王維)가 망천에 지었던 별장

177
보리밥 문쥰치에 비불은이 興(흥)이로다
弄筆葡萄 노리훈이 神仙(신선)인들 브를쏜야
암아도 雨露恩澤이 깁고 큰가 ᄒ노라. (周海 486)

문쥰치=썩은 준치   비불은이=배가 부르니   弄筆葡萄(농필포도)=멋지게 붓을 휘둘러 포도를 그린   브를쏜야=부러워하겠느냐   雨露恩澤(우로은택)=넓고 큰 임금의 은혜

178
늙고 病(병)든 情(정)은 菊花(국화)에 붓쳐두고
실갓치 헛튼 愁心(수심) 墨葡萄에 붓쳐노라
귀밋틱 훗나는 白髮(백발)은 一長歌에 붓쳣노라. (周海 487)

붓쳐두고＝부탁하고. 맛겨두고 실갓치 헛튼＝실처럼 허틀어진
墨葡萄(묵포도)＝채색하지 않고 먹으로만 그린 포도 그린 붓쳣
노라＝관심을 가졌다. 의탁했다 훗나는＝휘날리는 一長歌(일장
가)＝하나의 긴노래

179
豪華(호화)도 거즛 것시요 富貴(부귀)도 꿈이오레
北邙山 언덕에 搖鈴소릐 긋쳐지면
암을이 뉘웃고 이다라도 밋츨 길이 업는이. (周海 489)

北邙山(북망산)＝중국 하남성 낙양(洛陽)에 있는 산으로 사람이
죽어서 가는 곳. 공동묘지 搖鈴(요령)＝상여 앞에서 흔드는 작
은 방울 암을이＝아무리 뉘웃고＝뉘우치고 이다라도＝애닯아
해도 멋츨 길이＝가능한 방법이

180
綠楊도 죠컨이와 碧梧桐이 더 죠홰라
글근 비 듯는 소릐 丈夫(장부)의 心事(심사)ㅣ로다
年深코 累經風霜後ㅣ면 舜帝琴이 되리라. (周海 490)

綠楊(녹양)＝푸르게 우거진 버들 碧梧桐(벽오동)＝나무의 줄기
가 푸른 빛을 띤 오동. 봉황(鳳凰)은 벽오동에만 깃든다고 함

굵근 비=‘굵근’은 ‘국근’의 잘못. 굵은 비. 소낙비 듯는 소리
=떨어지는 소리 年深(연심)=세월이 오래됨 累經風霜後(누경
풍상후)=여러 해 지나고 나면 舜帝琴(순제금)=순임군이 남풍
시(南風詩)를 타던 오현금(五絃琴)

181
蒼松은 엇지흐여 白雪(백설)을 웃는고야
桃李는 엇더흐여 淸靄를 둘이는고
암아도 四時不變흐이 君子節을 가졋다. (周海 491)

　蒼松(창송)=항상 푸른 빛을 띠고 있는 소나무 桃李=복숭아와
오얏 淸靄(청애)=맑은 아지랑이 둘이는고=두려워하는고 四
時不變(사시불변)=일년 내내 변하지 않음 君子節(군자절)=군
자의 절개

182
淸秋節 씨 죠흔적의 楓岳에 놉피 올라
笛童歌客은 시로온 소리로다
胸中에 히 묵은 시름이 어들로 니거다. (周海 492)

　淸秋節(청추절)=맑게 갠 가을철. 음력으로 8월을 가리킴 楓岳
(풍악)=금강산. 금강산의 가을철 이름 笛童歌客(적동가객)=피
리부는 아이와 노래하는 사람 胸中(흉중)=가슴 속. 마음 속
히 묵은=오래 된 어들로=어디로 니거다=갔구나

183

功名(공명)도 좃타 호아 閑暇(한가)홈과 엇더호며
富貴(부귀)를 불어 호아 安貧(안빈)에 엇더호료
이 百年(백년) 져 百年 즘옴에 언의 百年이 달을리. (周海 493)

좃타 호아=좋다고 하나 불어 호아=부러워 하나 즘옴에=즈
음에. 사이에 언의=어느 달을리=다르겠느냐

184

功名(공명)에 눈쓰지 말며 富貴(부귀)에 心動말아
人生窮達이 하늘에 미엿는이
平生(평생)에 德(덕)을 닥그면 享福無疆 호는이. (周海 495)

눈쓰지 말며=밝히지 말며. 목심내지 말며 신동(心動)=마음이
움직이거나 들썩거린 人生窮達(인생궁달)=사람이 살아가는 동
안 겪는 빈궁(貧窮)과 영달(榮達) 享福無疆(향복무강)=끝 없는
행복을 누린

185

靑雲은 네 죠화도 白雲은 늬 죠홰라
富貴(부귀)는 네 즑여도 安貧(안빈)은 늬 죠홰라
얼인줄 웃건이 쏜여 고칠쏠이 잇시랴. (周海 496)

靑雲(청운)=높은 영예나 벼슬을 이르는 말 白雲(백운)= 흰구
름. 여기서는 출세와는 거리가 먼 뜻으로 쓰인 얼인줄=어리석
은 줄 웃건이 쏜여=웃거나 마나 잇시랴=있겠느냐?

186
人間(인간)에 ᄒᆞ는 말을 하늘이 다 듯는이
暗室에 ᄒᆞ는 일을 鬼神(귀신)이 다 잇은이
天老도 鬼老도 안엿신이 마음 놋치 말와라. (周海 497)

暗室(암실)=어두운 방. 다른 사람들이 모르는 곳 잇는이=알
고 잇으니 天老 鬼老(천노귀노)=하늘과 귀신 안엿신이=아니
엿으니 마음 놋치=방심(放心)하지 말아라=말라

187
검음연 희다ᄒᆞ고 희면 검다ᄒᆞ네
검거나 희거나 올타ᄒᆞ리 專슿 업다
출ᄒᆞ로 귀막고 눈감아 듯도 보도 말리라. (周海 499)

검음연=검으면 올타ᄒᆞ리=옳다고 할 사람 또는 그럴 까닭이
專슿(전혜)=전혀 출ᄒᆞ로=차라리

188
七竅는 ᄒᆞ가지로되 一片心은 다 各各(각각)이
길면 젋다ᄒᆞ고 절으면 기다ᄒᆞᄂᆡ
암아도 올곳은 마음은 孔夫子(공부자)ㄴ가 ᄒᆞ노라. (周海 500)

七竅(칠규)=이목구비(耳目口鼻). 얼굴 위의 일곱 구멍 一片心
(일편신)=각자의 마음. 한 조각의 마음 젋다ᄒᆞ고=짧다하고
절으면 기다ᄒᆞᄂᆡ=짧으면 길다고 하니 올곳은=옳고 곧은

189
하늘을 둘럿ᄒ고 싸혼 어이 모나건이
陰陽理氣를 뉘라서 상기신고
암아도 놉고 널음이 언민줄 몰릐라. (周海 501)

둘럿ᄒ고=둥글고   어이=왜   모나건이=모가 낫는지   陰陽理氣
(음양이기)=음양의 이치.   만물의 두 가지 상반되는 성질   상기
신고=만들어 내었는고   언민줄=얼마인지를

190
宦慾에 醉(취)ᄒ 分(분)늬 압길 生覺(생각)ᄒ소
옷벗은 얼인아희 陽地옛만 넉엿싸가
西山에 희넘어 가거든 엇지ᄒᄌ ᄒ는다. (周海 502)

宦慾(한욕)=벼슬에 대한 욕심   얼인아희=어린 아이   陽地(양
지)옛만=양지 쪽만   넉엿싸가=여겼다가. 생각했다가   西山(서
산)에 희넘어 가거든=형편이 바꿔어 어려움을 당하게 되면   엇
지ᄒᄌ=어떻게 하고자

191
글도 病(병)된 일 만코 칼도 險(험)ᄒ 일 잇세
이 두 일 마ᄌᄒ여 이몸이 便(편)츠ᄒ면
聖主 至極(지극)ᄒ 恩德(은덕)을 어이 갑ᄌ ᄒ리요.
(周海 503)

病(병)된 일=잘못 된 일   險(험)ᄒ 일=험악한 일   잇세=있을
세라   두 일=글과 칼.   문(文)과 무(武)   마ᄌᄒ여=넘기지 말고

마지막까지하여　便(편) ㅊ하면＝편하고자 하면　聖主(성주)＝훌
륭한 인군　어이 갚즈＝어떻게 갚고자

192
곳도 픠려 ㅎ고 버들도 프르려 ㅎ다
비즌 술 다 닉엇늬 벗님네 가시그려
六角에 두렷시 안즈 봄마지 ㅎ리라. (周海 504)

비즌 술＝닦근 술　가시그려＝갑시다 그려　六角(육각)＝서울
인왕산(仁王山) 밑 펵운대(弼雲臺) 옆에 있던 육각현(六角峴).
봄철에 꽃놀이를 하던 곳　두렷시 안즈＝둥글게 앉아　봄마지＝
봄을 맞는 일. 봄맞이

193
神仙(신선)이 긔 무엇시라 못늬 불어 ㅎ둇든고
無君에 不忠이요 無父에 不孝로다
어즙어 秦漢方士를 虛妄ㅎ다 ㅎ노라. (周海 505)

못늬＝끝내　불어＝부러워　無君(무군)에 不忠(불충)＝인군이
없으므로 충성을 다하지 못함　無父(무부)에 不孝(불효)＝어버이
가 없으므로 효도하지 못함　秦漢方士(진한방사)＝'방사'는 방술
(方術)이 있는 사람. 진시황제와 한무제를 가리킨　虛妄(허망)＝
거짓이 많고 근거가 없음

194
長城(장성)을 굿이 쓰고 和氏璧을 엇덧시면

客卿을 스승삼아 從諫如流 ᄒᆞ엿시면
萬世(만세)에 傳(전)홀 외스승을 일홀쓸이 잇시랴.
 (周海 506)

 굿이 싸고=굳게 쌓고   和氏璧(화씨벽)=화씨가 초산(楚山)에서
얻었다는 옥(玉)   客卿(객경)=다른 나라에 와서 공경(公卿)의
지위에 있는 사ᄅᆞᆷ. 변휴(范睢)를 가리킨   從諫如流(종간여류)=
물이 낮은 곳으로 흐르듯이 간(諫)함을 받아들여 순리(順理)로
일함 외스승=외로운 사슝. 사슝은 제위(帝位)에 비긴 말 일흘
쓸이=잃어버릴 까닭이

195
諸葛 忠魂 蜀魄되야 그 님금을 못늬 글녀
피나게 우는 소리 이제도록 슬프도다
平生(평생)에 劉皇叔 모르는 날을 어이 울니는이. (周海 507)

 諸葛 忠魂(제갈충혼)=제갈량의 충성스런 넋 蜀魄(촉백)=두견
새 이제도ᄉᆞᆨ=지금까지도 劉皇叔(유황숙)=촉한의 유비(劉備)
를 가리킨 날을=나를 울니는이=우느냐

196
三軍을 鍊戎ᄒᆞ야 北狄南蠻 破(파)혼 後(후)에
더러인 칼을 싯고 洗劍亭 지은 뜻은
威嚴(위엄)과 德(덕)을 세오서 四海安寧 홈이라. (周海 508)

 三軍(삼군)=전군(全軍) 鍊戎(연융)=군대를 훈련시킴 北狄南
蠻(북적남만)=북쪽과 남쪽의 오랑캐. 동쪽과 서쪽의 오랑캐는

각각 이(夷)와 융(戎)이나 붉겄은 더러인=더럽혀진 洗劍亭(세건정)=서울 창의문(彰義門) 밖에 있는 정자. 또는 평안북도 강계군 만포(滿浦)에 있는 정자 四海安寧(사해안녕)=온 천하를 편안하게 함

197
君恩도 못갑고 어버이 죽으신이
忠孝 事業(충효사업)이 오로다 虛事(허사)ㅣ로다
두어라 四時佳興에 남은 히를 보뇌ᄌ. (周海 509)

君恩(군은)=임금의 은혜 오로다=오로지 四時佳興(사시가흥)=일년 내내의 좋은 흥취 남은 히=여생(餘生)

198
風霜(풍상)이 섯거친 날에 草木(초목)이 성긔여다
희건이 눌으렀이 禁醉鶴翎 휘들럿다
어즙어 淵明愛國이 날과 엇더 흐든이. (周海 511)

성긔여다=성기구나. 엉성하구나 禁醉鶴翎(금취학령)='금취'(禁醉)는 '금취'(金翠)의 잘못. 공작의 꼬리털과 학의 날개 휘들럿다=휘둘렀구나 淵明愛國(연명애국)='애국'(愛國)은 '애국'(愛菊)의 잘못. 진(晋)나라의 도연명이 국화를 사랑함 날과=나와 엇더 흐든이=나와 비교하여 더 낫더냐?

199
닉 소리 淡薄호 中(중)에 다만 깃쳐 잇는 것슨

數莖葡萄와 一卷歌譜 쑨이로다
이 中(중)에 有信혼 것슨 風月인가 호노라. (周海 513)

니 스니＝나의 살렴살이가 淡薄(담박)혼＝'박'(薄)은 '박'(泊)
의 잘못. 목신이 없고 마음이 깨끗함 깃쳐 잇는＝남겨져 있는
數莖葡萄(수경포도)＝몇 그루의 포도넝쿨 一卷歌譜(익권가보)＝
노래의 악보 한 권 有信(유신)혼＝신의가 있는 風月(풍월)＝청
풍과 명월. 자연(自然)

200
니집에 兩耳黃狗 잇셔 獅子(사자) 갓치 상겻는듸
愛主情誠은 즘生이라 못 호로다
글어나 黃飯이 絶食多時호니 可憐感愴 호여라. (周海 514)

兩耳黃狗(양이황구)＝두 귀가 늘어진 누렁이. 개 愛主情誠(애
주정성)＝주인을 사랑하는 감정과 마음 즘生(생)＝짐승 글어나
＝그러나 黃飯(황반)＝누룽지 絶食多時(절식다시)＝먹을 것이
없는 때가 많음 可憐感愴(가련감창)＝불쌍하고 슬퍼진

201
丹楓은 軟紅이요 黃菊은 吐香홀쎄
新稻酒 맛들고 錦鱗魚膾 別味로다
아희야 거문고 니여라 自酌自歌 호리라. (周海 515)

丹楓 軟紅(단풍연홍)＝가을에 붉게 물든 잎이 엷은 붉은 색임
黃菊 吐香(황국토향)＝노랗게 물든 국화가 향기를 내뿜음 新稻
酒(신도주)＝햅쌀로 빚은 술 맛들고＝충분히 익어 술맛이 나고

錦鱗魚膾(금린어회)＝쏘가리회. 회는 날고기   別味(별미)＝특별
히 좋은 맛. 또는 음식   自酌自歌(자작자가)＝혼자서 술마시며
노래함

202
積雪이 다 녹아지되 봄소식을 모르드니
歸鴻은 得意天空闊이요 臥柳는 生心水動搖ㅣ로다
아희야 쇠 술 걸러라 쇠봄마지 ᄒ리라. (周海 516)

積雪(적설)＝쌓인 눈   녹아지되＝녹았으되   歸鴻(귀홍)은 得意
天空闊(득의천공활)이요 臥柳(와류)는 生心水動搖(생신수동요)ㅣ
로다＝북으로 돌아가는 기러기는 하늘이 공활하므로 뜻을 얻고,
비스듬히 누운 버들은 물이 움직이므로 마음이 생기도다   쇠봄마
지＝새 봄맞이

203
彭祖는 壽一人이요 石崇은 富一人을
群聖中 集大成은 孔夫子ㅣ 一人이시라
이 中에 風流狂士는 吾ㅣ 一人인가 ᄒ노라. (周海 517)

彭祖(팽조)＝중국 상고시대에 장수(長壽)한 사람. 전욱(顓頊)의
현손(玄孫)인데 제요(帝堯)의 신하로 은(殷)나라 말까지도 쇠약
하지 않았다 함   壽一人(수일인)＝가장 오래 산 사람   石崇(석
숭)＝중국 진(晉)나라 때의 부호(富豪)이며 문장가   富一人(부일
인)＝제일의 부자(富者)   群聖中(군성중)＝여러 성인(聖人)들 가
운데   集大成(집대성)＝여럿을 모아 하나로 크게 완성함. 또는
그 완성된 것   孔夫子(공부자)＝공자(孔子)   風流狂士(풍류광사)
＝풍류를 즐기는 미치광이 같은 선비   吾(오)＝나. 자기(自己)

204
北斗星 기울러지고 更五點 즈저갈쎄
귀 닉은 曳履聲이 이 分明훈 님이로다
出門看 含笑相喜는 금 못칠싸 ᄒ노라. (周海 518)

北斗星(북두성)=복두칠성(北斗七星). 북쪽 하늘에 국자 모양으로 벋여 있는 일곱 개의 별. 更五點(경오점)=오경(五更)의 시각. 새벽이 가까운 시각 즈저갈쎄=가까이 되어 갈 때에 귀 닉은=귀에 익숙한. 항상 들어 잘 아는 曳履聲(예리성)=신발 끄는 소리. 발소리 出門看 含笑相喜(출문간함소상희)=문에 나서 보고 웃음을 머금어 서로 기뻐함 금 못칠싸=값으로 따지지 못할까

205
心性이 게여름으로 書劍을 못 일우고
稟質이 迂疎홈으로 富貴(부귀)를 모르거다
七十載 이우려 어든 거시 一長歌인가 ᄒ노라. (周海 519)

心性(심성)=본디부터 타고난 마음씨 게여름=게으름 書劍(서검)=문무(文武). 문식(文識)과 무략(武略)을 뜻함 稟質(품질)=천성으로 타고난 성품. 품성(稟性) 迂疎(우소)=세상 물정에 어둡고 민첩하지 못함 七十載(칠십재)=칠십년 살아 온 동안 이우려=마음을 기우려. 정성을 다해서 一長歌(일장가)=긴노래의 하나. 장가는 사설시조를 가리키는 듯

206
터럭은 희엿셔도 마음은 푸르럿다

곳은 날을 보고 態업시 반기건을
閼氏네 무슨 타스로 눈흙임은 엇쩨요. (周海 520)

터럭은 희엿서도＝머리카락은 하얗게 되었어도. 몸은 늙었어도
마음은 푸르럿다＝마음은 젊었다 곳은＝꽂은 態(태)＝진짓 지
어 보이는 태도 閼氏(각씨)네＝젊은 여자들 무슨 타스로＝무슨
탓으로. 무슨 까닭으로 눈흙임＝눈흘김. 눈동자를 옆으로 굴려
언짢은 기색을 보인 엇쩨요＝웬 일이요

207
어화 어릴시고 이 뉘 일 어릴시고
뉘 靑春(청춘) 누를 주고 뉘 白髮(백발) 맛다는고
이제야 아모리 추즈련들 물을 곳이 업세라. (周海 451)

어릴시고＝어리석구나 뉘 일＝ 내가 한 일 누를＝누구를 맛
다는고＝맡았는고 추즈련들＝찾으려고 한들

208
聲音은 各各(각각)이연이 節腔高低을 일지 말고
五音은 치 몰라도 律呂를 찰흐슬라
眞實(진실)흔 妙理를 모르면 일홈서기 쉬우야. (周海 522)

聲音(성음)＝목소리   節腔高低(졀강고저)＝음조 (音調)의 고하
(高下)와 완급(緩急) 일지 말며＝잃지 말며 五音(오음)＝다섯
가지의 음률인 궁(宮), 상(商), 각(角), 치(徵), 우(羽) 치몰라
도＝다 몰라도 律呂(율려)＝음악. 육률(六律)과 육려(六呂) 찰
흐슬라＝차려라 妙理(묘리)＝오묘한 이치 일흠서기＝이름 세우

기. 훌륭한 이름을 남기기　쉬우야=쉬우냐

209

升堂을 못호 젼에 入室을 어이 호리
모로는 曲節을 무르려도 안이 호고
靑天(청천)에 썻는 구름을 검다 희다 호는다. (周海 523)

升堂入室(승당입실)=마루에 올나 방으로 들어 온다는 뜻에서,
학문이 젼젼 깊어감을 이르는 말　曲節(곡졀)='졀'(節)은 '졀'
(折)의 잘못. 자세한 사연과 내용　무르려도=물어 이치를 알고
자 하지도

210

長城을 굿이 쓰고 阿房宮을 놉히 지여
當年에 어린 뜻은 萬歲計를 호렷트니
어느덧 陳迹이 되야 남 우일만 호도다. (周海 524)

長城(장셩)=긴 셩. 만리장셩(萬里長城)을 가리킨　굿이 쓰고=
굳게 쌓고　阿房宮(아방궁)=진시황이 세운 궁전의 이름　當年
(당년)=그 해　어린=어리석은. 흘린(迷惑)　萬歲計(만세계)=
만년을 누릴 계력　陳迹(진젹)=지난 날의 묵은 자쳐. 지나간 일
우일만=웃길 만

211

天生我才 쓸듸 업다 世上榮辱(세상영욕) 나 몰릐라
春夏秋冬 好時節에 白髮風流 되엿노라

두어라 已矣已矣니 닌 쯧듸로 놀리라. (周海 525)

天生我才(천생아재)=하늘이 나에게 주신 재주 쓸듸 업다= 쓸
곳이 없다 春夏秋冬 好時節(춘하추동호시졀)=읷년 내내 좋은
때 白髮風流(백발풍류)=나이가 들어서 핳 수 있는 운치스러운
읷 已矣已矣(이의이의)=이미 지나가고 또 지나감. 닳리 뜻대로
되지 않았음을 나타내기도 핚

奉賀 親耕 親蠶 二章   丁亥三月九日

212
東野에 親耕ᄒ오시고 北宮에 手蠶ᄒ시니
愛民恩德이 宇宙(우주)에 드리웟다
우리도 華封祝聖으로 壽富多男 ᄒ오쇼셔. (周海 526)

東野 親耕(동야친경)=조선시대 왕이 세자와 더불어 친히 동교
(東郊)에서 밭을 가신 北宮 手蠶(북궁 수잠)=왕비께서 경복궁
에서 손수 누에를 치신 愛民恩德(애민은덕)=백성을 사랑하시는
은혜와 공덕 드리웟다=드리웠구나. 내리셨구나 華封祝聖(화복
축성)=고대 중국에서 화지(華地)의 봉경(封境)을 관리하는 사람
이 요제(堯帝)에게 수·부·다남(壽·富·多男子)의 세 가지로써
축수하던 읷 壽富多男(수부다남)=오래 살고 부자가 되며 자식
을 많이 둠

213
歷山에 東壇이샷다 景福宮이 養蠶(양잠)이시라
赤子의 艱難을 덜고져 ᄒ신 德(덕)은

山之高 海之深이라도 못 밋츨싸 ᄒ노라. (周海 527)

歷山(역산)=역산은 순 임금에 밭을 갈고 살던 산. 사람들이 모두 밭두둑을 양보했다고 함 東壇(동단)=동쪽에 만든 제단 景福宮(경복궁)=조선시대의 궁궐. 赤子(적자)의 艱難(간난)=백성들의 어려운 山之高 海之深(산지고해지심)=산보다 높고 바다보다 깊음

214

牧丹은 花中王이요 向日花는 忠孝(충효) | 로다
梅花(매화)는 隱逸士요 杏花는 小人이요 蓮花는 婦女(부녀)요 菊花(국화)는 君子(군자)요 冬柏花(동백화)는 寒士요 朴곳은 老人(노인)이요 石竹花는 少年(소년)이요 海棠花(해당화)는 갓 나희로다
이 中(중)에 梨花는 詩客이요 紅桃碧桃三色桃는 風流郎인가 ᄒ노라.(周海 528)

牧丹(목단)=모란 花中王(화중왕)=꽃 가운데 제일인 向日花(향일화)=해바라기꽃 隱逸士(은일사)=숨은 선비. 국화(菊花)의 이칭(異稱) 杏花(행화)=살구꽃 小人(소인)=간사하고 도량이 좁은 사람 蓮花(연화)=연꽃 君子(군자)=도덕이 높은 사람 寒士(한사)=가난한 선비 朴(박)곳=박꽃 石竹花(석죽화)=패랭이꽃 梨花(이화)=배꽃 詩客(시객)=시인(詩人) 紅桃碧桃三色桃(홍도벽도삼색도)=붉고 푸른 세 가지 색의 복숭아 風流郎(풍류랑)=풍치가 있고 멋 있는 젊은 남자. 멋쟁이

215

山村에 客不來라도 寂寞(적막)든 안이ᄒ여
花笑鳥能言이요 竹喧人相語라 松風은 검은고요 杜鵑聲이 노릭 로다
암아도 나의 이 富貴(부귀)는 눈 흙의리 업는이. (周海 529)

山村(산촌)에 客不來(客不來)=두메에 손님이 오지 아니함 花笑鳥能言 竹喧人相語(화소조능언 죽훤인상어)=꽃이 웃고 새가 능히 말을 하고, 댓잎 스치는 소리가 사람이 서로 말하는 듯함 松風(송풍)=소나무 숲을 스치어 부는 바람 杜鵑聲(두견성)=두견새의 우는 소리 눈 흘의리=눈흘길 사람. 또는 까닭

216
터럭은 거무나 희나 世事(세사)는 갓고 쌀코
거문고 한닙 우희 늬 노릐 긋지 말고 우리의 벗님네와 잡써니 勸(권)호거니 晝夜長常 노ᄉ이다
百年이 쑴갓다 호들 혓마 어이 호리오. (周海 530)

거무나 희나=검거나 희거나 갓고 쌀코=같고 다르고 한닙=대엽(大葉). 엽은 음악의 한 가지 형식 늬 노릐=나의 노래 긋지 말고=그치지 말고 晝夜長常(주야장상)=밤낮을 가리지 않고 언제나 혓마=설마

217
눈섭은 그린 듯호고 닙은 丹砂로 직은 듯호다
날 보고 웃눈 樣(양)은 太陽(태양)이 照臨호듸 이슬 밋친 碧蓮 花로다
네 父母(부모) 너 삼겨 늬올쩨 날만 괴게 호도다. (周海 531)

닙=입(口) 丹砂(단사)=붉은 색의 광물. 약이나 연료로 쓰인 직은 듯호다=찍은 듯하다 照臨(조림)호듸=해나 달이 위에서 내려 비치는데 碧蓮花(벽연화)=푸른 연꽃 삼겨 늬올쩨=태어 날제 괴게=사랑하게

218
七年旱 九年水에도 人心이 淳厚커든
國泰民安하고 時和歲豊ᄒ되 人情은 險陂千層浪이요 世事는 危 登百尺竿이고
엇덧타 古今이 다른 줄을 못늬 슬허 ᄒ노라. (周海 532)

七年旱 九年水(칠년한구년수)=고대 중국의 은나라 탕왕 때의
칠년간의 가뭄과, 제요(帝堯) 때의 구년간의 장마 人心(인심)이
淳厚(순후)=사람의 마음이 순박하고 인정이 두터운 國泰民安
(국태민안)=나라가 태평하고 백성들 살기가 편안함 時和歲豊
(시화세풍)=나라가 태평하고 곡식이 잘 됨 人情(인정)은 險陂
千層浪(험척천층낭)이요 世事(세사)는 危等百尺竿(위등백척간)=
인정은 천층 물결을 헤치고 오를만큼 위태하고, 세상일은 백척의
장대를 오르는 일만큼 위태함 엇덧타=어찌하여 古今(고금)=
예전과 지금 못늬=끝내

219
시름을 쓰드러 늬여 얽어미야 붓동혀서
碧波江流에 풍덩 드릿쳐 띄워 두면
自然(자연)이 東西瓢泊ᄒ다가 절로 삭아 질이라. (周海 533)

시름=근심. 걱정 쓰드러=끌어 잡아다려 얽어미야=얽어매어
붓동혀서=단단히 동여서 碧波江流(벽파강류)=푸른 빛을 띠며
흘러가는 강물 드릿쳐=들이쳐. 던져 東西瓢泊(동서표박)=
'瓢'(瓢)는 '漂'(漂)의 잘못. 이러저기 흘러 떠 돎 삭아 질이라
=녹아 없어지리라

220

臥龍岡前 草廬之中에 諸葛孔明 낮잠 들어
大夢을 誰先覺고 平生에 我自知라 草堂에 春睡足ᄒᆞ니 窓外에　日遲遲로다
門밧긔 性急한 張翼德은 失禮홀쎈 ᄒᆞ괘라. (周海 534)

臥龍岡前 草廬之中(와룡강전 초려지중)＝중국 하남성 신야현 와
룡산 앞에 있는 제갈량이 은거한 초가집 속에　諸葛孔明(제갈공
명)＝제갈량을 가리킨　大夢(대몽)을 誰先覺(수선각)고 平生(평
생)에 我自知(아자지)라 草堂(초당)에 春睡足(춘수족)ᄒᆞ니 窓外
(창외)에 日遲遲(일지지)로다＝큰 꿈을 누가 먼저 깨달음고, 평
생을 나 스스로 알러라. 초당에 봄잠이 충분하니, 창밖에 해가
느러구나. 『삼국지연의』(三國志演義)에 나오는 제갈량의 시(詩)
性急(성급)한＝성질이 괄괄하고 몹시 급한　張翼德(장익덕)＝장
비(張飛)를 가리킨　失禮(실례)＝예의에 벗어남　ᄒᆞ괘라＝하였구
나

221
늙기 셜웨란 말이 늙은이의 妄伶이로다
天地江山은 無限長이요 人之定命은 百年間이니 셜웨라 ᄒᆞ는 말　이 아모려도 妄
伶이로다
두어라 妄伶엣 말은 우어 무슴 ᄒᆞ리오. (周海 535)

셜웨란＝서럽다는　妄伶(망령)＝'령'(伶)은 '령'(靈)의 잘못
天地江山(천지강산)은 無限長(무한장)＝세상과 강과 산은 한없이
넓고 큰　人之定命(인지정명)은 百年間(백년간)＝사람에게 정해
진 목숨은 백년간인　셜웨라＝서러워라　우어＝웃어

222

이 시름 저 시름 여러가지 시름 防牌鳶에 細細 成文ᄒᆞ여
春正月(춘정월) 上元日에 西風(서풍)이 고이 불ᄲᅦ 을白絲 ᄒᆞᆫ 얼 레를 솟가지
풀어 씌울ᄲᅦ 큰 盞(잔)에 술을 부어 마즘막 餞送(전송)ᄒᆞᄌᆞ 둥게둥게 둥둥 써서
놉고 노피 소ᄉᆞ 올라 白龍의 구븨 갓치 굼틀 뒤틀 뒤틀어져 굴음 속에 들거고나
東海(동해) 바다 건너가서 외로이 셧는 남게 걸엇다가
風蕭蕭 雨落落홀ᄲᅦ 自然 消滅 ᄒᆞ여라. (周海 536)

防牌鳶(ᄫᅡᆼ패연)=ᄫᅡᆼ패처럼 생긴 네모 난 연 細細成文(세세성
문)=자세하게 금을 지은 上元日(상원일)=음력 정월 보은 고
이=편안히. 또는 이상하게 을白絲(백사)=흰 실의 가닥 얼레
=연실을 감는 기구 白龍(백룡)=천제(天帝)의 사자(使者)라고
하는 흰 빛의 용 구븨=굽이 넓게=나무에 風蕭蕭 雨落落(풍
소소우낙락)=바람이 솔솔 불고 비가 내릴 때 自然 消滅(자연소
멸)=저절로 없어진

223

池塘에 月白ᄒᆞ고 荷香이 襲衣홀ᄲᅦ
金樽에 술 잇고 絕代佳人 弄琴커늘 逸興을 못 익의여 界面調를 읊퍼닌이 松竹
은 휘들오며 庭鶴은 춤을 춘다 閑中 이 興味(흥 미)에 늙을 뉘를 모를노다
이 中(중)에 悅親戚 樂朋友로 以終千年 ᄒᆞ리라. (周海 537)

池塘(지당)에 月白(월백)=연못에 달빛이 하얗게 비친 荷香(하
향)이 襲衣(습의)=연꽃 향기가 옷에 스며들 때 金樽(금준)=술
동이 絕代佳人(절대가인)=매우 빼어나게 예뻐서 이 세상에서
견줄만한 것이 없는 여인 弄琴(농금)=거문고를 희롱함 逸興
(일흥)=아주 흥겨운 못 익의여=이기지 못하여 界面調(계면
조)=곡조의 한 가지. 슬프고도 처절한 곡조 松竹(송죽)=소나

무와 대나무 휘동오며=휘들거리며 庭鶴(정학)=뜰에 노니는
학 閒中(한중)=한가한 가운데 뉘을=세상을. 때을 悅親戚 樂
朋友(열친척낙붕우)=친척들과 즐겁게 지내고 벗들과 즐거워 함
以終千年(이종천년)=타고 난 수명을 다함

224

天皇氏 一萬八千歲에 功德도 놉흐실뿐 日月星辰 風雲雷雨 四時 變態ㅎ고
地皇氏 一萬八千歲業은 山川草木 禽獸魚鼈로 萬物(만물)을 내오 시고
人皇氏 主人(주인) 되오ㅅ 人傑(인걸)을 비져니여 五行 精氣를 알고 붉게 ㅎ여
라. (周海 538)

天皇氏 一萬八千歲(천황씨일만팔천세)=중국 태고의 제왕의 하
나인 천황씨가 일만팔천세을 누렸다 함 功德(공덕)=은덕 日月
星辰(일월성신)=해와 달과 별. 모든 천체(天體) 風雲雷雨(풍운
뇌우)=바람과 구름과 천둥소리와 함께 내리는 비 四時變態(사
시변태)=네 계절에 따라 모습이 바뀜 地皇氏 一萬八千歲業(지
황씨일만팔천세)=지황씨도 일만팔천세을 누리며 하신 과업 山
川草木(산천초목)=자연 禽獸魚鼈(금수어별)=육지의 동물과 바
다의 동물을 가리킴 人皇氏(인황씨)=삼황(三皇)의 하나 비져
니여=만들어 내어 五行 精氣(오행정기)=만물을 낳게하는 다섯
가지 원소을 만드는 원기

225

箕子ㅣ 朝周ㅎ라 갈쩨 殷虛를 지나든이
傷宮室 毁壤生禾黍여늘 欲哭에 不可ㅎ고 欲泣에 近婦人ㅎ야 麥 秀歌를 닐은 말
이 麥秀ㅣ 薪薪兮여 禾黍ㅣ 油油로다 彼狡童兮 여 不與我好兮로다
殷民이 듯고 눈물 안이 질이 업더라. (周海 539)

箕子(기자) ㅣ 朝周(조주)ㅎ러 갈쎄=기자는 은(殷)나라 사람으로 이름은 서여(胥餘). 폭군 주(紂)에 간언(諫言)했으나 듣지 않자 미친 사람인 체하여 종이 된 후에 주(周)를 벼러가는 도중에 은의 폐허를 보고 맥수가(麥秀歌)를 지었다 함 殷墟(은허)=은나라가 폐허가 된 傷宮室 毁壞生禾黍(상궁실훼양생화서)=궁실이 파려되고 무너진 땅에 기장과 조가 자란 것을 슬퍼함 欲哭(욕곡)에 不可(불가)=통곡을 하고자 하였으나 가능하지 못함 欲泣(욕읍)에 近婦人(근부인)=울고 싶었으나 부인네가 가까이 있어 울지를 못함 麥秀歌(맥수가)=기자(箕子)가 지었다는 노래 麥秀(맥수) ㅣ 蘄蘄兮(전전혜)여 禾黍(화서) ㅣ 油油(유유)로다 彼狡童兮(피교동혜)여 不與我好兮(불여아호혜)로다=보리가 전전자람이여, 기장과 조가 무성하도다. 저 교활한 아이여, 나와 더불어 좋아하지 않는구나. 교동(狡童)은 주왕(紂王)으 가리킴 殷民(은민)=은나라 백성 아니 질이=아니 떠어질 사람이

226
書房(사방)님 病(병)들여 두고 쓸 것 업셔
鐘樓(종루) 져지 달리 파라 비 스고 감 스고 榴子스고 石榴(석류) 삿 다 아즈아즈 이저고 五花糖을 니저 발여고즈
水朴에 술 쏘즈 노코 한숨계워 ㅎ노라. (周海 540)

쓸 것=사용할 것. 돈이 될 것 鐘樓(종루) 져지=종루는 서울의 종로. 저자는 시장. 종로 시장에 달리=여자의 머리 숱이 많아 보이게 하려고 덧넣는 딴머리 榴子(유자)=유자나무의 열매 아즈아즈=아차 아차 이저고=잊었구나 五花糖(오화당)=오색으로 물들여 맏든 중국산(中國産) 사탕 니저 발여고즈=잊어 버렸구나 水朴(수박)=수박 숤 쏘자 노코=숟가락을 꽂아 놓고

227
神仙과 道士들은 長生不死ㅎ는 術을 어더
餐朝霞而 療飢ㅎ며 飮月露이 洗心이로다
우리는 風塵間 百歲人生이라 玉食 魚肉湯이 긔 分(분)인가 ㅎ노   라. (周海 541)

神仙(신선)＝속세를 떠나 선경(仙境)에 살며, 불로 장생하는 도를 닦아 신변자재(神變自在)한다는 도가에서의 이상적인 인격 道士(도사)＝도를 닦는 사람. 도를 깨우친 사람 長生不死(장생불사)＝오래 살고 죽지 아니함 術(술)＝재주. 기술 餐朝霞而療飢(찬조하이요기)ㅎ며 飮月露(음월로)이 洗心(세심)이로다＝아침 안개를 먹어 허기를 달래며, 달밤에 내린 이슬을 마시며 마음을 깨끗이 하도다 風塵間(풍진간)＝속된 세상 속에 百歲人生(백세인생)＝백 살까지밖에 못사는 인생 玉食(옥식)＝맛 있는 음식 魚肉湯(어육탕)＝생선의 고기와 짐승의 고기를 끓인 국

228
太白이 豪氣 잇는 者ㅣ레 天子呼來 不上船ㅎ고
高力士 楊國으로 脫靴奉硯하고 采石에 弄月ㅎ다다 긴 고릐 타 고 飛上天ㅎ니
風塵에 位高金多를 草芥갓치 넉이들아. (周海 542)

太白(태백)＝당나라 시인 이백(李白) 豪氣(호기)＝씩씩하고 장한 기상 者(자)ㅣ레＝자이러니. 사람이러니 天子呼來 不上船(천자호래불상선)＝이백이 천자에게 불려와서도 배에 오르지 아니함 高力士 (고역사)＝당나라 환관. 고주(高州) 사람으로 현종 때 표기대장군(驃騎大將軍)의 벼슬에 이른 사람 楊國(양국)＝양국충(楊國忠)을 가리킴. 당나라 현종(玄宗)의 총희 양귀비(楊貴

妃)의 종형(從兄) 脫靴奉硯(탈화봉연)=당의 현종이 이백을 애중(愛重)하여 하루는 이백이 술에 취해 있을 때 환관 고역사를 시켜서 신을 벗기고 양귀비에게 필연(筆硯)을 바치게 했다는 고사 채석(采石)에 농월(弄月)=채석강(采石江)에서 달을 희롱함 飛上天(비상천)=하늘로 날아 올라 감 位高金多(위고금다)=지위가 높고 돈이 많음 草芥(초개)=지푸라기. 하찮은 것 넉이들 아=여기더라

229
바독이 검동이 靑揷沙里 中(중)에 죠 노랑 암키갓치 얄믜오랴
뮈온 님 오면 반겨 늬닷고 고은 님 오면 캉캉 지져 못 오게 ᄒᆞ다
門(문)밧긔 기장ᄉᆞ 가거든 찬찬 동혀 주이라. (周海 543)

靑揷沙里(쳥삽사리)=삽살개 뮈온 님=미운 님 늬닷고=내쳐 뛰고 주이라=주리라

230
丙子丁丑 亂離時에 訓練院坮 건너 붉은 복닥이 쓴 놈 간다
압픠는 蒙古요 뒤히 可達이 白馬(백마) 탄 眞達이는 사슈리 살 ᄎᆞ고 腦月乃馬 탄 놈 兩鼻裂이 탄 놈 아라마 쵸쵸 마리 베히라 가즈
어즙어 崔瑩곳 잇쏫쓰면 석은 풀치듯 흘랏다. (周海 544)

丙子丁丑 亂離時(병자정축난리시)=인조 14년(1637) 12월에 청나라가 침입하여 이듬 해 왕이 항복했을 때까지의 난리. 병자호란(丙子胡亂) 訓練院坮(훈련원대)=훈련원 자리 복닥이=모자. 벙거지 蒙古(몽고)=몽고족 오랑캐 可達(가달)이 眞達(진달)이=몽고족의 이름 사슈리 살=옛날에 쓰던 화살의 한 종류인 듯

騧月乃馬(유월내마) 兩鼻裂(양비열)이=말의 한가지 종류인 듯
아니라 ㅎㅎ=머상. 혹 감탄사가 아닌지(?) 머리=머리 베히라
=베러 崔瑩(최영)=고려 우왕 때의 장군 잇돗쓰면=있었으면
석은=썩은 풀치듯=풀을 자르듯 훌엇다=하겠다

231
道詵이 碑峰에 올라 國都(국도)를 定(정)ㅎ올씩
 子坐午向으로 城闕을 일윗는듸 左靑龍 右白虎와 南朱雀 北玄武 는 貴格으로 벌
어 잇고 南帶河 漢江水는 與天地 根源이라 太廟는 可左ㅎ고 社壇은 可右로다 三
峰이 秀麗ㅎ니 人傑이 豪俊   ㅎ고 臥牛山 有德하니 民食이 豊足이라 聖繼神承ㅎ
야 億萬年 之無彊 이샷다
 하늘이 주오신 뜻을 밧들어 萬萬歲를 누리소셔. (周海 545)

 道詵(도선)=신라말 고려초기의 스님. 음양지리설에 밝음 碑峰
(비봉)=서울 북한산에 있는 봉우리로 진흥왕의 순수비가 있음
子坐午向(자자오향)=자방(子方)을 등지고 오향(午向)을 향함.
즉 정남향으로 자리 잡음 城闕(성궐)=성문(城門) 左靑龍(좌청
룡) 右白虎(우백호) 南朱雀(남주작) 北玄武(북현무)=좌청룡은
주산에서 왼쪽으로 갈리어 나간 산맥. 우백호는 오른쪽 산맥. 남
주작은 주산에서 갈려 나간 앞쪽의 산맥. 북현무는 주산에서 갈
려 나간 주산의 뒤쪽에 있는 산맥 貴格(귀격)=귀하게 될 상격
(相格) 南帶河 漢江水(남대하한강수)=남쪽에 띠처럼 흐르는 내
는 한강 물인 與天地 根源(여천지근원)=천지와 더불어 근원을
같이 함 太廟(태묘)는 可左(가좌)ㅎ고=종묘(宗廟)는 왼쪽에 있
고 社壇(사단)은 可右(가우)로다=사직단은 왼쪽에 있다 三峰
(삼봉)=삼각산, 북악산, 인왕산의 세 산. 또는 북한산 가운데
삼각산인 백운(白雲), 인수(仁壽), 국망(國望)의 세 봉우리 秀
麗(수려)=빼어나게 아름다운 人傑(인걸)=뛰어난 인재 豪俊

(호준)ᄒ고=재치가 뛰어나고   臥牛山(와우산)=서울 마포구에
있는 산 民食(민식)=백성들이 먹을 양식 聖繼神承(성계신승)=
성자(聖子)와 신손(神孫)이 계속해서 대를 이음 億萬年之無疆
(억만년지무강)=억만년이나 계속될 정도로 끝이 없음 萬萬歲
(만만세)=영원히 길이 삶

232

削髮爲僧 앗가온 閣氏(각씨) 이늬 말을 드러보소

어득 寂寞 佛堂(불당) 안히 念佛(염불)만 외오다가 조네 人生(인생) 죽은 後
(후)ㅣ면 홍독기로 탁을 괴와 柵籠에 入棺(입관)ᄒ야 더운 불에 찬지 되면 空山
(공산) 구즌비에 우지지는 鬼(귀)ㅅ 거시 너 안인가

眞實(진실)로 마음을 둘으혐연 子孫 滿堂ᄒ여 헌 멀이에 니 꾀 듯시 닷는 놈
긔는 놈에 榮華富貴(영화부귀)로 百年同樂 엇더리. (周海 546)

削髮爲僧(삭발위승)=머리 깎고 중이 됨 앗가온=아까운 閣氏
(각씨)=여인네. 아가씨 어득 寂寞(적막)=어두컴컴하고 고요하
고 쓸쓸함 홍독기=홍두깨. 옷감을 갚아서 다듬이질 하는 데 쓰
이는 기구 탁=턱 긔와=고이어 柵籠(책롱)=채롱. 싸릿가지
로 함같이 맏든 가구 더운 불에 찬지 되면=화장(火葬)하면 鬼
(귀)ㅅ 것시=잡귀가 둘으혐연=돌이키면 子孫 滿堂(자손만당)
=자식과 손자가 집안에 가득함 헌 멀이에 니 뎌듯시=헌 머리
에 이가 뎌듯이 닷는 놈 긔는 놈=뛰는 놈 기어 가는 놈 百年
同樂(백년동락)=평생을 함께 즐김

233

夏四月 첫 여드릿날에 觀燈ᄒ려 臨高臺ᄒ니

夕陽(석양)은 빗겻는듸 遠近高低(원근고저)는 魚龍燈(어룡등) 鳳鶴燈(봉학등)
과 둘움이 남싱이며 鐘磬燈 북燈(등) 懸燈에 水朴燈 마을燈(등)과 蓮곳 속에 仙

童이요 鸞鳳 우희 天女ㅣ 로다 비燈 집燈 산뒤燈과 欄干燈(난간등) 影燈(영등) 알燈 甁燈(병등) 壁欌燈(벽장등) 駕馬燈(가마등)과 獅子 탄 體适이요 虎狼이 탄 亢良哈과 七星燈(칠성등) 벌엇는듸 東嶺에 月上ᄒ고 곳곳이셔 불을 현다 於焉忽 焉間에 燦爛(찬란)도 훈져이고

이 中(중)에 月明 燈明 天地明ᄒ니 大明본 듯 ᄒ여라.
(周海 547)

夏四月(하사월) 첫 여드렷날=음력 사월 초파일. 석가모니의 탄신일 觀燈(관등)=음력 사월 팔일에 등불을 켜 달고 부처님의 탄신을 기념하는 일 臨高臺(임고대)=높은 누대에 오름 둠읍이 =두루머. 여기서는 두루머등을 말함 남싱이=남생이과에 딸린 민물에 사는 동물. 여기서는 남생이등을 말함 鐘磬燈(종경등)= 등의 일종으로 종경처럼 생긴 懸燈(현등)=등을 달음. 또는 달아 놓은 등 水朴燈(수박등)=대나 나무쪽으로 둥그스름하게 울거머를 만들고 종이를 발라 속에 초를 켜게 만든 등 맘을燈(등) =울거머를 세모나게 걸어 만든 마늘 모양의 등 蓮(연)곳 속에 仙童(선동)이요 鸞鳳(난봉) 우희 天女(천녀) ㅣ로다=연꽃 속에는 선동이 있고, 난새와 봉황 위에 천녀가 있다. 등의 생긴새나 등에 그런 그런인 듯 獅子(사자) 탄 體适(체략)이요 虎狼(호랑)이 탄 亢良哈(항양합)=체략과 항양합은 오랑캐의 이름. 사자와 호 랑이를 탄 오랑캐의 모습을 형상해 놓은 등인 듯 東嶺(동령)= 동쪽 마루. 고개 月上(월상)=달이 떠오름 현다=켠다 於焉忽 焉間(어언홀언간)=갑자기 月明燈明天地明(월명등명천지명)=달 도 밝고 등도 밝고 천지도 밝음 大明(대명)=해를 가리킴

234
노리 갓치 죠코죠흔 줄을 벗님네 아돗든가
春花柳 夏淸風과 秋明月 冬雪景에 弼雲 昭格 蕩春臺와 漢北 絶 勝處에 酒肴 爛 漫ᄒ듸 죠흔 벗 가즌 稽笛 아름다온 아모 가희第一名唱들이 次例(차례)로 벌어

안ᄌᆞ 엇결어 부를 쎅에 中한님 數大葉은 堯舜 禹湯 文武 갓고 後庭花 樂時調는 漢唐宋이 되엿는듸 騷聳이 編樂은 戰國이 되야이서 刀槍劍術이 各自騰揚ᄒᆞ야 管絃聲에 어릐엿다

功名(공명)도 富貴(부귀)도 나 몰릐라 男兒(남아)의 이 豪氣(호 기)를 나는 죠화 ᄒᆞ노라. (周海 546)

아돗든가=알던가 春花柳(춘화류) 夏淸風(하청풍) 秋明月(추명월) 冬雪景(동설경)=봄철에는 꽃과 버들이, 여름철엔 맑은 바람이, 가을철엔 밝은 달이, 겨울철엔 눈이 내린 뒤의 경치가 특색이 있음을 말한 것임 弸雲(펑운) 昭格(소격) 蕩春臺(탕춘대)=서울의 서북쪽인 삼청동에서 사직동에 이르는 곳에 있던 누대(樓臺)로 놀이터로 이름이 남 漢北絶勝處(한북절승처)=한강 북쪽에 있는 경치가 좋은 곳 酒肴爛漫(주효난만)=술과 안주가 가득히 쌓인 가즌=갖가지 嵇笛(혜적)=깡깡이와 피리 아모가히=아무개 엇겨어=서로 어긋메기어 中(중)한님 數大葉(삭대엽) 後庭花(후정화) 樂時調(낙시조) 騷聳(소용) 編樂(편락)=가곡의 곡조의 이름 堯舜禹湯(요순우탕)=중국 고대의 요임금과 순임금 그리고 하(夏)의 우왕과 은(殷)의 탕왕 文武(문무)=주(周)나라의 문왕과 무왕 漢唐宋(한당송)=중국에서 經學(경학)이 융성하던 시대 戰國(전국)=전국시대(戰國時代). 주나라 말기의 혼란했던 시대 刀槍劍術(도창검술)=칼과 창을 쓰는 기술 各自騰揚(각자등양)=각각 스스로 기세와 지위가 높아서 떨친 管絃聲(관현성)=관악기와 현악기의 소리

235
바독 걸쇠 갓치 얽은 놈아 제발 비ᄌᆞ 네게
물가의란 오지 말라 눈 큰 준치 헐이 긴 갈치 두룻쳐 메육이 츤츤 감을치 文魚(문어)의 아들 落蹄 넙치의 똘 가잠이 비부른 올챙이 공지 걸레 만흔 권장이 孤

獨(고독)호 비암장魚(어) 집치 갓튼 고릐와 바늘 갓혼 송ㅅ리 눈 긴 농게 입 쟉
은 瓶魚(병어)가 금을만 넉여 풀풀 띄여 다 달아나는듸 열업시 상긴 烏賊魚 둥기
는듸 그 놈의 孫子(손자) 骨獨이 이쓰는듸 바소 갓튼 말검어리와 귀纓子 갓튼 장
고아비는 암으란 줄도 모르고 줏들만 호다
  암아도 너곳 겻틔 잇시면 곡이 못 자바 大事 l 로다. (周海 549)

  바독 겻ㄴ=바둑판 무늬 몰가의랜=몰가에는 두룻쳐 메육이=
'두루쳐 메다'를 연관시켜 메육이 앞에 운률상 넣은 말. 메육이
는 메기 落蹄(낙제)=낙지의 한자 표기 겨례 만흔 권쟝이=비
슷한 종류가 많은 곤쟁이 열업시 상긴=겁겂게 생긴 烏賊魚(오
적어)=오징어 둥기는듸=쩔쩔매는데 骨獨(골독)이=꼴뚜기
바소=곪은 데를 째는 침. 대패친 귀纓子(영자)=갓끈을 다는
고리 줏들만=짓들만 '짓'은 성교(性交)를 이르는 말 너곳=네
가 곡이=고기 大事(대사)=큰 일. 중요한 일

236
李譜이 집을 叛하여 노ㅅ 목에 金돈을 걸고
天台山 層巖絶壁을 넘어 방울ㅅ 삭기 치고 鸞鳳孔雀(난봉공작) 이 넘는 골에
樵夫를 만나 麻姑할믜 집이 어듸미나 호고
  저 건너 數間茅屋 듸ㅅ립 밧긔 靑삽ㅅ리 츠즈소셔. (周海 550)

  李譜(이보)=고대 소설 숙향전(淑香傳)의 숙향의 상대 인물 叛
(반)하여=배반해서 노ㅅ=수나귀와 암말 사이에 태어난 잡종의
말(馬) 金(금)돈=금으로 만든 돈 天台山(천태산)=숙향전에
숙향이 장 정승 집을 나와 천태산 마고(麻姑)의 집에서 숨을 팔
았다 함 層巖絶壁(층암절벽)=여러 층의 헌한 바위로 된 낭떠러
지 삭기 치고=새끼를 낳아 기르고 넘는=넘노는 樵夫(초부)
=나뭇군 麻姑(마고)할믜=마고선녀(仙女). 손톱이 길다고 하는

선녀   어딕민나 흔고=어디 쯤이나 되는고   數間茅屋(수간모옥)
=조그마한 초가집   듸사넙=대나무로 엮은 사립문   靑(청)삽스
리=삽살개

237
神仙(신선)이 조최 업쓰되 呂洞賓은 眞仙이레
朝遊北海 暮蒼梧요 神裡靑蛇 膽氣粗ㅣ라 三入岳陽홀쎄 사람이 알이 업데
洞庭湖 七百里 平湖에 浪吟飛過 흐니라. (周海 551)

　呂洞賓(여동빈)=당나라 사람으로 본명은 암(嵒). 종남산(終南
山)에서 수도한 팔선(八仙)의 하나   眞仙(진선)=참다운 신선
朝遊北海暮蒼梧 神裡靑蛇膽氣粗(조유북해모창오 신리청사담기조)
=아침에는 북해에서 저녁에는 창오산에서 놀고, 가슴 속에 지닌
건숲로 닮이 기세있고 거칠음   三入岳陽(삼입악양)=여동빈이 세
번 악양에 들어감   洞庭湖 七百里(동정호칠백리)=중국 호남성에
있는 호수로 크기가 칠백리인   平湖(평호)=잔잔한 호수를 형용
한 말인 듯   浪吟飛過(낭음비과)=노래를 읊조리며 날아 지나감

238
或先 或後흐야 가는 져 구름아
襄王의 잔최의 가는 힝혀 더듸 가면 雲雨夢 느즐쎠라
楚臺예 巫山仙女會를 네 다 알시 흐노라. (周海 552)

　或先 或後(혹선혹후)흐야=혹은 앞서고 혹은 뒤서서   襄王(양
왕)=중국 초(楚)의 왕   雲雨夢(운우몽)=남녀간에 행락(行樂)을
비유한 말   楚臺(초대)예 巫山仙女會(무산선녀회)=초의 양왕이
고당(高塘)이란 누대에서 꿈에 신녀(神女)와 만나 즐겼다는 고사

239

바람이 집이 업스되 어이 그리 잘 부는고

節槪는 孤竹淸風이요 義氣는 黑旋風이요 德澤은 舜帝南薰風이 요 義禮는 夫子遺風 이로다

암아도 數多(수다)호 風中에 量키 어려울쏜 冬至쏠 甲子日에 東 南風인가 호노라. (周海 553)

節槪(절개)는 孤竹淸風(고죽청풍)＝정의와 기개는 백이 숙제(白夷叔齊)의 맑은 기풍(氣風)과 같음 義氣(의기)는 黑旋風(흑선풍)＝정의(正義)에서 일어나는 기개는 수호지(水滸志)에 나오는 이규(李逵)와 같음. 이규는 양산박 두령의 하나로 쌍도끼를 잘 썼음 德澤(덕택)은 舜帝南薰風(순제남훈풍)＝덕이 남에게 미치는 은혜는 순임금의 남훈전에서 지은 남풍가(南風歌)와 같음 義禮(의례)는 夫子遺風(부자유풍)＝정의와 예절은 공자가 남겨 전해오는 풍속과 같음 風中(풍중)＝바람 가운데. 위의 여러 가지 일 가운데 量(양)키＝헤아리기 冬至(동지)쏠 甲子日(갑자일) 東南風(동남풍)＝제갈공명이 적벽대전(赤壁大戰)에서 조조를 공격하기 위한 화공책(火攻策)으로 하늘에 빌던 동남풍

240

갓나희들이 여러 層(층)이오레 松骨미도 갓고 줄에 안즌 져비도 갓고

百花叢裡에 두루미도 갓고 綠水波瀾에 비오리도 갓고 싸히 퍽 안즌 쇼로기도 갓고 석은 등걸에 부헝이도 갓데

그려도 다 各各(각각) 님의 ㅅ랑인이 皆一色인가 호노라.

(周海 554)

갓나희＝계집아이 層(층)이오레＝층이더라 松骨(송골)미＝매

의 한 가지 져비=제비 百花叢裡(백화총리)=온갖 꽃이 무더기
로 편 가운데 綠水波瀾(녹수파란)=푸른 빛을 띠고 흐르는 물결
비오리=물새의 한 종류 짜히=땅에 소로기=솔개 석은 등걸
=썩은 나무등걸 皆一色(개일색)=모두가 다 뛰어난 미인임

241
속적우리 고은 씌치마 밋머리에 粉씌 민 閣氏
엇그제 날 속이고 어듸가 쏘 눌을 소길려 ᄒ고
夕陽(석양)에 곳柯枝(가지) 것거 쥐고 가는 허리를 주늑주늑 ᄒ 는다. (周海
555)

 속적우리=여자들이 속에 입는 저고리 씩치마=알록달록한 치
마 멋머리=먼머리. 여자가 쪽을 찌지 않은 머리 粉(분)씩 면
='본대'(粉黛)로 꾸민. 본대는 여인들이 화장하는 분과 눈섭먹
閣氏(각씨)=젊은 여자 눌을=누구를 소길녀 ᄒ고=속이려 하
고 주늑주늑=동작이 조용하며 가볍고 부드러운 모양. 남자를
유혹하기 위하여 아양을 떠는 모습

242
曹仁의 八門 金鎖陣을 潁川 徐庶ㅣ 아돗든지
趙雲을 귀에 다혀 生死門을 살펴라 挺槍出馬 나라들어 東面(동 면)을 헤치는
듯 西面(서면)을 號令(호령)ᄒ고 南面(남면)을 줏 치는 듯 北面을 厮殺ᄒ는 趙
子龍이 한아 져 분 이로다
 一身(일신)이 豹(표)의 머리 곰에 등에 일희 허리 진납의 팔에 白邊 업쓴 純
膽(순담)썽이라 제 뉘라셔 當(당)ᄒ리.
(周海 556)

 曹仁(조인)=중국 위(魏)나라 조조의 아우 八門 金鎖陣(팔문금

새진)=조인이 만든 진의 이름. 조운(趙雲)이 오백의 군사를 가지고 쳐들어가 물리쳤다고 함 潁川徐庶(영천서서)=서서는 중국 삼국시대 사람으로 처음에는 유비를 섬겼으나 나중에 조조에게 감. 영천은 하남성에 있는 땅이름 趙雲(조운)=삼국시대 촉의 장수의 하나. 자는 자룡(子龍) 生死門(생사문)=진(陣)에서 살고 죽을 수 있는 길. 방도 挺槍出馬(정창출마)=창을 빼어들고 말을 달려 나감 줏치는 듯=짓찧는 듯 厮殺(시살)=목을 베어 죽임 趙子龍(조자룡)=조운(趙雲)의 자(字) 읻희=이러 진납의=원숭이 白邊(백변)=통나무의 중심에서 바깥쪽으로 좀 무르고 흰 부분 뉘라셔=누가

243
머귀 여름은 桐實桐實 흐고 보릿 불희는 麥根麥根
풋나뭇동과 쓰든 수셤이요 졈은 老松에 즈근 大棗ㅣ로다
이 中(중)에 鷄鳴花竹處는 곳딧곳이라 흐들아. (周海 557)

머귀 여름=오동나무 열매 桐實桐實(동실동실)=동글동글. 오동나무 열매란 뜻의 한자어로 어희적(語戱的)으로 표기한 것임 보릿 불희=보리 뿌리 麥根麥根(맥근맥근)=매끈매끈. 매끈매끈을 한자어로 표기한 것임 풋나뭇동=풋나무 묶음 수셤이=수세미 졈은 老松(노송)=젊은 노송. 젊은 것과 늙은 것이 모순됨을 풍자한 듯 즈근 大棗(대조)=작은 것과 큰 것의 모순됨을 풍자한 듯 鷄鳴花竹處(계명화죽처)=계명은 닭의 울음. 화죽은 '꼬댁'의 음사(音似). '처'는 '곳'의 뜻을 나타내어 '곳딧곳'이란 닭 울음 소리를 나타낸 것임

244

將帥(장수)ㅣ라 ᄒᆞ되 趙子龍 갓튼 將帥ㅣ 없다
金鎖陣 魚腹浦를 舍廊(사랑) 出入(출입)ᄒᆞ듯 浙江에 썻는 비예 ᄒᆞ번 ᄲᅱ여나라
올라 靑紅劍 飜쏫 ᄒᆞ며 朱宣의 머리 업다 幼主를 아ᅀᆞ 오고 七星壇 바람 솟틔 一
葉片舟에 諸葛丞相 싯고 갈제 徐盛이 ᄯᅡ로거늘 一箭으로 쏘와 돗줄 ᄭᅳᆫ느니는 千
萬古에 ᄒᆞ나히로다
암아도 이 將帥ㅣ 뇌옵시는 劉皇叔의 搔癢子ㄴ가 ᄒᆞ노라.
(周海 558)

趙子龍(조자룡)=촉(蜀)의 장군. 본명은 운(雲)   金鎖陣(금쇄
진)=조인(曹仁)의 진(陣) 이름.   魚腹浦(어복포)=조조의 요새
지 浙江(절강)=중국 절강성에 있는 강 靑紅劍(청홍검)=조운
이 가졌던 칼 飜(번)쏫=번뜩 朱宣(주선)='주선'은 '주선'(周
善)의 잘못인 듯. 주선은 오(吳)나라 손권(孫權)의 부하 幼主
(유주)=유비의 아들 아두(阿斗)를 일컬음   七星壇(칠성단)=제
갈량이 동남풍을 빌기 위해 쌓았던 단   一葉片舟(일엽편주)=조
그마한 배   諸葛丞相(제갈승상)=제갈량을 가리킴   徐盛(서성)=
삼국시대 오(吳)나라 장수 一箭(일전)=화살 한 개 돗줄=배의
돛을 매어다는 줄   劉皇叔(유황숙)=유비(劉備)를 가리킴   搔癢
子(소양자)=가려운 곳을 긁어주는 사람. 꼭 필요한 사람

245

折衝將軍 龍驤衛 副護軍 날을 아는다 모로는다
늬 비록 늙엇시나 노릐 춤을 추고 南北漢 놀이 갈쎄 써러진적
업고 長安 花柳 風流處에 안이 간 곳이 업는 날을
閣氏네 그다지 숙보와도 ᄒᆞ롯밤 격거보면 數多호 愛夫들에 將 帥(장수)ㅣ될 줄
알이라. (周海 559)

折衝將軍(절충장군)=정(正) 3품 무관의 벼슬   龍驤衛(용양위)

=조선시대 오위(五衛)의 하나 副護軍(부호군)=오위도 총부에 속하는 종(從) 4품의 벼슬 날을=나를 아는다 모르는다=아느냐 모르느냐 南北漢=한강의 남쪽과 북쪽. 서울 주변 長安(장안)=서울 花柳 風流處(화류풍류처)=기생들과 더불어 재미있게 노니는 곳 안이=아니 그다지=그렇게 숙보아도=업신여겨도 數多(수다) 흔=많은 愛夫(애부)=정부(情夫)

246

琵琶琴瑟은 八大王이요 魑魅魍魎은 四小鬼로다

東方朔 西門豹와 南宮适 北宮黝는 東西南北之人이요 前朱雀 後 玄武 左青龍 右白虎는 前後左右之山이요 司馬相如 藺相如는 姓不相如 名相如로다

이 中(중)에 黃絹幼婦外孫杵臼는 絶妙好辭ㄴ가 ᄒ노라.

(周海 560)

琵琶琴瑟(비파금슬)은 八大王(팔대왕)=비파와 금슬의 넉 자(字)에는 왕(王)자가 여덟이 있어서 한 말 魑魅魍魎(이매망량)은 四小鬼(사소귀)=이매망량에는 귀(鬼)자가 넷이 있음. 이매망량은 여러 종류의 도깨비 東方朔(동방삭) 西門豹(서문표)와 南宮适(남궁괄) 北宮黝(북궁유)는 東西南北之人(동서남북지인)=동방삭과 서문표와 남궁괄과 북궁유는 성씨가 복성(複姓)으로 동서남북이 다 들어 있어 사방의 사람이 다 모였다는 뜻. 동방삭은 전한(前漢) 무제(武帝) 때 사람이며 서문표는 전국시대 위나라 문제(文帝) 때 사람이고 남궁괄은 남용(南容)과 같은 사람으로 춘추전국시대 노나라 사람이며 북궁유는 전국시대 사람인 前朱雀(전주작) 後玄武(후현무) 左青龍(좌청룡) 右白虎(우백호)는 前後左右之山(전후좌우지산)=전주작 후현무 좌청룡 우백호에는 전후좌우의 산이 된다는 뜻 司馬相如(사마상여) 藺相如(인상여)는 姓不相如(성불상여) 名相如(명상여)=사마상여와 인상여는 성은

다른 상여이나 이름은 같은 상여임. 사마상여는 전한의 문인이며 인상여는 전국시대 조(趙)나라 사람임. 黃絹幼婦外孫杵臼(황견유부외손저구)는 絶妙好辭(절묘호사)=조아(曹娥)의 비문(碑文)에서 온 말. 황견은 색사(色絲). 색(色)과 사(糸)를 합치면 절(絶)자가 됨. 유부는 소녀(少女). 소(少)와 여(女)를 합치면 묘(妙)자가 됨. 외손은 딸의 자식. 여(女)와 자(子)를 합치면 호(好)자가 됨. 저(杵)와 제(齏)는 같은 뜻의 글자로 제구는 매운 것(辛)을 받음(受). 수(受)와 신(辛)을 합치면 사(辭)가 됨. 이를 합치면 '절묘호사'(絶妙好辭)가 되는데 절묘호사란 시문의 뛰어나고 좋은 것을 칭찬하는 말

247
文讀 春秋 左氏傳이요 武習 兵書 孫武子ㅣ로다
머리예 金冠(금관)이요 몸에 綠袍銀甲이요 坐下에 赤土飛로다   三角鬚를 훗붓치며 臥蠶을 거스리고 鳳目을 부릅쓰고 靑龍이 飜(번)쏫후며 賊頭ㅣ 秋風落葉이로다
千古에 忠膽義肝은 壽亭侯 關公인가 후노라. (周海 561)

文讀 春秋 左氏傳(문독춘추좌씨전)=글은 춘추와 좌씨전을 읽었음. 춘추는 공자가 엮은 경서의 하나. 좌씨전은 공자의 춘추를 해석한 책으로 좌구명(左丘明)이 지었다고 함. 武習 兵書 孫武子(무습병서손무자)=무예는 병서와 손무자를 익혔음. 손무자는 춘추시대 병법가인 손무(孫武)를 가리킴. 綠袍銀甲(녹포은갑)=녹색의 도포와 은으로 만든 갑옷. 坐下(좌하)=수하. 휘하(麾下). 赤土飛(적토비)='적토'는 '적토마'(赤兎馬). 나는 듯한 적토마. 三角鬚(삼각수)=삼각형 모양으로 양뺨과 턱에 난 수염. 훗붓치며=이러저리 흩날리며. 臥蠶(와잠)=누에 모양의 눈썹. 거스리고=위로 올라가도록 나부끼고. 鳳目(봉목)=봉의 눈. 靑龍(청

용)=관우가 쓰던 무기인 청룡언월도(靑龍偃月刀)를 가리킴 賊頭(적두)=도적의 머리 秋風落葉(추풍낙엽)=가을 바람에 잎이 떨어짐. 전쟁에서 목이 잘리우는 모습을 말함 千古(천고)=오랜 옛적 忠膽義肝(충담의간)=충의로운 마음 壽亭侯 關公(수정후 관공)=관우(關羽)를 가리킴

248

꿈에 謫仙을 만나 岳陽樓에 올나간이

高朋이 滿座ᄒ되 杜牧 蘇子瞻과 魯眞君 呂洞賓과 劉伯伶 白樂 天과 崔孤雲 賈壽富에 一隊群仙 모닷는듸 美酒는 盈樽ᄒ고 肴核는 滿盤이라 女班을 도라보니 月宮姮娥 洛浦仙관 李夫人 趙飛燕과 絕代佳人 다 왓는듸 香臭는 擁鼻ᄒ고 佩玉이 鳴浪이라 徐氏의 韻和瑟과 王子晉의 風簫聲과 宋玉의 玉洞簫요 石蓮士의 거문고에 郭處士의 竹杖鼓와 楊太眞의 羽衣舞요 蔡文姬의 胡歌聲과 張定元의 採蓮曲과 秦靑의 긴노리로다 酒半에 醉興을 못 이긔여 不知何處弔湘君을 太白이 읇허ᄂᆞ니 吳楚東南日夜浮는 杜甫의 和答이요 浪吟飛過洞庭湖는 呂東賓의 仙語로다 洞庭月 落孤雲歸는 崔孤雲의 絕作 이로다

우리의 仙分이 엇덧튼지 꿈애 求景 ᄒ괘라. (周海 562)

謫仙(적선)=당나라 시인 이백(李白)을 가리킴 岳陽樓(악양루) =중국 호남성 악양현에 있는 누문(樓門). 동정호에 면하고 있음 高朋(고붕)이 滿座(만좌)=훌륭한 벗들이 자리에 가득함 杜牧 (두목)=당나라 시인 蘇子瞻(소자첨)=북송의 문인이며 학자인 소식(蘇軾). 자첨은 그의 자(字) 魯眞君(노진군)='진군'은 신선의 존칭. 전국시대 제(齊)의 노중련(魯仲連)을 말함 呂洞賓 (여동빈)=당나라 사람으로 종남산에서 수도한 팔선(八仙)의 하나 劉伯伶(유백령)=劉伶(유령)을 말함 유령은 진(晉)나라 사람으로 생전에 술을 즐긴 白樂天(백낙천)=중당(中唐)의 시인 백거이(白居易)를 가리킴. 낙천은 자임 崔孤雲(최고운)=신라 말의 학자 최치원을 말함 賈壽富(가수부)=송나라 때의 도사(道

士) 가휴부(賈休復)의 잘못   一隊群仙(일대군선)=하나의 때를
이룬 여러 신선   美酒(미주)는 盈樽(영준)하고 肴核(효핵)은 滿
盤(만반)=좋은 술은 술통에 가득하고 어물(魚物)과 과일의 안주
는 소반에 가득함   女班(여반)=여자가 모인 자리   月宮姮娥(월
궁항아)=항아는 예(羿)의 처. 예가 서왕모에게서 얻어온 선약
(仙藥)을 훔쳐 달에 도망했다 함   洛浦仙(낙포선)=낙수(洛水)의
여신   李夫人(이부인)=한(漢)의 이연년(李延年)의 누이이며 무
제(武帝)의 부인이 됨   趙飛燕(조비연)=한나라 성양후(成陽侯)
조임(趙臨)의 딸. 가무를 잘 했고 후에 성제(成帝)의 후(后)가
됨   絕代佳人(절대가인)=세상에 견줄만한 것이 없을 정도의 훌
륭한 아름다운 여인   香臭(향취)는 擁鼻(옹비)하고=향내가 코를
찌르고   佩玉(패옥)이 鳴浪(명랑)=명랑은 '명란'(鳴鑾)의 잘못
인 듯. 패옥의 소리가 낭랑함   徐氏(서씨)의 韻和瑟(운화슬)=서
씨는 당나라 사람으로 하동삼절(河東三絕)의 하나인 서언백(徐彦
伯). '운화슬'은 금슬(琴瑟)의 이름으로 '운화슬'(雲和瑟)의 잘
못   王子 晋(왕자진)의 風簫聲(풍소성)=진은 주 영왕(周 靈王)
의 태자 왕교(王喬)로 생(笙)을 잘 했음. '풍소'는 '봉소'(鳳簫)
의 잘못. 왕자 진의 퉁소소리   宋玉(송옥)의 玉洞簫(옥통소)=
'송옥'은 '농옥'(弄玉)의 잘못인 듯. 진 목공(晋穆公)의 딸로 퉁
소를 잘 했음.   石蓮子(석연자)의 거문고='석연자'는 춘추시대
'성연자'(成連子)의 잘못. 거문고를 잘 탔음   郭處士(곽처사)의
죽장고(竹杖鼓)=곽처사는 당나라 장군 곽자의(郭子儀)를 말함.
죽장고는 길고 굵은 대통의 속 마디를 뚫어 만든 악기   양태진
(楊太眞)의 羽衣舞(우의무)=양태진은 당 현종의 총희(寵姬) 양
귀비를 가리킴. 우의무는 춤의 일종   채문희(蔡文姬)의 胡歌聲
(호가성)=채문희는 후한(後漢) 때 여자로 음률에 통했음. '호
가'는 '호가'(胡笳)인 듯 채문희가 호가를 연주하는 소리   張正
元(장정원)의 採蓮曲(채련곡)='장정원'은 '장정완'(張淨琬)의 잘
못. 음률을 잘 하고 채련곡을 지었음   秦靑(진청)=옛날에 노래

을 잘 하던 사람 酒半(주반)＝술이 어느 정도 취함 不知何處弔湘君(부지하처조상군)＝이백의 시. '상군'은 순(舜)의 왕비인 아황과 여영을 말함. 어느 곳에서 상군을 조상할지를 아지 못함 吳楚東南日夜浮(오초동남일야부)＝두보의 시. 오와 초는 동남이 트였고, 건곤이 밤낮으로 떠있음 浪吟飛過洞庭湖(낭음비과동정호)＝명랑하게 노래를 부르며 동정호를 나르며 지나 감 仙語(선어)＝신선의 말 洞庭月落孤雲歸(동정월락고운귀)＝동정호에 달이 지고 외로운 구름이 돌아 옴 絶作(절작)＝뛰어난 작품 仙分(선분)＝선인(仙人)의 소질

249

陽春이 布德ᄒ니 萬物(만물)이 生光輝(생광휘)라
　우리 聖主 長壽無疆ᄒᄉ 億兆ㅣ 願戴己ᄒ고 群賢은 忠孝(충효) ᄒ야 愛民 至治ᄒ고 老少(노소)에 벗님네도 無故 無恙커늘 名妓歌伴 期會ᄒ야 細樂을 前導ᄒ고 水陸珍味 五六駄에 金剛山 도라들어 絶代 名勝 求景(구경)ᄒ고 醉(취)ᄒ 즘에 솜을 쑤니 솜에 ᄒ 늙은 중이 遊我引導ᄒ야 吳楚東南景과 齊州九點烟을 歷歷히 盤廻ᄒ며 其間에 英雄豪傑(영웅호걸)들의 ᄌ최를 무를 썩에 夕鍾聲에 씌거고나 朝飯(조반)을 지촉ᄒ야 望月 懷陵으로 正菴齋室 霽月光風 水落山寺 玉流川에 塵纓을 씨슨 後(후)에 文殊菴 中興寺에 軟泡 杯酒ᄒ고 晴日에 登臨白雲峰ᄒ니 咫尺天門을 手可摩ㅣ라 萬里江山(만리강산) 遠近 風景(원근풍경)이 眼底에 森羅ᄒ야 丈夫의 胸襟에 雲夢을 삼켯는 듯 브른 비 나려오니 簫鼓는 喧天ᄒ야 洞壑이 울히는 듯 山映樓 올라 안자 花煎에 點心ᄒ고 伽倻ㄱ鼓(가야ㄱ고) 검은고에 가즌 稽笛 섯겻는듸 男歌 女唱으로 終日(종일)토록 노니다가 扶王寺 긴洞口(동구)에 軍樂으로 들어가니 左右(좌우)에 섯는 長丞 分明 (분명)이 반기는 듯 往來遊客들은 못닉 부러 ᄒ돗드라.
　암아도 壽域春臺에 太平閑民은 우리론가 ᄒ노라. (周海 563)

　陽春(양춘)이 布德(포덕)ᄒ니＝따뜻한 봄볕이 비추니. '포덕'은 덕을 편다는 뜻임 聖主(성주)＝덕화가 뛰어난 어진 인금 長壽

無彊(장수무강)＝수명의 길이가 한이 없음 億兆願戴己(억조원대기)＝만백성이 내가 인군이 되기를 원함 群賢(군현)＝여러 성현 愛民至治(애민지치)＝백성을 사랑하여 지성으로 다스림 無故無恙(무고무양)＝아무런 연고나 탈이 없음 名妓歌伴期會(명기가반기회)＝이름난 기생과 가객들이 정기적으로 모임 細樂(세악)＝취타(吹打)가 아닌 장구, 북, 피리, 저, 깡깡이 등으로만 연주하는 음악 前導(전도)＝앞길을 인도함 水陸珍味(수륙진미)＝산과 바다에서 나는 맛있는 음식. 산해진미(山海珍味) 五六駄(오륙태)＝대여섯 바리. 바리는 마소에 잔뜩 실은 짐을 세는 단위 絶代名勝(절대명승)＝뛰어나게 아름다운 경치 邀我引導(요아인도)＝나를 맞아 이끌어 감 吳楚東南景(오초동남경)＝원시(原詩)에 '오초동남탁'(吳楚東南坼)으로 되어 있음 오나라와 초나라의 동남쪽 경치 齊州九點烟(제주구점연)＝이하(李賀)의 원시(原詩)는 '요망제주구점연'(遙望齊州九點煙)으로 되어 있음. 제주의 아홉 점 연기 歷歷(역력)히＝하나하나 그 자취가 뚜렷하게 盤迴(반회)＝빙 돎음 其間(기간)＝그 사이 夕鐘聲(석종성)＝저녁 종소리 望月懷陵(망월회릉)＝망월은 도봉산에 있는 망월사. 회릉은 동대문구 회기동(回基洞)에 있던 연산군의 어머니 폐비 윤씨의 능 正菴齋室(정암재실)＝'정앆'은 '정암'(靜庵)의 잘못. 중종 때 정치인 조광조(趙光祖)를 제향하는 도봉서원으로 도봉산 입구에 있었음. 재실은 능이나 사당 등에 있는 전각 霽月光風(제월광풍)＝시원한 바람과 비 온 뒤의 달. 천성이 명래하고 쇄락(灑落)함 水落山寺(수락산사)＝양주(楊州) 수락산에 있는 절 玉流川(옥류천)＝옥류동은 지명임. 옥류동(玉流洞) 골짜기의 물. 맑게 흐르는 시내 塵纓(진영)＝먼지가 묻은 갓끈 文殊菴 中興寺(문수암중흥사)＝삼각산에 있었거나 남아 있는 절 문수사는 남아 있음 軟泡杯酒(연포배주)＝두부탕과 잔으로 마신 술 晴日(청일)＝개인 날 登臨白雲峰(등임백운봉)＝백운봉에 올라 감. 백운봉은 삼각산의 주봉(主峰) 咫尺天門(지척천문)을 手可摩(수가

마) 1라=천문은 하늘로 들어가는 문. 가까이 있는 천문이 손에 닿을 듯 함 眼底(안저)에 森羅(삼라)=눈아래 벌려 서 있음 丈夫(장부)의 胸襟(흉금)=사내가 가슴에 품은 생각 雲夢(운몽)=중국 형주(荊州)에 있는 웅덩이의 이름 簫鼓(소고)는 喧天(훤천)=퉁소와 북소리가 떠들썩하게 크게 울린 洞壑(동학)=산천으로 둘러싸인 경치가 좋은 곳 山映樓(산영루)=삼각산에 있던 누정의 이름 花煎(화전)에 點心(점심) 호고=꽃을 넣어서 만들어 부친 떡에 점심밥을 먹고 가즌 嵇笛(혜적) 섯겻는듸=갖가지 깡깡이와 피리 소리가 섞였는데 男歌女唱(남가여창)=남자와 여자들의 노래 扶旺寺(부왕사)=소재 미상의 사찰 軍樂(군악)=긴 군악. 12가사의 하나. 작자 미상 將丞(장승)=이수(里數)를 표시하고 위쪽에 사람의 얼굴을 새겨 길가에 세웠던 푯말 往來遊客(왕래유객)=오가는 놀이꾼 수역춘대(壽域春臺)=딴 곳에 비하여 장수한 사람이 많이 사는 곳 太平閒民(태평한민)=태평한 시대에 근심 없는 백성

250
나는 指南石이런가 閣氏(각씨)네들은 날반을인지
안즈도 붓고 셔도 쓰르고 누워도 붓고 숩써도 싸라와 안이 써 러진다
琴瑟이 不調훈 分(분)네들은 指南石인 날바늘을 달혀 日再服을 흐시소. (周海 564)

指南石(지남석)=자석(磁石) 날반을=날바늘. 실을 꿰지 않은 바늘 숩써도=솟구쳐 올라도 琴瑟(금슬)이 不調(부조)훈=부부 간에 사이가 조화롭지 못한 달혀=달여. 끓여 日再服(일재복)=같은 약을 하루에 두 번 먹음

251
長孫無忌 魏無忌는 古無忌요 今無忌로다
司馬相如 藺相如는 姓不相如 名相如로다
암아도 相如無忌니 그를 부러 ᄒ노라. (周海 565)

長孫無忌(장손무기)=중국 당나라의 낙양 사람. 자는 보기(輔機). 魏無忌(위무기)=전국시대 위의 공자(公子). 신릉군(信陵君) 古無忌(고무기)요 今無忌(금무기)로다=옛날 무기요 이제 무기로다
司馬相如 藺相如(사마상여 린상여)=사마상여는 전한(前漢)의 문인. 인상여는 전국시대 조(趙)의 상경(上卿) 姓不相如 名相如(성불상여명상여)=성(姓)은 같지 않으나 이름은 같음

252
非龍非彲 非熊非羆 非虎非貔 는 渭水之陽 姜呂尙이요
非人非鬼 亦仙은 水簾洞中 孫悟空이로다
이 中(중)에 非眞似眞 似狂非狂은 花谷 老歌齋ᄂ가 ᄒ노라.
(周海 566)

非龍非彲 非熊非羆 非虎非貔(비용비이비웅비비비호비비)=여상(呂尙)이 가난하여 동해에서 낚시질을 하다 주나라에 이르렀을 때 주 문왕이 사냥을 위해 점을 쳤을 때 용도 아니고 이도 아니고 곰도 큰곰도 호랑이도 비도 아닌 것은 임금을 보좌할 사람이라고 했다는 고사 渭水之陽 姜呂尙(위수지양강여상)=위수의 양지쪽에 있는 강여상 非人非鬼 亦仙(비인비귀역선)=사람도 아니고 귀신도 아니면서 신선인 水簾洞中 孫悟空(수렴동중손오공)=서유기(西遊記) 가운데 나오는 수렴동 가운데 손오공 非眞似眞 似狂非狂(비진사진사광비광)=참이 아닌 것 같으면서도 참된 것

같고 머친 것 같으면서도 머치지 않은 것 花谷 老歌齋(화곡노가재)=화곡에 사는 노가재. 화곡은 지금 서울의 종로구 화동. 노가재는 김수장(金壽長)의 아호임

253
蘇秦이 行過洛陽홀식 車騎輜重이 擬於王者ㅣ러라
三寸舌을 놀려 佩六國相印호니 千萬古之辯士로다
암아도 사람 달뢰기는 利口ㅣ런가 호노라. (周海 567)

蘇秦(소진)=중국 전국시대의 모사 行過洛陽(행과낙양)=낙양을 지나감. 낙양은 중국 하남성의 도시. 서울의 뜻으로 쓰임 車騎輜重(거기치중)=마차와 하물차(荷物車). 의복을 실은 것을 치, 여러 가지를 실은 것을 중이라 함 擬於王者(의어왕자)=왕자와 같음. 왕자의 대우를 받음 三寸舌(삼촌설)=혀. 길이가 겨우 세 치밖에 안되어 이른 말 佩六國相印(패육국상인)=육국의 재상의 도장을 패용함. 육국의 재상이 됨 千萬古之辯士(천만고지변사)=만고에 뛰어난 말 잘하는 사람 利口(이구)=말을 잘하는 것

254
花果山 水簾洞中에 千年 묵은 진납이 神通이 거룩홀싸
大鬧 天宮호고 龍宮에 作亂(작란)호야 神震鐵을 엇고 三藏의 弟 子되야 八戒
沙僧 다리고 西域國에 가는 길에 妖孽을 剿蕩호고 大藏經을 가져온이
世上(세상)에 測量키 어려울쏜 孫悟空인가 호노라. (周海 568)

花果山 水簾洞(화과산수렴동)=중국 절강성 신창현에 있는 산. 서유기(西遊記)의 손오공이 나온 곳 진납이=원숭이 神通(신

통)＝모든 일이 신기하게 통달함   거룩홀짠＝거룩하구나   大鬧天宮(대료천궁)＝천궁을 크게 어지럽힌   용궁(龍宮)＝용왕이 산다는 궁전   神震鐵(신진철)＝손오공이 용왕에게 얻은 여의봉을 가리키는 듯   三藏(삼장)＝삼장법사(三藏法師). 경(經), 율(律), 논(論)에 정통한 스님   八戒 沙僧(팔계사승)＝서유기에 나오는 손오공이 저팔계(猪八戒)와 사오정(沙悟淨)을 데리고 서역국에 가는데 이를 가리키는 듯   西域國(서역국)＝중국 서쪽에 있는 나라   妖孼(요얼)＝요러스런 귀신의 재앙   剿蕩(초탕)＝죽여 없샌   大藏經(대장경)＝불교의 경전의 총칭   測量(측냥)＝헤아린   孫悟空(손오공)＝서유기에 나오는 조화가 많다고 하는 가상의 원숭이

255

九仙王 道糕라도 안이 먹는 날은
冷水에 붓친 粃旨煎餅을 먹으랴 지근 絶代佳人도 안이 결연 ᄒ 는 날을 코 업슨 년 결연ᄒ라고 지근거리는다
하널히 定(정)ᄒ신 配匹 밧긔야 것읆써 볼 쓸 이시랴. (靑謠 78)

九仙王道糕(구선왕도고)＝여러 가지 한약재와 설탕 등을 넣어 찐 떡   粃旨煎餅(비지전병)＝비지에다 쌀가루나 멀가루를 넣어 맏든 떡   지근＝남이 싫어하도록 지나치게 거읍히거나 조르는 것   결연＝관계를 맺음(結緣)   코업슨 년＝코가 없는 여자   하녈히＝하늘이   配匹(배필)＝부부의 짝   밧긔야＝이외에   것읆써 볼 쓸＝거듭떠 볼 까닭

256

孔夫子(공부자)ㅣ 사람이시되 依然ᄒ 하늘이시라
義理를 프러닉여 五倫을 볼키시니 至愚ᄒ 民氓이 절로셔 어질 거다 國太平 民

安樂이 오로다 聖德이로다

　千載後 이 곳튼 大仁君子ㅣ 또 업슬ㅎ 호노라. (靑謠 79)

　依然(의연)흔＝전과 다흠이 없는　義理(의리)＝사롬으로서 지켜
야할 바른 도리　프러니여＝풀어내어　五倫(오륜)＝유교 실천 도
덕에 있어서 기본적인 다섯 가지의 인륜　至愚(지우)흔 民氓(먼
맹)＝지극히 어리석은 백성　져로셔＝저절로　國太平(국태평) 民
安樂(먼안락)＝나라가 태평하고 백성이 살기에 편안하고 즐거운
聖德(성덕)＝훌륭한 덕화. 임금의 덕화　千載後(천재후)＝천년
뒤　大仁君子(대인군자)＝인자하고 덕행이 높은 사롬

257

物色은 三春興이요 朋友는 五倫載라

　解銅符 도라오면 戀戀홈이 病(병)될연이

　암아도 이 늙은의 말이 良藥 일싸 호노라. (靑謠 80)

　物色(물색)＝물건의 색깔. 경치나 풍경을 말함　三春興(삼춘흥)
＝봄철에 가장 흥성한　朋友(붕우)는 五倫載(오륜재)＝붕우의 도
리는 오륜에 실려 있음　解銅符(해동부)＝'동부'는 구리로 만든
부패(符牌). 동부를 풂. 벼슬을 그만 둠　戀戀(연연)홈이＝그
립고 애틋하여 잊지못하는 것이　良藥(양약)＝병에 이로운 약

258

곳보고 춤츄는 나뷔와 나뷔보고 방긋 웃는 곳치

　져 思郞(사랑)흐기는 造化翁의 일이로다

　우리의 思郞흐기도 져 나뷔 져 곳과 갓도다. (靑가 285)

造化翁(조화옹)=조물주(造物主). 모든 자연을 만들고 주재하는 신(神)

259

가마귀 열두소릐 사람마다 꾸지서도
그 삿기 밥을 물어 그 어미를 먹이느니
아마도 鳥中 曾子는 가마귄가 흐노라. (靑洪 237)

열두소릐=우는 소리 모두가 꾸지서도=(듣기 싫다고) 꾸짖어도   삿기=새끼   鳥中 曾子(조중증자)=새들 가운데 증자. 증자는 공자의 제자로 효자임

260

孝子(효자)의 히올 일을 曾子(증자)끠 뭇ᄌ온대
曾子ㅣ 그ᄅ샤대 事親은 敬之而已矣라
敬之ᄒ고 餘力이 잇거든 學問ᄒ라 ᄒ시더라. (樂서 204)

뭇ᄌ온대=물었더니 ᄀᄅ샤대=말씀하시되 事親(사친)은 敬之而已矣(경지이이의)냐=어버이를 섬기는 도리는 오직 존경할 따름이니라 경지(敬之)ᄒ고=존경하고 餘力(여력)=또 다른 일을 할 수 있는 힘 學問(학문)=배우고 익힘

261

글 읽어 政丞(정승)을 ᄒ고 활 쏘아 大將(대장)이 되면
(中章 缺)
( ) 輔國安民을 ᄒ염즉 ᄒ도다. (樂서 207)

輔國安民(보국안민)＝나랏일을 돕고 백성을 편안하게 함

● 김우규(金友奎)

262

늙도록 有信키는 암아도 南草로다
秋夜長 月五更에 이 곳튼 벗이 업다
암아도 내 마음 알리는 너쑨인가 호노라. (靑謠 1)

有信(유신)＝믿음성이 있음   南草(남초)＝담배   秋夜長 月五更
(추야장월오경)＝긴 가을 밤에 달은 기울어 새벽이 되었음. 오경
은 새벽 3시에서 5시 사이

263

功名을 모르노라 江湖에 누어 잇셔
瀕洲에 狎鷺호고 柳岸에 聞鶯이로다
씩씩로 往來漁笛은 나의 興(흥)을 돕는다. (靑謠 2)

江湖(강호)＝강과 호수. 서울과는 멀리 떨어진 시골을 말함   瀕
洲(빈주)에 狎鷺(압로)＝마름이 우거진 물가에서 백로와 가가이
함   柳岸(유안)에 聞鶯(문앵)＝버들이 늘어진 둑에서 꾀꼬리 소
리를 들음   往來漁笛(왕래어적)＝오가며 부는 어부들의 피리 소
리

264
土爐 瓦盆魯酒를 未篘라도 惟可飮數斗여라
白骨靑苔에 蜀魄이 啼血홀쎄
뉘라서 이 술 혼 盞(잔)을 勸(권)후오리 잇시리. (靑謠 3)

土爐(토로)=질화로   瓦盆魯酒(와분노주)=질동이에 담은 술.
노주는 진하지 않은 술   未篘(미추)라도 惟可飮數斗(유가음수두)
=술을 씹지 않더라도 몇 말을 마실수 있음   白骨靑苔(백골청태)
=죽어 뼈만 허영게 남았는데 푸른 이끼가 낌. 무덤을 말함   蜀
魄(촉백)=두견이   啼血(제혈)=피를 토하는 것처럼 울음   뉘라
서=누가

265
織女의 烏鵲橋를 어이 굴어 허러다가
우리 님 계신 곳에 것네노하 두고라자
咫尺이 千里 갓튼이 그를 슬허 후노라. (靑謠 4)

織女(직녀)=별이름. 거문고좌(座)의 수성(首星). 일년에 한 번
칠월 칠석날 밤에 은하수를 건너 견우성을 만난다는 전설이 있음
烏鵲橋(오작교)=칠석날 견우와 직녀가 만날 수 있도록 까막까치
들이 은하에 놓는다는 다리   어이 굴어=어떻게 하여   것네노하
=건너 수 있도록 다리를 놓아   두고라자=두고싶구나   咫尺(지
척)이 千里(천리)=가까운 곳이 천리처럼 멀음. 서로 가까운 곳
에 살면서 오래 만나지 못해 멀리 떨어져 사는 것과 같다는 말

266
처음애 모로듬연 모로고나 잇실쩌슬

어인 思郞(사랑)이 싹남여 움돗든가
언제나 이몸에 열음이 열어 휘둘거든 볼연요. (靑謠 5)

모르듯연=못났다면 잇싴쩌슧=있을 것을 싹넚여 움돗든가=
싹이 나며 움이 돋든가 열음=열매 휘둘거든=휘두르거든 볼
연요=보려느냐

267
江湖(강호)에 비 갠 後(후)ㅣ니 水天이 흔 빗친제
小艇에 술을 싯고 낙대 메고 날여간이
蘆花에 느니는 白鷗(백구)는 날을 보고 반긴다. (靑謠 6)

水天(수천)=물과 하늘 흔 빗친제=같은 빛인데 小艇(소정)=
작은 배 날여간이=나려가니 蘆花(노화)=갈대꽃 느니는=날
아 다니는

268
漁父의 生涯 보소 이 안이 虛浪흔가
風帆浪楫으로 萬頃波 씌여두고
낙시에 절로 문은 고기 긔 슈(분)인가 흔다. (靑謠 7)

漁父(어부)의 生涯(생애)=고기잡이의 사는 모습 虛浪(허랑)=
말이나 행동에 거짓이 많고 착실하지 못함 風帆浪楫(풍범낭즙)
=돛과 노. 바람에 날리는 돛과 물결을 헤치는 노 萬頃波(만경
파)=한 없이 너른 물결. 바다 문은=무는

269
늙고 病(병)든 즁에 家貧ᄒᆞ니 벗이 업다
豪華(호화)로이 돗닐쎄는 올이 갈이 하도할싸
이져는 三尺 靑藜杖이 知己론가 ᄒᆞ노라. (靑謠 8)

家貧(가빈)＝집안이 가난함 돗닐쏠쎄는＝다닐 때는 올이 갈이
＝오는 사ᄅᆞᆷ 가는 사ᄅᆞᆷ 하도할싸＝많기도 많더라 이져는＝이제
는 三尺 靑藜杖(삼척청려장)＝석 자밖에 안 되는 명아주 지팡이
知己(지기)＝자기를 진정으로 알아 주는 벗

270
아희들 치促ᄒᆞ야 밥먹여 건을이고
논둑에 잘이 ᄒᆞ고 벼 뷔임여 누엇는듸
겻자리 날 ᄀᆞᆺ튼 벗님네는 將碁(장기)두ᄌ ᄒᆞ들아. (靑謠 9)

치促(촉)ᄒᆞ야＝재촉하여 건을이고＝거느리고 잘이ᄒᆞ고＝자리
잡고 벼 뷔인여＝벼를 베고서 겻자리＝곁에 앉은 자리

271
富貴(부귀)를 뉘 마다ᄒᆞ며 貧賤(빈천)을 뉘 즑이리
壽悠를 뉘 厭ᄒᆞ며 壽短을 뉘 貪ᄒᆞ리
眞實(진실)로 在數天定이라 恨(한)홀쁠이 업는이. (靑謠 10)

마다ᄒᆞ며＝싫다고 하며 즑이리＝좋다고 하겠느냐 壽悠(수유)
＝오래 사는 것 厭(염)ᄒᆞ며＝싫어하며 壽短(수단)＝일찍 죽는
것 貪(탐)ᄒᆞ리＝목심을 내겠느냐 在數天定(재수천정)＝명수를
정하는 것이 하늘에 있음

272
世上 富貴人(세상부귀인)들아 貧賤(빈천)을 웃지마라
寄食於漂母홀쎄 設壇拜將을 뉘 아든야
두어라 돌속에 든 玉(옥)은 博物君子ㅣ 알리라. (靑謠 11)

寄食於漂母(기식어표모)=표모에게 밥을 붙여 먹음. 표모는 빨
래품을 파는 여자. 한(漢)의 장군 한신(韓信)이 어릴 적에 가난
하여 표모에게 밥을 붙여 먹었다는 고사　設壇拜將(설단배장)=
단을 만들고 장군으로 대접함. 한나라의 유방(劉邦)이 한신을 제
대로 대접하지 아니하자 도망한 것을 소하(蕭何)가 건의하여 한
신을 추천하여 단을 만들고 장군으로 임명한 고사　博物君子(박
물군자)=모든 것에 능통한 사람

273
벼 뷔여 쇠게 싯고 고기 건져 우히 쥬어
이 소 네 모라가셔 술을 몬져 걸너스라
놀낭은 아직 醉(취)호김에 興치다가 가리라. (靑가 271)

뷔어=베어　쇠게=소에게　모라가셔=몰고 가서　걸너스라=걸
러라　놀낭은=나는　興(흥)치다가=흥겹게 놀다가

274
뷘 손으로 나와따가 뷘 손으로 들어가내
죽은 後(후) 錦衣玉食 不如生前 一盃酒ㅣ로다
흐믈며 壽夭長短을 뉘 아더냐 살아신제 놀니라. (靑가 272)

뷘 손으로~들어가네=사람이 빈 손으로 태어났다가 빈 손으로

죽음. 공수내공수거(空手來空手去)   錦衣玉食(금의옥식)＝비단
옷과 맛 있는 음식   不如生前 一盃酒(불여생전일배주)＝살아 생
전의 한 잔 술만 못함   壽夭長短(수요장단)＝목숨이 긴 것과 짧
은 것   살아신제＝살아 있을 때에

275
東嶺에 돌 올으고 草堂에 손니 왔다
우히야 씨돍 잡아 안쥬 밧비 쟝만ᄒ고
엇그제 쥐비져 괴온 슐을 어서 걸어 내여라. (靑歌 273)

 東嶺(동령)＝동쪽의 마루 돌 올으고＝달이 뜨고   손니＝손이.
손님이 씨돍＝종자를 받으려고 기르는 닭 쥐비져＝쥐고(握) 빚
어(釀). 괴온 거른 슐＝고인 술. 익은 술 걸어＝걸러

276
江湖(강호)에 님재 되니 이 몸이 閑暇(한가)롭다
濱洲에 狎鷗ᄒ고 柳岸에 聞鶯홀제
夕陽(석양)에 고기 낙는 비는 오명가명 ᄒ다. (靑歌 274)

 濱洲(빈주)에 狎鷗(압구)＝마름이 우거진 물가에 갈매기를 친압
함   柳岸(유안)에 聞鶯(문앵) 홀제＝버드나무가 늘어선 강언덕에
서 꾀꼬리 소리를 들음   오명가명＝오면서 가면서

277
졂어서 지닌 일을 이제로 비겨보니
ᄆᆞᆷ이 豪放ᄒ여 노릐로 일삼더니

어듸셔 모로는 벗님네는 죠흘시고 ᄒᆞ느니. (樂學 369)

졈어서＝젊어서 이졔ᄅᆞ＝지금라 비겨보니＝비교해 보니 豪放
(호방)ᄒᆞ여＝의기가 장하여 작은 일에 거리낌이 없으니 일삼더
니＝일과로 삼더니 모로는＝나의 사정을 모르는

278
靑天(청천)에 썻는 구름 萬疊峯巒 되엿고나
수루룩 소사 올나 져 구름에 안고라쟈
世上(세상)이 物態에 奔走홈을 허허 웃고 다니리라. (樂學 370)

萬疊峯巒(만첩봉만)＝여러 겹의 산꼭대기의 뾰족뾰족한 봉우리
소사 올나＝솟아 올라 안고라쟈＝안고 싶구나 物態(물태)에 奔
走(분주)＝사물을 얻는데 바뻐 돌아다님. 속세에 얽매여 삶

279
天不生無祿之人오 地不生無名之草ㅣ라
天地間(천지간) 이늬 몸은 무슴ᄒᆞ라 나왓는고
두어라 太平聖代(태평성대)에 風流郎이 되도다. (樂學 371)

天不生無祿之人(천봉생무록지인)＝하늘은 먹을 것이 없는 사람
을 태어나게 하지 아니함 地不生無名之草(지봉생무명지초)＝땅
은 이름 없는 풀을 나오게 하지 않음 무슴ᄒᆞ라 나왓는고＝무엇
하려고 태어 났는가 風流郎(풍류낭)＝풍치가 있고 멋스러운 젊
은 남자

● 김태석(金兌錫)

280

本性이 虛浪(허랑)ᄒ야 世事에 쯧이 업셔
忠孝事業을 이룬 일이 바히 업다
두어라 四時佳興에 남은 히나 보뉘자. (靑謠 12)

本性(본성)=타고 난 성품   世事(세사)=살아가는 모든 일. 세
상 일   忠孝事業(충효사업)=나라에 충성하고 부모에게 효도하는
일   이룬 일이=이루어 놓은 것이   바히=전혀   四時佳興(사시가
흥)=사철의 계절에 따라 볼 수 있는 아름다운 경치   남은 히나
=여생(餘生)이나

281

오늘은 비 개건야 삿갓세 호믜 메고
뵈잠방이 것추오고 큰 논을 다 민 後(후)에
쉬다가 點心(점심)에 濁酒(탁주)먹고 새논으로 가리라. (靑謠 13)

개건야=개이겠느냐   삿갓세=삿갓에   뵈잠방이=베로 맏든 가
랑이가 짧은 흩고의. 베로 맏든 짧은 바지   것추오고=것어 올리
고   새논=다른 논

282

花山에 有事ᄒ야 西岳寺에 올라 보니
十里江山이 限 업쓴 景槪 ㅣ로다
아희야 盞(잔) ᄌ로 부어라 놀고 가자 ᄒ노라. (靑謠 14)

花山(화산)＝경기도 수원에 있는 산. 또는 꽃이 피어 있는 산
有事(유사)＝일이 있음 西岳寺(서악사)＝소재 미상의 절 十里
江山(십리강산)＝멀리 내다 보이는 경치 限(한) 업쓴＝끝 없이
펼처진 景槪(경개) ㅣ로다＝경치로구나 즈로＝자주

283
지 넘어 싀앗을 두고 손쌕치며 애써 간이
말만호 삿갓집에 헌덕석 펼쳐 덥고 년놈이 호듸 누어 얽지고 틀어졌다 이제는
얼이북이 叛奴軍에 들거곤아
두어라 모밀썩에 두 杖鼓를 말려 무슴 호리요. (靑謠 15)

지 넘어＝고개 넘어 싀앗＝첩(妾) 애써 간이＝부지런히 가니
말만호＝말(斗)만한. 작은 삿갓집＝삿갓 모양으로 지은 집 헌
덕석＝헌 덕석. 덕석은 추울 때 소 등에 덮는 멍석 년놈이＝사
내놈과 계집년이 얽지고 틀어졌다＝얽어지고 틀어졌다 얼이북
이＝정신이 투미한 사람 叛奴軍(반노군)＝‘발룩구니’의 한자음
사(漢字音寫). 발룩구니는 하는 일 없이 공연히 놀고 돌아 다니
는 사람 모멀썩에 두 杖鼓(장고)＝미상. 꼭 붙어 있는 두 사람
을 말하는 듯 말려 무슴 호리요＝말려 무엇 하겠는가

284
늙고 病(병)든 몸이 功名(공명)에 쯧지 업셔
田廬에 도라오니 이몸이 閑暇(한가)호다.
是非와 榮辱을 모르니 그를 죠화 호노라. (樂學 364)

쯧지＝뜻이 田廬(전려)＝농막. 농사 짓는데 편리하도록 논밭
근처에 간단히 지은 집 是非(시비)와 榮辱(영욕)＝낡과 옳고 그

늠을 다툴 일이나 영예와 목턴

285
식별 놉히 썻다 지게 메고 쇼 늬여라
압논 네 븨여든 뒷밧츠란 늬 븨리라
힘가지 지거니 시러 노코 이라저라 모라라. (樂學 366)

식별=샛벽 쇼=소(牛) 븨여든=(곡식)을 베거든 뒷밧츠란=
뒷밭은 힌가지 지거니=힘껏 짊어지겠다고 시러 ㄴ코=실어 놓
고. 짊어 놓고 이라저라=이려저려. 소를 모는 소리

● 박희석(朴熙錫)

286
쇠쏘리 놀려슬아 柯枝(가지) 우희 울릴셰라
계우 든 줌을 네 소리예 씰작시면
암아도 遼西一夢을 못 일울사 흐노라. (靑謠 16)

놀려슬아=날려자구나 울럴셰라=우는 소리가 울럴가 두렵다
계우=겨우 씰작시면=깬다면 遼西一夢(요서일몽)=요하 서쪽
에 있는 남편은 그리는 꿈. 당나라 무명씨의 시 '이주가'(伊州
歌)를 시조화한 것임. 이주가는 '타기황앵아 막교지상제 제시경
첩몽 부득도요서'(打起黃鶯兒 莫敎枝上啼 啼時驚妾夢 不得到遼
西) 못 일울사=꿈을 꾸지 못할까

287
새볏거울 봄왼 後(후) | 니 白髮(백발)도 하도하다
春槽에 瀉酒聲이 늙도록 더 죠홰라
두어라 光明이 덧업쓰니 안이 먹고 어이리. (靑謠 17)

새볏 거울 봄왼 후(後)＝새벽 거울이 녹슨 다음. 젊음의 모습이
사라진 뒤란 뜻인 듯 春槽(용조)에 瀉酒聲(사주성)＝용수에 술
거르는 소리. 용수는 술독에 넣고 술을 풀 수 있도록 넣는 바구
니처럼 생긴 것 光明(공명)＝밝은 빛. 여기서는 세월의 뜻으로
쓰였음 덧업쓰니＝무상(無常)하니

288
殘灯은 耿耿ㅎ야 殘夢의 벗이 되어
楚國天涯에 님글이는 情(정)이로다
돌 지고 子規 긋첫신이 滿庭花落 쑌이로다. (靑謠 18)

殘灯(잔정)＝희미해져 가는 등불 耿耿(경경)ㅎ야＝불빛이 깜박
깜박하여 殘夢(잔몽)＝얕은 잠에 꾸는 꿈 楚國天涯(초국천애)
＝초나라의 하늘 끝. 고향을 떠난 머나먼 곳 子規(자규) 긋첫시
니＝소쩍새 우는 소리 그쳤으니 滿庭花落(만정화락)＝뜰에 가득
이 떨어진 꽃

289
紅蓼花 븨여닉아 白鷗(백구)를 날여스라
物外에 벗님네야 날을 외다 ㅎ려니와
이 江山(강산) 이리 죠흔 줄을 世上(세상) 알가 ㅎ노라.

(樂學 357)

紅蓼花(홍료화)=붉은 여뀌 꽃 븨여닉아=베어 내어 物外(물외)=세상의 물정을 벗어난 바깥 낡을 믜다=나를 그르다 이닉 죠흔 죽을=이렇게 좋은 줄을

290
言約이 느져가니 碧桃花도 다 지거다
아춤에 우는 가치 有信(유신)타 ㅎ랴마는
그러나 鏡中娥眉를 다스려나 보리라. (樂學 562)

言約(언약)=말로 한 약속 느져가니=잘 지켜지지 않으니 碧桃花(벽도화)=푸른 빛의 복숭아 꽃 지거다=졌도다 아춤에=아침에 가치=까치 有信(유신)타=신의가 있다고 鏡中蛾眉(경중아미)=거울 속에 비치는 고운 눈섭 다스려나=가꾸어나

● 김진태(金振泰)

291
北溟에 有魚호이 일홈이 鯤이로다
化而爲鳥호이 이 닐온 大鵬이라
千萬里 瞬息만 넉이기는 너뿐인가 ㅎ노라. (靑謠 19)

北溟(북명)=북쪽 바다 有魚(유어)호이=고기가 사니 鯤(곤)=실제 존재하지 않는 상상의 큰 고기 化而爲鳥(화이위조)=변

하여 새가 된 넋은=이른바 大鵬(대붕)=곤어가 변하여 된 새.
하루에 구만 리를 난다고 함 千萬里 瞬息(천만리순식)만 넘이기
는=멀고먼 곳을 잠깐으로 여기기 것은

292

靑天에 썻는 구름 오며가며 쉴쩍 업셔
無心호 흰빗체 萬狀千態 무슴 일고
굿타여 世上人事를 싸롤쑬이 엇졔오. (靑謠 20)

靑天(청천)=푸른 하늘　쉴쩍=쉴 때　無心(무심)한 흰빗체=무
심이 없고 깨끗한 구름을 말함　萬狀千態(만상천태)=온갖 모양.
천태만상으로도 씀　굿타여=구태여. 일부러　世上人事(세상인
사)=세상 사람들의 일　싸롤쑬이 엇졔오=따를 것이 무엇이요

293

제 우는 져 쇠꼬리 綠陰芳草 興(흥)을 계워
雨後淸風에 碎玉聲 죠타만은
엇덧타 一枕江湖夢을 씨올쑬이 엇졔오. (靑謠 21)

제=저기　綠陰芳草(녹음방초)=우거진 나무 그늘과 꽃다운 풀
雨後淸風(우후청풍)=비온 뒤에 부는 맑은 바람　碎玉聲(쇄옥성)
=옥이 부서지는 듯한 고운 소리　一枕江湖夢(일침강호몽)=한잠
에 꾸는 강호의 꿈　씨올쑬이=깨우는 것이　엇졔오=어쩐 일이
오

294

夏雲이 多奇峰ᄒ니 金剛山이 이러ᄒᆞᆫ가

玉갓튼 芙蓉이 眼中에 잇다만은

암아도 보고 못 오른이 그를 슬허 ᄒ노라. (靑謠 22)

夏雲(하운)이 多奇峰(다기봉)=여름 구름은 많은 기이한 봉우리를 이름. 도연명의 시(詩) '사시(四時)의 둘째 구(句)인 玉(옥)갓튼 芙蓉(부용)=부용은 연꽃. 경치가 좋은 봉우리 眼中(안중)=눈 속. 눈 안에

295

뭇노라 太華山아 너는 어이 默重ᄒ다

世上 人事는 朝夕變 ᄒ거니와

아마도 容顔不改는 너뿐인가 ᄒ노라. (靑謠 23)

太華山(태화산)=충북 단양과 강원도 영월 사이에 있는 산 어이=왜 默重(묵중)=말이 없고 태도가 무거움 世上 人事(세상인사)=세상 살아 가는데의 여러 가지 일 朝夕變(조석변)=아침저녁으로 바뀜 容顔不改(용안불개)=얼굴 빛을 고치지 아니함

296

龍(용)갓튼 져 盤松아 반갑고 반가왜라

雷霆을 격끈 後에 네 어이 푸럿는

누구셔 成學士 죽닷튼고 이제 본 듯 ᄒ여라. (靑謠 24)

(掌苑署卽成三問舊宅也 松은 卽 成三問種種也)

盤松(반송)=키가 작고 가지가 옆으로 퍼진 소나무 반가왜라=

반갑구나 雷霆(뇌정)을 격끈 後(후)에＝격렬한 천둥과 벼락처럼
어려운을 겪은 뒤에 푸럿는＝푸르렀느냐 成學士(성학사)＝성삼
문(成三問)을 가리킨 죽닷튼고＝죽었다고 하는고

297
어화 벗님네야 착호로라 자랑 마소
是非長短이 오로다 文章習氣
世上(세상)에 不敏聾瞽는 나 쑨인가 호노라. (靑謠 25)

착호로라＝착하노라. 착하다고 是非長短(시비장단)＝옳고 그흠
과 잘 잘못 오로다＝오로지 文章習氣(문장습기)＝문장과 기풍
을 기흠 不敏聾瞽(불민농고)＝민첩하지 못한 귀머거리와 벙어
리. 세사에 우둔함

298
東籬에 傲霜花는 禁醉鶴翎 휘들어다
酒中仙 陶淵明의 놉흔 벗이 네로고나
우리도 聖恩(성은)을 갑파든 너를 좃차 놀리라. (靑謠 26)

東籬(동리)＝동쪽 울타리 傲霜花(오상화)＝서리를 업신여기는
꽃. 국화를 이흠 禁醉鶴翎(금취학령)＝'금취'는 '금취'(金翠)의
잘못. 공작의 꼬리털과 학의 깃 酒中仙(주중선)＝주객(酒客) 가
운데 신선. 이백을 가리킴 陶淵明(도연명)＝진(晉)나라 시인 도
잠(陶潛)을 가리킴 갑파든 갚거든 좃차＝따라

299
歲月이 如流ᄒ니 白髮(백발)이 절로 난다
뽑고 또 뽑아 졈고져 ᄒ는 뜻은
北堂에 親在ᄒ시니 그를 두려 홈이라. (靑謠 27)

歲月(세월)이 如流(여류)ᄒ니=세월이 물흐르 듯하니. 빠르니
北堂(북당)=북쪽에 있는 집. 어머니를 가리킨 親在(친재)=어
머닌이 생존해 계신 두려 흠이라=두려워 함이라

300
宦海가 滔滔ᄒ니 人生待足何時足고
功名(공명)이 誤人이라 ᄭᅢᄃᆞ를이 뉘 잇실이
自古로 江山風月이 님재 젹다 ᄒ더라. (靑謠 28)

宦海(환해)=관리의 사회. 벼슬살이의 어려움을 바다에 비유함
滔滔(도도)=거칠 것이 없이 물이 질펀하게 흐르는 모양 人生待
足何時足(인생대족하시족)고=사람이 만족함을 기다리나 언제 만
족이 이루어짓고. 벼슬에 대한 목신이 한이 없음을 이르는 말
誤人(오인)=사람을 그릇친 ᄭᅢᄃᆞᆯ이=깨달을 사람이 自古(자
고)ᄒ=예로부터 江山風月(강산풍월)=이 세상. 자연 님재=임
자가. 주인이

301
博古通今흔이 크기도 ᄀᆞ장 크다
以盛萬物ᄒ니 斤重이 ᄀᆞ이 업다
두어라 宦海에 띄워 以濟不通 ᄒ리라. (靑謠 29)

博古通今(박고통금)=고금의 일에 널리 통달함. 옛 일을 널리 알고 이제의 일에 통달함 以盛萬物(이성만물)=모든 물건을 다 담으니 斤重(근중)=무게 ㄱ이=끝이 宦海(환해)=벼슬길에 나가는 것을 바다의 험난함에 비긴 말 以濟不通(이제불통)=통하지 못하는 것을 건너게 함

302
淸風이 習習하니 松聲이 冷冷하다
譜 없고 調 없쓰니 無絃琴이 절엇튼가
至今(지금)에 陶淵明(도연명) 간 後ㅣ니 知音홀 재 업도다. (靑謠 30)

淸風(청풍)이 習習(습습)=맑은 바람이 산들산들함 松聲(송성)이 冷冷(냉냉)=소나무에 스치는 바람 소리가 악기 소리처럼 들린 譜(보)=악보 調(조)=곡조 無絃琴(무현금)=줄이 없는 거문고. 도연명이 가졌다던 거문고 절엇튼가=저러 하던가 知音(지음)홀 재=음악의 곡조를 잘 알 사람이

303
長空에 썻는 소로기 눈솜핌은 무슴 일고
석은 쥐를 보고 盤廻不去 하는고여
萬一(만일)에 鳳凰(봉황)을 만나면 우임될가 하노라.
(靑謠 31)

長空(장공)=높고 먼 공중 썻는=떠 있는 소로기=송개 눈솜펌=눈으로 살펴 봄 석은=썩은 盤廻不去(반회불거)=빙빙 돌면서 가지를 아니함 우임될가=웃음거리가 될까

304
平生(평생)에 부럽씨는 글짓기 술먹기로다
李太白 劉伶 後(후)에 詩酒風流 쏘 뉘런고
어즙어 我不同時를 不勝慨然 ㅎ여라. (靑謠 32)

李太白(이태백)=당나라 시인 이백(李白) 劉伶(유령)=중국 진
나라 사람으로 술을 즐겼음. 詩酒風流(시주풍류)=시와 술로 자
연을 즐긴 뉘런고=누구이던고 我不同時(아불동시)=내가 때를
같이하지 못함. 그 당시에 태어나지 못함 不勝慨然(불승개연)=
분함을 참지 못함

305
저 總角(총각) 말 듯거라 少年光景 자랑말아
光陰이 덧 업쓴이 綠髮이 卽 白髮 이로다
우리도 少年을 밋다가 비혼 일이 업세라. (靑謠 33)

少年光景(소년광경)=소년의 모습 光陰(광음)이 덧업쓴이=세
월에 덧없으니. 세월이 빠름을 말함 綠髮(녹발)이 卽 白髮(즉백
발)=검고 윤택했던 머리카락이 어느새 하얀 머리카락이 된 少
年(소년)을 멋다가=언제나 어린 시절로만 생각하고 있다가 비
혼=배운. 이루어 놓은

306
神仙(신선)이 잇단 말이 아마도 虛浪(허랑)ㅎ다
秦皇 漢武는 씨다롤쭐 모로던고
암아도 心淸身閑ㅎ면 眞仙인가 ㅎ노라. (靑謠 34)

잇단=있다는   虛浪(허랑)=말이나 행동에 거짓이 많고 착실하
지 못함 秦皇 漢武(진황한무)=진시황과 한 무제. 장생을 위해
불사약을 구하고, 이슬을 받아 먹음   心清身閑(심청신한)=마음
가짐이 맑고 몸가짐에 육신을 부리지 않고 한가함   眞仙(진선)=
도를 깨우친 참다운 신선

307
牧丹花 좃타커늘 빗김에 옴겻더니
春風一夜에 滿院花開 富貴春이라
어듸셔 貧賤을 厭ᄒ야 가지고져 ᄒ는이. (靑謠 35)

牧丹花(목단화)=모란꽃   빗김=비가 온 때에   春風一夜(춘풍일
야)=밤새 본 봄바람   滿院花開 富貴春(만원화개부귀춘)=뜰에
가득 꽃이 피어 봄이 무르익음   貧賤(빈천)을 厭(염)ᄒ야 가지고
져 ᄒ는이=가난한 것을 싫어하여 부귀를 가지고자 하느냐

308
니러나 쇼 먹인이 曉星이 三五ㅣ로다
들으을 볼아보니 黃雲色도 죠코죳타
암아도 農家(농가)의 興味(흥미)는 이 쑨인가 ᄒ노라. (靑謠 36)

니려나=잀어나   숀 먹인이=소 먹이니   曉星(효성)=샛별   三
五(삼오)=서너 댓 개. 몃 개 안됨   들으을=들을   黃雲色(황운
색)=가을에 벼가 익어 누렇게 익어 구름처럼 보임

309
初生(초생)에 빗친 달이 낫갓치 ㄱ으다가
보름이 돌아오면 거울갓치 둘엿ᄒ다
아마도 人之盛衰 절이ᄒᆞᆫ가 ᄒ노라. (靑謠 37)

낫갓치=낫처럼 ㄱ으다가=가늘다가 둘엿ᄒ다=둥글다 人之
盛衰(인지성쇠)=사람의 융성하고 쇠퇴하는 일 절이ᄒᆞᆫ가=저러
ᄒᆞᆫ가

310
壁上에 걸린 칼이 보믜가 낫다말가
功 업시 늙어가니 俗節 업시 몬지노라
어즙어 丙子國恥를 씨서 볼가 ᄒ노라. (靑謠 38)

壁上(벽상)에=벽에 보믜가 낫다말가=녹이 쓸었단 말인가 俗
節(속절) 업시=아무리 하여도 희망이 없어 단념할 수밖에 별 도
리가 없이 丙子國恥(병자국치)=병자호란으로 인하여 당한 국가
의 수치

311
平生(평생)에 願(원)ᄒ기를 어의 일 무스 것고
鳳凰의 文章과 蜘蛛의 經綸 이로다
너희는 쓸듸 업쎤이 나를 준들 엇더리. (靑謠 39)

어의 일=어떤 일 무스 것고=무슨 것인고 鳳凰(봉황)의 文章
(문장)=봉황의 문채(文彩). 훌륭한 글재주 蜘蛛(지주)의 經綸
(경륜)=거미가 줄을 느리는 것처럼 일을 계획적으로 처하는 슬
기 쓸듸 업쎤이= 쓸 곳이 없는 것이니

312

藥(약)이 靈타 하되 效驗(효험)이 바히 업다
淸心節慾ᄒ면 이 안이 仙藥인가
암아도 藥일홈은 四君子ㅣ가 ᄒ노라. (靑謠 40)

영(靈)타=영하다. 영헌하다   바히=전혀   淸心節慾(청신절묵)
=마음을 맑게 가지고 육신을 절제함   仙藥(선약)=신선들이 사
용하는 약   藥(약)일흔=약 이음   四君子(사군자)=고결함이 군
자와 같다는 뜻에서 매화, 국화, 난초, 대나무를 일컬음

313

耳聾과 目瞽홈을 웃지마소 벗님네야
靑山(청산)에 눈 열리고 綠水(녹수)에 귀가 붉에
암아도 곳치기 쉽기는 이 病(병)인가 ᄒ노라. (靑謠 41)

耳聾(이농)=귀가 먹어 들리지 아니함. 귀머거리   目瞽(목고)=
눈이 어두워 보이지 않음. 장님   綠水(녹수)=맑아 푸른 빛을 띠
는 물   붉에=밝으이

314

한을이 놉흐시되 人間私語 들으시고
暗室에 欺心인들 神目이 번개로다
암아도 둘엽씨는 天雷신가 ᄒ노라. (靑謠 42)

한을이=하늘이   人間私語(인간사어)=사람들의 사사로운 말
暗室(암실)에 欺心(기심)인들=아무도 없는 컴컴한 방이라하여

자기의 양신을 속인들 神目(신목)이 번개로다＝하느님의 눈은
다 알고 번개로 벌을 내림 둘엽끼는＝두려운 것은 天雷(천뢰)
＝벼락

315
지죄기는 져 가마괴 암수를 어이 알며
지나는 져 구름에 비올쏭 말쏭 어이 알리
암아도 世事人情도 다 이런가 ᄒ노라 (靑謠 43)

지처기는＝지저귀는 가마괴＝까마귀 암수＝암놈과 숫놈 世事
人情(세사인정)＝세상의 일과 세상 사람의 마음

316
냇가에 셧는 버들 三月東風 만나거다
쾨쏘리 노릭훈이 우즑우즑 춤을 춘다
암아도 柳幕風流를 立春에도 썻더라. (靑謠 44)

三月東風(삼월동풍)＝삼월에 부는 따뜻한 봄바람 만나거다＝만
났구나 우즑우즑＝우쭐우쭐 柳幕風流(유막풍류)＝버들 숲에서
의 멋 있는 일. 立春(입춘)＝24절기의 하나. 일년 절기의 맨 처
음

● 문수빈(文守彬)

317

淸泠浦 돌 밝은 밤에 어엿분 우리 님금
孤身隻影이 어드러로 가신거고
碧山中 子規의 哀怨聲이 날을 절로 울린다. (靑謠 45)

淸泠浦(청령포)=강원도 영월의 단종(端宗)이 귀양 갔던 곳에
있는 나루의 이름 어엿분 우리 닙금=불쌍한 우리 임금. 단종을
가러킴 孤臣隻影(고신척영)=마음이나 몸을 붙일 곳이 없이 떠
도는 외로운 홀몸 어드러로=어디로 碧山中(벽산중)=푸른 산
속 子規(자규)=두견이 哀怨聲(애원성)=슬프게 원망하는 듯
우는 소리 날을=나를 절로=저절로

● 이덕함(李德涵)

318

晴窓에 낫줌 씨여 物態를 둘러보니
花枝에 자는 씨는 閑暇(한가)도 흐져이고
암아도 幽居趣味를 알리 젠가 흐노라. (靑謠 46)

晴窓(청창)=맑게 개인 날의 환한 창 物態(물태)=경치 花枝
(화지)=꽃이 핀 나무가지 흐져이고=하구나 幽居趣味(유거취
미)=한적하고 외딴 곳에서 사는 취미 알리=아는 사람 젠가=

저인가

319
잇브면 줌을 들고 씨엿심연 글을 보새
글 보면 義理(의리) 잇고 줌들면 실음 닛에
百年(백년)을 이럿틋 ᄒᆞ면 榮辱이 總浮雲인가 ᄒᆞ노라. (靑謠 47)

잇브면=기쁘면 씨엿신연=깨어 있으면 닛에=잊네 百年(백년)=평생을 말함 榮辱(영욕)이 總浮雲(총부운)=영예와 치욕이 모두 뜬구름처럼 부질 없는 것임

320
公庭에 吏退ᄒᆞ고 印匣에 잇기 꼇다
太守政淸ᄒᆞ니 詞訟이 아조 적다
두어라 聽訟이 猶人ᄒᆞᆫ들 無訟ᄒᆞᆷ만 굿트랴. (靑謠 48)

公庭(공정)=관청 吏退(이퇴)=관리들이 다 퇴청함 印匣(인갑)=도장을 넣어두는 갑 잇기 꼇다=이끼가 끼었다 太守政淸(태수정청)=지방관(地方官)이 정치를 청렴결백하게 처리함 詞訟(사송)=민사(民事)에 관한 소송 聽訟(청송)이 猶人(유인)ᄒᆞᆫ들 無訟(무송)ᄒᆞᆷ만 굿트랴=청송은 재판하기 위해 송사를 듣는 것. 공자가 나도 청송은 다른 사람들과 같으나 송사가 없는 것이 낫다고 한 것에서 송사가 없는 것이 제일이란 뜻

● 김묵수(金默壽)

321
蜀帝의 죽은 魂(혼)이 蝶蝣새 되야 잇셔
밤마다 슬피 울어 피눈물노 긋치는이
우리의 님글인 눈물은 언의 씨에 긋칠쇼. (靑謠 49)

蜀帝(촉제)=촉(蜀)의 망제(望帝)를 가러킴   蝶蝣(접동)새=두
견이   긋치는이=그치느냐   언의 씨=어느 때

322
天運이 循環ᄒ사 胡風을 쓰릿침에
堯天舜日이 大明이 되엿던이
오늘늘 神州陸沈을 不勝慷慨 ᄒ여라. (靑謠 50)

天運(천운)이 循環(순환)=하늘이 정한 운수가 잇달아 돎   胡風
(호풍)=오랑캐의 풍속   쓰릿침에=쓸어버린에   堯天舜日(요천순
일)=요순의 태평한 세월   大明(대명)=중국의 명(明)나라를 높
여 부름   神州陸沈(신주육침)=신주는 중국을 가러킴. 육침은 나
라가 망함을 뜻함. 명나라가 청나라에게 망한 것을 가러킴   不勝
慷慨(불승강개)=원통하고 슬퍼함을 이기지 못함

323
蜀鏤劒 드는 칼 들고 白馬(백마)를 號令(호령)ᄒ야
吳江 潮頭로 밤마다 돌리는 쯧은
지금히 鷗夷憤氣를 못내 계워 홈이라. (靑謠 51)

蜀鏤劒(촉루검)=‘촉’은 ‘촉’(鐲)의 잘못. 칼이슭 드는 칼=날 카로운 칼 吳江 潮頭(오강조두)=오강의 조수(潮水) 머리. 오자서(吳子胥)가 오나라의 부차(夫差)에게 미움을 받아 죽자 시체를 가죽 주머니에 넣어 오강에 버리니 노도가 일었고 후에 오나라는 월에게 망했음 鴟夷憤氣(치이분기)=치이는 가죽 주머니. 가죽 주머니에 들어가는 수치를 당한 분에서 생긴 기운 못내 계워=끝내 이기지 못하여

324

鐵驄馬 타고 보라매 밧고 白羽長箭 허리에 씌고 千斤 角弓 허 리에 걸고
산넘어 굴음 진아 묏山行 가는 저 閑暇(한가)훈 사롬
우리도 聖恩(성은)을 갑파든 너를 좃차 놀리라. (靑謠 52)

鐵驄馬(철총마)=철총청이. 온몸에 푸른 털에 흰 털이 조금 섞인 말 보라매=그 해에 난 새끼를 길들여 곧 사냥에 쓰는 매 白羽長箭(백우장전)=흰 새의 깃을 단 긴 화살 千斤 角弓(천근각궁)=각궁은 쇠뿔이나 양뿔 따위로 꾸민 활. 천근이나 되는 각궁 굴음 진아=구름 지나 묏山行(산행)=꿩사냥 聖恩(성은)=임금의 은혜 갑파든=갚거든 좃차=따라

325

千古 離別 설운 中(중)에 누구누구 더 설운고
明皇의 楊貴妃와 項羽의 虞美人은 劒光에 놀아나고 漢公主 王 昭君은 胡地에 遠嫁ᄒ야 琵琶絃 鴻鵠歌의 遺恨이 綿綿ᄒ고 石崇의 金谷繁華로도 綠珠를 못 잇엇시되
우리는 連理枝 並蔕花를 님과 나와 것거 쥐고 元央枕 翡翠衾에 百年同樂 ᄒ리

라. (靑謠 53)

千古 離別(천고이별)=예전부터 지금까지의 사람들이 헤어진
서러운고=서러운고　明皇(명황)의 楊貴妃(양귀비)=명황은 당 현
종(玄宗). 양귀비는 그의 애첩(愛妾). 안록산의 난(亂) 때 죽임
을 당함　項羽(항우)의 虞美人(우미인)=우미인은 항우의 애첩.
항우가 한 고조에게 포위되어 해하에서 자결할 때 같이 죽음　劍
光(검광)=칼날의 번쩍이는 빛　놀아나고=목이 날아나고. 죽었
고　漢公主 王昭君(한공주왕소군)=한나라 궁녀. 흉노와의 친화
책으로 호지(胡地)에 바치는 몸이 되어 마상에서 비파를 뜯어 원
통함을 노래했고, 죽어서 그 곳에 묻힘　호지(胡地)에 遠嫁(원
가)=멀리 오랑캐 땅으로 시집감　琵琶絃(비파현)=비파의 줄
鴻鵠歌(홍곡가)=노래의 이름　遺恨(유한)이 綿綿(면면)=생존의
남은 한이 계속하여 이어져 있음　石崇(석숭)의 金谷繁華(금곡번
화)=석숭은 중국 진(晉) 대의 부호(富豪)이자 문장가. 하남성
낙양현의 서쪽 금곡에 별장을 두고 호사를 누렸음　綠珠(녹주)=
석숭의 애첩. 당시 손수(孫秀)란 사람이 권력으로 석숭의 애첩인
녹주를 빼앗고자 하였으나 녹주는 다락에서 떨어져 죽음　잇엿시
되=잊지를 못하였으되　連理枝(연리지)=두 나무가 서로 맞닿아
결이 통한 것. 화목한 부부나 남녀의 사랑을 이른말　並蔕花(병
체화)=한 뿌리에 두 개의 꽃이 핀 꽃. 부부의 화목함을 비유함
元央枕(원앙침)='원앙'(元央)은 '원앙'(駕鴦)의 잘못. 원앙을
수놓은 베개.　翡翠衾(비취금)=비취색 이불　百年同樂(백년동
락)=평생을 함께 삶

326
님글인 靑肓之疾을 무슨 藥(약)으로 곳쳐닐고
太上老君의 草還丹과 西王母의 千年蟠桃 眞元子의 人蔘果와 十　洲 三山 不老草

를 아모만 먹다 홀일쏜야
암아도 님을 만나봄연 홀일 法이 잇는이. (靑謠 54)

닛굴인=님을 그리워하여 생긴 膏肓之疾(고황지질)=고황에 든
병. 고황은 병이 그 속에 들어가면 병을 고칠 수가 없다는 부분
太上老君(태상노군)=도가(道家)에서 노자(老子)를 존칭한 말
草還丹(초환단)='초혼단'(招魂丹)의 잘못인 듯. 선단(仙丹)의
이름 西王母(서왕모)의 千年蟠桃(천년반도)=서왕모는 중국 신
화에서 곤륜산에 산다는 표머호치(豹尾虎齒), 반인반수(半人半
獸)의 영이적(靈異的) 여성. 천년반도는 삼천 년에 한 번 꽃이
피고 열매를 맺는 다는 복숭아. 이것을 먹으면 장수(長壽)한다고
함. 眞元子(진원자)=양(梁)나라의 완효서(阮孝緒)를 가리키는
듯. 산삼을 구하여 어머니의 병환을 고쳤다는 효자 人蔘果(인삼
과)=인삼으로 만든 과자 十洲三山(십주삼산)=신선이 산다는
삼신산(三神山)과 십주. 삼신산은 봉래산(蓬萊山), 방장산(方丈
山), 영주산(瀛洲山). 십주는 조주(祖洲), 영주(瀛洲), 현주(玄
洲), 연주(炎洲), 장주(長洲), 원주(元洲), 유주(流洲), 생주(生
洲), 봉린주(鳳麟洲), 취굴주(聚窟洲) 不老草(불노초)=먹으면
늙지 않는다는 풀 아모만=앎만. 아무리 홀일소냐=낫겠느냐
홀일 법(法)=나을 법

327
落葉聲 춘브롬의 기러기 슬피 울지
夕陽 江頭의 고온님 보뇌오니
釋迦와 老聃이 當(당)훈들 아니 울고 어이리. (樂學 525)

落葉聲(낙엽성)=나뭇잎이 떨어지는 소리 夕陽江頭(석양강두)
=해가 질 무렵의 강어구 고온 님=사랑하는 사람 釋迦(석가)

=석가모니   老聃(노담)=도가의 시조인 노자(老子). 성은 이
(李), 이름은 이(耳)

328
白雲(백운) 깁흔 골에 靑山 綠水 둘러는듸
神龜로 卜築ㅎ니 松竹間(송죽간)에 집이로다
每日(매일)에 靈菌을 맛드리며 鶴鹿 홈긔 놀니라. (靑六 262)

靑山綠水(청산녹수)=푸른 산과 물. 경치가 뛰어난 곳 神龜(신
구)로 卜築(복축)ㅎ니=신령스런 거북젼을 쳐 살만한 곳에 집을
지은 靈菌(영균)=대나무를 달리 부르는 이름 맛드리며=맛을
즐기며 鶴鹿(학록)=학과 사슴

● 김중열(金重說)

329
閑中에 홀로 안자 玄琴을 빗긔 안고
宮商角徵羽를 주줄이 집혓시니
窓(창)밧긔 엿듣는 鶴(학)이 우즑우즑 ㅎ더라. (靑謠 55)

閑中(한중)=한가옵게 사는 동안 玄琴(현금)=거문고 빗긔=
비스듬히 宮商角徵羽(궁상각치우)=동양 음악에서의 다섯 음계
(音階)의 명칭 주줄이=줄줄이. 차례로 집혓시니=짚었으니
우즑우즑=우쭐우쭐

330
九龍沼 맑은 물에 이 내 마음 싯쳐 닌이
世間 榮辱이 오로다 쑴이로다
이몸이 淸風明月과 홈씌 늙즈 ᄒᆞ노라. (靑謠 56)

九龍沼(구룡소)＝강원도 금강산에 있는 구룡연(九龍淵)을 가리
키는 듯   싯쳐 닌이＝씻어 내니   世間 榮辱(세간영욕)＝세상을
살아가는 동안에 겪는 영예와 치욕   오로다＝모두가. 오로지   淸
風明月(청풍명월)＝맑은 바람과 밝은 달

331
臨湖에 비 씌워 赤壁으로 날여간이
한 업쓴 風景(풍경)이 눈 알픠 벌어 잇다
우리도 東坡의 남은 興(흥)을 니어 놀려 ᄒᆞ노라. (靑謠 57)

臨湖(임호)＝중국 호북성 황강(黃岡)현 장강(長江) 연안에 있는
호수   赤壁(적벽)＝적벽강. 중국 호북성 황강현의 성밖에 있음
날여간이＝떠내려 가니   東坡(동파)＝북송의 蘇軾을 가리킴. 동
파는 소식의 호(號)   니어 놀녀＝계속해서 놀고져 .

● 박문욱(朴文郁)

332
世上(세상) 살롬들아 聾瞽를 웃지마라

視不見 聽不聞은 녯살룸의 警戒로다
어듸셔 妄伶(망령)의 벗님네는 남의 是非(시비) 후는이.
(靑謠 60)

聾瞽(농고)=벙어리와 소경 視不見 聽不聞(시불견청불문)=마
음이 거기에 없으면 보아도 보이지 아니하고 들어도 들려지 않음
녯살룸=옛 사룸 警戒(경계)=타일러 주의시킨 후는이=하느냐

333
夕陽(석양)에 매를 밧고 내 건너 山 넘어 가셔
쒱 날리고 매 부른이 黃昏(황혼)이 거의로다
어듸셔 반가온 방울쏘릐 구름 밧희 들닌다. (靑謠 61)

매를 밧고=매사냥 준비를 하고 거의로다=거의 되었다. 다 되
었다 밧희=밖에서

334
알고 늙엇는가 모로고 늙엇는가
酒色에 즘겻쩌든 늙는 줄 어이 알리
귀밋틔 白髮(백발)이 훗놀린이 글을 슬허 후노라. (靑謠 62)

酒色(주색)=술과 계집 즘겻쩌든=빠져 있거든 훗놀런이=흘
어 날러니 굴을=그것을 굴을=그 것을 슬허=슬퍼

335
朝聞道夕死ㅣ可矣라 후니 눌을 들여 물을쓴이

人情(인정)은 알앗노라 世事(세사)는 모를노라
출하리 白鷗(백구)와 벗이 되야 樂餘年을 ㅎ리라. (靑謠 63)

朝聞道夕死可矣(조문도석사가의)=공자님이 ㅎ시신 말. 아침에 도
를 들으면 저녁에 죽어도 좋음   눈을 들여=누구에게 무을쓴이
=묻겟느냐   모를로다=모르겠구나   樂餘年(낙여년)=남은 생애
를 즉긴

336
나니 언제런지 어제런지 그제런지
月波亭 붉은 돌 아래 뉘집 술에 醉(취)ㅎ엿든지
眞實로 먹엇실싸 먹은 집을 몰래라. (靑謠 64)

나니=감탄사. '생각하니'의 뜻인 듯   月波亭(월파정)=정자의
이름 뉘집=누구의 집   먹엇실싸=먹었거니

337
窓밧씌 감아솟 막키라는 장ᄉ 離別나는 굼멍도 막키 옵는가
그 궁기 本來(본래) 물이 흘으매 自古(자고)로 英雄豪傑(영웅호 걸)들도 知慧
(지혜)로 못 막앗고 허믈며 西楚伯王의 힘으로도 能(능)히 못 막앗신이 하 우은
말 마오
眞實(진실)로 장ᄉ의 말과 갓탈찐대 長離別(장이별)인가 ㅎ노라. (靑謠 65)

窓(창)밧씌=창밖에   감아솟=가마솥   막키라는=막으라는 장
ᄉ=장사꾼   離別(이별)나는=이별이 생기는   굼멍=구멍   궁기
=구멍   西蜀伯王(서촉백왕)=항우를 가리킨   하=너무 우은말
=웃으운 말   갓탈찐대=같다면

338
君莫惜典衣沽酒ᄒ소 襄乾ᄒ면 我典衣로다
塵世難逢開口咲ᅵ니 知己를 相對盡情談ᄒ고 劉伶墳上에 酒不到 ᅵ니 且樂生前
一盃酒로다
人生(인생)이 草露 ᄀᆞ튼이 醉(취)코 놀려 ᄒ노라. (靑謠 66)

君莫惜典衣沽酒(군막석전의고주)ᄒ소 襄乾(양건)ᄒ면 我典衣(아
전의)로다 塵世難逢開口咲(진세난봉개구소)ᅵ니 知己(지기)를 相
對盡情談(상대진정담)ᄒ고 劉伶墳上(유령분상)에 酒不到(주불도)
ᅵ니 且樂生前一盃酒(차락생전일배주)로다=그대는 옷을 전당하
고 술을 사는 것을 아끼지 말나. 그대의 주머니가 비었으면 내가
옷을 전당잡힐 것이다. 진세에 입을 크게 벌려고 웃을 일은 맞나
기가 어려우니, 지기를 상대해 정담을 다 나누고, 유령의 무덤
위에 술이 이르는 것이 아니니 다시 생전에 술 한 잔을 즐긴다
草露(초로)=풀에 맺힌 이슬

339
내게는 怨讐(원수)ᅵ가 업셔 개와 둙이 怨讐로다
碧紗窓 깁픈 밤의 픔에 들어 자는 임을 자른 목 느르혀 홰홰쳐 울어 닐어 가게
ᄒ고 寂寞重門에 왓는 님을 무르락 나오락 캉캉 즈저 도로 가게 ᄒ니
암아도 六月 流頭 百種前에 서러저 업씨 ᄒ리라. (靑謠 67)

碧紗窓(벽사창)=푸른 비단을 드리운 창 픔에 들어=픔에 들어
와 자른=짧은 느르혀=늘리어 넣어=자리에서 일어나 寂寞
重門(적막중문)=인적이 없는 뜰 안에 세운 문 무르락 나으락=
뒤로 물러갔다 앞으로 나오려고 六月 流頭(유월유두)=음력 유
월 보름. 냇물에 머리를 감는 풍속이 있음 百種前(백종전)에=

백종 이전(以前)에. 백종은 음력 칠월 보는 서러져=쓸어서 업
씨=없이

340

月一片 灯三更인제 나간 님을 헤야인이

靑樓 酒肆에 새 님을 걸어두고 不勝 蕩情ᄒ야 花看陌上 春將晩 이요 走馬鬪犬
猶未返이라

三時出望 無消息ᄒ니 盡日欄頭에 空斷腸을 ᄒ소라. (靑謠 68)

月一片(월일편) 灯三更(정삼경)인제=달은 조금만 남고 등불은
가믈거리는 한 밤중인데 헤야인니=헤아리니. 생각하니 靑樓
酒肆(청루주사)=술 파는 기생집 새 님을 거러두고=새로 좋아
하는 사람을 얻어두고 不勝蕩情(불승탕정)=방탕한 마음을 이기
지 못함 花看陌上春將晩(하간맥상춘장만)이요 走馬鬪犬猶未還
(주마투견유미환)이라 三時出望無消息(삼시출망무소식)하니 盡日
欄頭(진일난두)에 空斷腸(공단장)=길 위에 꽃을 보니 봄은 장차
가려하고, 주마 투견하는 님은 아직도 돌아오지 않았구나. 하루
세 번 문밖에 나가 바라보아도 소식이 없으니, 종일 난간 머리에
서 창자가 끊어지는 듯 슬퍼함

341

思郞思郞 庫庫히 미인 思郞 왼 바다흘 다 덥는 금을쳐로 미즌 思郞

往十里라 踏十里 츰읫너추리 얽어지고 틀어져서 골골이 둘우 뒤트러진 思郞

아마도 이 님의 思郞은 ᄀ업슨가 ᄒ노라. (靑謠 69)

思郞(사랑)=‘사랑’의 한자 표기 庫庫(고고)히=‘고고이’의 한
자 표기인 듯. 굽이마다. 또는 단단히인 듯 미인=매어져 있는

인 바다흘=은 바다을 금을쳐로=그물처럼 往十里(왕십리) 踏
十里(답십리)=서울 동대문밖에 있는 지명. 예전에는 채소밭으로
유명했음 춤읫너추리=참외넝쿨이 엎어지고 틀어져서=엎히고
뒤헝클어져 곡곡이=밭고랑마다 둣우=두루 ㄱ업슨가=끝없는
가

342
十面 埋伏 설이 치고 둙 붉은 밤의
起飮帳中 別虞姬ᄒ고 鐵鞭을 높히 들고 喑啞叱咤호이 烏騅馬 ᄂ는 곳에 漢兵
이 草芥로다
암아도 千不當 萬不當은 楚伯王인가 ᄒ노라. (靑謠 70)

十面埋伏(십면매복)=복병(伏兵)으로 둘러 쌈. 항우의 군사가
밤에 한의 군사에게 포위되었던 일 설이 치고=서리가 내리고
起飮帳中 別虞姬(기음장중별우희)=항우가 장중에서 읽어나 술을
마시고 애첩 우미인과 사별함 鐵鞭(철편)=고등개. 채직의 옆
끝에 굵은 매듭이나 추같이 달린 물건 喑啞叱咤(읍아질타)=노
하여 크게 소리 지음 烏騅馬(오추마)=항우가 타던 말의 이름
ᄂ는 곳=날으는 것처럼 빠른 곳 漢兵(한병)=한나라의 군사.
유방(劉邦)의 군사 草芥(초개)=지푸라기. 쓸모 없는 것 千不
當(천부당) 萬不當(만부당) 楚伯王(초백왕)=초백왕은 항우를 가
리킴. 천명이나 되는 군사로도 만명인 되는 군사로도 당할 수 없
는 항우

343
烏程酒 八珍味를 먹은들 술로 가랴
玉漏金屛 깁흔 밤의 元央枕 翡翠衾도 님 업쓰면 거즉써시로   다

져 님아 헌 덕썩 집벼개예 草食을 홀씨라도 離別(이별)곳 업씨 면 긔 願인가
ᄒ노라. (靑謠 71)

烏程酒(오정주)＝슐의 이흠   八珍味(팔진미)＝여덟 가지의 맛있
는 음식   玉漏金屛(옥루금병)＝옥으로 만든 물시계와 금으로 만
든 병풍. 좋은 가구   元央枕 翡翠衾(원앙침비취금)＝'원앙'은
'원앙'(鴛鴦)의 잘못. 원앙을 수놓은 베개와 비취색의 이불   거
즉쩌시ᄅ다＝거짓 것이다   헌 덕썩 집벼개예＝낡은 덕석과 짚으
로 만든 베개. 편안하지 못한 잠자리   草食(초식)＝푸성귀로만
만든 음식. 또는 그런 음식만 먹음   긔＝그것이   願(원)인가＝소
원인가

344
남이라 님을 안 두랴 思郞(사랑)도 밧첫노라
梨花에 나간 님이 走馬鬪鷄 노니다가 霽月光風 젼근 날에 黃菊丹楓 다 지도록
金鞍白馬 猶未還이라
두어라 님이 비록 니젓시나 紗窓 긴긴 밤의 幸(행)혀 올가 기드린다. (靑謠
72)

남이라＝남이라고 하여   梨花(이화)에 나간 님＝봄철에 나간 님
走馬鬪鷄(주마투계)＝말을 달리고 닭싸움을 붙여 승패를 겨루는
놀이   霽月光風(제월광풍)＝도량이 넓고 시원함. 또는 좋은 시절
젼근 날＝저문 날.   黃菊丹楓(황국단풍)＝누런 국화와 붉게 물든
잎. 여기서는 가을철을 뜻 함   金鞍白馬 猶未還(금안백마유미환)
＝좋은 안장과 흰빛의 말이 아직 돌아오지 않았음. 님이 오지 아
니하였음   紗窓(사창)＝비단의 장막을 드리운 창. 여인이 거처하
는 곳

345

어우와 벗님네야 壽夭長短을 恨(한)치 마소

　自古로 聖帝明皇과 賢人君子라도 天命을 부라거늘 우읍다 秦始皇(진시황)은 採
藥 童女 못온 前에 沙丘에 魂(혼)이 되고 허물며 漢武帝는 神仙(신선)을 求(구)
ᄒ다가 金丹에 病(병)이 들어 漢南에 덥힌 威嚴(위엄)이 武陵 松柏 빗소리로다

　암아도 太平聖代(태평성대)에 無病無憂홀쎄 醉(취)코 놀짜 ᄒ노라. (靑謠 73)

　어우와＝어하　壽夭長短(수요장단)＝목숨의 길고 짧음　자고(自
古)로＝예로부터　聖帝明皇(성제명황)＝덕이 높고 지혜가 밝은
왕　賢人君子(현인군자)＝어진 사람과 학식과 덕행이 높은 사람
天命(천명)＝하늘의 명령　採藥 童女(채약동녀)＝약을 캐러 간
동남과 동녀. 진시황이 동남동녀(童男童女)로 하여금 봉사약을
구하여 오게함　못온 前(전)에＝약을 구하여 오기 전에　沙丘(사
구)＝지금의 중국 하북성 평향현의 동북. 진시황이 동순(東巡)하
다 붕어한 곳　漢武帝(한무제)＝한나라의 왕. 장수(長壽)를 위해
이슬을 받아 먹었음　金丹(금단)＝약(藥). 선단(仙丹)의 한 가지
漢南(한남)＝한(漢)의 이남(以南). 여기서 한은 중국의 땅을 말
함인 듯　武陵松柏(무릉송백)＝무릉에 있는 소나무와 잣나무. 무
릉은 한무제의 능　無病無憂(무병무우)＝병도 근심도 없음

346

둥과 僧과 萬疊山中에 맛나 어드러로 가오 어드러로 오시는게

　山 쪽코 물 좃혼듸 갈씨를 붓쳐보오 두 곳갈이 훈듸 다하 너픈　너픈 ᄒ는 樣
(양)은 白牧丹(백모란) 두 퍼귀가 春風(춘풍)에 휘듯는 듯

　암아도 空山에 이 씰음은 중과 僧과 둘 뿐이라. (靑謠 74)

　둥과 僧(승)＝남녀의 스님　萬疊山中(만첩산중)＝여러 겹으로

둘러 싸인 깊은 산 속 오시는게=오시는 것이오 山(산) 죳코 물
좃흔듸=산과 물이 깨끗한 곳에 갈씨='고깔씨름'의 준말인 듯.
고깔은 스님의 모자. 고깔을 쓴 두 사람이 서로 어우르는 모양을
씨름에 비유한 것인 두 퍼귀가=두 포기가 휘듯는 듯=휘두름
을 당하는 듯 空山(공산)=사람이 없는 산

347

갈제는 옴아트니 가고 안이 온오미라
十二欄干 바잔이며 님 계신 듸 볼아보니 南天에 雁盡ㅎ고 西廂 에 月落토록 消
息(소식)이 긋쳐졋다
이 뒤란 님이 오셔든 잡고 안자 새오리라. (靑謠 75)

옴아트니=오마 하더니. 온다고 하더니   온오미라=오는구나
十二欄干(십이난간)=열 둘이나 되는 난간. 규모가 큼을 의미함
바잔이며=쓸데 없이 왔다 갔다하며. 방황하며   南天(남천)에 雁
盡(안진)=남쪽 하늘에 기러기가 다 날아감 西廂(서상)에 月落
(월락)=서쪽에 있는 방으로 달이 진. 밤이 새도록 뒤란=뒤에
는 오셔든=오시거든 안자 새오리라=안아서 밤을 새우리라

348

三月東風 好時節에 一僕 三友 건을이고
六角 登臨ㅎ야 四宇를 돌아본이 天朗氣淸ㅎ고 惠風和暢ㅎ듸 花 間蝶舞는 弄春
色이오 柳上鶯飛는 蕩人情이라 鶴徘徊於長松ㅎ고 老龍潛於碧潭이라
암아도 暮年花似霧中看을 못내 슬ㅎ ㅎ노라. (靑謠 76)

三月東風 好時節(삼월동풍 호시절)=삼월에 봄바람이 부는 좋은
계절   一僕三友(일복삼우)=한 명의 하인과 세 명의 벗 六角 登

臨(육각등임)=서울 인왕산 밑 퍽운대 옆에 있던 육각현에 있는 정자에 오름 四宇(사우)=사방 天朗氣淸(천랑기청)=하늘이 상 래하고 기운이 맑음 惠風和暢(혜풍화창)=봄바람이 온화하고 맑음 花間蝶舞(화간접무)=꽃사이에서 나비가 춤을 춤 弄春色(농춘색)=봄빛을 희롱함 柳上鶯飛(유상앵비)=버드나무 위를 나르는 꾀꼬리 蕩人情(탕인정)=사람의 마음을 들뜨게 함 鶴徘徊於長松(학배회어장송)하고 老龍潛於碧潭(노용잠어벽담)=학은 높은 소나무 위에 배회하고 늙은 용은 푸른 연못에 잠겨 있음 暮年花似霧中看(모년화사무중간)=저무는 해의 꽃을 안개 속에서 본 듯

● 박후웅(朴厚(後)雄)

349
太公의 고기낚던 낚대 긴줄 미여 압내에 나려
銀鱗玉尺을 버들 움에 꿰여 들고 나니
杏花村 酒家(주가)에 모든 벗님네는 더대 온다 하더라.
(樂서 311)

太公(태공)=여상(呂尙). 위수에서 낚시하기 십 년에 주문왕을 만나 왕의 스승이 됨 銀鱗玉尺(은린옥척)=은빛 비늘을 가진 큰 물고기 버들 움=버드나무의 새로 돋아난 연한 가지 杏花村(행화촌)=살구꽃 핀 마을. 술집을 가리키는 말 모든=모인 더대 온다=늦게 온다

350
어와 世上(세상) 사롬 富貴(부귀)를 貪(탐)치 마소
事君數이면 斯辱矣라 ᄒ엿ᄂ니
무슨 일 宦海風波에 져듸도록 분쥬ᄒ고. (大東 121)

事君數(사군삭)이면 斯辱矣(사욕의)라=인군 섬기ᄅ 자주하면
그것이 오히려 욕이 됨 宦海風波(환해풍파)=벼슬살이의 어려
움. 벼슬을 사는 것을 험한 물결에 비유했음 져듸도록 분쥬ᄒ고
=저와 같이 매우 바쁜가(奔走)

● 권덕즁(權德重)

351
歷山에 밧그르실ᄉ 百姓이 다 그을 辭讓ᄒ고
漁雷澤ᄒ실ᄉ 人皆讓居ᄒ고 陶河濱ᄒ실ᄉ 그릇시 기으트지 아 녓ᄂ니
天下에 朝覲訟獄謳歌者의 부르는 聖德(성덕)을 일노 좃ᄎ 알 네라.(樂學 866)

歷山(역산)=순 인군이 왕위에 오르기 이전에 농사 짓던 산. 사
ᄅ들이 그의 인격에 감복하여 다 밭두둑을 양보했다 함 그을=
밭의 가름. 두둑을 漁雷澤(어뇌택)=순인군이 뇌택에서 고기를
잡음 人皆讓居(인개양거)=사ᄅ들이 다 자ᄅ을 양보함 陶河濱
(도하빈)=하빈에서 그릇을 구움 그릇시 기으트지=만든 그릇이
흠집이 없음 朝覲訟獄謳歌者(조근송옥구가자)=인군을 뵌 신하.
소송을 할 사ᄅ과 찬가를 부르는 사ᄅ 일노 좃ᄎ=이것을 보아서

● 김태서(金兌瑞)

352
가노라 三角山아 보내노라 설워말아
聖上이 씨치시면 도라오기 쉬오려니
아마도 萬世洪恩을 갑파 보려 ᄒ노라. (靑가 286)

三角山(삼각산)＝서울 북쪽에 있는 산. 북한산 聖上(성상)＝임
금 씨치시면＝깨우치시면 萬世洪恩(만세홍은)＝오랜 세월동안
입은 넓고 큰 은혜 갑파＝갚아

● 오경화(吳擎華)

353
南山(남산)에 鳳이 울고 北岳(북악)에 麒麟이 논다
堯天日月이 我東方에 붉가시니
아마도 唐虞世界를 이어본듯 ᄒ여라.(靑六 501)

鳳(봉)＝봉황새의 수컷 麒麟(기린)＝상상의 동물 堯天舜日(요
천순일)＝천하가 태평한 시대를 이름 我東方(아동방)＝동방에
있는 우리나라 唐虞世界(당우세계)＝요순세계 이어본듯＝계속
해서 본 듯

354

谷口弄 우는 소릭의 낫잠끼여 니러보니

져근 아들 글 니루고 며느아기 뵈싸난듸 어린 孫子는 곳노릭 흐다

뭇쵸아 지어미 술 거로며 맛보라고 흐더라. (靑六 681)

谷口弄(곡구롱)=러고릭의 웃음소릭의 한자표기 니러보니=일어나 보니 니루고=읽고 곳노릭=꽃놀이 뭇쵸아=때 맞추어 지어미=아내에 대한 견칭 술 거로며=술을 거르며

355

무근 히 보닉올제 시름 함긔 餞送(전송)흐쟈

흰권모 콩仁絶米 쟈치술국 安酒(안주)에 氷燈에 불 발키고 精神 (정신)치려 안 즈시니

이윽고 四更 닭 자초 울고 즈미衆 지나가니 식히 온가 흐노라.

(靑六 708)

무근 히=묵은 해. 지난 해 시름 한긔=근심걱정을 같이 흰권모=흰 곡무떡 콩仁絶米(인졀미)=콩인졀미 쟈치술국=쟈채쌀로 맏든 술을 마시기 위해 끓인 국 氷燈(빙등)='병등'(甁燈)의 잘못인 듯 四更(사경)=밤 한시에서 세시 사이 자초=자주 즈미중(衆)=자미승(粢米僧). 음력 섣달 대목 또는 정월 보늠날에 아이들의 복을 빈다고 쌀을 얻으러 다니는 중 식히 온가=새해가 왔는가

● 이복령(李福狜＝李興淑)

356
黃河水 맑다더니 우리 王子(왕자) 나시도다
壽域臣民 뉘 아니 欣悅ᄒ리
九重에 계오신 님은 萬壽無疆 ᄒ옵쇼셔. (靑가 521)

黃河水(항하수) 맑다더니＝항하수가 맑다고 하더니. 항하는 천
년에 한 번씩 맑아지는데 그 때엔 성군(聖君)이 난다고 함 壽域
臣民(수역신민)＝수역은 장수한 사람이 많은 고장. 달리 성세(聖
世)의 뜻이 있음. 성세의 백성 뉘＝누가 欣悅(흔열)＝기뻐함
九重(구중)＝구중 궁궐. 대궐 萬壽無疆(만수무강)＝수명의 길이
가 한이 없음

● 유세신(庾世信)

357
金牿 玉索으로 여물粥 살져시니
一生(일생)에 鞭叱이야 너 혼ᄌ 쑨이로다
우리는 三弄牧笛에 홈ᄌ 즐겨 ᄒ노라.(樂學 494)

金牿玉索(금곡옥색)＝금으로 만든 꼬뚜레와 옥으로 만든 고삐
여물粥(죽)＝마소를 먹이기 위해 여물로 쑨 죽 鞭叱(편질)＝채
찍으로 때려 꾸짖음 三弄牧笛(삼농목적)＝목적을 서너 번 붊.

목적은 목동들이 부는 피리 흔즛=혼자

358
여의고 病(병)든 물을 뉘라서 도라 볼고
씨씨로 길겨 울어 멀니 모음 두거니와
출하로 芳草長堤에 오락가락 하리라. (樂學 495)

여의고=여위고. 마르고 도라 볼고=건사하고 길겨=길게 멀
니 마음=멀리 달리고 싶은 마음 출호로=차라리 芳草長堤(방
초장제)=향긋한 풀이 우거진 긴 둑

359
밤마다 燈燭下에 韜略을 潛心키는
이 몸이 장상되야 물ㄱ족에 쓰히리라
잇다감 헌 옷슬 만지면서 니잡기만 ㅎ노라. (樂學 496)

燈燭下(등촉하)=등잔불과 촛불 아래 韜略(도략)=육도(六韜)
삼략(三略)의 약칭. 태공 병법의 하나. 병서(兵書)나 군략(軍略)
을 일컫음 潛心(잠심)=마음을 가라앉힘. 어느 것에 몰두함 장
상=장군과 정승. 높은 벼슬아치. 장상(將相) 물ㄱ족에 쓰히니
라=말가죽에 싸히고 싶다. 중국 후한(後漢)의 마원(馬援)이 남
자란 마땅히 전장에 나가 죽어서 시신을 말가죽에 싸여 돌아와야
한다고 하였음 니잡기만=이잡기만. 하잘 것 없는 일

360
佯狂 佯醉ㅎ니 世上(세상) 사롬 다 웃는다

長揖 不拜홀제 醉(취)호 말을 드런는가
鼎鑊에 더운 魂魄이 恨(한)이 업다 호드라. (樂學 497)

佯狂佯醉(양광양취)=거짓으로 머치고 취한 체함   長揖不拜(장
읍불배)=오랜동안 읍만 하고 절을 하지 않음   鼎鑊(정확)=엣
형구(刑具)의 하나. 저인을 끓여 죽이는 솥   魂魄(혼백)=넋

361
白華山 드러 가서 松壇에 홀노 안저
太平歌 호 曲調(곡조)에 聖世를 을퍼시니
天公이 브룸을 보뇌여 松生琴을 흐더라. (樂學 498)

白華山(백화산)=충북 러산군과 경북 문경군 사이에 있는 산인
듯   松壇(송단)=소나무 숲에 만들어 놓은 단. 집을 가리킴   太
平歌(태평가)=태평함을 부르는 노래. 노래의 이흠   聖世(성세)
=어진 인굼이 다스리는 세대   天公(천공)=하느님   松生琴(송생
균)=소나무 숲을 지나는 바람소리가 마친 가야금 소리 같다는
말

362
어화 저 늙으니 夷門抱關 긔 몃히오
信陵君 즌치홀제 上客이 되엿든가
世上에 知己를 맛나시면 고되 죽다 엇더흐리. (樂學 499)

저 늙은이=전국시대 위(魏)의 은사이며 대량(大梁)의 이문(夷
門)을 지키던 후영(侯嬴)을 가리킴. 그는 신능군을 위해 죽었음
夷門抱關(이문호관)=이문은 전국시대 대량성(大梁城)의 성문.

포관은 관문을 지키는 사람 信陵君(신릉군)='신릉'은 지명. 위
국(魏國)의 공자(公子) 무기(無忌)가 이곳에 봉함을 받고 신릉군
이라 하였음 上客(상객)=지위가 높은 손님 知己(지기)=서로
마음 통하는 친한 벗 고디=이제 막. 즉시

363
님의게서 오신 片紙(편지) 다시금 熟讀ᄒ니
無情(무정)타 ᄒ려니와 南北(남북)이 머러세라
죽은 後(후) 連理枝 되어 이 夤緣을 이오리라.(樂學 500)

熟讀(숙독)=자세히 읽음 머러세라=멀니 떨어져 있구나 連理
枝(연리지)=두 나무가 서로 맞닿아 결이 통한 것. 부부나 연인
의 사이가 좋은 것을 이른 말 夤緣(인연)=인연(因緣)과 같음
이오리라=이으리라

● 김상득(金尙得)

364
青藜杖 훗더지며 白蓮을 차ᄌ가니
峰巒은 千層이오 溪澗은 數回 ㅣ로다
이 곳에 小菴을 지어 님ᄌ 되미 엇더ᄒ리. (樂學 521)

青藜杖(청려장)=명아주 지팡이 훗더지며=흘어 짚으며 白蓮
(백연)=머상. 산이나 절의 이름인 듯 峰巒(봉만)은 千層(천층)
=산꼭대기의 뾰족뾰족한 봉우리는 여러 층임 溪澗(계간)은 數

回(수회)＝시내가 흐르는 곬짜기는 여러 여러 구비인　小菴(소
암)＝조그마한 암자　넌즈 되며＝인자가 되는 것이

365
무음아 너는 어이 늙을 줄를 모로는다
네 늙지 아니커든 이 얼골을 점게흐렴
아마도 못 점는 人生이 아니 놀고 엇졔리. (樂高 201)

아니커든＝아니 하겠거든　못 졈는＝다시 젊어지지 못하는　엇
졔리＝어찌 하겠느냐

● 박준한(朴俊漢)

366
月黃昏 期約을 두고 닭 우도록 아니 온다
싀 님을 만낫는지 舊情의 잡히인지
아모리 一時 貪緣(일시인연)인들 이듸도록 소기랴. (樂學 52)

月黃昏 期約(월황혼기약)＝해가 지고 나서 만나자고 한 약속
舊情(구정)＝옛정. 옛날에 좋아하던 사람　잡히인지＝잡혔는지
이듸도록 소기랴＝이처럼 속이랴

● 박도순(朴道淳)

367
님과 나와 다 늙어시니 또 언지 다시 졈어볼고
天台山 불노艸(초)를 麻姑仙女ㅣ 알년마는
아마도 雲山이 疊疊(첩첩)ᄒᆞ니 모를듸 업서 ᄒᆞ노라. (樂學 518)

언지=언제 天台山(천태산)=중국 절강성 천태현에 있는 산. 마고선녀가 살았다 함 麻姑仙女(마고선녀)=선녀의 이름 알년마는=알고 있겠지만 雲山(운산)=구름이 끼어 있는 높은 산 모를듸='무를듸'의 잘못인 듯. 물어볼 곳

368
늙기 셔른 거시 白髮(백발)만 너겨써니
귀 먹고 니 ᄲᅡ지니 白髮은 餘事ㅣ로다
그 밧긔 半夜佳人도 쓴외 본 듯 ᄒᆞ여라. (樂學 519)

셔른 거시=서러운 것이 너겨써니=여겼더니 餘事(여사)=별 것도 아닌 일 半夜佳人(반야가인)=한밤중의 아름다운 여인 쓴외=맛이 쓴 오이. 거추장스러운 존재

● 조응현(趙應賢)

369
이것이 어듸 미고 師尙父의 釣臺로다
江山(강산)도 거지 업고 志槩도 시로왜라
어즈버 萬古英風을 다시 본 듯 ㅎ여라. (樂學 510)

師尙父(사상부)=여상(呂尙)을 가러킨 釣臺(조대)=낚시터 거
지 업고=그지 없고. 한이 없고 志槩(지개)=의지(意志)와 기개
(氣槪) 萬古英風(만고영풍)=만고에 끼친 빼어난 기풍

● 이정진(李廷鎭)

370
北斗星 도라지되 달은 밋쳐 아니졋네
가는 비 엇마 예리 밤이 님의 깁허셰라
風便에 數聲砧 들니니 다 왓는가 ㅎ노라. (六靑 263)

北斗星(북두성)=북두칠성 도라지되=돌아지되 위치가 바꿔었
으되 멋쳐=아직 엇마 예러=얼마나 갔겠느냐 님의=이미 깁
허셰라=깊었구나 風便(풍편)에 數聲砧(수성침)=바람결에 들리
는 두어 차례의 다듬잇 소러

371
門닷고 글 닐원지 몃 歲月이 되엿관듸
庭畔에 심문 솔이 老龍鱗을 일러고나
東園에 퓌여진 桃李(도리)야 몃 번인 줄 알니오. (靑六 282)

글 닉원지＝글 읽은 지 되엿관듸＝되었기에 庭畔(정반)＝뜰
가 심문＝심은 老龍鱗(노룡인)＝늙은 용의 비늘. 늙은 소나무
의 껍질이 용의 비늘과 같이 되었음을 비유한 말 일러고나＝이
루었고나 東園(동원)＝동쪽 동산 퓌여진＝피고 진. 피어 있는
알니오＝알 수가 있겠느냐

372
민아미 밉다하고 쓰르람미 쓰다하네
山菜롤 밉다더냐 薄酒롤 쓰다더냐
우리는 草野에 뭇쳣시니 밉고 쓴 줄 몰니라. (靑六 404)

민아미＝매미 쓰르람미＝쓰르라미 山菜(산채)＝산나물 薄酒
(박주)＝맛이 좋지 않은 술 草野(초야)＝시골의 궁벽한 땅 뭇
쳣시니＝살고 있으니

373
쑴이 날 위하여 먼듸 님 더려오늘
貪貪이 반기너겨 잠을 끼여 니러보니
그 님이 셩늬여 간지 긔도망도 업셰라. (靑六 446)

더려오늘＝데려왔거늘 貪貪(탐탐)이＝'耽耽'(耽耽)의 잘못. 매
우 즐겨. 좋아하여 반기너겨＝반갑게 여겨 니러보니＝일어나

보니 성닉여 간지＝성을 내고 갔는지 그도망도 업세라＝흔적도
업구나

374

볽가 버슨 兒孩(아해) ㅣ 들리 거뮈쥴 테를 들고 기川으로 往來 (왕래)ᄒ며
볽가숭아 볽가숭아 져리가면 죽ᄂ니라 이리 오면 ᄉᄂ니라 부 로나니 볽가숭이
로다
아마도 世上(세상) 일이 다 이러ᄒ가 ᄒ노라. (六靑 747)

거뮈쥴 테＝거미줄을 갊은 막대기 기川(천)＝개천 볽가숭아＝
발가숭이이야. 발가숭이는 잠자리 부르나니＝부르는 것이

● 정수경(鄭壽慶)

375

사립 쓴 져 漁翁아 네 身勢 閑暇(신세 한가)ᄒ다
白鷗(백구)로 벗을 삼고 고기 잡기 일 솜으니
엇지타 風塵騎馬客을 부럴 줄이 이시랴. (靑六 264)

사렵＝도룽이와 삿갓. 사렵(簑笠) 漁翁(어옹)＝어부 風塵騎馬
客(풍진기마객)＝세속에 사는 사룸. 사룸이 사는 것을 말을 타고
지나가는 손님에게 비유함 부럴 줄＝부러워할 줄

376
牛羊은 도라들고 뫼희 달이 도다온다
조흔 벗 모혀오니 밤시도록 놀니로다
아희야 비즌 술 걸너스라 無窮無盡 醉(취)후리라.
(靑六 265)

牛羊(우양)=소와 양. 가축 도라들고=찾아 들고 뫼희=산에
도다온다=떠오른다 無窮無盡(무궁무진)=끝없이

● 신희문(申喜文)

377
雌黃 奔競후미 썰치고 故園의 오니
濁酒 半壺의 淸琴 橫床 쑨이로다
다만지 生計은 잇고 업고 시름 업셔 후노라. (靑六 266)

雌黃 奔競(자황분긍)=자황은 문구(文句). 언설(言說)을 고침.
분긍은 몹시 다툼. 옛날의 엽관(獵官) 운동 故園(고원)=예전에
살던 곳 濁酒 半壺(탁주반호)=막걸리 반 병 淸琴 橫床(청금횡
상)=맑은 소리를 내는 거문고가 평상의 위에 가로 놓여 있음
다만지=다만 生計(생계)=살아갈 방도. 생애 잇고 업고=있고
없고 시름=근심. 걱정

378
塵世롤 다 썰치고 竹杖을 훗써 집고

琵琶(비파)을 두러 메고 西湖로 드러 가니
水中(수중)에 써 잇는 白鷗는 뉘 벗진가 ᄒ노라.(靑六 267)

塵世(진세)=속세 竹杖(죽장)=대나무 지팡이 흣쩌 집고=흘
어 짚고 西湖(서호)=서울 한강의 서쪽 당인ᄅ 부근 벗진가=
벗인가

379
白髮(백발)이 公道 | 업셔 녯 사람의 恨(한)ᄒ 비라
秦皇은 採藥ᄒ고 漢帝은 求仙 ᄒ엿나니
人生(인생)이 自有天定ᄒ니 恨(한)ᄒᆯ 쥴리 이시랴.
(靑六 268)

公道(공도)=공정하고 바른 도ᄅ 비ᄅ=바이라 秦皇(진황)은
採藥(채약)ᄒ고=진시황은 동남동녀 3000명으로 하여곰 삼신산에
가서 봉사약을 구하여 오게 하고 漢帝(한제)는 求仙(구선)=한
무제가 방숭(方術)을 구하여 신선이 되기를 원함 自有天定(자유
천정)=인생이 모두가 하늘의 정하심에 의해 있음 쥴ᄅ 이시랴
=까닭이 있으랴

380
두고 가는 離別(이별) 보ᄂ는 뉘 안도 잇네
알쓰리 그리올제 九回肝腸 석을노다
져 님아 혜여보소라 아니가든 못ᄒᆯ소랴. (靑六 269)

안도=마음도 알쓰ᄅ=알뜰히. 간절하게 九回肝腸(구회간장)
=구비구비 서런 창자라는 뜻으로 깊은 마음 속 석을ᄂ다=썩겠

구나   혜여 보소라＝헤아려 보십시오

381
靑春에(청춘) 離別(이별)혼 님이 몃 歲月(세월)을 지니엿노
流光이 덧 업셔 곱던 樣姿 늙거고야
져 님아 白髮(백발)을 恨(한)치말아 離別 뉘을 슬혜라.
(靑六 270)

지니엿노＝지냈는가   流光(유광)＝흐르는 물과 같은 빠른 세월
덧 업셔＝자취가 없어. 세월이 빨라   樣姿(양자)＝모양. 얼굴
늙거고야＝늙었구나   뉘을＝~적을. 때을   슬혜라＝슬퍼하노라

382
술을 뉘 아더야 狂藥인줄 알것마는
盞(잔) 잡아 우음나니 一杯一杯 復一杯라
劉伶이 이러험으로 長醉不醒 ᄒᆞ니라. (靑六 283)

아더냐＝알겠느냐   狂藥(광약)＝미치게 만드는 약   우음나니＝
웃음이 나니   一杯一杯復一杯(일배일배부일배)＝한잔 한잔 또 한
잔   劉伶(유령)＝중국 진나라 때의 죽림칠현의 한 사람   이러헌
으로＝이러하므로   長醉不醒(장취불성)＝오랜 동안 취해서 깨지
아니함

383
靑春(청춘)에 不習詩書ᄒᆞ고 활쏘와 인일 업늬
뉘 人事 이러ᄒᆞ니 世事(세사)를 어이 알니

찰하로 江山(강산)에 물너 와셔 以終千年 ᄒ리라. (靑六 284)

不習詩書(불습시서)＝시서를 익히지 아니함. 공부를 아니함 인 일＝이룬 일 人事(인사)＝사람이 하는 일 찰하로＝차라리 물너 와셔＝물러 나와서 以終千年(이종천년)＝나머지 생애를 마친

384
人生天地 百年間에 富貴功名 如浮雲을
世事를 후리치고 山堂으로 도라오니
靑山(청산)이 날다려 니르기를 더듸 왓다 ᄒ더라. (靑六 285)

人生天地 百年間(인생천지백년간)＝사람이 살아 있는 동안 富貴功名 如浮雲(부귀공명여부운)＝부귀와 공명이 뜬 구름과 같음 世事(세사)＝세상의 일 후리치고＝뿌리치고 山堂(산당)＝산곡에 있는 집. 시골집 날다려 니르기를＝나에게 말하기를

385
그리든 님 맛난 날 밤은 져 닭아 부듸 우지마라
네 소릐 업도소니 날실쥴 뉘 모로리
밤중만 네 우름소릐 가슴 답답 ᄒ여라. (靑六 287)

부듸＝부디 업도소니＝없기로소니 날실쥴＝날이 새는 줄을 뉘 모르리＝누가 모르리

386
芙蓉堂 瀟灑ᄒ 景이 寒碧堂과 伯仲이라

滿山 秋色이 여긔져긔 一般(일반)이로다
아희야 換美酒ᄒ여라 醉(취)코 놀녀 ᄒ노라. (靑六 539)

芙蓉堂(부용당)＝황해도 해주에 있는 정자 瀟灑(소쇄)ᄒᆫ＝맑고
깨긋한 景(경)이＝경치가 寒碧堂(한벽당)＝충북 제천군에 있는
정자 伯仲(백중)＝우열을 가리기가 어려운 滿山 秋色(만산추
색)＝온 산이 가을빛인 換美酒(환미주)＝맛 좋은 술로 바꾸어
들인

387
뵈잠방이 호뮈 메고 논밧 가라 기음 미고
農歌(농가)를 부로며 달을 ᄯᅴ여 도라오니
지어미 술을 거르며 來日(내일) 뒷밧 미옵세 ᄒ더라. (六靑 561)

뵈잠방이＝삼베로 만든 잠뱅이. 잠뱅이는 홑바지 호뮈＝호미
기음 미고＝김을 매고. 김은 농작물이 잘 자라도록 북돋아주는
일 부르며＝부르며 ᄯᅴ여＝ᄯᅵ고 지어미＝아내에 대한 견칭 미
옵세＝맵시다

388
논밧가라 기음 미고 돌통듸 기ᄉ미 픠여 물고
코노리 부로면서 팔쑥춤이 제격니라
아희는 지어ᄌᆞ ᄒ니 詡詡웃고 놀리라. (靑六 562)

돌통듸＝흙이나 나무로 만든 담뱃대 기ᄉ미＝썰어서 만든 담배
팔쑥춤＝팔뚝춤 제격니라＝제격이나 지어ᄌᆞ＝'지화자'의 이표
기 詡詡(후후)웃고＝허허 웃고

389

聖人(성인)니 나계오ᄉ 大綱을 발희시민
禮樂 文物이 我東方의 燦然이라
君修德 臣修政ᄒ니 太平(태평)인가 ᄒ노라. (靑六 563)

나계오ᄉ＝나오시어　　大綱(대강)＝일의 중요한 부분만을 추린
강령. 강령은 일의 으뜸되는 줄거리　　발희시민＝밝히시매　　禮樂
文物(예악문물)＝예악이나 음악 등 모든 제도　　我東方(아동방)＝
우리나라　　燦然(찬연)＝번쩍거리어 빛나는 모양　　君修德 臣修政
(군수덕신수정)＝임금은 덕을 닦고 신하는 정사(政事)를 잘함

390

巖花에 春晚ᄒ되 松崖에 夕陽이라
平蕪의 뇌 거드니 遠山이 如畵ㅣ로다
瀟洒ᄒ 水邊亭子의 待月吟風 ᄒ리라. (靑六 565)

巖花(암화)에 春晚(춘만)ᄒ되＝바위 사이에 핀 꽃에 봄이 다 가
는데　　松崖(송애)에 夕陽(석양)＝소나무 서 있는 언덕에 비추는
저녁별　　平蕪(평무)＝거치른 들판　　뇌＝안개　　遠山(원산)이 如畵
(여화)＝먼 산이 그림과 같이 아름다운　　瀟洒(소쇄)ᄒ＝맑고 깨
끗한　　水邊亭子(수변정자)＝물가에 있는 정자　　待月吟風(대월음
풍)＝달이 뜨기를 기다리며 시를 읊조림

391

두고 가는 離別(이별)ᄒ 님 몇 歲月(세월)을 지내언고
流水가 덧 업서 곱든 樣子 늙엇고나

저 임아 白髮(백발)을 恨(한)치 마라 離別(이별) 뉘를 슬혀라. (靑六 669)

유수(流水)가 덧 업서=세월이 빨라서   樣子(양자)=얼굴 모양
뉘=때

● 김영(金鍈)

392
蓮(연)심어 실을 쏘바 긴 노 부여 거럿다가
思郎(사랑)이 긋쳐갈 제 찬찬 감아 미오리라
우리는 마음으로 미즈시니 긋칠 쥴이 이시랴. (靑六 286)

쏘바=뽑아 긴 노=긴 노끈 부여=비비어. 만들어 긋쳐갈 졔
=그치어 갈 때 미즈시니=맺었으니

393
蘇仙 七月 이 달이오 赤壁江月 이 달이라
이 달은 그 달이나 그 스람 어듸 간고
두어라 이 달 두고 가문 날 위호가 후노라. (靑六 289)

蘇仙 七月(소선칠월) 赤壁江月(적벽강월)=소선은 북송의 문인
소식(蘇軾). 그의 글 적벽부의 첫머리가 '임술지추 칠월기망 소
자여객 유어적벽지하……'(壬戌之秋 七月旣望 蘇子與客 遊於赤壁
之下……)로 시작됨. 소식이 적벽강에서 놀던 칠월의 강에 비친
달 두고 가문=두고 간 것은 위호가=위해 한 것인가

394
關雲長의 青龍刀와 趙子龍의 날닌 槍이
宇宙(우주)를 혼들면셔 四海의 橫行홀졔 所向無敵이언만은 더러운 피를 무쳐시
되 엇지 호 文士의 筆端이며 辯士의 舌端으란 刀槍 劍戟 아니 쓰고 피 업시 죽이
오니
무섭고 무셔울슨 筆舌인가 호노라. (青六 746)

關雲長(관운장)=본명은 우(羽). 중국 삼국시대 촉한의 장군.
유비와 겪의형제을 맺은 青龍刀(청용도)=관우가 쓰던 칼의 이
을 조자룡(趙子龍)=본명은 운(雲). 중국의 삼국시대 촉한의 장
군 사해(四海)을 횡행(橫行)=온 세상을 거리낌 없이 돌아다님
所向無敵(소향무적)=가고자 하는 곳에 대적할 적이 없음 문사
(文士)의 펄단(筆端)=글하는 사람의 붓끝 변사(辯士)의 설단
(舌端)=말 잘하는 사람의 혀끝 刀槍劍戟(도창검극)=칼과 창과
방패. 무기 筆舌(펄설)=붓과 혀. 말과 글

● 김치우(金致羽)

395
江邊(강변)에 그물 멘 사롬 기러기는 잡지 마라
塞北 江南에 消息(소식)인들 뉘 傳(전)호리
아모리 江村 漁父ㄴ들 離別조츠 업스랴. (青六 660)

塞北江南(새북강남)=새북은 북쪽 변방. 강남은 양자강 이남을
가리킴. 아주 먼 사이을 이름 江村 漁父(강촌어부)=강촌에서

고기잡는 사롬 離別(이별)조차=이별도. 이별마저 업스랴=없
겠느냐

● 백경현(白景炫)

396
天地間 至樂事는 老萊子의 悅親이라
斑衣로 춤을 추어 늙도록 어린체는
百歲後 다시 못홀 일은 이뿐인가 ᄒ노다. (東歌 167)

天地間 至樂事(천지간지락사)=이 세상에서 제일 즐거운 일 老
萊子(노래자)의 悅親(열친)=노래자가 어버이를 즐겁게 한 일.
노래자가 칠십이 되어 부모님을 즐겁게 해드리고자 색동옷을 입
고 부모님 앞에서 아이들처럼 땅에 엎드려 기어다니고 울어 기쁘
게 해 드렸다는 고사 斑衣(반의)=색동옷 어린체는=어린이인
체하는 것은 百歲後(백세후)=죽은 다음에라도

397
사롬이 百行中에 第一 誠孝로다
誠孝을 심쓸진딘 百行에 미뤼느니
그밧게 餘事文章은 일너 무슴 ᄒ리오. (東歌 168)

百行中(백행중)=사롬이 마땅히 해야 할 모든 행실 가운데 第
一 誠孝(제일성효)=무엇보다 정성스런 효도가 먼저임 심쓸진딘
=힘쓴다면 百行(백행)=모든 행동 미뤄느니=미적미적거리느

냐 餘事文章(여사문장)=나머지 할 일이나 공부. 또는 여력(餘
力)으로 글을 짓는 일 일너=말하여

398

이리도 聖恩이오 져리도 聖恩이라
이몸 一生(일생)이 何莫非 聖恩이랴
아마도 갑기 어려올손 聖恩인가 흐노라. (東歌 169)

이리도=이렇게 따져 보아도 져리도=저렇게 따져 보아도 何
莫非 聖恩(하막비성은)이랴=어찌 성은이 아닌 것이 있겠느냐
어려올손=어려운 것은

399

白髮(백발)아 너는 어이 無端이 절노 오니
뉘라셔 보내던냐 내 언제 부르던냐
아마도 너 오는 時節(시절)은 다 늙근가 흐노라. (東歌 170)

어이=어찌 無端(무단)이=까닭 없이 절노 오니=저걸로 오느
냐 부르던냐=부르더냐 늙근가=늙었는가

400

長松(장송)이 푸른 겻히 桃花(도화)는 불거잇다
桃花야 쟈랑마라 너는 一時春色이라
아마도 四節春色은 솔뿐인가 흐노라. (東歌 171)

겻히=곁에 불거잇다=붉어 있다 一時春色(일시춘색)=한 때

의 봄빛. 봄을 느낄 수 있는 빛 四節春色(사절춘색)＝일년 내내
봄빛을 띠고 있음

401

歲月(세월)이 얼픗 가니 나문 나히 긔 얼마오
鬢髮이 호번 희니 다시 검기 어렵도다
일즉이 學神仙 못호 줄을 못뇌 恨歎(한탄) 호노라.
(東歌 172)

얼픗 가니＝얼른 지나가니   나문 나희＝낡은 나이   鬢髮(빈발)
＝귀밑털과 머리털   일즉이＝일찍이   學神仙(학신선)＝신선술을
배움 못뇌＝끝내

402

사룸이 죽은 後(후)에 아는지 모로는지
大卓方丈을 欽享을 호단말가
아마도 不如 生前一盃酒ㄴ가 호노라. (東歌 173)

大卓方丈(대탁방장)＝성대하게 차려 놓은 커다란 음식상. 방장
은 사방 열 자의 넓이   欽享(흠향)＝‘흠향’(歆饗)의 잘못. 신명
(神明)이 음식을 받아 먹음   不如生前一盃酒(불여생전일배주)＝
살았을 적의 한 잔 술만 못함

403

一生(일생)에 恨(한)호기를 神農氏 嘗百草라
嘗百草 호올 씨예 長生藥을 못 안줄을

北邙山 秋風白楊을 못늬 슬허 ᄒ노라. (東歌 174)

恨(한) ᄒ기를═한탄하기를 神農氏 嘗百草(신농씨상백초)═신농
씨가 온갖 풀을 맛 보아 그 성질을 규명하여 의약을 시작하고 가
르쳤다고 함. 신농씨는 고대(古代) 제왕 長生藥(장생약)═죽지
않고 오래 살 수 있는 약 못 안줄을═알지 못한 것을 北邙山
(북망산)═공동 묘지. 사람이 죽어서 가는 곳 秋風白楊(추풍백
양)═가을 바람에 나부끼는 백양나무숲

404
物色을 보려ᄒ고 江湖(강호)로 나려가니
반갑다 紅蓮花는 날 爲(위)ᄒ여 푸엿는가
蹇裳코 비 우희 안즈 薄言采之 ᄒ쇼라. (東歌 175)

物色(물색)═물건의 색깔. 여기서는 경치 紅蓮花(홍련화)═붉
은 연꽃 푸엿는가═피었는가 蹇裳(건상)═'건상'(褰裳)이 맞
음. 옷을 걷어올린 薄言采之(박언채지)═잠깐동안 캐낸. '박언'
은 발어사(發語詞)로 뜻이 없음 ᄒ소라═하여라

● 김정우(金鼎禹)

405
어와 벗님네야 天麻城中 둘너 보고
處處 風景(처처풍경)아 漢北과 엇더ᄒ고
아마도 山高水喧이나 古國(고국)인가 ᄒ노라. (東歌 176)

天麻城(천마성)＝평북 삭주(朔州)와 의주(義州) 사이에 있는 산성   漢北(한북)＝한강의 북쪽   山高水喧(산고수훤)＝산이 높고 물소리가 시끄러운   古國(고국)＝역사가 오랜 나라

● 이정신(李廷藎)

406
靑春(청춘)에 보던 거울 白髮(백발)에 곳쳐 보니
靑春은 간듸 업고 白髮만 뵈는고나
白髮아 청춘이 제 갓시랴 네 쏫츤가 ᄒᆞ노라. (源國 258)

곳쳐＝다시   뵈는고나＝보이는구나   제 갓스랴 네 쏫츤가＝제 스스로가 갔으랴 네가 쫓은 것인가

407
죽기 셜웨란들 늙기도곤 더 셜우랴
무거운 팔춤이요 숨 절은 노릭로다
갓득에 酒色지 못ᄒᆞ니 그를 슬허 ᄒᆞ노라. (源國 315)

셜웨란들＝서럽다 한들   늙기도곤＝늙는 것보다   팔춤＝팔뚝춤   숨 절은＝숨이 가쁜   갓득에＝가뜩이나   酒色(주색)지 못ᄒᆞ니＝술과 여색마져 가까이 하지 못하니   슬허＝슬퍼

408
늙어 됴흔 일이 百에셔 흔 일도 업늬
쏘던 활 못 쏘고 먹던 술도 못 먹괘라
閣氏네 有味훈 것도 쓴외 보듯 ᄒ여라. (源國 316)

百(백)에셔=백 가지 일 가운데. 많은 일 가운데   흔 일도=한
가지의 일도   먹래라=먹겠구나   閣氏(각씨)네=각씨네. 어련 계
집   有味(유미)훈=재미 있는   쓴외=쓴 오이

409
人間(인간) 五福中에 一曰壽도 됴커니와
ᄒ물며 富貴(부귀)ᄒ고 康寧(강령)조ᄎ ᄒ오시니
그남아 脩好德 考終命이야 닐너 무슴 ᄒ리요. (源國 317)

五福(오복)=사람이 바라는 다섯 가지 복. 수(壽), 부(富), 강
녕(康寧), 유호덕(攸好德), 고종명(考終命)   一曰壽(일왈수)=첫
째가 장수(長壽) 인   脩好德 考終命(수호덕고종명)='수'는
'유'(攸)의 잘못. 덕을 닦는 것과 명대로 살다가 편안히 죽는 것
닐러=말하여

410
쟈다가 씨여보니 이 어인 소릐런고
入我床下 蟋蟀인가 秋思도 迢迢ᄒ다
童子도 對答(대답)지 아니코 고기 숙여 조오더라. (源國 392)

어인=무슨. 어떤   入我床下(입아상하)=나의 책상 아래 드는
것   蟋蟀(실솔)=귀뚜라미   秋思(추사)=가을에 되어 일어나는

쓸쓸한 생각　沼沼(초초)＝먼 모양. 아득하다　童子(동자)＝어린
아이

411
銀瓶에 찬물 쓰라 玉頰을 다스리고
金爐에 香(향)을 퓌며 暗祝ᄒ여 비는 말이
아무나 傳ᄒ리 잇시면 님도 슬허 ᄒ리라. (源六 652)

銀瓶(은병)＝은으로 맏든 병　찬물＝화장품의 일종　玉頰(옥협)
＝아름다운 뺨　다스리고＝화장을 하고　金爐(금로)＝금으로 맏
든 향로 퓌며＝피우며　暗祝(암축)＝남 모르게 비는 것　傳(전)
ᄒ리 잇시면＝전할 사람이 있으면

412
紅樓畔 綠柳間에 多情(다정)헐손 저 쇠고리
百囀好音으로 나의 꿈 놀니니
千里(천리)에 그리는 님을 보고지고 傳ᄒ험은. (源六 653)

紅樓畔 綠柳間(홍루반녹류간) 붉은 다락의 가 푸른 버들 사이
百囀好音(백전호음)＝듣기 좋은 꾀꼬리의 울음 소니　놀니니＝놀
나 깨게 맏드니　보고지고＝보고 싶다고　傳(전) ᄒ험은＝전하려
므나

● 김학연(金學淵)

413
洛花(낙화)는 뜻이 이셔 流水(유수)를 쌋루거늘
無情(무정)호 뎌 流水는 洛花를 보뉘거다
洛花야 뉘 언제 너 홀로 보뉘더냐 나도 함의 흐르노라.
(源河 428)

쌋루거늘=따르거늘   보뉘거다=보내엇도다

414
堯田을 갈던 스룸 水慮를 못 닉엿고
湯田을 갈던 스룸 루憂를 어이 호고
아마도 無憂無慮헐쓴 心田인가 호노라. (源國 24)

堯田(요전)을 갈던 스룸=요나라 밭을 갈던 사룸. 요임금을 가
러킨 水慮(수려)=홍수에 대한 근심. 요나라에 있었던 구 년 동
안의 홍수에 대한 근심 닉엿고=면하였고 湯田(탕전)을 갈던
스룸=탕나라의 밭을 갈던 사룸. 루憂(한우)=탕의 시조 때에
있었던 칠 년동안의 가뭄에 대한 걱정 無憂無慮(무우무려)=근
심과 걱정이 없음 心田(심전)=마음에 있는 상상의 밭. 마음

415
碧雲天 黃花地에 西風緊 北雁飛라
하룻밤 찬 식벽에 뉘라셔 霜林을 醉호인고

아마도 離恨別淚로 물드린ㄱ ᄒ노라. (花樂 618)

碧雲天 黃花地(벽운천 황화지)＝푸른 구름이 하늘에 떠 있고, 땅에는 노란 꽃이 피어 있음 西風緊 北雁飛(서풍긴 북안비)＝가을 바람은 급하게 불고 북쪽 하늘엔 기러기가 낳음 霜林(상림)＝서리가 내린 뒤의 수풀 醉(취)ᄒ인고＝취하게 했는고. 취한 것은 단풍이 든 것을 말하는 듯 離恨別淚(이한별루)＝이별을 한탄하는 눈물 물드린ㄱ＝물드렸나

● 임의직(任義直)

416
金波에 비를 타고 淸風(청풍)으로 멍에ᄒ여
中流에 띄워 두고 笙歌를 알욀ㄹ적에
醉(취)ᄒ고 月下에 젓시니 시름 업서 ᄒ노라. (源國 74)

金波(금파)＝달빛. 달빛에 비쳐 금색을 띤 물결 멍에＝수레나 쟁기를 끌게 하기 위하여 마소의 목에 얹는 ㅅ자 모양의 나무 中流(중류)＝내나 강의 중간 笙歌(생가)＝생황으로 연주하는 노래 月下(월하)＝달 아래 젓시니＝(배를) 저으니

417
靑山(청산)이 不老ᄒ니 糜鹿이 長生(장생)ᄒ고
江漢이 無窮(무궁)ᄒ니 白鷗(백구)의 富貴(부귀)로다
우리는 이 江山 風景(강산풍경)에 分別 업시 늘그리라. (源國 261)

不老(불노)=늙지 아니함 麋鹿(미목)=사슴과 고라니 江漢(강한)=크고 작은 강 分別(분별)업시=걱정이나 근심 없이

418
江村(강촌)에 日暮ᄒ니 곳곳이 漁火ㅣ로다
滿江船子들은 북 티며 告祀ᄒᆫ다
밤ㅁ中만 欸乃一聲에 山更幽를 ᄒ더라. (源國 262)

日暮(일모)=해가 진 漁火(어화)=고기잡이 배에 켜는 등불 滿江船子(만강선자)=강에 가득한 고기잡이배를 탄 사람들 북 티며=북 치며 告祀(고사)=한 몸이나 집안에 액운이 없어지고 행운이 오도록 신령에게 비는 제사 欸乃一聲(란내일성)=노젓는 소리. 뱃노래 山更幽(산경유)=산이 더욱 어둡고 고요해짐. 시끄러운 소리 다음에 오는 적막

419
어제 닷토더니 오늘은 賀(하)례ᄒᆫ다
喜懼는 白髮(백발)이요 愛慶은 黃口ㅣ로다
날다려 華封三祝을 ᄉ롬마다 닐컷더라. (源國 328)

賀(하)례ᄒᆫ다=축하하고 사례한다 喜懼(희구)=즐거움과 두려움 愛慶(애경)=사랑하는 일과 경사스러운 일 黃口(황구)=부리의 주위가 누른 새새끼라는 뜻으로 어린 아이를 이르는 말 날다려=나에게 華封三祝(화봉삼축)=화봉인(華封人)이 요제(堯帝)에게 수(壽), 부(富), 다남(多男)의 세 가지를 축수하던 일. 화봉인은 화(華)의 봉경(封境)을 관리하던 사람 닐컷더라=칭찬

하더라

420

白雪이 紛紛흔 날에 天地(천지)가 다 희거다
羽衣를 썰쳐 닙고 丘堂에 올나가니
어즈버 天上白玉京을 밋쳐 본가 호노라. (源國 380)

白雪(백설)이 紛紛(분분)흔 날=흰 눈이 펄펄 날리던 날 羽衣
(우의)=새의 깃으로 만들었다는 옷 썰쳐 닙고=맵씨나게 차려
입고 丘堂(구당)=언덕에 집을 짓고 하늘을 우러러 비는 곳 天
上白玉京(천상백옥경)=하늘 위에 있어 옥황상제가 산다고 하는
가상적인 서울 멋쳐 본가=다닿아 보았는가

421

洛陽 三月時에 宮柳는 黃金枝로다
春服이 旣成커늘 小車에 술을 싯고 桃李園 차쟈 드러 東風을 洒掃호고 芳草로
자리 숨아 鸕鶿酌 鸚鵡杯로 一杯一杯 醉(취) 케 먹고 吹笙鼓簧호며 詠歌舞蹈헐제
日已西호고 月復東이로다
兒嬉(아희)야 春風(춘풍)이 몃날이리 林間에 宿不歸를 호리라.(源國 504)

洛陽 三月時(낙양삼월시)=낙양의 봄철. 낙양은 서울을 말함
宮柳(궁류)는 黃金枝(황금지)=궁중에 있는 버들가지들은 꾀꼬리
의 노랑 빛으로 인하여 황금빛임. 이백의 시에는 '낙양이삼월 궁
류황금지(洛陽二三月 宮柳黃金枝)로 되어 있음 春服(춘복)이 旣
成(기성)커늘=봄철의 입을 옷이 다 만들어졌거늘 小車(소거)=
수레 桃李園(도리원)=복숭아와 오얏이 피어 있는 동산 洒掃
(쇄소)=깨끗이 청소함 芳草(방초)=향긋한 풀. 싱싱한 풀 鸕

鷺酌 鸚鵡杯(노자작앵무배)=새 모양으로 생긴 술잔 一杯一杯
(일배일배)=한 잔 한 잔 吹笙鼓簧(취생고황)=생황을 불고 북
을 두드린 詠歌舞蹈(영가무도)=노래 부르며 춤을 춤 日已西
(일이서)하고 月復東(월부동)=해는 이미 서쪽으로 지고 달이 다
시 동쪽에 떠오른 林間(임간)에 宿不歸(숙불귀)=숲 속에서 자고
돌아갈 생각을 하지 아니함

● 송종원(宋宗元)

422
金風이 부는 밤에 나무닙 다 지거다
寒天 明月夜에 기럭이 우러 녤제
千里(천리)에 집 써난 客이야 좀 못일워 하노라. (源國 210)

金風(금풍)=가을 바람. 가을은 오행설(五行說)에 '금'(金)에
해당됨 다 지거다=다 떨어졌구나 寒天 明月夜(한천명월야)=
추운 겨울날 밝은 달밤 우러 녤졔=울면서 지나 갈 때 客(객)
이야=나그네야

423
人生(인생)이 긔 언마오 白駒之過隙이라
어려서 헴 못나고 헴이 나쟈 다 늙거다
어즈버 中間光景이 씌 업슨가 하노라. (源國 211)

언마오=얼마냐 白駒之過隙(백구지과극)=흰 망아지가 빨리 달

러는 것을 문틈으로 본다는 뜻. 인생과 세월이 덧없고 짧음을 이른 말. 혠=헤아린. 생각. 청 中間光景(중간광경)=지나온 동안의 광경 업손가=없는가

424
淸江에 낙시 넉코 扁舟에 실녓시니
남이 니르기를 고기낙다 흐노믜라
두어라 取適非取魚를 제 뉘라셔 알니요. (源國 264)

淸江(청강)=맑은 강 扁舟(편주)=작은 배 니르기를=말하기를 고기낙다=고기 잡는다고 흐노믜라=하는구나 取適非取魚(취적비취어)=낚시하는 참뜻이 고기 잡는 데 있지 아니하고 세상일을 잊고자 하는 데 있음 제 뉘라셔=그 누구가

425
人生(인생)이 꿈인 줄을 져마다 아노라니
아노라 흐오시나 아느니를 못볼너고
우리는 眞實(진실)로 아오믜 醉(취)코 놀려 흐노라. (源國 265)

져마다=사람마다 아노라니=안다고 하네 아노라 흐오시나=안다고들 하지만 아느니=아는 사람 못볼너고=못 보겠군 아오믜=아는 까닭에

426
霜天 明月夜에 우러녜는 져 기럭아
北地로 向南헐제 漢陽을 지느마는

엇더튀 故鄕消息(고향소식)을 傳(전)치 안코 녜누니.
(源國 340)

霜天明月夜(상천명월야)＝서리가 내린 달 밝은 밤 우러녜는＝
울며 가는 北地(북지)로 向南(향남)헐제＝북쪽으로부터 남쪽으
로 향할 때 漢陽(한양)＝서울 지누마는＝지나지마는 녜누니＝
가느냐

427
九月九日 望鄕臺를 흐여보니 엇더턴고
他席에 送客盃를 뉘라 오늘 흐거고나
鴻雁아 南中苦 슬타마는 너는 어이 오누니. (源國 341)

九月九日 望鄕臺(구월구일망향대)＝구월 구일은 중양절(重陽
節). 중양절에 망향대에 오름. 망향대는 고향이 있는 곳을 바라
볼 수 있는 높은 곳 他席(타석)에 送客盃(송객배)＝타향에서 손
님을 보내며 마시는 술 뉘라＝나도 鴻雁(홍안)＝기러기의 총
칭. 크고 작은 기러기 南中苦(남중고)＝남쪽 땅에서의 괴로움
슬타마는＝슬프다마는 왕발(王勃)의 시 '촉중구일시'(蜀中九日
詩) 「구월구일망향대 타석타향송객배 인정이염남중고 홍안나종북
지래(九月九日望鄕臺 他席他鄕送客杯 人情已厭南中苦 紅顔那從北
地來)」를 시조화한 것임

428
夕鳥는 나라 들고 暮烟은 니러난다
東嶺에 달이 올나 襟懷에 빗최도다
兒孩(아희)야 瓦樽에 술 걸너라 彈琴흐고 놀니라. (源國 390)

夕鳥(석조)=저녁에 둥지을 찾아드는 새　暮烟(모연)=저녁 연기　니러난다=피어 오른다. 일어난다　東嶺(동령)=동쪽 마루 襟懷(금회)=가슴에 깊이 품고 있는 회포　瓦樽(와준)=질로 만든 술통　彈琴(탄금)=거문고을 연주함

● 박영수(朴英秀)

429
西廂에 期約호 님 달 돗도록 아니 온다
지게ㄷ門 半만 녈고 밤드도록 기다리니
月移코 花影이 動ᄒ니 님이 오나 넉엿노라. (源國 226)

西廂(서상)=서쪽에 있는 방　지게ㄷ門(문)=마루에서 방으로 드나드는 곳에 문종이ㄹ 안팎을 두껍게 싸거나 바른 외짝문　半(반)만 녈고=반쯤 열고　밤드도록=밤 깊도록　月移(월이)코 花影(화영)이 動(동)ᄒ니=달이 이동하고 꽃그림자가 처음과 달나졌으니　넉엿노라=여겼노라

430
千里(천리)에 글이는 님을 숨속에나 보려ᄒ고
紗窓에 依支ᄒ야 午夢을 니루더니
어듸셔 無心(무심)호 黃鶯兒는 나의 숨을 쎄오느니. (源國 227)

글이는 님=그리워하는 님　紗窓(사창)=비단으로 드리운 창.

비단으로 바른 창 依支(의지)ᄒᆞ야＝기대어 午夢(오몽)＝낮잠에
꾸는 꿈 니루더니＝이루더니. 꾸더니 黃鶯兒(황앵아)＝꾀고리

431
花落春光盡이요 樽空ᄒᆞ니 客不來라
鬢髮이 희엿시니 佳人도 畵餠如ㅣ로다
少壯에 隨意歡樂이 엇그젠 듯 ᄒᆞ여라. (源國 342)

花落春光盡(화락춘광진)＝꽃이 떨어지니 봄빛이 다함. 봄이 다
감 樽空(준공)ᄒᆞ니 客不來(객불래)＝술통이 비니 손님도 아니
온 鬢髮(빈발)이 희엿시니＝수연과 머리카락이 허여졌으니 佳
人(가인)도 畵餠如(화병여)＝아름다운 여인도 그린 속의 떡과 같
은 少壯(소장)에 隨意歡樂(수의환락)＝젊었을 때에 마음대로 즐
긴

432
우러셔 나는 눈믈 우흐로 솟지 말고
九曲肝腸에 속으로 흘너드러
님글여 다 트는 肝腸을 눅여 볼까가 ᄒᆞ노라. (源國 343)

우흐로＝위로 솟지 말고＝솟아나지 말고 九曲肝腸(구곡간장)
＝굽이굽이 깊이 든 마음 속 님글여＝님을 그리워하여 눅여＝
굳은 마음을 풀리게하여

433
綠柳間 黃鶯兒들아 나의 꿈을 ᄭᅦ오지마라

아오라호 遼西ㄷ길을 꿈 아니면 못가려니
兒孀야 줌든덧스란 부듸 打起 ᄒ여라. (源國 431)

綠柳間(녹류간)=푸른 버들 사이   黃鶯兒(황앵아)=꾀꼬리   아
오라호=아득히 먼   遼西(요서)ㄷ길='요서'는 요하(遼河)의 서
쪽. 여기서는 오랑캐를 지키는 수자리에 간 남편을 그리워함 줌
든덧스란=잠든 동안이란 부듸=부디   打起(타기)ᄒ여라=때려
날아가게 하여라

● 박효관(朴孝寬)

434
東君이 도라오니 萬物이 皆自樂을
草木 昆虫(초목곤충)들은 ᄒᆡᄒᆡ마다 回生커늘
ᄉᆞ롬은 어인 緣故로 歸不歸를 ᄒᆞ는고. (源河 16)

東君(동군)=봄. 봄의 신(神). 청제(靑帝). 태양(太陽)   萬物
(만물)이 皆自樂(개자락)=모든 생물들이 다 저마다 즐김   ᄒᆡᄒᆡ
마다=해마다   回生(회생)=거의 죽어가던 상태에서 다시 살아남
어인=어찌된   緣故(연고)=사유. 까닭   歸不歸(귀불귀)=가고는
다시 돌아오지 아니함

435
周雖 舊邦이나 其命 維新이라
受天命之詔命ᄒᆞ샤 布德宣化 ᄒᆞ오시니

다시금 我東方 生靈이 熙皡世를 보리로다. (源河 17)

周雖 舊邦(주수구방)이나 其命 維新(유신)이라=주나라가 비록 옛 나라이나 그 천명은 새롭다. 『시경(詩經)』의 '문왕지십'(文王之什)에 나오는 구절인 受天命之詔命(수천명지조명)=천명의 조서(詔書)를 받음. 하늘의 명령을 받은 布德宣化(포덕선화)=하늘의 덕을 받들어 널리 세상에 편 我東方(아동방)=우리 나라 生靈(생령)=생민(生民). 백성 熙皡世(희호세)=백성들이 모두 화락한 세상 보리로다=보게 될 것이다

436

空山에 우는 접똥 너는 어이 우지는다
너도 날과 갓치 우음 離別(이별) ㅎ얏느냐
아무리 피느게 운들 對答(대답)이나 ㅎ더라. (源河 190)

空山(공산)=아무도 없는 텅빈 산 접똥=접동새 우지는다=우짓느냐 날과 갓치=나처럼 우욺=무슨 ㅎ더라='ㅎ더냐'의 잘못. 하였느냐

437

서리치고 별 성긘제 울며 ㄱ는 져 기럭아
네 길이 긔 언마ㄱ나 밧바 밤ㅁ길촛ㅊ 녜는 것가
江南에 期約(기약)을 두엇시미 늣져 갈가 져레라. (源河 200)

서리치고=서리 내리고 성긘제=성긴 때. 드믈 때. 새벽이 된 밤ㅁ 길촛ㅊ=밤길 따라. 밤길 마져 녜는 것가=가는 것인가 江南(강남)=강의 남쪽. 본래는 양자강 남쪽 늣져=늦게 져레라

＝두겁구나

438

蔽日雲 쓰룻치고 熙皥世를 보렷터니
닷는 말 서셔 늙고 드는 칼도 보뮈 셧다
가지록 白髮(백발)이 지촉ᄒ니 不勝慷慨 ᄒ여라. (源國 98)

蔽日雲(폐일운)＝해ᄅᆞᆯ 가리는 구름. 달리 천총(天聰)을 가리는
간신(奸臣)   쓰룻치고＝쓸어 버리고   熙皥世(희호세)＝백성이 화
락하고 나라가 태평한 세상   닷는 말＝달리는 말. 좋은 말   드는
칼＝잘 드는 칼. 좋은 칼   보뮈 셧다＝녹 쓸었다   가지록＝갈수
록   不勝慷慨(불승강개)＝의분을 이기지 못함

439

歲月이 流水ㅣ로다 어늬 덧세 쏘 봄일싀
舊圃에 新菜 나고 古木에 名花ㅣ로다
兒嬉(아회)야 시술 만이 두어스라 싀봄노리 ᄒ리라. (源國 97)

歲月(세월)이 流水(유수)＝세월이 빠름   어늬 덧세＝어느 사이
에   舊圃(구포)＝묵은 밭   新菜(신채)＝새로 나는 나물   古木(고
목)에 名花(명화)＝오래된 나무에 꽃이 핌   두어스라＝두어라.
준비해라   싀봄노리＝새 봄을 맞이하는 놀이

440

於臥 늬 일이여 나도 늬 일을 모를로다
우리 님 ᄀᆞ오실제 ᄀᆞ지 못ᄒ게 못ᄒᆞᆯ넌가

보늬고 길고 긴 歲月(세월)에 슬쁜 싱각 어이료. (源國 293)

於臥(어와)＝어와. 아아 너잊이여＝나의 잊이여. 내가 한 잊이여 모르로다＝모르겠구나 슬쁜 싱각＝애타는 생각 어이료＝어찌 하러오

441
님이 가오실 뎍에 날은 어이 두고 간고
陽緣이 有數ㅎ여 두고 갈 法은 흐거니와
玉皇게 所志原情ㅎ여 다시 오게 흐시쇼. (源國 294)

가오실 뎍에＝가실 때에 날은＝나는 어이＝왜. 어째서 陽緣(양연)＝'양연'(良緣)의 잘못인 듯. 좋은 인연 有數(유수)＝운수가 있음. 관련이 있음 玉皇(옥황)＝옥황상제. 도교에서 천제(天帝)를 이름 所志原情(소지원정)＝'원정'(原情)은 '원정'(願情)의 잘못임. 마음에 원하는 바를 하소연하는 진정서

442
風和照好時에 범나뷔 몸이 되어
百花叢裏에 香氣 졋져 노닐거니
世上(세상)에 이러호 豪興을 무어스로 比(비)힐쏘냐.
(源國 305)

風和照好時(풍화조호시)에＝바람이 온화하고 태양이 화창하게 비추는 좋은 시절에 百花叢裏(백화총리)＝모든 꽃이 모두 핀 가운데 졋져＝젖어. 빠져 노닐거니＝놀고 있으니 豪興(호흥)＝호탕한 흥취

443

님글인 相思夢이 蟋蟀의 넉시 되야

秋夜長 깁푼 밤에 니의 房(방)에 드럿다가

날 닛고 깁히든 줌을 씨와 볼ㄱ 호노라. (源國 306)

님글인＝님을 그러워 한　相思夢(상사몽)＝서로 사랑하고 그러
워하여 꾸는 꿈　蟋蟀(실솔)＝귀뚜라미　秋夜長(추야장)＝긴긴
가을밤　니믜＝님의　날 닛고＝나를 잊고

444

뉘라셔 가마귀를 검고 凶타 ㅎ듯던고

反哺報恩이 긔 아니 아름다온가

ᄉ룸이 져 식만 못ㅎ물 못늬 슬허 ㅎ노라. (源國 371)

凶(흉)타 ㅎ듯던고＝흉하다고 하더란 말인가　反哺報恩(반포보
은)＝까마귀 새끼가 자란 뒤에 어미에게 먹이를 물어다 주어 키
워준 은혜에 보답하는 일　못ㅎ물＝못 한 것을　못늬＝끝내

445

꿈에 왓던 님이 씨여보니 간듸 업네

耽耽이 괴든 ᄉ랑 놀 바리고 어듸 간고

꿈속이 虛事ㅣ라만졍 쟈로나 뵈게 하여라. (源河 693)

耽耽(탐탐)이＝탐탐히. 매우 그러워하는 모양　괴던＝사랑하던
虛事(허사)ㅣ라만졍＝헛 일이라 하더라도. 헛 일일망졍　쟈로나
＝자주나　뵈게＝나타나게

446
文王子 武王弟로 富貴雙全ᄒ신 周公
握髮吐哺ᄒᄉ 愛下敬勤ᄒ샷거든
어디ᄐ 後世不肖는 驕奢自尊 ᄒ는고. (源六 59)

文王子 武王弟(문왕자무왕제)=주나라 문왕의 아들이오 문왕의
아우 富貴雙全(부귀상전)=부와 귀을 함께 갖춘 周公(주공)=
주나라의 정치가 握髮吐哺(악발토포)=현인(賢人)을 얻는데 급
급함에 비유한 말. 손님이 오면 머리을 감다가도 머리을 잡고 손
님을 맞고, 밥을 먹다가도 손님이 오면 먹던 밥을 뱉고 손님을
맞았다는 주공의 고사 愛下敬勤(애하경근)=백성을 사랑하고 삼
가고 부지런함 後世不肖(후세불초)=뒤세상에 태어난 못난 후
손. 자신을 겸사하는 말 驕奢自尊(교사자존)=교만하고 사치하
며 스스로을 높임

447
南極 老人星이 四敎齋에 드리오셔
우리 님 壽富貴(수부귀)를 康寧으로 도으셔든
우리도 德蔭을 무르와 太平燕樂 ᄒ노라. (源六 317)

南極老人星(남극노인성)=남극에 있어 사람의 수명을 관장한다
는 별 四敎齋(사교재)=서재의 이름 드리오셔=비추어서 康寧
(강녕)=오복의 하나로 건강하게 사는 것 도우셔든=도우시매
德蔭(덕음)=조상의 덕. 음덕 무르와=무릅쓰고 太平燕樂(태평
연악)=태평한 세상에 잔치하며 즐김

● 안민영(安玟英)

448
上元 甲子之春애 우리 聖上 卽位신져
堯舜(요순)을 法(법) 바드ᄉ 光被四表 허오니니
美哉라 億萬年(억만년) 東方氣數ㅣ 이로좃ᄎ 비로솟다. (金玉 1)

上元 甲子之春(상원갑자지춘)=상원은 음력 정월 보름. 갑자지
춘은 고종 즉위년(1864) 봄.   聖上(성상)=지금의 인군을 높여 부
르는 말   卽位(즉위)=왕위에 오름   光被四表(광피사표)=천하에
빛(聖德)이 퍼짐. '사표'는 사방의 밖   美哉(미재)라=아름답도
다   東方氣數(동방기수)=우리 나라의 운수   이로좃ᄎ=이로부터
비로솟다=비롯되었다

　임금의 즉위 원년 갑자(1864)년 봄에 축하함
　(聖上 卽祚元年 甲子之春 賀祝)

449
太極이 肇判後에 聖帝明王 혜여허니
堯舜이 웃듬이요 禹湯文武ㅣ 버금이라
至今(지금)은 東方(동방)에 吉祥이 만흐니 聖人(성인) 나실 徵漸인져. (金玉 2)

太極(태극)이 肇判後(조판후)=세상이 처음 생긴 뒤에. 천지가
개벽된 다음에   聖帝明王(성제명왕)=훌륭하고 사리에 밝은 제왕
혜여허니=헤아려 보니   堯舜(요순)=요인군과 순인군. 요순시대
禹湯文武(우탕문무)=하(夏)의 우왕과 은(殷)의 탕왕과 주나라의

문왕과 무왕 버금이라=다음이다 吉祥(길상)=운수가 좋을 조 진 나심=태어나심 徵漸(징점)인져=징후가 점점 나타남이로구 나

성상이 즉위하신 처음에 동협으로부터 흰 꿩을 헌납한 사람이 있고 또 한줄기에 아홉 이삭의 벼를 헌납한 사람이 있으며, 또 인천으로 부터 신령스런 거북을 헌납한 사람이 있으니, 이는 다 크게 상서로 운 것이다. 세상 사람들이 다 이르기를 후일에 성인을 내실 징조라 고 일컬었다. 과연 갑술(1874)년 2월 8일에 세자께서 탄생하셨다 (聖上 卽祚之初 自東峽有獻白雉者 又有獻一莖九穗之禾者 又自仁川 有獻靈龜者 此是大吉祥也 世人皆謂後日聖人必降矣 果於甲戌二月初 八日 聖世子誕降)

450
玉露에 눌닌 곳과 淸風에 나는 닙흘
老石에 造化筆노 깁바탕에 옴겨슨져
美哉라 寫蘭이 豈有香가만은 暗然襲人 허더라. (金玉 3)

玉露(옥로)에 눌닌 곳=이슬이 매달려 있어 줄기을 쳐들지 못하 는 약한 꽃 淸風(청풍)에 나는 닙흘=맑은 바람에 나부끼는 잎 을 老石(노석)=대원군을 가리키는 듯. 대원군의 아들 우석(又 石) 이재면(李載冕)에 비해 석파(石坡) 이하응(李昰應)을 노석이 라 부른 듯함 造化筆(조화필)=신통하게 만들 수 있은 붓. 조화 를 부리듯 신기한 재주 깁바탕=비단 헝겊 옴겨슨져=옮겼구나 美哉(미재)라=아름답도다 寫蘭(사난)이 豈有香(기유향)가만은 =그런 난초가 어찌 향기가 있겠느냐만 暗然襲人(암연습인)=은 근하게 사람에게 향기가 스며듬은

석파 대로께서 난초를 투묘하게 그리는 것으로써 일세의 독보적 존

재였다. 계유년(1873) 봄에 양주 직동의 작은 별장에서 쉬고 있을 때 시간이 있으면 난을 그려 소요의 거리로 보충했다. 내가 모시고 머물면서 난초사 삼절을 지어 관현에 올렸다.

(石坡大老 以寫蘭透妙 獨步一世 癸酉春 優息於楊州直洞小庄 有時寫蘭 以補逍遙之資 而余亦倍留 作蘭草詞三絶 被之管絃)

451
石坡에 又石허니 萬年壽(만년수)를 期約(기약)거다
花如解笑 還多事요 石不能言 最可人을
至今(지금)에 以石爲號하고 못늬 즑여 하노라. (金玉 4)

石坡(석파)=대원군의 아호(雅號) 又石(우석)=대원군의 장자 이재면(李載冕)의 아호 花如解笑還多事 石不能言最可人(화여해소한다사 석불능언허가인)=꽃이 많일 웃음을 해득한다면 도리어 일이 많고, 돌이 말을 못하나 가장 사람에게 알맞음 以石爲號(이석위호)='석'자로써 호를 삼음 못늬 즑여=몹시 즐거워

우석은 제이 태양관 주인인 상서의 별호인데 즉 운현궁의 작은 사랑이다
(又石 第二太陽館主人 尙書別號 卽 雲峴小舍廊也)

452
父雖 不慈하나 子不可 而不孝여니
父頑母嚚 舜(순)님군은 克諧以孝 不格姦을
萬古(만고)의 通天大孝넌 舜帝(순제)신가 하노라. (金玉 5)

父雖 不慈(부수부자)=아버지가 비록 인자하지 않으시나 子不可而不孝(자불가이불효)=자식이 불효함은 옳지 아니함 父頑母

囂(부완모은)＝부모가 완고하고 어리석음을 이름   克諧以孝不格
姦(극해이 효불격간)＝'극효이해불격간'(克孝以諧不格姦)인   듯.
해학으로 효도하여 간사한 것과는 대적하지 않음 通天大孝(통천
대효)＝하늘에 통하는 큰 효도. 세상에서 제일 훌륭한 효자

　　효자의 도리는 효도를 다하는 데에 있다
　　(孝子之道 於斯盡矣)

453
梅影이 부드친 窓(창)에 玉人金釵 비겨신져
二三 白髮翁은 거문고와 노뢰로다
이윽고 盞(잔)드러 勸(권)하랼져 달이 쪼한 오르더라. (金玉 6)

　梅影(매영)＝매화의 그런자   玉人金釵(옥인금차)＝아름다운 여
인의 금비녀 비겨신져＝비껴 낀 것이여 白髮翁＝머리가 허연
늙은이 勸(권)하랼져＝권하고자 할 때에 오르더라＝떠오르더라

　　내가 경오년(1870) 봄에 운애 박선생 경화, 오선생 기여, 평양 기생
　　순희, 전주 기생 향춘과 더불어 운애산방에서 노래하며 거문고를
　　탈 때에 운애선생은 매화를 좋아하는 성벽(性癖)이 있어 손수 가꾼
　　새 순을 책상 위에 두었는데 바야흐로 꽃이 필 때가 되어 두어 송
　　이가 반쯤 피어 그윽한 향내가 풍겨왔다. 이를 인연하여 매화사 우
　　조 일편 팔절을 짓다.
　　(余於庚午春 與雲崖朴先生景華 吳先生岐汝 平壤妓順姬 全州妓香春
　　歌琴於山房 先生癖於梅 手裁新筍 置諸案上 而方其時也 數朶半開 暗
　　香浮動 因作梅花詞 羽調一編八節)

454
千萬間(천만간) 너른 집의 風月을 시러두고
浩然한 氣運(기운)을 마음ᄃᆞ로 길너스니
아마도 大度洪量은 偉堂인가 ᄒᆞ노라. (金玉 7)

너른 집＝넓은 집 風月(풍월)＝음풍농월(吟風弄月). 바람을 읊
조리고 달을 희롱함 浩然(호연)＝마음이 넓고 뜻이 큰 모양. 호
연지기(浩然之氣) 길너스니＝길렀으니 大度洪量(대도홍량)＝큰
도량과 넓은 아량 偉堂(위당)＝이름을 알 수 없는 이상서의 아
호

교동 이상서의 호가 위당임
(校洞李尙書 號偉堂)

455
聖上에 父親(부친)이신져 놉푸시기 그지업네
庚辰 臘月 卄一日예 設甲宴於二老堂를
盡日에 鳳笙龍管으로 獻蟠桃를 하시더라. (金玉 8)

聖上(성상)＝현재의 임금 庚辰 臘月 卄一日(경진납월입일일)＝
경진년(1880) 12월 21일 대원군의 회갑일 設甲宴於二老堂(설갑
연어이노당)＝회갑연을 이노당에 베풂 盡日(진일)＝하루 종일
鳳笙龍管(봉생용관)＝봉과 용의 형상을 그린 악기. 이런 악기를
연주하는 음악 獻蟠桃(헌반도)＝장수를 비는 뜻으로 반도를 드
림

경진(1880)년 12월 21일은 석파 대로의 회갑일이다 성상께서 친히
운현궁에 임하셔서 헌수를 하였다, 이에 축하하는 노래 삼장을 지

었다.
(庚辰十二月二十一日 石坡大老回甲日 聖上 親臨于雲宮獻壽 而作賀
祝三章)

456
五雲이 얼의닌 곳에 壯麗홀슨 져 집이여
예적에 靈臺러니 이제로는 乾天宮을
뭇노라 영소靈囿는 어드머요 ㅎ노라. (金玉 9)

五雲(오운)=오색 구름   얼의닌 곳=어리어 있는 곳   壯麗(장
려)=장엄하고 화려함   예적에=예전에   靈臺(영대)=주나라 문
왕의 대. 인군이 올라가서 사방을 바라보던 대   이제로는=이제
에는   乾天宮(건천궁)='천'은 '청'(淸)의 잘못인 듯. 고종 10년
(1873)에 신무문(神武門)안에 지은 건물의 하나로 전 민속박물관
자리인   영소靈囿(영유)=영소(靈沼)는 주 문왕의 이궁(離宮)에
있었던 연못. 영유는 주 문왕이 설치한 동물원   어드머요=어디
메요

건천궁을 축하함
(乾天宮 賀祝)

457
麟在郊 鳳翔岐하니 이 어인 大吉祥고
甲戌 二月 初八日의 聖世子(성세자) ㅣ 誕降(탄강)하사
億萬年(억만년) 東方紀數를 바다 니여 계신져. (金玉 10)

麟在郊 鳳翔岐(인재교봉상기)='기'는 '지'(枝)의 잘못. 기린은
들에 있고, 봉황은 가지에 날아 옴   大吉祥(대길상)=크게 상서

ㄹ윤 甲戌二月初八日(갑술이월초팔일)＝고종 11년(1874) 이월
초파일 東方紀數(동방기수)＝우리 나라의 운수 바다 너여＝받
아 이어 계신져＝계셨구나

축하 제이
(賀祝 第二)

458
西舶에 烟塵으론 天下(천하) ㅣ 어두어도
東方(동방)에 日月(일월)이란 萬年(만년)이나 발키리라
萬一(만일)에 國太公 아니시면 뉘라 能(능)히 발키리오.
(金玉 11)

西舶(서박)＝서양의 큰 배 烟塵(연진)＝전장의 티끌. 양요(洋
擾)의 시끄러움을 나타낸 말 國太公(국태공)＝대원군을 가리키
는 호칭

석파 대노의 시에 "서방의 연진으로 천하가 어두워도 동방의 일월
로 만년이나 밝히리라"고 하였다. 바야흐로 병인년 양이(洋夷)의 난
에 만약 석파대로의 영풍과 웅략이 아니었다면 누가 능히 사악한
것을 물리치고 정의를 지킬 수 있으리오
(石坡大老 詩曰 西舶烟塵天下晦 東方日月萬年明 方其丙寅洋醜之亂
若非石坡大老 英風雄略 則誰能斥邪衛正)

459
지여 能(능)히 못할 닐은 仁與德 두 글字(자) ㅣ라
喜怒를 不形하니 忍容이 自然이라
至今(지금)에 諄諄然 君子之風은 又石公을 뵈왓노라.(金玉 12)

지여=지어. 일부러 仁與德(인여덕)=어진 마음과 덕성 희노
(喜怒)를 不形(불형)=기쁨과 노여움을 얼굴에 나타내지 않음
인용(忍容)이 自然(자연)=참고 견디는 모습이 자연스러운 諄諄
然 君子之風(순순연군자지풍)=다정스럽고 친절한 모양이 군자의
풍도가 있음 又石公(우석공)=대원군의 장자 이재면의 아호

　나는 우석상서의 깊고 후한 인덕을 몰래 사모해서 마음으로부터 우
러나 이를 짓는다
　(余竊慕又石尙書 深仁厚德 由中而作)

460
祥雲이 어린 곳의 老安堂이 壯麗(장려)하고
和風이 이는 곳의 太乙亭이 飄緲하다
두어라 祥雲和風이 晚年長住 하리라. (金玉 13)

祥雲(상운)=상서로운 구름 어린 곳=어리어 있는 곳 老安堂
(노안당)=운현궁 안에 있는 사랑의 이름 和風(화풍)=온화한
바람 이는 곳=일어나는 곳 太乙亭(태을정)=운현궁에 있던 산
정(山亭) 飄緲(표묘)=넓고 끝이 없는 모양 晚年長住(만년장
주)=노년에 오래 머무름

　노안당은 운현궁의 큰 사랑이고 태을정은 후원에 있는 산정이다.
　(老安堂 雲峴大舍廊 太乙亭 後園山亭)

461
너르고 둥근 연못 거울낯철 여러슨져

龍舟錦帆으로 泛彼中流 ᄒ오실제
水波에 뛰는 고기는 靈沼魚닌가 ᄒ노라. (金玉 14)

거울낫칠=거울 표면처럼 매끄러움을 나타낸 말   여러손져=열
었구나   龍舟錦帆(용주금범)=용주는 임금이 타는 배. 금범은 비
단으로 맏든 듯. 화려하게 꾸민 배를 가리킨   泛彼中流(번피중
류)=강의 중간에 배를 띄운   水波(수파)=물결   靈沼魚(영소어)
=영소에 노는 고기. 영소는 주 문왕의 이궁에 있던 연못

건천궁 앞에 연못이 있고 연못 가운데 향원정이 있다.
(乾天宮前 有池 池中有香遠亭)

462
어리고 성근 梅花(매화) 너를 밋지 안얏더니
눈期約 能(능)히 직켜 두세송이 푸엿구나
燭 잡고 갓가이 사랑할제 暗香浮動 하더라. (金玉 15)

어리고 성근=약하고 성긴   안얏더니=아니 하였더니   눈期約
(기약)=눈이 내릴 때에 꽃을 피우겠다는 약속. 꽃눈이 맺혀 후
에 꽃을 피우겠나는 약속   燭(촉)=촛불   갓가이=가까이   사랑
할제=구경할 때. 완상(玩賞)할 때   暗香浮動(암향부동)=그윽한
향내가 풍겨 옴

운애산방 매화사 제 2수임
(雲崖山房 梅花詞 第二)

463
바회난 危殆(위태)타만은 곳 얼골이 天然하고
골은 그윽다만은 싀소리 석글하다
飛瀑는 急한 비 形勢 비러 落九天을 하더라. (金玉 16)

곳 얼골=꽃처럼 잘 생긴 모습   天然(천연)=아주 흡사한 모양
골=골짜기   석글하다=뜬하게 들리다. 어쩌다 들리다   飛瀑(비
폭)=새가 나르는 것처럼 쏟아지는 폭포   急(급)한 비=급하게
쏟아지는 비. 소나기   落九天(낙구천)='천'(天)은 '천'(泉)의
잘못인 듯. 땅으로 떨어진

내가 임자년(1852) 봄에 영남으로부터 돌아오는 길에 문경 새재에
이르러 교구정 용추에서 잠시 머물렀다.
(余於壬子春 自嶺南歸路 到聞慶鳥嶺 交龜亭龍湫暫歇)

464
靑山(청산)의 옛길 차져 白雲深處 드러가니
鶴淚聲 나난 곳에 竹扉荊扉 두세집을
늬 쏘한 山林(산림)에 길드려 져와 가치 하리라. (金玉 17)

白雲深處(백운신처)=흰 구름 깊은 곳. 깊은 산곡   鶴淚聲(학루
성)=학의 울음 소리   竹扉荊扉(죽비형비)=대나무나 가시나무로
만든 사립문   길드려=길이 들어. 익숙하여   져와 가치=저와 같
이

영남에서 돌아오는 길에 연풍 이상사의 산장을 방문했다.
(嶺南歸路 訪連豊李上舍山庄)

465
즐거워 우슘이요 感激(감격)하야 눈물이라
興(흥)으로 노릐여늘 氣運(기운)으로 츔이로다
오늘날 歌與舞 笑與淚는 又石尙書 쥬신비라. (金玉 18)

노릐여늘=노래하거늘   歌與舞 笑與淚(가여무소여루)=노래와
춘과 웃음과 눈물 又石尙書(우석상서)=대원군의 장자(長子) 이
재면을 가리킨 쥬신비라=주신 것이다

병자년(1876) 6월 29일은 즉 나의 회갑일이다 석파대로께서는 회갑
연을 공덕리 추수루에서 베풀어 주셨고 우석상서에게 기녀와 악공
들을 널리 불러와 종일 질탕하게 즐기도록 명하시니 이 어찌 사람
마다 얻을 수 있는 것이리요
(丙子六月二十九日 卽吾回甲日也 石坡大老 爲設甲宴於孔德里秋水樓
命又石尙書 廣招妓樂 盡日迭宕 是豈人人所得者歟)

466
周翁이 微하므로 委質於又石하야
德池에 沐浴(목욕) 감고 仁風에 술을 쯰니
늬 이제 德門人되얏슨져 樂又樂을 하노라. (金玉 19)

周翁(주옹)=안민영의 자(字) 微(미)하므로=한미함으로 委質
於又石(위직어우석)=우석에게 몸을 맡긴 德池(덕지)=은덕이
웅덩이처럼 큼을 이른 말 仁風(인풍)=어진 풍모 德門人(덕문
인)되얏슨져=덕행이 높은 집안의 사람이 되었으니 樂又樂(낙우
락)=즐기고 또 즐긴

내가 석파대로를 모시고 노닐은 것이 이제 몇해가 지났고 우석상서

도 또한 후대하여 준 것을 진심으로 감격하여 짓다.
(余侍遊石坡大老 今幾多年 而又石尙書 亦厚待之心感而作)

467
芙蓉堂 欄干(난간)밧긔 萬朶花香 聞十里라
烟雨에 져즌 닙흔 고은 빗츨 자랑한다
다시금 控海臺에 올나 風帆 보랴 하노라. (金玉 20)

芙蓉堂(부용당)＝황해도 해주에 있는 정자 萬朶花香 聞十里(만
타화향문십리)＝많은 봉우리의 꽃향기가 십리까지 퍼진 烟雨(연
우)＝안개처럼 부옇게 내리는 가는 비 控海臺(공해대)＝황해도
해주에 있는 누대의 이름인 듯 風帆(풍범)＝돛을 달고 가는 배

내가 평양으로부터 돌아오는 길에 해주 부용당에 오르다
(余自平壤歸路 登海州芙蓉堂)

468
乾坤이 눈이여늘 네 홀노 푸엿구나
氷姿玉質이여 閣裏예 숨어 잇셔
黃昏에 暗香動하니 달이조차 오더라. (金玉 21)

乾坤(건곤)＝온 세상 눈이여늘＝눈이 내려 온 세상이 하얗게
된 氷姿玉質(빙자옥질)＝살결이 맑고 깨끗한 미인을 이름. 매화
의 곱고 깨끗함을 이름 閣裏(합리)＝침방 속 暗香動(암향동)＝
그윽한 향기가 움직인 달이조차＝달이 따라

동래부에서 온정까지의 거리가 오리쯤 되었다. 내가 마산포의 최치

학과 김해 문달주와 더불어 같이 동래부 안의 기생 청옥의 집에 들
어가 술을 들어 서로에게 권할 즈음에 홀연 한 미녀가 밖으로부터
들어와 우리들이 앉아 있는 것을 보고 몸을 도리켜 다시 나갔다.
그 여자를 보니 빙자옥질이 설중의 한매와 같아 진애가 조금도 없
었다. 모두 눈이 둥그레지고 입이 벌어져 어쩔 줄을 몰랐다. 청옥이
급히 일어나 넘어질 듯 문을 나가 얼마 있다가 손을 잡고 들어와
말하기를 너는 어떤 마음으로 왔다가 어떤 마음으로 갔느냐? 곧 마
루에 올라 자리에 앉으니 이는 제일 명희인 옥절이다. 내가 경향간
에 명기를 차례로 겪은 것이 헤아릴 수가 없지만 바다의 끝 변두리
에서 어찌 옥절과 같은 사람이 있으리라 짐작했으랴 한마디 찬사가
없을 수 없을 따름이다.
(自萊府 距溫井 爲五里許也 余與馬山浦崔致學 金海文達柱 同入于府
內妓靑玉家 擧酒相屬之際 忽一美娥 自外而入見吾儕之列坐 回身還出
矣 第見厥娥 氷姿玉質 如雪中寒梅 少無塵埃矣 一座眼環口呆 莫知所
爲 靑玉 急起顚倒出門 少頃携手而入 曰 汝以何心來 而何心去耶 卽
爲升堂而坐 此是第一名姬玉節也 余於京鄕間 閱歷名妓 不計其數 而
海隅遐陬 豈料有玉節者哉 不可無一讚耳)

469
紅葉은 翠壁에 날고 黃花는 丹崖에 퓐져
楚月이 발가는데 玉簫仙娥ㅣ 撫琴來라
어즙어 大醉長歌ᄒ고 弄月歸를 ᄒ더라. (金玉 22)

紅葉(홍엽)=붉게 물든 나무잎 翠壁(취벽)=녹색의 않벽 날고
=날리고 黃花(황화)=누런 빛깔의 꽃. 국화(菊花) 丹崖(단애)
=붉은 빛깔을 띤 절벽. 여기서는 지명인 듯 楚月(초월)=기생
의 이름 玉簫仙娥ㅣ撫琴來(옥소선아ㅣ무금래)=옥소선 아가씨가
거문고를 가지고 옴. 옥소선은 기생인 大醉長歌(대취장가)=크
게 취해 마음껏 노래함 弄月歸(농월귀)=달을 희롱하며 돌아옴.
농월은 기생인

단애의 모임이 있은 이틀 뒤 즉 9월 보름이었다. 다시 산정에 작은
술자리를 배풀고 기생 서넛을 불러 밤새 질탕하게 놀았다.
(丹崖大會之後二日 卽九月望日也 更設小酌於山亭 請三妓 盡夜迭宕)

470
旗旌百隊 開新市오 甲第千甍 分戚里라
구타야 山林이랴 여긔 숨어 關係ᄒ리
平生에 不移其心ᄒ니 市隱號를 가져더라. (金玉 23)

旗旌百隊 開新市(기정백대개신시)＝깃발 백대는 신시를 열었음
甲第千甍 分戚里(갑제천맹분척리)＝갑제천맹은 척리를 나눴음.
갑제는 크고 너른집. 천맹은 많은 집들의 용마루. 척리는 인군의
내외척(内外戚) 不移其心(불이기심)＝그 마음을 옮기지 않았음
市隱號(시은호)＝시은이란 아호. 시은은 사람을 피해 시중에 숨
어사는 것

이오위장 건혁은 자가 경춘이며 시은이라 호하였다.
(李五衛將健赫 字景春 號市隱)

471
놉푸락 나즈락하며 멀기와 갓갑기와
모지락 둥그락ᄒ며 길기와 저르아와
平生(평생)에 이러ᄒ엿스니 무삼 근심 잇스리. (金玉 24)

놉푸락~저르아와＝사람의 성격을 나타낸 것으로 고저(高低),
원근(遠近), 방원(方圓), 장단(長短)을 말함

운애 박선생은 평생동안 사람을 대하거나 사물에 접했을 때 기뻐하
고 노여워할 줄 몰랐다. 매번 기뻐했으니 군자의 풍도가 있다고 이
를 만하고 또 근심이 없는 태평한 늙은이라 이를 만했다.
(雲崖朴先生 平生有喜無怒 待人接物也 每每悅之 可謂君子之風 亦可
謂無愁太平翁)

472
石坡에 石又石이요 幽谷에 蘭又蘭을
老石은 壽(萬)年이요 苗蘭은 香千秋ㅣ라
이날에 又石尙書ㅣ 斑衣獻壽 ㅎ시더라. (金玉 25)

石坡(석파)=돋두덕. 대원군의 아호인   石又石(석우석)=돋에
또 돋 석파와 우석이난 아호에 다 '석'(石)자가 있음을 나타낸
말   幽谷(유곡)=그윽하고 깊은 산곡   蘭又蘭(난우난)=난초에
또 난초가 있음   老石(노석)은 壽萬年(수만년)=늙은 돋은 만년
을 삶. 노석은 대원군을 가러킴   苗蘭(줄난)은 香千秋(향천추)=
싹이 튼 난은 향기가 천년이 감. 줄난은 대원군의 사난(寫蘭)을
가러킴   又石尙書(우석상서)=대원군의 장자 이재면을 가러킴   斑
衣獻壽(반의헌수)=색동옷을 입고 장수를 비는 술잔을 올린

석파대로의 화갑연 축하의 두번째임
(石坡大老 甲宴賀 第二)

473
桃花(도화)는 훗날니고 綠陰(녹음)은 퍼져온다
쇠쏘리 싀노릐는 烟雨에 구을거다

마초아 盞(잔)드러 勸(권)허랄제 澹粧佳人 오더라. (金玉 26)

홋낱니고＝흩어 낱리고 烟雨(연우)＝안개처럼 부옇게 내리는 가는 비 구웃거다＝구르는 것처럼 매끄럽다 마초아＝때 마침 澹粧佳人(담장가인)＝담박하게 꾸민 아름다운 여인

신미년(1871) 초여름에 운애선생과 더불어 산방에 대좌하고 있을 때 비가 오고 꾀꼬리가 울었다. 술잔을 따라 서로 권할 즈음에 홀연 담장가인 하나가 술병을 들고 오니 이는 바로 평양의 산홍이었다.
(辛未初夏 與雲崖先生 對坐於山房時 雨灑鶯啼矣 酌酒相屬之際 忽一 澹粧佳人 携一壺而來 正是平壤山紅也)

474
龍樓에 우는 북은 太簇律을 應(응)허엿고
萬戶에 발킨 불은 上元月을 맛는고야
俄已오 白尺虹橋上에 萬人同樂 허더라. (金玉 27)

龍樓(용루)＝커다란 누각 우는 북＝울리는 북 太簇律(태주율)＝중국 12율의 하나 萬戶(만호)＝썩 많은 집 上元月(상원월)＝음력 정월 보름날의 달 맛는고야＝맞이하는구나 俄已(아이)오 ＝별안간. 이윽고 百尺虹橋上(백척홍교상)＝높은 무지개 모양의 다리 위 萬人同樂(만인동락)＝여러 사람들과 함께 즐김

정월 보름날 밤에 종소리를 들으며 달을 완상함.
(上元夜 聽鍾翫月)

475
前川에 雨歇허니 柳色이 푸르엿고
東園에 日暖허니 百花爭發 小紅이라
兒禧(아희)야 小車에 술 실어라 訪花隨柳 허리라. (金玉 28)

前川(전천)＝앞 내　雨歇(우헐)＝비가 그친　柳色(유색)＝버들
빛　東園(동원)에 日暖(일난)＝동산에 날씨가 따뜻함　百花爭發
(백화쟁발)＝모든 꽃이 다투어 핌　小紅(소홍)＝조금 붉었음. 기
생 이름　小車(소거)＝수레　訪花隨柳(방화수류)＝꽃을 찾고 버
들을 따름. 화류놀이를 감

　　평양 기생 소홍을 찬양함
　　(讚箕妓小紅)

476
口圃東人 빗난 身勢(신세) 알니 적어 病(병)되더니
似韻似閑 兼得味요 如詩如酒 又知音은
石坡公(석파공) 知己筆端이시니 感激無恨(감격무한) 허여라.
(金玉 29)

口圃東人(구포동인)＝안민영의　아호. 대원군의　사호(賜號)인
似韻似閑 兼得味(사운사한겸득미)＝운치를 알고 한가한 것 같으
면서도 멋을 아울러 얻음　如詩如酒 又知音(여시여주우지음)＝시
와 술을 하고 거기에 음악까지 알음　知己筆端(지기필단)＝자기
를 알아주는 붓의 운용

　　삼계동 우리집 후원에 구자(口字) 모양의 채마밭이 있는 연고로 석
　　파대로께서 구포동인이라 사호하셨다.

(三溪洞 我家後園 有口字圃田 故石坡大老 賜號口圃東人)

477
南浦月 깁흔 밤에 돗디치는 져 沙工(사공)아
뭇노라 너 튼 비야 桂棹錦帆 蘭舟ㅣ로다
우리는 採蓮가는 길이니 무러 무슴 허리요. (金玉 30)

南浦月(남포월)＝남쪽 포구에 뜬 달 돗디치는＝돛을 다는 막대
기를 두드리는 桂棹錦帆(계도금범)＝계수나무로 맏든 노(櫓)와
좋은 천으로 맏든 돛. 좋은 배 蘭舟(난주)＝진양 출신 기생의
이름 採蓮(채련)＝연을 캔

　　　진양 기생 난주를 시제(詩題)로 함
　　　(題晉陽妓蘭舟)

478
烟雨 朝陽 비긴 곳에 錦衣公子ㅣ 네 아니냐
百舌口辯이오 瀏亮흔 노뤼로다
萬一(만일)에 네 안고 제 잇스면 뉘가 뉜지 모로괘라. (金玉 31)

烟雨 朝陽(연우조양)＝안개처럼 부옇게 내리는 이슬비 속에서
비추는 아침 햇볕 비긴 곳＝비낀 곳 錦衣公子(금의공자)＝'금'
은 '금'(金)의 잘못인 듯. 꾀꼬리를 말함 百舌口辯(백설구변)＝
때까치의 말솜씨. 뛰어난 말솜씨 瀏亮(유량)＝맑고 맑음 네 안
고＝너를 안고 제＝저기 뉘가 뉜지＝누가 누구인지

　　　밀양의 기생 초월을 찬양함

(讚密陽楚月)

479

周濂溪는 愛蓮하고 陶靖節은 愛菊이라

蓮花 君子여늘 菊花는 隱逸士ㅣ라

至今(지금)에 方塘에 蓮(연) 시무고 號稱蓮湖 ᄒ더라. (金玉 32)

周濂溪(주연계)는 愛蓮(애연)＝주 연계가 연꽃을 사랑함. 연계
는 송(宋)나라 학자 주돈이(周敦頤)의 호　陶靖節(도정절)은 愛
菊(애국)＝도 정절은 국화를 사랑함. 정절은 진나라의 문인 도잠
(陶潛)을 존대하여 정절선생이라 하였음　蓮花 君子(연화군자)＝
연꽃은 군자와 같고　菊花 隱逸士(국화은일사)＝국화는 숨어사는
선비와 같음　方塘(방당)＝연못　號稱蓮湖(호칭연호)＝호를 연호
라 붙음

감목관 박한영은 자가 사준이며 연호라 호했다.

(朴監牧官漢英 字士俊 號蓮湖)

480

大哉라 吾王苑囿 芻蕘雉兎 ᄒ난구야

文王에 靈囿ㅣ러니 우리 聖上 慶武苑을

今古에 聖王之臺沼苑囿는 흔가진가 ᄒ노라. (金玉 33)

大哉(대재)라＝크구나. 크도다　吾王苑囿(오왕원유)＝우리 왕궁
의 동산　芻蕘雉兎(추요치토)＝짐승의 먹이와 땔나무가 많고, 꿩
과 토끼가 뛰놂음　文王(문왕)에 靈囿(영유)＝문왕에게는 영유가
있음. 영유는 동물원　우리 聖上(성상)　慶武苑(경무원)＝우리 인

금에게는 경무원이 있음. 경무원은 현재 청와대인 今古(금고)＝
예전이나 지금 聖王之靈沼園囿(성왕지영소영유)＝성왕의 신령스
런 연못이나 왕궁의 동산

경무원은 경무대에 있다.
(慶武苑 有慶武臺)

481
剛毅果敢 烈丈夫요 孝親友弟 賢君子ㅣ라
良辰美景 늬노름에 名姬賢伶 自有餘ㅣ라
美哉라 事親暇日에는 傲遊自樂 흐더라. (金玉 34)

剛毅果敢 烈丈夫(강의과감열장부)＝강직하고 씩씩하며 용기가
있는 것은 열렬한 대장부인 孝親友弟 賢君子(효친우제현군자)＝
어버이에게 효도하며 형제간에 우애 있어 군자처럼 어진옴 良辰
美景(양진미경)＝좋은 아침과 아름다운 경치 늬 노음＝냇가에서
노는 놀이. 천렵(川獵) 名姬賢伶(명희현령) 自有餘(자유여)＝이
름난 기생과 훌륭한 광대들과 더불어 항상 여유가 있음 美哉(미
재)라＝아름답도다 事親暇日(사친가일)＝부모를 섬기면서 한가
한 날. 틈 있는 날 傲遊自樂(오유자락)＝재미 있게 놀면서 스스
로 즐김

가덕 하정일은 자가 성초요 호는 ○○이다. 부모에게 효도하고 형
제간에 우애가 있으면서 성질이 본래 강의하고 과감하여 일을 함에
의심하지 않아 일대의 쾌장부라 일컬을 만하다. 나와 더불어 서로
존경하고 사랑하기 30년이 되었다.
(河加德靖一 字聖初 號○○ 孝親友弟 而性本剛毅果敢 臨事無疑 可
謂一代快丈夫也 與余敬愛三十年)

482
南山(남산)갓치 놉흔 壽와 東海(동해)갓치 깁흔 福(복)을
世子(세자)ㅣ 誕降(탄강)허오실제 오로지 바드시니
아마도 壽福이 雙全허시기는 聖世子(성세자)를 뵈온져. (金玉 35)

놉흔 壽(수)＝장수(長壽) 오로지＝온전히 壽福(수복)이 雙全
(쌍전)＝장수와 복록이 함께 온전함 뵈온져＝뵙는구나

축하의 셋째
(賀祝 第三)

483
長空 九萬里에 구름을 쓰러 열고
두려시 굴너올나 中央(중앙)에 밝앗스니
알괘라 聖世上元이니 밤인가 허노라. (金玉 36)

長空 九萬里(장공구만리)＝아득히 먼 하늘 두려시＝둥글게 굴
너올나＝떠올라 알괘라＝알겠구나 聖世上元(성세상원)＝태평한
세상의 정월 보름

영안부원군 시에 이르기를 만리에 구름 없어 완연히 굴러 오니 하
늘이 물과 같이 맑아 달이 중앙에 있다.
(永安府院君 詩曰 萬里無雲來宛轉 一天如水在中央)

484
豪放헐슨 져 늘그니 술 아니면 노릭로다
端雅象中 文士貌요 古奇畵裡 老仙形을

뭇ᄂ니 雲坮에 숨언지 몃몃 히나 되인고. (金玉 37)

豪放(호방)=의기가 장하여 작은 일에 거리낌이 없음 져 늑그
니=저 늙은이. 박효관을 가리킨 端雅象中 文士貌요 古奇畵裡
老仙形(단아상중문사모 고기화리ᄂ선형)=단아한 형상 가운데 문
사의 모습이요, 오래되고 기이한 그럼 속의 늙은 신선의 형상인
雲坮(운대)=필운대(弼雲臺). 종로구 필운동에 있는 바위

운애 박선생 경화는 필운대에 은거하여 평생을 시와 술과 노래와
거문고로써 세월을 보내 기로에 이르르니 진실로 일세의 인걸이라
하겠다.
(雲崖朴先生景華 隱於弼雲坮 平生 以詩酒歌琴度日 至於耆老 固一世
之人傑也)

485
秦王이 擊缶허니 六國諸侯ㅣ 다 쓸거다
이제 와 헤여허니 數千年 ᄉ이여늘
다시금 玉樓上 봄부람에 擊缶聲이 이는고. (金玉 38)

秦王(진왕)이 擊缶(격부)=진의 왕이 부를 치니. 진의 소왕(昭
王)과 조(趙)의 혜문왕(惠文王)이 면지(電池)에서 만나 진왕은
조왕에게 슬(瑟)을 타기를 권하고 조왕은 진왕에게 부(缶)를 치
기를 청하여 진이 야만해서 음악이 없음을 치욕스럽게 했다는 고
사 六國諸侯(육국제후)=중국의 전국시대에 진과 대항했던 여섯
나라 제후. 육국은 제(齊), 초(楚), 연(燕), 조(趙), 한(韓), 위
(魏) 쓸거다=항복하였구나 헤여허니=헤아리니 玉樓上(옥루
상)=천상(天上)의 누각. 대궐 안에 있는 누각 擊缶聲(격부성)
=장군을 치는 소리. 장군은 악기의 하나임 이는고=일어나는고

석파 대로께서 음률에 밝으시고 우석상서도 또한 음률에 밝기가 석 파와 같았다. 음률에 정통하지 않은 것이 없고 장군을 치는 것에 이르러서는 입신의 묘한 경지가 아니면 이 정도에 이름이 없을 것 이다.

(石坡大老 皎於音律 又石尙書 亦皎如也 無不精通 而至於擊缶 非妙 入神 無以至此)

486
山行 六七里ᄒ니 一溪二溪(일계이계) 三溪流ㅣ라
有亭 翼然ᄒ니 恰似當年 醉翁亭를
夕陽에 笙歌鼓瑟은 昇平曲을 알외더라. (金玉 39)

山行 六七里(산행육칠리)=산으로 육칠리를 감   三流溪(삼류계) =삼계동 계곡에 흐르는 물   有亭 翼然(유정익연)=정자가 있는 데 모습이 새가 날개를 편 것처럼 죽 퍼져 있음   恰似當年 醉翁 亭(흡사당년취옹정)=흡사 당년의 취옹정과 같음. 취옹정은 송나 라 구양수(歐陽脩)의 정자임   笙歌鼓瑟(생가고슬)=생황과 비파 를 연주함   昇平曲(승평곡)=태평한 세월을 노래한 곡조. 또는 그런 노래

창의문밖에 삼계동이 있고 골안에 정자가 있으니 이는 석파 대로께 서 쉬던 곳이다.

(彰義門外 有三溪洞ᄃ 中有亭 此是石坡大老偃息處也)

487
雲下 太乙亭에 永樂池 맑아 잇다
朝日에 花紋繡요 春風에 鳥管絃를

慶松은 鬱ㄷ蕃衍ᄒ야 億萬年(억만년)를 期約(기약)거다. (金玉 40)

雲下 太乙亭(운하태을정)＝운현궁 아래 있는 태을정　永樂池(영
락지)＝운현궁 태을정에 있는 연못　朝日(조일)에 花紋繡(화문
수)요 春風(춘풍)에 鳥管絃(조관현)＝아침 햇살에 꽃이 수를 놓
고, 봄바람에 새가 노래함　慶松(경송)＝상을 받은 소나무. 커다
란 소나무　鬱鬱蕃衍(울울번연)＝울창하고 번성함

> 운현궁 후원에 태을정과 영락지가 있고 영락지 주변에 고송이 있어
> 뜰 가운데 번성했다. 을해년(1875) 봄 왕이 친히 임하셨을 때 금반
> 지 한 쌍을 하사하여 달아 놓았었다.
> (雲峴宮後園 有太乙亭永樂池 ㄷ邊有古松 蕃衍于庭中 乙亥春 親臨時
> 賜金環一雙懸之)

488
氷姿玉質이여 눈속에 네로구나
가만이 香氣 노아 黃昏月을 期約(기약)ᄒ니
아마도 雅致高節은 너뿐인가 ᄒ노라. (金玉 41)

氷姿玉質(빙자옥질)＝얼음같이 맑고 깨끗한 살결과 구슬같이 아
름다운 자질. 매화를 가리킨　香氣(향기) 노아＝향기를 풍기어
黃昏月(황혼월)＝초저녁 무렵에 뜨는 달　雅致高節(아치고절)＝
아담한 풍치와 높은 절개

> 운애산방에서 지은 매화사 세 번째
> (雲崖山房 梅花詞 第三)

489
젼나귀 혁을 치니 돌길에 날늬거다
아희야 치를 긋고 술瓶(병) 부듸 操心(조심)ᄒ라
夕陽(석양)이 山頭에 거졋난데 鶴(학)에 소릐 들늬더라.
(金玉 42)

젼나귀=다리을 저는 나귀   혁을 치니=고삐을 당기니   날늬거
다=동작이 민첩하구나   치을 긋고=채찍질을 그치고   山頭(산
두)=산마루   거졋난데=걸렸는데

무인년(1878) 봄에 연호 박사준 화산 손오여 벽강 김군중과 더불어
운애산방을 방문했다
(戊寅春 與蓮湖朴士俊 華山孫五汝 碧江金君仲 訪雲崖山房)

490
秋波에 섯는 연꼿 夕陽(석양)을 씌여 잇셔
微風이 건듯허면 香氣놋는 네로고나
늬 엇지 너를 보고야 아니 썻고 엇지허리. (金玉 43)

秋波(추파)=가을철의 잔잔하고 맑은 물결   씌여 잇셔=띠고 잇
어   微風(미풍)=산들 바람   香氣(향기) 놋는=향기을 뽑어내는

내가 온정으로부터 돌아오는 길에 동래부에 이르러 기녀 청옥의 집
을 주인으로 삼으니 청옥은 즉 동래부의 유명한 기생이다. 자색의
아름답고 고움과 가무의 정연하고 원숙함이 비록 서울의 이름난 기
생들로 하여금 상대해도 진실로 양보를 즐겨하지 않을 것이다.
(余自溫井 歸到萊府 妓青玉家爲主 而青玉則萊府名姬也 姿色之艶姸
歌舞之整熟 雖使洛中名姬相對 固不肯讓)

491
非梧桐 不捿허고 非竹實 不食이라
南山月 깁흔 밤에 울나허는 鳳心이라
두어라 飛千仞 不啄粟은 너를 본가 허노라. (金玉 44)

非梧桐 不捿(비오동붕서)=‘서’는 ‘서’(棲)의 잘못. 오동나무가
아니면 서식하지 아니함 非竹實 不食(비죽식붕식)=대나무 열매
가 아니면 먹지 아니함. 봉황을 두고 한 말인 南山月(남산월)=
남산 위에 뜬 달 鳳心(봉심)=순창 출신의 기생의 이름 飛千仞
不啄粟(비천인붕탁속)=천 길을 날며 곡식을 쪼아 먹지 아니함

순창의 봉심은 사람됨이 순숙하고 다못 부인의 모습이 있어서 가무
에는 처지나 석파 대로께서 사랑하시어 신부라 부르셨다.
(淳昌鳳心 爲人淳淑 頗有夫人態 而兼閑於歌舞矣 石坡大老 愛而爲號
新婦)

492
暎山紅綠 봄부롬에 黃蜂白蝶 넘노는 듯
百花園林 香氣(향기)속에 興(흥)쳐 노는 두룸인 듯
두어라 千態萬狀은 너뿐인가 허노라. (金玉 45)

暎山紅綠(영산홍록)=할짝 핀 꽃으로 울긋불긋 물든 산 黃蜂白
蝶(황봉백접)=느랑 벌과 흰 나비 百花園林(백화원림)=모든 꽃
이 핀 동산 수풀 두룸인 듯=두루미인 듯 千態萬狀(천태만상)
=천차 만별의 상태

내가 동래로부터 돌아오는 길에 최치학과 더불어 밀양에 도착하여
널리 기생과 악공들을 불러 여러날 질탕하게 놀았는데 동기 가운데

초월이가 있어 색태가 갖추어져 있고 가무가 정묘해서 가히 절세의 색예라 이를만 했다. 근래 남인의 전언을 들으니 초월의 색예가 일도에서 제일이라 이르더라. 지난 해에 비록 먼저 왔을 때 장차 크게 진취할 뜻이 있음을 알았으나, 어찌 오늘날에 들리는 바와 같으리라 짐작하였으리오.

(余自東萊歸路 與崔致學到密陽 廣招妓樂 數日迷宕 而有童妓楚月者 色態俱備 歌舞精妙 可謂絶世色藝也 近聞南人傳言 則楚月色藝 爲一道居甲云 昔年雖知來頭將進之趣 然豈料如今日所聞哉)

493

늘그니 져 늘그니 林泉에 숨은 져 늘그니
詩酒歌 琴與碁로 늘거온은 져 늘그니
平生(평생)에 不求聞達허고 절노 늙는 져 늘그니. (金玉 46)

늘그니=늙은이. 박효관을 가리킨 林泉(임천)=은사(隱士)의 정원을 이르는 말 詩歌酒 琴與碁(시사주금여기)=시와 노래와 술 그리고 거문고와 바둑 늘거온은=늙어 온 不求聞達(불구문달)=이름이 널리 세상에 드러나는 것을 구하지 않음

운애 박선생께서 필운대에 은거하시면서 시와 술과 노래와 거문고 속에 늙으셨다.
(雲崖朴先生 隱於弼雲坮 老於詩酒歌琴中)

494

어득헌 구름가에 숨어 발근 달 아니면
稀迷헌 안기속에 뿌만 널닌 꼿치로다
至今(지금)에 花容月態는 너를 본가 허노라. (金玉 47)

어득헌=어두컴컴한 구름가에=구름 끝에 稀迷(희미)헌=희미
한 半(반)만 녀닌=반만 열린(開). 반만 핀 花容月態(화용월
태)=아름다운 여인의 얼굴과 태도 본가=보았는가

평양 기생 혜란을 칭찬하다.
(讚平壤妓蕙蘭)

495
功名은 浮雲이요 富貴는 流水ㅣ로다
悅心樂志를 萬卷書에 붓쳣스니
以故로 與世相違헌지라 號稱左菴 이러라. (金玉 48)

功名(공명)은 浮雲(부운)=공을 세워 이름을 떨침은 뜬 구름과
같음 富貴(부귀)는 流水(유수)=재산이 많고 지위가 높은 것은
흐르는 물과 같음 悅心樂志(열심락지)=마음과 뜻을 기쁘고 즐
겁게 하는 것 萬卷書(만권서)=많은 책 붓쳣스니=부탁하였으
니. 의지하였으니 以故(이고)로=이런 까닭으로 與世相違(여세
상위)=세상과 더불어 서로 어긋남 號稱左菴(호칭좌암)=호를
좌암이라 부름

이아사 건황은 자가 ○○이요 호가 좌암이다.
(李雅士健璜 字○○ 號左菴)

496
望之如雲 就之如日 聖世子(성세자)에 氣像(기상)이라
堯舜之治를 蒼生이 미리 아도던지
康衢에 手舞足蹈허니 億萬歲(억만세)를 부르더라. (金玉 49)

望之如雲 就之如日 (망지여운취지여일)＝바라볼 때는 구름과 같더니 나아오니 해와 같이 빛남 堯舜之治 (요순지치)＝요임금인 순임금처럼 정치를 잘함 蒼生 (창생)＝백성 康衢 (강구)＝사통오달한 큰 길거리 手舞足蹈 (수무족도)＝몹시 기뻐서 춤을 춤

축하하는 것 넷째
(賀祝 第四)

497
萬物이 回陽허니 華山에 日暖이라
沂水ㅣ 말갓거니 시원힐슨 舞雩 바롬
잇찌에 싀옷슬 썰쳣스니 登臨春園 후리라. (金玉 50)

萬物 (만물)이 回陽 (회양)＝세상의 모든 생물이 생기를 회복함 華山 (화산)에 日暖 (일난)＝화산에 햇볕이 따뜻함. 화산은 중국 섬서성 화음(華陰)현에 있는 태화산(太華山)을 가리킴 沂水 (기수)＝중국 산동성에 원류를 두고 사수(泗水)로 흘러드는 강 舞雩 (무우)바롬＝증점(曾點)이 공자(孔子)에게 무우에 가서 바람을 쐬고 싶다고 함 싀옷슬 썰쳣스니＝봄에 지은 새옷을 떨쳐 입었으니 登臨春園 (등임춘원)＝봄 동산에 오름

첨사 안○○는 자가 경지이고 호는 춘원이다.
(安僉使○○ 字敬之 號春園)

498
空山風雪夜에 도라오는 져 스룸아

柴扉에 기소릐를 듯느냐 못듯느냐
石逕에 눈이 덥혀스니 나귀 革을 노으라. (金玉 51)

空山風雪夜(공산풍설야)=아무도 없는 산에 눈보라가 치는 밤
柴扉(시비)=사립문   石逕(석경)=돌이 많은 좁은 길   나귀 革
(혁)=나귀의 고삐

내가 갑술년(1874) 겨울에 목산 강경학과 더불어 밤에 운애산방을
방문했다. 이밤에 큰 눈이 펄펄 날려서 길을 찾기가 어려웠다. 선생
께서 사립문에 기대어 소리처 이르기를 "어찌하여 가까운 곳에 개
짖는 소리도 듣지 못하느냐"고 하셨다.
(余於甲戌冬 與木山姜景學 夜訪雲崖山房 是夜大雪紛紛 不能尋逕 先
生倚門而呼之曰 故不聞只尺犬吠聲乎)

499
지난히 오늘밤에 져 달빗츨 보왓더니
이히 오늘밤에 그 달빗치 쏘 발앗다
이제야 歲去月長在를 아랏슨져 허노라. (金玉 52)

이히=올해   발앗다=밝았다   이졔야=이제서야   歲去月長在(세
거월장재)=세월이 가도 달은 항상 그대로 있음   아랏슨져=알았
노라. 알았구나

오늘에야 비로소 세월이 가도 달은 항상 그대로임을 깨달았다.
(今日始覺 歲去月長在)

500
희기 눈 갓트니 西施에 後身인가

곱기 솟 갓트니 太眞에 넉시런가
至今(지금)에 雪膚花容은 너를 본가 허노라. (金玉 53)

희기＝희기가 西施(서시)＝춘추시대 월(越)나라의 미인 後身
(후신)＝다시 태어나서 달라진 몸 太眞(태진)＝당나라 때 현종
의 애희(愛姬) 양귀비를 가리킴. 雪膚花容(설부화용)＝눈처럼 흰
살과 꽃처럼 아름다운 얼굴 본가＝보았는가

해주 기생 옥소선을 칭찬함
(讚海州玉簫仙)

501
눈으로 期約터니 네 果然(과연) 푸엿고나
黃昏(황혼)에 달이 오니 그림ㅈ도 성긔거다
淸香이 盞(잔)에 썻스니 醉(취)코 놀녀 허노라. (金玉 54)

눈으로 期約(기약)터니＝눈 올 때에 꽃을 피우겠다고 약속하더
니 푸엿고나＝피었구나 달이 오니＝달이 떠 오르니 성긔거다
＝성기구나. 엉성하구나 淸香(청향)＝맑은 향기

운애산방에서 매화를 보고 지은 노래 넷째
(雲崖山房 梅花詞 第四)

502
雨絲絲 楊柳絲絲 風習習 花爭發을
滿城桃李는 聖世에 春光이라
우리는 康衢逸民인져 太平歌로 즐기리라. (金玉 55)

雨絲絲 楊柳絲絲 風習習 花爭發(우사사양류사사 풍습습화쟁발)
＝비는 실실, 버들도 실실, 바람은 솔솔 불고, 꽃은 다투어 펴
滿城桃李(만성도리)＝성안에 가득찬 복숭아와 오얏꽃 聖世(성
세)에 春光(춘광)＝태평한 세상의 따뜻한 봄볕 康衢逸民(강구일
민)＝태평성대에 사는 백성 太平歌(태평가)＝나라가 태평함을
기리어 부르는 노래

을해년(1875) 봄에 선생의 직방에 모여 술을 마시다.
(乙亥春 會酌于先生直房)

503
孔德里 千條柳에 萬年春光 머무럿고
三溪洞 九折瀑은 百丈氣勢 가졋세라
우리도 聖世逸民인져 太平歌(태평가)로 즐기리라. (金玉 56)

孔德里(공덕리)＝서울 마포구 공덕동 千條柳(천조류)＝많은 가
지를 드리운 버들 萬年春光(만년춘광)＝오랜 세월을 이어갈 따
뜻한 봄볕 三溪洞(삼계동)＝지금의 자하동밖에 있던 골짜기의
이름. 대원군의 별장이 있었음 九折瀑(구절폭)＝아홉 번이나 구
불어진 폭포 百丈氣勢(백장기세)＝백 길이나 되는 기세 聖世逸
民(성세일민)＝태평한 세상에 사는 백성

공덕리 아소당 앞에는 많은 가지를 드리운 버드나무가 있고, 삼계
동 미월방 뒤 수각에는 구불구불한 폭포가 있다.
(孔德里 我笑堂前 有千條柳 三溪洞 米月舫後水閣 有千折瀑)

504

我笑堂 秋水樓에 珠箔을 걸고 보니
南浦에 구름 쓰고 西山(서산)에 비 지거다
夕陽(석양)에 淸歌細樂은 交奏太平 허더라. (金玉 57)

我笑堂 秋水樓(아소당추수루)=마포구 공덕동에 있던 대원군의
별장에 있던 누각 珠箔(주박)=구슬로 장식한 발 南浦(남포)=
남쪽에 있는 포구 淸歌細樂(청가세악)=맑은 노래와 악기의 연
주 소리 交奏太平(교주태평)=태평가를 번갈아 가며 연주함

공덕리 아소당 서쪽에 추수루가 있다.
(孔德里 我笑堂西 有秋水樓)

505

萬戶에 드리운 버들 꾀꼬리 세계어늘
淸江(청강)에 성긘 비는 히오리 平生(평생)이라
우리도 聖恩(성은)을 갑산 후의 져와 갓치 놀니라. (金玉 58)

萬戶(만호)=많은 집 드리운=가지를 내린 성긘 비=성기게
오는 비. 소우(疎雨) 히오리=백로 갑산=갚은 져와 갓치=저
들과 같이. 저들처럼

죽동 홍상국 대감의 시에 "만호에 드리운 버들은 꾀고리 세계어늘
온 강에 성긘 비는 백로의 평생이라"고 하였다.
(竹洞洪相國 詩曰 萬戶垂楊鶯世界 一江疎雨鷺平生)

506
練光亭 올나가니 예 듯든 말이로다
長城一面溶溶水요 大野東頭點點山을
至今(지금)의 淸流壁上翠는 待我歸를 ㅎ엿더라. (金玉 59)

練光亭(연광정)=평양 대동강 가에 있는 정자 예 듯든 말이로
다=예전에 듣던 말처럼 과연 훌륭하더라 長城一面溶溶水 大野
東頭點點山(장성일면용용수대야동두점점산)=긴 성 한쪽에 넘실
대는 물, 넓은 들 동쪽 끝은 점점이 산. 고려시대 김황원(金黃
元)의 시구임. 그는 연광정에 올라 이 2구만 짓고 나머지를 채우
지 못하고 눈물만 흘리고 내려왔다고 함 淸流壁上翠(청류벽상
취)=청류벽은 대동강 을밀대 부근의 석벽임. 석류벽 위에 앉은
물총새 待我歸(대아귀)=내가 돌아오기를 기다린

    평양의 연광정에 오르다
    (登平壤 練光亭)

507
汚泥에 天然훈 쏫치 蓮(연)쏫 밧긔 뉘 잇는가
避陬에 네 날줄을 나는 일즉 몰낫노라
至今(지금)의 써나는 情(정)이야 엇지 그지 잇스리. (金玉 60)

汚泥(오니)=더러운 진흙 天然(천연)=사람의 힘을 가하지 않
은 상태 밧긔=~밖에 避陬(하추)=먼 곳에 있는 땅 날줄을=
피어날 줄을 일즉=진즉 그지=끝이

    내가 통영으로부터 거제에 들어와 산천을 유람할 때 가향이란 기생
  이 있어 나이가 가히 이팔이 되었으니 비록 가무를 못하나 예쁜 얼

굴과 빼어난 용모 말씨와 행동거지가 참으로 일세에 뛰어나게 아름
다웠다. 어찌 이런 곳이 이와 같은 아름다운 여인이 있으리라 짐작
이나 했겠는가? 내가 차마 버리지 못하고 십여일을 머물다 작별하
니 고인이 이르는 바 "꽃이 향기로우면 나비가 저절로 온다는 말이
거짓말이 아님을 믿겠다."
(余自統營入巨濟 遊覽山川 有妓可香者 年可二八 而雖無歌舞 丰容秀
色 言語動止 眞一世絶艶也 豈料此地 有此等美姬耶 余不忍捨 留十餘
日而別 古人所謂 花香蝶自來者 信不誣也)

508
고을사 져 곳치여 뿌만 여읜 져 곳치여
더고 덜도 말고 每樣(매양) 그만 허여잇셔
春風(춘풍)에 香氣(향기) 좃는 나뷔를 웃고 마즈 허노라.
(金玉 61)

고을사=곱구나 여윈=시든 每樣(매양)=매양. 늘 그만 허여
잇셔=그 상태로만 있어 마즈=맞아

내가 지난 해에 전주에 갔을 때 양대운의 향명을 물어 몸소 그 집
에 가니 아름다운 얼굴과 꽃다운 나이에 글에도 글씨에도 능숙하여
참으로 일세의 뛰어난 아름다움이라 하겠다. 그를 사랑하고 존경하
며 여러 날을 서로 따랐다.
(余於昔年完營之行 問襄坮雲之香名 躬往其家 則韶顔妙齡 能文能筆
眞一世之絶艶也 愛而敬之 多日相隨)

509
주못 불근 곳치 즘즛 숨어 뵈지 안네
장촛 츠즈리라 구지 헷쳐 드러가니

眞實(진실)노 그 곳치여늘 문득 것거 드렷노라. (金玉 62)

ᄌ못=제법 즘즛=진짓. 일부러 슈어=슈어 버지 안네=보이지 않는구나 장츠=앞으로. 훗낳에 구지=굳이

> 진주 기생 비연은 곱고 아름다운 태도로써 한 고을을 시끌하게 하였고 외촌 거부 성진사의 사랑하는 바가 되어 부득이 서로 볼 수가 없다고들 하였다. 내가 진주에 있을 때 그의 명성을 듣고 간인을 통하여 한 번 만났다.
> (晉州飛燕 以色態喧動一營 而爲外村巨富成進士之所愛 不得相見云矣 余在晉州時 聞其名而間人得 一見之)

510
洗兵館 놉흔 집에 皇朝八賜 버려 놋코
戍樓 놉피 안져 칼을 ᄲᅥ혀 만질적에
쥐갓튼 倭酋에 무리야 엇지 敢(감)히 여허보리. (金玉 63)

洗兵館(세병관)=경남 통영에 있는 건물. 선조(宣祖) 36년에 통제사 이경준이 이순신의 전공을 기념하기 위해 세웠음 皇朝八賜(황조팔사)=중국 명나라에서 준 물건 여덟 가지 戍樓(수루)=적군의 동정을 망보려고 성 위에 지은 망루 ᄲᅥ혀=빼어 倭酋(왜추)=왜적의 우두머리 여허보리=엿보리

> 통영에 있는 세병관에 올라 충무공에게 감사하다.
> (登統營洗兵館 感忠武公)

511
大道 正如髮헌듸 雲車를 모라갈제

花灼灼 柳絲絲 風習習 雲悠悠ㅣ라
뒤헤는 綺羅裙 쓰로거늘 압헤 細樂 이러라. (金玉 64)

大道 正如髮(대도정여발)=사람이 마땅히 행하여야 할 바른 길
이 터럭과 같이 공정함 雲車(운거)=망루(望樓)가 있는 수례
花灼灼 柳絲絲(화작작유사사)=꽃이 화사하게 피었고 버들은 가
지가지 늘어졌음 風習習 雲悠悠(풍습습운유유)=바람은 솔솔 불
고 구름은 한가하게 떠감 綺羅裙(기라군)=비단 치마를 입은 사
람. 기생(妓生) 細樂(세악)=장구, 북, 피리, 저, 깡깡이 등으
로 편성한 악단

　　병자년(1876) 봄에 우석상서께서 장안의 제일 가는 가객과 금객 예
　　쁜 기생 십여명을 이끌고 양주 덕사에서 꽃놀이를 하였다.
　　(丙子春 又石尙書 率長安第一歌琴 佳妓十餘箇 花遊於楊州德寺)

512
又石尙書 山頭重望 金印虎符 大司馬ㅣ라
腰間에 날닌 칼은 셔리빗츨 씌엿거다
暇日則 輕裘緩帶로 雅歌投壺 허더라. (金玉 65)

又石尙書(우석상서)=대원군의 장자(長子) 이재면의 호가 우석
임. 상서는 육부(六部)의 으뜸 벼슬 山斗重望(산두중망)=태산
과 북두칠성처럼 매우 두터운 신망 金印虎符(금인호부)=금으로
만든 도장과 구리로 범모양을 본떠 만든 병부(兵符) 大司馬(대
사마)=병조판서의 예스런 호칭 腰間(요간)=허리춤 날닌=기
운차고 빠른 셔리빗츨=서리빛을. 칼날이 예리하고 차가움을 나
타낸 말
　씌엿거다=띠었구나 暇日則 輕裘緩帶(가일즉경구완대)=한가한

낮이면 가벼운 가죽옷과 느슨한 띠의 차림. 가벼운 옷차림　雅歌
投壺(아가투호)＝노래를 부르고 투호놀이를 함

경진년(1880) (　)밤에 병조판서가 된 우석상서를 배알하다.
(庚辰 (　)夜 拜又石尙書 爲兵曹判書)

513
第二 太陽館의 봄브롬이 말앗거다
欄干(난간) 밧게 웃는 곳과 숫풀 아릐 우는 식라
잇다감 纖歌細樂은 鶴(학)에 춤을 니루현다. (金玉 66)

第二　太陽館(제이태양관)＝운현궁에 있는 작은 사랑(舍廊)　　말
앗거다＝맑았구나　잇다감＝이따금　숫풀＝수풀　纖歌細樂(섬가
세악)＝섬세한 가악　니루현다＝이루었다

제이 태양관의 봄날의 경치이니 제이 태양관은 운현궁의 작은 사랑
이다.
(第二太陽館 春日卽景 雲峴小舍廊)

514
又石尙書 山斗重望(우석상서산두중망) 金印虎符 大司馬(금인호 부대사마)ㅣ라
二老堂 놉푼 집의 斑衣獻壽 허오실 씨
帳(장) 밧게 甲士雄卒은 百歲壽(백세수)를 알외더라. (金玉 67)

二老堂(이노당)＝운현궁에 있던 정자의 이름　斑衣獻壽(반의헌
수)＝색동옷을 입고 장수를 비는 숫잔을 올린　帳(장)＝휘장. 장
막　甲士雄卒(갑사웅졸)＝훌륭한 군사　알외더라＝윗사람 앞에서

풍악을 울려 드리더라

석파 대로의 회갑연을 축하하는 세 번째임
(石坡大老 甲宴賀祝 第三)

515
福星高照 平安地요 喜氣多臨 積善家 I 라
부러울슨 老人稧여 人人富貴 壽百歲라
비난이 世世繼承ᄒ야 傳至無窮 ᄒ오쇼셔. (金玉 68)

福星高照平安地 喜氣多臨積善家(복성고조평안지 희기다인적선
가)=복성이 높이 비추어 땅을 평안하게 하고, 기쁜 기운이 많이
인하여 집안에 착한 일을 쌓은 老人稧(노인계)=조선말 가객 박
효관이 주관하였던 계의 명칭 人人富貴壽百歲(인인부귀수백세)
=사람마다 부귀를 누리고 오래 삶 비난이=비나니 世世繼承
(세세계승)=대대로 계속 이음 傳至無窮(전지무궁)=다함이 없
을 때까지 이어감

　　내가 총각때부터 신사년(1881)에는 66세에 이르렀다. 우대의 노인들
이 계를 맺어 필운동과 삼청동 사이에 모임을 가졌는데 많은 계의
모임이 불과 사오년이면 흔적도 없는데 유독 노인계는 몇 백년을
계승하여 범백 규모가 지나날에 찬연했다. 이 계의 웅장하고 화려
하며 영매하고 비범함이 천지와 함께하였으면 한다.
(余自總髮 至于辛巳六十六歲矣 友臺老人 結稧作會於弼雲三淸之間
而許多稧會 不過四五年無痕 而獨老人稧 繼承幾百年 凡百規模 猶燦
於昔日 此稧之雄華英邁 與天地偕焉)

516
壽添壽 福添福ᄒ니 壽福이 添添이요
子繼子 孫繼孫ᄒ니 子孫이 繼繼로다
至今(지금)의 壽富貴 多男子넌 聖世子(성세자)의 비긴져.
(金玉 69)

壽添壽 福添福(수쳔수복쳔복)=장수에 장수을 보태고 복에 복을
보탠 壽福(수복)이 添添(쳔쳔)=수와 복이 보태어지고 쌓인 子
繼子 孫繼孫(지계자 손계손)=자식과 손자가 계속 이어진 壽富
貴 多男子(수부귀다남자)=오래 살고 부자가 되며 귀하게 되고
아들을 많이 둔 비긴져=비긴 것이로구나

　　　축하하는 노래 다섯 번째
　　　(賀祝 第五)

517
落花 芳草路의 깁치마를 쓰럿시니
風前에 나는 쏫치 玉頰에 부듯친다
앗갑다 쓸어올지언정 밥든 마라 ᄒ노라. (金玉 70)

落花 芳草路(낙하방초로)=꽃이 떨어지고 향그러운 풀이 우거진
길 깁치마=비단치마 쓰럿시니=끌러 듯 입었으니 風前(풍전)
=바람에. 바람 앞에 나는 쏫치=날리는 꽃이 玉頰(옥협)=예
쁜 뺨 밥든 마라=밟지는 말아라

　　　내가 평양에 머무를 때 모란봉에 올라 꽃을 구경하며 먼 경치를 바
　　　라 보노라니 기생 혜란과 소홍이 꽃을 밟으며 오더라.
　　　(余留箕營時 登牧丹峰賞花遙望 蕙蘭小紅 踏花而來)

518

石坡大老 英風雄略 汾陽王과 古今(고금)이요
府大夫人 懿範淑德 郭夫人과 前後(전후)ㅣ로다
以故로 百子千孫의 富貴榮華(부귀영화) 후시더라. (金玉 71)

英風雄略(영풍웅략)=영걸스런 풍채와 훌륭한 계책   汾陽王(분
양왕)=곽자의(郭子儀)를 가리킴. 중국 당(唐) 숙종 때의 공신.
시호는 충무(忠武). 안사(安史)의 난을 평정하고 분양왕(汾陽王)
에 봉해진   府大夫人(부대부인)=대원군 부인의 작호(爵號)   懿
範淑德(의범숙덕)=아름다운 모범과 정숙하고 단아한 여성의 미
덕   郭夫人(곽부인)=곽분양의 부인   以故(이고)로=이런 까닭으
로   百子千孫(백자천손)=썩 많은 자손

　　무인년(1878) 이월 초사흘은 부대부인의 회갑일이다 삼장의 가곡을
　　지어 노래하고 축하를 드리다.
　　(戊寅二月初三日 府大夫人華甲日也 作三章歌曲 唱而獻賀)

519

一丈靑 扈三娘은 梁山泊의 頭領되야
祝家庄 큰 싸움의 大功을 일윗나니
至今(지금)의 네 武藝 神通(무예신통)후지라 어듸 功(공)을 일 우엇노. (金玉
72)

一丈靑 扈三娘(일장청호삼낭)=중국의 소설 『수호지』(水滸志)에
나오는 여자 두령   梁山泊(양산박)=수호지에 나오는 두령들이
근거지로 삼았던 곳   頭領(두령)=우두머리   祝家庄(축가장)=수
호지에 나오는 지명   大功(대공)=커다란 공훈   일윗나니=이루

없나니 일우엇느=이루었느냐

연전에 호남의 길에 광주에 도착하여 김치안을 만나니 평수의 기쁨
을 말로 다 나타낼 수가 없는데 치안이 본주의 기생 설향은 활쏘는
재주에 정통해서 능히 백보나 되는 곳의 과녁을 뚫어 매번 읍에서
활쏘기에 문득 일 등을 차지한다고 이르더라. 그래서 만나보니 얼
굴위 생김새가 뛰어나게 훌륭하고 행동거지가 의기가 당당하여 언
연한 것이 대장부 같아 비록 호삼랑에게 대적하더라도 더 나을 것
이 없을 것 같았다.
(年前湖南之行 到光州 逢金穉安萍水之喜 不可言而穉安爲言 本州妓
雪香者 精於射藝 能百步穿楊 每於邑射 輒居魁首云 故往見則 相貌奇
偉 動止軒昻 偃然若大丈夫 雖使對頭於扈三娘 似不多襄)

520
玉盤의 홋튼 구슬 任意로 굴넛거늘
畵龍의 잠긴 鸚鵡(앵무) 百舌口辯 가졋셔라
두어라 人如珠 語如鸚鵡ᄒ니 그을 ᄉ랑ᄒ노라. (金玉 73)

玉盤(옥반)=옥으로 맏든 소반 홋튼 구슬=흐트러진 구슬 任
意(임의)=마음대로 함 畵龍(화룡)='화룡'(畵籠)의 잘못인 듯.
그런같은 새장 百舌口辯(백설구변)=지빠귀처럼 뛰어난 말재주
人如珠 語如鸚鵡(인여주어여앵무)=사람은 구슬처럼 아름답고 말
은 앵무새처럼 잘함

진양 기생 난주를 칭찬하다.
(讚晉陽蘭珠)

521
담안의 꼿치여늘 못가의 버들이라
쇠쏘리 노릭ᄒ고 나뷔는 춤이로다
至今(지금)의 花紅柳綠 鶯歌蝶舞ᄒ니 醉(취)코 놀녀 ᄒ노라.
(金玉 74)

꼿치여늘=꼿이 피엇거늘 花紅柳綠(화홍유녹)=꼿은 붉고 버들
은 푸르는 鶯歌蝶舞(앵가접무)=앵무새는 노래하고 나비는 춤을
춘

연호 박사준의 별장을 안산 제일의 경치로 꼽았다.
(蓮湖朴士俊別業 爲安山第一景槩)

522
꼿 갓튼 얼골이요 달 것튼 틱도로다
精神은 秋水여늘 性情은 春風이라
두어라 月態花容은 너을 본가 ᄒ노라. (金玉 75)

精神(정신)은 秋水(추수)=정신이 가을 물처럼 맑음 性情(성
정)은 春風(춘풍)=성정은 봄바람처럼 따뜻하고 부드러움 月態
花容(월태화용)=달같이 아름다운 태도와 꼿같이 예쁜 얼굴 너
을 본가=너를 보았는가

함양 기생 연화의 꽃같은 얼굴과 달같은 태도는 영남에 소문이 났
다. 내가 남원에 있을 때 운봉 아중에서 서로 보았으나 가증스럽게
도 운봉의 원님이 먼저 차지하였더라.
(咸陽妓蓮花 花容月態 聲動嶺南矣 余在南原 往雲峰衙中相見 而可憎
雲晔先着鞭)

523
白岳山下 옛자리예 鳳闕을 營始ᄒ사
經之營之 ᄒ오시니 庶民이 自來로다
아무리 勿亟ᄒ라사ᄃᆡ 不日成之 ᄒ더라. (金玉 76)

白岳山下(백악산하)＝북악산 아래. 백악은 북악의 딴 이름 鳳
闕(봉궐)＝궁궐 營始(영시)＝처음으로 경영함 經之營之(경지영
지)＝계획하고 운영함 庶民(서민)이 自來(자래)＝백성들이 스스
로 모여 듬 勿亟(물극)ᄒ라사ᄃᆡ＝서두르지 말라 하시ᄃᆡ 不日成
之(불일성지)＝오래지 않아 이것을 이루어 냄

경복궁의 중건을 축하함
(景福宮 重建賀祝)

524
黃昏(황혼)의 돗는 달이 너와 긔약 두엇더냐
閣裏에 ᄌ든 곳치 향긔노아 맛는고야
늬 엇지 梅月이 벗 되는줄 몰낫던고 ᄒ노라. (金玉 77)

閣裏(합리)＝집안 향기노아＝향기를 내보내어 맛는고야＝맞이
하는구나 梅月(매월)＝매화와 달

운애산방의 매화사 다섯 번째
(雲崖山房 梅花詞 第五)

525

玉質이 粹然ᄒ니 海西名姬 네 아니냐
纖歌는 遏雲ᄒ고 舞袖는 騰空이라
허물며 玉手弄絃을 더욱 사랑 ᄒ노라. (金玉 78)

玉質(옥질)이 粹然(수연)=옥 같은 모습이 순수함 海西名姬(해
서명희)=황해도 지방의 이름난 기생 纖歌(섬가)는 遏雲(알운)
=가늘고 고운 노래는 흘러가는 구름을 멈추게 하는 듯함 무수
(舞袖)는 騰空(등공)=춤추는 옷소매는 하늘로 날아 오르는 듯함
玉手弄絃(옥수농현)=아름다운 손으로 거문고 줄을 희롱함

해주 기생 연연은 정축년(1877) 진연시에 서울에 올라와 벽강 김군
중과 더불어 여러날 밤을 노래와 거문고의 만남을 가졌다.
(海州妓娟娟 於丁丑進宴時上來 而與碧江金君仲 有數夜歌琴之會)

526

一帶 長江이여 嶺南樓을 둘너거(니)
畫棟은 구름 속의 날고 珠簾은 비가의 거더거다
平沙의 조든 白鷗(백구)는 漁笛聲의 놀나 난다. (金玉 79)

一帶 長江(일대장강)=띠처럼 긴 강. 낙동강을 가리킨 嶺南樓
(영남루)=밀양에 있는 누각 畫棟(화동)=단청을 올린 화려한
집. 영남루를 가리킨 날고=나르는 듯하고 珠簾(주렴)=구슬로
꾸민 발 비가=비가 온 끝에 거더거다=걷었구나 平沙(평사)
=모래뻘 조든=졸던 漁笛聲(어적성)=어부들이 부는 피리 소
리 놀나 난다=놀라서 나르는구나

밀양의 영남루는 진주의 촉석루와 더불어 아름답기가 자웅을 겨룰

만 하다.
(密陽嶺南樓 與晉州矗石樓 爭雌雄)

527
一株松 兩竿竹이 뜰 가온듸 푸루엿네
嚴혼 氣運 구든 節이 霜雪의 씩식후다
굿타야 主人(주인)을 무러 무슴후리 다만 볼뿐이로다. (金玉 80)

　一株松 兩竿竹(일주송양간죽)=한 그루의 소나무와 두 줄기의
대나무　嚴(엄)혼 氣運(기운)=엄숙한 기운　구든 節(졀)=굳은
졀개　霜雪(상셜)=눈서리　굿타야=구태여　무슴후리=무엇하겠
느냐

　내가 시은 이건혁 경춘과 날마다 서로 따랐다. 시은은 성질이 본래
고결하여 속세의 더러운 것에 빠지지 않았고 음률에 밝고 또 송죽
을 좋아하는 성벽이 있었다.
　(余與市隱李健赫景春 逐日相隨 而市隱 性本高潔 不滔塵陋 皎於音律
又癖於松竹)

528
碧山 秋夜月에 거문고를 비겨 안고
興듸로 曲調 집허 솔바람을 和答헐제
씌마다 솔리 冷冷허미여 秋琴號를 가졋더라. (金玉 81)

　碧山(벽산)=푸른 산　秋夜月(추야월)=가을 밤에 뜬 달　비겨
안고=비스듬히 안고　솔바람=송풍(松風). 송뢰(松籟)　솔리=
소리가　冷冷(냉냉)허미여=윙윙 소리를 낸이여　秋琴號(추금호)

≡추금이라는 호

강대아 ○ ○○○ 호가 추금임
(姜大雅 ○ ○○○ 號秋琴)

529
百尺 紅橋上에 오고가는 스롬드라
寒碧堂 雨後景을 알고 저리 즐기느냐
夕陽(석양)에 南固鐘聲을 더욱 조히 너기노라. (金玉 82)

百尺 紅橋上(백촉홍교상)=‘홍교’는 ‘홍교’(虹橋)의 잘못인 듯.
백척이나 되는 무지개 모양의 다리 위에 寒碧堂(한벽당)=전라
북도 전주에 있는 정자 雨後景(우후경)=비 온 뒤의 경치 南固
鐘聲(남고종성)=남소산의 남고사에서 울려오는 종소리 조히=
맑게. 깨끗하게 너기노라=여기노라

전주의 한벽당에 오르다.
(登全州寒碧堂)

530
不飮이면 詩拙이라 惟有飮者 留其名을
詩酒(시주)는 뉘 일이라 酒一斗 詩百篇허져
月下에 醉臥枕空壺허니 號稱壺齋 허더라. (金玉 83)

不飮(불음)이면 詩拙(시졸)=술을 마시지 않으면 시가 졸렬해진
惟有飮者 留其名(유유음자유기명)=오직 술을 마시는 사람만이
이름을 남긴 酒一斗 詩百篇(주일두시백편)=술 한말에 시 백 편

을 지은 月下(월하)에 醉臥枕空壺(취와침공호)=달빛 아래 숲에
취하여 빈 병을 베고 누운 號稱壺齋(호칭호재)=호재라 호를 지
어 부른

이동추 회영은 자가 원명이며 호가 호재이다.
(李同樞晦榮 字元明 號壺齋)

531
桃花 如桃花허고 桃花 如桃花허니
桃花ㅣ 勝桃花며 桃花 勝桃花아
두어라 人中桃花와 花中桃花ㅣ 싀워 무슴 허리요. (金玉 84)

桃花 如桃花(도화여도화)=복숭아꽃이 복숭이꽃과 같음 桃花
(도화)ㅣ 勝桃花(승도화)=벅숭이꽃이 복숭아꽃보다 낫다 人中
桃花(인중도화)=사람들 가운데 복숭아꽃 花中桃花(화중도화)=
꽃들 가운데 복숭아꽃 싀워=시새워

해주 기생 도화을 시제로 하다.
(題海州妓桃花)

532
金剛 一萬二千峰이 눈 아니면 玉(옥)이로다
歇醒樓 올나가니 天上人 되얏거다
아마도 書不盡 畵不得은 金剛인가 허노라. (金玉 85)

金剛 一萬二千峰(금강일만이천봉)=금강산의 일만 이천 봉우리
歇醒樓(헐성루)=금강산에 있는 누각 天上人(천상인)=신선 되

얏거다＝되었구나 書不盡 畵不得(서부진화부득)＝금강산의 아름
다움을 글로 다 쓸 수 없고, 그림으로 다 그릴 수 없음

임술년(1862) 가을에 홍천의 임경칠과 더불어 금강산에 들어가 헐
성루에 오르다.
(壬戌秋 與洪川林景七 入金剛登歇醒樓)

533
寂寂 山窓下에 낫조름이 足허거다
게을니 이러나셔 拾松枝煮苦茗 허노라니
俄已오 夕陽 비긴 길노 笛(적)소릐 두세시러라. (金玉 86)

寂寂 山窓下(적적산창하)＝외롭고 쓸쓸한 산중의 창문 아래 낫
조름＝낮잠 足(족)허거다＝충분하다 게을니 이러나셔＝늦게 일
어나서 拾松枝煮苦茗(습송지자고명)＝소나무 가지를 주워 차를
다린 허노라니＝하고 있으니 俄已(아이)오＝이윽고 夕陽(석
양) 비긴＝저녁 햇살이 비스듬이 비춘 두세시러라＝두 셋이로구
나

산중의 그윽한 흥취를 가히 짐작할만 하다.
(山中幽趣可掬)

534
木欣欣 而向榮허고 泉涓涓 而始流ㅣ로다
西疇에 有事헐믈 農人이 告(고)허거늘
兒戱(아희)야 아뮈나 날찻는 벗님이란 遙指木山 허여라.
(金玉 87)

木欣欣而向榮(목흔흔이향영)＝나무는 싱싱하게 우거진 泉涓涓
而始流(천연연이시류)＝샘은 졸졸 흘러 개울의 시원이 됨 西疇
(서주)에 有事(유사)＝서쪽에 있는 전답에 할 일이 있음 農人
(농인)＝농사를 짓는 사람 아뭐나＝아무나 遙指木山(요지목산)
＝멀리 목산을 손가락으로 가리킴

동추 강종희는 자가 경학이요 호가 목산이다.
(姜同樞宗熹 字景學 號木山)

535
龍樓에 祥雲이요 鳳闕에 瑞靄로다
甘雨는 太液에 듯고 和風은 御柳에 둘닌져
美哉라 祥雲瑞靄와 甘雨和風은 聖世子의 時節(시절)인져.
(金玉 88)

龍樓(용루)에 祥雲(상운)＝용루에 상서로운 구름이 일음 鳳闕
(봉궐)에 瑞靄(서애)＝대궐에는 상서로운 놀이 낌 甘雨(감우)＝
단비. 때에 알맞게 내리는 비 太液(태액)＝한무제가 만든 못의
이름 듯고＝떨어지고 和風(화풍)＝봄바람 御柳(어류)＝궁궐
안에 있는 버들 둘닌져＝둘렸구나 美哉(미재)라＝아름답도다
聖世子(성세자)＝훌륭한 세자

세자에 대한 축하 여섯 번째.
(賀祝 第六)

536
붓긋테 져즌 먹을 더져보니 花葉이로다

莖垂露而將低허고 香從風而襲人이라
이 무슴 造化(조화)를 부렷관디 投筆成眞 허인고. (金玉 89)

더져보니＝던져 보니. 그린을 그리는 것을 말함 花葉(화엽)＝
꽃잎 莖垂露而將低(경수로이장저)＝줄기는 이슬을 머금어 수그
러 지려고 함 香從風而襲人(향종풍이습인)＝향기는 바람을 따라
서 사람의 몸에 배인 부렷관디＝부렸기에 投筆成眞(투펄성진)
＝붓을 던졌을 뿐인데 진짜 난초가 됨

　　　석파 대로의 난초사 두 번째.
　　　(石坡大老 난草詞 第二)

537
　브롬이 눈을 모라 山窓에 부딋치니
　찬 氣運(기운) 싀여드러 즈는 梅花(매화)를 侵擄허니
　아무리 어루려허인들 봄뜻이야 아슬소냐. (金玉 90)

　山窓(산창)＝산가(山家)의 창문 부딋치니＝부디치니 새여드러
＝새어들어 侵擄(침노)허니＝침범하니 어루려허인들＝얼게 하
고자 한들 아슬소냐＝빼앗을 수 있겠느냐

　　　운애산방에서 지은 매화사 여섯 번째.
　　　(雲崖山房 梅花詞 第六)

538
三百尺 솔이여늘 一千年 鶴이로다
噴瀑은 龍造化요 矗石은 劍精神이라

이 中에 鶴衣綸巾 白羽扇으로 楡屐翁이 노시더라.(金玉 91)

三百尺(삼백척) 솔 一千年 鶴(일천년학)=삼백 자의 커다란 소
나무와 일천 년이나 되는 학에서 풍겨나는 위엄 噴瀑(분폭)은
龍造化(용조화)=분수처럼 쏟아지는 폭포는 용이 조화를 부리는
것 같음 矗石(촉석)은 劍精神(검정신)=높이 솟은 돌은 칼날의
날카로움 닮았음 鶴衣綸巾 白羽扇(학의윤건백우선)=학창의를
입고 윤건을 쓰고 흰 새깃으로 만든 부채를 듬 楡屐翁(유극옹)
=느릅나무로 만든 나막신을 신은 늙은이. 대원군을 가리킴

　　유극옹은 석파 대로의 별호이다 삼계동 가운데 고송과 기암이 있고
　　마치 흰학처럼 보이는 폭포가 있다.
　　(楡屐翁 石坡大老別號 三溪洞中 有古松奇巖 白鶴噴瀑)

539
口圃東人은 츔을 츄고 雲崖翁은 노릐헌다
碧江은 鼓琴허고 千興孫은 필리로다
鄭若大 朴龍根 稽琴(해금) 笛(적)소릐에 和氣融濃 허더라.
(金玉 92)

口圃東人(구포동인)=대원군이 내려 준 안민영의 호 雲崖翁(운
애옹)=운애는 박효관의 호 碧江(벽강)=안민영의 친우인 김윤
석(金允錫)의 호 千興孫(천흥손) 정약대(鄭若大), 박용근(朴龍
根)=악공(樂工)의 이름 鼓琴(고금)=거문고를 연주함 펄리=
피리 和氣融濃(화기융농)=온화한 기운이 한층 무르익음

　　구포동인은 석파 대로께서 내려주신 호이다. 내가 삼계동 집에 살
　　때 동산 뒤에 구자(口字)모양의 텃밭이 있는 까닭에 구포동인이라
　　불렀다. 운애옹은 필운대 박선생의 호이다. 벽강은 군중 김윤석의

호이다. 천홍손 정약대 박용근은 다 당시 제일의 악공들이다. 우석
상서께서 나에게 구포동인을 처음으로하여 삼수대엽을 짓도록 하였
기에 지은 것이다
(口圃東人 石坡大老所賜號也 余在三溪洞家時 東園後 有口字圃田故
稱口圃東人 雲崖翁 弼雲坮朴先生號也 碧江 金允錫君仲號也 千興孫
鄭若大朴龍根 皆當世第一工人也 又石尙書 命我以口圃東人爲頭 作三
數大葉 故構成焉)

540
八十一歲(팔십일세) 져 늘그니 施何術而更少年고
城市山林 구름속에 藥(약)키기를 일슴노라
글이면 道號를 뉘라허노 雲崖先生이로다. (金玉 93)

施何術而更少年(시하슐이갱소년)＝무슨 재주을 베풀었기에 다시
소년이 된 城市山林(셩시산림)＝셩즁에 있는 숲이 우거진 산
글이면＝그러면 道號(도호)＝부르는 호칭 雲崖先生(운애선생)
＝운애는 박효관의 아호

    동추 박효관의 자는 경화요 호는 ○○임.
    (朴同樞孝寬 字景華 號○○)

541
六月羊裘 져 漁翁아 낙근 고기 換酒흐세
取適이오 非取魚ㅣ라 고든 낙시 듸리우고
西山(서산)에 히 져물러지거든 碧江月을 싯고 놀녀 흐노라.
(金玉 94)

六月羊裘(유월양구)＝양구는 양가죽으로 맏든 갓옷. 엄자릉(嚴

子陵)이 양피옷을 입고 낙시질을 하던 고사   漁翁(어옹)=어부
(漁父) 換酒(환주)=술과 바꿈 取適(취적)이오 非取魚(비취어)
=한가함을 취하려하는 것이지 고기를 잡으려는 것이 아님 듸리
우고=드리우고   히 져물려지거든=해가 저물거든 碧江月(벽강
월)=푸른 강물에 뜬 달. 벽강은 김윤석의 호임

동추 김윤석은 자가 군중이고 벽강이라 호하다.
(金同樞允錫 字君仲 號碧江)

542
世子邸下 寶齡 八歲에 九十二歲(구십이세)를 더를진듸
一百歲(일백세) 멀고 놉푼 壽(수)는 天定이라 흐려니와
그 뒤에 또 二十歲(이십세)를 더으시니 帝堯壽와 가트신져.
(金玉 95)

世子邸下 寶齡八歲(세자저하보령팔세)=세자께서 나이가 여덟살
임 더를진듸=더할진대 天定(천정)=하늘이 정함 더으시니=
더하시니 帝堯壽(제요수)=요임군의 나이 가트신져=같구나

세자에 대한 축하 일곱 번째.
(賀祝 第七)

543
洛城西北 三溪洞天에 水澄淸而山秀麗흐듸
翼然有亭에 伊誰在矣오 國太公之優息이시라
비ᄂᆞ니 南極老人 北斗星君으로 享壽萬年 흐오소셔. (金玉 96)

洛城西北(낙성서북)=서울의 서북쪽 三溪洞天(삼계동천)=삼계의 골짜기. 삼계는 자하문밖에 있음 水澄淸而山秀麗(수징청이산수려)=물이 맑고 깨끗하며 산이 빼어나게 아름다운 翼然有亭(익연유정)=날개를 편친 것처럼 빼어난 정자가 있음 伊誰在矣(이수재의)=거기에 누가 있는가 國太公之偃息(국태공지언식)=국태공께서 편안히 쉬고 계심 南極老人(남극노인)=남극 노인성. 사람의 수명을 관장한다는 별 北斗星君(북두성군)=북두칠성 享壽萬年(향수만년)=목숨을 만년까지 누림

석파 대로께서 봄과 여름이 바뀌는 계절에 여기에서 편안히 쉬시었다.
(石坡大老 於春夏之交 偃息於此)

544
저 건너 羅浮山 눈속에 검어 웃쑥 울퉁불퉁 광디등걸아
네 무슴 힘으로 柯枝 돗쳐 곳조츠 저리 픠엿는다
아모리 석은 비 半만 남아슬망졍 봄뜻즐 어이 흐리오.
(金玉 97)

羅浮山(나부산)=중국 광동성 혜주부(惠州府) 부라(傅羅)에 있는 산 광디등걸=헌상궂게 생긴 등걸. 등걸은 나무를 베고 난 그루터기 무슴=무슨 돗쳐=돋아나고 곳조츠=꽃마저 저니=저렇게 석은 비=썩은 배. 배는 씨앗 속에 있어 자라서 싹이 되는 부분(胚)

운애산방에서 읊은 매화사 일곱 번째.
(雲崖山房 梅花詞 第七)

545
바롬은 안아닥친드시 불고 구진 비는 담아붓드시 오는날 밤에
님 차져 나선 양를 우슬 이도 잇건이와
비바롬 안여 天地翻覆ᄒ야든 이 길리야 아니 허고 엇지 하리오.   (金玉 98)

구진 비＝궂은 비   양를＝모습을   우슬 이도＝웃을 사ᄅᆞᆷ도   비
바롬 안여＝비바ᄅᆞᆷ만이 아니라   天地翻覆(천지번복)＝하늘과 땅
이 뒤바뀐   길리야＝길이야

남원 기생 명옥은 음률에 밝고 다못 자색이 있었다. 내가 남원에
있을 때 날마다 서로 만났는데 하루는 밤에 비바람이 크게 불어 밖
에 나가기도 어려웠으나 이미 만나기로 약속을 하였기에 기필코 나
갔다.
(南原妓明玉 皎於音律 頗有姿色 余南原在時 逐日相會 而一日夜則
風雨大作 難以出脚 然旣有約則 必行乃已)

546
南山松栢 鬱ᄃ蒼ᄃ 漢江流水 浩浩洋洋
聖世子ㅣ 萬年壽 가지ᄉ 太平으로 누리실제
우리넌 康衢의 逸民되야 擊壤歌로 질길져. (金玉 99)

南山松柏 鬱鬱蒼蒼(남산송백울울창창)＝남산의 소나무와 잣나무
는 빽빽하고 푸르는   漢江流水 浩浩洋洋(한강유수호호양양)＝한
강의 흐르는 물은 넓고 넘쳐 흐는   康衢(강구)의 逸民(일먼)＝태
평성대에 사는 백성   擊壤歌(격양가)＝제요(帝堯)시대 태평을 구
가하던 노래   질길져＝즐기겠노라

세자에 대한 축하 여덟 번째.
(賀祝 第八)

547
三月花柳 孔德里오 九月楓菊 三溪洞를
我笑堂 봄바롬과 米月舫 가을달를
어지버 六花ㅣ 紛ㄷ時에 煮酒詠梅 ᄒ시더라. (金玉 100)

三月花柳(삼월화류)＝삼월에 꽃이 피고 버들이 푸르는 孔德里
(공덕리)＝지금의 마포구 공덕동   九月楓菊(구월풍국)＝구월에
단풍이 들고 국화가 핀   我笑堂(아소당)＝공덕동에 있던 대원군
의 정자   米月舫(미월방)＝삼계동에 있던 정자인 듯   어지버＝어
즈버   六花紛紛時(육화분분시)＝육화는 눈(雪). 눈이 펄펄 날릴
때   煮酒詠梅(자주영매)＝술을 데우고 매화를 노래함

봄과 여름에는 공덕리에 가을과 겨울에는 삼계동에 머물음.
(春夏孔德里 秋冬三溪洞)

548
東閣에 숨은 ᄭᅩᆺ치 躑躅인가 杜鵑花ᆫ가
乾坤이 눈이여늘 제 엇제 감히 퓌리
알괘라 白雪陽春은 梅花 밧게 뉘 이시리. (金玉 101)

東閣(동각)＝동쪽에 있는 누각   躑躅(척촉)＝철쭉꽃   杜鵑花(두
견화)＝진달래꽃   乾坤(건곤)＝온 세상   엇제＝어찌   퓌리＝피겠
는가   白雪陽春(백설양춘)＝흰 눈이 날리는 이른 봄

운애산방에서 읊은 매화사 여덟 번째.
(雲崖山房 梅花詞 第八)

549

弼雲臺 好林園에 詩酒歌琴 八十年(팔십년)을
喜怒를 不形하니 君子之風 이로다
至今(지금)에 鶴駕鸞駿을 乘彼白雲 하민져. (金玉 102)

弼雲臺(필운대)=서울 인왕산 아래에 있는 동리에 있는 대의 이
름 好林園(호림원)=나무가 우거진 동산 詩酒歌琴(시주가금)=
시와 술과 노래와 거문고 喜怒(희노)를 不形(불형)=얼굴에 기
쁘라 노여운 기색을 나타내지 않음 君子之風(군자지풍)=군자의
풍모 鶴駕鸞駿(학가난준)='준'은 '가'(駕)의 잘못인 듯. 임금
이 타는 수레 乘彼白雲(승피백운)=저 흰 구름을 타고 하늘에
오름 하민져=하고 싶다

선생을 따라 육십년을 사제의 정과 붕우의 의로 섬겨 주야로 서로
따르고 잠시를 떠나지 않았다. 이제 선생께서 이승을 하직하시니
내 또한 언제 가겠는지?
(從事先生六十年 以師弟之情 兼朋友之誼 晝夜相隨 不忍暫離 而今焉
先生謝世 我亦何時可去)

550

牛山에 지는 히를 齊景公이 우럿더니
孔德里 가을 달를 國太公이 늣기샷다
아마도 今古英傑의 慷慨心懷는 한가진가 하노라. (金玉 103)

牛山(우산)=중국 산동성 치현(淄縣)에 있는 산. 제(齊)의 경공
(景公)이 이곳에 놀며 아름다운 경치를 보고 자기가 조만간에 죽
을 것을 슬퍼해 울었다는 고사 孔德里(공덕리)=공덕동. 대원군
의 별장 아소정(我笑亭)이 있었음 國太公(국태공)=대원군을 부

르는 존칭 今古英傑(금고영걸)＝예전부터 지금까지의 영웅과 호
걸 慷慨心懷(강개심회)＝비분강개하는 마음과 희포

석파 대로께서 임신년(1872) 봄에 공덕리에서 편히 쉬고 계셨다. 하
루는 석양에 문인과 기생 악공을 데리고 우소처에 올라 풍악을 크
게 베풀고 오락을 권장할 즈음에 해는 이미 지고 달이 돋았다. 곧
위연히 탄식하여 말씀하시기를 내 나이 올해 오십여라 남은 해가
얼마인가 우리들이 또한 이 세상에 태어나서 한 곳에 모여 이승에
서 못다한 인연을 잇는 것이 또한 가능하지 않은가 하자 모두들 얼
굴을 가리고 눈물이 글썽거렸다.
(石坡大老 於壬申春 優息於孔德里 一日夕陽 率門人及妓工 登臨危笑
處 大張風樂 勸娛之際 日落月上矣 乃喟然歎曰 吾年今五十餘矣 餘年
幾何 吾儕亦於來生 會合一處 以續今世未盡之緣 不亦可乎 衆皆掩面
含淚)

551
忠臣(충신)의 옛자취를 돌머리예 깃터신져
霜雪(상설)이 嚴(엄)할ㅅ록 불근 피 어졔론 듯
아마도 亘萬古 貞忠大節은 圃隱公을 뵈왓노라. (金玉 104)

돌머리예＝돌 위에 깃터신져＝끼쳤구나. 낡겼구나 霜雪(상셜)
＝눈서리. 시련을 뜻함 亘萬古(긍만고)＝다만 예전부터 이제까
지 貞忠大節(정충대졀)＝곧고 충성스러운 크나큰 졀개 圃隱公
(포은공)＝고려말의 정치가이며 학자인 정몽주(鄭夢周)

정축년(1877)에 평양에 가다가 선죽교에 도착하여 돌위에 혈흔이
흘러 떨어져 있는 것 같은 것을 보고 감격하여 짓다.
(丁丑西京之行 到善竹橋 見石上血痕淋灕 有感而作)

552
늬 죽고 그듸 살라 使君知我 此時悲허세
달은 날 黃泉 길에 그 丁寧 만날연니
늬 엇지 그듸의 無限(무한)헌 폭빅을 건딀쥴리 잇쓰리.
(金玉 105)

살라=살아　使君知我 此時悲(사군지아차시비)=그대로 하여금
나의 이 슬픔을 알게 함　달은 날=훗날　黃泉(항천)=저승　丁
寧(정녕)=추측컨대 틀림없이. 꼭　만날연이=만나려니. 만날 것
이니　폭빅=폭백(暴白). 분한 사정을 들어 함부로 성을 내어 말
로 변명함　견딀쥴리=견디어 낼 수가

나와 남원 실인은 사십년을 서로 따르며 금슬처럼 벗삼아 죽어서
같이 가고자 하였지만 귀신이 도와주지 않아 경진년(1880) 칠월 이
십삼일에 숙환으로 홀연 가니 이 때의 비통함이 과연 어떠하였겠는
가?
(余與南原室人 相隨四十年 琴瑟友之 意欲同歸矣 神不佑之 庚辰七月
二十三日 以宿病奄忽 此時悲悼 果何如哉)

653
武關의 식벽 달과 淸泠浦 지즌 히는
古今(고금)이 달을선정 日月(일월)은 한가지라
至今(지금)예 恨계운 烈士에 눈물이야 禁(금)힐쥴이 잇쓰리.
(金玉 106)

武關(무관)=진(秦)의 남관(南關). 지금의 섬서성 상현의 동쪽
에 있고 진의 소왕(昭王)이 초의 회왕(懷王)을 유인하여 가두었
던 곳　淸泠浦(청령포)=강원도 영월의 단종이 귀양 갔던 곳에

있는 여울   지존 히=‘지존’은 ‘지는’의 잘못인 듯. 지는 해   달 을션졍=다흘지언정   恨(한)계운=한을 억제하기 어려운   烈士 (역사)=절개가 굳은 사람. 자신은 가러킨 듯

무관에 초회왕이 감금 당한 것과 영월에 단종대왕이 귀양간 것이 비록 고금의 구별은 있으나 다함이 없는 한과 절실한 원한은 회포 와 정서가 일반이다.
(武關楚懷王 寧越端宗大王 雖有古今之別 窮恨切寃 一般懷緖也)

554

千里를 닷는 말리 곱비 지펴 치 마즈니
찰라리 癡人되야 그으리라 빗머리를
至今(지금)에 癡人곳 되얏스면 무슴 근심 잇스리. (金玉 107)

千里(천리)를 닷는 말러=천리를 달릴 수 있는 말이. 천러마(千 里馬)   곱비 지펴=고삐를 잡히어   치 마즈니=채찍으로 맞으니 찰라리=차라리   癡人(치인)=어러석은 사람   그으러라=끌러라 잇스리=있겠느냐

방옹의 시에 살아 달리는 말의 채찍의 그림자를 따르는 것을 미워 하느니 차라리 치인이 되어 칼자욱을 남기겠다. 고 하였다.
(放翁詩曰 生憎快馬隨鞭影 寧作痴人記劍痕)

555

我不孝親후니 子焉孝我 후랴마는
人情(인정)이 제 글너셔 子不孝我를 셔러후네
이 後(후)는 子不孝我를 셔러 말고 我不孝親 뉘우칠져.
(金玉 108)

我不孝親(아볼효친)=내가 어버이에게 효도하지 아니함 子焉孝
我(자언효아)=자식이 어찌 나에게 효도를 하겠는가 子不孝我
(자볼효아)=자식이 나에게 효도를 하지 않음 셔러흐네=서러워
하네 뉘우칠져=뉘우칠 것이라

후회한들 어찌 돌이킬 수 있겠는가?
(悔之何反)

656
쐿고리 고흔 노릐 나뷔춤을 猜忌마라
나뷔춤 아니런들 鶯歌 너뿐이연이와
네겻테 多情(다정)투 이를 거손 蝶舞ㅣ런가 허노라. (金玉 109)

猜忌(시기)=샘하여 미워함 鶯歌(앵가)=꾀고리의 노래 너쁜
이연이와=너 뿐이거니와 이를 거손=말할 것은 蝶舞(접무)=
나비의 춤

명예와 이익을 좋아하는 사람들은 상부상조가 귀하다는 것을 아지
못하고 모든 일을 시기하고 도리어 자신을 모함하니 가히 너무 애
석하다.
(名利之人 不知相扶之爲貴 全事猜忌 反陷其身 可勝惜哉)

557
靑門에 외를 파든 邵平이라 드러더니
雲下에 그림 파는 國太公을 뵈왓소라
今古에 英雄之 慷慨心懷는 한가진가 흐노라. (金玉 110)

靑門(청문)에 외을 파든 邵平(소평)=청문은 장안성(長安城) 동남문인데, 진(秦)나라 때 소평이란 이가 동릉후(東陵侯)로 있다가 진나라가 망하자 서민이 되어 청문 부근에서 오이을 심고 지냈으므로 이 오이을 동릉과(東陵瓜) 또는 청문과(靑門瓜)라 불렀음. 雲下(운하)에=운현궁 아래에서 國太公(국태공)=대원군을 가리킨. 뇌얏소라=뇌었구나 今古(금고)=고금(古今)과 같음. 예전부터 지금까지 英雄之 慷慨心懷(영웅지강개신회)=영웅이 국사에 비분강개하는 마음의 회포

석파 대로께서 을해년(1875) 오월에 노안당 동쪽 누각에 문방을 차리시고 매화루라 3자를 써서 벽에다 높이 걸고 난초를 그린 것을 남북의 모든 벼슬아치들에게 퍼뜨려 보내니 그림 값을 가지고 왔으며 그 뒤에 그림을 사고자 하는 사람들이 그 수를 헤아릴 수가 없었다. 이것은 한가함을 취한 것이지 고기를 잡으려는 것이 아니라는 의미는 정말로 이를 두고 일컫는 것이다. 한 달 후에는 그림 파는 것을 중지했다.
(石坡大老 於乙亥榴夏 設文房於老安堂 東樓上 書賣畵樓三字 高掛壁上寫蘭 播送於南北諸宰 捧價以來 其後願賣者 不許其數矣 取適非取魚之意 政謂此也 一月後乃止)

558
淸晨에 몸을 일어 北斗에 비난 말이
제속 늬 肝腸을 한열흘만 밧괴시면
그제야 날 속이던 안을 알쓰리 밧게 하리라. (金玉 111)

淸晨(청신)=새벽 몸을 일어=몸을 일으키어 北斗(북두)=북두칠성 제속=제 내장. 여기서는 마음 한열흘만=열흘정도만 밧괴시면=바꾸었으면 안=마음 알쓰리=알뜰하게 밧게=받

게. 알게

> 병자년(1876) 겨울에 밀양기생 월중선이 내려간 뒤부터 생각이 없
> 을 수 없다.
> (丙子冬 密陽妓月中仙 下去後自不無思憶)

559
關山千里 머다 마라 구름 아리 그곳이라
마음은 가건마는 몸은 어이 못 가난고
至今(지금)에 心去身不致하니 그를 설워 하노라. (金玉 112)

關山千里(관산천리)＝멀리 떨어져 있는 고향. 여기서는 평양을
가리킨 心去身不就(심거신불취)＝마음은 가지만 몸은 가지 못함

> 내가 평양 감영에 있을 때 소홍과 더불어 일곱 달이나 서로 따르던
> 정을 서울에 돌아온 후에도 가끔 생각하다.
> (余在箕營時 與小紅有七箇月 相隨之情 而歸後往往思想)

560
愁心겨운 任(임)의 얼골 뉘라 前(전)만 못하다던고
훗터진 雲鬢이며 華氣거든 살빗치라
늣기며 실갓치 하난 말삼 이 씃는 듯 하여라. (金玉 113)

愁心(수심)겨운＝근심스런 마음을 이기지 못하는 雲鬢(운환)＝
구름처럼 흩어진 머리. 부인의 쪽진 머리의 형용 華氣(화기)거
든＝아름다운 기색이 걷힌 살빗치라＝혈색이라 늣기며＝흐느끼
며 실갓치 흐난 말삼＝힘이 없이 겨우 하는 말 이 씃는 듯＝창

자가 끊어지는 듯 함. 마음이 아픈 듯

해주 기생 옥소선이 지난 해 진연 때에 서울에 올라왔는데 재예가
무리에서 뛰어나고 색태가 비범하여 당시의 이름난 기생들 가운데
추천되었는 바 석파 대로께서 더욱 총애하시고 그 이름을 옥수수라
부르시니 옥수수는 속칭 강냉이다. 사람들이 다 옥수수라 불렀다.
나와 오산 손오여 벽강 김군중은 날마다 만나고 옥수수와 더불어
밤낮을 이어 놀 즈음에 정의가 더욱 굳어 서로 버릴 수가 없었고
일이 끝나고 평양으로 내려 갔다. 그후 계유년(1873) 봄에 석파 대
로께서 내의와 여좌 삼행수에 이르기까지의 역을 불러들여 명하시
니 그 해 가을에 병으로 부역을 끝내고 가서 그후에도 서신이 그치
지 아니하였고 또한 여러 차례 운현궁에 올라 왔다. 병자년(1876)
겨울에 또 일이 있어 삼증과 더불어 서울에 왔으나 용모가 차츰 여
위어 갔고 목소리도 실낱같아 중병에 걸린 사람 같았다. 단번에 놀
랐으나 나와 오랜동안 멀어졌다고 하나 기뻐하고 사랑하는 마음은
오히려 지난 날의 잘 꾸미고 아름다운 얼굴에 요염하게 노래부르던
때보다 더 낫다고 하겠더라.

(海州玉簫仙 於向年進宴時上來 才藝出類 色態非凡 以當世名姬 爲衆
所推許 而石坡大老 益寵愛之 呼其名曰玉秀秀 玉秀者 俗稱江娘也 人
皆呼之玉秀秀 余與五山孫五汝 碧江金君仲 逐日連袂 與玉秀秀 晝以
繼夜 於斯之際 情膠誼漆 不相能捨 而過事下去 其後 癸酉春 石坡大
老 命招入役于內醫女座至三行首 當年秋頉役下送 而其後書信不絶 亦
有數次上來於雲宮者矣 丙子冬 又有事與其三憎上來 而容貌稍損 聲音
如縷 有若重病中人矣 一見驚訝 然以吾久阻 欣愛之心 猶勝於昔日雄
粧華容艶歌之時云爾)

561
心中에 無限 辭說 靑鳥 네게 부치너니
弱水 三千里를 녜 能(능)히 건너 갈다
가기사 가고저 허건이와 나뤼 자가 근심일세. (金玉 114)

心中(신중)에 無限 辭說(무한사설)=마음 속에 하고 싶은 끝 없는 이야기 青鳥(청조)=파랑새 부치너니=부탁하느니 弱水 三千里(약수삼천리)=선경(仙境)에 있다는 물. 끝없이 먼 곳을 의미함 건너 갈다=건너 갈 수가 있겠느냐 가기사 가고저 허건이와=가고자 하면 갈 수 있거니와 나리 자가=날개가 작아

전주 기생 양대운이 서울에 올라와 은거하고 있을 때 봉서 하나를 써서 사람을 시켜 보내다.
(全州陽臺雲 上京隱居時 修一封書 間人傳送)

562
嗟爾 君仲이 길이 가니 琴韻歌聲이 머러거다
我葬를 汝葬헐듸 汝葬를 我葬ᄒ니
네 마닐 알오미 잇슬진된 늣겨 갈가 ᄒ노라. (金玉 115)

嗟爾 君仲(차이군중)=아! 자네 군중. 군중은 긴윤석의 자(字)인 길이 가니=죽으니 琴韻歌聲(금운가성)=거문고 가락의 운치와 노래소리 머러거다=멀어졌구나 我葬(아장)를 汝葬(여장)헐듸=나의 장사를 네가 지내야 할 것인데 汝葬(여장)를 我葬(아장)ᄒ니=너의 장사를 내가 지내니 마닐=만일 알오미 잇슬진된=앎이 있을 것 같으면 늣겨 갈가=감격하여 갈 것이 아닌가

나와 벽강 김윤석 군중은 삼십년을 서로 따라다녀 정의가 아주 가까워 하루도 잠시를 떨어지지 못했다. 계미년(1883) 봄에 군중과 더불어 수동에서 만나 술을 마시고 이튿날 아침에 부고를 들으니 이것이 정말이냐? 꿈이냐?

(余與碧江金允錫君仲 相隨三十年 誼漆情膠 未嘗一日暫離 癸未春 與
君仲作會飮於壽洞 而翌朝聞訃 眞耶夢耶)

563
嗟嗟 凌雲이 기리 가니 秋城月色이 任者 업뇌
앗츰 구름 져녁 비에 生覺 겨워 어이헐고
問나니 淸歌妙舞를 뉘게 傳(전)코 갓느니. (金玉 116)

嗟嗟(차차)=아아 凌雲(능운)이 기니 가니=능운이 죽으니. 능
운은 기생 이름인 秋城月色(추성월색)=가을철 성각에 비추는
달빛 任者(인자)='인자'의 한자 표기 生覺(생각) 겨워=생각
을 이기지 못함 問(문)나니=묻건대 淸歌妙舞(청가묘무)=맑고
고은 노래 솜씨와 뛰어난 춤 솜씨 뉘게=누구에게 갓느니=갓
느냐

담양 기생 능운이 아주 가니 호남의 풍류는 여기서 끊어졌구나.
(潭陽凌雲已逝 湖南風流 從此絶矣)

564
東墻에 갓치 우움 셤거이 더럿더니
뜻 아닌 千金書札 任(임)의 얼골 띄여 왓뇌
아셔라 肝腸 스는 거슬 보와 무삼 허리요. (金玉 117)

東墻(동장)=동쪽의 담장 갓치 우움=까치의 울음 소리 셤거
이 더럿더니=대수롭지 않게 들었더니 뜻 아닌=생각지도 않은
千金書札(천금서찰)=소중한 편지 띄여 왓뇌=보내 왔네 아셔
라=그만 두어라 肝腸(간장) 스는 것슬 보와=마음이 쓰이는 것

으로 보아 무삼 허러 요=무관하겠느냐

진양 기생 송옥은 내가 처음 진양에 이르렀을 때 친하게 지냈던 사
람이다. 내가 병으로 누워 있을 때 그도 또한 병이 있어 부득이 와
서 보지 못하고 편지로써 문병했다.
(晉陽松玉 卽吾初到晉陽時 所親者也 吾於病臥時 彼亦有病 不得來見
以書問病)

565
悠悠이 가는 구름 반갑고 불려웨라
滿腔愁懷를 가져드려 붓치너니
다가셔 슷치는 곳이여든 任(임)을 보고 傳(전)허시쇼. (金玉 118)

悠悠(유유)이=한가로이 불려웨라=부럽구나 滿腔愁懷(만강수
회)=마음 속에 가득찬 걱정스런 생각 가져드려 붓치너니=가져
다 보내니 다가셔=다가 가서 슷치는=그치는

무인년(1878) 봄에 벽강 김윤석 군중이 일이 있어 해주에 갔다. 나
와는 날마다 서로 따르는 사이인데 막힌 회포가 산처럼 쌓였다. 하
루는 멀리 한 조각 한가로운 구름이 서천에 떠가 머무르는 것을 보
고 애오라지 지었다.
(戊寅春 碧江金允錫君仲 有事下去海營 而逐日相隨之餘 阻懷如山 一
日 遙望一片閒雲 去留於西天矣 聊以作之)

566
任 離別(임이별) 하올져긔 져는 나귀 한치 마소
가노라 돌쳐 셜제 저난 거름 안이런덜
솟 아릐 눈물젹신 얼골을 엇지 仔細(자세)이 보리요. (金玉 119)

저는 나귀=다리를 저는 나귀 한치=한탄하지. 원망하지 돌쳐 설제=돌아설 때
에 저난 거름=절뚝이는 걸음 안이런덜=아니었더면

평양 기생 혜란은 한갖 색태가 절묘하고 기이한 것만 아니라 난초
를 잘 그리고 노래와 거문고에 정통하며 경성의 아름다움이 있다.
내가 연호 박사준의 농막에 거처할 때 일이 있어 평양에 갔었다.
혜란과 더불어 칠개월동안을 서로 따르며 정의로 사귐이 밀접해서
작별할 즈음에 미쳐 혜란은 나를 장림의 북쪽에까지 와서 송별했
다. 떠나고 머무르는 슬픔이 과연 스스로 억제하기 어려움 뿐이더
라
(平壤蕙蘭 非徒色態之絶奇 善寫蘭 通歌琴聲 傾一城矣 余於蓮湖朴士
俊居幕時 有事下去矣 與蕙蘭相隨七箇月 情誼交密 而及其作別之時
蕙蘭送我于長林之北 去留之恨 果難自抑耳)

567
十二에 學琴ᄒ니 琴韻이 冷冷이라
七十年(칠십년) 繡筵 우에 몃 ᄉ람을 悅樂헌고
至今(지금)에 水流雲空ᄒ니 못닉 늣겨 ᄒ노라. (金玉 120)

十二(십이)에 學琴(학금)=열 두 살에 거문고을 배움 琴韻(금
운)=거문고 소니 冷冷(냉냉)=소니가 맑은 모양 繡筵(수연)=
훌륭한 자니. 좋은 하석 悅樂(열락)=기뻐하고 즐거워함 水流
雲空(수류운공)=물은 흘러가고 구름은 텅 비었음. 모든 것이 다
끝났음을 나타내는 말 못닉 늣겨=끝내 느꺼워

나와 첨사 안경지는 다만 종의로 자별할 뿐만 아니라 화류의 장소
에서 서로 따르기를 오십여년이 되었는데 을유년(1885) 봄에 대단
하지 않은 병으로 죽으니 눈물이 마음에 가득찬 것을 진실로 깨달

을 따름이다.

(余與安僉使敬之 非但宗誼自別 相隨於花柳場 爲五十餘年 而乙酉
春 以微恙化去 良覺淚盈襟耳)

568
東離에 물이 밀고 西別의 불이 잇다
水火相侵 두지음의 나의 肝腸(간장) 다 슬거늘
더구나 南路送人하고 北程 차자 가노라. (金玉 121)

東離(동리) 西別(서별)＝동쪽과 서쪽에서 각각 이별함 水火相
侵(수화상침)＝물과 불이 서로 싸워 침범함 두지음＝둘의 사이
슬거늘＝스러지거늘. 녹아나는 것 같거늘 南路送人(남로송인)＝
남쪽 길에서 사람을 보낸 北程(북정)＝북 쪽의 노정(路程)

정축년(1877) 겨울에 동에서 밀양의 월중선과 이별하고 서에서 해
주의 옥소선과 헤어지고 남에서 창아 신학준을 보내니 이것이 불과
열흘간에 일이다. 내 마음이 돌처럼 무정한 것이 아니니 어찌 능히
견디고 달랠 수 있겠는가. 신병이 있음을 알리고 곧바로 창의문 밖
구포의 움막에 누웠다.

(丁丑冬 東離密陽月中仙 西別海州玉簫仙 南送唱兒申學俊 此是一旬
間事也 我心非石 何能堪遣 以身病告由 卽出北彰義門外 口圃茅廬而
臥)

569
新年 正月 一日(신년정월일일) 淸晨의 焚香暗祝 來生願曰
집은 江南(강남)에 잇고 人如牧之 하이소샤
그 밤의 白髮造化翁이 불너 예고 가더라. (金玉 122)

淸晨(청신)=공기가 맑은 새벽 焚香暗祝(분향암축)=향을 피우
며 마음 속으로 조용히 축원함 來生願曰(내생원왈)=내세에 태
어나 원하는 바를 人如牧之(인여목지)=사람을 기르는 것처럼
함 하이소샤=하여 주십시오 白髮造化翁(백발조화옹)=머리가
허연 조물주 예고=데리고

규재 남상서의 시에 "분향하며 내생의 소원을 암축하니 집은 강남
에 있고 사람들은 이를 기르더라." 라고 하였다. (남상서는 남병철
(南秉哲)임)
(圭齋南尙書 詩曰 焚香暗祝來生願 家在江南人牧之)

570
이 어인 급한 病(병)고 心如麻 淚如雨ㅣ라
지는 달 식는 밤의 울어예넌 기러기를
아무나 멈츄리 이슬진딘 이 病 消息(소식) 부치리라. (金玉 123)

心如麻 淚如雨(심여마누여우)=마음은 삼타래처럼 엉키었고 눈
물은 비처럼 쏟아진 지는 달 식는 밤=초저녁부터 새벽까지 울
어예넌=울며 가는 멈츄리 이슬진딘=멈출 사람이 있다면 부치
리라=보내리라.

한 번 옥소선과 헤어진 뒤부터 자연이 불평이 나다.
(一自玉簫仙 送別之後 自然不平)

571
곳츤 곱다마는 香氣(향기) 어이 업선는고
爲花而不香하니 오든 나뷔 다 가거다
그 곳츨 이름하이되 不香花라 하노라. (金玉 124)

어이 업선는고=왜 없었는고 爲花而不香(위화이불향)=꽃이 되
어 향기읍지 아니함 가거다=가는구나 이름하이뒤=이름하되
不香花(불향화)=향기가 없는 꽃

내가 전주에 갔을 때 부기 설중선이 남방에서 제일이라 듣고 가서
보니 과연 소문대로 이었다. 나이는 18세 정도이고 눈같은 피부에
꽃같은 얼굴로 아주 사랑할만 하였으나 가무는 전혀 무지하고 잡기
에 능하였다. 성질이 본래 사납고 표독하며 오로지 얼굴이 예쁜 것
만 믿고 사람을 대하는 예의가 없고 다만 따르는 사람들이 창부들
이라 하더라.
(余於全州之行 聞府妓雪中仙 爲南方第一 往見之則 果如所聞 年可二
九 雪膚花容 極可愛然 全昧歌舞 能於雜技 性本悍毒 專恃容色 無待
人之禮 但相隨者唱夫云爾)

572
風浙瀝 雪霏霏한듸 悽悽行色 恨悠悠ㅣ라
滿眶淚ㅣ 하마하면 써려점즉 하다마는
가슴에 毒(독)한 불꽃치 솟는 물을 禁(금)하더라. (金玉 125)

風浙瀝 雪霏霏(풍절력설비비)한듸 悽悽行色 恨悠悠(처처행색한
유유)=바람은 애처럽고 쓸쓸하여 눈은 몹시 내리는데, 구슬픈
행색은 한이 많음 滿眶淚(만광루)=눈에 가득한 눈물 하마하면
=자칫하면 써려젼즉=떨어질 법도 솟는 물=솟아오르는 눈물

병오년(1846) 11월 옥소선이 운현궁으로부터 내려갔는데 오고 가는
동안의 회포를 말로 표현하다.
(丙午十一月 玉簫仙 自雲宮下去 而去留之懷 可勝言哉)

573

羅幃 寂寞혼뒤 힘업시 니러나셔
珊瑚筆 쎄여들고 두어자 그리다가
아셔라 이를 써 무엇하리 도로 누어 조는 듯. (金玉126)

羅幃 寂寞(나위적막)=비단으로 만든 장막이 쓸쓸하게 느껴진
珊瑚筆(산호필)=산호로 만든 붓 아셔라=그만 두어라

내가 평양으로부터 돌아오는 길에 황해도 감영에 도착하여 수양산
에 올라 경치를 한 번 본 뒤에 다시 감영으로 도라오니 사방을 둘
러봐도 아는 사람이 없었다. 포정사 앞에 있는 술집을 물어 즉시
들어가 술을 시키니 주파는 나이가 쉰 살 가량이 되었고, 모습이나
행동거지가 또한 가하 볼만하여 결코 등한한 인물이 아니었다. 그
내력을 물은 즉 과연 전 감사 낙동 박태가 사랑하던 기생 삼증이었
다. 그 여자에게 안부를 물으니 대답하기를 요즘 감기에 걸려 힘이
빠져 방바닥에 요를 깔고 누웠다. 그러나 손님이 한 번 보고자 하
시니 나와 함께 방에 드는 것이 좋을 것이라 하고 즉시 나를 인도
해 방에 들어가니 한 아름다운 아가씨가 이불을 움켜잡고 앉아서
붓을 잡고 글을 쓰고 있었다. 내가 방에 드는 것을 보고 깜짝 놀라
붓을 던지고 벽을 향해 눕는데 신음하는 소리가 입에서 그치지 않
았다. 삼증이 강제로 권해 다시 일어나 겨우 몇마디 말을 하나 내
또 그의 병의 괴로움을 염려하여 몸을 일으켜 밖으로 나왔다. 그의
이름과 자를 오래되어 기억하지 못하다.
(余自平壤歸路 到海營登首陽山一覽後 還到營下則 四顧無人知者 布
政司前 問一酒家 卽入呼酒 酒婆年可五十餘 態擧止亦有可觀 決非等
閒人物 問其來歷 則果是前等監司 駱洞朴台所愛妓三憎也 問女安在
答云 近有寒疾 委頓床褥矣 然而客欲一見則與我同入爲好 卽引我入房
有一美娥 擁衾而坐 把筆裁書矣 見我入房 喫驚投筆 向壁而臥 呻吟之
聲 不絶於口 三憎强勸還起纔數語 而余亦慮其病苦 起身出來 而其名
字 年久未記)

574
靑春 豪華日에 離別(이별)곳 아니럿듯
어늬덧 늬 머리의 서리를 뉘리치리
오날예 半(반)나마 검운 털이 마츠 셰여 허노라. (金玉 127)

靑春 豪華日(청춘호화일)=젊어서 호사스럽게 지낸 날 아니럿
듯=아니었다면 어늬덧=어느덧 서리를 뉘러치러=백발이 되었
겠느냐 마츠=마저 셰여 허노라=세려고 하는구나

내가 진주에 있을 때 그 곳의 물과 풍토가 맞지않아 풍병이 들어서
의원들에게 널리 물어 여러 가지로 약을 썼으나 조금도 약효를 얻
지 못하여 죽을 지경에 이르렀다. 한 의원이 와서 이 병은 매우 위
중해서 만약 동래 온천에 가서 삼칠일동안 목욕을 하지 않는다면
다시 회복될 수 없다고 말한 고로 즉시 동래로 향하였다. 창원에
도착하여 마산포에 머물었는데 비록 병중이나 마산포에 살면서 가
야금을 잘하고 편시조를 잘 부르는 최창학과 창원 기생 경패가 가
무를 잘한다는 말을 듣고 창부의 귀신같은 가악의 훌륭한 이름을
듣고자 했다. 사람을 시켜 최와 서로 만난 뒤에 가야금으로 신방곡
을 청하여 듣고 다음에 편시조의 창을 들으니 과연 놀랄 정도로 오
묘한 명금이요 명창이었다. 대저 영남에 편시조 명창이 셋이 있으
니 하나는 마산포 최치학이요, 하나는 양산 이광희요, 하나는 밀양
이희문이다. 경패가 지금 있는 곳이 어디냐고 묻자 지금 부중에 있
다는 대답이었다. 이튿날 아침에 최와 더불어 부중에 들어가 경패
의 집에 가니 집에 있다가 마중을 나오니 비록 사람을 놀랠만한 색
태는 없으나 그러나, 은연중에 무한한 취미와 언어 행동거지가 도
무지 천연 그대로 순수했다. 내 비록 병중이나 이 사람을 한 번 보
고 마음이 움직이지 않으랴. 그러나 반신불수의 병객이 어찌 능히
의사가 생기겠는가? 다만 온천 목욕한 다음 귀로에 서로 만나기를
기약하고 최와 더불어 김해부에 도착하여 장사 문달주를 찾아 머무
르고 이튿날 아침에 동래온천에 도착했다. 이내 21일을 머물며 목

욕하니 병에 차도가 있고 식음의 절제가 가능하여 행동거지가 전일
과 같아 강장한 내가 되었으니 그 기쁨을 어찌 헤아리랴. 온천으로
부터 유람의 여행을 시작하여 명산대천을 두루 답사하지 않은 곳이
없다. 다시 창원의 경패의 집에 도착하여 여러 날을 머물면서 지난
날의 미진한 정을 풀고 같이 30리되는 칠원 송홍록의 집에 도착하
니 맹렬도 집에 있다가 나를 보고 흔연했다. 사오일 질탕하게 놀고
이별하니 이 때에 과연 이별이 어려운 줄을 알았다.

(余在晉州時 以水土不服 風症闖肆 半身不收 廣詢醫家 百般施藥而不
得寸效 至於死境矣 有一醫來言 此病極重 若非東萊溫井 三七沐浴則
無可差復云故 卽向東萊 到昌原馬山浦止宿 而雖病中 聞馬山浦居 善
伽倻琴編時調名唱崔致學 及昌原妓瓊貝之善歌舞 解唱夫神餘音之高名
矣 使人請崔相見後 請伽倻琴神方曲聽之 次請編時調唱之 果是透妙名
琴名唱也 大抵嶺南有編時調三名唱 一是馬山浦崔致學也 一是梁山李
光希也 一是密陽李希文也 問瓊貝今在何處 答云今在府中矣 翌朝與崔
同入府中 往瓊貝家則 果在家出迎 而雖無驚人之色態 然 隱然中 自有
無限趣味 言語動止 都是天然純態矣 我雖病中 一見此人 旣不動心 然
半身不收一病漢 其何能生意乎 但以溫井沐浴後 歸路相見爲期 與崔同
到金海府 訪力士文達周止宿 翌朝同到東萊溫井 仍留沐浴二十一日 病
至差可食飮之節 行動擧止 一如前日 强壯我矣 其喜何量 自溫井仍作
遊覽之行 而名山大川 無不遍踏 還到昌原瓊貝家 多日留延 以叙前日
未盡之情 而同到漆原三十里 宋興祿家則 孟烈亦在家 見我欣然 四五
日迭宕而別 此時 果知別離之難也)

575
그려 걸고 보니 丁寧헌지라만은
블너 對答(대답) 업고 손쳐 오지 아니후니
野俗다 造物의 猜忌허미여 魂(혼)을 아니 붓칠줄이. (金玉 128)

그려=그려서   丁寧(정녕)헌지라만은=실제와 똑 같다고 하지만
손쳐=손벽 쳐   野俗(야속)다=야속하다   造物(조물)=조물주

猜忌(시기)허머여=머워하고 꺼린이여   못칠줄이=붙일 러가

강릉 기생 홍련은 즉 여주 양가집 딸이었다. 사람의 꾀임에 따라 서울에 올라와 색태가 여러 사람들 가운데 뛰어나 기적에 잘못 들어가니 이는 다른 사람에게 속은 것이지 실은 그의 본의가 아니었다. 부역에서 풀려난 뒤에 나와 더불어 가까이하며 반드시 탈역으로 만년을 보낼 뜻을 금석처럼 굳게 약속하고 잠시를 서로 버릴 수가 없었다. 조물이 많이 꺼려 마치내는 뜻과 같이 되지 않았다. 그러나 피차 골수에 맺힌 정은 어찌 하루라도 잠시를 잊겠는가? 그의 모습을 그려 벽에다 걸고 바라보다가 오래지 않아 태워버렸다.
(江陵紅蓮 卽呂州良家女也 壬寅年間 爲人誘引上洛 而以色態之超羣 出類 誤入於妓籍 此是見欺於人 實非渠之本意也 出役後 與我相近 必 以頉役終老之意 金石牢約 而不能暫時相捨矣 造物多猜 竟不得如意 然 彼此骨髓之情 何日暫忘 畵其像貌 掛壁而見之矣 未幾而燒)

576
차다 저 달이여 雪後風 五更鍾을
西嶺에 거져 잇셔 어늬 곳즐 빗치이노
저 만일 날갓치 잠 업스면 이 끗칠 듯 하여라. (金玉 129)

차다=차갑구나   雪後風(설후풍)=눈바람   五更鍾(오경종)=오경을 알리는 종소리. 오경은 밤을 다섯으로 나눈 마지막. 새벽 3시부터 5시 사이   西嶺(서령)=서쪽 산마루   거져 잇서=걸쳐 잇어
이 끗칠 듯=창자가 끊어질 듯

정축년(1877) 동짓달 보름에 연호 박사준과 더불어 밤에 혜교에서 만났다. 파루 뒤에 종로를 걸어가니 어날 밤 눈온 뒤에 찬바람이 뼈에 파고 들고 새벽달은 서쪽 마루에 걸렸 있었다. 문득 옥소선을

생각하고 시 한 수를 짓다.
(丁丑至月之望 與蓮湖朴士俊 夜會惠橋矣 罷漏後出步鍾街 是夜雪後
寒風透骨 曉月掛於西嶺 忽憶玉簫仙作一関)

577
永濟橋 千條柳예 郞의 말이 멧번 미며
大同江 萬折波의 妾의 눈물 몃말인고
夕陽(석양)에 獨上練光亭ᄒ야 依欄長歎 ᄒ더라. (金玉 130)

永濟橋(영제교)＝평양에 있는 다리 이름 千條柳(천조류)＝많은
가지를 느러뜨린 버드나무 郞(랑)＝사랑하는 사람. 여기서는 남
자들을 가리킴 멧번＝몇 번 大同江 萬折波(대동강만절파)＝대
동강에 수 없이 부서지는 물결 妾(첩)＝여기서는 일반적으로 여
자를 가리킴 獨上練光亭(독상연광정)＝홀로 연광정에 오름. 연
광정은 평양에 있는 정자임 依欄長歎(의란장탄)＝난간에 의지하
여 길게 탄식함

연호 박사준이 평양에 잠시 머물러 살 때 나 역시 일이 있어 평양
에 왔을 때 마침 2월 보름께였다. 영제교를 지나 대동강변에 이르
러 멀리 연광정 위를 바라보니 한 젊은 아가씨가 난간에 기대어 홀
로 서 있는 것을 가히 알 수 있었다. 얼마 있다가 숲속에서 말을
타고온 젊은 남자와 더불어 그 여자가 오래 머무를 뿐이로다.
(蓮湖朴士俊 居箕幕時 余亦有事 下往箕營時 仲春望間也 過永濟橋
到大同江邊 遙望練光亭上 有一靑娥 倚欄獨立可知 俄者長林中 騎驢
靑春郞 與此娥居留者耳)

578
몰나 병되더니 아라 쏘호 病(병)이로다

몰나 병 아라 병되면 병에 얼의여 못 살니로다
아무리 華扁를 만논들 이 病이야 곳칠둘이. (金玉 131)

얼의여＝엉기여   살니로다＝살겠구나   華扁(화편)＝화타(華陀)
와 편작(扁鵲). 화타는 후한의 명의(名醫). 편작은 전국시대 명
의   곳칠둘이＝고칠 까닭이

　　남원 기생 송절은 뛰어난 아름다움을 가졌다. 그러나 가무에는 어
　　두웠으니 참으로 애석하다. 내가 남원에 있을 때 친숙해서 서로 따
　　르며 잠시라도 잊기라 어려웠다.
　　(南原妓松節 有傾國之色 然 而昧於歌舞 可勝惜哉 余在南原時 親狎
　　相隨 不能暫忘)

579
菊花(국화)야 너는 어이 三月東風 슬여한다
성귄울 찬빈 뒤에 찰아리 얼지연정
반드시 羣花로 더부러 한봄 말녀 허노라. (金玉 132)

三月東風(삼월동풍)＝삼월의 따뜻한 봄바람   성긴 울＝엉성한
울타리   찬빈＝차가운 비   찰아리＝차라리   羣花(군화)＝여러가
지 꽃   한봄 말녀 허노라＝다 함께 즐기는 봄을 혼자 그만두려
하는구나

　　약현의 김상국 시에 "성긴 울타리에서 비온 뒤에 차라리 얼어 죽을
　　지언정 여러 꽃들과 봄을 한가지로 할 수는 없다." 고 하였다.
　　(藥峴金相國 詩曰 疎籬雨後寧寒死 不如群花共一春)

580

불근 니마 아니런들 鶴(학)을 어이 分別(분별)하리
왼 몸이 검엇슨져 슈이 볼슨 가마귀라
아마도 雪裏에 難分鶴이요 易見鴉ㄴ가 하노라. (金玉 133)

불근 니마=붉은 이마. 단정(丹頂) 왼 몸=온 몸 검엇슨져=
건구나 슈이 볼슨=쉽게 볼 수 있는 것은 雪裏(셜니)에 難分鶴
(난분학)이요 易見鴉(이견아)=눈 속에서 학을 분간하기 어려우
나 까마귀는 쉽게 볼 수 있음

내가 무인년(1878) 봄에 연호 박사준과 더불어 혜교에서 술을 마시
고 있을 때 어느 떨어진 옷에 망가진 갓을 쓴 사람이 갑자기 들어
와 술을 청하기에 거푸 석 잔을 권하니 그 사람이 시 한 수를 읊조
리며 밖으로 나갔다. 시에 "만약에 단정이 아니면 학을 분간하기
어렵고, 온몸이 검으니 까마귀를 보기가 쉽구나."고 하였다.
(余於戊寅春 與蓮湖朴士俊 對酌於惠橋 有一弊袍破冠者 突入請酒 連
勸三盃 其人朗吟一首詩 起身出門 詩曰 若非丹頂難分鶴 全是玄身易
見鴉)

581

血淚ㅣ 滂滂하니 玉頰이 곳치로다
丹鳳을 下直(하직)힐셰 武臣(무신)이 간데 업네
漢道야 弱(약)하랴마는 薄命妾을 보닉는고. (金玉 134)

血淚(혈루)ㅣ 滂滂(방방)=피눈물이 흐름 玉頰(옥협)=꽃과 같
이 예쁜 빰 丹鳳(단봉)=궁궐 漢道(한도)=한(漢)나라의 근원
薄命妾(박명첩)=명(命)이 짧은 첩. 복이 없는 첩. 왕소군(王昭
君)을 가리키는 듯

동방규의 시에 "한도가 바야흐로 전성하니 조정에 무신뿐이라 어찌
박명첩을 구할고 화친하는 일이 괴롭다." 고 하였다.
(東方紀 詩曰 漢道方全盛 朝廷是武臣 何須薄命妾 辛苦事和親)

582
出自東門하니 綠楊이 千絲ㅣ라
絲絲 結心曲은 숯고리 말속이라
벅국시 깁푼 우름예 이 숯난 듯 하여라. (金玉 135)

出自東門(출자동문)=동대문으로부터 나선 綠楊(녹양)이 千絲
(천사)=푸른 버들가지가 수 없이 늘어진 絲絲 結心曲(사사결심
곡)=가지마다 간절하고 애틋한 마음을 맺은 듯함 숯고리=꺼꼬
리 말속=말의 깊은 속뜻 깁푼 우름예=애처럽게 들리는 울음
에 이 숯난 듯=창자가 끊어지는 듯

내가 을해년(1875) 봄에 기회를 얻어 고향에 돌아오다 살곳이 다리
에 이르러 주점에 잠시 쉬었다. 먼저 온 휘장을 친 가마로부터 한
미인이 발을 걷으며 나와 눈물을 감추며 말하기를 "내가 이제 고향
으로 돌아간다 그대는 지금 어떠하시오" 이는 다른 사람이 아니다.
곧 진양의 기생 경패였다. 그는 약방의 행수로서 운현궁에 출입할
때에 나와 친숙했었는데 이제 이곳에서 서로 만나니 기뻤다. 그러
나 이별의 회포야 억제하기 힘들구나.
(余於乙亥春 圖隙還鄕 到箭串橋 酒店暫歇 自先來帳轎中 有一美人捲
簾而出 掩淚言曰 我今還鄕矣 君今安之 此非別人也 乃是晉陽妓瓊貝
也 渠以藥房一行首 出入於雲宮時 與吾親熟 而今於此地 相見可喜 然
別離之懷 可勝抑哉)

583
기고리 져 기고리 得得爭躍 하난 겻테
히오리 져 히오리 垂垂不飛 하난고나
秋風(추풍)에 히오리 펄젹 나니 기고리 간곳 업셔 하노라.
(金玉 136)

得得爭躍(득득쟁약)＝펄쩍펄쩍 다투어 뛰어오흔   히오리＝해오
라비   垂垂不飛(수수불비)＝차츰차츰 낳지 못함   펄젹 나니＝펄
젹 나르니

> 다산 정승지의 시에 "펄쩍펄쩍 개구리 다투어 뛰고 차츰차츰 내리
> 는 백로는 날지를 못하는구나." 고 하였다.
> (茶山丁承旨 詩曰 得得蛙爭躍 垂垂鷺不飛)

584
기럭이 놉피 쓴 뒤예 서리달이 萬里(만리)로다
네넷짝 차즈랴구 이밤의 나랏는야
져 건너 蘆花叢裏예 홀노 안져 우더라. (金玉 137)

서리달＝가을달. 상월(霜月)   네넷짝 차즈라구＝너의 짝을 찾으
려고   蘆花叢裏(노화총리)＝갈대꽃 덤불 속

> 통영의 기생 해월은 자못 아름다운 빛이 있고 가무에 조금 통달했
> 다. 내가 진양에 있을 때 통영에 들어가 해월과 서로 만나 여러 날
> 을 서로 따랐는데 어느 하루날 밤에 달은 밝고 바람이 맑아 바다의
> 빛이 지붕에 비쳤는데 문득 외로운 기러기 한 마리가 울면서 지나
> 가더라.
> (統營海月 頗有姿色 粗通歌舞 而余在晉陽時 入去統營 與海月相逢

數日相隨 一日夜 月朗風清 海色在戶 忽聞中天一隻孤雁 叫叫而去)

585
矗石樓 欄干(난간) 밧긔 南江水碧 白鷗飛라
슬푸다 一片石은 貞忠孤魂을 실엇고나
西風(서풍)에 盞(잔)들러 위로할제 눈물게워 하노라. (金玉 138)

矗石樓(촉석루)=경남 진주 남강에 있는 누각　밧긔=밖에　南
江水碧　白鷗飛(남강수벽백구비)=남강의 물은 푸르고 백구가 낯
은　一片石(일편석)=한 조각의 바위. 논개개 임진왜란 때 왜장
을 안고 물에 빠져 죽었다는 바위 의암(義巖)을 가리킴　貞忠孤
魂(정충고혼)=절개가 곧고 충성된 외로운 넋　실엇고나=실었구
나

진주 촉석루 밖 남강 가운데 큰바위가 있어 가히 100 사람이 앉을
만하다. 임진왜란에 왜장과 더불어 부중기생 논개가 이 바위에 올
라 술을 마시며 즐기다가 술이 반쯤 취하자 왜장에게 대무를 청하
자 왜장이 흔연히 일어나 춤을 추자 논개가 왜장의 허리를 끌어안
고 강에 빠져 죽었다. 이런 까닭으로 사당을 세워 충렬을 나타냈다.
(晉州矗石樓外　南江中 有一大巖上 可以坐百人 壬辰之倭亂 倭將與府
妓論介 登此巖飮酒而樂 酒至半酣 請倭將對舞 倭將欣然而起舞 論介
抱倭腰 投江而死 以此故立廟 以表忠烈)

586
月老의 불근 실를 한발암만 어더니여
鸞膠 굿센 풀노 時運지계 부쳣스면
아무리 億萬年 風雲ㄴ들 써러질 줄 이시랴. (金玉 139)

月老(월노)의 붉근 실=남녀의 인연을 맺어준다는 붉은 실 한 발앎=한 발쯤 어더니여=얻어서 鸞膠(난교)=아교 굿센 풀노 =단단한 풀로 時運(시운)지계=단단하게 부쳣스면=붙였으면 億萬年 風雲(억만년풍운)=아주 오랜동안 세상의 변화를 헤아리기 어려운 기운

> 내가 강릉의 홍련과 더불어 평생의 약속을 하여 이를 믿게하고자 하였으나 끝내 약속과 같이 하지 못하였음이 매우 한스럽다.
> (余與江陵紅蓮 有百年之約 作此爲信 竟未得如約 可勝恨哉)

587
織罷氷綃 獨上樓하니 水晶簾外 桂花秋ㅣ라
牛郞이 한번 가고 도라오지 아니하니
밤마다 烏鵲橋邊의 근심계워 하노라. (金玉 140)

織罷氷綃 獨上樓(직파빙초독상루)=매끄러운 비단 짜기를 그치고 홀로 다락에 오름 水晶簾外 桂花秋(수정렴외계화추)=수정렴 밖에는 가을 달이 밝았음 牛郞(우랑)=소를 모는 남자. 여기서는 견우성(牽牛星)을 가리킴 烏鵲橋邊(오작교변)=오작교의 옆

> 남원 광한루의 대들보에 있는 이름 없는 옛날 기생의 시에 이르기를 "부드러운 비단 짜기를 멈추고 홀로 다락에 오르니 수정렴 밖에는 가을달이 밝았다 우랑은 한 번 가고 소식이 없으니 오작교 옆에서 밤마다 근심이네." 사람들은 이를 춘향의 시라 일컫는다.
> (南原 廣寒樓最樑 無名古妓 詩曰 織罷氷綃獨上樓 水晶簾外桂花秋 牛郞一去無消息 烏鵲橋邊夜夜愁 時人以此 謂之春香詩)

588
길럭이 풀풀 발셔 나라가스러니 고기난 어이 니젹지 아니 오노
山 놉고 물 기닷더니 아마 물이 山도곤 더 기러 못 오나보다
至今(지금)예 魚雁도 빠르지 못하니 그를 슬허 하노라. (金玉 141)

발셔=벌써   나라가스러니=날아 갔을 것이니   니젹지=이제까
지   기닷더니=길다고 하더니   山(산)도곤=산보다   魚雁(어안)
=편지

　　　내가 임인년 가을에 우진원과 호남의 순창에 내려가 주덕기를 데리
고 운봉의 송흥록을 방문하니 이때 신만엽 김계철 송계학의 일대
명창들이 마침 집에 있다가 나를 보고 기쁘게 맞이했다. 서로 머물
며 계속하여 십여일을 질탕하게 보낸 후 남원으로 방향을 바꾸니
전주 기생 명월의 자가 농선인데 도백에게 죄를 짓고 남원에 귀양
와 있었다. 그의 자색의 뛰어나게 아름다움과 음률에 대한 대략의
이해와 행동과 모든 언어를 보니 갖추지 아니한 것이 없었다. 인하
여 서로 따르고 정의가 점차 밀접하여 시일이 지체되는 것을 깨닫
지 못하고 이별을 임박해서야 애석하고 슬픈 감회를 형언하기 어려
웠다. 서울에 올라온 뒤 그가 귀양에서 풀렸다는 소식을 듣고 고향
으로 즉시 편지를 부쳤으나 답서를 보지 못했다. 부침이 반드시 이
른다는 것이 이러할 따름이다.
(余於壬寅秋(1842) 與禹鎭元 下往湖南淳昌 携朱德基 訪雲峰宋興祿
伊時申萬燁 金啓哲 宋啓學一隊名唱 適在其家 見我欣迎矣 相與留連
迭宕數十日後 轉向南原則 全州妓明月 字弄仙 得罪於道伯 定配於南
原矣 見其姿色絶美 粗解音律 行動凡百言語 無所不備 仍與相隨 情誼
轉密 不覺時日之遷延 及其臨別 恨惜之懷 難以形言 上洛後 聞其解配
還鄉郎付一片書 未見其答 必致浮沈而然耳)

589
夕陽 高麗國(석양고려국)에 닷는 말 멈춧스니

슬푸다 五百年이 물소뤼 가운데라
뉘 엇지 술을 쌔고셔야 滿月臺를 지나리요. (金玉 142)

닷는 말=달리는 말   五百年(오백년)=고려 왕조의 역사   滿月
臺(만월대)=고려의 궁궐이 있었던 자리

평양을 회고하는 시에 "석양 고려국에 달리는 말을 세우니 오백년
이 흐르는 물속이라."
(西京懷古詩曰 夕陽立馬高麗國 流水聲中五百年)

590
說盡心中 無限事ᄒ야 길럭이 발의 굿게 밀제
長歎墮淚하며 哀矜이 니른 말이
녜 萬一(만일) 더듸 도라오면 나는 그만이로다. (金玉 143)

說盡心中 無限事(셜진신중무한사)=마음 속에 있는 끝 없는 일
을 다 이야기 함 길럭이 발의 굿게 밀제=기러기의 발에다 편지
를 단단히 잡아 맬 때 長歎墮淚(장탄타루)=크게 탄식하며 눈물
을 떨어뜨린 哀矜(애긍)=불쌍히 여긴 니른 말이=하는 말이

해주의 옥소선이 병자년(1876) 겨울에 내려간 뒤에 능히 잊지 못하
여 계면조 8수를 지어 배편에 부치다.
(海營玉簫仙 丙子冬下去後 不能忘 作界面調八絶 付之撥便)

591
乾天宮 버들 빗츤 春三月에 고아거늘 景武臺 芳草岸은 夏四月 에 풀우엿다
香遠亭 萬朶芙蓉 秋七月 香氣여늘 碧花室 古査梅는 冬十月 雪 裡春光

아마도 四時節侯을 못니 미더 하노라. (金玉 144)

乾天宮(건천궁)＝경복궁 신무문(神武門) 앞에 있던 건물   고아
거늘＝곱거늘   景武臺(경무대)＝경복궁 안에 있던 것으로 지금의
청와대 근처인   芳草岸(방초안)＝꽃다운 풀이 우거진 뚝   풀우엇
다＝푸르렀다   香遠亭(향원정)＝경복궁 안에 있는 연못   **萬朵芙**
蓉(만타부용)＝많은 꽃봉우리의 연꽃   **碧花室**(벽화실)＝경복궁
안에 있었던 건물인 듯   古査梅(고사매)＝'사'는 '사'(楂)의 잘
못. 오래된 등걸의 매화   雪裡春景(설리춘경)＝눈속에서 볼 수
있는 봄의 경치   四時節侯(사시절후)＝일년 동안의 절기   못니
머더＝끝내 멀어

　　건천궁의 사시 경치.
　　(乾天宮 四時景)

592
六十一歲(육십일세) 花甲宴에 三紀壽를 더 비러셔
늬 손죠 술을 부어 又石公게 올닌 後(후)의
다시금 百子千孫 하오시고 富貴康寧(부귀강녕) 하오소셔.
(金玉 145)

花甲宴(화갑연)＝화갑의 잔치   三紀壽(삼기수)＝삼백살   손죠＝
손수   又石公(우석공)＝이재면을 가리킨   百子千孫(백자천손)＝
많은 후손을 둠

　　우석상서께서 나의 화갑연을 공덕리 아소당에 베풀어 주신 날 술잔
　　을 올려 축하하다.
　　(又石尙書 爲我設甲宴於孔德里 我笑堂之日 獻爵賀祝)

593
엇그제 離別(이별)ᄒ고 말업시 안젓스니
알쓰리 못견될 일 한두가지 아니로다
입으로 닛자허면서 肝腸 슬어 허노라. (金玉 146)

알쓰리=알뜰하게 못견딀 일=견디지 못할 일 닛자허면서=잇
자 하면서 肝腸(간장) 슬어=마음이 녹아 내리는 듯

나와 강릉 홍련과 서로 헤어진 뒤.
(余與江陵紅蓮 相別之後)

594
글려 사지 말고 찰아리 싀여져셔
閻王ㅼㅔ 발괄하야 任(임)을 마자 다려다가
死後(사후)ㅣ나 魂魄(혼백)이 雙을 지여 그리던 恨(한)을 풀니 라. (金玉
147)

글려=그리워 하며 찰아리=차라리 싀여져셔=죽어서 閻王
(염왕)=염라대왕 발괄=억울한 사정을 글이나 말로 관청에 하
소연함. 한자로는 白活로 적고 읽기는 '발괄'이라 함 마
자=맞이하여. 또는 마저 雙(쌍)을 지여=짝을 이루어

밀양의 월중선은 지난 해에 서울에서 이름을 날리던 사람이다. 갑
술년(1874) 봄에 다시 상경하여 병자년(1876) 겨울에 내려 갔다. 이
때에 이별하는 심정은 더욱 어려웠다.
(密陽月中仙 昔年洛陽揚名者也 甲戌春 又爲上京 丙子冬下去 此時相
別離之情尤難)

595
杜鵑의 목을 빌고 쇠꼬리 辭說 꾸어
空山月 萬樹陰의 지져귀며 우럿싀면
가슴에 돌갓치 믜친 피를 푸러 볼가 하노라. (金玉 148)

杜鵑(두견)=두견새 목을 빌고=목소리를 빌리고 辭說(사셜)
꾸어=사연을 빌려 空山月 萬樹陰(공산월만수음)=겨울에 텅빈
산을 비추는 달과, 여름에 온갖 나무들이 우거진 그늘 우럿싀면
=울었으면 돌갓치 믜친 피=단단하게 사무친 한(恨)

담양의 기생 능운은 자가 경학이다. 순창의 금화 칠원의 경패 진주
의 화향과 더불어 이름을 날리었는데 유독 능운이 가무에 제일이었
다. 나와 이 사람은 사귐이 매우 깊어 여러 해를 서로 따랐다. 시골
로 돌아간 다음에 서로를 생각하는 회포가 없지 않았다.

(潭陽凌雲 字卿鶴 與淳昌錦花 漆原瓊貝 江陵影月 晉州花香齊名 而
獨凌雲 甲於歌舞矣 余與此人交契深密 多年相隨矣 還鄕之後 自不無
相憶之懷)

596
壁上에 鳳(봉) 그리고 머뭇거려 도라설제
압길을 헤아리니 말머리에 구름이라
잇씌에 가업슨 나의 懷(회)포는 알니 업서 허노라. (金玉 149)

壁上(벽상)=벽 위 머뭇거려=머뭇거리다 말머리에 구름이라
=떠나는 앞길이 순탄치 아니하다 가업슨=끝 없는 알니=아는
사람. 또는 까닭

내가 호남에 갈 때 순천에 가는 길로부터 광주를 경유하여 담양의

능운의 집에 도착하니 능운은 장성의 김참봉의 청으로 어제 이미 떠났고 능운의 어미가 집에 있었다. 능운의 어미가 말하기를 "이제 장성에 사람을 보낸다면 내일 아침에 집에 돌아올 것이니 서로 만나보고 떠나는 것이 어떻겠는가"하고 말하지만 그러나 나의 돌아갈 기약이 매우 바빠 잠시를 머뭇거릴 수가 없어 일정의 한스럽고 답답한 심회를 말로 표현하기가 어려움을 알리고 노래 한 수를 적어 능운의 어미에게 주고 돌아왔다.

(余於湖南之行 自順天路由光州 到潭陽訪凌雲則 凌雲因長城金參奉之請 昨日已去 而凌母在家矣 凌母曰 今欲專人於長城 而明朝則還家矣 相見後發程爲可云 然 吾之歸期甚忿忙 不可暫留旋 卽啓程恨鬱之懷 難以形言 書一絶歌曲 與凌母而歸)

597
알쓰리 그리다가 만나보니 우슴거다
그림것치 마주 안져 脉脉이 볼 뿐이라
至今(지금)에 相看無語를 情(정)일런가 흐노라. (金玉 150)

알쓰리=알뜰하게   그리다가=그리워하다가   우슴거다=우습구나   脉脉(맥맥)이=죽 이어져. 끊임없이   相看無語(상간무어)=서로 바라보며 말이 없음

정축년(1877) 봄에 내개 운현궁에 있을 때 사람이 찾아 왔기에 나가서 만나 보니 그 사람이 소매 속에서 봉한 편지 하나를 꺼내어 주거늘 뜯어 보니 곧 전주 양대가 서울에서 보낸 글이다. 즉시 가서 서로 손을 잡으니 그 기쁨을 어찌 헤아릴 수가 있으랴. 그 기쁨을 믿을 수가 있겠는가? 참으로 할 말이 없다.

(丁丑春 余在雲宮矣 有人來訪故 出往視之則 其人自袖中出一封花箋 折而見之則 乃是全州梁臺 在京書也 卽往相握 其喜何量 信乎其喜 極無語也)

598
玉頰의 구는 눈물 羅巾으로 시쳐닐제
가난 늬 므음을 네 어이 모로넌다
네 정녕 웃고 보늬여도 肝腸 슬데 하물며. (金玉 151)

玉頰(옥협)=예쁜 뺨 구는 눈물=흐르는 눈물 羅巾(나건)=비
단 수건 시쳐닐제=씻어낼 때 가난=떠나 가는 모로넌다=모
르느냐 肝腸(간장) 슬데=마음이 스러질 것처럼 아픔을

내가 평양 기생 혜란과 더불어 서로 칠개월동안을 따라다녀 정의가
아교처럼 단단해서 서로 버릴 생각이 없었으나 이별을 하게되니 인
정이라 원래 그런 것인가 보다.
(余與平壤蕙蘭 相隨七箇月 情誼膠漆 果無相捨之意 而及其別也 人情
固然)

599
智謀는 漢相 諸葛武侯요 膽略은 吳侯 孫伯符ㅣ라
舊邦維新은 周文王之 功業이요 斥邪衛正은 孟夫子之 聖學이로 다
아마도 五百年 幹氣英傑은 國太公이신가 하노라. (金玉 152)

智謀(지모)는 漢相 諸葛武侯(한상제갈무후)=슬기로운 계책은
한나라 승상 제갈량과 같음 膽略(담략)은 吳侯 孫伯符(오후손백
부)=담력과 모략은 오나라 손권의 형과 같음. 성품이 활달하고
지략이 있었음 舊邦維新(구방유신)은 周文王之 功業(주무왕지공
업)=나라가 비록 오래 되었으나 그 명령은 새롭다고 한 것은 주
나라 문왕의 큰 공로인 斥邪衛正(척사위정)은 孟夫子之 聖學(맹
부자지성학)=사기(邪氣)를 물리치고 정기(正氣)를 지킴은 맹자
의 훌륭한 학문인 五百年(오백년)=조선 왕조의 오백년 幹氣英

傑(걸기영걸)=세상에 드물게 뛰어난 기품을 지니고 태어난 영웅
國太公(국태공)=대원군을 가리킴

병인년(1866) 서양 오랑캐의 난리에 만약 국태공의 지모와 담략이
아니었다면 야만인들에게 우리 나라가 어찌 되었겠는가?
(丙寅洋醜之亂 若非國太公智謀膽略 我國幾乎左袵)

600
冤鳥되야 帝宮의 나니 孤身隻影이 碧山中이라
暇眠夜夜眠無暇요 窮恨年年恨無窮을 聲斷曉岑殘月白요 血淚春 谷落花紅이로다
至今에 天聾尙未聞哀訴하고 何乃愁人耳獨聽고 하노라.
(金玉 153)

冤鳥(원조)=원통하게 죽은 사람의 귀신이 변하여 되었다는 새
帝宮(제궁)=인군이 계신 궁궐 나니=낳으니 孤臣隻影(고신척
영)이 碧山中(벽산중)=의지할 곳 없이 흘로 떠돌아 다니는 몸이
푸른 산속에 있음 暇眠夜夜眠無暇(가면야야면무가)요 窮恨年年
恨無窮(궁한년년한무궁)을 聲斷曉岑殘月白(성단효잠잔월백)요 血
淚春谷落花紅(혈루춘곡낙화홍)이로다 至今(지금)에 天聾尙未聞哀
訴(천롱상미문애소)하고 何乃愁人耳獨聽(하내수인이독청)고=밤
마다 설친 잠에 잠잘 여가가 없고, 해마다 다함이 없는 한은 그
칠 적이 없다. 두견의 울음 그친 새벽 봉우리에 그믐달이 밝고,
피눈물처럼 붉은 봄의 곡짜기에 꽃이 떨어져 붉구나. 지금에 하
늘은 귀를 먹어 슬픈 하소연을 듣지 못하고, 어째서 근심스런 사
람의 귀에만 들리는가.

단종대왕께서 영월의 청령포에서 지으신 것이다.
(端宗大王 寧越淸泠浦 御制)

601
담안에 불근 꼿춘 버들 빗츨 시위마라
버들곳 아니런덜 花紅 너샛이어니와
네 겻테 多情(다정)타 이를 거슨 柳綠인가 하노라. (金玉 154)

시위마라=시새워 하지마라   버들곳=버들이. 버들만   花紅(화
홍)=꽃이 붉게 핀   너샛이어니와=너뿐이지마는   이를 거슨=말
할 수 있는 것은   柳綠(유옥)=푸른 버들

강릉 기생 월출과 진주 기생 초옥은 서울에 이름을 날렸는데 서로
는 시기하는 흠이 있다.
(江陵妓月出 晉州妓楚玉 揚名於洛下 而有相猜之嫌)

602
古松奇石 두 사이에 어엿불슨 저 杜鵑아
봄꼿치 불근 것도 오히려 多事커든
엇지타 가을닙히 쏘 불거셔 松石 우음 밧느니. (金玉 155)

古松奇石(고송기석)=늙은 소나무와 러상하게 생긴 바위   어엿
불슨=가련한 것은   杜鵑(두견)=진달래   多事(다사)커든=바쁘
거든   엇지타=어쩌다   가을닙히=단풍이   불거셔=붉어서   松石
(송석)=소나무와 바위   우음=웃음

단애 김생원 치대의 후원에 고송과 기석의 사이에 진달래 한 그루
가 있어 매년 봄과 여름이 바뀌는 계절을 만나면 많은 가지에 핀
붉은 꽃이 사람들과 산을 비춘다. 사람들이 꽃을 꺾어 머리에 가득
꽂지 않는다면 가을철 단풍잎을 또한 구경할 만하다. 소나무와 바
위의 사이에서 스스로 고운 모습을 뽐낼 따름이다.

(丹崖金生員致大 後園古松奇石之間 有一株杜鵑 每當春夏之交 滿枝
紅花照人暎山 人莫不折揷滿頭 而秋節丹葉 亦可賞然 松石之間 自有
嬋姸之歎耳)

603

뇌 집은 桃花源裏여늘 자네 몸은 杏樹壇邊이라
鱖魚ㅣ 살졋거니 그물은 자네 밋네
兒孺야 덜 괴인 薄薄酒ㄹ만졍 甁(병)을 치와 너흐라.
(金玉 156)

桃花源裏(도화원니)=‘원’(源)은 ‘원(園)의 잘못인 듯. 복숭아
가 피어 있는 동산 가운데 杏樹壇邊(행수단변)=살구나무로 단
을 만든 근처 鱖魚(궐어)=쏘가리 덜 괴인=아직 충분히 발효
되지 않은 薄薄酒(박박주)=맛이 좋지 않은 술 치와 너흐라=
채워 넣어라

병인년(1866) 서양 오랑캐의 난리에 나 또한 솔가하여 홍천 영금리
에 피란을 갔는데 산이 높고 골이 깊어 인적이 이르지 않은 곳이
다. 사람들이 다 도원이라고 하나 호환이 두렵더라.
(丙寅洋醜之亂 余亦率家 避亂于洪川靈金里 而山高谷深 人跡不到處
也 人皆謂桃源 然虎患可畏)

604

가마귀 속 흰줄 모르고 것치 검다 뮈 무여하며
갈먹이 것 희다 ㅅ랑허고 속 검운줄 몰낫더니
이제야 表裏黑白을 끠쳐슨져 허노라. (金玉 157)

흰줄=흰 줄을 것치=겉이 뮈 무여하며=아주 미워하며 갈먹이=갈매기 表裏

黑白(표리혹백)=겉과 속과 옳고 그름   씌쳐슨져=깨우쳤는가

내가 시골 오두막에 있을 때 이천의 오위장 이기풍이 퉁소로 신방
곡을 잘 하는 명창 김군식과 노래를 잘 부르는 아가씨를 보냈다.
그의 이름을 물으니 금향선이라 하였다. 외양이 추악하여 상대하고
싶지 않았으나 당대의 풍류랑이 지명해서 보냈기에 업신여기기가
어려웠다. 즉시 모모의 여러 벗들을 청하여 산사에 오르니 모든 사
람들이 그 아가씨를 보고 얼굴을 가리고 비웃지만 이미 시작한 춤
판이라 중지하기가 어려웠다. 차례가 되어 그 아가씨에게 시조를
청하니 얼굴을 단정히 하고 앉아 창오산이 무너지고 상수가 끊어졌
다는 구절을 노래하니 그 소리가 애원 처절하여 구름이 멈추고 티
끌이 날리는 것 같음을 깨닫지 못하고 모든 사람들이 눈물을 흘리
지 않는 사람이 없었다. 시조 삼장을 부르고 우계면 한 편을 계속
헤서 부르고 또 잡가를 부르니 모송 등 명창들의 조격보다 뛰어나
게 묘함이 뒤지지 않으니 참으로 절세의 명인라 이를 만하였다. 자
리에서 눈을 씻고 다시 보니 조금 전의 추악하고 무시했던 것이 이
제는 예쁜 얼굴로 보여 비록 오월의 미녀라 하더라도 이보다 지나
칠 수는 없었다. 자리에 있는 소년들이 다 눈길을 주며 정을 보내
고 나도 또한 춘정을 금하기 어려워 먼저 채를 쳤다. 대저 외모를
보고 사람을 취할 게 아니라는 것을 처음으로 깨달았을 따름이라
하겠다.
(余在鄕廬時 利川 李五衛將基豊 使洞簫神方曲 名唱金君植 領送一歌
娥矣 問其名則 曰錦香仙也 外樣醜惡 不欲相對 然以當世風流郎 指送
有難恝然 卽請某某諸友登山寺 而諸人見厥娥 皆掩面而笑 然旣張之舞
難以中止 第使厥娥請時調 厥娥斂容端坐 唱蒼梧山崩湘水絶之句 其聲
哀怨凄切 不覺遏雲飛塵 滿座無不落淚矣 唱時調三章 後續唱羽界面一
編 又唱雜歌 牟宋等 名唱調格 莫不透妙 眞可謂絶世名人也 座上洗眼
更見則 俄者醜要今恝丰容 雖吳姬越女 莫過於此矣 席上少年 皆注目
送情 而余亦難禁春情 仍爲先着鞭 大抵不以外貌取人 於是乎始覺云
耳)

605
四月綠陰 鶯世界은 又石尙書(우석상서) 風流節를
石想室 놉흔 집의 琴韻이 玲瓏(영롱)허다
玉階예 蘭花低하고 鳳招梧桐 허더라. (金玉 158)

四月綠陰 鶯世界(사월녹음앵세계)=녹음이 우거지고 꾀꼬리가
노래하는 세상인 사월 風流節(풍류절)=풍류놀이를 하기에 가장
좋은 계절 石想室(석상실)=운현궁에 우석 이재면이 거처하던
곳인 듯 琴韻(금운)=거문고 소리에서 느끼는 운치 玉階(옥계)
에 蘭花低(난화저)=대궐 안 섬돌에 난초가 이슬을 머금어 잎이
수그러짐. 기생 난주를 칭찬한 것임 鳳招梧桐(봉초오동)=봉황
은 오동나무에 높이 오름. 기생 봉심을 칭찬한 것임

우석상서가 후원 석상실에 기생들과 악공들을 널리 초청하여 종일
을 즐기며 노니 난주와 봉심이 주인공이었다.
(又石尙書 廣招妓樂於後園石想室 盡日娛遊 蘭舟鳳心作主焉)

606
屛風(병풍)에 그린 梅花(매화) 달 업스면 무엇하리
屛間梅月 兩相宜는 梅不飄零 月不虧라
至今(지금)예 梅不飄零 月不虧허니 그를 조히 너기노라.
(金玉 159)

屛間梅月 兩相宜(병간매월양상의)=병풍의 폭 사이에 있는 매화
와 달이 서로 사이좋게 어울림 梅不飄零 月不虧(매불표령월불
휴)=매화는 바람이 불어도 떨어지지 아니하고 달은 시간이 흘러
도 이즈러지지 않음 조히=좋게

내가 평양 감영에 가 있을 처음에 기생 혜란과 더불어 상대하고 정
을 주었다.
(余於箕營下去之初 與蕙蘭妓 相對注情)

607
採於山ᄒᆞ니 美可茹요 釣於水하니 鮮可食을
坐水邊林下하니 塵世可忘이요 步芳經閒程하니 情懷自逸이로다
아마도 悅心樂志난 나뿐인가 하노라. (金玉 160)

採於山(채어산)ᄒᆞ니 美可茹(미가여)=산에서 나물을 뜯으니 먹
을만함 釣於水(조어수)하니 鮮可食(선가식)=물에서 고기를 잡
으니 싱싱한 것이 먹을만함 坐水邊林下(좌수변임하)하니 塵世可
忘(진세가망)=물가의 수풀 아래에 앉으니 진세를 잊을만함 步
芳經閒程(보방경한정)하니 情懷自逸(정회자일)='경'은 '경'(徑)
의 잘못. 꽃길과 한가한 길을 걸으니 정회가 스스로 기뻐할만 하
다 悅心樂志(열심락지)=마음과 의지를 기쁘고 즐겁게 함

    나의 산중의 즐거움이 과연 이와 같도다.
    (我之山中之樂 果何如哉)

608
이슬에 눌닌 꼿과 발암에 부친 입피
春宵玉階上의 香氣(향기) 놋는 蕙蘭이라
밤중만 月明庭畔의 너만 사랑 하노라. (金玉 161)

이슬에 눌닌 꼿=이슬의 무게 때문에 꽃의 줄기나 잎이 수그러
진 발암예=바람에 부친 입피=흘날리는 잎이 春宵玉階上(춘

소옥계상)=봄밤의 선독 위 놓는=풍기는 蕙蘭(혜란)=난초의
한가지. 여기서는 기생의 이름인 月明庭畔(월명정반)=달빛이
밝게 비추는 뜨락

담양의 기생 혜란을 찬양하다.
(讚潭陽妓蕙蘭)

609
百花芳草 봄바람을 사람마다 즐길 적의
登東皐而舒嘯하고 臨淸流而賦詩로다
우리도 綺羅裙 거나리고 踏靑登高 하리라. (金玉 162)

百花芳草(백화방초)=모든 꽃들과 싱싱한 풀들 登東皐而舒嘯
(등동고이서소)하고 臨淸流而賦詩(임청류이부시)=동산에 올라
길게 휘파람을 불고, 맑은 물가에 가서 시를 지음 綺羅裙(기나
군)=예쁘게 차린 여인들. 기생들 踏靑登高(답청등고)=봄철에
푸른 풀을 밟고, 가을에는 높은 산에 오름. 답청은 봄에 등고는
가을에 하던 풍속임

내가 정묘년(1867) 봄에 박선생 경화와 안경지 김군중 박사준 김성
심 함계원 신재윤과 더불어 대구의 계월 전주의 연연 해주의 은향
전주의 향춘과 일등 공인 한 패를 거느리고 남한산성에 오르니 때
는 백화가 다투어 피고 만산의 홍록이 서로 비추어 그림과 같아 이
는 이른바 다시 가지기 어려운 뛰어난 경개에 아름다운 만남이라
하겠다. 삼일을 질탕하게 놀고 다시 송파나루에 도착하여 배를 타
고 한강하류까지 가서 뭍에 내렸다.
(余於丁卯春 與朴先生景華 安敬之 金君仲 朴士俊 金聖心 咸啓元 申
在允 率大邱桂月 全州妍妍 海州銀香 全州香春 一等工人一牌 卽上南
漢山城 時則百花爭發 滿山紅綠 相暎爲畵 是所謂不可之勝槩佳會也

三日迭宕 而還到松坡津 乘船下流漢江下陸)

610
푸른 빗치 쪽예 낫스되 푸루기 쪽의셔 더 푸루고
어름이 물노 되야스되 차기 물에셔 더 차다더니
네 엇지 一般青樓人으로 씨여나미 이가트뇨. (金玉 163)

쪽예=쪽빛에서. 쪽은 남빛인 푸푸기=푸르기가 쪽의셔=쪽빛
보다 어르머=얼음이 차기=차갑기가 一般青樓人(일반청루인)
=보통의 기생 씨어나머=빼어넘이 이가트뇨=이와 같으냐

해주 기생 옥소선은 나와 더블어 비록 정의가 있으나 사람들의 논
의나 필단에 이르러서는 어찌 털끝만한 사사로운 정이 있으리요 나
의 본바로는 과연 이는 폄하하는 것에 합당할 따름이다.
(海州玉簫仙 與我雖有情誼 然至於論人筆端 豈有一毫私情乎 以吾所
見 果合於此貶耳)

611
秦皇이 작한 英雄(영웅)이랴마는 長生術 고디 듯고
童男童女 五百人(오백인)을 徐市의게 붓쳐거다
제 敢(감)이 石面에 이름을 시겨 지난줄를 알게 하다.
(金玉 164)

秦皇(진황)=진시황 작한=짝이 될만한. 대단한 長生術(장생
술)=오래 살 수 있다는 재주 고디 듯고=곧이 듣고 童男童女
(동남동녀)=사내아이와 계집아이 徐市(서불)의게=서불에게.
서불은 진시황 때의 방사(方士) 붓쳣거다=부탁하였구나 敢
(감)이=감히 石面(석면)=바위의 거죽 지난줄를=지나간 줄

을

내가 진주에 있을 때 남해현을 가서 금산에 올라 유람했다. 한 곳
에 도착하니 한 사람이 높은 봉우리 위의 큰 바위를 가리키며"저
바위 앞쪽에 '서불과차'의 넉 자가 능히 보이지 않느냐"고하여 내가
올려다 보니 혹은 보이고 혹은 보이지 않았다. 아! 서불이 과연 여
기를 지나갔구나.

(余在晉州時 往南海縣 登錦山遊覽 行到一處 有一人 指萬丈高峰上大
石曰 此巖前面 徐市過此四字 能見之否 余仰視之 或見或不見矣 噫
徐市果過此也)

612

仁王山下 弼雲臺는 雲崖先生 隱居地(은거지)라
先生(선생)이 豪放自逸하야 不拘少節하고 嗜酒善歌하니 酒量(주 량)은 李白(이
백)이요 歌聲은 龜年이라 風流才子와 冶遊士女들이 구름갓치 모여들어 날마다 風
樂(풍악)이요 씌마다 노래로다 잇씌예 太陽館 又石尙書ㅣ 歌音에 皎如허사 遺逸
風騷人과 名姬賢伶들을 다 모와 거나리고 날마다 즐기실제 先生(선생)을 愛敬허
ㅅ 못미츨 듯 하오시니
아마도 聖代(성대)예 豪華樂事ㅣ 이밧게 쏘 어듸 잇스리.

(金玉 165)

仁王山下 弼雲臺(인왕산하필운대)=인왕산 아래에 있는 필운대.
인왕산은 경복궁 서북쪽에 있는 산. 필운대는 종로구 필운동에
있던 대의 이름 雲崖先生(운애선생)=박효관을 가리킴 豪放自
逸(호방자일)=의기가 장하여 작은 일에도 구애받지 아니하고 스
스로 만족함 不拘少節(불구소절)=적은 것에 구애받지 아니함
嗜酒善歌(기주선가)=술을 좋아하고 노래를 잘함 歌聲(가성)=
노랫소리 龜年(구년)=이구년(李龜年)을 가리킴. 이구년은 당나
라 현종의 총애를 받은 궁중의 가객 風流才子(풍류재자)=풍치

가 있고 재주가 있는 젊은 남자 冶遊士女(야유사녀)=방탕하게 노는 남자와 여자 風樂(풍악)=우리나라 고유의 음악 太陽館 又石尙書(태양관우석상서)=이재면을 가리킴 歌音(가음)에 皎如 (교여)=노래에 밝음 遺逸風騷(유일풍소인)=세상 일을 잊고 시 문을 짓는 사람 名姬賢伶(명희현령)=이름난 기생들과 광대들 愛敬(애경)=사랑하고 존경함 못미즉 듯=노력이 부족한 듯 豪 華樂事(호화낙사)=호사스럽고 즐거운 일

선생의 호가 운애이다. 우석상서께서 사랑하고 존경하셔서 날마다 모임을 가지니 참으로 성대의 호사스럽고 즐거운 일이라 이를만 하 다.
(先生號雲崖也 又石尙書 愛以敬之 逐日團會 眞可謂聖代豪華樂事也)

613
비바람 눈설이와 山짐싱 바다 물결
들더위 두메치위 다 가초 격거시며 빗난 의복 멋진 飮食 조흔 벗님 고은 식과 술노릐 거문고를 실토록 지닌 後(후)에 이몸을 혜여흐니 百番(백번) 불닌 쇠 아 니면 萬番(만번) 시친 돌이로다
至今(지금)에 뇌 나이 七十(칠십)이라 平生(평생)을 黙數흐니 우숩고 늣거워라 물에 석긴 물 아니면 쑴속에 쑴이런가 흐노라. (金玉 166)

들더위=들판에서 겪는 더위 두메치위=산곡에서 당하는 추위 가초=갖춰 빗난 의복 멋진 飮食(음식)=호의호식(好衣好食) 고은 식=여색(女色)을 말함 혜여흐니=헤아려 보니 불닌 쇠= 불에 달구어 단단하게 만든 쇠 시친 돌=더불이와 마찰시킨 부 싯돌 黙數(묵수)=운수를 가만히 헤아려 봄 늣거워라=감격스 럽구나 석긴=섞인

나는 젊어서부터 호방하고 자일해서 풍류를 좋아하고 배운 것은 다 사곡이요 머문 곳은 다 번화한 곳이요 사귄 사람은 다 부귀인이어서 시간만 있으면 또한 속세 밖의 생각만 가져 매번 아름다운 산수를 만나면 문득 만족해서 돌아가는 것을 잊었다. 금강산 설악산 대동강 묘향산 동해 서해와 나라 안에 있는 명승지에 자취가 이르지 않은 곳이 거의 없으니 어찌 풍류와 번화를 다하지 않았으랴 눈서리 비바람 바다 물결 산짐승 들더위 두메추위 또한 그 중간에 다 갖추어 겪었다. 일신이 쇠나 돌과 같은 건강이 아니었으면 어찌 오늘처럼 늙거나 병이 없을 수가 있으랴 내 올해 66세이니 비오는 창 앞에 홀로 앉아 문득 일생동안 지나온 자취를 문득 생각을 떠올려 헤아려 보니 새가 울고 꽃이 떨어지며 구름이 날고 물이 뚫리는 것 같을 따름이 아닌 것이 없다. 거울에 백발을 비추며 스스로 위로하여 지나온 것을 한 번 크게 밝히고자 스스로 노래 한 수를 부른다. 꿈에 나비가 되었다는 장자(莊子)가 그것이 참인지 거짓인지 가리기 어려울 따름이다.

(余自靑春 豪放自逸 嗜好風流 所學皆詞曲 所處皆繁華 所交皆富貴 而有時 亦有物外之想 每逢佳山麗水 輒恰然忘歸 所以金剛 雪嶽 貝江 妙香 東海 西海 凡在國中之名勝者 殆無迹不到處 豈盡爲風流繁華 霜雪風雨 海浪山獸 野暑峽寒 亦備在其中間 一身 旣非鐵腸石肚 安得不今日老且病也 余今年 六十有六歲 雨牕獨坐 忽起念一生過痕 無非 鳥啼花落 雲飛水空而已 照鏡白髮 無以自慰 欲一大白自唱一闋 漆園化蝶 不辨其眞假耳)

614
壯麗헐슨 東國別宮 魯靈光 漢景福을
應天上之三光허고 備人間之五福이라 美哉라 우리 世子(세자)ㅣ 이집에 親迎허
ᄉ 百輛于歸 허오실제 山河ㅣ 拱揖허고 百靈이 仰德이라 太平(태평)으로 누리실
제 聖子神孫이 繼繼承承허ᄉ 式至萬年 허오실제
우리도 百世老翁으로 無窮(무궁)헌 즐거오믈 듯고 보려 ᄒ노라. (金玉 167)

壯麗(장려)헌손=웅장하고 화려한 것은 東國別宮(동국별궁)=우리나라의 정궁(正宮) 이외의 다른 궁궐 魯靈光(노영광)=미상. 노나라 궁궐의 이름인 듯 漢景福(한경복)=미상. 한나라 궁궐의 이름인 듯 應天上之三光(응천상지삼광)=천상의 삼광과 서로 갚응함. 삼광은 해, 달, 별을 가리킴 備人間之五福(비인간지오복)=인간의 오복을 갖춘 美哉(미재)라=아름답도다 親迎(친영)=몸소 나아가 맞음 百輌于歸(백냥우귀)=수 많은 수레와 함께 돌아옴 山河拱揖(산하공읍)=산천도 손을 마주 잡고 공손히 인사함 百靈(백령)이 仰德(앙덕)=모든 백성들이 인군의 높은 덕을 우러러 봄 聖子神孫(성자신손)=훌륭한 자손 繼繼承承(계계승승)=대대로 계속하여 이어감 式至萬年(식지만년)=태평한 세상이 만세에 이르는 百歲老翁(백세노옹)=나이 많은 늙은이 즐거오믈=즐거움을

별궁을 새로 세움을 축하하다.
(別宮新建 賀祝)

615
늬 일즉 꿈을 어더 文武周公을 뵈온 後(후)에
前身이 況兮 吉人이런가 心獨喜而自負ㅣ러니
果然的 我笑堂上 봄부룸에 當世英雄을 뵈셧거다. (金玉 168)

文武周公(문무주공)=주나라 문왕과 무왕 그리고 무왕의 아우인 주공 前身(전신)=전생. 전세에 태어났던 몸 況兮(황혜)=하물며 吉人(길인)=팔자가 좋은 사람 心獨喜而自負(심독희이자부)러니=마음 속으로 혼자 기뻐하며 자신을 스스로 믿더니 果然的(과연적)=과연은 我笑堂上(아소당상)=마포구 공덕동에 있던 대원군의 별장의 當世英雄(당세영웅)=지금 세상의 영웅 뵈셧

거다=모셨구나

내가 신축년(1841) 겨울 꿈에 집에서 문무주공을 뫼시고 마음 속으로 혼자 기뻐하며 자부하였는데 정묘년(1867) 이후부터 오랫동안 석파 대로를 모셨으니 이 어찌 꿈의 신령스런 응답의 징조가 아니겠는가?
(余於辛丑冬 夢陪文武周公於私室 而心獨喜而自負 自丁卯以後 長侍石坡大老 是豈非夢兆之靈應歟)

616
大王大妃 殿下 丁丑 十二月 初六日(십이월초육일)에
山河ㅣ 拱揖헐제 萬祥이 咸集허고 臣民이 賀祝헐제 百靈이 仰德이로다
聖德(성덕)이 天門에 ᄉ못ᄎᄉ든 玉皇 香案前으로 後ᄉ八十을 나리시다. (金玉 169)

大王大妃 殿下(대왕대비전하)=翼宗(익종)의 비인 신정왕후(神貞王后)를 가리킴. 흔히 조대비 마마라 부름 丁丑(정축)=고종 14년(1877) 山河拱揖(산하 공읍)=산하가 두 손을 맞잡고 공손히 절함 萬祥(만상)이 咸集(함집)=모든 상서로움이 다 모임 臣民(신민)이 賀祝(하축)=백성들이 경하하고 축복함 百靈(백령)이 仰德(앙덕)=모든 백성들이 임금의 덕을 우러름 天門(천문)=하늘 ᄉ못ᄎᄉ든=사무치거든 玉皇 香案前(옥황향안전)=옥황상제의 향을 피워놓는 상 앞에 後八十(후팔십)=다시 팔십살

정축년 12월 6일에 대왕대비 탄신일을 축하하다.
(丁丑 十二月初六日 誕日 賀祝)

617

仁而壽 德而福을 그 丁寧(정녕) 미들거시

石坡大老 寬仁이시며 府大夫人 洪福으로 子繼子 孫繼孫허니 壽 福이 添添이로다

허물며 又石尙書 深仁厚德과 養志誠孝를 더욱 賀禮 허노라.

(金玉 170)

仁而壽 德而福(인이수덕이복)＝어질면 장수하고 덕이 있으면 복이 있음 石坡大老(석파대로)＝대원군을 가리킨 寬仁(관인)＝마음이 너그럽고 어진 府大夫人(부대부인)＝대원군의 부인. 고종(高宗)의 생모 洪福(홍복)＝큰 행복 子繼子 孫繼孫(자계자손계손)＝자손들이 계속하여 이어진 壽福(수복)이 添添(첨첨)＝장수와 복덕이 끝없이 더해진 又石尙書(우석상서)＝대원군의 장자 이재면을 가리킨 深仁厚德(심인후덕)＝두터운 인덕 養志誠孝(양지성효)＝부모님의 뜻을 거역하지 아니하는 지극한 효성 賀禮(하례)＝축하를 드린

　　부대부인의 회갑연을 축하하는 세 번째.
　　(府大夫人甲宴 賀祝 第三)

618

戊寅 二月 初三日에 祥烟瑞靄 繞雲宮을

二老堂 놉흔 樓(누)에 金屛壽筵으로 賀千秋를 허오실제

玉盤에 靈芝蟠桃는 又石公이 드리더라. (金玉 171)

戊寅(무인)＝고종(高宗) 15년 祥烟瑞靄 繞雲宮(상연서애요운궁)＝상서로운 안개와 아지랑이가 운현궁을 에워쌈 二老堂(이노

당)=운현궁에 있던 건물 金屏繡筵(금병수연)=금빛을 내는 병
풍과 수놓은 방석 賀千秋(하천추)=장수를 축하함 玉盤(옥반)
=옥으로 만든 소반 靈芝蟠桃(영지반도)=먹으면 장수 한다는
영지버섯과 천도 복숭아 又石公(우석공)=대원군의 장자 이재면

부대부인의 화갑연 축하 두 번째.
(府大夫人甲宴 賀祝 第二)

619
不學이 無聞이면 正墻面而立이어니 聖學을 만이 비와 溫故知新 허오리라
그러미 雲車를 머므르고 芳草岸에 긔어 올나 긴푸름 훈마듸로 胸海를 널닌 後
에 다시금 淸流邊에 詩(시)를 읊고 山形을 그림 허고 닷는 麋鹿 나는 식는 春
興을 藉良헌다 暸亮헌 가는 노릐 香風에 무더 가고 狼藉헌 風樂 소릐 行雲에
섯겨 난다
俄已오 石逕隱隱 비긴 길노 緇衣白衲이 次例(차례)로 느러오며 合掌拜禮 허더
라. (金玉 172)

不學(불학)이 無聞(무문)=배우지 아니하고 들은 것이 없음 正
墻面而立(정장면이립)=담벼락에 얼굴을 바로하고 서는 것처럼
무모함 聖學(성학)=성인이 닦아 놓은 학문 溫故知新(온고지
신)=옛 것을 익히고 나아가서 새 것을 앎 그러미=그러므로
雲車(운거)=선인(仙人)이 타는 수레 芳草岸(방초안)=싱그러운
풀이 무성한 둑 긴푸름=긴 휘파람 胸海(흉해)=바다처럼 넓은
마음 넉닌=넓힌 淸流邊(청류변)=맑은 시냇가 읊고=읊고
山形(산형)을 그런허고=산의 형승을 그런처럼 완상하고 닷는
麋鹿(미록)=뛰어 다니는 사슴과 고라니 나는 식=날아 다니는
새 春興(춘흥)을 藉良(자량)헌다=봄의 흥취를 자랑한다 暸亮
(요량)=밝은 가는 노릐=세악(細樂). 장구 북 피리 저 깡깡이

로 편성한 악대 香風(향풍)＝향기로운 바람 狼藉(낭자)헌＝어지럽게 여기저기 흩어져 있는. 시끄러운 行雲(행운)＝떠가는 구름 섯겨 난다＝섞여 나른다. 퍼져 간다 俄已(아이)오＝아이오. 아이고 石逕隱隱(석경은은)＝그윽하고 은은한 돌길 緇衣白衲(치의백납)＝치의는 검은 옷. 백납은 승복(僧服). 스님을 뜻함 合掌拜禮(합장배례)＝두 손바닥을 마주 대고 절함

병자년(1876) 봄에 우석상서께서 양주의 덕사에서 노시다.
(丙子春 又石尙書 花遊於楊州德寺)

620
甲戌 二月 初八日은 世子邸下 誕日(세자전하탄일)이요
白龍 四月 初八日은 世子邸下 寶齡 八歲(팔세) 三八이 相合허여 長安 二十四橋
月이 두러시 발갓는데 萬戶에 燈을 달고 億兆ㅣ 攔衝허며 歌舞行休허여 山呼萬歲
허올적에 月明燈明 天地明이라
우리는 聖世士氓인져 擊壤鼓腹허며 感激君恩 허노라.
(金玉 173)

甲戌 二月 初八日(갑술이월초파일)＝고종 11년 2월 8일. 고종의
세자가 태어난 날 白龍 四月 初八日(백룡사월초파일)＝고종 17
년 4월 8일. 백룡은 경신년(庚申年)인 寶齡(보령)＝천자(天子)
의 나이. 여기서는 높여서 한 말 三八(삼팔)이 相合(상합)＝삼
과 팔이 서로 합친 長安 二十四橋月(장안이십사교월)＝장안의
이십사교에 뜬 달. 이십사교는 중국 강소성 강도현의 서문 밖에
있는 다리. 여기서는 서울의 번화가를 말하는 듯함 萬戶(만호)
에 燈(등)을 달고＝모든 집들이 불을 환히 밝히고 億兆(억조)ㅣ
攔衝(난구)＝많은 백성이 길을 메우고 즐거워함 歌舞行休(가무
행휴)＝가무의 행렬이 그치지 아니함 山呼萬歲(산호만세)＝임금

에게 축하의 뜻으로 부르는 만세 月明燈明 天地明(월명등명천지명)=달도 밝고 등도 밝고 온 세상이 밝음 聖世士氓(성세사맹)=성세에 사는 백성 擊壤鼓腹(격양고복)=격양가를 부르며 배를 두드림. 태평세월을 뜻함 感激君恩(감격군은)=인군의 은혜에 감격함

세자 저하의 탄신일을 축하하다.
(世子邸下 誕日 賀祝)

621

國太公之 亘萬古英傑 이제 뵈와 議論(의논)컨티

精神은 秋水여늘 氣像은 山岳이라 萬機를 躬攝허니 四方에 風 動이라 禮樂法度와 衣冠文物이며 旌旄節旗와 劍戟刀槍을 燦然 更張 허시단 말가

그밧게 金石鼎彛와 書畵音律에란 엇지 그리 밝은신고.

(金玉 174)

國太公之 亘萬古英傑(국태공지금만고영걸)=만국태공의 만고에 걸친 뛰어나고 걸출함 빅와=법고 精神(정신)은 秋水(추수)여늘=정신이 가을철의 물처럼 맑거늘 氣像(기상)은 山岳(산악)=기상을 산과 같이 높고 위엄 있음 만기(萬機)를 躬攝(궁섭)=여러가지 정사(政事)를 직접 관할함 四方(사방)에 風動(풍동)=사방에 감화(感化)됨 禮樂法度(예악법도)=예법과 음악과 법률을 지켜야 할 도리 衣冠文物(의관문물)=그 나라 사람들의 옷차림새 밎 인문 방면과 물질 방면의 모든 사항 旌旄節旗(정모절기)=의장용(儀杖用)으로 사용하는 깃발 劍戟刀槍(검극도창)=칼과 창 방패 등 각종의 무기 燦然更張(찬연경장)=번쩍거리게 눈에 띠게 부패한 것을 뜯어 고침 金石鼎彛(금석정이)=금석문과 정이. '이'는 종묘에 놓아두는 제기(祭器)로 공신의 사적을 새겼음

書畵音律(서화음률)＝글씨와 그림과 음악 밝근신고＝밝으신고

비록 옛날의 영걸로 하여금 다시 태어하여도 많은 양보를 좋아하니
아니할 것이다.
(雖使古之英傑 復生未肯多讓)

622
石坡大老 造化蘭과 秋史筆 紫霞詩는 詩書畵 三絶이요
蘇山竹 石蓮梅는 梅與竹 兩絶이라
其中에 本밧기 어려올슨 石坡蘭인가 허노라. (金玉 175)

石坡大老 造化蘭(석파대로조화란)＝대원군이 그린 훌륭한 난초
그림 秋史筆(추사필)＝추사는 김정희(金正喜)의 호. 추사의 뛰
어난 펴법 紫霞詩(자하시)＝자하는 신위(申緯)의 호. 자하의 뛰
어난 시 詩書畵 三絶(시서화삼절)＝시와 글씨와 그림의 세 가지
가 아주 뛰어남 蘇山竹 石蓮梅(소산죽석연매)＝소산의 대나무
석연의 매화 그림. 소산은 송상래(宋祥來)로 자가 원복(元復)으
로 대나무를 잘 그렸고, 석연은 이공우(李公愚)로 자가 공여(公
汝)이며 매화를 잘 그렸음. 梅與竹 兩絶(매여죽양절)＝매화와
대나무의 그림에 둘이 아주 뛰어남 其中(기중)에＝그 가운데에
石坡蘭(석파란)＝대원군이 그리는 난초

다섯가지 뛰어난 것 가운데 본받기 어려운 것은 오직 석파의 난초
그림이다.
(五絶之中 難摹者 獨石坡蘭)

623

어리석다 安周翁이 엇지 그리 못든고

功名(공명)에 미엿던가 富貴(부귀)에 얼켜든가 功名은 本非願이요 富貴는 初不親인데 무어세 걸잇겨 못 가고셔 六十年 風塵속에 鬢髮만 희계 한고 放白鷗於天末이란 陶靖節의 歸去來요 秋風忽憶松江鱸는 張使君의 歸思로다 오날이야 씨쳐스니 뭇지말고 가리로다 一葉片舟 흘니저어 마음뒤로 써갈젹의 身兼妻子都三口요 鶴與琴書共一船을 風飄飄而吹衣하고 舟搖搖而輕颺이라 비머리의 빗긴 白鷗(백구) 가는 길을 引導(인도)하고 振拕 뒤에 부는 바람 돗츨 미러 쌀니 갈졔 浩浩蕩蕩하야 胸襟이 灑落하다 五湖예 范蠡舟ㅣ들 시원하기 이만하랴 살가치 닷는 비가 瞬息(순식)이 다 못ᄒᆞ야 한곳즐 다드르니 桃花源裏 人家여늘 杏花壇邊 漁夫ㅣ로다 비여 나려 드러갈졔 씨 거의 夕陽(석양)이라 四面(사면)을 살펴보니 景槩(경개)도 奇異(기이)하다 山不高而秀雅하고 水不深而澄淸이라 萬種桃樹 두룻 곳에 三三五五 숨은 집이 딧수풀을 의지하야 젼역 烟氣(연기) 이르혀고 紅ㄷ白ㄷ(홍홍백백) 빗난 씃츤 느즌 안기 무릅쓰고 고은틔도 자랑한다 流水(유수)에 써난 桃花(도화) 그믈 밧게 나지마라 紅塵의 무든 사람 武陵 알가 두리노라 시니를 因緣(인연) 하야 졈ㄷ 깁히 드러갈졔 한편을 발라보니 白雲(백운)이 어린곳예 竹戶 荊扉 두세집이 隱勤(은근)이 보이난듸 門前 五柳(문전오류) 드릐엿고 石上三芝 씌여낫다 문득 갓가이 다다라는 柴扉를 굿이 다다스니 門雖設而尙關이라 志趣(지취)도 깁푸시고 다만 보이고 들니난 바는 萬花深處 松千尺이요 衆鳥啼時 鶴一聲이 半空에 嘹亮하니 이 果然(과연) 뉘 집이로다

이제야 離別(이별) 업슬 任(임)과 함긔 남은 세上 몃몃히 근심 업시 즐기다가 羽化登仙 하오리라. (金玉 176)

安周翁(안주옹)=안현영의 호 못든고=못 든다. 어떤 범위 안에 들지 못하다 미엿든가=얽매이었든가 功名(공명)은 本非願(본비원)=공명은 본디부터 원하지 않았음 富貴(부귀)는 初不親(초불친)=부귀는 처음부터 가까이 하지 않았음 걸잇겨=거니끼어 六十年 風塵(육십년풍진)=육십살까지 살아온 세상 鬢髮(빈발)만 희게=수염과 머리카락만 허영게 放白鷗於天末(방백학어천말)=흰꼉을 하늘가에 풀어 놓음 陶靖節(도정졀)의 歸去來(귀거래)=도연명의 '귀거래사'에 있는 말인 秋風忽憶松江鱸(추풍

홀억송강로)＝가을 바람이 부니 문득 송강의 농어가 생각남 張
使君(장사군)의 歸思(귀사)＝장사군은 중국 진(晉)나라 때 사람
장한(張翰). 장한이 돌아가고자 하는 생각 쎄쳐스니＝깨달았으
니   一葉扁舟(일엽편주)＝조그마한 배 흘니 저어＝물에 흘러가
도록 저어 身兼妻子 都三口(신견처자도삼구)＝자신과 처자와 합
하여 세 식구인 鶴與琴書 共一船(학여금서공일선)＝학과 금서를
합해야 한 배에 실을 정도의 짐밖에 안된 風飄飄而吹衣 舟搖搖
而輕颺(풍표표이취의 주요요이경양)＝바람은 솔솔 불어 옷깃을
흔들고, 배는 흔들려 천천히 감. 도연명의 '귀거래사'에 나오는
구절인 撧拕(역타)＝배의 키 浩浩蕩蕩(호호탕탕)＝썩 넓어서
끝이 없음 胸襟(흉금)이 灑落(쇄락)＝가슴 속에 품은 생각이 상
쾌하고 시원함 五湖(오호)에 范蠡舟(범려주)＝범여는 춘추시대
월의 공신. 후에 벼슬을 그만두고 제(齊)를 거쳐 도(陶)에 들어
가 거부가 되었음. 서시(西施)와 오호에서 놀았음 살 갓치＝화
살처럼 桃花源裏人家(도화원리인가)＝무릉도원 안에 인가가 있
음 杏樹壇邊漁夫(행수단변어부)＝살구나무가 있는 옆에 만든 단
에 어부가 있음 山不高而秀雅(산불고이수아)＝산이 높지 아니하
나 빼어나게 아담함 水不深而澄清(수불심이징청)＝물이 깊지 아
니하나 맑고 깨끗함 萬種桃樹(만종도수)＝많이 심은 복숭아 나
무 수문 집＝숨은 집 져역 연기＝저녁 연기 느즌 안기＝저녁
안개 紅塵(홍진)＝속세의 더러움 두러느냐＝두려워 한다 竹戶
荊扉(죽호형비)＝대나무나 가시나무로 만든 지게문이나 사립문
드리엿고＝드리웠고 石上三芝(석상삼지)＝바위 위의 돋아난 두
서넛 지초(芝草) 柴扉(시비)＝사립문 門雖設而尙關(문수설이상
관)＝문이 비록 만들어져 있으나 아직도 잠겨 있음 萬花深處松
千尺(만화심처송천척)이요   衆鳥啼時鶴一聲(중조제시학일성)＝모
든 꽃들이 핀 깊숙한 곳에 소나무는 천 척이요 모든 새가 울 때
에 학의 소리가 가장 뛰어남 羽化登仙(우화등선)＝날개가 돋아
신선이 되어 하늘로 올라감

유쾌하구나 내가 지금 가는구나.
(快哉 我今去矣)

624

紅塵을 이믜 下直(하직)ᄒ고 桃源을 차자 누엇스니 六十年(육십 년) 世外 風浪
쏨이런듯 可笑롭다

이몸이 閑暇(한가)ᄒ야 山水(산수)의 遊遊헐제 一小舟(일소주) 의 不施篙鱸ᄒ
고 風帆浪楫으로 任其所之 ᄒ올져긔 水涯에 觀魚ᄒᄆ며 沙際에 鷗盟ᄒ야 飛者 走者
와 浮者 躍者로 形容이 익어스니 疑懼ᄒ비 잇슬거가 杏壇에 비을 미고 釣臺예 긔
여 올나 고든 낙시 듸리우고 石頭에 조으다가 漁夫(어부)의 낙근 고기 柳枝(유
지)예 쎄여들고 興(흥)치며 도라올제 園翁野叟와 樵童牧竪를 溪邊의 邂逅ᄒ야 問
桑麻 說秋稻할제 杏花村 바라보니 小橋邊(소교변) 쏜술집의 靑帘酒 날니거늘 緩
步로 들어가서 촛츠로 籌노으며 酩酊이 醉(취)ᄒ 후의 東皐의 긔여 올나 슈파
람 ᄒ마듸을 마음듸로 길게 불고 다시금 뫼여 늬려 임청유이 부시ᄒ고 무고송이
반환타가 黃精을 싸여 들고 집으로 도라들제 芳逕의 나는 촛츤 衣巾을 침노ᄒ고
碧樹의 우는 씨는 流水聲을 화답ᄒᄂ다 문 압페 다다라는 막듸을 의지ᄒ야 四面(사
면)을 살펴보니 夕陽은 在山ᄒ고 人影이 散亂이라 紫綠이 萬狀인데 變幻이 頃刻
이라 松影이 參差여늘 禽聲은 上下로다 山腰의 兩兩笛聲 쇠등의 아희로다 俄已오
日落西山ᄒ고 月印前溪ᄒ니 羅大經의 山中(산중)이며 王麻詰의 綱川인들 여긔와
지 날것가 쓸 가온듸 드러셔니 셤쏠 밋테 어린 蘭草 玉露의 눌려잇고 울가의 성
긘 촛츤 淸風(청풍)의 나붓긴다 房(방)안의 드러가니 期約(기약)둔 黃昏月(황혼
월)이 淸風(청풍)과 함긔 와서 불거니 비취거니 胸衿이 灑落ᄒ다 瓦盆의 듯넌 술
을 匏樽으로 바다늬야 任(임)과 홈긔 마조 안져 드러 셔로 勸(권)할져게 黃精菜
鱸魚膾는 山水를 가챠미라 嗚嗚咽咽 洞簫聲을 늬能(능)히 부러스니 淸風七月 赤
壁勝遊ㅣ 여긔와 彷彿ᄒ다 거문고 잇그러서 膝上의 빗겨 놋코 鳳凰曲 ᄒ바탕을
任(임) 시켜 불니면셔 興(흥)듸로 집허스니 司馬相 鳳求凰이 여긔와 밋츨것가 竹
窓(죽창)을 밀고 보니 달이 거의 나지여널 밤은 ᄒ마五更(오경)이라 솔 그림ᄌ
어린 곳의 鶴의 쏨이 깁허거날 듸슈풀 우거진데 이슬바람 션을ᄒ다 玉手를 잇쓸
고셔 枕上(침상)의 나아가니 琴瑟友之 깁흔 情이 뫼 갓고 물 갓타야 連理에 翡翠

여널 綠水의 鴛鴦이라 巫山의 雲雨夢이 여긔와 엇텃던고 문노라 번님네야 安周翁의 悅心樂志 이만ᄒ면 넉넉ᄒ야

이 後(후)란 離別(이별)을 아조 離別ᄒ고 桃源의 길이 숨어 任 (임)과 함긔 즐기다가 元命이 다ᄒ거든 同年同月 同日時(동년동월동일시)에 白日昇天 ᄒ오리라. (金玉 177)

紅塵(홍진)=번거로운 세상   이믜=이미   桃源(도원)=무릉도원. 도연명의 도화원기(桃花源記)에 나오는 별천지   世外風浪(세외풍랑)=세상 밖의 바람과 물결. 여기서는 실제 생활과는 관계 없이 가악(歌樂)만을 일삼으며 살아온 생활을 말함   可笑(가소)=어처구니 없음   遨遊(오유)=재미 있고 즐겁게 놂   不施篙艣(불시고로)=상앗대와 노을 쓰지 않음   風帆浪楫(풍범낭즙)=바람으로 돛을 삼고 물결로 노을 삼음   任其所之(임기소지)=가는 대로 맡겨둠   水涯(수애)에 觀魚(관어)=물 가에서 고기가 노는 것을 봄   沙際(사제)에 鷗盟(구맹)=물가의 모래사장에서 갈매기와 벗하기로 함   飛者 走者(비자주자)와 浮者 躍者(부자약자)=낳으는 놈 뛰는 놈과 물에 뜨는 놈 펄쩍 뛰어 오르는 놈   形容(형용)이 익어스니=서로 친숙해졌으니   疑懼(의구)홀 비=의심하고 두려워할 바가   杏壇(행단)=공부하는 곳을 이르는 말. 여기서는 살구나무가 서 있는 곳   釣坮(조대)=낚시터   고든 낙시=미늘이 없는 낚시   石頭(석두)=돌   柳枝(유지)=버드나무 가지   園翁 野叟(원옹야수)=시골에 묻혀 사는 늙은이   樵童 牧豎(초동목수)=나무하는 아이와 마소를 먹이는 아이   溪邊(계변)의 邂逅(행후)=시냇가에서 만남   問桑麻 説秔稻(문상마설갱도)=상마에 대해 묻고 벼농사에 대해 이야기함. 상은 뽕으로 누에치고 마는 삼으로 길쌈하는 일   杏花村(행화촌)=술집을 가리킴   青帘酒(청렴주)='주'는 '기'(旗)의 잘못인 듯. 술집을 알리기 위해 꽂는 기   緩步(완보)=느린 걸음   꽃츠로 籌(주) 노으며=꽃나무 가지를 꺾어 산가지로 놓으며 술먹은 양을 헤아린   酩酊(명정)=

몸을 가눌 수 없을 정도로 몹시 취함 東皐(동고)=동쪽에 있는
언덕 슈파람=휘파람 임청유이부시하고 무고송이반환다가=임
청유이부시(臨淸流而賦詩)하고 무고송이반환(撫孤松而盤桓)하다
가. 맑은 시냇가에 가 시를 짓고 외로운 소나무를 어루만지며 배
회하다가 黃精(황정)='죽대'의 뿌리. 약으로 쓰임 까여 들고
=까서 들고 芳逕(방경)=꽃이 피어 향그러운 길 衣巾(의건)을
친노하고=꽃의 향기가 옷과 두건에 배어 듦 碧樹(벽수)=푸른
나무. 상록수 流水聲(유수성)=흐르는 물소리 夕陽(석양)은 在
山(재산)=저녁볕은 산에 있음 인영(人影)이 散亂(산란)=사람
의 그림자가 어지러움 紫綠(자록)이 萬狀(만상)=자주색과 녹색
이 여러 가지의 모양임 變幻(변환)이 頃刻(경각)=빠른 변화가
눈 깜박힐 동안에 일어남 松影(송영)이 參差(참치)=솔그림자가
가즈런하지 못함 禽聲(금성)은 上下(상하)=새의 울음 소리가
나뭇가지 아래 위에서 남 山腰(산요)의 兩兩笛聲(양양적성)=산
허리에서 들려 오는 짝을 이룬 젓대 소리 俄已(아이)오=아이
고. 아아 日落西山(일락서산)하고 月印前溪(월인전계)=해는 서
산으로 지고 달은 앞 시내에 비췸 羅大經(나대경)=송나라 여릉
(廬陵)사람으로 자는 경륜(景綸) 王麻詰(왕마힐)의 輞川(망천)
=중국 당나라의 시인 왕유(王維)의 자가 마힐이며, 망천은 그의
별장이 있던 강 여긔와 지낼 것가=여기보다 더 나을 것인가
션동=선둥. 뜰둥 玉露(옥로)=맑은 이슬 눌려 잇고=이슬 때
문에 잎이 수그려 있고 웅 가=울타리 가장자리 성긘 곳촌=듬
성듬성 피어 있는 곳은 胸襟(흉금)이 灑落(새락)=가슴 속이 상
쾌하고 시원함 瓦盆(와분)=질동이. 여기서는 술거르는 틀인 듯
듯는 술=술을 거를 때 떨어지는 술 匏樽(포준)=박아지로 맏든
술그릇 黃精采(황정채)=황정으로 맏든 나물 鱸魚膾(농어회)=
농어회 山水(산수)를 가쵸며라=산과 물에서 나는 안주를 함께
갖춘 것이라 嗚嗚咽咽 洞簫聲(오오열열통소성)=흐느끼는 듯한
퉁소의 소리 淸風七月 赤壁勝遊(청풍칠월적벽승유)=중국 송나

라 소동파의 적벽부에 나오는 소동파의 적벽의 뱃놀이 彷佛(방불)=흡사함 잇그러서=잡아당겨서 膝上(슬상)=무릎 위 鳳凰曲(봉황곡)=조선시대 가사의 이름. 司馬相如 鳳求凰(사마상여 봉구황)=사마상여는 한(漢)의 문인으로 탁문군(卓文君)을 얻기 위해 곡을 지었음 머츨것가=지나칠 것인가 달이 거의 나지여는=달빛이 거의 낮과 같이 환하게 밝거늘 하마=이미 어떤 곳=어른어른 하는 곳 션늘ᄒ다=서늘하다 玉手(옥수)=옥과 같이 고운 손. 미인의 손 琴瑟友之(금슬우지) 깊은 情(정)=금슬이 벗하는 것과 같이 깊은 정. 여기서는 남녀간의 정 連理(연리)이 翡翠(비취)=연리지(連理枝)에 노는 비취새처럼 다정함 綠水(녹수)의 鴛鴦(원앙)=푸른 물에 노는 원앙새처럼 다정함 巫山(무산)의 雲雨夢(운우몽)=초의 양왕이 고당에서 노는데 꿈에 선녀가 나타나 동침하여 즐기고 떠나면서 아침에는 구름, 저녁에는 비가 되어 무산 기슭에 나타나리라고 했다는 고사에서 남녀간의 행락(行樂)함을 비유해 씀 安周翁(안주옹)=안련영의 호 悅心樂志(열심낙지)=마음과 의지를 기쁘고 즐겁게 함 元命(원명)=예순 한 살. 또는 기운과 목숨 白日昇天(백일승천)=신선이 되어 한낮에 하늘로 올라감

예전의 도원은 또한 지금의 도원이다 내가 이런 행락에 잠길 수 있는 것은 무론 하늘이 내려 주시고 귀신이 도운 것이 아니겠는가?
(古之桃源 亦今之桃源也 我之隱於此行此樂 毋乃天賜神佑耶)

625
八十一歳 雲崖先生 뉘라 늑다 일엇던고
童顔이 未改ᄒ고 白髮이 還黑이라 斗酒를 能飮ᄒ고 長歌을 雄 唱ᄒ니 神仙(신선)의 밧탕이요 豪傑(호걸)의 氣像(기상)이라 丹崖의 셜인 님흘 히마당 사랑ᄒ야 長安 名琴名歌들과 名姬賢伶이며 遺逸風騷人을 다 모와 거나리고 羽界面 호밧탕을 엇겨러 불너닐제 歌聲은 嘹亮ᄒ야 들쏜티쓸 날녀늬고 琴韻은 冷冷ᄒ야 鶴의

춤을 일의현다 盡日을 迭宕ᄒ고 酩酊이 醉훈 後의 蒼壁의 불근 입과 玉階(옥계)의 누른 곳출 다 각기 썻거 들고 手舞足蹈 ᄒ올적의 西陵의 히가 지고 東嶺의 달이 나니 蟋蟀은 在堂ᄒ고 萬戶의 燈明이라 다시금 盞을 씻고 一盃一盃 ᄒ온 後의 션솔이 第一 名唱 나는 북 드러노코 牟宋을 比樣ᄒ야 ᄒ봇탕 赤壁歌를 멋지게 듯고나니 三十三天 罷漏솔이 식벽을 報ᄒ거널 携衣相扶ᄒ고 다 各기 허여지니 聖代(성대)예 豪華樂事ㅣ 이밧긔 쏘 잇눈가

다만的 東天을 바라보아 (　　　)을 싱각ᄒ는 懷抱(회포)야 어늬　긔지 잇스리. (金玉 178)

雲崖先生(운애선생)=운애선생님. 박효관(朴孝寬)의　호가　운애인　뉘라 늑다 익엇던고=누가 늙었다 일컫었던고　童顔(동안)이 未改(미개)=얫떤 얼굴이 달라지지 않았음. 늙지 않았음　白髮(백발)이 還黑(환흑)=힌 머리키락이 다시 검어진　斗酒(두주)를 能飮(능음)=말술을 능히 마신　長歌(장가)를 雄唱(웅창)=긴 노래를 힘치게 부는　丹崖(단애)에 섯인 닙흘=단풍이 들어 붉게 물든 낭떠러지의 나뭇잎을　長安 名琴名歌(장안명금명가)=서울의 이름난 금객과 가객　名姬賢伶(명희현령)=이름난 기생과 광대　遺逸風騷人(유일풍소인)=세상 일을 잊고 시문을 짓는 사람　羽界面(우계면)=우조와 계면조　흔바탕=한 마당 엇겨어=서로 어긋 매기어　불너닐제=노래 부를 때　歌聲(가성)은 嘹亮(요양)=노래 소리는 맑음　琴韻(금운)은 冷冷(냉냉)=거문고의 운치가 아름답게 느껴진　익으현다=익으킨다 진일(盡日)을 迭宕(질탕)=하루 종일을 질탕하게 놈　蒼壁(창벽)=푸른 빛이 도는 절벽　手舞足蹈(수무족도)=몹시 좋아서 춤을 춤　西陵(서릉)=서쪽의 구릉　東嶺(동령)=동쪽의 산마루　蟋蟀(실솔)은 在堂(재당)=귀뚜라미는 집에서 욺　萬戶(만호)의 燈明(등명)=모든 집이 불을 켜 환히 밝음　션솔이=선소리. 대여섯 사람이 둘러서서 주고받고 하며 부르는 소리　牟宋(모송)=당시의 유명한 광대 모흥갑(牟興甲)과 송흥록(宋興祿)　比樣(비양)=본뜸　赤壁歌(적벽

가)=삼국지의 적벽대전을 딴소리로 만든 노래　三十三天 罷漏 (삼십삼천파루) 소리=예전 통행금지의 해제를 알리던 33번 치는 종소리　報(보)하거넌=알리거늘　携衣相扶(휴의상부)=옷을 잡고 서로 부축함　豪華樂事(호화락사)=호사스럽고 즐거운 일　다 많的(적)=다만　東天(동천)=동쪽 하늘

　　　경신년(1880) 가을 구월에 운애 박선생 경화와 황선생 자안께서 당시의 유명한 금객 가객 기생 광대와 유일풍소인들을 (　)산정에 초청하여 단풍과 국화를 관상하고 예전 (　)배웠다. 벽강 김윤석 군중은 당대에 뛰어난 금객이요 취죽 신응선은 자가 경현인데 당세의 이름난 가객이다. 신수창은 당시 양금에 독보적 존재이다. 해주의 임백문은 자가 경아인데 당시애 통소로 유명하다. ○○장○○은 자가 치은이요, ○○이제영은 자가 공즙으로 당시의 풍소인이다. 마침 이 때에 해주 옥소선이 올라 왔으니 옥소선은 비단 재예와 색태만 황해도에서 제일이 아니라 노래와 거문고를 아울러 잘 했으며 비록 예전에 이름을 날린 사람으로 하여금 다시 태어나게 한다고 해도 위를 양보하는 것을 즐겨하지 않을 참으로 국내에서 제일 훌륭한 기생이다. 전주 농월은 16살의 아름다운 얼굴에 가무가 뛰어 났으니 가히 당대에 이름난 기생이라 부를 만하다. 천흥손 정약대 박용근 윤희성은 다 광대들이다. 박유전 손만길 전상국은 당시에 제일 가는 창부로 모홍갑이나 송홍록과 더불어 표리가 될만하여 국내를 휜동하게 한 사람들이다. 슬프다. 박효관과 황자안 두 선생님은 90 의 나이로 호화스런 성정이 오히려 젊고 강한 장년의 때보다 줄지 않았으니 이와 같은 오늘의 모임이 내년에도 또 이와 같은 모임이 있을 지를 알지 못하겠구나.

　　　(庚辰秋九月 雲崖朴先生景華 黃先生子安 請一代名琴名歌名姬賢伶遺逸風騷人於 (　　)山亭 觀楓賞菊 學古 (　　)碧江金允錫君仲 是一代透妙名琴也 翠竹申應善字景賢 是當世名歌也 申壽昌 時獨步洋琴也 海州任白文字敬雅 當歲名籟也 ○○張○○字稚隱 ○○李濟榮字公楫 是當歲風騷人也 適於此際 海州玉簫仙上來 而此人則 非但才藝色態之雄於一道 歌琴雙全 雖使古之揚名者 復生 未肯讓頭 眞國內之甲

姬也 全州弄月 二八丰容 歌舞出類 可謂一代名姬 千興孫 鄭若大 朴
龍根 尹喜成 是賢伶也 朴有田 孫萬吉 全尙國 是當歲第一唱夫 與車
宋相表裏 喧動國內者也 噫 朴黃兩先生 以九十耆老 豪華性情 猶不減
於靑春强壯之時 有此今日之會 未知明年又有此會也歟)

626

오늘밤 風雨(풍우)를 그 丁寧(정녕) 아랏던덜 듸사립짝을 곱거 러 단ㄷ 미엿슬
거슬

비바람의 불니여 왜각지걱 하난 소리여 항연아 오는 양하야 窓 (창) 밀고 나셔
보니

月沈ㄷ 雨絲ㄷ한데 風習ㄷ 人寂ㄷ을 하더라. (金玉 179)

듸사럽짝=대나무로 엮은 사럽문 곱거어=거듭 걸어. 단단히
걸어 봉니여=봉니워. 흔들려 왜각지걱=바람에 흔들려 나는
소리 항연아=행여나 月沈沈 雨絲絲(월친친우사사)=달빛은 친
친하고 비는 부슥부슥 내려 風習習 人寂寂(풍습습인적적)=바람
은 산듯산듯 불고 인적은 고요함

　　내가 주덕기를 데리고 이천에 머무를 때에 여염집 젊은 부인과 상
　　중에서 만날 약속을 하고 밤이 되기를 고대하다.
　　(余率朱德基 留利川時 與閭家少婦 有桑中之約 而達宵苦待)

627

이리 알쓰리 살쓰리 그리고 그려 病(병)되다가 萬一(만일)에 어 느 씌가 되던
지 만나보면 그 엇더할고

應當(응당)이 두손길 뷔여잡고 어안 벙ㄷ 아모 말도 못하다가 두눈예 물결이
어리여 방울방울 써러져 아로롱지리라 이 웃압 자랄에 일것세 만낫다 하고

丁寧(정녕)에 이럴쥴 알낭이면 차라리 그려 病(병)되넌이만 못 하여라. (金玉

180)

이늬=이렇게 알쓰늬 살쓰늬=알뜰하고 살뜰하게 뷔여잡고=
붙들어 잡고 물결이 어희여=눈물이 어리여 아로 롱지늬늬=아
롱질 것이다 옷앞자삭에=옷 앞자삭에 읽것세=모처럼 알냥이
면=알았다면 그려=그리워 하여

강릉의 홍련을 생각하다.
(憶江陵紅蓮)

628
博學 多聞ᄒ니 聖門에 高弟子라
님사무의 지도력이요 讀書유미 각심한을
至今에 순순연 君子之風은 빅파공을 뵈외라. (源— 725)

博學多聞(박학다문)=학식과 견문이 매우 넓고 많음 聖門(성
문)에 高弟子(고제자)=성인의 문하(門下)에 훌륭한 제자 님사
무위지도력 독서유머긱심한=임사무의지도력 독서유머각심한(臨
事無疑知道力 讀書有味覺心閑). 일에 인하여 의심치 않음으로 해
서 도의 힘을 알고, 글을 읽어 맛을 알므로 해서 마음이 한가함
을 깨달음 순순연=순순연(諄諄然). 가르침에 게을리 하지 않고
친절한 모양 君子之風(군자지풍)=군자다운 풍채 빅파공=미상
'석파공'(石坡公)의 잘못인 듯

629
그려 病(병)드는 자미 病드다가 만나는 자미
만나 질기는 자미 질기다가 써나는 자미

平生(평생)의 이 자미 업스면 무삼 자미 (源一 726)

그려=그리워하여 자미=재미 病(병)드다가=상사병에 걸렸다가 직기는 =죽기는

630

사람이 ᄉ람을 그려 싱ᄉ람이 病드단말가
ᄉ람이 언마 ᄉ람이면 ᄉ람 한나 病들일랴
ᄉ람이 ᄉ람 病들이는 ᄉ람은 ᄉ람 안인 ᄉ람. (源一 727)

싱ᄉ람=건강한 사람 病(병)드단말가=병이 들었단 말인가 언마 ᄉ람이면=얼마나 훌륭한 사람이면 病(병)들일랴=병이 들게 만들겠느냐 ᄉ람 안인 ᄉ람=사람 될 자격이 없는 사람

631

華山道士 袖中寶로 獻壽東方 國太公을
靑牛十廻 白蛇節에 開封人是玉泉翁을
이 盞(잔)에 千日酒 ᄀ득 부어 萬壽無疆 비ᄂ이다. (源國 805)

華山道士袖中寶(화산도사수중보)=화산도사의 소매 속의 보물로 獻壽東方國太公(헌수동방국태공)=동방의 국태공에게 헌수를 靑牛十廻白蛇節(청우십회백사절)=오래 된 나무의 정경이 역 번을 돌아 흰뱀의 징험이 된 開封人是玉泉翁(개봉인시옥천옹)=이것을 여는 사람은 옥천옹인 千日酒(천일주)=한 번 마시면 천일만에 깨어난다는 술 萬壽無疆(만수무강)=수명의 길이가 한이 없음

632

揮毫紙面何時禿고 磨墨硏田畢竟無ㅣ라

뭇노라 뎌 스룸아 이 글 뜻을 能히 알다

其人이 菀爾而笑ᄒ고 唯唯而退 ᄒ더라. (源國 624)

揮毫紙面何時禿(휘호지면하시독)＝붓을 종이에 후두르니 어느 때나 모지라질까 磨墨硏田畢竟無(마묵연전필경무)＝먹을 벼루에 가니 마침내는 달아 없어지리라 能(능)히 알다＝능히 알겠느냐 기인(其人)이 菀爾而笑(완이이소)＝'완'은 '완'(莞)의 잘못. 그 사름이 빙그레 웃음 唯唯而退(유유이퇴)＝시키는대로 공손하게 순종하며 물러남

● 김윤석(金允(兑)錫)

633

玉樓 紗窓 花柳中에 白馬金鞭 少年(소년)들아

긴 노릐 七絃琴과 笛필이 長鼓(장고) 嵇琴 알고 져리 즑기나나 모르고 즑기나나

調音體法을 날다려 뭇게 되면 玄妙호 문리롤   낫낫치 니르리라

우리는 百年 三萬六千日의 이갓치 밤낫 즑기리라. (海樂 643)

玉樓紗窓(옥루사창)＝훌륭한 집에 비단으로 드리운 창. 여인이 거처하는 곳 白馬金鞭(백마금편)＝흰 말고 좋은 채찍. 달리 한 양을 가리킨 七絃琴(칠현금)＝일곱 줄로 매어 만든 거문고 笛(적)필이＝저와 피리 嵇琴(혜금)＝깡깽이 調音體法(조음체법)＝소리을 고르고 악기을 다루는 방법 玄妙(현묘)＝깊고 오묘한

문리＝이치. 문리(文理)   낫낫치＝하나하나   나르리라＝말하리
라. 일러주겠다

● 호석균(扈錫均)

634
細柳淸風 비 긴 後(후)에 우지마라 져 미암아
꿈에나 임을 볼여 비러든 잠 씨울셰라
꿈씨여 님 업스면 病(병)되실가 하노라. (源一 698)

細柳淸風(세류청풍)＝실버들을 흔드는 맑은 바람 미암아＝매미
야 비러든 잠＝빌었던 잠. 또는 겨우 든 잠 씨울셰라＝깨울가
두렵구나

635
秋江(추강)에 썻는 비는 向(향)후는 곳 어듸며요
눈갓치 밝은 달을 가득히 실허 타고
우리는 興(흥)좃차 가노미로 원근 업셔 후노라. (源一 699)

썻는＝떠 있는   어듸며요＝어드메요   실허＝실어   가노미로＝가
는 길이라. 가기 때문에 원건＝원근(遠近)이

636
東窓(동창)에 달 빗치고 함이에 梅花(매화) 퓌니

花容月틔는 天然헐스 님이연만
엇디타 낭낭玉音은 들을 길 업서. (源— 700)

함이='함리'(閤裏)의 잘못인 듯 집안. 방안 花容月태(화용월
態)=꽃같은 얼굴과 달같은 맵씨 天然(천연)헐스=꼭 닮은 님
이연만=님이지만 낭낭玉音(옥음)=낭낭한 목소리. 소리가 매우
맑고 밝아 마차 옥을 굴리는 것 같음

637
天地間 無情(천지간무정)키는 歲月(세월)박게 또 잇는가
紅顔이 꿈일넌지 白髮(백발)은 어인 일고
두어라 공화世界니 아니 놀고 어이리. (源— 701)

박게=밖에 紅顔(홍안)=젊고 아름다운 얼굴 꿈일넌지=꿈이
었는지 공화世界(세계)='공화'(空華)는 불교에서 번뇌가 있는
사람에게 온갖 공상(空想)이 나타나는 것을 일컫는 말. 공상의
세계

638
늬 나희 半百이라 風流호화 다 더지고
盛世에 발인 몸이 入山修道 후온 쓰즌
日後란 蓮花臺上에 놀라볼가 후노라. (源— 702)

半百(반백)=오십(五十) 風流(풍류)호화=풍치가 있고 멋스럽
게 노는 일이나 사치스럽고 번화함 더지고=던져 버리고 盛世
(성세)=융성(隆盛)한 세대 발인 몸=버린받은 몸 入山修道(입
산수도)=산에 들어가 도를 닦음 日後(일후)란=오늘 이후에는

蓮花臺上(연화대상)＝연화대 위에. 연화대는 부처님을 안치해 놓은 받침. 불자(佛子)가 되어 놀아볼가＝놀아 볼까

639
雲臺上 鶴髮老仙 風流죵사 그 뉘런가
琴一張 歌一曲에 永樂千年 ㅎ단말가
사안의 휴기동산이야 일러 무삼. (源一 703)

雲臺上(운대상)＝인왕산 아래에 있던 떡운대에 鶴髮老仙 風流죵사(학발노선풍류)＝'죵사'는 '종사'(宗師)인. 학처럼 하얀 머리카락을 가지고 있는 늙은 신선이며 풍류의 제일 가는 스승. 박효관을 가리킨 뉘런가＝누구인가 琴一張 歌一曲(금일장가일곡) 거문고 하나에 노래 한 곡조 永樂千年(영락천년)＝평생을 즐겁게 지낸 사안의 휴기동산(謝安 携妓東山)＝사안(謝安)이 기생을 데리고 동산(동산)에서 놂. 사안은 진(晉)나라 은사(隱士)로 중국 절강성에 있는 동산에서 기생을 데리고 놀았다는 고사 일러＝말하여

640
紅白花 자쟈진 곳에 才子佳人 모혀셔라
多情헌 春風속에 써여간다 청가성을
져님 히진다 앗겨마소야 이게 일. (源一 704)

紅白花(홍백화)＝붉은 꽃과 흰 꽃 자쟈진＝가득찬. 활짝 편 才子佳人(재자가인)＝재주 있는 젊은 남자와 아름다운 여자 모혓셔라＝모였구나 써여간다＝바람과 함께 간다 청가성(淸歌聲)＝맑은 음성으로 부르는 노래소리 앗겨마소야＝서운해 하지마라

641
玉(옥)갓치 고혼 님과 눈과 갓치 발은 달에
金樽에 술이 잇고 물읍 우희 거문고라
平生(평생)에 風流主人 되어 百年安樂. (源一 705)

 발은=밝은　金樽(금준)=좋은 술통　물읍 우희=무릎 위에　風
流主人(풍류주인)=속된 일을 잊고 즐겁고 멋있게 노는 주인공
百年安樂(백년안락)=평생을 편안하고 즐겁게 지낸

642
뭇노라 牧童들아 數聲초적 슬이 불어
西陵에 지는 히를 어이 밧비 지촉ᄒ여
갓득에 쇠ᄒ고 남은 빈髮 다시 희겨. (源一 706)

 數聲(수성)초적(草笛)=몃 가락의 풀피리 소리　슬이=슬퍼　西
陵(서릉)=서쪽에 있는 구릉　어이=왜　밧비=바쁘게　갓득에=
가뜩이나　쇠(衰)ᄒ고=쇠약하고　빈발(鬢髮)=수염과 머리카락
희겨=희어지게

643
살들리 글리는 줄 님이 丁寧(정녕) 알량이면
春夜鳥 秋夜月에 病(병)이 날가 念慮(염려)로다
靑鳥야 네 짐작ᄒ야 마음 편케 ᄒ여라. (源一 707)

 살들리=살뜰하게　글리는 줄=그위하는 줄　春夜鳥 秋夜月(춘
야조추야월)=봄날 밤에 우는 새소리나 가을밤 한의 비추는 달

靑鳥(청조)＝파랑새. 반가운 사자(使者)나 편지

644

숨에나 님을 볼려 잠일울가 누엇드니
식벽달 지시도록 子規聲을 어이 후리
두어라 斷腸春心은 너나 뉘나 달으리. (源一 708)

잠일울가＝잠을 이룰까   식도옥＝달이 지며 밤이 새도옥   子規
聲(자규성)＝두견이의 울음소리   斷腸春心(단장춘신)＝창자을 끊
어 내는 것처럼 서글픈 봄철에 느끼는 정서

645

半時들 글려 보며 一刻인들 이젓시랴
春江 細雨中에 鴛鴦식도 우셔드니
밤中만 孤枕冷淚을 님이 어이 알이요. (源一 710)

半時(반시)＝반 시간   글려 보며＝그러워 해 보며   一刻(일각)＝
짧은 시간 일각은 약 15분인   春江 細雨中(춘강세우중)＝봄철 강
에 내리는 이슬비 속   우셔드니＝웃었더니   孤枕冷淚(고친냉루)
＝혼자 베고 자는 베개 위에 흘러는 차가운 눈물

646

北海上 片紙(편지) 傳(전)튼 蘇中郞에 기러기야
千里(천리)에 期約(기약)두고 너는 슈이 오거니와
우리도 날릐곳 빌일진듸 님의 곳에 가리라. (源一 709)

北海上(북해상) ~ 기러기야＝한 무제 때에 소무(蘇武)가 흉노에 사신으로 갔다가 잡혀 복해의 무인도에 갇혀 있을 때 기러기 편에 서신을 보내어 소식을 전하고 살아 왔다는 고사   슈이＝쉽게   놀러곳＝날개를   빌일진디＝빌릴 수 있다면

647

뉘라 나간 님을 無情타 허돗든지
제 丁寧(정녕) 無情(무정)ᄒ면 ᄭᅮᆷ에 와서 반길손냐
이제란 ᄭᅮᆷ으로 진정사마 離別(이별) 업시 ᄒ리라. (源— 711)

뉘라＝누가   無情(무정)타＝무정하다   허돗든지＝하였는지   반길손냐＝반기겠느냐   진정사마＝진정으로 삼아. 진정으로 알고

648

님 離別(이별) ᄒ엿다 ᄒ고 웃지마라 海棠花(해당화)야
東君이 매양 잇셔 百年(백년)이나 괴일너야
우리는 酒國에 有長春ᄒ니 버시 될가 ᄒ노라. (源— 712)

東君(동군)＝봄을 맡은 동쪽의 신. 봄(春)   괴일너야＝사랑하겠느냐   酒國(주국)에 有長春(유장춘)＝술 먹은 기분에는 항상 봄철과 같은 따뜻함만 있음   버시＝벗이

649

言約이 느져가니 九十春光 다 盡(진)컷다
杜鵑에 눈물리 꼿가지에 ᄯᅥ러진들
東君(동군)의 닝락심정을 빈들 어이 ᄒ리요. (源— 713)

언약(言約)=말로만 한 약속 九十春光(구십춘광)=석달 동안의
봄철 杜鵑(두견)=소쩍새 닝락심졍(冷落心情)=서로의 사이가
벌어져 쌀쌀해진 마음과 정서

● 하순일(河順一)

650
고흘사 연곳치여 香氣(향기)도 긔이ᄒ다
표묘이 단粧(장)ᄒ고 몃 사람을 반기엿노
아마도 花中君子는 너ᄲᆞᆫ인가 ᄒ노라. (源―716)

고흘사=곱구나 연곳치여=연꽃이여 긔이(奇異)ᄒ다=특이하다
표묘(標渺)이=어렴풋하여 뚜렷하지 아니하게 반기엿ᄂ=반갑게
맞이 하였느냐 花中君子(화중군자)=꽃 가운데 군자

651
구든 言約(언약) 깁흔 誼로 忽然變改 무삼일고
造化(조화)로운 져 마음을 얼리석어 밋엇고야
두어라 前功이 可惜이나 홀노 어이. (源― 717)

誼(의)=정분. 의리 忽然變改(홀연변개)=갑자기 태도를 바꾼
무삼일고=무슨 일인가 얼리석어=어리석어 멋엇고야=믿었구
나 前功(전공)이 可惜(가석)=지난 날의 공적이 아까운

652
滿窓雪月 요적헌데 斷腸心懷 가득호여
前前(전전)에 지니든 일 쇼연이 싱각이라
至今(지금)에 알들리 병되는 쥴 임이 어이. (源一 718)

滿窓雪月(만창설월)＝눈 위에 비친 달빛이 창에 가득 비친　요적＝적적하고 고요함　斷腸心懷(단장심회)＝창자가 끊어지는 듯이 슬픈 마음의 회포　쇼연(昭然)이＝분명히　알들리＝알뜰하게

● 하규일(河圭一)

653
偶然이 蠶頭에 올나 長安을 굽어보니
古殿은 堅閉하고 新屋은 層起한다
다시금 聖恩을 生覺(생각)하니 垂淚不覺 하여라. (增歌)

偶然(우연)이＝우연하게　蠶頭(잠두)＝남산의 한 봉우리인 잠두봉　長安(장안)＝서울 시내　古殿(고전)은 堅閉(견폐)＝옛 궁전은 굳게 문을 닫음　新屋(신옥)은 層起(층기)＝새로 짓는 집은 층층이 올라감　聖恩(성은)＝임금의 은혜　垂淚不覺(수루불각)＝눈물이 흐르는 것을 깨닫지 못함

657
正月(정월)이 도라오면 새해라고 賀禮(하례)한다

年年歲歲 새해라나 歲歲年年 옛해로다
우리도 저 해와 갓치 萬古不變 하여라. (增歌)

年年歲歲 歲歲年年(연년세세세세년년)＝해마다　옛해＝지난 해
萬古不變(만고불변)＝세월이 흘러도 변함이 없음

● 함화진(咸和鎭)

658
江水로 술을 빗고 明月노 燭을 삼아
十里鳴沙 算을 노코 不醉無歸 하사이다
靑山(청산)아 지는 달 멈츄어라 벗님 갈가 하노라. (增歌)

江水(강수)＝강물　燭(촉)을 삼아＝촛불을 삼아　十里鳴沙(십리
명사)＝밟으면 소리가 나는 넓은 모래사장　算(산)＝산가지　不
醉無歸(불취무귀)＝취하지 않고는 돌아오지 않음

659
草堂지어 구름 덥고 연못 파셔 달 채우고
淸風(청풍)으로 뷔를 매여 헛튼 落花(낙화) 쓰노라니
乾坤(건곤)이 불너 이르기를 갓치 늙자 하더라. (增歌)

草堂(초당)＝초가집　구름 덥고＝구름으로 지붕을 덥고　헛튼＝
흐트러진　이르기를＝말하기를

660
아희야 窓(창)여지 마라 滿庭月色 보기실타
그 달곳 보량이면 임의 生覺(생각) 새로왜라
그러나 임보는 달이니 나도 볼스가 하노라. (增歌)

滿庭月色(만정월색)=뜰에 가득한 달빛 보량이면=보게 되면
새로왜라=새롭구나

661
交手心胸 十四年에 道通樂理하오시여
우리 本業을 改革整理 하섯스니
아마도 樂界 大聖人은 蘭溪先生인가 하노라. (增歌)

交手心胸(교수신흉)=마음을 다잡아 먹음. 각오를 새롭게 함
道通樂理(도통악리)=음악의 이론에 통달함 本業(본업)=주턴
사업. 여기서는 음악을 가리킴 改革整理(개혁정리)=잘못된 것
을 뜯어 고치고 이론을 가다듬음 樂界(악계)=음악의 계통 蘭
溪先生(난계선생)=조선 세종 때 음악을 이론적으로 체계를 세우
고 정리한 학자 박연(朴堧). 그의 호가 난계임

662
옛날에 王山岳은 엇더한 사람인고
譜 업고 調 업스니 無絃琴이 저러한가
至今(지금)에 陶淵明 업스니 知音함이 업세라. (增歌)

王山岳(왕산악)=고구려 시대의 거문고 명인 譜(보)=악보 調

(조)=곡조   無絃琴(무현금)=줄이 없는 거문고   陶淵明(도연명)
=중국 진(晉)나라의 문인. 줄이 없는 거문고을 탔다고 함   知音
(지음)함이=음악의 곡조를 잘 앎이

663
誕生(탄생)한지 不過三日(불과삼일) 母后를 여희시고
登寶三年 채 못되어 王座(왕좌)를 바리시니
다만지 어린 가슴에 恨(한)만 가득 품으시다. (增歌)

母后(모후)=왕후인 어머니   登寶三年(등보삼년)=보위에 오른
지 삼 년. 단종의 이야기임   다만지=다만

664
지금에 오를만한 子規樓야 잇고 업고
春三月(춘삼월) 깁혼밤에 杜鵑(두견)이 슯히울고
淸泠浦 여흘도 울어 예니 愁心(수심) 더욱 하노라. (增歌)

오를만한=오를 수 있는   子規樓(자규루)=강원도 영월에 있는
누각   淸泠浦(청령포)=단종이 귀양 가 있던 영월에 있는 포구
여흘=여울. 강이나 바다에 물살이 빠르고 세차게 흐르는 곳   울
어 예니=울며 흘러가니   하노라=많구나

665
寧越谷 杜鵑(두견)이 울고 露梁에 말이 간다
肅宗大王의 軫念도 거룩할자
黃泉에 매친 恨(한)인들 아니 풀ㅅ줄 잇시리. (增歌)

寧越谷(영월곡)=강원도 영월의 산 곡짜기 露梁(노량)=서울의
노량진 肅宗大王(숙종대왕)=조선 제 19대 임금. 단종을 노산군
(魯山君)에서 단종으로 복위시킨 軫念(진념)=임금의 생각 黃
泉(황천)=사람이 죽어서 간다는 곳. 저승

666

越之金石 被之管絃 渢渢洋洋一唱三歎
聖朝의 交律審聲이 이에서 더할손가
至今(지금)에 繼承(계승)할이 업스매 그를 슬워 ᄒ노라. (增歌)

越之金石(월지금석)=편종(編鐘)이나 편경(編磬). 또는 그것으
로 연주하는 음악 被之管絃(피지관현)=관악이나 현악에 쓰인
渢渢洋洋(풍풍양양)=광대하게 떠 있는 모양 一唱三歎(일창삼
탄)=한 번 노래 부름에 세 번이나 탄복함 聖朝(성조)=지금의
조정(朝廷) 交律審聲(교률심성)=음률을 벗하고 소리를 깨달음
슬워=슬퍼

667

律呂에 걸맛추어 曲譜(곡보)를 뇌여내니
管絃의 가즌 소래 瀏亮도 瀏亮하다
저윽이 聖代風流를 이어 볼사가 하노라. (增歌)

律呂(율려)=음악. 육률(六律)과 육려(六呂) 걸맛추어=거의
비슷하게 하여 뇌여내니=엮어 내니. 곡을 붙이니 管絃(관현)
=관악과 현악. 또는 관악기와 현악기 가즌 소래=갖가지 소리
가 瀏亮(유량)=맑고 밝음 저윽이=저으기 聖代風流(성대풍류)

═태평한 세대의 음악 이어 볼ㅅ가═계승하여 볼까

기녀(妓女)의 작품

● 홍장(紅粧)

1
寒松亭 돌 붉은 밤의 鏡浦에 물결잔제
有信호 白鷗는 오락가락 호것만은
엇덧타 우리의 王孫은 가고 안이 오는이. (海─ 134)

寒松亭(한송정)═강원도 강릉에 있는 정자 鏡浦(경포)═강원도
강릉에 있는 누대(樓臺). 관동팔경의 하나 물결잔제═물결이 잔
잔할 때 엇덧타═어찌 해서 王孫(왕손)═임금의 후손. 또는 공
자(公子)

● 소춘풍(笑春風)

2
唐虞를 어제 본 듯 漢唐宋 오늘 본 듯
通古今 達事理호는 名哲士를 엇덧타고

져 설듸 歷歷히 모르는 武夫를 어이 조츠리.(海— 135)

唐虞(당우)＝요순시대. 태평시대를 뜻함　漢唐宋(한당송)＝중국에서 문물이 뛰어났던 시대　通古今達事理(통고금달사리)＝고금을 통하여 사리에 통달함　明哲士(명철사)＝총명하고 사리에 밝은 선비　엇덧타고＝어떠하다고　설듸＝설 곳　歷歷(역력)히＝분명히　武夫(무부)＝무인(武人).

3

前言은 戲之耳라 내 말씀 허물마오
文武一體닌줄 나도 暫間(잠간) 아옵썬이
두어라 赳赳武夫를 안이 좃고 어이리. (海— 136)

前言(전언)＝앞에서 한 말　戲之耳(희지이)＝실없이 웃고자 할 뿐이다　허물마오＝허물하지 마시오　文武一體(문무일체)＝문관과 무관이 한결 같음　아옵썬이＝아느니　赳赳武夫(규규무부)＝용맹스런 무사(武士)　안이 좃고＝아니 따르고　어이리＝어찌하겠느냐

4

齊도 大國(대국)이오 楚도 亦大國이라
죠고만 滕國이 間於齊楚 호엿신이
두어라 이다 죠흔이 事齊事楚 호리라. (海— 137)

齊(제)＝춘추전국시대의 한 나라. 주 무왕이 태공망에게 봉하여 준 나라　楚(초)＝춘추전국시대에 있던 한 나라　亦大國(역대국)＝역시 큰 나라임　滕國(등국)＝춘추전국시대 있었던 나라. 서남

으로 초와 동북으로 제의 사이에 있던 작은 나라인 間於齊楚(간어제초)＝제나라와 초나라의 사이에 있은 事齊事楚(사제사초)＝제나라와 초나라를 섬긴

5

有斐君子를 好逑로 가리올 제
舜도 계시건마는 어대라 살우오리
진실로 相國 皐陶아 내 님인가 후노라. (靑丘集說)

有斐君子(유비군자)＝멋 있는 군자. 好逑(호구)＝마음에 드는 상대자. 좋은 배필(配匹) 가리올 제＝가릴 때. 선택할 즈음에 舜(순)＝순나라 인군. 여기서는 제일 훌륭한 남자로 여겼음 어대라 살우오리＝어디라고 감히 말씀을 드릴 수가 있으랴 相國 皐陶(상국고요)＝'도'는 '요'라 읽음. 상국은 정승. 순인군 때 사구(司寇) 벼슬을 했던 사람. 법리(法理)에 통달하여 법을 세워 형옥(刑獄)으로 사회 질서를 바로잡았음

● 황진이(黃眞伊)

6

靑山裏 碧溪水ㅣ야 수이 감을 쟈랑마라
一到滄海후면 도라 오기 어려오니
明月이 滿空山후니 수여 간들 엇더리. (珍靑 286)

靑山裏 碧溪水(청산리벽계수)＝푸른 산 속에 흐르는 시냇물. 달

러 황진이에게 접근했던 종실(宗室)인 벽계수(碧溪守)를 가리킨
수이 감을═빨리 흘러감을 一到滄海(일도창해)면═한 번에 바다
에 도착하면 明月(명월)이 滿空山(만공산)═밝은 달빛이 텅빈
산에 가득함. 명월은 황진이의 다른 이름이라고도 함 수여 간들
═쉬어 간들 엇더리═어떻겠느냐

7
冬至ㅅ돌 기니긴 밤을 한 허리를 버혀내여
春風 니불 아레 서리서리 너헛다가
어론님 오신날 밤이여든 구뷔구뷔 펴리라. (珍靑 287)

 冬至(동지)돌═음력 11월 한 허리를 버혀내여═한가운데를 베
어 내여 春風(춘풍) 니불═봄바람처럼 향긋하고 따뜻한 이불
서리서리═끈이나 새끼줄을 서리어 놓은 것처럼 차곡차곡 어론
님═사랑하는 님 구뷔구뷔═한 굽이 한 굽이

8
내 언제 無信후여 님을 언제 소겻관듸
月沈三更에 올 뜻이 전혀 업늬
秋風에 지는 닙소릐야 낸들 어이 후리오. (珍靑 288)

 無信(무신)═신의(信義)가 없음 소겻관듸═속였기에 月沈三更
(월침삼경)═달이 없는 한 밤중 올 뜻이═오고자 하는 뜻이 秋
風(추풍)에 지는 닙소릐═가을 바람에 떨어지는 잎소리 낸들═
나인들. 내가

9
어져 내 일이야 그릴줄를 모로드냐
이시라 ᄒ더면 가랴마는 제 구틔야
보내고 그리는 情(정)은 나도 몰나 ᄒ노라. (珍靑 6)

어져＝아 내 일이야＝내가 하는 일이여 그럴줄＝그리워할 줄.
또는 그렇게 될 줄 모르드냐＝몰랐더냐 이시라 ᄒ더면＝있으라
고 붙들었다면 가랴마는＝갔을까마는 제 구틔야＝제가 굳이

10
山은 녯 山이로되 물은 녯물이 안이로다
晝夜(주야)에 흘은이 녯물이 이실쏜야
人傑도 물과 ᄀᆞᆺ도다 가고 안이 오노믜라. (海一 133)

녯물＝예전에 흐르던 물 안이로다＝아니로구나 흘은이＝흐르
니 이실쏜야＝있을 것이냐 人傑(인걸)＝뛰어난 인물 ᄀᆞᆺ도다＝
같구나 가고 안이＝한 번 죽으면 다시 아니 오노믜라＝오는구
나

11
靑山(청산)은 내 쯧이오 綠水는 님의 情이
綠水 흘너간들 靑山이야 變(변)홀손가
綠水도 靑山을 못 니져 우러 예어 가는고. (大東 128)

綠水(녹수)＝산의 그림자가 비춰 푸르게 보이는 시냇물 님의
情(정)이＝임의 정이로다 니져＝잊어 우러 예어＝울면서 흘러

● 계 랑(桂娘)

12
梨花雨 훗쑤릴제 울며 줍고 離別(이별)호 님
秋風落葉에 져도 날 生覺(생각)는가
千里(천리)에 외로운 쑴만 오락가락 호다. (樂學 556)

梨花雨(이화우)＝비처럼 떨어지는 배꽃   훗쑤럭제＝흩어 뿌럭
때. 산럭(散落)   秋風落葉(추풍낙엽)＝가을 바람에 잎이 떨어지
는 가을철   날＝나흘

● 한우(寒雨)

13
어이 얼어 잘이 므스 일 얼어 잘이
鴛鴦枕 翡翠衾을 어듸 두고 얼어 자리
오늘은 츤비 맛자신이 녹아 잘싸 ㅎ노라. (海— 140)

어이＝왜   얼어 잘이＝얼어서 자랴   鴛鴦枕(원앙친)＝원앙을 수
놓은 베개   翡翠衾(비취금)＝뷔쳐색의 화려한 이불   츤비＝차가
운 비. 지은 사람을 가리킨   맛자신이＝맞았으니   녹아 잘싸＝따
뜻하게 잘가

● 홍랑(洪娘)

14
묏버들 갈히 것거 보내노라 님의손뒤
자시는 窓(창)밧긔 심거두고 보쇼셔
밤비예 새닙곳 나거든 날인가도 너기쇼셔. (吳氏藏傳寫本)

묏버들=산버들　갈히 것거=가리어 꺽어　님의손뒤=님에게
새닙곳=새 잎이　나거든=돋아 나거든　날인가도=나 인 것처럼

● 문향(文香)

15
오냐 말 아니싸나 실커니 아니말랴
하늘아래 너뿐이면 아마 내야 흐려니와
하늘이 다 삼겻스니 날 괼인들 업스랴. (傳寫本)

말 아니짜냐='말라'고 하거나 따나　실커니=싫은 것이니　내
야 흐려니와='나다'하고 뽐낼 테지만　하늘이 다 삼겻스니=모
든 것을 하느님이 다 태어나게 하였으니　괼인들=사랑할 사람인
들

● 금춘(錦春)

16
唐虞도 親히 본 듯 漢唐宋도 지내신 듯
通古今 達事理 明哲人을 어듸 두고
東西도 未分혼 征夫를 거러 므슴후리. (赴北日記)

唐虞(당우)=요순시대 지내신 듯=겪으신 듯 通古今達事理(통고금달사리)=고금을 통해 사리에 통달홈 明哲人(명철인)=사리가 분명하고 밝은 선비 東西(동서)도 未分(미분)혼 征夫(정부)=사리 판단도 못하는 무식한 무인(武人) 거러=약속하여 므슴후리=무엇하겠느냐

17
兒女 戱中辭를 大丈夫(대장부) 信聽 마오
文武一體를 나도 잠깐 아노이다
후물며 赳赳武夫를 아니 걸고 엇지리. (赴北日記)

兒女 戱中辭(아녀희중사)=아녀자가 농담으로 한 말 信聽(신청)=믿고 곧이들음 文武一體(문무일체)=문관과 무관이 하나인 赳赳武夫(규규무부)=용맹스런 무사(武士) 걸고=약속하고 엇지리=어찌하겠느냐

● 소백쥬(小栢舟)

18
相公을 뵈온 後(후)에 事事를 밋주오매
拙直호 무음에 病(병)들가 念慮(염려) ㅣ니
이리마 져리챠 호시니 百年同抱 호리이다. (珍靑 289)

相公(상공)=정승. 상국(相國) 事事(사사)=하시는 일들 멋쓸
즈오매=믿사오매 拙直(졸직)호=솔직한 이리마 져리챠 호시니
=이렇게 할 것이니 저렇게 하라 하시니 百年同抱(백년동포)=
평생을 해로(偕老)함

● 매화(梅花;平壤妓)

19
梅花(매화) 녯 등걸에 봄절이 도라오니
녯 퓌던 柯枝(가지)에 피염즉도 호다마는
春雪이 亂紛紛호니 필동말동 호여라. (珍靑 290)

녯 등걸=해 묵은 등걸. 등걸은 나무를 베고 난 그루터기 봄졀
=봄철. 졀은 절기(節期) 春雪(춘셜)이 亂紛紛(난분분)=봄 눈
이 어지러이 흩날리는 모양. 춘셜은 다른 기생을 뜻하기도 함
필동말동=필지 말지

20
죽어셔 이져야 ᄒ라 사라셔 그려야 ᄒ라
죽어 잇기도 어렵고 사라 그리기도 어려왜라
져님아 ᄒ 말만 ᄒ소라 사생결단 ᄒ리라. (大東 131)

이져야 ᄒ라＝잊어야 하겠느냐 그려야 ᄒ라＝그리워해야 하랴
잇기도＝잊어버리기도 그리기도＝그리워 하기도 사생결단＝죽
고 삶을 돋보지 아니하고 끝장을 냄(死生決斷)

● 구지(求之)

21
長松으로 비를 무어 大同江에 ᄯᅴ워두고
柳一枝 휘여다가 굿이굿이 미얏는듸
어듸셔 妄伶엣 거슨 소헤 들라 ᄒ는이. (海ㅡ 141)

長松(장송)＝큰 소나무 무어＝만들어 柳一枝(유일지)＝버드나
무 가지 하나. 달리 애부(愛夫)라고 한 곳이 있음 휘여다가＝건
어 잡아다려다가 굿이굿이＝굳이굳이. 지은 사ᄅᆞᆷ인 구지(求之)
의 뜻도 있음 妄伶(망령)엣 거슨＝'망령'은 '망령'(妄靈)의 잘
못. 정신이 흐려서 언행에 흔낟을 가져오는 사ᄅᆞᆷ들을 낮추어 하
는 말 소헤＝소(沼)에. 웅덩이에. 다른 여인을 가리킨 ᄒ는이
＝하느냐

● 솔이(松伊)

22
솔이 솔이라 ᄒᆞ니 므슨 솔만 넉이는다
千尋絶壁에 落落長松 내 긔로라
길알에 樵童의 졉낫시야 걸어볼쏠 잇시랴. (海一 142)

솔이＝소나무가. 지은사ᄅᆞᆷ 솔이(松伊)를 가ᄅᆞ키기도 함 솔만
넉이는다＝소나무로만 여기느냐 千尋絶壁(천심절벽)＝천 길이나
되는 절벽 落落長松(낙락장송)＝가지가 척 늘어지고 키가 큰 소
나무 긔로라＝그것이로다 樵童(초동)＝나무하는 아이 졉낫시
야＝낫이 둥그렇게 휘어진 자그마한 낫이야

23
남은 두 자는 밤에 내 혼ᄌ 니러안쟈
輾轉反側ᄒᆞ야 님둔님 그리는고
츨ᄒᆞ리 내 몬져 최여셔 제 그리게 ᄒᆞ리라. (靑가 303)

니러안쟈＝잇어나 앉아 輾轉反側(전전반측)＝이리저리 뒤척거
리며 잠을 이루지 못함 님둔님＝사ᄅᆞᆼ하는 사람이 있는 사람 최
여서＝ᄌᆞ이여서. 없어져서 제 그리게＝제가 그리워하게

24
꼿보고 춤추는 나뷔와 나뷔보고 당싯 웃는 곳과
져 둘의 思郞(사랑)은 節節이 오건마는

엇더타 우리의 思郞은 가고 아니 오느니. (靑가 304)

나뷔=나비 당싯 웃난=방긋 웃는 節節(절절)이=철마다. 철
철이 엇덧타=어찌하여

25
이리ᄒ여 눌 소기고 져리ᄒ여 날 소기니
怨讐 이 님을 발셔 니졈즉 ᄒ다마는
원쉬야 怨讐ㅣ 일시 올토다 닛칠 적이 업세라. (靑가 305)

소기니=속이니 怨讐(원수)이=원수 같은 발셔=벌써 니졈즉
=잊어버릴 때가 되었음즉 원쉬야 怨讐(원수)ㅣ 익시 올토다=
원수야 원수인 것이 옳구나 닛칠 적이=생각하지 아니한 때가

26
思郞(사랑)이 엇더터니 둥구더냐 모나더냐
기드냐 져르더냐 자힐너냐 밤믈너냐
各別이 긴 쥴을 모로되 ᄭᅳᆺ 간듸를 몰내라.(靑가 306)

둥구더냐 모나더냐=둥굴더냐 모가 났더냐. 다른 곳에는 '두렷
거나 넙엿더냐'로 되어 있음 기드냐 져르더냐=길더냐 짜르더냐
쟈힐너냐 밤믈너냐=자로 잰 정도로 기냐 발로 밟은 정도로 짧으
냐 各別(각별)이=특별히 ᄭᅳᆺ 간듸를=끝 간 곳을 몰내라=모
르겠구나

27
銀河에 물이 지니 烏鵲橋ㅣ 쓰단말가
쇼 잇근 仙郞이 못 건너 오단말가
織女의 寸만훈 肝腸이 봄눈 스듯 흐여라. (靑가 307)

銀河(은하)=은하수에 있으려라 생각하는 깨끗한 물 물이 지니
=장마가 지니 烏鵲橋(오작교)=칠석날에 견우와 직녀의 두 별
의 상봉을 위하여 까막까치가 모여 은하에 놓는다는 다리 쓰단
말가=뜬단 말인가 쇼 잇근=소 이끈 仙郞(선랑)=선인(仙人)
과 같은 뜻. 여기서는 견우(牽牛)를 가리킴 織女(직녀)=직녀성
(織女星). 여기서는 사랑하는 사람을 기다리는 여인 寸(촌)만훈
=아주 조그마한 봄눈 스듯=봄눈 녹 듯

28
一笑 百美生이 太眞의 麗質리라
明皇도 니러므로 萬里行蜀 흐시도다
馬嵬驛 馬前死흐니 그를 슬허 흐노라.(靑가 308)

一笑 百美生(일소백미생)='미'는 '미'(媚)의 잘못. 한 번 웃으
면 많은 교태가 생김 太眞(태진)=양귀비(楊貴妃)를 가리킴 麗
質(여질)=청초하고 곱게 생긴 체질 明皇(명황)=당나라 현종
(玄宗) 萬里幸蜀(만리행촉)=머나먼 촉나라까지 왕이 행차함.
안록산의 난으로 피난한 사실을 말함 馬嵬驛 馬前死(마외역마전
사)=양귀비가 마외역에서 말 앞에서 죽음을 말함

29
내 思郞(사랑) 남 쥬지 말고 남의 思郞 탐치마소

우리의 사랑에 雜思郞 섯길세라
아마도 우리 思郞은 類ㅣ 업슨가 ᄒ노라. (靑가 309)

탐치마소＝욕심을 내지 마시오 雜思郞(잡사랑)＝순수하지 못한
사랑 섯길세라＝섞일가 두렵다 類(유)＝같음. 종류

30
玉갓튼 漢宮女도 胡地에 塵土되고
解語花 楊貴妃도 驛路에 무쳣는니
閣氏(각씨)내 一時花容을 앗겨 무슴 ᄒ리오. (靑가 310)

玉(옥)갓튼＝옥과 같이 예쁜 漢宮女(한궁녀)＝한나라의 궁녀로
오랑캐에게 바치는 몸이 되었던 왕소군(王昭君)을 가리킨 호지
(호지)＝오랑캐의 땅 塵土(진토)＝먼지와 흙 解語花(해어화)＝
말을 알아 듣는 꽃이란 뜻으로 기생을 가리킴. 驛路(역로)＝역
으로 통하는 길. 양귀비가 죽은 마외역 一時花容(일시화용)＝잠
깐 동안의 젊고 아름다운 얼굴 모습 무슴＝무엇

31
닭아 우지말아 닐 우노라 주랑말아
半夜 秦關에 孟甞君 안니로라
오늘은 님 오신 놀이니 안니 운들 엇더리. (靑가 311)

닐 우노라＝일찍 운다고 半夜 秦關(반야진관)＝제(齊)나라 맹
상군이 진(秦)나라에서 도망해 나오다 밤중에 함곡관에 이르러
성문이 굳게 닫혀서 그의 식객(食客) 가운데 하나가 닭의 울음소
리를 잘 흉내내어 거짓으로 닭의 소리를 내자 성안의 닭이 다투

어 울고 수문장은 날이 샌 줄 알고 성문을 열었기 때문에 도망칠
수 있었다는 고사 孟嘗君(맹상군)=전국시대 제나라 사람으로
한 때 식객(食客)을 삼천명을 거느렸음

32
梧桐에 雨滴ᄒ니 舜琴을 이여는 듯
竹葉에 風動ᄒ니 楚漢이 셧돈는 듯
金樽에 月光明ᄒ니 李白 본 듯 ᄒ여라. (靑가 312)

梧桐(오동)에 雨滴(우적)ᄒ니=오동나무 잎에 빗방울이 떨어지
니 舜琴(순금)=순임금이 남풍가(南風歌)를 타던 오현금(五絃
琴) 이여는 듯=흔들리는 듯. 연주하는 듯 竹葉(죽엽)에 風動
(풍동)ᄒ니=댓잎에 바람이 부니 楚漢(초한)=항우의 초나라와
유방의 한나라 셧돈는 듯=섞이어 다투는 듯 金樽(금준)에 月
光明(월광명)ᄒ니=좋은 술통에 달빛이 환하니 李白(이백)=당
나라 때의 시인

33
못노라 汨羅水ㅣ야 屈原이 어이 죽그니
讒慝에 더러인 몸 죽어 뭇힐 싸히 업셔
骨肉을 滄波에 씨셔 魚腹裏에 葬ᄒ니라. (靑가 314)

汨羅水(멱라수)=중국 호남성 상음현(湘陰縣) 북쪽이 있는 강.
멱수(汨水)와 상수(湘水)가 합류하는 곳을 멱라연(汨羅淵), 또는
굴담(屈潭)이라고 하며, 초(楚)의 굴원(屈原)이 투신한 곳으로
유명함 屈原(굴원)=전국시대 초나라 사람으로 회왕(懷王)을 섬
겼으나 간신의 모함으로 강남에 귀양갔다가 멱라수에 빠져 죽음

어이 죽그니=애 죽었느냐 讒愬(참소)=남을 헐뜯어 없는 허도 있는 것처럼 고해 바친. 참소(讒訴)와 같음 더러인=더럽힌 骨肉(골육)=뼈와 살. 육신(肉身) 滄波(창파)=너르고 깨끗한 물 魚腹裏(어복리)=물고기의 뱃속 葬(장)하니라=장사지내느라

34

酒色을 全廢ᄒ고 長生을 ᄒ랴이면
西施ㄴ들 도라보며 千日酒ㄴ를 마실손가
眞實(진실)로 長生치 못ᄒ면 兩失ᄒᆯ싸 ᄒ노라. (靑가 315)

酒色(주색)=술과 여자 全廢(전폐)ᄒ고=아주 끊어버리고 長生(장생)=오래 삶 ᄒ랴이면=할 양이면. 하려고 한다면 西施(서시)=춘추시대 월(越)나라의 미녀. 효빈(效顰)이란 말을 만들어 낼 정도의 미인임 千日酒(천일주)=마시면 천일이 되어야 깬다는 술 兩失(양실)=두 가지를 다 잃음

● 다복(多福)

35

北斗星 기울어 지고 更五點 ᄌ자간다
十洲佳期는 虛浪타 ᄒ리로다
두어라 煩友ᄒ 님이니 새와 무슴 ᄒ리오(海一 144)

北斗星(북두성)=북두칠성 更五點(경오점)=하룻밤을 다섯 경(更)으로 나는 것 가운데 마지막인 오경. 새벽 3시에서 5시 사이

즈자간다=점점 잦아서 없어져 간다. 날이 밝아 온다 十洲佳期
(십주가기)=선인(仙人)이 산다는 섬라 좋은 때. 님을 기다리는
심정을 나타낸 말 盧浪(허랑)=말이나 행동에 거짓이 많고 착실
하지 못함 煩友(번우)흔='우'는 '우'(憂)의 잘못인 듯. 근심이
많은 새와=시기하여

● 계단(桂丹)

36
綠楊 紅蓼邊에 桂舟를 느껴 매고
日暮 江上에 건너 리 흐도흘샤
어즈버 順風을 만나거든 흐즈 건너 갈이라. (靑歌 298)

綠楊 紅蓼邊(녹양홍료변)=푸른 버들과 붉은 여꿔가 우거진 시
냇가 桂舟(계주)=계수나무로 만든 배란 뜻으로 '아름다운 배'
를 이른 말 느껴 매고=느슨하게 매어 놓고 日暮 江上(일모강
상)에=날 저물 때의 강에 건너 리=강을 건너고자 하는 사람
흐도 흘샤=많기도 많다 어즈버=감탄사. 아! 順風(순풍)=순조
롭게 부는 바람 흐즈=혼자

37
靑鳥ㅣ야 오도고야 반갑다 님의 消息(소식)
弱水 三千里을 네 어이 건너온다
우리님 萬端情懷을 네 다 알짜 흐노라. (靑歌 300)

靑鳥(청조)=파랑새. 반가운 사자(使者) 또는 편지 오도고야=
오는구나 弱水 三千里(약수삼천리)=약수는 옛날 중국에서 신선
이 살던 곳이 있었다는 물. 부력(浮力)이 아주 약해서 기러기 털
처럼 가벼운 물건도 가라앉는다고 함. 아주 먼곳에 있다고하여
삼천리라 함 건너욘다=건너오느냐 萬端情懷(만단정회)=온갖
정서와 회포

● 입리월(立里月)

38
柴門에 물을 미고 님과 分手홀제
玉顔珠淚가 눌노호야 흘넛는고
아마도 못니즐슨 님이신가 흐노라. (靑詠 275)

柴門(시문)=사립문 分手(분수)=서로 손을 잡고 이별함 玉顔
珠淚(옥안주루)=아름다운 얼굴에 흐르는 구슬같은 눈물 눌노호
야=누구로 인하여 못니즐슨=못 잊을 것은

39
靑鳥도 다 느라나고 鴻雁이 끗치엿다
水城謫所에 다만 호 쏨분이로다
쏨길이 자최 업스니 그를 슬허 흐노라. (靑詠 276)

鴻雁(홍안)=큰 기러기와 작은 기러기 水城謫所(수성적소)=절
역(絶域)의 유배지. 혹은 경기도 수원의 유배지 쏨분이로다=쏨

뿐이다 꿈길=꿈에서 본 길

● 부동(夫同)

40
孝己 죽어갈제 尾生인들 혼자 살나
宿世에 緣分이오 鄭重호 言約이라
今代에 雨露頻호니 다시 볼가 호노라. (靑詠 277)

　孝己(효기)=미상(未詳). 흑 미생의 상대자인 여자를 가러키는
듯 尾生(미생)=춘추시대 노나라 사람으로 어떤 여자와 다리 밑
에서 맛나기로 약속하고 기다렸으나 시간이 지나도 오지 않고 때
마침 큰 비로 강물이 불어서 기둥을 붙잡고 있다가 죽었다는 고
사가 있음. ‘미생지신’(尾生之信)이란 말이 생겼음 宿世(숙세)
에 緣分(연분)=전생(前生)의 인연 鄭重(정중)호 言約(언약)=
점잖고 신중한 약속 今代(금대)=지금의 시대 雨露頻(우로빈)
호니=비와 이슬이 잦으니

41
春香이 네롯더냐 李道令 긔 뉘러니
兩人 一心이 萬劫인들 불을소야
아마도 이 마음 비최기는 明天이신가 호노라. (靑詠 278)

　春香(춘향)=고대소설 ‘춘향전’의 여자 주인공 네롯더냐=너이
더냐 李道令(이도령)=‘춘향전’의 남자 주인공 兩人 一心(양인

일심)=두 사람이 한 마음이 됨 萬劫(만겁)=아주 오랜 세월. 겁은 천지개벽이 되어 다시 천지개벽이 될 때까지의 시간 봄을 소야=부러웁쏘냐 明天(명천)=공명정대한 하느님

42
靑鳥(청조)가 有信(유신)타 말이 아마도 虛浪(허랑)ᄒ다
百里水域이 溺水도곤 머돗던가
지금에 無消息ᄒ니 좀 못 닐워 ᄒ노라. (靑詠 279)

百里水域(백리수역)=물길로 백리가 떨어진 곳. 백리는 멀다는 뜻 溺水(익수)='익'은 '약'(弱)의 잘못. 약수는 신선이 사는 것이 있다는 강물 도곤=~보다. 비교할 때 쓰는 말 닐워=이루어

43
聖恩을 아조 닛고 高堂鶴髮 모로고져
獄中에 싀여진 쥴 뉘 타슬 하단말고
뎌 님아 널로 된 일이니 네 곳칠가 ᄒ노라. (靑詠 280)

聖恩(성은)=인군의 은혜 아조 닛고=아주 잊어버리고 高堂鶴髮(고당학발)=머리가 하얀 부모님 모로고져=모르는 체 하고자 獄中(옥중)에=감옥 안에서 싀여진 쥴=죽어진 줄을 뉘 타슬=누구의 탓을

● 옥이(玉伊)

44
玉을 玉이라커든 荊山白玉만 여겻더니
다시 보니 紫玉일시 的實ᄒ다
마춤이 활비비 잇더니 ᄯᅳ려 볼가 ᄒ노라. (樂學 545)

　　玉이 玉이라커눌 燔玉만 너겨쩌니
　　이제야 보아ᄒ니 眞玉일시 젹실ᄒ다
　　내게 살송곳 잇던니 ᄯᅳ려볼가 ᄒ로라. (槿花樂府 391 鄭澈)

荊山白玉(형산백옥)＝'백옥'은 '박옥'(璞玉)의 잘못인 듯. 초나라의 변화(卞和)가 형산에서 얻었다는 구슬　紫玉(자옥)＝자줏빛의 옥
的實(적실)＝실제에 적합함. 분명함　마춤이＝때마침　활비비＝대가 돌아서 물건을 뚫고 들어가는 활 모양의 송곳. 도래 송곳. 여기서는 남자의 성기를 은유한 말

● 철이(鐵伊)

45
鐵(철)을 鐵이라커든 무쇠錫鐵만 여겻더니
다시보니 鄭澈일시 赤實ᄒ다

맛츰이 골풀모 잇더니 녹여 볼가 ᄒ노라. (樂學 546)

　　鐵이 鐵이라커늘 섭鐵만 여겨쩌니
　　이제야 보아ᄒ니 正鐵일시 분명ᄒ다
　　내게 골불무 잇던니 뇌겨볼가 ᄒ노라. (槿花樂府 392 眞玉)

　무쇠錫鐵(석철)＝주석(朱錫)이 섞인 품질이 낮은 쇠　鄭澈(정철)＝조선 선조 때의 정치가이며 시인　赤實(적실)＝'적'은 '적'(的)의 잘못. 분명함　골풀모＝땅에 곬을 파서 만든 풀무. 여기서는 여성의 성기를 은유함　섭철＝품질이 낮은 쇠　뇌겨볼가＝녹여볼까

● 강강월(康江月)

46
기러기 우는 밤에 늬 홀노 줌이 업셔
殘燈 도도혀고 輾轉不寐 ᄒ는 ᄎ에
窓(창)밧긔 굵은비 소릐에 더욱 茫然 ᄒ여라. (樂學 548)

　殘燈(잔등)＝등잔불　도도혀고＝돋우어 켜고　輾轉不寐(전전불매)＝이리 뒤척 저리 뒤척이며 잠을 이루지 못함. 전전반측(輾轉反側)과 같음　ᄒ는 ᄎ에＝하는 사이에　茫然(망연)＝멀거니 있는 모양

47
千里(천리)에 맛나쓰가 千里에 離別(이별)ㅎ니
千里 쑴속에 千里님 보거고나
쑴씨야 다시금 生覺(생각)ㅎ니 눈물 계워 ㅎ노라. (樂學 549)

보거구나＝보겠구나   눈물 계워＝흐르는 눈물을 억제하기 어려
운 千里(천리)님＝멀리 떨어져 있는 사랑하는 사람

48
時時 生覺(생각)ㅎ니 눈물이 몃 줄기요
北天霜雁이 언의 씌여 도라올고
두어라 緣分이 未盡ㅎ면 다시 볼가 ㅎ노라. (樂學 550)

時時(시시)＝때때로   北天霜雁(북천상안)＝추운 북국(北國)의
하늘을 나는 기러기   언의 씌여＝어느 때에   緣分(연분)이 未盡
(미진)ㅎ면＝인연이 다하지 아니하면

● 송대춘(松臺春)

49
漢陽서 써온 나뷔 百花叢에 들거고나
銀河月 잠간 쉬여 松臺에 올나 안져
잇다감 梅花春色에 興(흥)을 계워 ㅎ노라. (樂學 551)

漢陽(한양)＝서울   써온 나뷔＝날라 온 나비가   百花叢(백화총)

=모든 종류의 꽃 속 들거고나=들어 가겠구나 銀河月(은하월)
=은하수에 비친 달 松臺(송대)=소나무가 서 있는 높은 둔덕.
여기서는 지은 사람을 가리킨 잇다감=가끔 梅花春色(매화춘
색)=매화가 피어있는 봄빛

50
님이 가신 後(후)에 消息(소식)이 頓絶ᄒᆞ니
窓(창)밧긔 櫻花가 몃번이나 피엿는고
밤마다 燈下에 홀노 안저 눈물계워 ᄒᆞ노라. (樂學 552)

頓絶(돈절)ᄒᆞ니=아주 끊어지니 櫻花(앵화)=앵두꽃 燈下(등
하)=등불 아래 눈물계워=흐르는 눈물을 억제하기가 어려워

　　● 계섬(桂蟾)

51
靑春(청춘)은 언제 가면 白髮(백발)은 언제 온고
오고 가는 길의 아던들 막을낫다
알고도 못 막을 길히니 그를 슬허 ᄒᆞ노라. (樂學 560)

언제 가면=언제 갔으며 언제 온고=언제 왔는가 막을낫다=
막을 수가 있겠느냐

● 명옥(明玉)

52
꿈에 뵈는 님이 信義 업다 ㅎ것마는
貪貪이 그리올제 꿈아니면 어이 보리
져님아 꿈이라말고 즈로즈로 뵈시쇼. (靑六 279)

信義(신의)＝믿음과 의리   貪貪(탐탐)이＝'탐탐'(耽耽)의 잘못.
매우 즐겨 좋아하여   어이 보리＝어찌 볼 수가 있겠느냐   즈로쯜
즈로＝자주자주   뵈시쇼＝나타나십시오

● 천금(千錦)

53
山村에 밤이 드니 먼듸 기 즈져 온다
柴扉를 열고 보니 하눌이 츠고 달이로다
져 기야 空山에 잠든 달을 즈져 무슴 ㅎ리오. (靑六 418)

山村(산촌)＝산곡에 있는 마을   밤이 드니＝밤이 깊어지니   즈
져 온다＝짖어 운다   柴扉(시비)＝사립문   하눌이 츠고＝하늘이
차갑고. 기온이 차갑고   空山(공산)＝아무도 없는 빈 산   즈져＝
짖어

● 평안 기(平安 妓)

54
渭水에 고기 업서 呂尚이 둥되단 말가
낙대를 어듸 두고 육환杖을 디퍼는다
오늘랄 西伯이 와 계시니 함믜 놀고 그려 ᄒ노라.
(孫氏隨見錄 35)

渭水(위수)=중국 갑숙성 위원(渭源)의 서북쪽에 근원을 두고
황하로 드는 강. 여상이 낚시질 하던 곳 呂尚(여상)=위수변에
서 낚시질하기 십년만에 주문왕이 그를 맞나 스승으로 삼음. 강
태공과 같은 인물임 둥되단 말가=스님이 되었단 말인가 육환
杖(장)=고리가 여러개 달린 지팡이 오늘랄=오늘날 西伯(서
백)=주(周)의 문왕(文王)을 이름. 서방제후의 우두머리라는 뜻

● 매화(梅花;晉州妓)

55
살들헌 늬 마음과 알들헌 님의 졍이
一時相逢 글리워도 斷腸心懷 어렵거든
하믈며 몃몃 날을 이듸도록. (源一 719)

살들헌=아주 알뜰한 一時相逢(일시상봉)=한 때 서로 맞남

斷腸心懷(단장신회)=창자가 끊어질 듯이 아픈 이별의 감정과 회포

멋멋 날을=며칠 동안을 이디도록=이처럼

56

心中에 無限事를 細細히 옴겨다가
月紗窓 錦繡帳에 님 게신 곳 傳ᄒ고져
그제야 알들이 글리는 줄 짐작이나. (源— 720)

心中(신중)에 無限事(무한사)=마음 속에 있는 끝 없는 일들 細細(세세)히=자세히 月紗窓 錦繡帳(월사창금수장)=비단 장막이 드리워 있는 창에 달이 비치고 비단 장막이 쳐져 있는 방 알들이=알뜰히 글리는=그리워하는

57

夜深 五更토록 잠 못일워 轉展홀제
구즌비 聞鈴聲이 相思로 斷腸이라
뉘라셔 내 行色 글려다가 님의 압헤. (源— 721)

夜深(야신) 五更(오경)토록=밤이 깊고 새벽이 가깝도록 轉展(전전)='전전'(輾轉)의 잘못. '전전반측'(輾轉反側)의 준말 이러저러 뒤척인 聞鈴聲(문경성)=바람에 흔들려 들려오는 방울소리 相思(상사)로 斷腸(단장)=님에 대한 간절한 생각으로 창자가 끊어지는 듯한 아픔을 느낀 뉘라셔=누가 行色(행색)=행동하는 모습. 지금의 모습 글려다가=그려다가

58
平生(평생)에 밋을 님을 글려 무삼 病(병)들손가
時時(시시)로 相思心(상사심)은 지기ᄒᆞ는 타시로다
두어라 알들헌 이 心情(심정)을 님이 어이. (源― 722)

글려=그리워하여   지기ᄒᆞ는=긴새을 아는(知機) 또는 자기을
아는(知己) 타시로다=탓이다. 까닭이다

● 금홍(錦紅)

59
碧天 鴻雁聲에 窓(창)을 열고 ᄂᆡ다 보니
雪月이 滿庭ᄒᆞ여 님의 곳 빗취려니
아마도 心中 眼前愁는 나쑨인가 ᄒᆞ노라. (源― 723)

碧天 鴻雁聲(벽천홍안성)=푸른 하늘을 나는 기러기 울음소리
雪月(석월)이 滿庭(만정)=온 뜰에 쌓인 눈위에 비친 달   님의
곳=님이 있는 곳   心中 眼前愁(심중안전수)=마음 속 깊이 든
당장의 근심

● 옥선(玉仙)

60
뉘라샤 정됴타 ᄒᆞ던고 이별의도 인정인가

평성의 처음이요 다시 못볼 님이로다
아미도 졍쥬고 병 엇기난 나쁜인가. (三家樂府)

뉘라셔＝누가 졍됴타＝졍(情)이 좋다 이별의도＝이별에도 인
졍(人情)＝사람들이 살아가는 동안에 느끼는 감졍 아미도＝아마

● 평양인 무명씨여인(平壤人無名氏女人)

61
그리고 못볼제는 一但相思 쑨이러니
暫보고 여흰 情(졍)은 밋치거다 九曲肝腸(구곡간장)
져 님아 늬 헌 말 잇지말고 變改업시. (源一 724)

그리고＝그리워 하고 一但相思(일단상사)＝우선 서로 그리워함
暫(잠)보고＝잠간 보고 여흰＝잃어버린 밋치거다＝맺혀 있다
變改(변개)업시＝바꾸거나 고침이 없이

부록(附錄)

閭巷人과 妓女의 時調와 關聯된 論著 目錄
(작가와 작품에 관련된 것)

姜銓燮 "黃眞伊의 文學遺産 整理"—黃眞伊는 어떤 女人인가—『語
　　文學』第 46輯 1985, 3

———編著『黃眞伊研究』創學社 1985, 11, 30

姜賢模 "남파 시조에 나타난 사상적 취향"『한양어문연구』(漢陽大)
　　第 7輯 1989

고미숙 "조선 후기 평민가객의 문학지향과 작품세계의 변모양상"
　　(碩論 高麗大) 1986

——— "안민영의 작품세계와 그 예술사적 의미"『韓國學報』1991年
　　봄號

——— "19세기 시조의 전개양상과 그 작품세계 연구"—예술사적흐
　　름과 관련하여—(博論) 高麗大 1993

權斗煥 "金天澤의 身分에 대하여"『靑坡文學』(淑明女大) 第 13輯
　　1980, 9

——— "金壽長 研究"『駱山文學』第 2輯 1970. 11

——— "金壽長 研究"(碩論) 서울대 1974, 2

——— "18세기의 성립과 시조집"『白江徐首生先生華甲紀念論叢』

1981

―――― "金聖器論"『白影鄭炳昱先生還甲紀念論叢』1983, 1

―――― 『朝鮮後期 時調歌壇 研究』(博論) 서울대 1985, 1

김경희 "이조 여류시조의 미학적 접근"『睡蓮語文論集』(釜山女大) 第 7輯 1979, 12

金光星 "歷代 妓流時調文學攷"『한새별』(釜山敎大) 第 3輯 1965, 2

金東旭 "黃眞伊와 許蘭雪軒"『現代文學』通卷 第 9號 1955, 9

金楊憲 "歌客들의 長型時調"『嶺南語文學』(嶺南語文學會) 第 13輯 1986

김여주 "조선조 기녀문학 소고"(碩論) 誠信女大 1979

金榮淑 "閨中文學과 妓女作品의 位置"『文湖』(建國大) 第 1輯 1985, 12

金用德 "黃眞伊 時調論"『人文論叢』(漢陽大) 第 4輯 1982, 8

金龍燮 "古代 女流時調考"『論文集』(三陟工專) 1970, 3

金用淑 "黃眞伊의 傳記的 研究"『靑坡文學』(淑明女大) 第 2輯 1960, 3

―――― "黃眞伊의 生存年代"『黃眞伊研究』 수록

金埔鑽 "閭巷六人의 작품세계와 18세기 초 시조사의 일국면"『時調學論叢』第 12輯 1996

金元東 "黃眞伊의 詩文學 研究"(碩論) 경원대 1991, 2

金潤弘 "老歌齋의 詩歌 研究"(碩論) 延世大 1981, 8

김전수 "안민영의 시조 연구"(碩論) 大邱大 1989, 2

金正美 "黃眞伊 研究"―삶.文學意識世界를 中心으로―(碩論) 高大 敎育大學院 1991, 2

김 종 "時調集 撰者의 文學意識(1)"―南坡 金天澤의 경우―『張泰鎭博士回甲紀念國語國文學論叢』1988, 1

金智勇 "李梅窓論" 『韓國文學作家論』(Ⅱ) (螢雪出版社) 1986, 6

金彰顯 "妓女 時調作品 小考" 『국어국문학』(高麗大) 第 8輯 1964

金咸得 "女流時調文學考"―女流文學의 序說로서―『國文學論集』(檀國大) 第 2輯 1968, 11

金亨圭 "女流時調文學考" 『城大學報』 第 1號 1955, 7

──── "李朝 女性作品 및 女性時調의 解說" 『淑大學報』第 2號 1956, 1

류준형 "安玟英의 梅花詞論" 『韓國古典詩歌作品論』1990, 2

毛允淑 "黃眞伊의 人生, 愛情의 背後" 『藝術院報』第 4輯 1960

朴魯埻 "安玟英 時調의 基本 '틀'과 志向世界" 『古典文學硏究』第 5輯 1990, 12

──── "靑丘永言 閭巷六人의 現實認識과 그 克服樣相"―朱義植 等 四人의 作品을 中心으로―『林下崔珍源博士停年紀念論叢』1991, 11

──── "김수장 시조의 장르 혼효현상과 유락적 취향" 『한국학 연구』(高麗大) 第 5輯 1993

──── "김천택의 시조와 위항인적 삶의 태도" 『연민학지』(연민학회) 第 1輯 1993

朴魯春 "妓流 時調作品 瑣談" '朝鮮日報' 1957,2, 14

──── "妓流 時調文學 雜稿(上) 『自由文學』通卷 第 21號 1958, 12

──── "妓流 時調文學 雜稿(下) 『自由文學』通卷 第 22號 1959, 1

朴永信 "黃眞伊의 文學硏究"―그의 生涯와 作品을 中心으로―(碩論) 檀國大 1983, 8

朴榮完 "黃眞伊 時調硏究" 『國語國文學資料論文集』第 3輯 1986

朴乙洙 "安玟英論" 『韓國文學作家論』(螢雪出版社) 1977, 10

──── "韓國女流文學史"―時調文學上의 女流文學―『論文集』(順天

鄕大) 第 10輯 1986, 8

朴鎭泰 "南坡時調의 時調史的 位置" 『先淸語文』(서울대) 第 16,17合倂號 1988, 8

───── "南坡와 老歌齋의 時調史的 位置" 『人文科學硏究』(大邱大) 1989

白在雁 "梅窓論" 『師苑』(춘천사대) 第 7號 1958

成樂喜 "無名氏 女流時調의 作品世界"—作家性 推定을 中心으로— 『아세아여성연구』(淑大) 第 28輯 1989

成範重 "金天澤과 金壽長의 關係" 『韓國文學의 爭點』(集文堂) 1986, 11

성현경 "妓女 時調와 士大夫 時調" 『한국어문학대계』(螢雪出版社) 1976

宋炳嘗 "金玉叢部 作品後記의 性格 考察" 『우석어문』(友石大) 1998, 6

申龜鉉 "朝鮮閨秀文學考"—黃眞伊의 現代的 硏究—'朝鮮日報' 1938, 9, 3

申東源 "安玟英의 時調 硏究" 『청람어문학』(韓國敎員大) 第 6輯 1961, 12

沈榮求 "歌客時調 性格考"(碩論) 仁荷大 敎育大學院 1984, 2

沈載完 "時調作家 硏究"—女流作家의 경우—『池憲英先生華甲紀念論叢』1971, 11

───── "韓維信과 永言選" 『慕山學報』 第 3輯 1992

吳靈錫 "時調作家의 語彙分析"—三洲와 老歌齋 時調를 中心으로 —『慶熙語文學』(慶熙大) 第 5輯 1982, 7

尹榮玉 "黃珍伊 詩의 tension" 『국어국문학』 通卷 第 83號 1980, 6

───── "松伊의 時調" 『女性問題硏究』(曉星女大) 第 10輯 1981

───── "妓女 梅花의 時調"『女性問題研究』第 11輯 1982, 12

───── "妓女時調의 考察"『女性問題研究』第 12集 1983

───── "朴孝寬論"『續 古時調作家論』1990

尹貞老 "黃眞伊 小考"『國語國文學研究』(梨大) 第 2輯 1959

尹海玉 "敬亭山 歌壇 研究"(碩論) 首都師大 1977

───── "敬亭山 歌壇 研究"『국어국문학』第 77號 1978, 6

李男熙 "女流 古時調 研究"(碩論) 嶺南大 1983, 2

李文濟 "妓流時調 作品考"『東亞大學報』1964, 5, 15

李秉岐 "黃眞伊의 藝術"『春秋』2권 4호 1941, 5

李相寶 "女流時調作家論"『국어국문학』通卷 第 14號 1956, 12

李樹鳳 "和答歌考"―妓流時調를 中心으로―『論文集』(嶺南工專) 第
       10輯 1973, 12

李淳燮 "黃眞伊와 그의 文學"『海印大學報』1959, 11, 5

李信馥 "韓國 妓流文學 研究"(碩論) 檀國大 1977, 2

───── "黃眞伊論"『韓國文學作家論』螢雪出版社 1977, 10

───── "黃眞伊論"『黃眞伊研究』에 수록

李愼成 "金天澤의 時調 研究"『國語國文學論文集』(東亞大) 第 2
       輯 1978

李永道 "女性과 時調"『현대시조』創刊號 1965, 8

李殷相 "黃眞伊의 一生과 藝術"『新生』1929

───── "黃眞伊와 그의 藝術"『新家庭』1933, 7

李一東 "韓國 女流時調文學의 考察"(碩論) 檀國大 1981, 9

李泰極 "南坡時調의 內容考"『국어국문학』第 49,50合倂號 1970

───── "老歌齋時調의 內容考"『論叢』(梨花女大) 第 17集 1971

李花寧 "金壽長 時調 研究"(碩論) 明知大 1974, 2

李和榮 "妓女時調의 考察"(碩論) 朝鮮大 1984, 2

林性哲 "黃眞伊의 文學과 愛情觀의 考察"『文理論叢』(建國大)第 2
輯 1973, 8

全圭泰 "黃眞伊論"『현대시조』1985 가을號

鄭琦鎬 "時調作家 身分考"—歌客作家를 中心으로—『論文集』(仁荷
大) 1982, 7

鄭武龍 "安玟英時調 研究(1)"—생애를 중심으로—『龍淵語文論集』
(경성대) 第 4輯 1988

———"歌客들의 時調意識"『坡田金戊祚博士回甲紀念論叢』1988

鄭炳昱 "金壽長論"『韓國古典의 再認識』(弘盛社) 1979, 5

鄭尙均 "黃眞伊 研究"『美原禹仁燮先生華甲紀念論文集』1986, 4

——— "金壽長 詩歌 研究"『國語敎育』第 59,60合倂號 1989, 9

정신득 "黃眞伊의 時調"『時調研究』第 1輯 1953, 1

鄭在皓 "平民時調의 一考察"『語文論集』(高麗大) 第 14,15合倂號
1973

鄭鎭石 "朝鮮文學과 女流作家"—眞伊의 時調를 紹介함—『文藝』1932

鄭惠蘭 "黃眞伊의 作品世界"『同德語文』(同德女大) 第 3輯 1981

曺圭益 "金壽長論"『時調學論叢』第 7輯 1991

——— "朴孝寬의 노래"『歌曲唱詞의 國文學的 本質』1994

——— "安玟英의 노래"   〃

——— "閭巷六人의 노래"   〃

趙東一 "金天澤論"『韓國文學思想史試論』(知識産業社) 1978, 1

趙成恒 "黃眞伊와 그의 作品 小考"『城均』第 15號 1961

趙雲濟 "黃眞伊의 時調와 韓國詩歌의 傳統"『국어국문학』通卷 第
41號 1968, 9

——— "黃眞伊의 詩와 韓國詩의 本質"『論文集』(友石大) 第 2.3輯
合倂號 1969, 11

趙正淑 "黃眞伊 硏究"(碩論) 연세대교육대학원 1976, 2

秦東赫 "周翁 安玫英의 時調와 生活"『군자어문학』(首都師大) 1975,
　　　5

────── "古時調의 女流作家考"『韓國文學論叢』第 3輯 1980, 12

────── "南坡와 老歌齋의 關係 考察"『國文學論文集』(檀國大) 第
　　　19輯 1989, 12

────── "金天澤論"『도솔문학』(檀國大) 第 2輯 1986, 12

차신자 "고대 평민기녀 속의 시조작품에 대하여" '숙대학보' 1968

崔東元 "海東歌謠의 古今唱歌諸氏에 대한 考察"『睡蓮文學』(釜山女
　　　大) 第 4輯 1976, 11

────── "敬亭山歌壇과 老歌齋歌壇에 대하여"『荷西金鍾雨博士華甲
　　　紀念論叢』1977, 2

────── "南坡時調와 老歌齋時調의 性格"『韓國文學論叢』(韓國文學
　　　會) 1978, 12

────── "金壽長의 老歌齋 經營에 대하여"『陶南學報』第 2輯 1979,
　　　12

────── "海東歌謠의 張福紹序文에 대한 考察"『白影鄭炳昱先生還甲
　　　紀念論叢』1983, 1

────── "金振泰論"『古時調作家論』1986, 9

崔東鎬 "黃眞伊 詩의 兩面性과 現代的 變容"『黃眞伊硏究』수록

崔勝範 "南坡時調考"─庶民時調論을 위한 試圖─『論文集』(全北大)
　　　第 6輯 1972, 12

韓春燮 "女流時調考"『時調文學』通卷 第 16號 1972, 6

韓惠順 "黃眞伊의 生涯와 文學"『聖心語文論集』(聖心女大)1966

許米子 "靜中動의 美"─黃眞伊의 時調에 나타난 情緒─『心象』通卷
　　　第 17號 1975, 2

——— "李梅窓論"『古時調作家論』(Ⅰ) 1986, 9

黃淳九 "安玟英의 時調文學考"『无涯梁柱東博士古稀紀念文集』1972,
　　　12

——— "安玟英論"『現代時調』1984 봄號

——— "安玟英論"『古時調作家論』1986

黃在君 "女流古時調 主題研究"(碩論) 明知大 1981, 2

黃忠基 "閭巷六人攷"『語文研究』第 46,47合併號 1985, 9

——— "金壽長論"『국어국문학』第 96號 1986, 12

——— "安玟英論"『時調文學論叢』第 5集 1989

——— "正祖・純祖代의 平民時調"『時調學論叢』第 8輯 1992

——— "朴孝寬論"『歌曲源流에 관한 研究』1997, 10

——— 『韓國閭巷時調研究』(國學資料院) 1998, 10

作品 索引

526

여항인과 기녀의 시조

인쇄일 초판 1쇄   1999년 06월 20일
　　　　 2쇄   2015년 03월 12일
발행일 초판 1쇄   1999년 06월 25일
　　　　 2쇄   2015년 03월 24일

지은이 황 충 기
발행인 정 찬 용
발행처 **국학자료원**
등록일 1987.12.21, 제17-270호

서울시 강동구 성내동 447-11 현영빌딩 2층
Tel : 442-4623~4 Fax : 442-4625
www. kookhak.co.kr
E- mail : kookhak2001@hanmail.net
ISBN 978-89-8206-390-9[03810]
가 격 25,000원